쓰가루 · 석별 · 옛날이야기

이 도서의 국립중앙도서관 출판시도서목록(CIP)은 서지정보유통지원시스템 홈페이지(http://seoji.nl.go.kr)와
국가자료공동목록시스템(http://www.nl.go.kr/kolisnet)에서 이용하실 수 있습니다.
(CIP제어번호: CIP2011002541)

세계문학전집
075

太宰治 : 津輕 · 惜別 · お伽草紙

쓰가루·석별·옛날이야기

다자이 오사무 소설

서재곤 옮김

문학동네

차례 ▌

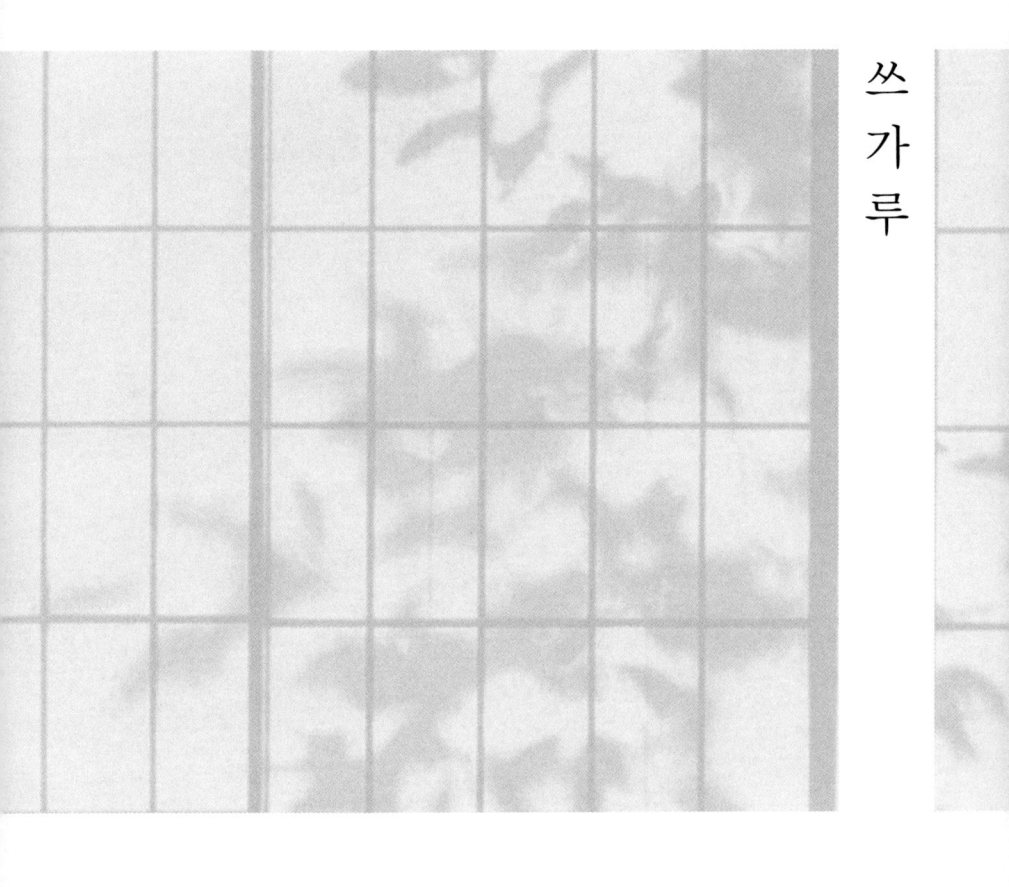

쓰가루

쓰가루의 눈

가루눈
가랑눈
함박눈
진눈깨비
알갱이눈
싸라기눈
우박눈

—『도오 연감』[*]에서

---

* 아오모리 현의 지방 신문인 〈도오 일보〉에서 발행하는 연감.

서편(序編)

어느 해 봄,* 나는 태어나서 처음으로 혼슈** 북단 쓰가루 반도를 3주 정도에 걸쳐 일주했는데 그것은 나의 30여 년 생애에서 상당히 중요한 사건 중 하나였다. 쓰가루에서 태어나 20년간 쓰가루에서 자라면서 가나기, 고쇼가와라, 아오모리, 히로사키, 아사무시, 오와니, 이 지역만 알고 있었을 뿐 다른 고장이나 마을에 대해서는 전혀 아는 바가 없었다.

가나기는 내가 태어난 고장이다. 쓰가루 평야 거의 한복판에 위치

---

* 다자이 오사무는 오야마 서점의 의뢰로 '신풍토기(新風土記) 총서' 중 하나로 『쓰가루』를 집필하기 위해 1944년 5월 12일부터 6월 5일까지 쓰가루 반도를 여행했다. 이 총서 중에서 다자이만이 소설 형식을 취하고 있다.

** 일본 열도의 대부분을 차지하는 혼슈, 시코쿠, 규슈, 홋카이도의 네 섬 중에서 가장 큰 섬.

한 인구 5,6천 명의 고장으로 이렇다 할 특징도 없지만 어딘가 도회풍을 약간 뽐내고 있다. 좋게 말하면 물처럼 담백하고 나쁘게 말하면 깊이가 없는 허세의 고장이라 할 수 있다. 거기에서 3리* 정도 남하한 곳에 이와키 강을 따라 고쇼가와라라는 읍내가 있다. 이 지방 특산물의 집산지로 인구도 만 명이 넘는 것 같다. 아오모리, 히로사키 두 시를 제외하고는 인구 만 명 이상의 고장은 이 주변에는 없다. 좋게 이야기하면 활기 넘치는 고장이고 나쁘게 이야기하면 소란스러운 고장이다. 시골 정취는 전혀 없고 도시 특유의 고독한 전율이 이 정도로 작은 고장에도 이미 흐릿하게 스며들어 있다. 너무 과장된 비유라서 스스로도 어이가 없지만, 도쿄를 예로 든다면 가나기는 고이시카와이고 고쇼가와라는 아사쿠사에 해당하지 않을까! 이곳에는 이모**가 계신다. 유년 시절, 나는 생모보다 이 이모를 연모해서 실은 종종 고쇼가와라의 이모 집에 놀러 가곤 했다. 중학교에 들어가기까지는 고쇼가와라와 가나기, 이 두 고장 이외의 다른 쓰가루의 고장에 대해서는 거의 몰랐다고 해도 좋다. 이윽고 아오모리 중학교 입학시험을 치러 갈 때, 그것은 겨우 서너 시간의 짧은 여행이었지만 나로서는 아주 대단한 여행 같은 느낌이었고, 그때의 흥분을 조금 각색하여 소설로 발표한 적이 있다.*** 그 묘사는 꼭 사실 그대로는 아니고 슬픈 익살로 이루어진 허구였지만 느낌은 대체로 비슷했다고 생각한다. 이를테면 다음과 같다.

---

* 일본의 1리는 약 3940m로 한국의 1리 약 394m와 차이가 있다.
** 다자이의 어머니 다네의 여동생 기에. 다자이의 숙부와 결혼해 숙모이기도 함.
*** 「멋쟁이 아이」.

아무도 모르는, 이와 같은 슬픈 멋부림은 해마다 발상이 점점 더 기발해졌고, 마을 초등학교를 졸업하고 마차에 이어 기차로 갈아타고 10리 정도 떨어진 현청 소재지인 소도시로 중학교 입학시험을 치러 갈 때, 그때 소년이 차려입은 복장은 애처롭고도 진기한 것이었습니다. 흰 플란넬 셔츠를 상당히 마음에 들어하는 것 같았는데 역시 그때도 입고 있었습니다. 게다가 이번에는 셔츠에 나비 날개 같은 커다란 옷깃이 붙어 있었고 그것을 여름철에 셔츠의 깃을 양복 바깥으로 끄집어내듯이 해서 윗옷 깃을 덮고 있었습니다. 왠지 모르게 턱받이처럼 보입니다. 그렇지만 소년은 가엾게도 긴장 하여 그 모습이 마치 귀공자처럼 보일 것이라고 생각했습니다. 구루메가 스리*로 지은 흰색 줄무늬의 짧은 하카마**를 입고 긴 양말, 반짝반짝 빛나는 검은색 끈 엮는 부츠***. 그리고 망토. 아버지는 이미 돌아가셨고 어머니는 병약해서 소년의 모든 일상 용품은 마음씨 고운 형수가 정성을 다해 마련한 것이었습니다. 소년은 형수에게 슬기롭게 응석을 부려 억지로 셔츠의 옷깃을 크게 했는데, 그것을 본 형수가 웃어서 정말로 화가 났고 소년의 미학을 아무도 이해해주지 않는 것을 눈물이 날 정도로 분하게 생각하는 것이었습니다. '말쑥함, 우아함'. 소년의 미학은 이것뿐이었습니다. 아니 삶 그 자체이며 인생의 목적이 오로지 이것뿐이었습니다. 망토는 일부러 단추를

---

* 후쿠오카 현 구루메 지방에서 나는 무명 옷감.
** 일본 전통식 바지.
*** 끈을 걸단추에 걸어 X자 모양으로 엮어서 신는 목이 긴 구두.

잠그지 않고 조그만 어깨로부터 당장이라도 흘러내릴 것같이 위태롭게 걸치고는, 그것을 멋있는 거라고 믿었습니다. 어디서 그것을 배웠을까요? 멋쟁이 본능이라는 것은 본보기가 없어도 저절로 터득하는 것인지도 모릅니다. 아마 난생처음 도시다운 도시에 발을 디디는 것이므로 소년으로서는 일생일대의 공들인 옷차림이었던 것입니다. 흥분한 나머지 혼슈 북단의 작은 소도시에 도착한 순간, 소년의 말투조차 완전히 바뀔 정도였습니다. 예전부터 소년 잡지에서 배운 도쿄 말투를 사용했습니다. 그렇지만 숙소에 도착하여 여종업원의 말을 들으니, 역시 여기도 소년의 고향과 똑같은 쓰가루 방언이었기 때문에 소년은 약간 김이 빠졌습니다. 태어난 고향과 그 소도시는 10리도 채 떨어져 있지 않았습니다.

이 바닷가의 소도시는 아오모리 시이다. 쓰가루 제일의 항구로 만들려고 소토가하마 영주가 경영을 시작한 것은 간에이 원년인 1624년이었다. 대충 320년 정도 전의 일이다. 당시에 이미 가옥이 천 호 정도였다고 한다. 그로부터 오우미, 에치젠, 에치고, 가가, 노토, 와카사 등과 배로 왕성하게 교역을 시작해 점차로 번영하게 되면서 소토가하마에서 가장 번화하고 중요한 포구가 되었다. 1871년 폐번치현(廢藩置縣)*에 의해 아오모리 현이 탄생함과 동시에 현청 소재지가 되었고, 지금은 혼슈의 북쪽 관문을 지키고 있으며 홋카이도의 하코다테와의 철도 연락선에 대해서는 모르는 사람이 없을 것이다. 현재

* 지방자치체였던 번을 없애고 일본 전국에 중앙 정부의 지배를 받는 부(府)와 현을 설치한 행정 구역 개편.

호수(戶數)는 2만 이상, 인구는 10만을 넘는 정도이지만 여행자에게
는 그다지 인상이 좋은 고장은 아닌 것 같다. 거듭되는 큰불로 인해
집이 허름해진 것은 어쩔 수 없지만 여행자로서는 시내 중심부가 어
디인지를 전혀 추측할 수 없을 정도이다. 기묘하며 낡고 무표정한 집
들이 들어서 있고 여행자에게 일절 말을 걸려고 하지 않는다. 여행자
는 마음이 진정되지 않아 허둥지둥 이 마을을 빠져나간다. 그렇지만
나는 아오모리 시에 4년간 있었다. 그리고 그 4년간은 내 생애에서 아
주 중요한 시기였던 것 같다. 그 무렵의 내 생활은 「추억」이라는 초기
소설에 상당히 자세하게 그려져 있다.

　좋은 성적은 아니었지만 나는 그해 봄, 중학교 입학시험에 합격
했다. 새 하카마와 검은 양말과 끈 엮는 부츠를 신고 이제까지 쓰던
모직 대신에 사라사 망토를 멋쟁이답게 단추를 잠그지 않고 앞을
벌린 채 걸치고 그 바닷가 도시로 갔다. 그리고 우리 집과 먼 친척
뻘인 시내의 전통 옷가게에 여장을 풀었다. 입구에 찢어진 낡은 노
렌*이 걸려 있는 그 집에서 계속 신세를 지기로 되어 있었다.
　나는 아무 일에나 쉽게 기뻐하는 성격이었고 입학 당시에는 목욕
탕에 갈 때도 교모를 쓰고 하카마를 입었다. 그런 내 모습이 길가
유리창에라도 비치면 웃으면서 그것에 가볍게 목례를 할 정도였다.
　그런데도 학교생활은 전혀 재미가 없었다. 학교는 마을 변두리에
있었는데 흰 페인트로 칠해져 있었고 바로 뒤는 해협에 접한 평평

---

* 상점 출입구에 옥호나 문양을 써넣어 드리운 천.

한 공원으로 파도 소리와 솔바람 소리가 수업 중에도 들려왔다. 복도도 넓고 교실 천장도 높아서 모든 것에 좋은 인상을 받았지만 교사들이 나를 심하게 학대했다.

나는 입학식 날부터 어떤 체육 교사에게 얻어맞았다. 내가 건방지다는 것이었다. 이 교사는 입학시험 때, 내 구술시험 담당이었는데 "아버지가 돌아가셔서 열심히 공부할 수가 없었겠지!" 하고, 나에게 동정 어린 말을 해주어서 고개를 떨어뜨리게 한 사람이었던만큼, 내 마음은 한층 더 상처를 받았다. 그다음에도 여러 교사에게 얻어맞았다. 히죽히죽 웃고 있다든가, 하품을 했다든가, 여러 가지 이유로 벌을 받았다. 수업 중에 하품을 크게 한다고 교무실에서 평판이 자자하다는 말도 들었다. 그런 바보스러운 이야기나 하는 교무실을 이상하게 생각했다.

나와 같은 마을에서 온 또 한 명의 학생이 어느 날, 나를 교정의 모래산 뒤로 불러서 "네 태도는 실제로 건방져 보인다. 그렇게 맞고만 있다가는 틀림없이 낙제할 것이다"라고 충고를 해주었다. 깜짝 놀랐다. 그날 방과 후, 해변을 따라 홀로 귀가를 서둘렀다. 파도에 구두 밑창을 적시면서 한숨을 내쉬며 걸었다. 양복 소매로 이마의 땀을 훔치고 있었더니 엄청나게 큰 쥐색 돛단배가 바로 눈앞을 좌우로 흔들거리며 지나갔다.

이 중학교는 지금도 변함없이 아오모리 시 동쪽 변두리에 있다. 평평한 공원이라는 것은 갓포 공원을 말한다. 이 공원은 중학교의 뒤뜰이라고 해도 좋을 정도로 중학교와 밀착해 있었다. 나는 겨울에 눈보라가 치지 않는 한, 등하굣길에 이 공원을 통과하여 해안을 따라 걸었다. 말하자면 뒷길이었다. 학생들은 그다지 다니지 않는다. 이 뒷길이 상쾌하게 느껴졌다. 초여름 아침은 특히 좋았다. 한편 내가 신세를 진 옷가게라는 것은 데라마치의 도요타 씨 집이다. 20대(代) 가까이 이어져온 아오모리 시 굴지의 전통 있는 가게이다. 이 집 주인아저씨는 예전에 돌아가셨지만 나는 이 집 주인아저씨에게 친아들 이상으로 귀한 대접을 받았다. 잊을 수가 없다. 최근 2,3년 사이에 아오모리 시에는 두세 번 갔지만 그때마다 이 아저씨 무덤에 성묘하고 반드시 도요타 씨 집에 머무는 것이 관례이다.

3학년이 된 봄날 아침, 등굣길에 붉게 칠해진 다리의 둥근 난간에 기대어 나는 잠시 멍하니 서 있었다. 다리 아래로는 스미다 강과 비슷한 넓은 강이 천천히 흐르고 있었다. 완전히 망연자실한 경험은 그때까지 없었다. 뒤에서 누군가가 보고 있는 것 같은 느낌이 들어 언제나 여러 가지 포즈를 취했다. 나의 세세한 몸짓 하나하나에도, "그는 당혹해하며 손바닥을 바라보았다" "그는 귀 뒤를 긁으면서 중얼거렸다"라는 식으로 일일이 설명을 붙이고 있었기에, 나로서는 우연이라든지 자신도 모른다는 동작은 있을 수가 없었다. 다리 위에서의 망연자실한 상태에서 깨어난 다음, 쓸쓸함에 가슴이 두근거렸다. 그런 기분일 때는 자신의 과거와 미래에 대해 또다시 생각했다. 다리를 콩콩 울리며 건너면서 여러 가지 일을 떠올리고 또 몽상했다. 그리고 마침내 한숨을 쉬면서 이런 생각을 했다. 훌륭한 사람이 될 수 있을까?

(중략)

무슨 일이 있어도 너는 남들보다 뛰어나야 한다는, 압박감 비슷한 생각 때문이었지만 사실 나는 공부를 하고 있었다. 3학년이 되고 나서는 늘 반에서 일등이었다. 공부벌레라는 말을 듣지 않고 일등을 하기는 어려운 일이었지만 나는 그런 조소를 받지 않았을 뿐만 아니라 학급 친구들을 다루는 방법까지 깨닫고 있었다. 문어라는 별명의 유도부 주장조차 나에게는 유순했다. 교실 구석에 휴지통인 큰 항아리가 있었는데 가끔씩 그것을 가리키며 "문어, 항아리에 들어가" 하고 명령하면 문어는 항아리에 머리를 넣고 웃는 것이다. 웃음소리가 항아리 속에서 울려 이상한 소리가 났다. 학급의 미소년들도 대개는 나를 따랐다. 내 얼굴에 여드름이 나서 삼각형, 육각형이랑 꽃 모양으로 자른 반창고를 덕지덕지 붙여도 아무도 우스워하지 않을 정도였다.

나는 여드름 때문에 늘 고민이었다. 그 당시에는 점점 더 수가 늘어나서 매일 아침, 눈을 뜰 때마다 손바닥으로 얼굴을 문지르며 상태를 조사했다. 여러 가지 약을 사서 발랐지만 효과가 없었다. 약국에 약을 사러 갈 때마다 종이쪽지에 약 이름을 써서 "이런 약 있습니까?" 하고 다른 사람에게 부탁을 받은 것처럼 말할 수밖에 없었다. 나는 여드름이 성욕의 상징으로 생각되어 눈앞이 깜깜해질 정도로 부끄러웠다. 차라리 죽어버릴까! 하고 생각한 적도 있었다. 내 얼굴에 대한 집안에서의 나쁜 평도 절정에 달해 있었다. 시집간 큰누나는 "오사무에게 시집올 여자는 없을 거야!"라고 말했다고 한다. 나는 부지런히 약을 발랐다.

남동생도 내 여드름을 걱정하여 여러 번, 나를 대신해서 약을 사러 가주었다. 나와 남동생은 어릴 때부터 사이가 나빠서 남동생이 중학교 입학시험을 칠 때 떨어지라고 빌 정도였지만 이렇게 둘이서 고향을 떠나보니 나도 남동생의 좋은 성격을 차차 알게 되었다. 남동생은 자라면서 말수가 적어지고 내성적으로 변해갔다. 내 동인지에도 가끔씩 단문을 발표했지만 모두 기가 약한 문장들이었다. 나에 비해서 학교 성적이 좋지 않은 것을 늘 괴로워했고 내가 위로하면 오히려 더욱 언짢아했다. 또 자기 이마가 후지 산을 닮아서 여자 같다는 것을 못마땅해했다. 이마가 좁아서 이렇게 머리가 나쁘다고 굳게 믿고 있었다. 이 동생에게만은 모든 것을 허락했다. 그 무렵, 나는 남을 대할 때, 모든 것을 숨기거나 모든 것을 털어놓거나, 둘 중 하나였다. 우리는 모든 것을 털어놓고 이야기했다.

초가을, 달 없는 어느 밤에 우리는 부두에 나가 해협을 건너오는 바람을 살랑살랑 맞으면서 빨간 실에 대해 이야기했다. 그것은 언젠가 학교 국어 시간에 선생님이 학생들에게 들려준 것이다. 우리 오른발 새끼발가락에 눈에 보이지 않는 빨간 실이 연결되어 있는데 그것이 술술 길게 뻗어나가 다른 한쪽은 반드시 어떤 여자아이의 같은 발가락에 연결되어 있다. 두 사람이 아무리 떨어져 있어도 그 실은 끊어지지 않고 아무리 가까워져도, 설령 거리에서 만나도 그 실은 뒤엉키는 일이 없고 나중에 그 여자아이와 결혼하게 되어 있다는 것이다. 나는 이 이야기를 처음 들었을 때, 아주 흥분한 나머지 집에 돌아와서 곧바로 남동생에게 이야기했을 정도였다. 우리는 그날 밤도 파도 소리와 갈매기 울음소리에 귀를 기울이면서 그 이야기를 했다. "네 와이프는 지금 무엇 하고 있노?" 하고 남동생에게 물었더니, 남동생은 부두의 난간을 두세 번 흔들고 나서 "정원을 걷고 있어" 하고 겸연쩍은 듯이 말했다. 정원용 큰 샌들을 신고 부채를 들고 달맞이꽃을 보는 소녀는 남동생과 정말로 잘 어울린다는 생각이 들었다. 내 이야기를 할 차례였지만 새까만 바다를 주시한 채로 "빨간 허리띠를 매고 있구먼"이라고만 말하고 입을 다물었다. 해협을 건너오는 연락선이 큰 여관처럼 많은 방마다 노란 등불을 켜고 수평선에서 흔들거리며 나타났다.

남동생은 그로부터 2, 3년 뒤에 죽었지만 당시 우리는 부두에 가는 것을 좋아했다. 겨울, 눈 내리는 밤에도 우산을 쓰고 남동생과 둘이서 부두로 갔다. 항구의 깊은 바다에 눈이 소곤소곤 내리는 것은 멋진 광경이다. 최근에는 아오모리 항도 선박이 폭주하여 부두가 배로 꽉 차서 경치 운운할 상황이 아니다. 그리고 스미다 강을 닮은 넓은 강이라는 것은 아오모리 시 동쪽을 흐르는 쓰쓰미 강을 말한다. 곧바로 아오모리 만으로 흘러든다. 강이라는 것은 바다로 흘러들어가기 직전에 이상하게도 주저하며 역류하는 것처럼 흐름이 느려진다. 나는 그 늦은 흐름을 보고 망연자실했다. 같잖은 비유일지 모르겠지만 나의 청춘도 강에서 바다로 흘러들어가기 직전이었다고나 할까! 아오모리에서 보낸 4년은 그 때문에 잊을 수 없는 기간이었다고 할 수 있을 것이다. 아오모리에서의 추억은 대강 이 정도지만 아오모리에서 동쪽으로 3리 정도 떨어진 해변가의 아사무시 온천도 나에게는 잊을 수 없는 곳이다. 역시 「추억」이라는 소설에 다음과 같은 부분이 있다.

가을이 되어 나는 그 도시에서 기차로 30분 정도 걸리는 해안 온천지로 남동생을 데리고 갔다. 그곳에는 어머니와 병석에서 막 일어난 막냇누이가 집을 빌려 요양을 하고 있었다. 나는 그곳에 쭉 기숙하면서 입학시험 공부를 계속했다. 수재라는 어쩔 수 없는 명예 때문에 어떻게 해서라도 중학교 4학년에서 곧바로 고등학교로 진학해야만 했다. 학교생활에 대한 싫증은 그 무렵 더욱 심해졌지만, 그래도 무언가에 쫓기고 있던 나는 오로지 공부만 하고 있었다. 나는 그곳에서 기차로 통학을 했다. 일요일마다 친구들이 놀러 왔다. 나는 친구들과 함께 반드시 피크닉을 갔다. 해안의 평평한 바위 위에서 전골을 먹으면서 포도주를 마셨다. 남동생은 목소리도 좋고 새 노래를 많이 알고 있어서 우리는 남동생한테 노래를 배워 같이 합창했다. 놀다가 지쳐 바위 위에서 자다가 눈을 떠보니 밀물 때라서 육지와 붙어 있던 바위가 어느새 섬이 되어 있어 우리는 아직도 꿈에서 깨어나지 않은 것 같은 기분이 들었다.

"마침내 청춘이 바다로 흘러들어갔네!" 하고 농담이라도 하고 싶어 서였을까! 아사무시의 바다는 깨끗하고 나쁘지는 않지만 여관은 반드시 좋다고는 할 수 없다. 살풍경한 도호쿠 지방 어촌의 정취는 당연한 것으로 결코 탓할 것이 못 되지만 우물 안 개구리가 바다를 모르는 것처럼 약간의 오만함이 느껴져서 입을 다문 것은 나뿐일까! 고향의 온천이므로 과감하게 험담을 하자면 시골인데도 불구하고 닳은 것 같은 묘한 불안감이 느껴졌다. 최근에 이 온천지에 머문 적은 없지만 숙박료가 '어!' 하고 놀랄 정도로 비싸지지 않았다면 다행이다. 이것은 분명 지나친 말이겠지만 최근에 숙박한 적도 없고 단지 기차 창문 너머로 온천지의 집들을 바라보면서 가난한 예술가의 별 볼 일 없는 감으로 이야기하고 있을 뿐으로, 그 밖에 아무런 근거도 없기 때문에 내 이러한 직감을 독자에게 강요하고 싶지는 않다. 오히려 독자는 내 직감 따위는 믿지 않는 편이 좋을지도 모르겠다. 아사무시도 지금은 검소한 휴양지로 새롭게 출발했을 것이다. 하지만 한때는 아오모리 시에서 온 혈기 왕성한 취객들이 이 살풍경한 온천지를 묘하게 들뜨게 해서, 초라한 여관의 여주인들이 아타미, 유가와라의 여관도 이 정도로 흥청거리지는 않을 것이라는 쓸데없는 환상에 빠지기도 했으리라는 생각이 뇌리를 스쳤다. 그래서 가난하고 비뚤어진 성격의 여행자는 최근에 여러 번, 이 추억의 온천지를 기차로 지나가면서도 일부러 내리지는 않았다는 이야기다.

쓰가루에서는 아사무시 온천이 가장 유명하고 다음은 오와니 온천일지도 모른다. 오와니는 쓰가루 남단 근처의 아키타와의 경계에 있고 온천보다는 스키장으로 일본 전국에 널리 알려져 있을 정도이다. 산기슭의 온천인 이곳에는 쓰가루 번의 과거 흔적이 희미하게나마 남아 있다. 우리 부모님이 이 온천지에서도 종종 요양을 해서 나도 어릴 적에 놀러 가곤 했지만 아사무시만큼의 선명한 기억은 남아 있지 않다. 그러나 아사무시의 갖가지 추억은 선명하지만 모든 것이 반드시 유쾌한 것이라고는 말할 수 없는 데 비해 오와니의 추억은 흐릿하지만 그립다. 바다와 산의 차이일까? 나는 벌써 20년 가까이 오와니 온천에 가보지 않았다. 하지만 지금 가보면 아사무시와 같은 도시풍의 차가운 대우에 열 받아 만취해서는 이곳도 퇴락했다고 생각하게 될까? 그럴 것이라고 쉽게 체념할 수는 없다. 여기는 아사무시에 비해 도쿄 방면으로 가는 교통편이 아주 나쁘다. 먼저 그 점이 나로서는 믿고 의지할 구석이다. 또 이 온천 근처에 이카리가세키라는 마을이 있는데 번 체제 때의 쓰가루와 아키타 사이의 관문으로, 주변에는 사적도 많고 옛날 쓰가루인들의 생활 모습이 뿌리 깊게 남아 있을 것이기에 그렇게 쉽게 도시화되지는 않았을 것으로 생각된다. 게다가 최후의 보루는 이곳에서 북쪽으로 3리 정도 떨어진 곳에 히로사키 성의 천수각(天守閣)*이 그대로 남아 있어 매년 봄이 되면 벚꽃에 물든 채, 그 건재함을 과시하고 있다는 것이다. 히로사키 성이 버티고 있는 한, 오와니 온천이 도시의 찌꺼기를 흡수하여 술주정을 부리는 일은 없을 것이라고 믿고 싶다.

히로사키 성. 이곳은 쓰가루 번 역사의 중심이다. 쓰가루 번의 시조 오우라 다메노부**는 세키가하라 전투*** 때 도쿠가와 편에 가담하여 1603년, 도쿠가와 이에야스가 쇼군의 교지를 받음과 동시에, 도쿠가와 막부의 4만 7천 석의 제후가 되면서 히로사키의 고지대에 성을 만들기 시작, 2대 영주 쓰가루 노부히라 대에 이르러 마침내 완성된 것이 히로사키 성이라고 한다. 그 후 대대로 영주는 히로사키 성에 거주했고 4대 노부마사 대에 일족인 노부후사를 구로이시로 분가시켜 히

---

* 성에서 가장 높은 망루로 영주가 거주한다.
** 오우라 모리노부의 장남(양자)으로 히로사키 번의 초대 영주. 본명은 쓰가루 다메노부.
*** 도요토미 히데요시가 죽은 후, 권력 다툼이 일어나 도쿠가와 이에야스의 동군(東軍)과 모리 데루모토의 서군(西軍)이 1600년 10월 21일, 지금의 기후 현 세키가하라를 중심으로 일본 전국에서 전투를 벌였다.

로사키, 구로이시의 두 번으로 나누어 쓰가루를 지배했다. 겐로쿠
(1688~1704) 시대 7대 명군(名君) 중에서 최고로 칭송받는 노부마
사의 선정은 쓰가루의 면목을 아주 새롭게 했지만, 7대 노부야스 때
일어난 호레키와 덴메이 대기근*은 쓰가루 일대를 참혹한 생지옥으로
만들었다. 번의 재정도 극도로 궁핍해져 앞날이 암담했지만, 8대 노
부아키라, 9대 야스치카 시절에 필사적으로 회복을 도모하여 11대 유
키쓰구에 이르러 간신히 위기에서 벗어났다. 이어서 12대 쓰구아키라
가 중앙정부에 통치권을 반환하여 오늘날의 아오모리 현이 탄생하게
된 경위는 히로사키 성의 역사인 동시에 쓰가루 역사의 큰 줄기이기
도 하다. 쓰가루 역사에 대해서는 나중에 상세하게 기술할 생각이니
지금은 히로사키에 대한 나의 옛 추억을 조금 적고 「쓰가루」의 서편
(序編)을 마치기로 한다.

　나는 히로사키 성 앞마을에서 3년을 살았다. 히로사키 고등학교 문
과에 3년간 다녔는데, 그 무렵 기다유**에 빠져 있었다. 매우 특이한
일이었다. 귀갓길에 기다유를 가르치는 여자 스승님 댁에 들러 처음
에는 〈나팔꽃 일기(朝顔日記)〉였는지 무엇이었는지는 전부 잊어버렸
지만 〈노자키 마을(野崎村)〉, 〈쓰보사카(壺坂)〉, 〈가미지(紙治)〉 등을
얼추 배웠다. 어째서 그런 분수에 맞지 않는 이상한 짓을 시작했을
까? 그 책임이 전적으로 히로사키 시에 있다고는 생각지 않지만 일부

---

* 호레키 대기근은 1755년부터 3년간에 걸쳐 일어난 전국적 기근으로, 특히 도호쿠 지
방의 피해가 컸다. 덴메이 대기근은 1782년에서 1788년에 걸쳐 일어난 것으로, 에도 3대
대기근 중 하나이다.
** 일본 전통 예능의 하나로 샤미센 반주에 맞추어 옛날이야기를 읊어나가는 것. 원래는
조루리의 한 유파.

분은 져야 한다고 생각한다. 신기하게도 기다유가 성행했다. 때때로 아마추어 기다유 발표회가 동네 극장에서 열린다. 나도 한번 들으러 갔는데, 동네 아저씨들이 단정하게 의복을 갖추어 입고 진지하게 기다유를 노래했다. 모두 다 그다지 잘하는 편은 아니었지만 전혀 어색하지 않고 얼버무림이 거의 없는 어조로 매우 진지하게 노래하고 있었다. 아오모리 시에는 옛날부터 마니아가 적지 않은 것 같은데, 게이샤에게 "오빠, 잘하네!" 하는 소리를 듣고 싶어 속요를 연습하거나, 자신이 마니아라는 것을 정치나 사업의 무기로 사용하는 빈틈없는 사람조차 있는 것 같다. 별 볼 일 없는 예능이지만 바보스럽게 구슬땀을 흘리며 연습하는 불쌍한 아저씨들을 히로사키 시에서는 종종 볼 수 있었다. 다시 말하면 히로사키 시에는 아직도 진짜 얼간이가 남아 있는 것 같다. 『에이케이 군키(永慶軍記)』라는 옛날 책에도, "오우* 지방 사람들의 마음은 어리석고 권세가에게 복종하지 않는다. '그는 조상의 적이다. 천한 놈이다. 단지 운이 좋아 권세를 자랑하고 있을 뿐이다'라며 따르지 않는다"고 기록되어 있다던데, 히로사키 사람에게는 정말로 그와 같은 바보스러운 똥고집이 있어서, 지고 또 져도 강자에게 머리를 숙일 줄 모르고 고상한 자부심을 고수하여 세상의 조롱거리가 되는 경향이 있는 것 같다. 나 또한 이곳에서 3년간 생활한 덕분에 매우 복고적으로 변해 기다유에 열중하기도 하고, 또 다음과 같은 낭만성을 발휘하는 남자가 되었다. 다음 문장은 내 옛 소설의 일부**로 역시 익

---

* 옛날의 무쓰, 데와 두 지방을 이르는 말로 현재의 아오모리, 이와테, 야마가타, 아키타, 미야기, 후쿠시마의 6현이 해당된다.
** 「멋쟁이 아이」.

살스러운 허구임에 틀림없지만, 분위기는 '대충 이런 것이었다'고 쓴 웃음을 지으면서 고백하지 않을 수 없다.

　찻집에서 포도주를 마시던 동안은 괜찮았지만, 그러다가 요정에 태연스레 들어가서 게이샤와 함께 식사하는 것을 배우게 된 것입니다. 소년은 그것을 특별히 나쁜 것이라고는 생각지 않았습니다. 세련되면서도 불량배 같은 행동거지가 늘 가장 고상한 취미라고 믿고 있었습니다. 성 앞마을의 오래되고 조용한 요정에 두세 번 식사하러 간 다음, 소년의 멋쟁이 본능이 또 벌떡 머리를 들고 일어나서 이번에는 정말이지 대사건이 되었습니다. 연극에서 본 〈메 조(組)의 싸움〉*의 도비** 복장으로 요정의 안쪽 정원에 접한 방에서 양반다리를 하고, "어이, 아가씨. 오늘은 매우 아름다워!"라고 말해보고 싶어서 가슴 두근거리면서 그 복장 준비를 시작했습니다. 감색 작업복. 그것은 금방 구할 수 있었습니다. 그 주머니에 고풍스러운 지갑을 넣고 이렇게 팔짱을 끼고 걸으면 제법 어엿한 불량배처럼 보입니다. 작업용 허리띠도 샀습니다. 묶을 때, 찌익 하고 소리가 나는 하카타산(産) 허리띠입니다. 줄무늬의 홑겹 무명옷을 한 벌, 옷가게에 주문하여 마련했습니다. 도비인지, 노름꾼인지, 장사꾼인지를 알 수 없는 복장이 되어버렸습니다. 통일성이 없어요. 어쨌든 연극에 나오는 인물의 인상을 주는 복장이기만 하면 소년은 그것만으

---

* 대사 중심 희극인 교겐(狂言)으로 씨름꾼과 목수의 싸움 이야기.
** 토목, 건축 공사의 노무자. 특히 높은 비계 위에서 일하는 사람. 에도 시대에는 대개 소방수를 겸했다.

로 만족이었습니다. 초여름이라 소년은 맨발에 삼베 밑창 샌들을 신었습니다. 거기까지는 괜찮았는데 갑자기 소년은 묘한 것을 생각해냈습니다. 그것은 각반에 관한 것이었습니다. 감색 목면으로 된 꽉 조이는 긴 각반을 연극에서 도비가 찬 것 같았는데 그것이 필요하다고 생각했습니다. "이 못난 놈아!" 하고 옷자락을 쫙 걷어 올리고는 홱 돌아서 엉덩이를 깐다. 그때, 감색 각반이 아주 강렬한 인상을 줍니다. 팬티 하나만으로는 부족해! 소년은 그 각반을 사려고 시내 구석구석까지 돌아다녔습니다. 아무 데도 없었습니다. "저, 있죠. 미장이가 차고 있잖아요. 착 달라붙는 감색 각반, 그런 거 없어요?" 하고 열심히 설명을 하며 옷가게, 양말가게 점원에게 물어보았지만, "음. 그것은 지금" 하고 점원은 웃으면서 고개를 흔드는 것이었습니다. 벌써 상당히 더워져서 소년은 땀범벅이 되면서 찾아다닌 끝에, 마침내 한 가게 주인이 "그것은 우리 가게에는 없지만 저 골목을 돌아가면 소방용품 전문 가게가 있으니까, 거기에 가서 물어보면 어쩌면 있을지도 모르겠네요" 하고 가르쳐주었습니다. '과연! 소방용품이라고는 생각지도 못했구나! 도비는 소방수, 오늘날의 소방관이지. 그러네! 당연한 것이야' 하고 활기를 되찾아 가르쳐준 대로 골목 안의 가게로 달려갔습니다. 가게에는 크고 작은 소방펌프가 진열되어 있었습니다. 소방대의 깃발도 있었습니다. 약간 불안했지만 그래도 용기를 내어 "각반 있습니까?" 하고 물었더니, "있습니다" 하고 대답하면서 곧바로 가져온 것은 감색 각반임에는 틀림없었지만, 각반 양쪽에 커다랗게 소방관 표시인 붉은 선이 옆으로 쭉 그어져 있었습니다. 도저히 그것을 차고 다닐 용기는 없어서, 소년은 슬프게도 각반을 포기하지 않을 수 없었습니다.

제아무리 바보의 본고장이라 해도 이 정도 바보는 없었을 것이다. 옮겨 적으면서 작가 자신도 조금 우울해졌다. 게이샤들과 함께 식사를 한 요정이 있는 이 홍등가를 에노키 골목이라 하지 않았는지. 어쨌든 20년 가까운 옛날이야기여서 기억도 희미해져 확실하지 않지만 오미야 언덕 아래의 에노키 골목이라고 기억하고 있다. 또 감색 각반을 사기 위해 땀범벅이 되어 헤맸던 곳은 도테마치라는 가장 번화한 상점가였다. 그것과 비교되는 아오모리의 홍등가 이름은 하마마치이다. 그 이름에 개성이 없는 것 같다. 히로사키의 도테마치에 상응하는 아오모리의 상점가는 오마치라고 불리는데 이것도 같다고 생각된다. 내친김에 히로사키의 거리 이름과 아오모리의 거리 이름을 열거한다. 이 두 소도시의 성격 차이가 의외로 분명해질지도 모른다. 혼초(本町), 자이후마치(在府町), 도테마치(土手町), 스미요시초(住吉町), 오케야마치(桶屋町), 도야마치(銅屋町), 차바타케초(茶畑町), 다이칸초(代官町), 가야초(萱町), 햣코쿠마치(百石町), 가미사야시마치(上鞘師町), 시모사야시마치(下鞘師町), 뎃포마치(鐵砲町), 와카도초(若黨町), 고비토초(小人町), 다카조마치(鷹匠町), 고짓코쿠마치(五十石町), 곤야마치(紺屋町) 등이 히로사키 시의 거리 이름이다. 이에 비해 아오모리 시의 거리 이름은 다음과 같다. 하마마치(浜町), 신하마마치(新浜町), 오마치(大町), 코메마치(米町), 신마치(新町), 야나기마치(柳町), 데라마치(寺町), 쓰쓰미마치(堤町), 시오마치(鹽町), 시지미가이마치(蜆貝町), 신시지미가이마치(新蜆貝町), 우라마치(浦町),

나미우치(浪打), 사카에마치(榮町).

그렇지만 나는 히로사키 시가 위이고 아오모리 시가 아래라고는 절대 생각하지 않는다. 다카조마치, 곤야마치 등의 고풍스러운 이름은 히로사키 시에만 있는 것은 아니고 일본 전국의 성 앞마을에는 반드시 그런 이름이 있다. 정말이지 히로사키 시의 이와키 산은 아오모리 시의 핫코다 산보다 수려하다. 그렇지만 쓰가루 출신 소설의 대가 가사이 젠조*는 고향 후배들에게 이렇게 가르쳤다. "자만에 빠져서는 안 돼. 이와키 산이 멋져 보이는 것은 이와키 산 주위에 높은 산이 없기 때문이다. 다른 지방에 가봐. 저 정도 산은 흔하다. 주위에 높은 산이 없기 때문에 저렇게 거룩하게 보이는 것이다. 자만에 빠져서는 안 돼."

역사가 오래된 성 앞마을은 전국에 무수히 많지만 어째서 히로사키 성 앞마을 사람들은 저렇게 옹고집이며 그 봉건적인 면모를 자랑스러워하는 것일까? 새삼스럽게 말할 필요조차 없지만 규슈, 사이코쿠, 야마토 등에 비하면 쓰가루 지방은 거의 대부분이 신개척지에 해당한다고 해도 좋을 것이다. 전국에 자랑할 수 있는 어떤 역사를 가지고 있는 것인가? 가깝게는 메이지 유신 때, 이 번 출신 중에서 어떤 천황파가 나왔는가? 번의 태도는 어떠했는가? 노골적으로 말하면 단지 다른 번의 뒤만 따라간 것이 아닌가? 도대체 어디에 자랑할 만한 전통이 있는가? 그렇지만 히로사키 사람은 완고하게 어떻게든 어깨를 치켜세우고 있다. 그리하여 제아무리 힘센 자에 대해서도 "천한 놈이다. 단지 운이 좋아 권세를 자랑하고 있을 뿐이다"라며 순응하지 않는 것

---

* 소설가. 자신의 일상생활 속의 고민을 그린 파멸형 사소설 작가.

이다. 이 지방 출신 육군 대장 이치노헤 뵤에[*] 각하는 귀향할 때는 반드시 직물로 된 일본 전통 옷을 입었다는 이야기를 들었다. 장군 복장으로 귀성하면 고향 사람들이 반드시 눈을 부라리며, "그는 어떤 놈이냐? 단지 운이 좋아서"라고 말할 것을 잘 알았기에 현명하게 귀향할 때는 직물로 된 전통 옷과 세루의 하카마를 입었다는 이야기를 들었다. 모두가 사실이 아니라도 이와 같은 전설이 생기는 것도 무리가 아닐 것이라는 생각이 들 정도로 히로사키 성 앞마을 사람들은 어딘가 냉담한 반골 기질을 지니고 있는 것 같다. 무엇을 감추랴! 실은 나에게도 그런 다루기 힘든 뼈가 하나 있고 그것 때문만은 아니겠지만 덕택에 하루살이 같은 셋방살이 신세에서 벗어나지 못하고 있다. 나는 어떤 잡지사로부터 '고향에 부치는 말'을 부탁받아 그 대답으로,

너를 사랑하며 너를 미워한다.

꽤 히로사키의 험담을 했는데, 이것은 히로사키에 대한 증오가 아니라 작가 자신의 반성이다. 나는 쓰가루 사람이다. 선조 대대로 쓰가루 번의 백성이었다. 말하자면 쓰가루 토박이이다. 그래서 조금도 거리낌 없이 이와 같이 쓰가루의 험담을 하는 것이다. 만약 다른 지방 사람이 나의 험담을 듣고서 안이하게 쓰가루를 무시한다면 나도 역시 불쾌하게 생각할 것이다. 누가 뭐라고 해도 나는 쓰가루를 사랑하기 때문에.

---

[*] 히로사키 시 출신의 군인. 청일·러일 전쟁 때, 제6여단장, 사단장을 거쳐 육군 장군이 되었다. 나중에 교육 총감, 가쿠슈인 원장을 역임했다.

히로사키 시. 현재 가구는 1만, 인구는 5만여 명. 히로사키 성과 사이쇼인(最勝院)의 5층탑은 국보로 지정되어 있다. 벚꽃놀이 철의 히로사키 성은 일본 최고라고 다야마 가타이*가 보증했다고 한다. 히로사키 사단 사령부가 있다. 산 참배라고 해서 매년 음력 7월 28일부터 8월 1일까지 3일간, 쓰가루의 영봉(靈峯) 이와키 산 정상의 신사에서 열리는 제사의 참배객 수만 명이 참배를 위해 오고 가는 길에 춤추면서 이 거리를 통과하기에 매우 흥청거린다. 여행 안내기에는 대략 이와 같은 것이 기록되어 있다. 그렇지만 나는 히로사키 시를 설명함에 있어 이것만으로는 아무래도 불만스럽다. 때문에 이것저것 소년 시절의 기억을 더듬으면서 무언가 하나, 히로사키의 진면목을 생생하게 묘사하고 싶었지만, 모두가 쓸데없는 추억뿐으로 뜻대로 되지 않았고 끝내는 생각지도 않은 심한 험담조차 하게 되어 작가 스스로도 어찌할 바를 모르고 있다. 나는 옛 쓰가루 번의 성 앞마을에 너무 집착했던 것 같다. 여기는 우리 쓰가루 사람들의 궁극적인 영혼의 고향이어야 하는데 지금까지의 내 설명만으로는 아무래도 성 앞마을의 성격이 너무나 애매모호하다. 벚꽃에 물든 천수각은 굳이 히로사키 성만의 것은 아니다. 일본 전국에 있는 성들은 대체로 벚꽃에 물들어 있지 않은가. 벚꽃에 물든 천수각이 옆에 있다고 해서 오와니 온천이 쓰가루의 정취를 유지하고 있다고는 보장할 수 없지 않은가. 히로사키 성이 옆에 있는 한 오와니 온천은 도회의 찌꺼기를 흡수하여 술주정을 하는 일은 없을 것이라고 방금 매우 우쭐해하면서 말했다. 하지만 여러

---

* 소설가. 「이불」(1907)이라는 소설을 발표하여 '내면의 고백'이라는 자연주의 문학의 틀을 확립한 자연주의 문학의 대표 작가.

가지로 생각에 생각을 거듭하니, 그것도 단지 작가의 미사여구이며 칠칠치 못한 감상에 지나지 않은 것 같은 느낌이 들어 미덥지 않고 불안할 뿐이다. 원래 이 성 앞마을은 칠칠치 못하다. 옛 번 영주들이 대대로 거주하던 성이 있으면서도 현청을 다른 신흥 도시에 빼앗겨버렸다. 전국 대부분의 현청 소재지는 옛 영주의 성이 있던 곳이다. 아오모리 현의 현청을 히로사키가 아닌 아오모리 시로 가져갈 수밖에 없었던 것이 아오모리 현의 불행이라고조차 생각하고 있다. 나는 결코 아오모리 시를 특별히 싫어하지는 않는다. 신흥 도시의 번영을 보는 것도 또 유쾌한 것이다. 나는 단지 히로사키 시가 지고 있으면서도 무사태평한 얼굴을 하고 있는 것이 답답한 것이다. 지고 있는 쪽에 가세하는 것이 인지상정이다. 어떻게든 히로사키 시 편을 들고 싶어서 아주 서툰 문장이면서도 여러 가지로 궁리하여 적어왔지만 히로사키 시에서 가장 아름다운 장소인 히로사키 성의 독자적 특성을 결국 묘사하지는 못했다. 재차 이야기한다. 이곳은 쓰가루 사람들의 영혼의 고향이다. 뭔가가 있음에 틀림없다. 전국 어디를 찾아봐도 발견할 수 없는 특별하고 훌륭한 전통이 있을 터이다. 그것을 확실하게 느끼고는 있지만 그것이 무엇인지를 형태로 나타내서 독자에게 분명하게 과시할 수 없는 것이 분해서 참을 수 없다. 이 답답함.

봄날 저녁의 일이었다고 기억하는데, 히로사키 고등학교 문과생이었던 내가 혼자서 히로사키 성을 방문해 성 광장 한구석에 서서 이와키 산을 바라다보았을 때, 문득 발아래로 꿈의 마을이 은밀하게 펼쳐져 있는 것을 깨닫고 소름이 끼친 적이 있었다. 나는 그때까지 히로사키 성이 히로사키 변두리에 고립되어 있다고만 생각하고 있었다. 그렇지만 보라! 성 바로 아래에 지금까지 본 적이 없는 고풍스러운 마을이 몇백 년 동안이나 옛 모습 그대로인 조그만 처마들을 나란히 한 채, 숨죽이고 조용히 웅크리고 있었다. 아아! 이런 곳에도 마을이 있구나! 어린 나는 꿈을 꾸는 것 같은 기분에 무심코 깊은 한숨을 내쉬었다. 『만요슈(萬葉集)』* 등에 자주 나오는 '고모리누'** 같은 느낌이다. 나는 왠지 모르게 그때 히로사키를, 쓰가루를 이해한 것 같은 느낌이 들었다. 이 마을이 있는 한 히로사키는 결코 평범한 도시가 아니라고 생각했지만 이 또한 나 혼자만 신나서 내린 단정으로 독자는 무슨 말인지 이해할 수 없을 것이다. 어떻든 히로사키 성은 신비한 늪을 가지고 있는 세상에서 보기 드문 훌륭한 성이다라는 식으로 무조건 밀고 나갈 수밖에 없다. 늪 부근에 갖가지 꽃이 피어 있고 흰 벽의 천수각이 묵묵히 서 있다고 하면 그 성은 천하제일임에 틀림없다. 그리고 그 훌륭한 성 옆의 온천도 영원히 순박한 기풍을 잃는 일은 없을 것이라고, 요즈음 말로 '희망적 관측'을 시도하면서 사랑하는 히로사키 성과 이별하기로 하자. 생각해보면, 자신의 부모님에 대해 이야기하는 것이 지극히 어려운 일인 것처럼 고향의 핵심을 이야기하는 것도 쉬운 일은 아니다. 칭찬해야 좋을지, 비방해야 좋을지를 모르겠다. 이 「쓰가루」의 서편에서 가나기, 고쇼가와라, 아오모리, 히로사키, 아사무시, 오와니에 대한 어린 시절의 추억을 적으면서, 분수도 모르고 매도하는 이야기를 서슴없이 적은 것 같아 저절로 우울해진다. 그 죄가 만 번 죽어 마땅한 폭언을 하고 있는지도 모른다. 이 여섯 고장은

---

* 현존하는 일본에서 가장 오래된 와카 집으로 20권, 4500여 수가 수록되어 있다.
** 풀에 덮여 있는 늪.

과거에 나와 가장 친숙했고 내 성격을 창조했고 내 숙명을 규정 지은 고장이기 때문에 오히려 이 고장들에 대해 맹목적인 면이 있을지도 모른다. 이 고장들을 이야기하는 데 나는 결코 적임자가 아니었다는 것을 지금 분명하게 자각했다. 앞으로 본편에서는 이 여섯 고장에 대해 이야기하는 것은 될 수 있으면 피하고 싶은 마음이다. 쓰가루의 다른 고장에 대해 이야기하겠다.

어느 해 봄, 나는 태어나서 처음으로 혼슈 북단 쓰가루 반도를 3주 정도에 걸쳐 일주했는데, 라는 서편의 앞부분으로 되돌아가지만, 나는 이 여행을 통해 정말로 태어나서 처음으로 쓰가루의 다른 고장과 마을을 본 것이다. 그때까지 정말로 저 여섯 곳 이외의 고장을 알지 못했다. 초등학교 무렵, 소풍을 가서 가나기 근처의 몇몇 마을을 본 적은 있었지만 지금의 나에게 그리운 추억으로 강하게 남아 있지는 않은 것이다. 중학교 시절 여름 방학 때는 가나기의 생가로 돌아와서 이층의 서양식 소파에 누워 뒹굴며 사이다를 벌컥벌컥 병째 마시면서 형들의 장서를 닥치는 대로 읽으면서 보냈고 다른 곳으로 여행을 가지 않았다. 고등학교 시절에는 방학이 되면 반드시 도쿄에 있는 바로 위의 형(이 형은 조각을 배우고 있었지만 스물일곱에 죽었다) 집에 놀러 갔고, 고등학교 졸업과 동시에 도쿄의 대학에 입학해서 그로부터 10년이나 귀향을 하지 않았으니, 이번 쓰가루 여행은 나에게는 상당히 중대한 사건이라 하지 않을 수 없다.

나는 이번 여행에서 보고 온 고장과 마을의 지세, 지질, 천문, 재정, 연혁, 교육, 위생 등에 대해 전문가처럼 아는 체하는 것은 피하고 싶다. 그에 대해 말해도 이른바 하룻저녁 벼락치기의 부끄럽고 경박한 허식인 것이다. 그것에 대해 자세하게 알고 싶은 사람은 이 지방의 전문 연구자에게 묻는 것이 좋을 것이다. 나에게는 또 다른 전문 과목이 있다. 속인들은 그 과목을 사랑이라 부른다. 사람의 마음과 마음이 서로 통하는 것을 연구하는 과목이다. 나는 이번 여행에서 주로 이 한 과목을 추구했다. 어떤 부분을 추구하든지, 결국은 쓰가루의 살아 있는 현 모습을 그대로 독자에게 전할 수만 있다면 쇼와의 쓰가루 풍토기로서 일단은 합격이라고 생각하고 있는데, 그렇게 순조롭게 진행되면 좋으련만.

본편(本編)

1. 순례

"저, 왜 여행을 떠나요?"

"괴로우니까."

"당신이 (괴롭다는 것은) 입에 달고 사는 말이라 전혀 신뢰할 수 없어요."

"마사오카 시키* 서른여섯, 오자키 고요 서른일곱, 사이토 료쿠 서른여덟, 구니키다 돗포 서른여덟, 나가쓰카 다카시 서른일곱, 아쿠타가와 류노스케** 서른여섯, 가무라 이소타 서른일곱."

"그것은 뭘 가리키죠?"

"그들이 죽은 나이야. 연달아 죽었어. 나도 이제 슬슬 그 나이야. 작

---

* 하이쿠 및 와카 창작자. 하이쿠와 와카의 혁신 운동과 근대화를 주도했다.
** 일본의 대표적인 예술지상주의 기교파 작가.

가한테는 이 정도 나이일 때가 가장 중요하거든."

"그래서 괴로운가요?"

"무슨 소릴 하는 거야. 장난치지 마. 너도 조금은 알고 있겠지? 이제 더 이상은 말하지 않겠어. 말하면 비위에 거슬려. 어이, 나는 여행을 떠날 거야."

나도 적당히 나이를 먹은 탓인지, 자신의 기분을 설명하는 것이 비위에 거슬리는 것 같은 느낌이 들어, (게다가 그것은 대체로 너무 진부한 문학적 허식이기 때문에) 아무 말도 하고 싶지 않은 것이다.

쓰가루에 관한 것을 써보지 않을래, 하고 모 출판사의 친한 편집자로부터 전부터 이야기가 있었고, 나도 살아 있는 동안에 한 번은 내가 태어난 지방을 구석구석까지 보고 싶어서 어느 해 봄, 거지와 같은 모습으로 도쿄를 출발했다.

5월 중순이었다. 거지와 같다는 표현은 아마도 주관적인 의미로 사용한 것이지만 객관적으로 봐도 그다지 멋진 모습은 아니었다. 나도 양복은 한 벌도 없다. 노동 봉사 작업복이 있을 뿐이다. 그것도 양복점에서 특별히 주문해서 만든 것이 아니다. 아주 흔한 목면을 집사람이 감색으로 물들여 점퍼와 바지처럼 만든 것으로 정체를 알 수 없는 낯선 작업복이다. 물들였을 당시에는 천의 색깔도 분명 감색이었지만 두세 번 입고 외출했더니 금방 색이 변해서 보라색 같은 묘한 색이 되었다. 보라색 양장은 여자라도 상당한 미인이 아니면 어울리지 않는다. 그 보라색 작업복에 녹색 인조 각반을 차고 고무 밑창을 붙인 면으로 된 구두를 신었다. 모자는 인조섬유 테니스모자. 예전의 그 멋쟁이가 이런 모습으로 여행을 떠나는 것은 처음이었다. 그렇지만 역시 배낭에는 어머니의 유품으로 만든 가문의 문장(紋章)이 수놓인 하오리*와 오시마산(産) 아와세,** 그리고 센다이히라 하카마가 들어 있었다. 언제 어떤 일이 일어날지 몰랐다.

17시 30분 우에노발 급행열차를 탔는데 밤이 깊어지자 아주 추워졌다. 나는 점퍼 속에 얇은 셔츠 두 장만 입고 있었을 뿐이다. 바지 속에는 팬티뿐이다. 겨울 외투를 입고 담요를 준비해온 사람들조차 "추워. 오늘밤은 어쩐지 이상하게 춥네!" 하고 웅성댔다. 나에게도 이 추위는 예상 밖이었다. 도쿄에서는 그 무렵, 이미 서지 홑옷을 입고 다니는 성급한 사람이 있을 정도였다. 나는 도호쿠 지방의 추위를 잊고 있었다. 거북처럼 손발을 움츠리고는 '지금이야말로 심두멸각(心頭滅却)***의 수행을 할 때'라고 되뇌어보았지만, 새벽녘이 되자 더욱더 추워져 수행도 포기하고 '아아! 빨리 아오모리에 도착해 여관 화롯가에 앉아 따뜻하게 데운 술을 마시고 싶다'는 아주 현실적인 것만을 생각하게 되었다. 아오모리에는 아침 여덟시에 도착했다. T군이 역으로 마중을 나와 있었다. 사전에 편지로 알려놓았다.

"전통 옷을 입고 오실 거라고 생각하고 있었어요."

"그럴 때가 아니지." 일부러 농담처럼 말했다.

T군은 여자아이와 같이 나와 있었다. '아아! 이 아이에게 줄 선물을 가지고 왔으면 좋았을걸!' 하는 생각을 곧바로 했다.

---

* 일본의 전통 웃옷.

** 겹옷.

*** 마음과 몸이 사라지면 불속도 서늘하다는 뜻으로, 어떤 고난을 만나도 무념무상의 경지에 이르면 고통을 느끼지 않는다는 의미이다. 가이센 선사가 오다 군대가 지른 불에 타죽으면서 남긴 말.

"어쨌든 저희 집에 잠시 들러 조금 쉬시면?"

"고마워. 오늘 오후까지는 가니타의 N군*에게 가려고 생각하고 있는데."

"알고 있습니다. N씨에게 들었습니다. N씨도 기다리고 있을 것입니다. 어쨌든 가니타행 버스가 출발할 때까지 저희 집에서 잠시 휴식을 취하는 것이 어떻습니까?"

'화롯가에 앉아 따뜻하게 데운 술을'이라는 나의 좋지 않은 속된 바람이 기적적으로 실현되었다. T군의 집 화롯가에는 숯불이 활활 타고 있었고 쇠주전자에는 술이 한 병 들어 있었다.

"오시느라 고생 많으셨습니다." T군은 격식을 갖춰 인사를 하고는 "맥주 쪽이 좋았으려나요?"

"아니, 정종이." 나는 가볍게 기침을 했다.

T군은 옛날 우리 집에서 지낸 적이 있다. 주로 닭장을 돌보았다. 나와 동갑이어서 사이좋게 지냈다. "하녀들을 호통치는 것이 저 녀석의 장점이자 단점이야"라고 그 무렵, 할머니가 T군을 평하던 것을 기억하고 있다. 훗날, T군은 아오모리로 나가서 공부를 하여 그 후, 아오모리의 어느 병원에 근무하고 있는데 환자와 직원에게 상당한 신뢰를 받고 있다고 한다. 몇 해 전, 전쟁에 나가 남양 군도에서 싸우다가 병에 걸려 작년에 귀환하여 병을 고치고 전에 다니던 병원에서 근무하고 있다.

"전쟁터에서 가장 기뻤던 일은 뭐였어?"

---

* 다자이의 중학교 동급생인 나카무라 사다지로가 모델.

"그것은," T군은 금방 대답했다. "전쟁터에서 배급받은 맥주를 한 컵 가득 마셨을 때입니다. 소중히, 소중히 조금씩 마시는 도중에 컵을 입에서 떼고 숨을 한 번 쉬려고 했지만, 아무리 애써도 컵이 입에서 떨어지지 않는 겁니다. 아무리 애써도 떨어지지 않았습니다."

T군도 술을 좋아한다. 그렇지만 지금은 전혀 마시지 않는다. 그리고 가끔씩 가볍게 기침을 하고 있다.

"어때, 건강은?" T군은 예전에 늑막염을 앓은 적이 있는데 전쟁터에서 그것이 재발한 것이다.

"이번에는 후방에서의 근무입니다. 병원에서 환자들을 돌보기 위해서는 자신도 한번 병으로 고통을 받아보지 않으면 알 수 없는 점이 있습니다. 좋은 체험을 했습니다."

"역시 사람이 되어 왔네. 사실 폐병은," 나는 조금 취기가 올라서 뻔뻔스럽게 의사에게 의학을 설명하기 시작했다. "정신의 병이야. 잊고 있으면 낫는 거야. 가끔씩 폭음도 하고."

"예, 적당히 마시고 있습니다" 하며 T군은 웃었다. 나의 엉터리 의학은 전문가에게는 신뢰받지 못하는 것 같았다.

"무언가 드시지 않겠습니까? 아오모리도 요즈음은 맛있는 생선이 적어서."

"아니, 괜찮아." 나는 옆의 밥상을 멍하니 바라보면서 "전부 맛있을 것 같아! 번거롭게 했네. 하지만 그다지 먹고 싶지 않아."

이번에 쓰가루로 떠나기 전에 마음속으로 결심한 것이 하나 있다. 그것은 '음식 욕심 내지 말자'는 것이다. 특별히 성직자도 아니고 이런 말을 하는 것도 겸연쩍지만 도쿄 사람들은 음식물에 지나치게 집착하고 있다. 나 자신이 고리타분한 사람인 탓인지, "무사는 먹지 않고도 이를 쑤신다"는 약간 자포자기와 비슷한 바보스러운 오기를 우습게 생각하면서도 좋아한다. 굳이 이쑤시개까지 사용하지 않아도 될 것을. 그것이 남자의 고집인 것이다. 남자의 고집은 어쨌든 우스꽝스러운 형태로 나타나기 쉬운 것이다. 도쿄 사람들 중에는 오기도 고집도 없이 시골에 가서는 "우리는 지금 거의 아사 직전입니다"라고 아주 과장되게 어려움을 호소하며, 시골 사람들이 내민 흰 쌀밥을 공손히 먹으면서 장황하게 아첨을 떨고는, "조금 더 먹을 것이 없습니까? 고구마. 그것 참 고맙습니다. 얼마 만에 이렇게 맛있는 고구마를 먹어보는지! 내친김에 조금 가져가고 싶은데, 주실 수 있으신지요?"라고 만면에 비굴한 웃음을 띠며 부탁하는 사람이 가끔씩 있다는 소문을 들었다. 도쿄 사람 모두가 같은 양의 식량 배급을 받고 있을 것이다. 그 사람만이 특별히 아사 직전이라는 것은 이상하다. 어쩌면 위가 늘어났을지도 모르지만 어쨌든 음식 애원은 꼴불견이다. 나라를 위해서라고는 말하지 않더라도 인간으로서 긍지를 가졌으면 한다. 도쿄의 소수 예외자가 지방에 가서 아주 엉터리로 도쿄의 식량 부족을 호소하기에 지방 사람들은 도쿄에서 온 손님들을 식량을 구하러 온 것으로 경멸하게 되었다는 이야기를 들었다. 나는 쓰가루에 먹을 것을 구하러 온 것이 아니다. 외모는 보라색 거지와 비슷하지만 '나는 진리와 애정을 구하는 거지이다! 쌀밥을 찾는 거지가 아니다!' 하고 도쿄 사람들의 명예를 위해서도, 연설조로 거들먹거리며 큰소리치고 싶다는 결의를 하고 쓰가루로 왔다. 만약 누군가가 나에게 "자, 이것은 쌀밥입니다. 배가 터질 정도로 드세요. 도쿄는 형편없다고 하죠?"라며 진심으로 권

해도, 나는 가볍게 한 그릇만 먹고는 이렇게 말할 생각이다. "익숙해진 탓인지, 도쿄의 밥이 더 맛있네요. 부식물도 떨어질 때쯤이면 다시 배급됩니다. 어느샌가 위도 작아져서 조금만 먹어도 배가 부릅니다. 신체란 편리한 것이네요."

　그렇지만 나의 이런 잘못된 경계심은 전혀 소용이 없었다. 쓰가루의 지인들 집을 여기저기 방문했지만 아무도 나에게 "쌀밥입니다. 배 터지게 먹어두세요"라고는 말하지 않았다. 특히 생가의 여든여덟 살 된 할머니가 "도쿄는 맛있는 것이 무엇이든지 있는 곳이니까, 너에게 맛있는 것을 먹이려고 해도 어려워. 오이를 술지게미에 절인 것을 먹이고 싶었지만 어찌 된 일인지 요즈음에는 술지게미가 없어서"라며 면목 없다는 듯이 말하므로 정말로 행복한 느낌이 들었다. 말하자면 음식물에는 그다지 민감하지 않고 의연한 사람들만을 만난 것이다. 자신의 행복을 신에게 감사했다. '이것도 가져가, 저것도 가져가'라고 나에게 식료품을 선물로 주려고 집요하게 강요하는 사람은 없었다. 덕분에 가벼운 배낭을 지고 홀가분하게 여행을 계속할 수 있었지만, 귀경해서 보니 집에는 여행지에서 만났던 친절한 사람들이 보내준 소포가 나보다 먼저 가득 도착해 있어서 깜짝 놀랐다. 이것은 여담이고 어쨌든 T군도 더 이상 음식을 권하지 않았고 도쿄의 음식에 대해서는 한마디도 묻지 않았다. 주된 화제는 역시 옛날 두 사람이 가나기 집에서 같이 놀 때의 추억에 관한 것이었다.

　"나는, 그러나 너를 친구라고 생각하고 있어." 정말로 난폭하고 결례가 되는 아니꼬운 연극과 같이 불쾌감을 주는 잘난 체하는 말이었다. 말하고 나서 괴로워했다. 달리 할 말이 없었는가 하고.

"그것은 오히려 유쾌하지 않은데요." T군도 민감하게 알아차린 것 같았다. "나는 가나기의 당신 집에서 일하던 사람입니다. 그리고 당신은 주인입니다. 그렇게 생각해주지 않으면 나는 기쁘지 않아요. 이상하죠. 벌써 20년이나 지났지만 지금도 종종 가나기의 당신 집 꿈을 꿉니다. 전쟁터에서도 꾸었어요. '닭에게 모이를 주는 것을 까먹었다. 큰일 났다!'는 생각이 나서 퍼뜩 꿈에서 깨어난 적이 있습니다."

버스 시간이 되었다. T군과 함께 밖으로 나왔다. 이제 춥지는 않다. 날씨도 좋고 게다가 따뜻하게 데운 술도 마셔서 춥기는커녕 이마에 땀이 났다. 갓포 공원의 벚꽃은 지금 만개했다고 한다. 아오모리 시의 거리는 흰색으로 말라 있고, 아니 술 취한 눈에 비친 엉터리 인상을 이야기하는 것은 그만두자. 아오모리 시는 지금 필사적으로 선박을 건조하고 있다. 도중에 중학교 때 신세를 진 도요타 아저씨의 무덤에 성묘를 하고 버스 정류장으로 서둘러 갔다. "어때, 같이 가니타로 가지 않을래?"라고 예전의 나라면 아무렇지 않게 이야기를 했겠지만, 나도 이제 나이를 먹어 배려라는 것을 알게 된 탓인지, 아니 구차한 설명은 그만두자. 다시 말하면 서로 어른이 된 것이다. 어른이라는 것은 외로운 것이다. 사랑하고 있어도 조심하며 남처럼 행동해야 한다. 왜 조심하지 않으면 안 될까? 그 답은 간단하다. 보기 좋게 배신당해서 큰 창피를 당한 일이 너무 많기 때문이다. 사람을 믿을 수가 없다는 발견은 청년에서 어른으로 가는 첫걸음이다. 어른이란 배반당한 청년의 모습이다. 나는 묵묵히 걷고 있었다. 갑자기 T군이 먼저 말했다.

"저는 내일 가니타에 갑니다. 내일 아침 첫차로 갑니다. N씨 집에서 만나죠!"

"병원은?"

"내일은 일요일입니다."

"뭐야. 그렇구나! 빨리 말하지."

우리는 아직도 철없는 소년의 모습을 간직하고 있었다.

2. 가니타

쓰가루 반도의 동해안은 예로부터 소토가하마라고 불리는 선박의 왕래가 잦은 곳이었다. 아오모리 시에서 버스를 타고 동해안을 북상하면, 우시로가타, 요모기타, 가니타, 다이라다테, 잇폰기, 이마베쓰 등의 마을을 지나 요시쓰네*의 전설로 유명한 미마야에 도착한다. 약 네 시간이 소요된다. 미마야는 버스의 종점이다. 미마야에서 바닷가의 좁은 길을 따라 걸어서 세 시간 정도 북상하면 닷피 마을에 이른다. 문자 그대로 땅끝마을이다. 이 갑(岬)은 그야말로 혼슈의 최북단이다. 그렇지만 이 주변은 최근에 국방상으로 아주 중요한 곳이므로 거리 등의 구체적인 기술은 모두 생략해야 한다. 어쨌든 소토가하마 일대는 쓰가루 지방에서 가장 역사가 오래된 곳이다. 그리고 가니타 마을은 이 부근에서 가장 큰 마을이다. 아오모리 시에서 버스로 우시

---

* 미나모토 요시쓰네. 헤이안 말기, 가마쿠라 막부 초기의 무장. 형 요리토모와 함께 군사를 일으켜, 다이라 씨족을 물리치고 권력을 잡았다. 그러나 형과의 불화로 반역을 시도하지만, 실패하여 도호쿠 지방으로 도망쳤다가 나중에 자살하면서 비운의 영웅으로 전설화되었다.

로가타, 요모기타를 지나, 약 한 시간 반이라고 해도 대략 두 시간 가까이 걸려 이 마을에 도착한다. 이른바 소토가하마의 중앙부이다. 가구 수는 1천에 가깝고 인구는 5천 명을 훨씬 넘는 것 같다. 최근에 신축된 가니타 경찰서는 소토가하마를 통틀어 가장 당당하게 돋보이는 건물 가운데 하나일 것이다. 가니타, 요모기타, 다이라다테, 잇폰기, 이마베쓰, 미마야, 다시 말하면 소토가하마의 마을 전체가 이 경찰서의 관할 구역이다. 다케우치 운페이라는 히로사키 사람이 지은 『아오모리 현 통사(通史)』에 따르면, 가니타 해안은 지금은 전혀 생산되지 않지만 예로부터 사철(砂鐵)의 산지로, 게이초 시대(1596~1615)의 히로사키 성 축조 때는 이 해안의 사철을 제련하여 사용했다고 한다. 또 간분(1661~1673) 9년의 에조* 반란 때는 진압을 위해 대형 선박 5척을 이 해안에서 건조하기도 했고, 또 4대 영주 노부마사 때는 '쓰가루 아홉 포구' 중 하나로 지정되어 여기에 수령을 두고 주로 목재 수출을 관할하게 했다고 한다. 이런 사실들은 나중에 내가 모두 조사해서 알게 된 것으로, 그때까지 나는 가니타는 게의 명산지, 그리고 중학교 시절 유일한 친구인 N군이 있다는 사실밖에 몰랐다. 이번 쓰가루 여행에서 N군에게 도움을 받고 싶어 사전에 편지를 보냈지만, 그 편지 내용도 "전혀 신경 쓰지 말아주세요. 당신은 모른 체해주세요. 결코 마중은 나오지 말아주세요. 그렇지만 사과술과 게만은!"과 같은 것이어서 '음식 욕심 내지 말라'는 규율도 게만은 예외로 인정한 것이다. 나는 게를 좋아한다. 왠지 모르지만 좋아한다. 게, 새우, 갯가

---

* 일본 북부 지방의 원주민.

재 등 아무 영양분이 없는 음식을 좋아한다. 그리고 좋아하는 것은 술이다. 음식에는 아무런 관심이 없는 진리와 애정의 사도도, 이야기가 여기에 이르자 어쩔 수 없이 타고난 탐욕의 일부를 폭로하게 되었다.

가니타의 N군 집에서는 붉은 밥상에 게 무더기를 가득 쌓아놓고 나를 기다리고 있었다.

"사과술이어야 해? 정종이나 맥주면 안 되겠니?" N군은 운을 떼기 어려운 듯이 말했다.

안 되기는커녕 그것이 사과술보다 훨씬 좋지만, 정종과 맥주가 귀중한 것은 '어른'인 나도 알고 있기에 배려하는 마음에 사과술이라고 편지에 쓴 것이다. 쓰가루 지방에는 요즈음 고슈의 포도주처럼 사과술이 비교적 풍부하다는 소문을 들었기 때문이다.

"그러면 어느 쪽이라도." 나는 복잡한 미소를 지었다.

N군은 안심한 표정으로,

"야, 그 말 듣고 안심했다. 나는 사과술을 별로 좋아하지 않아. 실은 마누라가 네 편지를 보고, 이것은 다자이가 도쿄에서 정종이랑 맥주를 너무 마신 나머지 고향 냄새가 나는 사과술을 한번 마시고 싶어져서, 이렇게 편지에 쓴 것이 틀림없으니 사과술을 접대하자고 했지만, 나는 그럴 리 없다. 그 녀석이 맥주랑 정종이 싫어졌을 리가 만무해. 그 녀석이 격에 맞지 않게 배려를 하고 있는 게 틀림없다고 말했어."

"그렇지만 부인 말도 틀리지는 않았어."

"무슨 소리야. 이제 그만둬. 정종을 먼저 할까, 아니면 맥주?"

"맥주는 나중에." 나도 조금 뻔뻔스러워졌다.

"나도 그게 좋아. 이봐, 술 가져와. 따뜻하지 않아도 좋으니 빨리 가져와."

　어떤 때 술이 필요할까? 친구와 옛정을 이야기할 때

　불행히도 청운의 꿈 이루지 못하고 백발성성한 모습에 서로 놀
라고

　20년 전에 헤어져 떠돌다 3천 리 밖에서 만나

　지금 한 잔 술이 없으면 무엇으로 평생을 이야기할 수 있으리오!*

　　　　　　　　　　　　　　　　　　　　　　　　—백거이(白居易)

　나는 중학교 때, 다른 사람 집에 놀러 간 적이 전혀 없었지만 어찌
된 일인지 같은 반의 N군 집에는 실은 종종 놀러 갔다. N군은 그 무
렵, 데라마치의 큰 양조장 이층에서 하숙을 하고 있었다. 우리는 매일
아침 같이 등교했다. 그리고 하교할 때, 뒷길인 바닷가를 어슬렁어슬
렁 걸으면서 비가 내려도 당황해서 뛰지 않고 온몸이 물에 젖은 쥐처
럼 되어도 개의치 않으며 천천히 걸었다. 지금 생각하면 두 사람 다
느긋하고 나사가 풀린 데가 있는 아이였다. 그것이 두 사람의 우정의
열쇠였는지도 모른다. 우리는 절 앞 광장에서 조깅을 하기도 하고 테
니스를 치기도 하고 또 일요일에는 도시락을 가지고 근처의 산으로
놀러 갔다. 「추억」이라는 초기 소설에 나오는 '친구'는 대개 N군을 가
리킨다. N군은 중학교를 졸업하고 나서 도쿄로 상경해 모 잡지사에서
근무했다고 한다. 나는 N군보다 두세 해 늦게 도쿄로 가서 대학에 적

* 권주(勸酒) 14수 중, 「하처난망주(何處難忘酒)」 7수 가운데 제2수. "何處難忘酒／天涯話
舊情／靑雲俱不達／白髮遞相驚／二十年前別／三千里外行／此時無一盞／何以敍平生."

을 두었는데 그때부터 두 사람의 교제는 부활했다. N군의 당시 하숙집은 이케부쿠로이고 내 하숙집은 다카다노바바였지만 거의 매일 만나서 놀았다. 이번 놀이는 테니스랑 조깅이 아니었다. N군은 잡지사를 그만두고 보험회사에 다녔지만 워낙 느긋한 성격이어서 나처럼 언제나 사람들에게 속고만 사는 것 같았다. 그렇지만 내가 남에게 속을 때마다 조금씩 어둡고 비굴한 남자로 변해간 반면, N군은 아무리 속아도 더욱 태평스럽고 밝은 성격의 남자가 되어갔다. "N군은 이상한 애야" "나쁘게 생각하지 않는 데는 감동했다" "그 점은 조상의 은덕이라고 생각할 수밖에 없다"며 남을 헐뜯기 좋아하는 친구들도 그 솔직함에는 모두 탄복했다. N군은 중학교 시절에도 가나기의 우리 집에 놀러 온 적이 있지만 도쿄에 와서도 도쓰카의 내 바로 위 형 집에 가끔씩 놀러 오곤 했다. 이 형이 스물일곱에 죽었을 때, 회사를 쉬고 여러 가지 일을 처리해줘서 우리 가족 모두가 고마워했다. 그러는 가운데 N군은 시골의 가업을 이어야 해서 귀향했다. 가업을 잇고도 그 특이한 인덕으로 인해 마을 청년들의 신뢰를 얻어 2, 3년 전 가니타 구의원으로 뽑히고, 또 청년단장이라든가, 무슨 모임의 간사라든가, 여러 가지 직책을 맡게 되어 지금은 가니타에서 없어서는 안 될 사람이 되어 있다. 그날 저녁에도 N군 집에 이 지방의 유력자 두세 명이 놀러 와서 같이 정종과 맥주를 마셨지만 N군의 인기는 상당한 것 같았고 역시 그 모임의 스타였다. 바쇼* 옹의 여행 규칙이라고 세상에 전하는 것 중에, "마음껏 술을 마셔서는 안 된다. 접대라서 고사하기 어려워

---

* 에도 전기의 하이진(俳人)으로 하이카이(俳諧)의 신이라 불린다. 각지를 여행하여 홋쿠(發句)와 기행문을 남겼다.

도 조금 취할 정도로 그쳐야 한다. 흐트러져서는 안 된다"는 금기 조항이 있다던데, 논어의 "주무량불급란(酒無量不及亂)"*이라는 말은 '술은 얼마든지 마셔도 좋으나 실례가 되는 행동은 하지 말라'는 뜻으로 알고 있어서, 굳이 바쇼 옹의 가르침을 따르려고 하지 않았다. 만취해서 실례를 할 정도가 아니면 되는 것이다. 당연한 이야기 아닌가. 나는 술이 세다. 바쇼 옹보다 몇 배나 세다고 생각한다. 다른 집에서 접대를 받고 정신을 잃을 정도로 바보는 아니다. "지금 한 잔 술이 없으면 무엇으로 평생을 이야기할 수 있으리오"이다. 나는 많이 마셨다. 또 바쇼 옹의 여행 규칙에, "하이카이** 이외의 잡담을 하지 마라. 잡담이 시작되면 잠시 수면을 취하면서 힘을 축적하라"는 조항이 있다던데, 이 규칙도 따르지 않았다. 바쇼 옹의 여행은 우리 속인들이 보면 자신의 작품 세계를 선전하기 위한 지방 출장이 아닌가 할 정도로, 가는 곳곳마다 모임을 열고 지부를 만들고 다녔다. 하이카이 수강생에게 둘러싸인 강사라면 하이카이 이외의 잡담은 피하고 잡담이 나오면 자는 척하든 무엇을 하든 상관없지만, 내 여행은 나의 지방 지회를 만들기 위한 것도 아니고 N군도 설마 문학 강의를 들으려고 술자리를 마련한 것도 아닐 것이다. 그날 저녁 N군의 집에 놀러 온 유력자들도 내가 N군의 옛 친구라는 이유로 다소 친밀감을 느끼면서 술잔을 나눈 것이니만큼, 내가 정색을 하고 문학 정신에 대해 이야기하다가 잡담이 시작되면 기둥에 기대어 자는 척하는 것은 그다지 좋은 자세는 아

---

* 『논어』 「향당편(鄕黨篇)」 제8장.
** 하이카이 렌가(俳諧連歌)의 줄임말. 와카의 앞구(575)와 뒷구(77)를 여러 사람이 교대로 지어가는 운문 양식.

닌 듯했다. 그날 저녁, 문학에 대한 이야기는 한마디도 하지 않았다. 도쿄 말조차 사용하지 않았다. 오히려 비위에 거슬릴 정도로 순수 쓰가루 방언으로 이야기하고자 노력했다. 그리하여 일상생활과 관련된 잡담만 했다. 그렇게까지 노력하지 않아도 되는데 하고, 술자리의 누군가가 느꼈을 것이라고 생각될 정도로, 나는 쓰가루 쓰시마 집안의 오즈카스로서 사람들을 대했다. (쓰시마 슈지津島修治*는 내가 태어났을 때의 호적상 이름이고, 또 오즈카스는 '叔父糟'라는 한자로 표기하면 될 것 같은데, 셋째나 넷째를 낮추어 부를 때 이 지방에서는 이 단어를 사용한다.) 이번 여행을 통해, 나 자신을 다시 한 번, 쓰시마 오즈카스로 환원하려는 의도도 없지는 않았다. 도시인으로서의 나에게 불안을 느끼고 쓰가루인으로서의 나를 파악하려는 바람이었다. 말을 바꾸면 쓰가루인이란 어떤 존재인지를 확인하고 싶어서 여행을 떠난 것이다. 내 삶의 본보기로 순수한 쓰가루인을 찾고 싶어서 쓰가루에 온 것이다. 그리하여 나는 실제로 곳곳에서 쉽게 그것을 찾아냈다. 누가 어떻다는 것은 아니다. 거지 차림의 가난한 여행자로서는 그런 잘난 체하는 비평을 할 수 없다. 그것이야말로 실례천만인 것이다. 나는 결코 개개인의 언행이나 나에 대한 접대 속에서 그것을 발견한 것은 아니다. 그런 탐정처럼 긴장된 눈초리를 하고 여행을 하지는 않았다. 대개는 고개를 숙이고 발아래를 보면서 걸었다. 그렇지만 귓가에 소곤소곤 숙명이라고 해야 할 것이 들리는 경우가 있었다. 나는 그것을 믿었다. 나의 발견이라고 하는 것은 그와 같이 이유도 형태도 아무

* 다자이 오사무의 본명.

것도 없는 아주 주관적인 것이다. 누가 어떻게 했다든가, 어느 분이 무슨 말씀을 했다든가 하는 것에는 전혀 구속받지 않았다. 그것은 당연한 것으로, 나는 그것에 구속받을 자격도 아무것도 없지만 어쨌든 현실은 내 눈 속에는 없었다. "믿는 곳에 현실이 있는 것이고 현실은 결코 사람을 믿게 할 수 없다"는 묘한 말을 나는 여행 수첩에 두 번이나 반복하여 적었다.

조심하자고 생각하면서도 무심결에 이상한 감회를 늘어놓았다. 나의 이론은 횡설수설이고 스스로도 무슨 말을 하는지 모를 때가 많다. 거짓말을 할 때조차 있다. 따라서 기분에 대해 설명하는 것은 싫다. 아무래도 뻔히 알면서 서툰 허세를 부리는 것 같아 참회로 얼굴이 붉어질 뿐이다. 반드시 후회할 것이라고 알고 있으면서도 흥분을 하면, 무심결에 그야말로 '제대로 돌아가지 않는 혀에 채찍질을 하면서' 입을 빼물고 지리멸렬한 소리를 반복해서, 상대방의 마음에 경멸은커녕 연민의 정을 일으키는 것, 그것도 나의 슬픈 숙명 가운데 하나인 것 같다.

그러나 그날 밤, 나는 그와 같은 서툰 감회는 이야기하지 않고, 바쇼 옹의 유훈을 거스르는 것 같았지만 졸지도 않고 잡담을 매우 즐기며, 눈앞에 쌓인 좋아하는 게 무더기를 바라보면서 밤늦게까지 마셨다. 작은 체구의 시원시원한 N군 부인은 내가 게 무더기를 바라만 보고 전혀 손을 대지 않고 있는 것을 간파하고는, 이는 껍데기를 벗겨서 먹는 것을 귀찮아하고 있다고 생각한 모양으로, 스스로 부지런히 껍데기를 요령 좋게 벗겨서 그 희고 아름다운 살을 각각의 게 껍데기에 담아, 과일의 원형을 그대로 유지한 향기롭고 시원한 과일 요리 같은

형태로 하여 몇 개나 나에게 권했다. 아마도 오늘 아침에 가니타 해안에서 잡은 게일 것이다. 갓 딴 과일처럼 신선하고 가벼운 맛이다. 나는 '음식 욕심을 내지 말라'는 규율을 아무렇지 않게 어기고 서너 마리나 먹었다. 그날 밤, 부인은 오는 사람 모두에게 밥상을 준비해서 이 지방 사람조차 밥상의 요리가 풍부한 것에 놀랄 정도였다. 유지들이 돌아가자 나와 N군은 안방에서 응접실로 술자리를 옮겨 아토후키(あとふき)를 시작했다. 아토후키라는 것은 쓰가루 지방에서는 경사 등으로 집에 잔치가 있을 때, 손님들이 돌아간 다음 가족만 모여서 남은 반찬으로 조촐하게 여는 위로회로 어쩌면 '아토히키(あとひき)'*의 사투리인지도 모른다. N군은 나보다 더욱 술이 센 체질이어서 우리는 흐트러질 염려는 없었지만,

"그러나 자네도," 나는 깊은 한숨을 내쉬며 "변함없이 잘 마시네! 여하튼 나의 선생님이니까 무리는 아니지."

나에게 술을 가르쳐준 것은 실은 N군이다. 그것은 분명했다.

"음!" N군은 술잔을 손에 든 채, 진지하게 고개를 끄덕이고는, "나도 그 일에 대해 많이 생각하고 있어. 네가 술 때문에 실수를 할 때마다 나는 책임을 느끼면서 괴로워했다고. 그렇지만 요즈음은 이렇게 생각을 바꾸려 하고 있어. 저 녀석은 내가 가르쳐주지 않았어도 혼자서 술꾼이 되었을 것이다. 내 알 바 아니라고."

"그래! 그렇다. 네 말대로야. 너한테는 책임이 없어. 전부 다 네 말대로야."

---

* 주어지는 것만으로는 만족하지 못하고 더욱 마시거나 먹고 싶어 하는 것. 인음증.

이윽고 부인도 동석하여 서로의 아이들에 관한 이야기를 나누면서 차분히 아토후키를 하다가, 새벽 닭 울음소리에 깜짝 놀라서 나는 잠자리로 갔다.

다음날 아침, 눈을 뜨니 아오모리 시의 T군의 목소리가 들렸다. 약속대로 아침 첫차를 타고 와준 것이다. 나는 곧바로 일어났다. T군이 와주면 왠지 모르게 안심이 되고 든든했다. T군은 아오모리 병원의 소설을 좋아하는 동료 한 사람을 데리고 왔다. 또 그 병원의 가니타 분원 사무장인 S씨라는 사람도 같이 와 있었다. 내가 세수를 하는 동안에, 미마야 근처의 이마베쓰로부터 소설을 좋아하는 M씨라는 젊은 이도 내가 가니타에 온다는 소식을 N군에게 미리 듣고서는 수줍게 웃으면서 왔다. M씨는 N군과도 T군과도 S씨와도 예전부터 아는 사이인 것 같았다. 지금부터 곧바로 다 같이 가니타의 산에 꽃구경을 가자고 합의가 된 것 같았다.

간란 산. 나는 예의 보라색 점퍼를 입고 녹색 각반을 차고 출발했는데 그와 같은 거창한 준비를 할 필요는 전혀 없었다. 그 산은 가니타 마을 변두리에 있는 높이가 백 미터도 채 되지 않는 야산이었다. 그렇지만 산에서 바라보는 전망은 그리 나쁘지 않았다. 그날은 눈부실 정도로 날씨가 좋아 바람도 전혀 불지 않고 아오모리 만 건너편의 나쓰도마리 갑이 보였고, 또 다이라다테 해협 건너편의 시모키타 반도가 바로 근처인 것처럼 보였다. 도호쿠 지방의 바다라고 하면, 남쪽 지방 사람들은 어쩌면 검붉고 험하게 파도치는 바다를 상상할지도 모르겠지만, 가니타 부근의 바다는 아주 온화하고 색도 엷고 염분도 연해서 바다 냄새조차 희미하다. 눈이 녹은 바다이다. 거의 호수와 비슷하다.

깊이에 대해서는 국방상의 이유로 말하지 않는 것이 좋을지 모르겠지만 파도는 부드럽게 해변을 어루만지고 있다. 그리고 해변 바로 근처에 그물이 여러 개 쳐져 있어, 게를 비롯해 오징어, 가자미, 고등어, 정어리, 대구, 아귀 등을 사계절 내내 쉽게 잡을 수 있다. 이 마을에서는 지금도 매일 아침, 옛날과 변함없이 생선 장수가 리어카에 생선을 가득 싣고 "오징어와 고등어, 아귀, 농어와 임연수어" 하면서 마치 화난 것 같은 큰 목소리로 외치면서 팔러 다니고 있다. 이 해안의 생선 장수는 그날 잡은 생선만을 팔러 다니고 전날 팔다 남은 것은 일절 취급하지 않는다고 한다. 다른 지역으로 보내는지는 모르겠다. 따라서 이 지역 사람들은 그날 잡은 신선한 생선을 먹고 있지만, 바다가 거칠어져서 단 하루라도 조업을 하지 못할 때는, 마을 전체에 생선 한 마리도 찾아볼 수가 없고 마을 사람들은 건어물과 산나물만으로 식사를 한다. 이것은 가니타만이 아니라 소토가하마 일대의 모든 어촌에서도, 또 소토가하마만이 아니라 쓰가루 서해안 어촌에서도 똑같다. 가니타는 또 산나물이 아주 많다. 가니타는 해안 마을이지만 평야도 있고 산도 있다. 쓰가루 반도 동해안은 산이 해안 바로 앞까지 뻗어 있어서 평야는 없고 산비탈에 논과 밭을 일군 곳도 적지 않지만, 산 너머 쓰가루 반도 서부의 넓은 쓰가루 평야에 사는 사람들은 이 소토가하마 지방을 그림자(산의 그림자라는 뜻)라 부르며 다소 불쌍하게 여기는 경향이 있다. 그렇지만 가니타 지역만은 결코 서부에 뒤지지 않는 훌륭한 옥답을 가지고 있다. 서부 사람들이 불쌍하게 생각하는 것을 알면 가니타 사람들은 우습게 여길 것이다. 가니타 지방에는 가니타 강이라는 수량이 풍부하고 온화한 강이 천천히 흐르고 있고 그 유

역에 논밭이 넓게 펼쳐져 있는 것이다. 단지 이 지방에는 동풍과 서풍
이 강하게 불어 흉년이 들 때도 적지 않지만 서부 사람들이 상상하는
것처럼 토지가 척박하지는 않다. 간란 산에서 내려다보면 수량이 풍
부한 가니타 강이 긴 뱀처럼 꾸불거리고 있고, 그 양쪽에 첫 갈이를
마친 논이 태연자약하게 펼쳐져 있어 풍요롭고 즐거운 경관을 이루고
있다. 산은 오우 산맥의 지류인 본주 산맥이다. 이 산맥은 쓰가루 반
도의 아래쪽에서 시작하여 곧바로 북진하여 반도의 첨단인 닷피 갑에
이르러 바다로 들어간다. 2백에서 3,4백 미터 정도의 낮은 산들이 늘
어서 있고, 간란 산의 정서방에 솟아 있는 오쿠라다케 산은 이 산맥에
서 마스카와다케 산 등과 함께 최고봉 가운데 하나이지만 7백 미터
될까 말까 하는 정도이다. 그렇지만 산이 높다고 해서 좋은 것은 아니
고 나무가 많아야 좋은 것이라며 흥을 깨며 분명히 단언하는 실리주
의자도 있으니까, 쓰가루 사람들은 굳이 산맥이 낮다는 것을 부끄러
워할 필요도 없다. 이 산맥은 전국에서 손꼽히는 노송나무 산지이다.
오랜 전통을 자랑하는 쓰가루의 명산물은 노송나무이다. 사과가 아니
다. 사과는 메이지 초기에 미국인에게서 종자를 건네받아 심었지만
메이지 20년대에 프랑스 선교사에게서 배운 프랑스식 전지법을 적용
하면서 갑자기 수확량이 늘어났다. 그 후 이 지역 사람들이 사과 재배
에 열을 올리기 시작했고 아오모리 특산물로 전국에 알려지기 시작한
것은 다이쇼 시대가 되어서이다. 절대로 도쿄의 가미나리 과자*나 구
와나의 구운 대합과 같은 천박한 '명산물'은 아니지만 기슈의 귤과

---

* 도쿄 아사쿠사의 가미나리 문 앞에서 팔기 시작한 도쿄의 명물과자.

비교해도 역사는 훨씬 짧다. 간토,* 간사이** 지방 사람들은 쓰가루라 하면 금방 사과를 떠올리고 그래서인지 노송나무에 대해서는 그다지 모르는 것 같다. 아오모리 현이라는 명칭도 거기서 생겨난 것이 아닐까 할 정도로 쓰가루의 산에는 나뭇가지들이 무성하게 뒤엉켜 있고 겨울에도 여전히 푸르게 우거져 있다. 예로부터 일본 삼대 삼림지의 하나로 꼽힐 정도이다. 1929년판『일본 지리 풍속 대계』에도 "원래 이 쓰가루의 대산림은 쓰가루 번의 시조인 다메노부의 위업에서 유래하고, 그 후 엄격한 제도하에 오늘날까지도 울창함을 이어가고 있어서 우리나라의 모범적인 임업제도라 불리고 있다. 예전에 덴나(1681~1684), 조쿄(1684~1688) 무렵 쓰가루 반도 지역에서는 일본해의 사구에 길게 나무를 심어서 바닷바람을 막고 또 이와키 강 하류 지방의 황무지 개척을 실시했다. 그 후 번에서는 이 방침을 이어받아 오로지 나무 심기에 주력한 결과, 간에이(1624~1644)에 이르러, 이른바 방풍림이 형성되고 또 이에 따라 농경지 8300정보***를 간척하게 되었다.**** 그로부터 번내 각지에서 빈번히 조림을 실시하여 백여 곳에 대규모의 번 소유림이 생겼다. 그리하여 메이지 시대가 되어서도 관청에서는 임업 정책에 많은 신경을 써서 아오모리 현 노송나무는 세간에 호평이 자자하다. 게다가 재질이 각종 토목과 건축 용도에 적합하고 특히 습기에 강하며, 재목도 풍부하고 그 운반도 비교적 편리하

---

* 도쿄 도와 가나가와, 사이타마, 군마, 도치기, 이바라키, 지바 현의 총칭.
** 교토, 오사카, 고베를 중심으로 한 지역 일대의 총칭.
*** 1정보는 3천 평.
**** 시기상 간에이가 덴나와 조쿄의 앞이지만, 다자이의 착오가 아니라 실제로『일본 지리 풍속 대계』에 이렇게 기록되어 있다.

여 중시되면서 연간 생산액이 80만 섬"이라고 기록되어 있지만, 이것은 1929년판이므로 현재는 그 세 배에 가깝지 않을까 싶다. 그렇지만 이상은 쓰가루 지방 전체의 노송나무에 대한 기술이라서 특별히 가니타 지역만의 자랑거리라 할 수는 없다. 그러나 간란 산에서 보이는 울창하게 우거진 산들은 쓰가루 지방에서도 가장 훌륭한 삼림지대로, 앞서 말한 『일본 지리 풍속 대계』에도 가니타 강 하구의 커다란 사진이 실려 있다. 그리고 그 사진에는 "가니타 강 부근에는 일본 삼대 삼림지 가운데 하나인 노송나무 국유림이 있고, 가니타 마을은 그 반출지로 오랫동안 번성한 포구이다. 이곳에서 삼림철도가 해안을 출발하여 산으로 들어가서 매일 많은 목재를 싣고 이곳으로 운반해 온다. 이지방의 목재는 질이 좋은 데다 가격이 싼 것으로 유명하다"는 설명이 붙어 있다. 가니타 사람들이 자랑하지 않을 수 없다. 게다가 이 쓰가루 반도의 중추인 본주 산맥은 노송나무뿐만 아니라 삼나무, 너도밤나무, 졸참나무, 계수나무, 상수리나무, 낙엽송 등의 목재도 생산하고 또 산나물도 풍부한 것으로 알려져 있다. 반도 서부의 가나기 지방도 산나물은 상당히 풍부하지만, 가니타 지방도 고사리, 고비, 두릅, 죽순, 머위, 엉겅퀴, 버섯 등을 마을 근처 산기슭에서 정말로 쉽게 딸 수 있다. 이와 같이 가니타 마을은 논도 있고 밭도 있고 바다의 산물, 산의 산물이 풍족한, 그야말로 태평성대의 별천지처럼 독자에게는 생각되겠지만, 간란 산에서 내려다본 가니타 마을의 모습은 왠지 모르게 쓸쓸하다. 활기가 없다. 지금까지 가니타를 지나칠 정도로 칭찬해왔기에 이제 조금 험담을 해도 가니타 사람들이 나를 때리지는 않겠지! 가니타 사람들은 온화하다. 온화라는 것은 미덕이지만, 마을을 쓸쓸하게 만들 정도로 주민이 무기력하다는 것도 여행자에게는 불안하다. 자연의 혜택이 많다는 것은 마을 기세에는 오히려 나쁜 것이 아닐까 싶을 정도로 가니타 마을은 어른스럽고 조용하다. 하구의 방파제도 절반 정도 만들다가 내팽개친 것처럼 보인다. 집을 지으려고 땅을 고르고는 더 이상 집을 지으려고도 하지 않고 황토의 빈터에 호박 등을 심고 있다. 간란 산에서 그것이 전부 보이지는 않지만 가니타에는 건설 도중에 중단된 공사가 너무 많은 것 같다. "마을 행정이 활발하게 추진되는 것을 막는 고루한 책동자 같은 녀석이 있는 게 아냐?" 하고 N군에게 물었더니, 이 젊은 구의원은 쓴웃음을 지으면서 "그만둬, 그만둬"라고 했다. 하지 말아야 하는 것이 무사의 주먹구구식 장사, 문학가들의 정치 참견이다. 가니타 마을의 행정에 대한 나의 주제넘은 질문은 전문가인 구의원의 비웃음을 초래하는 바보스러운 결과로 끝났다. 그래서 곧바로 생각난 일화는 드가의 실패담이다. 프랑스 화단의 거장 에드가르 드가는 어느 날 파리의 극장 복도에서 대정치가인 클레망소와 같은 소파에 우연히 앉게 되었다. 드가는 거리낌 없이 예전부터 자신이 갖고 있던 고상한 정치론을 대정치가에게 개진했다. "내가 만약 수상이 된다면 말이오. 그 책임의 중대함을 고려해 모든 은혜와 사랑의 인연을 끊고 수도자처럼 아주 검소한 생활을 택할 거요. 관공서 바로 옆 아파트 5층에 아주 작은 방 하나를 빌려서 거기에 테이블 하나와 조잡한 철제 침대만을 두고, 관공서에서 돌아오면 심야까지 그 테이블에서 잔무를 정리하고 잠이 오면 옷도 구두도 벗지 않고 그대로 침대에서 잘 거요. 다음날 아침에 잠이 깨면 바로 일어나서 선 채로 계란과 수프를 먹고는 가방을 들고 관공서로 가는 생활을 할 것임에 틀림없소!"라며 정열적으로 이야기했다. 그렇지만 클레망소는 한마디도 대답하지 않고, 그저 왠지 모르지만 정말로 어이가 없다는 경멸의 눈초리로 화단 거장의 얼굴을 유심히 보기만 했다고 한다. 드가 씨도 그 눈초리에는 풀이 죽었다고 한다. 정말로 창피했던지, 이 실패담을 아무에게도 알리지 않고 15년이 지난 후에야 극소수의 친구 중에서 가장 마음에 들었던 발레리 씨에게만 살짝 털어놓았다고 한다. 15년이라는 긴 시간을 오로지 숨기고 또 숨겼던 것을 보면, 그토록 거만한 거장도 전문 정치가의 무의식적인 경멸의 눈초리에서 정말로 뼛속들이 스며드는 무언가를 느꼈을 것이라는 동정심이 절로 든다. 어쨌든 예술가의 정치 참견은 실수의 근원이다. 드가 씨가 좋은 본보기이다. 한 사람의 가난한 글쟁이에 지나지 않는 나는 간란 산의 벚꽃이랑, 또 쓰가루의 친구들의 애정에 대해서만 이야기하는 쪽이 무난할 것이다.

어제는 서풍이 강하게 불어 N군 집 문풍지가 흔들린 탓에 '가니타는 바람의 마을이다'라고 나 혼자 지레짐작을 했지만, 오늘의 가니타는 어젯밤의 내 생각을 비웃기라도 하듯 평온하고 좋은 날씨였다. 바람 한 점 없다. 간란 산의 벚꽃은 지금이 절정기인 것 같다. 조용하고 아련하게 피어 있다. 흐드러지게 피어 있다는 말은 어울리지 않는다. 꽃망울도 얇고 투명하다고 할 정도로 애틋하고 정말로 눈(雪)에 씻기면서 피었다는 느낌이다. 다른 종류의 벚꽃인지도 모르겠다고 생각할 정도이다. 노발리스의 '푸른 꽃'도 이런 꽃을 연상하며 말한 것이 아닌가 할 정도로 아련한 꽃이다. 우리는 벚꽃 아래에 앉아 도시락을 열었다. 그것은 역시 N군 부인의 요리였다. 그 외에도 게와 갯가재가 커다란 대나무 바구니 가득! 그리고 맥주. 나는 천박하게 보이지 않을 정도로 갯가재 껍데기를 벗기고 게 다리도 빨고 도시락의 요리도 먹었다. 도시락의 요리 중에는 꼴뚜기 몸통에 투명한 꼴뚜기 알을 꽉 채우고 그대로 간장을 발라 구워서 둥글게 자른 것이 있었는데 아주 맛있었다. 예비역인 T군은 "더워라, 더워" 하면서 상의를 벗고 반나체로 일어나서 군대식 체조를 시작했다. 타월을 머리띠로 이마에 맨 그 얼굴은 미얀마의 바모 장관*을 약간 닮았다. 그날 모인 사람들은 정열의 정도는 각자 조금씩 달랐지만 내게서 무언가 소설에 대한 이야기를 듣고 싶어 하는 기색을 보였다. 나는 묻는 말에만 분명하게 대답했다. "물음에 답하지 않는 것은 좋지 않다"는 바쇼 옹의 여행 규칙에 따랐을 뿐이지만 다른 더욱 중요한 조항을 그만 어겨버렸다. "남의 단점을 들어 나의 장점으로 하지 마라. 남을 비방하며 나를 자랑하는 것은 매우 천박하다." 나는 그 천박한 짓을 해버렸다. 바쇼조차 다른 하이카이의 험담을 틀림없이 했겠지만, 역시 나와 같이 소양도 아무것도 없이 눈썹을 치켜세우고 입을 비쭉이며 어깨를 추켜올리면서 다른 소설가를 매도하는 것 같은 한심스러운 짓은 하지 않았을 것이다. 나는 씁쓸하게도 그 한심스러운 짓을 해버렸다. 일본의 어느 50대 작가**에 대한 질문을 받고는 "그다지 좋지 않아"라고 그만 무심결에 답해버렸다. 최근 그 작가의 과거 작품들이 어찌 된 영문인지, 거의 숭배에 가까울 정도로 도쿄의 독서인들에게 받아들여지는 것 같았다. '신'이

---

* 미얀마의 정치가. 일본에 의해 1943년 군정하 총리가 되었다.

** 시가 나오야를 가리킴. 다자이는 한때 시가에게 빠져 있었지만, 나중에는 그의 작품 세계에 반발했다.

라는 묘한 호칭을 사용하는 사람도 나타나서, 그 작가를 좋아한다고 고백하는 것은 그 독서인의 취미의 고상함을 증명하는 수단이 되는 이상한 풍조마저 생겨났다. 정작 그야말로 응원이 오히려 그 사람에게 폐가 된다는 식으로 그 작가는 아주 곤혹스러워하며 쓴웃음을 짓고 있을지도 모르겠다. 나는 예전부터 그 작가의 기묘한 권세를 보고 쓰가루 사람의 어리석은 마음에서 "천한 놈이다. 단지 운이 좋았을 뿐이다!"라고 혼자 흥분하여 순순히 그 풍조를 따라갈 수 없었다. 그리하여 최근에 그 작가의 작품을 대부분 다시 읽어보고 '훌륭해!' 하고 생각했지만 특별히 취미의 고상함은 느낄 수 없었다. 오히려 야비한 점이 이 작가의 장점이 아닌가 하는 생각이 들 정도였다. 그려진 세상도 구두쇠 소시민이 별 의미 없이 거드름을 피우며 상황에 따라 울고 웃는 것이다. 작품의 주인공은 자신의 삶의 방식에 대해 때때로 '양심적'으로 반성을 하지만 그런 부분은 특히 진부하고 그런 불쾌감을 주는 반성이라면 차라리 하지 않는 쪽이 좋다는 생각이 들 정도였다. '문학적' 미숙함에서 벗어나려고 해서 오히려 그것에 빠져버린 것 같은 좀스러움이 느껴졌다. 유머러스하게 하려는 부분도 의외라고 할 정도로 많이 있지만 자신을 완전히 내팽개치기 어려워서인지, 불필요한 신경 하나가 흠칫흠칫 살아 있어서 독자는 순순하게 웃을 수 없다. '귀족적이다'라는 유치한 비평도 있지만 터무니없는 이야기로 그런 비평이야말로 오히려 그 사람에게 폐가 되는 것이다. 귀족이라는 것은 야무지지 못하다고 할 정도로 활달한 사람이 아닐까 하고 생각한다. 프랑스 혁명 때, 폭도들이 왕궁에까지 난입했지만 그때, 프랑스 왕 루이 16세, 어리석게도 깔깔 웃으며 잽싸게 폭도 한 명에게서 혁명

모자를 빼앗아 스스로 쓰고는 "프랑스 만세!" 하고 외쳤다고 한다. 피에 굶주린 폭도들도 이 천진무구하고 신비스러운 기품에 감동을 받아 엉겁결에 왕과 함께 프랑스 만세를 외치고, 왕의 몸에는 손가락 하나 대지 않고 순순히 침실에서 물러났다고 한다. 진정한 귀족은 이와 같이 천진난만하고 꾸미지 않은 기품을 지니고 있다. 입을 꼭 다물고 옷깃을 여미고 얌전한 체하는 것은 하류 귀족에게서 흔히 볼 수 있는 것이다. '귀족적이다'라는 고상한 단어를 사용해서는 안 된다.

그날, 간란 산에서 같이 맥주를 마신 사람들도 대개 그 50대 작가에 심취한 사람들로 나에게도 그 작가에 관한 것만 질문했다. 마침내 나도 바쇼 옹의 여행 규칙을 어기고 예의 험담을 하기 시작했더니 점차 흥분되어, 그야말로 눈썹을 치켜세우고 입을 비쭉이는 꼴이 되면서 귀족적이라는 것에서 이상하게 탈선을 해버렸다. 일동은 내 이야기에 전혀 공감하지 않았다.

"귀족적이라는, 그런 바보스러운 것을 우리가 말하고 있는 것은 아닙니다." 이마베쓰에서 온 M씨는 당혹한 표정으로 혼잣말처럼 말했다. 취한의 무책임한 말에 질린 것처럼 보였다. 다른 사람들도 서로 얼굴을 쳐다보며 웃고 있다.

"말하자면," 내 목소리는 비명에 가까웠다. 아아! 선배 작가의 험담을 하는 것은 아니다. "남자답다는 것에 속아서는 안 된다는 겁니다. 루이 16세는 역사상 드문 추남이었다죠." 더욱더 탈선할 뿐이었다.

"그렇지만 그 사람의 작품을 나는 좋아합니다." M씨가 한층 더 분명하게 선언했다.

"일본에서 그 사람의 작품은 괜찮은 편이겠죠?" 아오모리 병원의

H씨도 조심스럽게 중재하는 표정으로 말했다.

내 입장이 점점 곤란해졌다.

"그것은 좋을지도 모르죠. 아마도 좋은 편일 겁니다. 그러나 당신들이 나를 앞에 두고 내 작품에 대해서는 한마디도 하지 않는 것은 심하지 않습니까?" 나는 웃으면서 본심을 털어놓았다.

모두 미소 지었다. '역시 본심을 털어놓는 것이 최고다'라고 우쭐해하면서,

"내 작품은 엉망진창이지만, 그러나 나는 큰 꿈을 품고 있어요. 그 큰 꿈이 너무 무거워서 휘청거리는 것이 나의 현재 모습입니다. 당신들에게는 변변치 못하고 무지하고 지저분하게 보이겠지만, 나는 진짜 기품이라는 것을 알고 있어요. 솔잎 모양의 과자로 접대한다든지, 청자 항아리에 수선화를 꽂아서 보여줘도, 그것을 품위 있다고는 전혀 생각하지 않아요. 졸부 취미예요, 실례예요. 진정한 기품이라는 것은 새까맣고 묵직한 큰 바위 위에 핀 한 송이 흰 국화입니다. 토대에 누추하고 큰 바위가 있어야 해요. 그것이 진정한 품위입니다. 당신들은 아직 젊으니까, 카네이션을 침봉으로 컵에 고정해 꽂는 여학생 같은 리리시즘을 예술적 기품이라고 생각하는 겁니다."

폭언이었다. "남의 단점을 들어 나의 장점으로 하지 마라. 남을 비방하며 나를 자랑하는 것은 매우 천박하다." 바쇼 옹의 이 규율은 엄숙한 진리와 비슷하다. 실제로 매우 저속한 것이다. 나에게는 이런 저속한 버릇이 있어서 도쿄의 문단에서도 모두에게 불쾌감을 주어 지저분한 바보로 회피당하고 있는 것이다.

"하지만 어쩔 수 없죠." 나는 뒤로 양손을 짚고 위를 보며 "내 작품

따위는 정말로 형편없으니까! 무슨 말을 해도 소용없겠죠. 그렇지만 당신들이 좋아하는 그 작가의 10분의 1정도, 내 작품도 인정해주면 좋지 않을까요? 당신들이 내 작품을 전혀 인정해주지 않으니까, 나도 터무니없는 말을 하고 싶어진 거예요. 인정해줘요. 20분의 1이라도 좋으니 인정해줘."

모두 크게 웃었다. 웃어줘서 나도 편해졌다. 가니타 분원의 사무장 S씨가 일어나며,

"어때요. 이 정도에서 자리를 옮길까요?" 세상살이에 익숙한 사람 특유의 자비심 깊은 어조로 위로하듯이 말했다. 가니타에서 가장 큰 E여관에 모두의 점심을 준비해두었다고 한다. '괜찮아?' 하고 나는 T 군에게 눈으로 물었다.

"괜찮아요. 대접을 받읍시다." T군은 일어나서 웃옷을 입으면서, "우리가 전부터 계획했어요. S씨가 배급받은 좋은 술을 보관해두었다고 하니, 이제부터 다 같이 그것을 마시러 갑시다. N씨의 대접만 받아서는 안 됩니다."

나는 T군의 말에 순순히 따랐다. 그러니까 T군이 곁에 있어주면 마음이 든든하다.

E여관은 꽤 깨끗했다. 방에 도코노마*도 있었고 변소도 청결했다. 혼자 와서 머물러도 쓸쓸하지 않을 숙소라고 생각했다. 대체로 쓰가루 반도의 동해안 쪽 여관은 서해안과 비교하면 훨씬 좋다. 예로부터 많은 다른 지역 여행자들을 맞이했기 때문인지도 모른다. 옛날에는

---

* 일본식 다다미방 정면에 족자나 꽃병을 두는 공간.

홋카이도로 가기 위해서는 미마야에서 배를 타야 했기 때문에 소토가하마 도로는 전국에서 온 여행자를 아침저녁으로 마중하고 배웅했다. 여관의 밥상에도 역시 게가 있었다.

"역시 가니타로구나!" 누군가가 말했다.

T군은 술을 마시지 못해 먼저 밥을 먹었지만 다른 사람들은 모두 S씨의 좋은 술을 마시면서 밥은 뒤로 미루었다. 취기가 오르자 S씨의 기분이 좋아졌다.

"나는 아무 소설이나 모두 좋아합니다. 읽어보면 모두 재미있어요. 정말로 아주 훌륭해요. 그래서 소설가를 좋아합니다. 어떤 소설가든지 정말로 좋아서 견딜 수가 없어요. 나한테는 아이가, 세 살 된 남자아이가 있는데, 이 녀석을 소설가로 키울 생각을 하고 있어요. 이름도 후미오(文男)라고 지었습니다. 문(文)의 남자(男)라고 적습니다. 머리 모양이 아무래도 당신과 비슷합니다. 실례지만 이런 식으로 정수리가 넓적한 모양입니다."

내 정수리가 넓적하다는 소리는 처음 들었다. 내 용모에 대해 여러 가지 결점을 빠짐없이 알고 있었지만 머리 모양까지 이상한 것은 몰랐다. 아직도 내가 모르는 결점이 많이 있는 것은 아닌가 하고, 다른 작가의 험담을 한 직후인 만큼 아주 불안해졌다. S씨는 더욱더 기분이 좋아져서,

"어떻습니까? 술도 떨어졌으니 이제부터 우리 집으로 같이 가시지 않겠습니까? 잠깐만이라도 좋습니다. 우리 집사람과 후미오를 만나주세요. 부탁드립니다. 사과술이라면 가니타에는 얼마든지 있으니까, 집에 가서 사과술을, 자" 하고 자꾸만 나를 유혹하는 것이다. 호의는

고마웠지만 내 머리 모양에 대한 이야기가 나온 다음부터는 갑자기 의욕을 상실하여 빨리 N군 집으로 가서 한숨 자고 싶었다. S씨 집에 가서 머리 모양은 물론, 머리 안의 내용까지 간파당해서 비난받게 되는 것이 아닐까 하고 생각하면 마음이 더욱 무거웠다. 나는 여느 때처럼 T군의 표정을 살폈다. T군이 가라고 하면 가야 한다고 각오하고 있었다. T군은 진지한 표정으로 잠시 생각하더니,

"가시죠! S씨는 오늘 드물게 많이 취했지만 아주 오래전부터 당신이 오는 것을 학수고대하고 있었어요."

나는 가기로 했다. 머리 모양에 구애받는 것은 그만두었다. 그것은 S씨가 유머로 한 것임에 틀림없다고 생각을 고쳐먹었다. 아무래도 용모에 자신이 없으면 이런 사소한 일에도 끙끙거리게 된다. 용모뿐 아니라 지금의 나에게 가장 결여되어 있는 것은 '자신(自信)'인지도 모른다.

S씨 집에 가서 받은 쓰가루 사람들의 본성을 확실히 보여주는 손님 접대에는 같은 쓰가루 사람인 나조차 조금은 당황했다. S씨는 집에 들어가자마자 잇달아 부인에게 일을 시키는 것이었다.

"이봐, 도쿄에서 온 손님을 모시고 왔다. 마침내 모시고 왔어. 이분이 그 다자이라는 분이다. 인사를 해야지. 빨리 나와서 인사를 드려야지. 그리고 정종을 내와. 아니 정종은 이미 마셨다. 사과술을 가져와라. 뭐라고? 한 되밖에 없다고. 적어! 두 되를 더 사와. 기다려. 마루에 널어놓은 대구포를 뜯어서 잠깐, 그것은 망치로 뚜드려서 부드럽게 한 다음에 뜯어야 해. 기다려, 그런 솜씨로는 안 돼, 내가 하겠다. 대구포를 뚜드리는 것은 이렇게, 아야! 이렇게 하는 거야. 어이, 간장

을 가져와. 대구포에는 간장을 발라야 한다. 컵이 하나, 아니 두 개가 부족하다. 빨리 가져와, 아니, 이 찻잔으로도 괜찮을까. 자, 건배, 건배. 어이, 빨리 두 되를 사와, 기다려, 아이를 데리고 와라. 소설가가 될 수 있을지 어디 한번, 다자이의 생각을 들어보자. 어때요? 이 머리 모양은? 이런 것을 정수리가 넓적하다고 하죠? 당신의 머리 모양과 닮았다고 생각합니다만. 그만 됐어. 어이, 아이를 저쪽으로 데려가. 시끄러워서 안 되겠다. 손님 앞에 이런 지저분한 애를 데리고 오다니 실례다. 졸부 취미다. 빨리 사과술을 두 되 더. 손님이 돌아가시려고 하지 않는가. 기다려, 너는 여기서 서비스를 해라. 자아, 모두에게 술을 따라라. 사과술은 이웃집 할머니에게 사오도록 부탁해라. 할머니는 설탕을 원하고 있으니까 조금 나누어줘라. 기다려, 할머니에게 주면 안 돼. 도쿄 손님에게 우리 집 설탕을 모두 선물로 드려라. 명심해, 잊어버리지 마. 전부 드려라. 신문지로 싼 다음 기름종이로 싸서 끈으로 묶어서 드려라. 아이를 울리면 안 된다. 실례가 아닌가. 졸부 취미다. 귀족이라는 것은 이런 것이 아니다. 기다려. 설탕은 손님이 돌아갈 때 드리면 된다니까. 음악, 음악. 레코드를 틀어라. 슈베르트, 쇼팽, 바흐, 뭐든지 좋다. 음악을 틀어라. 기다려. 그것은 뭐지? 바흐인가! 그만둬. 시끄러워서 안 되겠다. 이야기를 나눌 수 없지 않은가! 좀 더 조용한 레코드를 틀어라. 기다려, 먹을 것이 떨어졌다. 아귀 튀김을 만들어라. 소스는 우리 집 자랑거리이다. 그런데 손님 입맛에 맞을지? 기다려, 아귀 튀김과 계란 된장찌개인 가야키를 드려라. 이것은 쓰가루가 아니면 먹지 않아. 그렇다. 계란 된장찌개다. 계란 된장찌개가 최고다. 계란 된장찌개다. 계란 된장찌개다."

나는 결코 과장법을 써서 묘사한 것이 아니다. 이런 질풍노도와 같은 접대는 쓰가루 사람들의 애정 표시인 것이다. 대구포라는 것은 커다란 대구를 눈보라에 맞히면서 말린 것으로 바쇼 옹도 기뻐할 듯한 가볍고 우아한 맛인데, S씨의 마루에는 그것이 대여섯 개 걸려 있어 S씨는 비틀거리면서 일어나 그것을 두세 개 낚아채어 무턱대고 쇠망치로 두드리다 왼쪽 엄지손가락에 상처를 입었다. 그러고 나서 넘어져서 기다시피 하면서 모두에게 사과술을 따랐고, 머리 모양에 대해서도 결코 놀리기 위해 말한 것이 아니며 또 유머로 말한 것도 아니라는 것이 분명하게 이해되었다. S씨는 정수리가 넓은 머리를 진심으로 존경하는 것 같았다. 좋은 것이라고 생각하는 것 같았다. 쓰가루 사람들의 우직스러움과 가련함은 대단하다. 그리하여 마침내 계란 된장찌개, 계란 된장찌개를 연발하게 된 것이다. 계란 된장찌개인 가야키에 대해서는 일반 독자에게 설명할 필요가 있을 것이다. 쓰가루에서는 쇠고기찌개를 소 가야키, 닭고기찌개를 닭 가야키라 부른다. '가이야키(조개구이)'가 변한 것인 듯하다. 지금은 그렇지 않지만 내가 어렸을 때, 쓰가루에서는 고기를 삶을 때 큰 가리비의 껍데기를 사용했다. 조개껍데기에서 약간의 액이 나온다고 믿었겠지만, 어쨌든 이것은 원주민인 아이누족의 풍속인 듯하다. 우리는 모두 가야키를 먹고 자랐다. 계란 된장찌개 가야키라는 것은 그 조개찌개에 된장과 다랑어포를 넣고 삶은 다음, 거기에 계란을 풀어서 먹는 원시적인 요리이다. 실은 이것은 환자가 먹는 음식이다. 병에 걸려 식욕이 떨어졌을 때, 계란 된장찌개 가야키를 죽 위에 얹어서 먹는 것이다. 그렇지만 이것도 쓰가루 지방 특유의 요리 가운데 하나임에 틀림없다. S씨는 그것을 떠올려서 나에게 대접하려고 계속 이름을 외치고 있는 것이다. 나는 부인에게 "이제 많이 먹었으니" 하고 빌듯이 부탁하여 S씨 집을 나왔다. 독자는 여기에 주목해주기 바란다. 그날 S씨의 접대야말로 쓰가루 사람들의 애정 표현인 것이다. 진짜로 토종 쓰가루 사람의 그것이다. 나에게도 S씨와 똑같은 일이 종종 있으므로 기탄없이 말할 수 있는데, 친구가 멀리서 찾아왔을 경우에는 어떻게 하면 좋을지 모르게 된다. 단지 가슴만 두근두근해서 의미 없이 우왕좌왕하다가, 나는 전등에 머리를 부딪혀 전등갓을 깨뜨린 경험도 있다. 식사 중에 귀한 손님이 왔을 경우, 곧바로 젓가락을 놓고 입을 우물우물하면서 현관으로 나가기에 오히려 손님이 얼굴을 찡그리는 일이 있다. 손님을 기다리게 해놓고 마음 편히 식사를 계속하는 행위를 나는 할 수가 없다. 그래서 S씨처럼 실제로 극진한 배려로서 이것저것 집 안에 있는 모든 것을 끄집어내어 접대를 하지만, 오히려 손님을 질리게 만드는 바람에 나중에 손님에게 자신의 무례함을 사과하게 되는 것이다. 따서 주고 뜯어서 주고 잡아 주고 나중에는 자기 목숨까지도, 라는 애정 표현은 간토, 간사이 지방 사람들에게는 오히려 무례한 폭력처럼 느껴져서 결국은 경원당하게 되는 것이 아닌가 하고, 나는 S씨를 보면서 내 숙명을 알게 된 듯한 느낌이 들어 돌아오는 내내, S씨가 정겹고 딱하게 느껴졌다. 쓰가루 사람들의 애정 표현은 약간 물로 희석해 마시지 않으면 타 지방 사람들에게는 무리일지도 모른다. 도쿄 사람들은 묘하게 거드름을 피우면서 조금씩 요리를 내어온다. 무염(無鹽)의 느타리버섯은 아니지만, 나도 기소 장군처럼 이 과도한 애정 노출 때문에 지금까지 도도한 도쿄의 풍류가들에게 얼마나 멸시를 받아왔는가!

"그러넣어 삼켜라, 그러넣어 삼켜"라고 책망하는 것과 같다.*

　나중에 들었지만, S씨는 그로부터 일주일간, 그날의 계란 된장찌개를 떠올리면 부끄러워서 술을 마실 수밖에 없었다고 한다. 평소에는 남보다 배 이상 부끄러움을 타고 신경이 섬세한 사람인 것 같다. 이것도 또 쓰가루인의 특징이다. 토종 쓰가루인은 평소에는 결코 난폭한 야만인이 아니다. 어중간한 도시인보다 훨씬 우아하고 세심한 배려심을 갖고 있다. 경우에 따라서는 그 억제가 단숨에 둑을 무너뜨리고 폭발할 때, 어떻게 하면 좋을지 몰라서 "무염의 느타리버섯이 있다. 빨리빨리"라고 재촉하게 되어 경박한 도시인에게 억울하게 빈축을 사고 마는 것이다. 그다음 날, S씨가 웅크리고 앉아 술을 마시고 있는데, 한 친구가 찾아와서,

　"어떻게 되었니? 그다음에 부인에게 잔소리를 들었지?" 하고 웃으면서 묻자, S씨는 처녀처럼 부끄러워하면서,

　"아니, 아직"이라고 대답했다 한다.

　잔소리를 들을 각오를 한 것 같았다.

---

* 출전은 『헤이케모노가타리(平家物語)』 8권 「묘간(猫間)」. 기소 요시나가가 교토를 지키고 있을 때, 날생선을 '무염'이라 부르는 것을 보고 신선한 것을 '무염'이라 부른다고 착각을 하고 있었다. 어느 날 묘간(후지와라 미쓰타카)이라는 벼슬아치가 찾아왔는데, 마침 '무염의 느타리버섯'이 있어서 대접하려고 했다. 하지만 음식을 담은 그릇이 너무 더러워 그가 먹는 시늉만 하자, 요시나가는 고양이는 음식을 헤적거리는 것으로 유명하니 '그러넣어 삼켜라'며 책망했다고 한다.

3. 소토가하마

 S씨 집을 나와 N군 집으로 와서 N군과 나는 또 맥주를 마셨고, 그 날 밤은 T군도 붙잡아서 같이 N군 집에서 묵게 되었다. 세 사람이 같이 골방에서 잤지만 T군은 다음날 아침 일찍 우리가 아직 자고 있는 동안에 버스로 아오모리로 돌아갔다. 일이 바쁜 것 같았다.

 "기침을 하고 있었지?" T군이 일어나 채비를 하면서 콜록콜록 하고 가볍게 기침을 하는 것을 잠결에 듣고는 이상하게 슬퍼져서, 일어나자마자 N군에게 그렇게 말했다. N군도 일어나 바지를 입으면서,

 "응, 기침을 하고 있었어"라고 엄숙한 표정으로 말했다. 술꾼은 술을 마시지 않을 때는 아주 엄숙한 표정을 하는 것이다. 아니 표정만이 아닐지도 모른다. 마음도 엄숙해지는 것이다. "그다지 좋은 기침 소리는 아니었어." N군도 자고 있었지만 역시 분명하게 그 소리를 들었던 것이다.

 "기로 억누른다." N군은 뿌리치는 듯한 말투로 말하고 바지의 벨트를 잠그면서 "우리도 고치지 않았니!"

 N군도 나도 오랫동안 호흡기병과 싸워왔다. N군은 심한 천식이었지만 지금은 완전히 극복한 상태였다.

 이번 여행을 떠나기 전에 만주에 있는 병사들을 위해 간행되는 어떤 잡지에 단편소설을 보내기로 약속되어 있었는데, 그 원고 마감이 오늘내일로 다가와 있어서 그날 하루와 그다음 날 하루, 이틀간을 골방을 빌려 일했다.[*] N군도 그동안 별채에 있는 정미소에서 일했다. 이틀째 저녁 무렵, N군은 내가 일하는 방으로 와서,

"썼니? 두세 장이라도 썼어? 나는 이제 한 시간만 있으면 끝난다. 일주일분의 일을 이틀에 해치웠다. 나중에 놀 것을 생각하니 의욕이 생겨서 일의 능률도 쭉 올라가네! 얼마 남지 않았어. 마지막 힘을 내야지" 하고는 곧장 공장 쪽으로 가더니 10분도 채 지나지 않아, 또다시 내 방으로 와서,

"썼어? 나는 조금만 더 하면 돼. 요즈음 기계 상태도 좋아. 너는 아직 내 공장을 본 적이 없지! 지저분한 공장이야. 보지 않는 쪽이 좋을지도 모르겠다. 자, 힘을 내자. 나는 공장에 있을 테니" 하고 돌아갔다. 무딘 나도 그때 겨우 알아차렸다. N군은 나에게 공장에서 일하는 자신의 부지런한 모습을 보여주고 싶었음에 틀림없다. 이제 곧 그의 일이 끝나니까 끝나기 전에 보러 오라는 신호였다. 그것을 알아차리고 미소 지었다. 서둘러 일을 마무리 짓고 도로 건너편 별채에 있는 정미소로 갔다. N군은 누더기 코르덴 상의를 입고 어지럽게 돌아가는 거대한 정미기 옆에서 뒷짐을 지고 자랑스럽게 서 있었다.

"경기가 좋네." 나는 큰 소리로 말했다.

N군은 뒤돌아보며 기쁜 듯이 웃으면서,

"일은 마쳤니? 잘됐다. 나도 이제 곧 끝나. 들어와. 나막신을 신은 채로 들어와도 괜찮아" 하고 말했지만, 나는 나막신을 신은 채로 태연스레 정미소로 들어갈 정도로 무신경한 남자는 아니다. N군도 깨끗한 짚신으로 갈아 신고 있다. 근처를 둘러봐도 덧신 같은 것이 보이지 않아, 나는 공장 입구에 서서 단지 싱글싱글 웃고만 있었다. 맨발로 들

---

* 간토군(関東軍) 기관지 『마쓰라오(満洲良男)』 1944년 8월호에 소설 「기이한 인연」을 발표했다고 하는데 확인되지 않음.

어갈까 하고도 생각했지만 그것은 N군을 미안하게 만드는 과장된 위선 행위라는 생각이 들어 그럴 수 없었다. 나는 상식적인 선행을 할 때도 매우 겸연쩍어하는 버릇이 있다.

"상당히 규모가 큰 기계네! 혼자서 잘도 조작하네." 칭찬이 아니었다. N군도 나와 같이 과학적 지식에는 그다지 능통한 편은 아니었다.

"아니, 간단해. 이 스위치를 이렇게 하면" 하고 말하면서, 여기저기 스위치를 눌러 모터를 멈추기도 하고 등겨로 눈보라를 만들기도 하고 완성된 쌀을 쫙 폭포처럼 낙하시키는 등 자유자재로 기계를 조작해 보였다.

문득 공장 한복판 기둥에 붙어 있는 조그만 포스터에 시선이 멎었다. 술병 모양의 얼굴을 한 남자가 양반다리를 하고 팔을 걷어붙이고 큰 잔으로 술을 마시고 있는데, 그 큰 잔에는 집과 창고가 덩그러니 놓여 있고, 이 묘한 그림에는 "술은 몸을 마시고 집을 마신다"는 설명 문구가 인쇄되어 있었다. 내가 그 포스터를 오랫동안 바라보고 있으니까, N군도 알아차렸는지 내 얼굴을 보고 씽긋 웃었다. 나도 방긋 웃었다. 같은 죄인이다. '어쩔 수 없다'라는 느낌이다. 나는 그 포스터를 공장 기둥에 붙여놓은 N군을 안쓰럽게 생각했다. 누군가는 폭음을 원망하는 것이다. 내 경우에는, 그 큰 잔에 내가 쓴 약 20여 종의 초라한 저서가 들어 있다는 느낌이다. 나에게는 마실 집도 창고도 없다. "술은 몸을 마시고 저서를 마신다"고 해야 할 판이다.

공장 안쪽에 꽤 큰 기계가 두 대 멈춰 있었다. "저것은 무엇이니?" 하고 N군에게 물었더니, 조용히 한숨을 내쉬며,

"저것은 새끼를 꼬는 기계와 거적을 짜는 기계인데, 상당히 조작이

어려워서 도저히 손을 댈 수가 없어. 네댓 해 전, 이 일대는 아주 심한 흉작으로 정미소 일거리가 딱 끊겨 정말이지 힘들었어. 매일매일 화롯가에 앉아 담배만 피우면서 여러 가지 생각한 끝에, 이 기계를 사서 공장 구석에서 덜컹거리면서 작업을 해보았지만 손재주가 없어서 아무래도 잘되지 않았어. 슬펐어. 가족 여섯 명이 끼니를 근근이 이어갔지. 그 무렵에는 앞으로 어떻게 될 것인지 많이 걱정했어."

N군은 네 살 된 남자아이 외에도 죽은 여동생의 아이 세 명을 맡아 키우고 있었다. 여동생의 남편도 중국에서 전사해, N군 부부는 세 명의 고아를 당연하다는 듯이 맡아 키우면서 자신들의 아이와 똑같이 귀여워했다. 부인의 말에 따르면, N군이 지나치게 귀여워하는 경향이 있다고 한다. 세 아이 중, 첫째가 아오모리 공업학교에 들어갔는데, 그 아이가 어느 토요일, 아오모리에서 버스를 타지 않고 7리 길을 터 벅터벅 걸어서 밤 열두시경에 가니타의 집에 도착했다. "외삼촌! 외삼촌!" 하며 현관문을 두드려서 N군이 벌떡 일어나 현관을 열고는 무아몽중에 아이를 끌어안고는, "걸어서 왔어! 정말로 걸어서 온 거야!"라는 말만 하고는 목이 메었다. 그래서 부인을 마구 꾸짖으며 "설탕물을 마시게 해라, 떡을 구워라, 우동을 데워라"고 잇달아 시켜서, 부인이 "이 아이는 지쳐서 자고 싶을 텐데" 하고 말하자, "뭐, 뭐라고!" 하면서 아주 과장되게 주먹을 치켜들었다. 너무나도 진기한 말다툼이라서 조카가 웃음을 터뜨리자, N군도 주먹을 든 채 웃고 부인도 웃어서 모든 것이 흐지부지되었다는 일도 있었다는데, 그것도 N군의 인품의 한 단면을 보여주는 좋은 일화라고 생각한다.

"칠전팔기네. 여러 가지 일이 있었구나!" 하고는 나 자신의 처지와

견주어 생각하니 갑자기 눈물겨워졌다. 이 선량한 친구가 익숙지 않은 손놀림으로 공장 구석에서 덜컹거리며 거적을 짜는 쓸쓸한 모습이 눈앞에 생생하게 보이는 것 같은 느낌이 들었다. 나는 이 친구를 사랑한다.

그날 밤은 서로 한 가지씩 일이 끝났다는 평계로 둘이서 맥주를 마시며 고향의 흉작에 대해 이야기를 나누었다. N군은 아오모리 현 향토사 연구회 회원이어서 향토사 문헌을 꽤 가지고 있었다.

"어차피 별 볼 일 없는 것들이야" 하고 N군이 책 하나를 펼쳐 보였는데, 그 페이지에는 다음과 같은 쓰가루의 흉작 연표라고 해야 할 불길한 일람표가 실려 있었다.

1615년	대흉작
1616년	대흉작
1640년	대흉작
1641년	대흉작
1642년	흉작
1656년	흉작
1666년	흉작
1671년	흉작
1674년	흉작
1675년	흉작
1679년	흉작
1681년	대흉작

1684년   흉작

1692년   대흉작

1694년   대흉작

1695년   대흉작

1696년   흉작

1702년   반흉작

1705년   흉작

1706년   흉작

1707년   대흉작

1716년   흉작

1720년   흉작

1737년   흉작

1740년   흉작

1745년   대흉작

1747년   흉작

1749년   대흉작

1755년   대흉작

1767년   흉작

1776년   반흉작

1782년   대흉작

1783년   대흉작

1786년   대흉작

1787년   반흉작

1789년   흉작

1793년   흉작

1799년   흉작

1813년   흉작

1832년   반흉작

1833년   대흉작

1835년   대흉작

1836년   대흉작

1837년   흉작

1838년   대흉작

1839년   흉작

1866년   흉작

1869년   흉작

1873년   흉작

1889년   흉작

1891년   흉작

1897년   흉작

1902년   대흉작

1905년   대흉작

1913년   흉작

1931년   흉작

1934년   흉작

1935년   흉작

1940년　　반흉작

　쓰가루인이 아니라도 이 연표를 보면 한숨이 절로 나올 것이다. 오사카의 여름 전투에서 도요토미가 멸망한 1615년부터 지금까지 약 330년간, 약 60회 흉작이 든 것이다. 단순히 5년에 한 번씩 흉작이 들었다는 계산이 된다. 또다시 N군은 다른 책을 펼쳐 보였는데, 거기에는 "다음해인 1833년이 되어서는, 입춘 때부터 동풍이 강하게 자주 불어 3월 3일이 되어도 눈이 녹지 않고 농가에서는 눈썰매를 사용했다. 5월이 되어도 모가 거의 생장하지 않았지만 시기를 놓칠 수 없어 모내기를 시작했다. 그렇지만 연일 동풍이 강하게 불고 6월 삼복 무렵이 되어도 구름이 두껍게 긴 흐린 날씨가 계속되고 맑은 날이 거의 없었다. (중략) 매일 아침저녁으로 냉기가 강해서, 삼복인데도 두꺼운 솜옷을 입고 밤에는 특히 추워서 7월 '네부타'* 무렵이 되어도 길에는 모깃소리가 들리지 않았다. 집 안에서는 가끔씩 들리기는 하지만 모기장을 사용할 정도는 아니었고 매미 소리도 드물었다. 7월 6일경부터 더위가 시작되어 백중 전에 여름옷을 입기 시작했고, 13일경부터 조생종의 이삭이 피기 시작해서 사람들이 아주 기뻐하면서 봉오

---

* 음력 칠석에 무사 모습이나 용, 호랑이 모습의 큰 등(燈)을 수레에 실어 끌고, 젊은이들이 여러 가지로 분장을 하고 춤을 추면서 거리를 돌아다니는 쓰가루 연중행사 중 하나이다. 다른 마을의 등과 충돌하여 꼭 싸움이 일어난다. 사카노우에노 다무라마로(헤이안 시대 초기의 무장. 북쪽 지방을 정벌하여 대장군이 되었다. 교토의 기요미즈 사의 창건자로 전한다)가 북쪽 지방을 정벌할 때, 이와 같은 큰 등을 보여서, 산속의 원주민을 꾀어내 전멸시켰다는 설도 있지만 믿을 수 없다. 쓰가루만이 아니라 도호쿠 지방 각지에 이와 비슷한 풍속이 있다. 도호쿠 지방의 여름 축제용 수레라고 생각하면 된다(원주).

도리*로 아주 떠들썩했지만, 15,16일에는 햇빛이 희미해서 마치 한밤중의 거울빛과 비슷했다. 17일 저녁에는 춤추던 사람들도 흩어져 왕래도 끊어지고 점차로 새벽녘이 다가오자, 뜻밖에 많은 서리가 내려 벼 이삭이 기울어지고 길에는 사람들의 울음소리로 가득 찼다"는, 슬프다고밖에 달리 할 말이 없는 모습이 그려져 있었다. 나도 어린 시절에는 노인들에게 게가즈(쓰가루에서는 흉작을 게가즈라고 한다. 기카쓰〔기근〕의 방언인지도 모른다)의 비참함을 듣고는 어린 마음에도 암담한 기분이 들어 울상을 지었지만, 오래간만에 고향에 돌아와 이와 같은 기록을 분명히 보고는 애수를 뛰어넘어 이유를 알 수 없는 분노조차 느껴져,

"이래서는 안 돼!"라고 말했다. "과학 세상이라고 잘난 듯이 말하고 있지만 이런 흉작을 막는 방법을 농민에게 가르쳐주지 못하다니 한심하구먼!"

"아니, 기술자들도 여러 가지로 연구는 하고 있어. 냉해를 견딜 수 있게 품종 개량도 했고 모내기 시기도 궁리하여 지금은 예전처럼 극심한 흉작은 사라졌지만, 그래도 역시 네댓 해에 한 번씩은 흉작일 때가 있어."

"한심해!" 나는 딱히 누구에게라고 할 수 없는 분노로 입을 삐죽이며 욕을 했다. N군은 웃으면서,

"사막에서 사는 사람도 있지 않나. 화를 낸다고 해서 될 일이 아니야. 이런 풍토에서는 독특한 인정이 생겨나기도 해."

---

* 백중. 일부 지역에서는 8월 15일 전후로 저녁에 모여서 춤을 추는 풍속.

"그다지 좋은 인정은 아니야. 봄바람의 느긋함이 없어서, 나는 언제나 남쪽 지방 출신 예술가들에게 밀리는 느낌이 들어."

"그래도 너는 지지는 않지! 쓰가루 지방은 예로부터 다른 지방과의 싸움에서 진 적이 없어. 맞기는 했지만 진 적은 없다고. 제8사단은 국보라고들 말하고 있지 않나!"

태어나자마자 흉작을 당해, 비와 이슬을 마시며 자란 우리 조상들의 피가 지금의 우리에게 흐르고 있다. 느긋함의 미덕도 부럽지만 역시 조상들의 슬픈 혈통을 가능하면 훌륭하게 꽃피울 수 있도록 노력할 수밖에 없는 것 같다. 과거의 비참함을 쓸데없이 탄식하지 않고 N군처럼 고난의 전통을 의젓하게 자랑하는 편이 좋을지 모르겠다. 게다가 쓰가루도 언제까지나 옛날과 같은 비참한 지옥살이를 반복하고 있지는 않다. 그다음 날, 나는 N군의 안내를 받아 소토가하마 도로를 버스를 타고 북상하여 미마야에서 일박을 하고 나서, 바닷가의 좁은 길을 더욱더 걸어서 혼슈 북단 닷피 갑까지 갔다. 미마야와 닷피 갑사이의 황량하고 삭막한 각 마을조차 강풍을 견디고 거센 파도에 굴하지 않고 열심히 일가족을 부양하는 쓰가루인의 건재를 애처롭게 과시하고 있었다. 미마야 이남의 마을, 특히 미마야, 이마베쓰 등은 말쑥한 포구의 밝은 분위기 속에서 차분하고 여유 있는 생활을 보여주고 있었다. 아아! 공연히 흉작의 그림자를 두려워할 필요가 없었다. 다음은 사토 히로시라는 이학사(理學士)의 좋은 문장이지만, 나는 이 책을 읽는 독자의 우울을 없애기 위해, 또 우리 쓰가루인들의 밝은 출발을 위한 건배사로 조금 인용하기로 한다. 사토 이학사가 『오슈* 산업 총설』에서 이르기를, "총을 쏘면 풀숲으로 숨고 쫓아가면 산속으로 들어가는 원주민의 세력권인 오슈. 첩첩 산중이 천연의 요새를 이루고 있어 교통에 장애가 있는 오슈. 바람과 파도가 세서 해상 교통이 불편한 일본해와 호쿠조 산맥에 가로막혀 발달하지 못하고, 톱니 모양의 갑과 만이 많은 태평양에 둘러싸인 오슈. 게다가 겨울에는 눈도 많이 내리고 혼슈 중에서 가장 춥고, 예로부터 몇십 회의 흉작을 겪었다는 오슈. 규슈의 경지 면적이 25퍼센트인 데 비해, 겨우 15퍼센트에 지나지 않은 불쌍한 오슈. 어디를 봐도 불리한 자연 조건에 지배받고 있는 오슈는 630만 인구를 먹여 살리기 위해, 오늘날 어떤 산업에 의존하고 있는가?

어떤 지리서를 보아도 오슈는 혼슈 동북단에 치우쳐 있고 의식주 모두가 열악하다고 되어 있다. 예로부터 억새, 사철나무, 삼목으로 이은 지붕은 별도로 하더라도, 현재 많은 백성이 함석지붕 집에 살고 있고 보자기를 뒤집어쓰고 월남치마를 입고는 중류 이하의 변변찮은 음식에 만족하고 있다고 한다. 진위는 어떨까? 그 정도로 오슈는 산업의 혜택을 받지 못하고 있는 것인가? 빠른 속도를 자랑하는 20세기 문명도 아직 유일하게 도호쿠 지방에까지는 도달하지 않은 것인가? 아니, 이미 그것은 과거의 오슈이고 만약 지금의 오슈에 대해 이야기하고자 한다면, 먼저 문예 부흥 직전의 이탈리아에서 볼 수 있었던 원기 왕성한 성장력을 이 오슈에서 느껴야 한다. 문화에서도, 산업에서도, 황송하게도 메이지 천황의 교육 칙어가 정말로 신속하게 오슈 곳곳까지 스며들어 오슈인 특유의 알아듣기 어려운 비음의 감소와 표준

---

* 후쿠시마, 미야기, 아오모리 현과 아키타 현의 일부 지역의 옛 이름.

어의 진출을 촉진하여, 예전의 원시적 상태의 침울함에 빠져 있던 야만족의 주거지에 교화의 빛을 주었으니 현재를 보라. 개발 또는 개척으로 옥토가 시시각각 증가하고 개량 또는 개선으로 목축, 임업, 어업이 나날이 크게 나아지고 있으며, 더욱이 주민이 얼마 살지 않아 장래 발전의 여유가 아주 많은 지역이라 할 수 있다.

찌르레기, 오리, 참새, 기러기 등 철새의 큰 무리가 먹이를 찾아 이 지역을 헤매는 것처럼, 확장 시대에 일본 민족은 각지에서 북상하여 오슈에 이르러, 원주민을 정복하거나 산에서 수렵을 하고 강에서 물고기를 잡고 여러 가지 자원이 풍족한 것에 이끌려 여기저기를 헤매고 다녔다. 그리하여 몇 대가 지나자, 이곳 사람들은 각자 마음에 드는 장소에 정착했는데, 일부는 아키타, 쇼나이, 쓰가루 평야에서 쌀을 재배하고 일부는 북쪽 산지에서 임업을 하고 일부는 평원에서 말을 키우고 일부는 해변에서 어업에 전념하여 오늘날의 융성한 산업의 기초를 만들었다. 오슈 6현, 630만 주민은 이리하여 조상들이 개발한 특성 있는 산업을 소홀히 하지 않고 더욱더 발전시키는 방법을 모색하여, 철새는 영원히 떠돌지만 소박한 도호쿠 주민들은 이제는 떠돌지 않고, 쌀을 재배하고 사과를 팔고 울창한 숲에서 이어지는 대평원에는 털이 빛나는 훌륭한 말을 달리게 하고 줄어한 어선은 물고기를 가득 싣고 포구로 돌아오는 것이다."

정말로 고마운 축사라서 얼떨결에 달려가서 감사의 악수를 하고 싶을 정도이다. 한편, 그다음 날, N군의 안내로 오슈 소토가하마를 북상했지만 출발에 앞서 술이 가장 문제였다.

"술은 어떻게 하죠? 배낭에 맥주를 두세 병 넣어놓을까요?" 하는 부인의 말을 듣고 나는 식은땀이 주르르 흘렀다. '왜 술꾼이라는 불명예스러운 종족의 남자로 태어났을까?' 하고 생각했다.

"아니, 괜찮아요. 없으면 없는 대로. 그것은 별로"라며 횡설수설, 요령 없이 말하고는 배낭을 지고 도망치듯이 집을 나와, 나중에 뒤따라온 N군에게,

"이야! 술, 이라는 말만 들어도 섬뜩해. 바늘방석이다"라고 사실대로 말했다. N군도 같은 생각인지, 얼굴을 붉히며 "으흐흐" 웃으면서,

"나도 혼자라면 참을 수 있지만 네 얼굴을 보면 마시고 싶어져. 이마베쓰의 M군이 배급받는 술을 이웃에게서 조금씩 모아두었다고 하니, 이마베쓰에 잠시 들르지 않을래?"

나는 복잡하게 한숨을 쉬고는,

"모두에게 폐를 끼치네!" 하고 말했다.

처음에는 가니타에서 배로 곧장 닷피로 가고 올 때는 도보와 버스를 이용할 계획이었다. 그렇지만 그날은 아침부터 동풍이 강한 악천후라 할 수 있는 날씨라서 타고 가려고 했던 정기선이 결항인 탓에 예정을 바꾸어 버스로 출발하기로 했다. 버스는 의외로 비어 있어 두 사람 다 편히 앉을 수 있었다. 소토가하마를 한 시간 정도 북상했더니 차차 바람도 약해지고 맑은 하늘도 보여서 이 상태라면 정기선도 다니지 않을까 하는 생각이 들었다. 어쨌든 이마베쓰의 M씨 집에 들러서, 배가 다니면 술을 받아 곧바로 이마베쓰 항에서 배를 타기로 했다. 왕복에 같은 길을 이용하는 것은 멋없으며 재미없다고 생각되었다. N군은 버스 창 너머로 여러 풍경을 가리키며 설명해주었지만 슬슬 요새 지대가 가까워졌기에 N군의 친절한 설명을 일일이 적는 것은

삼가야겠다. 어쨌든 이 주변에는 옛 원주민들의 거주 흔적은 전혀 보이지 않고, 날씨가 좋아진 탓인지 모든 마을이 깨끗하고 밝게 보였다. 간세이 시대에 출판된 교토의 명의(名醫) 다치바나 난케이의 『동유기(東遊記)』에는 "천지가 생기고 난 다음, 지금처럼 태평스러운 때는 없었다. 서쪽으로는 기카이야쿠 섬에서, 동쪽으로는 오슈의 소토가하마까지 어명이 닿지 않는 곳이 없다. 옛날에는 야쿠 섬은 야쿠 국으로 다른 나라처럼 느껴졌고 오슈도 절반은 원주민들의 영지였기에, 최근까지도 원주민들의 거주지였던 난부, 쓰가루 지역의 지명에는 야만스러운 명칭이 많다. 소토가하마 주변의 마을 이름에도 닷피, 호로즈키, 우치마쓰베, 소토마쓰베, 이마베쓰, 우테쓰 등이 있다. 이것은 모두 원주민의 말이다. 지금도 우테쓰 등의 풍속은 원주민과 약간 비슷하여 쓰가루 사람들도 그들을 에조라고 부르면서 천시한다. 내가 생각하기에는 우테쓰뿐 아니라 난부, 쓰가루 지역 주민들도 대개는 에조인 것 같다. 재빨리 일본에 동화되어 풍속과 언어를 고친 곳은 일찍부터 일본인처럼 행동했던 것으로 여겨진다. 따라서 예의범절과 문화가 아직 꽃피지 않은 것은 당연한 것이다'라고 기록되어 있지만, 그로부터 약 150년이 지난 지금, 지하에 있는 난케이를 버스에 태워 오늘날의 평탄한 콘크리트도로를 달리면 아연실색하여 고개를 갸웃하면서 옛날의 눈은 어디로 갔지? 하고 탄식할지도 모르겠다. 난케이 여행기는 에도 시대의 명저 가운데 하나로 평판이 자자한 것 같은데, 그 범례에도 "내가 돌아다닌 것은 의학을 위해서이기에, 의학에 관한 것은 잡담이라 하더라도 별도로 기록하여 동지들에게 보이겠다. 다만 이 책은 여행 중에 보고 들은 것을 적은 것으로 굳이 그 허실을 고치지 않아서 잘못된 것도 많을 것이다"라고 스스로 고백한 것처럼 독자의 호기심을 자극하기 위한 황당무계한 글도 적지 않을 것이다. 다른 지방에 대한 것은 언급하지 않더라도, 이 소토가하마에 관한 것을 들면, "오슈 미마야(三馬屋)*는 마쓰마에 해안의 포구로, 쓰가루령(領)의 소토가하마에 있고 일본 동북의 끝이다. 옛날 미나모토 요시쓰네가 저택에서 도망쳐 나와 홋카이도로 건너가려고 여기까지 왔는데, 건너갈 수 있는 바람이 불지 않아 며칠을 머물다 도저히 참을 수 없어서, 갖고 있던 관음상을 해저의 바위 위에 놓고 순풍이 불기를 기원하니 금방 바람이 바뀌어 마쓰마에로 건너갔다. 그 불상은 지금도 이곳의 절에 있는데 '요시쓰네 바람 기원 관음'이라고 부른다. 또 바닷가에 큰 바위가 있는데 마구간과 같이 구멍이 세 개 나란히 있다. 이것은 요시쓰네가 말을 세워둔 곳이다. 그래서 이 지역을 미(三)마야(마구간)라고 부르게 되었다"고 아무런 의심도 없이 기록되어 있다. 또 "오슈 쓰가루의 소토가하마에 다이라다테라는 곳이 있다. 이곳의 북쪽에 바위가 바다로 튀어나온 곳이 있는데, 이곳을 '암석 코'라고 부른다. 이곳을 넘어 조금 가면 슈다니이다. 높이 솟은 산들 사이에 작은 시내가 흘러 바다로 떨어진다. 이 계곡의 흙과 돌은 모두 붉은색이다. 물색까지도 아주 붉고 젖은 돌이 아침 햇살을 받으면 정말로 화려하여 잠에서 깨어나는 것 같은 느낌이 든다. 이곳 바닷가의 자갈조차 대개 붉은색이다. 해안의 물고기조차 모두 붉다고 한다. 계곡의 붉은 기운으로 인해 바닷속 물고기, 또는 돌까지도 붉게 느껴지는 것은 참으로

---

* 미마야(三厩)의 옛 명칭(원주).

신비하다"고 말하고 있다. 또 오키나라는 이상한 물고기가 북쪽 바다에 살고 있는데, "그 크기가 2,3리에 이르러 이 물고기 전체를 본 사람은 없다. 가끔씩 물 위에 떠 있는 것을 보면 큰 섬 몇 개가 생겨난 것 같은데, 이것은 이 물고기의 등과 꼬리지느러미 가운데 일부만 본 것이다. 10척, 20척짜리 고래를 삼키는 것은 고래가 정어리를 삼키는 것과 같아서, 이 물고기가 오면 고래가 동서로 도망친다"며 깜짝 놀라게 하기도 한다. 또 "미마야에 체류하고 있을 때, 어느 날 밤 근처의 노인이 왔기에 집안의 할아버지, 할머니 등이 화롯가에 모여 각지의 이야기를 했는데, 20,30년 전 밀려든 쓰나미만큼 무서운 것은 없었다고 한다. 그때는 바람도 조용하고 비도 내리지 않았는데, 왠지 하늘이 어두워지더니 밤마다 때때로 빛이 하늘을 동서로 가로질렀다. 그것이 점차 퍼져가더니 네댓새 전에는 대낮에 여러 신들이 하늘을 날아다녔다. 의관을 정제하고 말을 탄 분도 계셨고 용이나 구름, 코뿔소나 코끼리 등에 탄 분도 계셨다. 흰 옷 차림인 분도 계셨고 빨갛고 파랗고 여러 색의 옷을 입기도 해, 그 모습도 크기도 다양하기 그지없는 가지각색의 여러 신과 부처가 하늘에 가득 차서 동서로 날아다녔다. 우리 모두는 매일같이 밖으로 나와 아주 감사해하며 경배했다. 신비스러운 것을 직접 눈으로 보면서 네댓새를 계속 경배하면서 지내던 어느 날 저녁, 앞바다를 보니 새하얗게 눈 덮인 산 같은 것이 저 멀리 보였다. '저것 봐! 또 이상한 것이 바닷속에 생겼다'고 하고 있는데, 점점 가까이 다가오더니 앞산 위를 넘는 것을 보니 큰 파도였다. '우아, 쓰나미다! 빨리 도망쳐라!' 하며 남녀노소가 앞다투어 도망쳤지만, 눈 깜짝할 사이에 밀려와서 집, 논밭, 초목, 짐승까지도 모조리 물귀신이 되고 살아남은 자는 해변 마을에는 한 사람도 없었다. 그런데 처음에 신들이 구름 속을 날아다닌 것은 큰 천재지변이 일어날 것을 미리 알고 이곳에서 도망친 것이라고 두려움에 떨면서 이야기했다고 한다"는 황당한, 또 꿈같은 이야기가 쉬운 문장으로 거침없이 적혀 있다. 이 근처의 현재 풍경에 대해서는 지금은 자세하게 적지 않는 것이 좋을 것 같다. 황당무계하지만, 옛날 사람들의 여행담을 옮겨 적으면서 옛날이야기 같은 분위기에 빠져보는 것도 나름대로 재미가 있다고 여겨져, 『동유기』에 나오는 두세 가지 이야기를 여기에 옮겨 적었다. 내친김에 하나 더, 소설을 좋아하는 사람들이 특히 재미있어할 것 같은 이야깃거리가 있어 소개한다.

"오슈 쓰가루의 소토가하마를 여행할 때, 그곳 관리가 단고 출신은 없느냐고 자꾸만 물어왔다. 왜 그러느냐고 물으니, 쓰가루 이와키 산의 신은 단고 사람을 아주 싫어해서 만약 이 지역에 단고 사람이 몰래 숨어들면, 날씨가 크게 나빠져 비바람이 계속되고 선박의 출입이 끊어져 쓰가루 지역이 큰 어려움에 처하게 된다는 것이었다. 내가 여행할 때도, 바람이 계속 불어 단고 사람이 들어온 것이 아닌가 하고 조사하고 있었던 것이다. 날씨가 나쁘면 언제나 관리가 철저히 조사하여 만약 들어와 있으면 급히 내보낸다. 단고 사람이 쓰가루 지역을 벗어나면 날씨가 금방 회복되고 바람이 조용해진다고 한다. 토속적인 풍속이라고 싫어하지 않고 관리가 매번 조사하는 것도 진기한 풍속이다. 아오모리, 미마야, 그 외의 소토가하마의 포구들은 단고 사람들을 가장 싫어한다. 너무나 이상하여 어떤 이유로 이런 일이 생겼느냐고 자세한 연유를 물었다. '이 지방은 안주 처녀의 출생지라서 안주 처녀를 이와키 산의 신으로 모신다. 이 처녀가 단고 지역을 헤매다가 산쇼다유에게 괴롭힘을 당했기 때문에, 지금까지도 그 지역 사람이라면 싫어해서 비바람을 일으키며 이와키의 신들이 험악해진다고 한다. 소토가하마 90여 리 대부분은 어업이나 해운으로 살아가고 있어서 언제나 순풍을 기원한다. 따라서 당장 날씨가 나빠지면 지역 전체가 단고 사람을 싫어하게 된다. 이 이야기는 이웃 지방으로도 퍼져나가서 마쓰마에 남부 지방의 포구에서도 대개는 단고 사람들을 싫어한다. 이처럼 사람의 원한은 뿌리가 깊은 것이다."

이상한 이야기이다. 단고 사람들로서는 불쾌하기 짝이 없는 것이다. 단고는 지금의 교토 부 북부 지역인데, 이 지역 사람들이 그 시절에 쓰가루에 오면 참혹한 꼴을 당해야만 했다. 안주 처녀와 즈시 왕의 이야기*는 우리도 어린 시절부터 그림책 등을 통해 알고 있고, 또 오가이의 걸작 『산쇼다유』는 소설을 좋아하는 사람은 누구나 다 알고 있다. 그렇지만 그 비운의 누나와 동생이 쓰가루 출신이고 죽은 후에 이와키 산에 모셔졌다는 것은 그다지 알려지지 않았는데, 실은 이것도 조금 이상하다고 생각한다. 요시쓰네가 쓰가루에 왔다든가, 3리나 되는 큰 고기가 헤엄치고 있다든가, 돌의 색이 녹아서 강물도 고기의 비늘도 모두 빨갛다든가 하는 것을 아무렇지 않게 적고 있는 난케이

---

* 이와키의 영주였던 마사우지는 모함을 받아 지쿠시노로 유배를 가게 된다. 누나 안주와 동생 즈시는 어머니와 함께 아버지를 찾아 나선다. 하지만 인신 매매단에 속아서 어머니는 사도로, 아이들은 단고 유라의 산쇼다유에게 팔려가 노비로 혹사당한다. 누나 안주 처녀의 희생으로 동생 즈시는 무사히 도망쳐 나와, 나중에 영주가 되어 어머니와 재회하고 산쇼다유 부자에게 복수를 한다는 전설.

씨이기에, 이것도 어쩌면 '굳이 그 허실을 따지지 않는다'는 식의 무책임한 이야기일지도 모른다. 그렇지만 안주 처녀와 즈시 왕이 쓰가루 출신이라는 설은 『일중 만물 백과사전(和漢三才図会)』*의 이와키 산신의 현현 항목에도 나와 있다. 만물 백과사전은 한문으로 되어 있어 조금 읽기 어렵지만, "전하기를, 이 지방(쓰가루)의 영주, 이와키 마사우지라는 사람이 있었다. 교토에 살고 있었는데, 1081년 겨울, 중상모략으로 인해 서해로 귀양가게 되었다. 고향에는 자식이 둘 있었다. 누나를 안주라 하고 동생을 즈시오마루라 한다. 어머니와 함께 헤매다가 데와**를 지나 에치고***에 이르러, 나오에 포구 운운"하면서 자신 있게 써 나가더니, 마지막에 이르러서는 "이와키와 쓰가루의 이와키 산은 남북으로 100여 리 떨어져 있는데 이를 모신다는 것은 의심스럽다"고 스스로 실토하고 있다. 오가이의 『산쇼다유』에는 "이와시로**** 시노부 군의 집을 나와서"라고 적혀 있다. 다시 말하면 이것은 이와키(岩城)라는 글자를 '이와키'라고 읽기도 하고 '이와시로'라 읽기도 하는 등 뒤섞여 있어서, 마침내 쓰가루의 이와키(岩木) 산이 그 전설을 이어받게 된 것이 아닌가 싶다. 그러나 옛날 쓰가루 사람들은 안주 처녀와 즈시 왕이 쓰가루의 아이라는 것을 굳게 믿고 산쇼다유를 저주한 나머지 단고 사람들이 들어오면 쓰가루의 날씨가 나빠진다고까지 생각했다는 것은, 나와 같이 안주 처녀와 즈시 왕을 동정하

---

* 1712년에 간행된 에도 시대의 백과사전으로, 일본과 중국의 고금의 만물을 그림과 한문으로 설명한 것.
** 지금의 아키타 현과 야마가타 현.
*** 지금의 니가타 현.
**** 후쿠시마 현의 서부.

는 사람에게는 통쾌하다.

소토가하마의 옛날이야기는 이 정도에서 그만두기로 하자. 한편 우리가 탄 버스는 점심 무렵, M씨가 있는 이마베쓰에 도착했다. 이마베쓰는 앞서 이야기했듯이 밝고 근대적이라고 말하고 싶은 느낌이 드는 포구이다. 인구도 4천에 가까운 것 같다. N군의 안내를 받아 M씨 집을 방문했지만 부인이 나와서 "출타 중입니다"라고 했다. 약간 힘이 없는 것처럼 보였다. 다른 가정의 이와 같은 모습을 보면, 나는 금방 '아아! 이것은 나 때문에 부부싸움을 한 게 아닌가?' 하고 생각하는 버릇이 있다. 맞을 때도 있고 그렇지 않을 때도 있다. 작가랑 신문기자의 출현은 어쨌든 선량한 가정에 불안감을 불러일으키기 쉽다. 그것은 작가로서도 상당한 고통이다. 이 고통을 체험한 적이 없는 작가는 바보다.

"어디로 가셨는지요?" N군은 느긋하다. 배낭을 내리고는 "어쨌든 잠시 쉬겠습니다" 하며 현관 마루에 앉는다.

"불러오겠습니다."

"아아, 죄송하네요." N군은 태연하다. "병원입니까?"

"네, 그럴 것입니다." 아름답고 내성적인 부인은 작은 목소리로 말하고는 나막신을 신고 밖으로 나갔다. M씨는 이마베쓰의 한 병원에 근무하고 있는 것이다.

나도 N군과 나란히 마루에 앉아 M씨를 기다렸다.

"자세히 상의를 했니?"

"응, 대충." N군은 차분하게 담배를 피우고 있다.

"공교롭게도 점심때라서 좋지 않았네." 나는 여러모로 애태우고 있었다.

"아니, 우리도 도시락을 가져왔으니까" 하며 태연하다. 사이고 다카모리*가 이랬을까 하는 생각이 들 정도였다.

M씨가 왔다. 수줍게 웃으면서,

"자, 어서 들어오세요"라고 말했다.

"아니, 그럴 수 없어요." N군은 일어나며 "배가 운행되면 곧바로 배로 닷피까지 가려고 생각하고 있어요."

"그래요." M씨는 가볍게 고개를 끄덕이며 "그러면 운행되는지 어떤지를 물어보고 오겠습니다."

M씨가 일부러 선착장까지 물어보러 갔지만 배는 역시 결항이라는 것이었다.

"어쩔 수 없네." 믿음직한 나의 안내자는 그다지 낙담하는 모습도 보이지 않고 "그러면 여기에서 잠시 쉬면서 도시락을 먹을까?"

"응, 여기에 앉은 채로도 괜찮아." 나는 부자연스럽게 삼갔다.

"올라오시지 않겠습니까?" M씨는 힘없이 말했다.

"올라가지 않을래?" N군은 태연하게 각반을 풀기 시작했다. "천천히 다음 일정을 생각해보자."

우리는 M씨의 서재로 안내되었다. 조그만 화로에 숯불이 활활 피워져 있었다. 책장에는 책이 빈틈없이 꽂혀 있었고 발레리 전집이랑 이즈미 교카** 전집도 갖추어져 있었다. "예의범절과 문화가 아직 꽃피지 않은 것은 당연하다"고 자신 있게 단정한 난케이 씨도 이곳에 오

---

* 정치가. 도쿠가와 막부 타도의 지도자로 유신 삼걸의 한 사람으로 불렸다.
** 소설가. 극작가. 섬세하고 우아한 문체로 로맨틱하면서 환상적인 문학 세계를 구축했다.

면 실신할지도 모른다.

"술은, 있습니다." 품위 있는 M씨는 오히려 자신이 얼굴을 붉히며 그렇게 말했다. "마십시다."

"아니, 아니. 여기서 마셔서는" 하고 말을 하다가, N군은 "하하하" 웃어넘겼다.

"그것은 신경 쓰지 마세요." M씨는 민감하게 알아차리고는 "닷피까지 가지고 갈 술은 별도로 마련해두었으니까."

"하하." N군은 신나서 "이야, 그러나 지금부터 마셔서는 오늘 중으로 닷피에 도착할 수 없을지도"라고 말하는 동안에 부인이 묵묵히 술병을 가지고 왔다. 이 부인은 원래 말이 없는 사람으로 특별히 우리에게 화가 난 것이 아닐지도 모른다며, 나는 자신에게 유리하게 생각을 바꾸고는,

"그러면 취하지 않을 정도로 조금 마실까?" 하고 N군에게 제안을 했다.

"마시면 취하지!" N군은 선배인 것처럼 말하고는 "오늘은 그러면 미마야에서 머물까?"

"그게 좋겠네요. 오늘은 이마베쓰에서 느긋하게 놀다가 미마야까지는 걸어서, 아마도 천천히 걸어서 한 시간 정도일까? 아무리 취해도 충분히 갈 수 있습니다" 하고 M씨도 권했다. 오늘은 미마야에서 일박하기로 결정하고 우리는 마셨다.

나에게는 이 방에 들어왔을 때부터 신경 쓰이는 것이 하나 있었다. 내가 가니타에서 얼떨결에 험담을 해버린 그 50대 작가의 수필집이 M씨의 책상 위에 단정하게 놓여 있는 것이었다. 애독자라는 것은 위

대한 존재로, 내가 그날, 가니타의 간란 산에서 그만큼 입이 걸게 그 작가를 매도했지만, 그 작가에 대한 M씨의 신뢰는 조금도 흔들리지 않은 것으로 보인다.

"잠깐 그 책을 빌려주세요." 도저히 신경 쓰여 마음이 진정되지 않아, 마침내 나는 M씨에게 그 책을 빌려, 되는대로 펼쳐서 그 페이지를 꼼꼼히 읽기 시작했다. 무언가 결점을 찾아서 개가를 올리고 싶었지만 내가 읽은 곳은 작가도 특별히 긴장하며 쓴 것 같아 정말이지 파고들 틈이 없었다. 나는 묵묵히 읽었다. 한 페이지, 두 페이지, 세 페이지, 마침내 다섯 페이지를 읽고 책을 내팽개쳤다.

"지금 읽은 부분은 조금 좋군요. 그러나 다른 작품에는 좋지 않은 부분도 있어요." 나는 패배를 인정하지 않고 고집을 피웠다.

M씨는 기뻐하는 것 같았다.

"장정이 호화로우니까요!" 나는 작은 목소리로 더욱 고집을 피우며 말했다. "이렇게 좋은 종이에, 이렇게 큰 활자로 인쇄를 하면 대부분의 문장은 훌륭하게 보이지!"

M씨는 대꾸도 하지 않고 단지 묵묵히 웃고만 있었다. 승리자의 미소였다. 그렇지만 나도 본심은 그렇게 분하지 않았다. 좋은 문장을 읽고 안심했기 때문이다. 결점을 찾아내어 개가를 올리는 것보다는 얼마나 기분이 좋았는지 모른다. 거짓말이 아니다. 나는 좋은 문장을 읽고 싶다.

이마베쓰에는 혼카쿠 사라는 유명한 절이 있다. 데이덴 화상(和尙)이라는 고승이 이곳의 주지 스님이었던 것으로 유명하다. 데이덴 스님 이야기는 다케우치 운페이의 『아오모리 현 통사』에도 기록되어 있다. 즉 "데이덴 스님은 이마베쓰의 니야마 진자에몬의 아들로 일찍이 히로사키의 세이간 사에 입문하여 나중에 이와키다이라 센쇼 사에서 수행하기를 15년, 스물아홉 살 때부터 쓰가루 이마베쓰 혼카쿠 사의 주지 스님이 되었다. 1731년 마흔두 살이 될 때까지 교화 활동을 펼친 지역은 쓰가루 지방만이 아니라 근처 여러 지방에까지 미쳐서, 금동탑 건립 공양 때에는 영내에서는 물론이고 난부, 아키타, 마쓰마에 지방에서 선남선녀가 구름같이 몰려왔다'고 기록되어 있다. 그 절을 "지금부터 한번 보러 가지 않겠니?" 하고 소토가하마의 안내자인 N구의원이 말을 꺼냈다.

"문학 이야기도 좋지만, 아무래도 너의 문학 이야기는 일반인 대상이 아니야. 기묘한 점이 있어. 그래서 아무리 시간이 지나도 유명해지지는 않아. 데이덴 스님은," N군은 상당히 취해 있었다. "데이덴 스님은 부처의 가르침을 설파하는 것을 뒤로 미루고 먼저 민중의 복리증진을 도모했어. 그렇게 하지 않으면 민중은 부처의 가르침도, 아무것도 들으려고 하지 않아. 데이덴 스님은 때로는 산업을 일으키고, 때로는" 하고 말을 하다가 혼자 웃음을 터뜨렸다. "자, 어쨌든 가보자. 이마베쓰에 와서 혼카쿠 사를 보지 않으면 창피스럽다고. 데이덴 스님은 소토가하마의 자랑이니까. 이렇게 말하면서도, 실은 나도 아직 보지 못했어. 좋은 기회니까 오늘은 보러 가고 싶군. 모두 함께 가보지 않을래?"

나는 이곳에서 술을 마시면서 M씨와, 이른바 기묘한 점이 있다는 문학 이야기를 하고 싶었다. M씨도 그런 것 같았다. 그렇지만 N군의 데이덴 스님에 대한 정열은 대단한 것으로, 결국 우리는 무거운 엉덩이를 일으켜 세웠다.

"그러면 혼카쿠 사에 들르고 나서, 그길로 곧장 미마야까지 걸어갑시다." 나는 현관 마루에 앉아 각반을 매면서 "어떻습니까? 당신도" 하고 M씨에게 권했다.

"예, 미마야까지 함께 가겠습니다."

"고마워요. 이대로라면 구의원은 오늘 저녁, 미마야의 여관에서 가니타 지방의 정치에 대해 일장연설을 하지 않을까 하는 생각이 들어 사실은 우울했습니다. 당신이 동행해주신다면 마음이 든든합니다. 사모님, 부군을 오늘 저녁, 빌리겠습니다."

"네!"라고만 말하고는 미소 짓는다. 조금은 익숙해진 모양이었다. 아니 포기한 것인지도 모른다.

우리는 술을 각자의 물통에 담아 아주 기분 좋게 출발했다. 그리하여 도중에 N군은 "데이덴 화상, 데이덴 화상" 하면서 아주 시끄러웠다. 절 지붕이 보이기 시작했을 무렵, 우리는 생선 장사 아줌마를 만났다. 끌고 있는 리어카에는 여러 가지 생선이 가득 실려 있었다. 2척 정도 되는 도미를 발견하고,

"그 도미는 얼마예요?" 전혀 예측을 할 수가 없었다.

"1원 70전입니다." 싸다고 생각했다.

결국 나는 샀다. 그렇지만 사고 나니 처치가 곤란했다. 이제부터 절 구경을 가는 것이다. 2척짜리 도미를 들고 절에 가는 것은 이상한 모습이다. 나는 어찌할 바를 몰랐다.

"쓸데없는 것을 샀어!" N군은 입을 일그러뜨리면서 나를 경멸했다. "그런 것을 사서 어떻게 하려고?"

"아니, 미마야의 여관에 가서, 이대로 소금구이를 해서 큰 접시에 담아 셋이서 함께 먹으려고 했지."

"아무래도 자네는 기묘한 것을 생각하네. 그러면 마치 결혼식 같잖아!"

"하지만 1원 70전으로 약간 호화스러운 기분을 느낄 수 있다면 행복하잖아!"

"행복한 것이 아냐. 1원 70전이면 여기서는 비싸! 정말로 자네는 어설프게 물건을 샀어."

"그래?" 나는 풀이 죽었다.

마침내 나는 2척짜리 도미를 든 채, 절의 경내로 들어섰다.

"어떻게 할까요?" 나는 작은 목소리로 M씨와 의논했다. "난처하네요!"

"그러네요!" M씨는 진지한 표정으로 생각하더니 "절에 가서 신문지나 무언가를 받아오지요. 잠깐 여기서 기다려주세요."

M씨는 절의 창고 뒤로 갔다가 잠시 후 신문지와 끈을 가지고 와서 문제의 도미를 싸서 내 배낭 속에 넣어주었다. 나는 마음이 놓여 절의 산문(山門)을 쳐다보기도 했지만 특별히 훌륭한 건축물로는 보이지 않았다.

"대단한 절은 아니네!" 내가 작은 목소리로 N군에게 말했다.

"아니, 아니. 외관보다는 내용이 좋아. 어쨌든 절에 들어가서 스님의 설명이라도 들어보자."

나는 마음이 무거웠다. 마지못해 N군의 뒤를 따라갔지만 그때부터 정말로 심한 고생을 했다. 절의 스님이 출타 중이라, 50대의 부인인 것 같은 사람이 나와 우리를 대웅전으로 안내했는데, 그로부터 길고도 긴 설명이 시작되었다. 우리는 단정하게 무릎을 꿇고 앉아 경청해야만 했다. 설명이 일단락되어 잘됐다며 일어서려는데 N군이 앞으로 다가가서,

"그렇다면 한 가지 더 여쭙겠습니다만" 하고 말하는 것이다. "도대체 이 절은 데이덴 화상이 언제 세우셨습니까?"

"무슨 말을 하십니까! 데이덴 큰스님이 이 절을 창건하신 것이 아닙니다. 데이덴 큰스님은 이 절을 중흥시킨 5대째 주지 스님이시고……"라며 또 긴 설명이 이어졌다.

"그렇습니까!" N군은 눈을 크게 뜨고 "그러면 또 여쭙겠습니다만, 이 데이잔 화상은," 데이잔 화상이라고 말했다. 정말로 엉망진창이다.

N군은 혼자 열광하여 앞으로 나아가고 또 나아가서, 마침내 늙은 부인의 무릎과는 종이 한 장 거리까지 다가가서 일문일답을 계속하는 것이다. 슬슬 주위가 어두워져 이제부터 미마야까지 갈 수 있을지 어떨지 불안해졌다.

"저기에 있는 커다란 멋진 편액은 오노 쿠로베가 쓰신 편액입니다."

"그렇습니까!" N군은 감탄을 하고 "오노 쿠로베라고 하면……"

"알고 계시겠죠. 충신 의사(義士)의 한 사람이십니다." 충신 의사라고 말한 것 같았다. "저분은 이 지역에서 돌아가셨는데, 돌아가신 것은 마흔두 살, 아주 신앙심이 깊으셨던 분으로, 이 절에도 종종 막대한 희사를 하시고……"

M씨는 이때, 마침내 일어나 부인 앞으로 가서 안주머니에서 흰 종이로 싼 것을 꺼내드리고는, 말없이 정중히 인사를 하고 나서 N군을

향해,

"슬슬, 실례를" 하고 작은 목소리로 말했다.

"아, 예! 돌아갑시다." N군은 느긋하게 말하고 "좋은 이야기 잘 들었습니다"라며 부인에게 인사를 하고 겨우 일어났지만 나중에 물어보니 부인의 이야기를 하나도 기억하지 못했다. 우리는 어이가 없어서,

"그렇게 정열적으로 여러 가지 질문을 했잖아?"라고 하니,

"아니, 모두 건성이었어. 여하튼 몹시 취해 있어서. 나는 너희가 여러 가지를 알고 싶어 할 거라고 생각해서 참으며 부인의 이야기 상대를 하고 있었어. 나는 희생자야." 쓸데없는 희생심을 발휘한 것이다.

미마야의 여관에 도착했을 때는 이미 해가 지려 하고 있었다. 앞쪽 2층의 깨끗한 방으로 안내받았다. 소토가하마의 여관은 모두 동네와 어울리지 않게 훌륭하다. 방에서는 바로 바다가 보인다. 가랑비가 내리기 시작해서 바다는 잔잔했다.

"나쁘지는 않네. 도미도 있고 비 내리는 바다를 바라보면서 느긋하게 마시자." 나는 배낭에서 도미 꾸러미를 꺼내 여종업원에게 주면서 "이것은 도미인데 이대로 소금구이를 해서 가져다주세요."

여종업원은 그다지 똑똑한 것 같지 않은 인상이었는데, 단지 "예"라고만 말하고 멍하니 그 꾸러미를 받아 들고 방에서 나갔다.

"알아들었어요?" N군도 나처럼 여종업원에게 조금 불안함을 느낀 것 같았다. 불러 세워서 재차 확인했다. "그대로 소금구이를 하는 것입니다. 세 사람이라고 해서 세 도막으로 자르지 않아도 돼요. 굳이 3등분할 필요는 없어요. 알아들었어요?" N군의 설명도 그다지 훌륭하지는 못했다. 여종업원은 역시 "예"라고만 믿음직스럽지 못한 대답을

했을 뿐이었다.

이윽고 밥상이 나왔다. "도미는 지금 소금구이하고 있습니다. 오늘, 술은 없다고 합니다"라며 전혀 웃지 않으면서 그 똑똑해 보이지 않는 여종업원이 말했다.

"어쩔 수 없네. 가져온 술을 마시자."

"그렇게 돼버렸네" 하고 N군은 재빨리 물통을 끌어당기며 "미안하지만 술병 두 개와 술잔 세 개만."

"꼭 세 개여야만 하는 것은 아니지만" 하고 농담을 하는 동안에 도미가 나왔다. 굳이 세 도막으로 자르지 않아도 된다는 N군의 부연설명이 정말로 엉뚱한 결과를 낳았다. 머리도 꼬리도 뼈도 없이 단지 몸통을 소금구이한 것 다섯 조각만 아무런 멋도 없이 빛바랜 흰 접시에 놓여 있었다. 나는 결코 식탐이 있는 것은 아니다. 먹고 싶어서 2척짜리 도미를 산 것은 아니다. 독자는 이해해주리라 생각한다. 나는 그것을 한 마리 통째로 구워서 큰 접시에 얹어놓고 바라보고 싶었다. 먹고 안 먹고는 중요한 것이 아니었다. 나는 그것을 바라보면서 술을 마시며 풍족함을 느끼고 싶었다. '굳이 세 도막으로 자르지 않아도 된다'고 한 N군의 표현도 이상했지만, 그러면 다섯 도막으로 자르자고 생각한 이 여관 사람들의 무신경함에 울화가 치밀고 원망스러워 나는 발을 동동 굴렀다.

"보잘것없게 만들었네!" 접시에 바보스럽게 놓여 있는 다섯 도막 난 생선구이(그것은 이미 도미가 아닌 단순한 생선구이다)를 바라보면서 울고 싶어졌다. 차라리 회로 했으면 단념할 수도 있었다고 생각했다. 머리랑 뼈는 어떻게 했을까? 아주 훌륭한 머리였는데 버렸을까? 생선이 풍족한 지방에서는 오히려 생선에 무뎌져서 요리법도 아무것도 모른다.

"화내지 마! 맛있어." 성격이 원만한 N군은 태연스럽게 그 생선구이를 젓가락으로 집으면서 그렇게 말했다. "그래. 그러면 너 혼자서 다 먹어라. 먹어! 나는 안 먹을 거야. 이따위를 바보스러워서 먹을 수 있겠냐고! 무엇보다 네가 잘못한 거야. '굳이 3등분할 필요는 없다'고 가니타 구의회 예산 총회에서나 쓰는 고상한 말로 토를 다니까, 저 얼간이 여종업원이 당황한 거잖아. 네가 나빠. 나는 너를 원망한다고!"

N군은 느긋하게 "하하" 웃으며,

"그러나 또 유쾌하지 않은가? 세 도막으로 나누지 말라고 했더니 다섯 도막으로 나누었어. 멋지지 않아? 멋져! 이곳 사람들은. 자, 건배! 건배! 건배!"

나는 영문도 모르는 건배를 강요당하고 도미로 인한 울분 때문인지 몹시 취해서, 자칫하면 소동을 피울 것 같아 혼자서 재빨리 갔다. 지금 생각해도 그 도미는 원통하다. 너무 무신경하다.

다음날 아침에 일어났더니 아직 비가 내리고 있었다. 밑에 내려가서 여관 사람에게 물어보니 "오늘도 배는 결항이다"라고 했다. 닷피까지 해안을 따라 걸어갈 수밖에 없다. 비가 개면 과감하게 곧 출발하기로 하고 우리는 또 이불 속에 들어가 잡담을 하면서 비가 개기를 기다리고 있었다. "자매가 있었는데," 나는 갑자기 이와 같은 옛날이야기를 시작했다. 자매가 어머니에게 같은 양의 솔방울을 받고 '이것으로 밥과 된장국을 만들어보라'는 말에, 인색하고 조심성 많은 동생은 솔방울을 소중하게 하나씩 아궁이에 던져넣고 때어서 된장국은커녕 밥도 제대로 할 수가 없었다. 언니는 대범하고 침착해서 구애받지 않는 성격이라서 받은 솔방울을 한 번에 아쉬워하는 기색도 없이 아궁이에 던져넣어 그 불로 쉽게 밥을 짓고도 숯불이 남아서 된장국도 끓였다. "이런 이야기 알고 있어? 자, 마시자. 닷피까지 가져가려고 어젯밤에 다른 물통의 술을 남겨두었지? 자! 마시자. 쩨쩨하게 굴지 말자. 구애받지 말고 단번에 마시자. 그러면 나중에 숯불이 남을지도 몰라. 아니, 남지 않아도 좋아. 닷피에 가면 또 어떻게든 되겠지. 굳이 닷피에서 술을 마시지 않아도 괜찮지 않나! 죽는 것도 아니고. 술을 마시지 않고 누워, 조용히 과거와 미래를 생각하는 것도 나쁘지 않아."

"알았다, 알았어." N군은 벌떡 일어나서 "만사를 언니처럼 하자. 한 번에 끝내자."

우리는 일어나서 화롯가에 모여 쇠주전자로 술을 데워 비가 개기를 기다리며 남은 술을 전부 마셨다.

점심 무렵, 비가 그쳤다. 우리는 늦은 아침을 먹고 출발 준비를 했다. 약간 추운 날씨였다. 여관 앞에서 M씨와 헤어지고 N군과 나는 북쪽을 향해 출발했다.

"올라가볼까?" N군은 기케이 사 돌기둥 앞에서 걸음을 멈췄다. 마쓰마에의 누구라는 기증자 이름이 그 기둥에 새겨져 있었다.

"응." 우리는 돌기둥 밑을 지나 돌계단을 올라갔다. 정상까지는 꽤 되었다. 돌계단 양쪽에 드리워진 나뭇가지에서 빗방울이 떨어졌다.

"이것일까?"

돌계단을 끝까지 올라가자 야산 정상에 낡은 법당이 하나 있었다. 법당 문에는 미나모토 씨 가문의 용담 문장이 붙어 있었다. 나는 왠지

모르게 몹시 불쾌한 기분이 들어,

"이거야?"라고 또 말했다.

"이거다." N군은 멍청한 목소리로 대답했다.

옛날 미나모토 요시쓰네가 저택에서 도망쳐 나와 홋카이도로 건너가려고 여기까지 왔는데, 건너갈 수 있는 바람이 불지 않아 며칠을 머물다 도저히 참을 수 없어서, 갖고 있던 관음상을 해저의 바위 위에 놓고 순풍이 불기를 기원하니 금방 바람이 바뀌어 무사히 마쓰마에로 건너갔다. 그 불상은 지금도 이곳의 절에 있는데 '요시쓰네 바람 기원 관음'이라 부른다.

예의 『동유기』에 소개되어 있는 것이 이 절이다.

우리는 말없이 돌계단을 내려갔다.

"이봐, 돌계단 곳곳에 파인 곳이 있지? 벤케이*의 발자국인지, 요시쓰네의 말 발자국인지, 뭔지라고 해." N군은 그렇게 말하고는 힘없이 웃었다. 나는 믿고 싶었지만 불가능했다. 돌기둥을 지나니 바위가 있었다. 『동유기』에서 말하기를,

"물가에 커다란 바위가 있고 마구간처럼 구멍이 세 개 나란히 있다. 이것은 요시쓰네의 말을 세워둔 곳이다. 그래서 이곳을 미마야라고 부르게 되었다."

우리는 그 바위 앞을 특히 서둘러 지나갔다. 이와 같은 고향의 전설은 특히 부끄러운 것이다.

"이것은 틀림없이 가마쿠라 시대에 타지에서 온 불량소년 두 사람

---

* 가마쿠라 막부 초기의 스님. 고전 작품에 따르면 오슈로 도망가는 미나모토 요시쓰네를 따라가다가, 고로모 강 전투에서 온몸에 화살을 맞고 선 채로 죽었다고 한다.

이, 무엇을 숨기랴, 구로* 재판관과 장발의 무사시보 벤케이가 '하룻밤 재워줘'라고 시골 처녀를 속이며 다닌 것임에 틀림없어. 아무래도 쓰가루에는 요시쓰네의 전설이 너무 많아. 가마쿠라 시대만이 아니라에도 시대에도 그런 요시쓰네와 벤케이가 어슬렁거리고 있었는지도 몰라."

"그러나 벤케이 역은 별로였을 거야." N군은 나보다 더욱 머리숱이 많아서 혹시 벤케이 역을 맡게 되지는 않을까 하고 불안해하는 것 같았다. "일곱 개의 도구**라는 무거운 것을 등에 지고 걸어야 했으니 귀찮았을 거야."

이야기를 하는 동안에, 그런 불량소년 두 사람의 방랑생활이 아주 즐거웠으리라고 상상이 되어 부럽기조차 했다.

"이 근처에는 미인이 많네!" 내가 작은 목소리로 말했다. 지나가는 마을의 집 뒤에서 언뜻 모습을 보이고는 급히 사라지는 처녀들은 모두 피부가 희고 옷차림도 말쑥하고 기품이 있었다. 손발도 거칠지 않은 느낌이었다.

"그래? 그러고 보니 그러네!" N군만큼 여자에게 무관심한 사람도 없다. 오로지 술이다.

"설마, 지금 요시쓰네라고 말하면 믿지 않을 테지." 나는 바보스러운 것을 상상하고 있었다.

처음에는 그런 유치한 이야기를 하면서 어슬렁어슬렁 걷고 있었는데, 점차 두 사람의 발걸음이 빨라졌다. 마치 두 사람이 경보 시합을

---

* 미나모토 요시쓰네.
** 쇠갈퀴, 큰 망치, 큰 톱, 큰 도끼, T자형 쇠장대, U자형 쇠장대, 송곳.

하는 것같이 되면서 현저하게 말이 적어졌다. 미마야의 취기가 사라진 것이다. 아주 춥다. 서두르지 않을 수 없었다. 우리는 둘 다 엄숙한 얼굴이 되어 부지런히 걸었다. 바닷바람이 점차 세졌다. 나는 몇 번이나 모자를 날릴 뻔해서, 그때마다 모자를 세게 아래로 당긴 바람에 마침내 인조섬유 모자가 찍 하고 찢어졌다. 빗방울이 가끔씩 똑똑 떨어졌다. 시커먼 구름이 낮게 하늘을 덮고 있었다. 파도의 너울거림이 커져서 바닷가의 좁은 길을 걷는 우리의 볼에도 물보라가 닿았다.

"이래도 길이 상당히 좋아진 거야. 예닐곱 해 전까지는 지금 같지 않았어. 파도가 밀려간 틈을 타서 재빠르게 통과해야 하는 곳이 몇 군데 있었거든."

"그렇지만 지금도 밤에는 무리겠지. 도저히 걸을 수 없을 거야."

"그래! 밤에는 무리야. 요시쓰네나 벤케이가 와도 무리야."

우리는 진지한 표정으로 그런 이야기를 하며 더욱 빨리 걸었다.

"피곤하지 않아?" N군은 뒤돌아보면서 말했다. "의외로 다리가 튼튼하네!"

"응, 아직 늙지 않았어."

두 시간 정도 걸으니, 주위 풍경이 왠지 모르지만 이상하게 무시무시해졌다. 처참하다는 느낌이다. 그것은 이미 풍경이 아니었다. 풍경이라는 것은 긴 세월 동안 여러 사람들이 바라보면서 형성되는, 말하자면 인간의 눈에 닳아서 부드러워지고 인간에게 길들여지고 친숙해져서, 높이 350자에 달하는 화엄 폭포라 해도 역시 우리에 갇힌 맹수처럼 인간의 냄새가 희미하게 느껴지는 것이다. 예로부터 그림으로 그려지고 와카나 하이쿠에 읊어진 명소나 험난한 곳에서는 모두 예외

없이 인간의 표정이 발견되지만, 혼슈 북단의 해안에는 풍경도 아무 것도 전혀 보이지 않는다. 점경(點景)* 인물조차 허락하지 않는다. 굳이 인물을 넣으려고 한다면, 흰 나무껍질 옷을 입은 아이누족 노인이라도 빌려와야 한다. 보라색 점퍼를 입은 얼굴이 탄 남자 따위는 두말 없이 튕겨 나간다. 그림이나 시가 되지 않는다. 단지 암석이나 물뿐이다. 곤차로프**였던가. 대양을 항해하다가 바다가 거칠어졌을 때, 노련한 선장이 "잠시 갑판에 나와보세요. 이 큰 파도를 어떻게 형용하면 좋을까요? 당신들 문학가는 이 파도에 대해 멋진 형용사를 붙여줄 게 틀림없어요." 곤차로프는 파도를 바라보다가 이윽고 한숨을 쉬면서 단 한마디 내뱉었다. "무섭다!"

대양의 격랑이랑 사막의 폭풍에 대해서는 어떤 문학적 형용사도 떠오르지 않는 것처럼 혼슈 막다른 곳의 암석과 물도 그저 무서울 뿐이어서, 나는 그것들로부터 시선을 돌리고 단지 발밑만을 보고 걸었다. 이제 30분 정도면 닷피에 닿는다는 무렵이 되어 나는 살짝 웃으면서,

"이럴 줄 알았으면 역시 술을 남겨두는 것이 좋았을걸. 닷피의 여관에 술이 있을 리는 없고 이렇게 추워서는" 하고 무심코 푸념을 늘어놓았다.

"이야! 나도 지금 그 생각을 했는데. 조금 더 가면 옛 친구 집이 있는데, 어쩌면 그 집에 배급받은 술이 있을지도 몰라. 그 친구네는 술을 마시지 않는 집이거든."

"알아봐줘."

---

* 풍경화에 사람이나 짐승 등을 그려넣어 정취를 더하는 일.
** 제정 러시아의 소설가.

"응, 역시 술이 없으면 안 되겠다."

닷피 직전의 마을에 그 옛 친구 집이 있었다. N군은 모자를 벗고 그 집에 들어가더니, 잠시 후에 웃음을 참는 것 같은 표정으로 나와서,

"운이 좋았어. 물통 가득 채워 왔다. 다섯 홉 이상은 돼!"

"숯불이 남아 있었구나! 가자."

이제 금방이다. 우리는 허리를 굽혀 강풍에 맞서면서 종종걸음으로 달리듯이 닷피를 향해 돌진했다. 길이 마침내 좁아졌다고 생각하던 차에 갑자기 닭장 속으로 들어갔다. 한순간, 나는 어찌 된 영문인지 알 수가 없었다.

"닷피다!" N군이 지금과는 다른 말투로 말했다.

"이곳이!" 마음을 진정시키고 주위를 둘러보니 닭장이라고 느낀 것이 닷피 마을이었다. 흉포한 비바람에 맞서 작은 집들이 단단히 엉겨붙어 서로를 보호해주고 있는 것이다. 여기가 혼슈의 땅끝이다. 이 마을을 지나면 길이 없다. 다음은 바다에 빠질 수밖에 없다. 길이 완전히 끝나 있다. 여기는 혼슈의 막다른 곳이다. 독자도 명심하라. 제군들이 북쪽을 향해 걷고 있을 때, 그 길을 끝까지 거슬러, 거슬러 올라가면 반드시 소토가하마 도로에 도달하게 되고, 길이 점점 더 좁아져도 더욱 거슬러 올라가면 쏙 하고 닭장과 비슷한 신비한 세계에 빠지게 되는데, 그곳에서 여러분의 길은 완전히 끝나는 것이다.

"누구라도 놀라게 돼! 나도 처음 이곳에 왔을 때, '어! 낯선 집 부엌으로 들어왔구나!' 하는 생각이 들어 섬뜩했으니까." N군이 말했다.

그렇지만 이곳은 국방상으로 중요한 지역이다. 이 마을에 대해 더

이상 이야기하는 것은 피해야 한다. 골목길을 지나 우리는 여관에 도착했다. 할머니가 나와서 우리를 방으로 안내했다. 이 여관방도 '아니!' 하고 눈이 휘둥그레질 정도로 깨끗했고 공사도 결코 날림이 아니었다. 우리는 먼저 솜옷으로 갈아입었고 작은 화롯가에 마주 보고 앉자, 겨우 제정신이 들었다.

"저어, 술 있습니까?" N군은 사리분별 있는 침착한 말투로 할머니에게 물었다. 답은 뜻밖이었다.

"예, 있습니다." 얼굴이 갸름한 기품 있는 할머니이다. 그렇게 답하고는 태연하게 서 있다. N군은 쓴웃음을 지으며,

"아니, 할머니! 저희는 조금 많이 마시고 싶어요."

"그렇게 하세요. 얼마든지"라고 말하고는 미소 짓고 있다.

우리는 얼굴을 마주 보았다. 이 할머니는 요즈음 술이 귀중품이라는 사실조차 모르고 있지 않을까 하고 의심스러워졌다.

"오늘 배급을 받았어요. 근처에 술을 마시지 않는 집도 꽤 되어서 그런 것을 모아서"라고 하면서 술을 모으는 손놀림을 하고 나서 한 되짜리 병을 많이 안는 것처럼 팔을 벌리고는 "조금 전에 종업원이 이렇게 많이 가져왔어요."

"그 정도 있으면 충분해." 나는 겨우 안심하고 "이 쇠주전자로 중탕하도록 술병에 술을 넣어서 네댓 병, 아니 귀찮으니 여섯 병, 가져다주세요." 할머니 마음이 변하기 전에, 많이 주문해서 가져오게끔 하는 것이 좋을 것이라 생각했다. "밥은 나중에."

할머니는 말한 대로 쟁반에 술병을 여섯 개 얹어 가지고 왔다. 한두 병 마시는 동안에 밥도 나왔다.

"천천히 드세요."

"고마워요."

여섯 병의 술이 눈 깜짝할 사이에 사라졌다.

"벌써 없네." 나는 놀랐다. "이상하게 빠르네. 너무 빨라!"

"그렇게 마셨나?" N군도 의심스러운 얼굴로 빈 술병을 하나씩 흔들어보고는 "없어. 워낙 추워서 무아몽중에 마셨나봐."

"모든 술병에 넘칠 정도로 가득 술이 들어 있었는데. 이렇게 빨리 마시고는 여섯 병을 더 달라고 하면, 할머니는 우리를 귀신이 아닐까 생각하고 경계할지도 몰라. 쓸데없는 공포심을 일으켜 '이제 술은 그만 드세요'라는 말을 들으면 안 되니, 이제는 가지고 온 술을 데워 마시면서 조금 틈을 두고 그러고 나서 여섯 병 더라고 이야기하는 것이 좋겠군. 오늘밤은 이 혼슈 북단의 여관에서 한번 밤새워 마셔보자'고 이상한 책략을 세운 것이 실패의 원인이었다.

우리는 물통의 술을 술병에 옮겨서 이번에는 가능하면 천천히 마셨다. 그러는 가운데 N군이 갑자기 취기가 올랐다.

"이러면 안 돼! 오늘 저녁은 나도 취할지 몰라." 취할지 몰라가 아니다. 이미 몹시 취한 상태이다. "이래서는 안 돼. 오늘 저녁은 내가 취한다. 괜찮아? 취해도 괜찮아?"

"상관없어. 나도 오늘 저녁은 취할 생각이야. 자, 천천히 마시자."

"노래를 하나 부를까? 너는 내 노래를 들어본 적이 없지. 좀처럼 부르지 않는다고. 하지만 오늘 저녁은 한 곡 부르고 싶어. 어이, 불러도 되지?"

"어쩔 수 없지. 들어볼까!" 나는 각오를 다졌다.

"산과 강 몇 개" 하고 예의 보쿠스이의 여행 와카*를 N군은 눈을 감고 낮게 읊기 시작했다. 상상했던 만큼 나쁘지는 않았다. 가만히 듣고 있노라니 마음속 깊이 와닿는 것이 있었다.

"어때, 이상해?"

"아니, 약간 눈시울이 뜨거워졌어."

"그러면 하나 더."

이번에는 엉망이었다. 그도 혼슈 북단의 여관에 와서 기개가 호방해졌는지 깜짝 놀랄 정도로 무서운 소리를 질렀다.

"태평양 해안 작은 섬의 바닷가" 하는 다쿠보쿠의 와카**를 부르기 시작했는데 어찌나 그 목소리가 격렬하고 큰지 바깥의 바람 소리조차 묻힐 정도였다.

"엉망이네!"라고 했더니,

"엉망이야? 그러면 처음부터 다시." 크게 심호흡을 한 번 하고는 더욱 괴성을 질러댔다. "태평양 해안 바닷가의 작은 섬"이라고 틀리기도 하고, 또 어째서인지 갑자기 "지금 또다시 옛날을 기록하면『마스카가미(增鏡)』***"라는 둥,『마쓰카가미』에 나오는 와카가 튀어나오기도 하고, 신음하는 것 같기도 하고 외치는 것 같기도 하고 정말로 난처해져버렸다. 나는 안방에 있는 할머니에게 들리지 않으면 좋겠는데 하고 조마조마하고 있었지만 예상대로 장지문이 홱 열리면서 할머니가 나와서,

---

* "산과 강 몇 개 넘어서 지나가면 쓸쓸한 기분 끝나는 고장일까! 오늘도 길 떠난다."
** "태평양 해안 작은 섬의 바닷가 흰 모래사장 나 눈물에 젖어서 게와 놀고 있구나."
*** 남북조시대의 역사소설. 17권.

"자, 노래도 불렀고 이제 그만 주무시죠" 하고는 밥상을 치우고 재빠르게 이불을 폈다. 역시 N군의 기개 호방한 목소리에는 깜짝 놀란 것 같다. 나는 지금부터 실컷 마시려 하고 있었는데 정말로 우습게 되어버렸다.

"좋지 않았어. 노래가 좋지 않았어. 한두 곡 하고 그만두면 좋았을 걸. 그 정도라면 누구라도 놀라지 않을 수 없어" 하고, 나는 투덜투덜 불평을 하면서 불만스러웠지만 참을 수밖에 없었다.

다음날 아침, 나는 잠자리에서 여자아이의 고운 노랫소리를 들었다. 다음날은 바람도 잠잠하고 방에는 아침 햇살이 비쳐 들고 여자아이가 길에서 공놀이 노래를 부르고 있었다. 머리를 들고 귀를 기울였다.

셋셋세
여름이 다가온다
88일 밤
들에도 산에도
신록의
바람에 등나무 꽃의 물결
소란스러울 때

참을 수가 없었다. 지금까지 중앙의 사람들에게 야만인의 땅이라고 경멸당하던 혼슈 북단에서 이처럼 아름다운 목소리의 상쾌한 노래를 듣게 될 것이라고는 생각지도 못했다. 사토 이학사가 말했듯이, "만약 지금의 오슈에 대해 이야기하고자 한다면, 먼저 문예 부흥 직전의 이탈리아에서 볼 수 있었던 원기 왕성한 성장력을 이 오슈에서 느껴야 한다. 문화에서도, 산업에서도, 황송하게도 메이지 천황의 교육 칙어가 정말로 신속하게 오슈 곳곳까지 스며들어 오슈인 특유의 알아듣기 어려운 비음의 감소와 표준어의 진출을 촉진하여, 예전의 원시적 상태의 침울함에 빠져 있던 야만족의 주거지에 교화의 빛을 주었으니 현재를 보라. 운운"처럼 희망에 찬 서광 같은 것이 이 가련한 아이의 노랫소리에서 느껴져 어찌할 수가 없었다.

4. 쓰가루 평야

'쓰가루(津輕)': 혼슈의 동북 끝, 일본해 쪽의 옛 명칭. 사이메이 천황* 때 월국(越國)의 지방관 아베노 히라부가 데와 방면의 에조 땅을 지나 아키타(齶田, 지금의 秋田), 누시로(渟代, 지금의 能代), 쓰가루를 지나서 마침내 홋카이도에 도달했다. 이것이 쓰가루라는 이름의 시초이다. 그리고 이 지역의 추장을 쓰가루 군의 영주로 임명했다. 그 무렵, 견당사(遣唐使) 사카이베노 무라지이와시키가 당 황제에게 에조에 대해 설명했다. 수행한 관리 유키노무라지하카토코가 하문에 답하면서 에조의 종류를 설명하기를, 세 종류 있는데 가장 앞쪽 지역이 니기에조, 그다음이 아라에조, 가장 먼 쪽이 쓰가루(都加留)라는 이

---

* 37대 여성 천황. 홋카이도 정벌군을 파견하고 백제를 구원하기 위해 몸소 규슈까지 갔다가 거기서 병사했다.

름이라고 했다. 그리하여 그 밖의 에조는 저절로 다른 종류로 분류되었다. 쓰가루 에조라는 이름은 간교(877~885) 2년에 일어난 데와 야만인 반란 때에도 종종 보인다. 당시의 장군 후지와라노 야스노리가 난을 평정하고 쓰가루에서 와타리 섬에 이르러, 전대미문의 잡종 야만인으로 아직 복속되지 않은 것들이 모두 복속하게 되었다. 와타리 섬은 지금의 홋카이도다. 쓰가루가 무쓰에 속하게 된 것은 미나모토 요리토모가 데와를 평정하고 무쓰의 수호하에 둔 이래이다.

'아오모리 현 연혁': 본 현은 메이지 원년에 이르기까지 이와테, 미야기, 후쿠시마 현과 함께 하나의 나라였는데 무쓰라고 불렸다. 메이지 초기에는 이 지역에 히로사키, 구로이시, 하치노헤, 시치노헤, 도나미의 다섯 번이 있었지만, 메이지 4년(1871) 7월, 각각의 번을 없애고 모두 현으로 삼았고 같은 해 9월에는 부현의 통합이 있었다. 한때 모두 히로사키 현으로 합병되었지만, 11월에 히로사키 현을 없애고 아오모리 현을 설치하여 앞의 각 번을 그 관할에 두었으며, 나중에 니노헤 군을 이와테 현으로 넣고 오늘에 이르렀다.

'쓰가루 씨': 후지와라에서 갈라져 나온 성씨. 진주후* 장군 히데사토부터 8대 히데시게, 고와(1099~1104) 무렵, 무쓰와 쓰가루를 복속시키고 나중에 쓰가루 주산 포구에 성을 쌓고 쓰가루를 성(姓)으로 정했다. 메이오(1492~1501) 때 고노에 히사미치의 아들 마사노부가 대를 이었다. 마사노부의 손자 다메노부에 이르러 아주 번성했다. 그 자손이 나뉘어 히로사키, 구로이시의 옛 영주 가문이 되었다.

---

* 나라, 헤이안 시대에 무쓰, 데와의 원주민을 진압하기 위해 설치한 군정 관청.

'쓰가루 다메노부' : 전국시대의 무장. 아버지는 오우라 진자부로 모리노부, 어머니는 호리코시 성주 다케다 시게노부의 딸이다. 덴분 (1532~1555) 19년 정월생. 아명은 오우기. 에이로쿠(1558~1570) 10년 3월, 18세 때, 백부 쓰가루 다메노부의 양자가 되어 고노에 사키히사의 조카가 되었다. 아내는 다메노부의 딸이다. 겐키(1570~1573) 2년 5월, 난부 다카노부와 싸워서 그 목을 베고 덴쇼(1573~1592) 6년 7월 27일, 나미오카 성주 기타바타케 아키무라를 정벌하여 그 영토를 합쳤다. 이어서 근처 여러 읍을 공략하고 13년에는 쓰가루의 대부분을 통일했다. 15년에 도요토미 히데요시를 알현하려고 길을 떠났지만 아키타 성에서 아베 사네스에에게 막혀서 뜻을 이루지 못하고 돌아왔다. 17년에 매, 말 등을 히데요시에게 보내 우호를 맺었다. 그리하여 18년에 있었던 오다하라 정벌 때도 일찍부터 도요토미 쪽에 가담함으로써 쓰가루, 갓포, 소토가하마 일대를 안정시켰다. 19년의 구노헤 반란 때에도 병사를 보냈고, 분로쿠(1592~1596) 2년 4월에 상경하여 히데요시를 알현하고 또 고노에 집안을 방문하여 모란꽃 휘장의 사용 허락을 받는다. 그리고 사자를 히젠 나고야에 보내서 히데요시 진(陣)을 위문하고 3년 정월에는 종4품 하(下) 우쿄노다이부(右京大夫)가 되었다. 게이초(1596~1615) 5년, 세키가하라 전투에도 군대를 출병시켜 도쿠가와 이에야스 쪽에 가담하여 서쪽으로 상경하여 오가키에서 싸워서 고즈케 국 오다치 2천 석을 얻었다. 12년 12월 5일, 교토에서 죽었다. 향년 58세.

'쓰가루 평야' : 무쓰 국의 남, 중, 북의 3군에 걸쳐 있는 평야. 이와키 강변과 그 계곡이다. 동쪽은 도와다 호수 서쪽에서 북쪽으로 뻗어 있는 쓰가루 반도의 척추를 이루는 산맥까지이고, 남쪽은 우고*와의 경계인 야타데 고개, 다테이시 고개 등에 의해 분수령을 이루고, 서쪽으로는 이와키 구릉과 해안 일대의 사구(병풍산이라고도 한다)로 막혀 있다. 이와키 강의 본류는 사방에서 모이는데, 남쪽에서 온 히라 강과 동쪽의 아사세이시 강이 히로사키 시 북쪽에서 만나 정북으로 흘러서 주산 호수를 거쳐 바다로 들어간다. 평야 면적은 남북으로 약 15리, 동서로 약 5리, 북쪽으로 감에 따라 폭이 좁아져서 기즈쿠리, 고쇼가와라 부근에서는 3리, 주산 호숫가에 이르면 겨우 1리이다. 그 사이의 토지는 낮고 평탄하며 지류, 개천 등이 그물망처럼 흐르고 아오모리 현 쌀은 대부분 이 평야에서 나온다.

(이상, 『일본 백과 대사전』 참조)

쓰가루의 역사는 그다지 알려져 있지 않다. 무쓰도, 아오모리 현도, 쓰가루도 같은 것으로 생각하는 사람조차 있는 것 같다. 무리가 아닌 것이 우리가 학교에서 배운 일본 역사 교과서에는 쓰가루라는 명사가 단 한 군데 나올 뿐이다. 다시 말하면 아베노 히라부의 에조 정벌 때, "고토쿠 천황이 돌아가시고 사이메이 천황이 즉위하시자, 나카노오 에노 왕자는 계속해서 황태자로서 정사를 보좌하시고, 아베노 히라부로 하여금 지금의 아키타, 쓰가루 지방을 평정하게 했다"는 문장이다. 여기에 쓰가루라는 이름도 나오지만, 정말로 이것뿐으로, 초등학교 교과서에도, 중학교 교과서에도, 고등학교 강의에도 그 히라부 부분

---

* 데와의 북부 지역.

이외에는 쓰가루라는 이름은 나오지 않는다. 황기(皇紀)* 573년 4도 (道)에 장군을 파견했을 때도 북쪽은 지금의 후쿠시마 현 근처까지였던 것 같고, 그로부터 약 200년 뒤 야마토 다케루노미코토**가 에조를 평정했을 때도 북으로는 히다카미노쿠니까지였던 것 같은데, 히다카미노쿠니는 지금의 미야기 현 북부 근처인 듯하다. 그로부터 약 550년 정도 지난 후에 다이카 개혁***이 있고 아베노 히라부의 정벌에 의해 처음으로 쓰가루라는 이름이 떠올랐다가 그 후로는 사라져, 나라 시대에는 다가 성(지금의 센다이 시 부근), 아키타 성(지금의 아키타 시)을 쌓고 원주민을 진압했다고 전하고 있을 뿐이고 더 이상 쓰가루라는 이름은 나오지 않는다. 헤이안 시대가 되어 사카노우에노 다무라마로가 멀리 북쪽으로 나아가서 에조의 근거지를 쳐부수고 이자와 성(지금의 이와테 현 미즈사와 부근)을 쌓고 주둔지로 했다고 하지만, 쓰가루까지는 오지 않았던 것 같다. 그 후 고닌(810~824) 시대에는 훈야노 와타마로의 원정이 있었고 또 간교 2년에는 데와 원주민의 반란이 일어나 후지와라 야스노리가 평정을 하러 갔다. 그 반란에는 쓰가루 원주민들도 가담했다고 하지만, 전문가가 아닌 우리는 에조 정벌이라면 다무라마로, 그다음에는 약 250년 정도 지나서 겐페이 시대**** 초기의 '전 9년의 난'과 '후 9년의 난'에 대해 배울 뿐이다. 이 난도 그 무대는 이와테와 아키타 현으로 아베 가문과 기요하라 가문

---

* 진무 천황이 즉위했다는 기원전 660년이 원년.
** 전설상의 영웅. 성질이 사나워서 천황에게 경시되어 규슈와 에조 토벌에 파견되었다고 한다.
*** 다이카 원년(645년)에 단행된 중앙 집권화 등의 국정 개혁.

등의 이른바 니기에조*****들이 활약했을 뿐이고, 쓰가루라는 오지의 순수한 원주민들의 동정에 대해서는 교과서에 전혀 기술되어 있지 않다. 그로부터 후지와라 씨 3대 백여 년간 히라이즈미의 번영이 있었고, 분지(1185~1190) 5년, 미나모토 요리토모가 오슈를 평정하고, 이미 그 무렵부터 우리의 교과서는 마침내 도호쿠 지방에서 멀어졌다. 메이지 유신 때도 오슈의 여러 번은 잠시 일어났다가 소매를 털고 다시 앉는 정도이며 삿초도******의 여러 번과 같은 적극성은 찾아볼 수가 없다. 말하자면 큰 실수 없이 시류에 편승했다는 소리를 들어도 어쩔 수가 없다. 결국 아무것도 없다. 우리의 교과서, 신화시대의 것을 말씀드리는 것은 황송하지만, 진무 천황 이후 오늘날까지 아베노 히라부, 단 한 곳에서만 '쓰가루(津軽)'라는 이름을 찾아볼 수 있다는 것은 정말로 허전하다. 도대체 그사이에 쓰가루에서는 무엇을 했다는 말인가. 단지 소매만 털고는 앉고 또 소매만 털고는 앉으면서, 2600여 년 동안 한 걸음도 밖으로 나가지 않고 눈만 껌벅거렸을 뿐이었던가? 아니, 아니, 그렇지는 않았을 것이다. 당사자의 말을 들으면 "이래 봬도 상당히 바빠서 말이지"라고 하는 것 같다.

"오우(奥羽)란 오슈(奥州)와 데와(出羽)를 합친 말로 오슈란 무쓰(陸奥) 주의 약칭이다. 무쓰란 원래 시라카와, 나코소의 관문 이북의 총칭이었다. 본래는 '길의 안쪽(미치노오쿠, 道の奥)'이 줄어들어 '길

***

**** 미나모토 씨와 다이라 씨의 2대 무사 세력이 패권을 다투던 11세기 말에서 12세기 말의 약 백 년간.
***** 조정에 복속한 원주민.
****** 사쓰마와 조슈와 도사를 가리키는 말.

116

안(미치노쿠)'이 되었다. 그 '길(미치)'이라는 지방 이름을 오래된 지방 사투리로는 '무쓰'라 발음하기에 '무쓰' 국이 되었다. 이 지방은 도카이, 도산 도의 끝부분에 이어지는 이민족 거주 지역이었기에 막연히 '길의 안쪽'이라고 불렸을 것이다. 한자 '陸'은 '길(道)'이라는 의미이다.

다음으로 '데와(出羽)'는 '이데와'로 '나가려는 순간(이데하시, 出端)'이라는 뜻인 것 같다. 옛날에는 혼슈 중부에서 도호쿠 지방의 일본해 쪽 지역을 막연하게 월(越, こし)국이라 불렀다. 이것도 그 안쪽의 오지는 무쓰와 마찬가지로 오랫동안 이민족 거주 지역이라는 뜻으로, 이데하시라 했을 것이다. 다시 말하면 태평양 방면인 무쓰와 함께, 원래 오랫동안 일본에 복속되지 않은 두메산골이었다는 것을 지명이 보여준다"는 것이 요시다 박사의 해설로 간단명료하다. 해설은 간단명료한 것이 최고다. 데와, 오슈가 일본화되지 않은 산간벽지로 취급되었으니, 그 최북단인 쓰가루 반도는 곰이나 원숭이가 사는 곳 정도로 생각했을지도 모른다. 요시다 박사는 이어서 오우의 연혁에 대해 설명하기를, "요리토모의 오우 평정 이후로도, 그 통치에서는 자연히 다른 곳과 같을 수가 없었다. '데와, 무쓰는 오랑캐의 땅이므로'라는 이유로 일단 실시하려던 토지 개혁을 중지하고 모두 히데히라, 야스히라가 정한 대로 따르라는 명령을 내리지 않을 수 없을 정도였다. 따라서 최북단의 쓰가루 지방 주민들은 아직 에조의 옛 풍속을 그대로 따르는 자도 많아서 가마쿠라 막부의 무사가 이 땅을 통치하기 어려운 사정이 있었다고 여겨지고, 호족 안도 씨를 수령으로 임명, 에조 관할자로서 이 땅을 다스리게 했다"는 식으로 기록하고 있다. 이

안도 씨 때부터 쓰가루 사정을 약간 알 수 있게 된다. 그전에는 아무래도 아이누가 어슬렁어슬렁거리며 돌아다녔는지도 모르겠다. 그러나 이 아이누를 무시할 수 없다. 이른바 일본 원주민 가운데 하나이지만, 지금 홋카이도에 남아 있는 기가 죽은 아이누와는 근본적으로 다른 것 같다. 그 유물과 유적을 보면 전 세계 석기시대의 모든 석기와 비교해도 우수하다고 한다. 지금의 홋카이도 아이누의 조상은 예로부터 홋카이도에 살았기에, 혼슈 문화와 접촉도 적었고 땅이 단절되어 있었으며 자연의 혜택도 적었다. 석기시대에도 오우 지방의 동족들처럼 발달하지 못했고 특히 근세 마쓰마에 번 시절부터는 혼슈인의 압박을 많이 받으면서 제거되어 몰락의 길을 걸었다. 이에 비해 오우의 아이누는 발랄하고 독자적인 문화를 자랑했고, 일부는 혼슈 여러 지역으로 이주하고 또 혼슈 사람들도 오우로 활발하게 들어오면서 점차 다른 지방과의 구별이 없어져서 일본민족이 되어버렸다. 이에 대해서는 이학박사인 오가와 다쿠지 씨도 다음과 같이 주장하는 것 같다. "『속 일본기』에는 나라 시대 전후로 중국 동북방 민족과 발해인이 일본해를 건너온 기록이 있다. 그 가운데 특히 쇼무 천황의 덴표(729~749) 18년 및 고닌 천황의 호키(770~781) 2년, 발해인 천여 명이, 다음에 300여 명이라는 많은 수가 각각 지금의 아키타 지방에 도착한 사실로 보아, 만주 지방과의 교통이 빈번하게 자유로이 이루어졌음을 쉽게 상상할 수 있다. 아키타 부근에서 오수전*이 출토된 적도 있고 도호쿠 지방에는 한나라 문제(文帝), 무제(武帝)를 모신 신사가 있다

---

* 중국 전한(前漢) 시대의 동전.

는 것으로 보아 대륙과 이 지방이 직접 교류를 하고 있었다고 추측할 수 있다. 『곤자쿠모노가타리(今昔物語)』*에 아베노 요리토키가 만주로 건너가 보고 들은 것이 실려 있는데, 이들 고고학과 토속학의 자료를 합쳐서 생각하면 결코 단순한 설화로만 흘려버릴 것이 아니다. 우리는 한발 더 나아가, 당시의 도호쿠 토족이 일본화되기 전에 대륙과의 직접 교류를 통해 이룩한 문화 수준은 불충분한 중앙의 사료로 추측해보아도 낮지는 않았을 것이라고 확신할 수 있다. 다무라마로, 요리요시, 요시이에 등의 무장이 이들을 복속시키는 데 몹시 곤란을 겪은 것도, 적이 단순 무지하고 용맹스러운 타이완의 토족과는 다르다는 것을 생각하면 비로소 의문이 풀릴 것이다."

그리고 야마토 조정의 대신들이 종종 에미시, 아즈마비토, 케비토라 자처하는 이유의 하나가 오우 지방인들의 용맹함, 또 이국적이며 하이칼라한 정서를 닮고 싶다는 의미도 있었던 것이 아닌가 하고 생각해보는 것도 재미있지 않은가! 하고 오가와 박사는 덧붙였다. 이것을 보면 쓰가루인의 조상도 혼슈 북단에서 결코 어슬렁거리고 있지만은 않았던 것 같은데, 그렇지만 중앙의 역사에는 어찌 된 영문인지 전혀 등장하지 않는다. 겨우 앞서 말한 안도 씨 무렵부터 쓰가루의 상황이 약간 분명해진다. 요시다 박사가 말하기를, "안도 씨는 스스로 아베노 사다토의 아들 다카보시의 후예라고 칭하고 그 면 선조는 나가스네히코의 형인 아비라고 말하고 있다. 나가스네히코가 진무 천황에게 저항했다가 죽임을 당하고 형은 오슈의 소토가하마로 유배되어 그

---

* 인도, 중국, 일본의 설화 천여 가지가 수록된 일본 최대의 옛 설화집.

자손이 아베 일족이 되었다는 것이다. 어떻든 가마쿠라 시대 이전부터 호쿠오의 대호족이었음에는 틀림없다. 쓰가루도 앞쪽의 3군은 가마쿠라 막부 관할이고 뒤쪽의 3군은 천황의 영지라 해서 막부 관할이 아니라고 전하는 것은, 가마쿠라 막부의 위력도 그 오지까지는 미치지 못하고 안도 씨의 자율에 맡긴, 이른바 금단의 땅이었다는 것을 말해준다.

가마쿠라 시대 말기, 쓰가루에서는 안도 씨 가문에 내분이 생겨 마침내 에조 난이 일어나자 막부의 호조 다카토키 때 장수를 파견하여 난을 진압했지만, 가마쿠라 무사의 힘으로도 이기지 못하고 결국 화친을 맺고 물러났다고 되어 있다."

그토록 대단한 요시다 박사도 쓰가루의 역사를 이야기하는 데는 조금 자신 없는 말투이다. 정말로 쓰가루의 역사는 확실하지 않은 것 같다. 다만 북쪽 끝 지역이 다른 세력과 싸워 진 적이 없다는 것은 사실인 것 같다. 복종이라는 관념이 완전히 결여되어 있는 것 같다. 다른 지역의 무장들도 이것에는 질려서 보고도 못 본 척하며 제멋대로 행동하도록 내버려둔 것 같다. 쇼와 문단의 누구와 비슷하다. 어쨌든 다른 세력들이 상대해주지 않으니 자기들끼리 욕하며 싸움을 시작했다. 안도 씨 일족의 내분으로 시작된 쓰가루 에조 난이 그 예이다. 쓰가루 사람 다케우치 운페이 씨의 『아오모리 현 통사』에 따르면, "안도 씨 일족의 내분은 나아가서 간토 8주*의 소동으로 이어졌는데, 이른바 『호조 9대기(北條九代記)』에서 말하는 '그야말로 천지를 뒤집을 위기

* 에도 시대 간토 8주의 총칭. 사가미, 무사시, 아와, 가즈사, 시모사, 히타치, 고즈케, 시모쓰케.

의 시작'으로 이윽고 겐코의 난*이 되었고 겐무의 중흥**으로 이어졌다"고 하는데, 어쩌면 그 대업의 간접적 원인 가운데 하나로 꼽을 수 있을지도 모르겠다. 이것이 사실이라면 쓰가루가 중앙 정치를 약간이나마 움직인 것은 이 사건 하나이며 안도 씨 일족의 내분은 쓰가루 역사에서도 대서특필해야 할 영광스러운 기록이라고 해야 할 것이다. 지금의 아오모리 현의 태평양 연안 지방은 예로부터 누카노부라고 하는 에조 땅이었지만 가마쿠라 시대 이후 여기에 고슈 다케다 씨 일족인 난부 씨가 옮겨와 살았는데 그 세력이 매우 강대해졌다. 요시노, 무로마치 시대를 지나 히데요시가 전국 통일을 할 때까지, 쓰가루에서는 난부 씨 일족과의 패권 다툼에서 안도 씨 일족 대신에 쓰가루 씨 일족이 패권을 잡으면서 간신히 안정이 되었다. 이후 쓰가루 씨 일족이 12대까지 이어졌고 메이지 유신 때 영주 쓰구아키라가 통치권을 조정에 반환했다는 것이 쓰가루 역사의 개요이다. 쓰가루 씨 일족의 먼 조상에 대해서는 여러 설이 있다. 요시다 박사도 그것을 언급하면서, "쓰가루에서는 안도 씨 일족이 몰락하고 쓰가루 씨 일족이 독립해서 난부 씨 일족과 국경을 맞대고 오랫동안 서로를 적대시하는 사이가 되었다. 쓰가루 씨 일족은 고노에 히사미치 간파쿠(關白)***의 후예라 자처하고 있다. 그러나 한편으로는 난부 씨 일족에서 갈라져 나온 것이라고 하기도 하고, 또는 후지와라 모토히라의 차남 히데시게

---

* 1331년에 일어난 고다이고 천황의 가마쿠라 막부 토벌 계획. 사전에 들통이 나 천황은 오키 섬으로 유배되었지만 막부 멸망의 직접적인 원인이 되었다.
** 1333년에 고다이고 천황이 가마쿠라 막부를 넘어뜨리고 친정 체제를 부활시킨 것.
*** 천황을 보좌하여 정무를 맡아보던 최고의 직책.

의 후예라고도 하고, 안도 씨 일족이라고도 전하는 등, 여러 설이 분분하여 잘 모른다"고 말한다. 또 다케우치 운페이 씨도 이에 대해 다음과 같이 적었다. "난부 가문과 쓰가루 가문은 에도 시대 동안 심하게 사이가 나빠졌다. 그 원인은 난부 씨가 쓰가루 가문을 조상의 적으로 여기고 옛 영토를 압수당했다고 생각하며, 또한 쓰가루 가문이 원래 난부 씨 일족으로 가신이었는데 주군을 배신했다고 주장하는 데 반해, 쓰가루 가문은 우리의 먼 조상은 후지와라 씨이고 중세에 와서 고노에 가문의 혈통이 더해졌다고 주장하는 데 있는 것 같다. 물론 사실, 난부 다카노부는 쓰가루 다메노부에게 멸망당했고 쓰가루 군 남쪽 지역의 여러 성을 빼앗겼다. 그뿐만 아니라 다메노부의 조상 오우라 미쓰노부의 어머니는 난부 구지 히젠* 영주의 딸이고 이후 수대에 걸쳐 난부 시나노** 영주라 칭하는 가문이었기에, 난부 씨가 쓰가루 가문에 대해 일족의 배반자라며 깊은 원한을 품은 것도 무리는 아닌 듯싶다. 오히려 쓰가루 가문이 조상을 후지와라, 고노에 가문에서 찾고 있지만, 현재 시점에서 보면 반드시 우리를 납득시킬 수 있는 확실한 증거를 가지고 있는 것은 아니다. '난부 씨는 아니다'라는 변호의 입장을 취한 『가좃키(可足記)』도 매우 힘없는 논조를 보이고 있다. 예로부터 쓰가루에서도 『다카야 가문사(高屋家記)』와 같은 책에서는 오우라 씨를 난부 씨 일족으로 보고 있고, 『기다치(木立) 일기』에도 '난부 가문과 쓰가루 가문은 한집안이다'라고 하며, 최근에 출판된 『도쿠시뵤(讀史備要)』도 다메노부를 구지 가문(난부 씨 일족)이라고 하는

---

* 현재의 오카야마 현의 남동부.
** 현재의 나가노 현.

122

것을 부정할 수 있는 확실한 자료는 현재로서는 없는 듯하다. 그러나 쓰가루 가문이 과거에는 난부 가문의 혈통이었고 또 가신이었더라도, 혈통에 다른 유래가 없다고는 할 수 없다"고 하면서 운페이 씨도 요시다 박사처럼 단호하게 결론을 내리는 것은 피하고 있다. 그것을 간단명료하게 의심하지 않고 단정하고 있는 것은 『일본 백과 대사전』뿐이므로 참고하라고 이 장의 첫 부분에 실어놓았다.

이상으로 장황하게 늘어놓았지만, 생각해보면 쓰가루라고 하는 것은 일본 전국에서 보면 아득한 존재이다. 바쇼의 『오지의 좁은 길』*에는 출발에 앞서 "앞길 3천 리를 생각하면 마음이 답답하다"고 적혀 있지만, 그렇지만 북단은 히라이즈미, 지금의 이와테 현 남쪽에 지나지 않는다. 아오모리 현에 도달하기 위해서는 그 두 배를 걸어야 한다. 그리고 아오모리 현의 일본해 쪽 반도 중 하나가 쓰가루인 것이다. 옛날의 쓰가루는 전장 20여 리의 이와키 강을 따라 펼쳐진 쓰가루 평야를 중심으로, 동쪽으로는 아오모리, 아사무시 근처까지, 서쪽으로는 일본해를 따라 내려가도 기껏해야 후카우라 근처까지, 남쪽으로는 히로사키까지라고 할 수 있을 것이다. 분가한 구로이시 번이 남쪽에 있고 그 부근에는 또 구로이시의 독자적 전통도 있고, 쓰가루와는 다른 문화적 기풍이 형성되어 있는 듯하니 이곳을 제외해야 하고, 최북단은 닷피이다. 정말이지 불안할 정도로 좁다. 이러니까 중앙의 역사에서 상대해주지 않은 것도 무리는 아니라고 여겨진다. 그 '길의 오지'의

* 에도 중기의 하이카이 기행문. 마쓰오 바쇼가 1689년 3월, 제자 소라와 함께 에도 후카가와를 출발하여 도호쿠 지방과 일본해 쪽의 명소와 유적을 구경하고 9월에 오가키에 도착하기까지의 여행기를 홋쿠와 함께 적은 것.

오지의 막다른 곳에 있는 여관에서 하룻밤을 보내고 다음날, 역시나 아직 배가 다니지 않아 전날 걸어온 길을 또 걸어서 미마야까지 와서 점심을 먹은 후, 버스를 타고 곧장 가니타의 N군 집으로 돌아왔다. 그러나 걸어보니 쓰가루도 그렇게 작지는 않다. 그 다다음 날 점심 무렵, 정기선을 타고 혼자서 가니타를 출발하여 아오모리 항에 도착한 것이 오후 세시, 그로부터 오우 선으로 가와베까지 가서, 가와베에서 고노 선으로 갈아타고 다섯시경에 고쇼가와라에 도착, 곧장 쓰가루 철도로 쓰가루 평야를 북상하여 내가 태어난 곳인 가나기에 도착했을 때는 이미 날이 어두워지고 있었다. 가니타와 가나기는 사각형의 한 변에 지나지 않지만, 그 사이에 본주 산맥이 있고 산속으로는 길다운 길이 없어서 어쩔 수 없이 다른 세 변을 크게 우회하지 않으면 안 된다. 가나기의 생가에 도착해서 먼저 조상의 위패가 모셔져 있는 방으로 가자, 형수가 따라와서 불단(佛壇)*의 문을 활짝 열어주어 중앙에 있는 부모님의 사진을 잠시 바라보고는 정중하게 절을 했다. 그러고 나서 거실로 와서 정식으로 형수에게 인사를 했다.

"언제 도쿄를?" 형수가 물었다.

나는 도쿄를 출발하기 며칠 전에 "이번에 쓰가루 지역을 일주하려고 합니다. 가는 김에 집에도 들러 부모님 산소에 성묘를 하려고 하니, 그때는 잘 부탁드립니다"라는 엽서를 형수에게 보냈다.

"일주일 정도 전입니다. 일본해 쪽에서 시간이 많이 걸렸습니다. 가니타의 N군에게는 많은 신세를 졌습니다." N군에 대해서는 형수도

---

* 조상의 위패나 사진을 모셔놓은 제단.

알고 있을 터이다.

"그래요. 여기서는 엽서가 왔는데도 본인이 좀처럼 나타나지 않으니, 어찌 된 일인가 하고 걱정하고 있었어요. 요코랑 미쓰 등은 애타게 기다리며 매일 교대로 정거장에 마중 나갔어요. 결국은 화가 나서 '이젠 와도 싫어!'라고 말한 사람도 있었어요."

요코는 큰형의 맏딸로 6개월 정도 전에 히로사키 근처의 지주 가문에 시집을 갔지만, 신랑과 함께 가끔씩 가나기에 놀러 오는 것 같은데 이때도 둘이 같이 와 있었다. 미쓰는 큰누나의 막내딸로 아직 시집도 가지 않고 가나기의 집에 늘 도와주러 와 있는 순진한 아이였다. 그 두 명의 질녀가 같이 나와서 "헤헤" 하고 익살스럽게 웃으면서, 술꾼이며 칠칠맞지 못한 삼촌에게 인사를 했다. 요코는 여학생 같았고 전혀 유부녀 같지 않았다.

"이상한 모습!" 하고 내 복장을 보고는 웃었다.

"아냐! 이것이 도쿄에서는 유행이야."

형수의 손을 잡고 할머니도 나왔다. 88세이다.

"잘 왔다. 아아! 잘 왔다"라고 큰 소리로 말한다. 정정하셨는데 역시 조금은 쇠약해진 것처럼 보였다.

"어떻게 할까요?"라고 형수는 나를 향해 "밥은 여기서 드시겠어요? 2층에 모두가 있지만."

요코의 신랑을 중심으로 큰형과 둘째 형이 2층에서 술을 마시는 것 같았다.

형제간에 어느 정도 예의를 지켜야 하고 또 어느 정도까지 허물없이 대해도 되는지, 나는 아직도 잘 모른다.

"괜찮다면 2층으로 갈까요?" 여기서 혼자 맥주 등을 마시는 것도 주눅이 든 것 같아서 부자연스럽다고 생각했다.

"어느 쪽이든 괜찮아요." 형수는 웃으면서 "그러면 2층으로 밥상을" 하고 미쓰에게 시켰다.

나는 점퍼를 입은 채로 2층으로 올라갔다. 금박 장지문이 있는 안쪽의 가장 훌륭한 전통식 방에서 형들은 조용히 술을 마시고 있었다. 쿵쾅거리며 들어가,

"슈지입니다. 처음 뵙겠습니다" 하며 먼저 새신랑에게 인사를 건넨 다음, 큰형과 둘째 형에게도 그간의 안부를 물었다. 큰형도 둘째 형도 "아!" 하고 잠깐 고개를 끄덕였을 뿐이었다. 우리 집안의 법도이다. 아니 쓰가루의 법도인지도 모른다. 익숙해져 있어서 자연스럽게 밥상에 앉아 미쓰와 형수가 따르는 술을 묵묵히 마시고 있었다. 새신랑은 기둥을 뒤로하고 앉아 있었는데 얼굴이 상당히 붉어져 있었다. 형들도 예전에는 술이 강했는데 요즈음은 아주 약해져서 "자, 한 잔 더" "안 되는데. 그쪽이야말로" 하면서 품위 있게 서로 양보하고 있었다. 소토가하마에서 폭음을 하고 온 나에게는 마치 용궁이나 별천지에 온 것 같아서, 형들과 나의 생활 차이에 새삼스럽게 놀라면서 긴장했다.

"게는 어떻게 할까요. 나중에?"라고 형수가 작은 목소리로 나에게 말했다. 나는 가니타의 게를 선물로 조금 가져왔다.

"글쎄요?" 게라는 것은 아무래도 촌스러운 면이 있어 격식 갖춘 밥상을 저속하게 할 수가 있기에 약간 주저했다. 형수도 같은 기분이었는지 모른다.

"게?" 하고 큰형이 재차 물으면서 "괜찮아. 가져오너라. 냅킨도 함께."

오늘밤은 큰형도 새신랑이 있어서인지 기분이 좋은 것 같았다.

게가 나왔다.

"드시지요." 큰형은 새신랑에게 권하고는 자신이 먼저 게 등딱지를 벗겼다.

나는 안심했다.

"실례지만 누구십니까?" 새신랑은 악의 없이 웃는 얼굴로 나에게 말했다. 깜짝 놀랐다. 무리도 아니라고 금방 생각을 고쳐서,

"저어, 에이지(둘째 형의 이름)의 동생입니다"라고 웃으면서 대답했지만, 기가 죽어 '아아! 둘째 형 이름을 말한 것이 실수였을까?' 하고 비굴하게 신경 쓰면서 둘째 형의 안색을 살폈지만, 둘째 형은 모른 체하고 있어서 말을 붙일 수가 없었다. '에이, 모르겠다' 하고 편히 앉아서 미쓰에게 이번에는 맥주를 따르게 했다.

가나기의 생가에 있으면 정신적으로 피곤하다. 나중에 이런 식으로 쓰니까 사이가 나빠지는 것이다. 가족 이야기를 글로 써서 그 원고를 팔아야만 살아갈 수 있는 비참한 운명의 남자는 신으로부터 고향을 몰수당한다. 어차피 나는 도쿄의 누추한 집에서 선잠을 자면서 생가를 그리워하는 꿈을 꾸고는 여기저기 어슬렁거리다가 죽게 될지도 모른다.

다음날은 비가 내렸다. 일어나서 2층 큰형의 응접실에 가보니 큰형은 새신랑에게 그림을 보여주고 있었다. 금병풍이 두 개 있는데, 하나는 산벚나무, 또 하나는 전원 산수라 할 수 있는 운치 있는 풍경이 그려져 있었다. 나는 낙관을 보았다. 하지만 알 수가 없었다.

"누구입니까?" 얼굴을 붉히면서 주저주저 물었다.

"스이안*." 형이 대답했다.

"스이안?" 아직 모르겠다.

"몰라?" 형은 그다지 꾸짖지도 않고 평온하게 그렇게 말하고는 "햐쿠스이의 아버지야."

"예?" 햐쿠스이의 아버지도 화가였다는 것은 들어 알고 있지만, 그 아버지가 스이안이라는 사람으로 이렇게 좋은 그림을 그렸는지는 몰랐다. 나도 그림을 싫어하지는 않았고, 아니 싫어하기는커녕 상당한 전문가라고 생각하고 있었지만 스이안을 모른다는 것은 큰 실수였다. 병풍을 힐긋 보고는 '아니! 스이안'이라고 가볍게 말했으면, 큰형도 조금은 나를 다시 보았을지도 모르는데, 멍청한 목소리로 "누구입니까?"라는 것은 한심하다. 돌이킬 수 없게 되었다고 몸서리를 쳤지만 형은 그런 나를 문제시하지 않고,

"아키타에는 훌륭한 사람이 있나요?" 하고 새신랑을 향해 낮게 물었다.

"쓰가루의 아야타리는 어떻습니까?" 명예 회복도 하고 비위도 맞출 겸, 나는 흠칫흠칫 주제넘게 참견해보았다. 쓰가루의 화가라면 누구보다 아야타리이지만, 실은 이것도 예전에 가나기에 왔을 때, 형이 가지고 있던 아야타리의 그림을 보여줘서 비로소 쓰가루에도 이런 훌륭한 화가가 있다는 사실을 알게 된 것이다.

"그것은 또 다른 것이고"라며 형은 전혀 마음이 내키지 않는다는 말투로 중얼거리고는 의자에 앉았다. 우리는 모두 선 채로 병풍의 그림

---

* 히라후쿠 스이안. 아키타 현 출신의 화가.

을 바라보고 있었지만 형이 앉았기에 새신랑도 마주 보며 앉고 나는 조금 떨어진 입구 쪽 소파에 앉았다.

"이 사람들은 이것이 전문이니까" 하고 역시 새신랑 쪽을 보면서 말했다. 형은 예전부터 나에게는 직접 말을 하지 않았다.

그러고 보니 아야타리의 두툼한 질량감에는 조금만 잘못하면 조잡해질 불안함도 있다.

"문화의 전통이라고 할까." 형은 등을 굽혀 새신랑의 얼굴을 보면서 "역시 아키타에는 뿌리 깊은 것이 있다고 생각해요."

"쓰가루는 소용없다는 것인가!" 무슨 말을 해도 꼴사나워질 뿐이어서 나는 포기하고 웃으면서 혼잣말을 했다.

"이번에 쓰가루에 대해 무언가 쓴다고?" 형은 갑자기 나를 향해 말을 걸었다.

"예, 하지만 쓰가루에 대해서는 아무것도 아는 게 없어서." 나는 횡설수설하면서 "어디, 좋은 참고서 없을까요?"

"글쎄," 형은 웃으며 "나도 아무래도 향토 역사에는 그다지 흥미가 없어서."

"'쓰가루 명소 안내서' 같은 아주 대중적인 책이라도 없을까요? 전혀 몰라서."

"없어, 없어!" 형은 나의 칠칠맞지 못함에 기가 막힌다는 듯이 쓴웃음을 지으면서 고개를 흔들고는 일어나서 새신랑에게,

"그러면 나는 농회(農會)*에 잠시 갔다 올 테니 저기 있는 책이라도

---

* 1899년에 농업 개량을 하기 위해 설립된 단체.

보시게나. 아무래도 오늘은 날씨가 좋지 않아서" 하고는 나갔다.

"농회도 지금은 바쁘죠?" 나는 새신랑에게 물었다.

"예, 지금 마침 쌀의 공출 할당량을 결정하기에 중요합니다"라고 새신랑은 젊어도 지주이므로 그 방면의 일에 대해 잘 알고 있었다. 여러 가지로 자세한 숫자까지 들면서 설명해주었지만 반도 알아듣지 못했다.

"나는 지금까지 쌀에 대해 진지하게 생각한 적이 없는데, 그렇지만 지금 같은 시절에는 기차 창문 너머로 보이는 논을 마치 내 것처럼 울고 웃으면서 바라보고 있어요. 올해는 계속해서 이렇게 쌀쌀하니 모내기가 늦어지지 않을까요?" 나는 여느 때처럼 잘 모르면서도 전문가 앞에서 아는 체했다.

"괜찮을 거예요. 요즈음은 추우면 추운 대로 대책을 강구하고 있으니까요. 모의 발육도 보통인 것 같습니다."

"그렇습니까!" 나는 그럴듯한 표정으로 고개를 끄덕이고 "내 지식은 어제, 기차 창문 너머로 쓰가루 평야를 바라보면서 얻은 것이지만 마경(馬耕)이라고 할까, 말을 끌며 논을 갈던 것을 소로 갈고 있는 것이 상당히 많아진 것 같아요. 우리가 어렸을 때는 논갈이 이외에, 마차를 끄는 것도 전부 말이었고 소를 이용하는 경우는 거의 없었는데. 내가 처음 도쿄에 갔을 때, 소가 마차를 끄는 것을 보고 이상하게 느꼈을 정도입니다."

"그렇겠죠. 말이 눈에 띄게 줄어들었어요. 대개는 전쟁터로 나갔습니다. 그리고 소를 사육하는 데 손이 별로 가지 않는다는 이유도 있겠죠. 그렇지만 일의 능률을 생각하면 소는 말의 절반, 아니 더욱더 나쁠지도 모릅니다."

"출정이라 하면, 벌써……"

"저 말입니까! 벌써 두 번이나 영장을 받았지만, 두 번 모두 도중에 귀가 조치를 받아서 면목이 없습니다." 건강한 청년이 환하게 웃는 얼굴은 좋은 것이다. "이번에는 귀가하고 싶지 않지만." 자연스러운 말투로 가볍게 말했다.

"이 지방에 훌륭하다고 진심으로 탄복할 만한 숨은 인물이 없을까요?"

"글쎄요, 저는 잘 모르지만 어쩌면 모범 농부 중에는 있지 않을까요?"

"그렇겠죠!" 나는 전적으로 동감했다. "나는 논리적이지 않고 모범 작가와 같은 바보스러움 하나만으로 살아가고 싶다고 생각하고 있어요. 하지만 아무래도 쓸데없는 허영심도 있고 상식적으로 볼 때도 거들먹거리는 면이 있어 뜻대로 되지 않아요. 모범 농부도, 모범 농부라는 너무 거창한 라벨을 갖다 붙이면 쓸모없어지지 않을까요?"

"그래요, 그렇습니다. 신문사 등이 무책임하게 떠들어대면서 억지로 강연 등을 시키고 하니까, 모처럼의 모범 농부도 이상한 남자로 변해버려요. 유명해지면 다 허사가 되고 맙니다."

"정말입니다." 나는 그것에도 동감했다. "남자란 불쌍한 존재니까요. 명성에 약합니다. 저널리즘이란 원래 미국의 자본가가 발명한 것으로 엉터리니까요. 독약입니다. 유명해지는 순간, 대개는 무기력해지니까요." 나는 이상한 데서 일신상의 울분을 풀었다. 이런 불평가는, 그러나 말은 이렇게 하지만 속으로는 유명해지고 싶어 하는 경향이 있으니까 조심해야 한다.

점심때가 지나서, 나는 우산을 쓰고 비 내리는 정원을 혼자 거닐었다. 나무 한 그루, 풀 한 포기도 변하지 않은 느낌이었다. 이렇게 오래된 집을 그대로 보존하고 있는 형님의 노력도 보통이 아닐 것으로 짐작되었다. 연못 근처에 서 있었더니 "퐁당" 하는 작은 소리가 났다. 쳐다보니 개구리가 뛰어든 것이다. 별 볼 일 없는 천박한 소리이다. 순간적으로 나는 바쇼 옹의 하이쿠에 나오는 "오래된 연못"이라는 구(句)를 이해하게 되었다. 예전에는 그 구를 이해할 수 없었다. 어디가 좋은지 전혀 짐작할 수가 없었다. '명산물에 맛있는 것 없다'고 단정하고 있었지만 그것은 내가 받은 교육이 나빴던 탓이었다. 그 "오래된 연못"이라는 구에 대해 우리는 학교에서 어떤 설명을 들었는가? 한산한 점심 무렵, 어두운 곳에 낡고 오래된 연못이 있고, 거기에 풍덩 하고(큰 강에 몸을 던지는 것도 아닌데) 개구리가 뛰어들어 '아!' 하는 여운이 길게 이어지고 새 한 마리가 울고 난 뒤, 산은 또다시 조용해졌다는 식으로 배웠다. 너무나도 의미심장한 것처럼 과장된 평범하기 짝이 없는 작품이다. 불쾌감이 들며 소름 끼치지 않는가! 역겨워서 나는 오랫동안 이 구를 멀리했지만 방금 '아니, 그렇지 않아!' 하고 생각을 바꾸었다. '풍덩' 하고 설명하니까 이해할 수가 없게 된 것이다. 여운도 아무것도 없다. 단지 '퐁당'이다. 말하자면, 세상 한쪽 구석에서 나는 실로 초라한 소리이다. 빈약한 소리이다. 바쇼는 그것을 듣고는 마음에 와닿는 무언가를 느꼈다. "오래된 연못! 개구리 뛰어들어 물 튀는 소리." 그런 생각을 하고서 이 구를 다시 보니 그렇게 나쁘지는 않다. 좋은 구다. 당시 단린(檀林)파*의 간드러진 매너리즘을 멋지게 차버렸다. 말하자면 파격적인 착상이다. 달도 눈도 구름도 없다. 풍류도 없다. 단지 초라한 것, 초라한 목숨뿐이다. 당시 풍류의 거장들이 이 구에 깜짝 놀란 것도 이것으로 잘 알 수 있다. 종래의 풍류 개념의 파괴다. 혁신이다. '훌륭한 예술가는 이렇게 하지 않으면 거짓말이다'라고 혼자서 흥분하여 그날 밤, 여행 수첩에 이렇게 적었다.

"'황매화나무. 개구리 뛰어들어 물 튀는 소리.' 기카쿠** 따위는 아무것도 모른다. '이리로 와서 나하고 같이 놀자. 고아인 참새.'*** 조금 가깝다. 그렇지만 솔직해서 싫다. '오래된 연못'은 유례가 없다."

다음날은 날씨가 아주 좋았다. 질녀 요코와 사위와 나, 그리고 아야가 모두의 도시락을 등에 지고, 네 명이서 가나기에서 동쪽으로 1리 정도 떨어진 다카나가레(高流)라는 200미터가 채 되지 않는 비스듬한 야산에 놀러 갔다. '아야'라고 해서 여자 이름이 아니다. 아저씨라는 의미이다. 아버지라는 의미로도 사용된다. 아야의 여성어(Femme)는 '아파'이다. '아바'라고도 한다. 어떻게 이 단어들이 생겼는지는 나도 모른다. 오야(부모, 아저씨), 오바(아주머니)의 사투리인가 하고 억측을 해보아도 소용없다. 여러 사람의 여러 설이 있을 것이다. 다카나가레라는 명칭도 질녀의 설에 따르면, 다카나가네(高長根)라는 것이 올바른 호칭으로 완만하게 기슭이 펼쳐져 있는 모습이 마치 긴 뿌리 같

---

* 하이카이의 한 유파. 언어 유희를 주로 하는 데이몬풍을 싫어하고 규칙의 간편화와 기발한 착상, 비유와 재치 있는 표현을 특색으로 한다. 바쇼의 쇼풍(蕉風)이 발생하면서 쇠퇴했다.
** 다카라이 기카쿠. 에도 전기의 하이카이 시인. 바쇼의 10대 제자 중 한 사람으로 바쇼의 1689년 도호쿠와 일본해 쪽 여행에 동행했다.
*** 고바야시 잇사의 『나의 봄』에 수록되어 있음.

은 느낌이라든가 뭐라든가. 하지만 이것에도 여러 설이 있을 것이다. 여러 사람의 여러 설이 분분해서 결론이 나지 않는 데 향토학의 묘미가 있는 것 같다. 질녀와 아야는 도시락과 그 밖의 것 때문에 시간이 더 걸려서 새신랑과 내가 한발 먼저 집을 나섰다. 좋은 날씨다. 쓰가루 여행은 5,6월이 최고. 예의 『동유기』에도 "예로부터 북쪽 지방을 여행하는 사람은 여름철에만 있으며, 초목이 푸르고 바람도 남풍으로 바뀌고 바다도 조용해서 무서운 일도 일어나지 않는 것으로 알고 있다. 내가 북쪽 지방에 간 것이 9월부터 3월경이므로 여행자의 발길이 끊겨 도중에 만나는 일이 없었다. 나의 여행은 의술 수행을 위한 특별한 일이다. 단지 명소만을 구경하려는 생각으로 가는 사람은 반드시 4월 이후에 가야 하는 지역이다"라고 되어 있는데, 여행 달인의 말이니 독자도 이것만은 믿고 기억해두는 것이 좋다. 쓰가루에서는 매화, 복숭아, 벚꽃, 사과, 배, 자두나무에 요즈음 한꺼번에 꽃이 핀다. 나는 자신 있게 앞장서서 마을 변두리까지 걸어갔지만 다카나가레로 가는 길을 알 수가 없다. 초등학교 무렵 두세 번 갔을 뿐이니 잊어버린 것도 무리는 아니라고 생각했지만 이 근처 풍경이 어릴 때의 기억과 전혀 다르다. 나는 당황해서 "정거장 등이 생기면서 이 근처가 완전히 바뀌어 다카나가레로 어떻게 가야 할지 모르겠습니다. 저 산이겠죠?" 하고, 앞에 보이는 헤(ヘ) 모양으로 솟아 있는 연한 녹색 구릉을 가리키며 말했다. "이 근처를 잠시 거닐면서 아야들을 기다리죠" 하고 새신랑에게 웃으면서 제안했다.

"그렇게 하죠." 새신랑도 웃으면서 "이 근처에 아오모리 현의 실험 농장이 있다는 이야기를 들었는데." 나보다 더 잘 알고 있다.

"그래요? 찾아봅시다."

실험농장은 그 길에서 50미터 정도 오른쪽으로 들어간 조금 높은 언덕 위에 있었다. 농촌의 중견 인물 양성과 개척 훈련을 위해 설립되었지만 혼슈 북단의 들판에는 과분할 정도로 훌륭한 설비이다. 지치부노미야 왕자가 히로사키 8사단에 근무하고 계실 적에 황송하게도 이 농장에 많은 도움을 주셨는데, 그 덕택에 강당도 지방에서는 드물게 장엄한 건물이다. 그 외에도 작업장, 가축 사육장, 비료 저장소, 기숙사도 갖춰져 있어 나는 다만 눈을 크게 뜨고 놀랄 뿐이었다.

"우아, 전혀 몰랐네. 가나기에는 과분한 것이 아닙니까?" 그렇게 말하면서도 나는 이상하게도 기뻐서 어쩔 줄 몰랐다. 역시 자신이 태어난 곳은 남모르게 소중히 여기게 되는 것 같다.

농장 입구에 커다란 비석이 세워져 있고, 거기에는 1935년 8월 아사카노미야 왕자 방문, 같은 해 9월 다카마쓰노미야 왕자 방문, 같은 해 10월 지치부노미야 왕자 및 왕자비 방문, 1938년 8월 지치부노미야 왕자 재차 방문 등과 같이, 여러 번의 영광이 기록되어 있다. 가나기 사람들은 이 농장을 더욱 자랑해도 된다. 가나기뿐 아니라 이것은 쓰가루 평야의 영원한 자랑일 것이다. 실습지라고 할까, 쓰가루 각 마을에서 선발된 모범 농촌 청년들이 만든 밭과 과수원, 논 등이 그 건물 뒤로 정말로 아름답게 펼쳐져 있다. 새신랑은 여기저기 다니면서 농경지를 눈여겨보고는,

"대단합니다!" 하고 탄식을 했다. 새신랑은 지주인 만큼 나보다 상당히 많은 것을 알 수 있을 것이다.

"아아! 후지 산. 멋져!" 하고 외쳤다. 후지 산은 아니었다. 쓰가루

후지라고 불리는 1625미터의 이와키 산이 저 멀리 논이 끝나는 들판 저편에 두둥실 솟아 있다. 실제로 가볍게 솟아 있다는 느낌이다. 넘쳐흐를 정도의 푸름이 후지 산보다 더욱 여성스럽고, 전통옷 소맷자락을 은행잎 모양으로 활짝 펼친 듯한 모습이 좌우 균형도 맞으면서 푸른 하늘에 조용히 떠 있다. 결코 높은 산은 아니지만 매우 투명할 정도로 자태가 아리따운 미녀이다.

"가나기도 꽤 좋은 것 같죠!" 나는 놀란 듯한 말투로 말했다. "나쁘지는 않아요." 부루퉁하게 말하고 있다.

"좋네요." 새신랑은 차분하게 말했다.

나는 이번 여행 중, 여러 방면에서 쓰가루 후지 산을 바라보았지만, 히로사키에서 보면 매우 무겁고 묵직해서 이와키 산은 역시 히로사키 쪽에서 보는 게 좋다고 생각하면서도, 또 쓰가루 평야의 가나기, 고쇼가와라, 기즈쿠리에서 바라본 이와키 산의 단정하고 화사한 모습도 잊을 수 없었다. 서해안에서 본 산 모습은 완전히 엉망이었다. 붕괴되어 이미 미인의 흔적은 없다. 이와키 산이 아름답게 보이는 토지에는 쌀도 잘 영글고 미인도 많다는 전설이 있다고 한다. 쌀이야 어떻든 간에 쓰가루 북부 지방은 산은 아름다워도 미인 쪽은 아무래도 아닌 듯했지만, 어쩌면 이것은 나의 관찰이 천박한 탓인지도 모른다.

"아야들은 어찌 되었을까요?" 문득 그것이 걱정되기 시작했다. "일사천리로 먼저 가버리지 않았을까요?" 아야들의 존재를 까마득하게 잊고 있을 정도로 우리는 실험농장의 설비랑 풍경에 빠져 있었다. 우리가 원래 길로 되돌아와서 여기저기 찾고 있는데, 아야가 뜻하지 않게 옆 들길에서 불쑥 나와서 "우리는 지금까지 당신들을 분담해서 찾고 있었어요" 하고 웃으며 말했다. 아야는 이 근처의 들판을 찾아다녔고 질녀는 다카나가레로 가는 길을 곧장 뒤쫓아갔다고 한다.

"그것 참 안됐군. 요코는, 그러면 상당히 멀리까지 갔을 테지. 어이!" 하고 앞을 향해 큰 소리로 불러보았지만 아무런 대답도 없다.

"갈까요?" 아야는 등에 진 짐을 추어올리며 "어차피 외길이니까요."

하늘에는 종달새가 시끄럽게 지저귀고 있었다. 이렇게 고향의 봄 들판을 걷는 것은 20년 만일까? 전부가 잔디밭인데 군데군데 키가 작은 관목과 조그만 늪이 있고 땅의 기복도 완만해서 예전처럼 평화로운 때였다면, 도시인들이 아주 좋은 골프장이라고 칭찬했을 것이다. 게다가 보라! 지금은 이 들판에도 점차 개척의 삽질이 시작되어서, 인가의 지붕도 아름답게 빛나고 저것이 자족 마을, 저것이 이웃마을에서 분리된 동네라는 아야의 설명을 들으면서 '가나기도 발전해서 변화해졌구나!' 하고 절실히 느꼈다. 슬슬 산의 오르막길에 당도했지만 아직 질녀의 모습은 보이지 않는다.

"어찌 된 걸까요?" 나도 어머니처럼 걱정병이다.

"글쎄, 어딘가에 있겠죠." 새신랑은 쑥스러워하면서도 여유를 보였다.

"어쨌든 물어봅시다." 나는 길가 밭에서 일하는 농부에게 인조섬유 모자를 벗고 인사를 한 다음, "이 길로 양장을 입은 젊은 부인이 지나가지 않았습니까?" 하고 물었다. 지나갔다는 대답이었다. 왠지 달리는 것처럼 아주 급히 지나갔다고 한다. 봄 들길을 달리는 것처럼 서둘러 남편의 뒤를 쫓아가는 질녀의 모습을 상상하면서 나쁘지는 않다고 생각했다. 잠시 산길을 올라가니 길가의 낙엽수 그늘에 질녀가 웃으면서 서 있었다. 여기까지 쫓아와도 보이지 않아 뒤에서 오는 것이라 생각하고 고사리를 따고 있었다고 한다. 별로 지친 모습도 보이지 않았다. 이 근처는 고사리, 두릅, 엉겅퀴, 버섯 등 산나물의 보고인 것 같다. 가을에는 나팔버섯 등의 버섯류가, 아야의 표현에 따르면, 온 천지에 "깔려 있을 정도"라서 고쇼가와라, 기즈쿠리 쪽의 먼 곳에서 따러 오는 사람도 있다고 한다.

"요코는 버섯 따기의 명인입니다"라고 덧붙였다. 또 산을 오르면서,

"가나기에 왕자님이 오셨다지?" 하고 내가 말하자, 아야는 정색을 하며 "예!" 하고 대답했다.

"고마운 일이야."

"예!" 하면서 긴장하고 있다.

"용케도 가나기 같은 곳에 와주셨네!"

"예!"

"자동차로 오셨어?"

"예! 자동차로 오셨습니다."

"아야도 배례했니?"

"예. 배견했습니다!"

"아야는 운이 좋았구나!"

"예!" 하고 대답하고는 목에 감고 있던 타월로 얼굴의 땀을 닦았다.

휘파람새가 울고 있다. 제비꽃, 민들레, 들국화, 진달래, 흰 댕강나무, 으름덩굴, 들장미, 그리고 내가 모르는 꽃이 산길 양쪽 잔디에 밝게 피어 있었다. 키가 작은 버들, 떡갈나무도 새순이 돋아났고 산을 올라감에 따라 조릿대가 아주 많아졌다. 200미터도 되지 않는 야산이

지만 전망은 아주 좋았다. 쓰가루 평야 전체를 끝에서 끝까지 바라볼 수 있다고 할 수 있을 정도였다. 우리는 멈춰 서서 평야를 내려다보면서 아야에게 설명을 듣고, 다시 조금 더 걷다 멈춰서 쓰가루 후지를 바라보고 칭송하면서 어느새 야산의 정상에 도착했다.

"이것이 정상인가?" 나는 약간 김이 빠져 아야에게 물었다.

"네, 그렇습니다."

"에이!"라고 했지만 눈앞에 펼쳐진 쓰가루 평야의 봄 풍경에는 넋을 잃어버렸다. 이와키 강이 가는 은실처럼 반짝반짝 빛나고 있다. 그 은실이 끝나는 곳에 고대 거울처럼 희미하게 빛나는 것이 닷피 늪일 것이다. 더욱 멀리 흐릿하게 연기처럼 하얗게 펼쳐져 있는 것은 주산 호수인 것 같다. 주산 호수 또는 주산 개펄로 불리며, "쓰가루의 크고 작은 하천 열세 개의 지류가 이 지역에서 모여 큰 호수가 된다. 게다가 각 하천 고유의 색을 잃지 않고서"라고 『주산 왕래(十三往來)』[*]에 기록되어 있는 쓰가루 평야 북쪽의 호수로 이와키 강을 비롯해 쓰가루 평야를 흐르는 대소 열세 개의 하천이 이곳에서 모이고, 주위는 약 8리, 그러나 하천이 운반해 오는 토사 때문에 바닥은 얕고 가장 깊은 곳도 3미터 정도라고 한다. 물은 해수의 유입으로 인해 염수이지만 이와키 강에서 흘러드는 강물이 적지 않아 하구 근처는 담수이고, 어류도 담수어와 염수어 양쪽이 서식하고 있다고 한다. 호수가 일본해 쪽으로 터져 있는 남쪽 입구에 '주산'이라는 작은 마을이 있다. 이 근처는 지금부터 7,8백 년 전부터 개발되었고 쓰가루의 호족 안도 씨의

---

[*] 주산 지방 안도 가문의 번영을 적은 책.

본거지였다는 설도 있고, 또 에도 시대에는 그 북방의 고도마리 항과 함께 쓰가루의 목재, 곡물을 실어내어 매우 번창했다고 하지만 지금은 아무런 흔적조차 없는 것 같다. 주산 호수 북쪽으로 곤겐 갑이 보인다. 그러나 이 부근부터는 국방상의 중요 지역에 들어간다. 우리는 눈을 돌려 전방의 이와키 강보다 훨씬 더 먼 곳에 푸르게 쭉 그어진 명쾌한 선 하나를 바라보았다. 일본해이다. 시치리나가하마를 한눈에 볼 수 있다. 북쪽은 곤겐 갑에서 남쪽은 오도세 갑까지 시야를 가로막는 것은 아무것도 없다.

"멋져! 나라면 여기에 성을 쌓아" 하고 말했더니,

"겨울에는 어떻게 해요?"라고 요코에게 질문을 받고는 꽉 막혔다.

"이대로 눈이 내리지 않으면 되는데." 나는 약간 우울해져 탄식했다.

산그늘의 계곡으로 내려가 강가에서 도시락을 먹었다. 계곡에 담가 차게 한 맥주는 나쁘지 않았다. 질녀와 아야는 사과즙을 마셨다. 그러다가 우연히 나는 발견했다.

"뱀!"

새신랑은 벗어두었던 상의를 들고 일어섰다.

"괜찮아, 괜찮아." 나는 계곡 맞은편의 암벽을 가리키며 말했다. "저 암벽에 오르려고 하는 거야." 급류에서 머리를 쑥 내밀고는 순식간에 한 자(尺) 정도의 바위를 기어오르다가 툭 하고 떨어졌다. 또 스르르 기어오르다가는 떨어진다. 집요하게 스무 번 정도 시도하고는, 정말이지 지쳐서 포기했는지 수면 위로 몸을 띄우고는 물살을 타고 이쪽으로 다가왔다. 아야는, 이때 일어섰다. 한 간* 정도의 나뭇가지를 들고 잠자코 달려가 계곡으로 첨벙 뛰어들어 단숨에 해치웠다.

우리는 고개를 돌렸고.

"죽었어? 죽었니?" 나는 가냘픈 목소리로 물었다.

"해치웠습니다." 아야는 나뭇가지도 함께 계곡물에 던졌다.

"독사가 아니었을까?" 나는 그래도 아직 두려웠다.

"독사였다면 사로잡았지만 지금 것은 구렁이였습니다. 독사의 생간은 약이 됩니다."

"이 산에 독사도 있어?"

"예."

나는 시무룩한 기분으로 맥주를 마셨다.

아야는 가장 먼저 밥을 먹고는 큰 통나무를 끌고 와서 그것을 계곡물에 던져서 발판을 만들어 폴짝 건너편으로 넘어갔다. 그리고 건너편 산 절벽에 기어올라 두릅이랑 엉겅퀴 등 산나물을 따기 시작했다.

"위태롭네. 굳이 저렇게 위험한 곳까지 가지 않아도 다른 곳에도 많은데." 나는 조마조마해하면서 아야의 모험을 책망했다. "저건 분명 아야가 흥분한 나머지 일부러 저렇게 위험한 곳에 가서, 우리에게 용감함을 크게 자랑하려는 꿍꿍이셈임에 틀림없어."

"그래요, 맞아요." 질녀도 크게 웃으면서 맞장구쳤다.

"아야!" 나는 큰 소리로 불렀다. "이제 됐어. 위험하니 이제 그만해."

"예" 하고 대답하고 아야는 절벽에서 주르르 내려왔다. 나는 한숨을 돌렸다.

돌아올 때는 아야가 딴 산나물을 요코가 짊어졌다. 이 질녀는 예전

---

* 한 간(間)은 약 1.8미터.

부터 외모에는 그다지 신경 쓰지 않는 아이였다. 귀갓길에는 소토가 하마의 '아직 늙지 않은 건각(健脚)'도 역시 지쳐서 완전히 말이 없어졌다. 산에서 내려왔더니 뻐꾸기가 울고 있었다. 변두리의 목재소에는 재목이 엄청나게 쌓여 있고 운반 수레가 끊임없이 오가고 있었다. 풍요로운 마을 풍경이다.

"그런데 가나기도 활기차네요!" 나는 무심결에 말했다.

"그렇습니까?" 새신랑도 조금 지친 것 같다. 힘없이 그렇게 말했다.

나는 갑자기 겸연쩍어져서,

"아니, 나는 잘 모르지만, 그래도 10년 전 가나기는 이렇지 않았다는 느낌이에요. 점점 시들어가는 마을처럼 보였습니다. 지금 같지는 않았어요. 지금은 다시 살아나고 있는 느낌입니다."

집에 돌아와서, 형에게 "가나기 풍경도 꽤 좋아졌어요. 생각을 달리했습니다"라고 말했더니, 형은 "나이를 먹으면 자신이 태어난 땅의 풍경이 교토보다 나라보다 좋은 것이 아닌가 하는 생각이 드는 것이다" 하고 답했다.

다음날은 전날의 일행에 형 부부도 참가하여, 가나기에서 동남쪽으로 1리 반 정도 떨어져 있는 가노코 강 저수지라는 곳으로 갔다. 출발 직전에 형에게 손님이 와서 우리가 한발 먼저 출발했다. 형수는 월남 치마에 흰 버선, 짚신 차림이었다. 2리 정도의 먼 곳으로 간다는 것은 형수에게는 가나기에 시집 온 후로 처음인지도 모른다. 그날도 날씨는 아주 좋았고 전날보다 더욱 따뜻했다. 우리는 아야의 안내를 받아 가나기 강을 따라 놓인 삼림철도를 터벅터벅 걸어갔다. 궤도 침목의 간격이 한 걸음으로는 짧고 반 걸음으로는 넓은, 아주 고약하게 되어 있어서 걷기가 매우 어려웠다. 나는 지쳐서 일찍 말이 없어지고 땀만 닦고 있었다. 날씨가 너무 좋으면 여행자는 녹초가 되고 오히려 기세가 오르지 않는 것 같다.

"이 근처가 큰 홍수의 흔적입니다." 아야는 멈춰 서서 설명을 했다. 강 근처의 논밭 전체에 '격전지란 이런 것이겠지!' 하는 생각이 들 정도로, 거대한 나무뿌리랑 통나무가 어지럽게 흩어져 있었다. 지난해에 우리 집의 여든여덟 살 할머니도 "여태껏 경험한 적이 없다"고 말할 정도로 큰 홍수가 이 가나기 마을을 덮쳤다.

"이 나무가 모두 산에서 떠내려온 것입니다"라고 말하고는, 아야는 슬픈 듯한 표정을 지었다.

"심했네!" 나는 땀을 닦으면서 "마치 바다와 같았겠지?"

"바다와 같았습니다."

가나기 강과 헤어져 이번에는 가노코 강을 따라 잠시 가다가, 겨우 삼림철도의 궤도로부터 해방되어 잠시 오른쪽으로 들어간 곳에, 반경 2킬로미터 정도 되는 큰 저수지가, 그야말로 새 한 번 울고는 더욱 조용해진 것처럼 고요히, 푸름이 넘쳐흐를 만큼 가득 물을 담고 있었다. 이 근처는 소에몬 습지라는 깊은 계곡이었는데 계곡 밑의 가노코 강을 막아서 이 큰 저수지를 만든 것이 1941년, 얼마 전의 일이다. 저수지 근처의 큰 비석에는 형의 이름도 새겨져 있었다. 저수지 근처에는 공사 흔적인 절벽의 황토가 아직 생생하게 드러나 있어서 이른바 천연의 장엄함은 없었다. 그러나 가나기라는 한 마을의 힘이 느껴져서 이와 같은 인위적 성과라는 것도 '또한 쾌적한 풍경이구나' 하고, 촐랑거리는 여행 비평가는 멈춰 서서 담배를 피우며 주위를 둘러보면서

적당히 감상을 적었다. 나는 자신 있게 일행을 인솔하여 저수지 주위를 걷다가,

"이곳이 좋아. 여기가 적당해" 하고 연못가의 나무 그늘에 앉았다. "아야, 잘 살펴봐. 저것이 옻나무가 아닌지." 옻이 오르면 앞으로의 여행이 우울해질 것이므로. 옻나무가 아니라고 한다.

"그러면 저 나무는. 조금 이상해! 살펴봐." 모두 웃고 있었지만 나는 심각했다. 그것도 옻나무가 아니라고 한다. 오롯이 안심하고 이 장소에서 도시락을 먹기로 했다. 맥주를 마시면서 나는 기분이 좋아져 조금 떠들었다. 초등학교 2,3학년 때, 소풍을 가나기에서 3리 반 정도 떨어진 서해안의 다카 산이라는 곳으로 가서 처음으로 바다를 보았을 때 맛본 흥분을 이야기했다. 그때는 인솔한 선생님이 가장 먼저 흥분해서 우리를 바다를 향해 2열 횡대로 세우고는 〈우리는 바다 아이〉라는 동요를 합창시켰다. 하지만 태어나서 처음 바다를 본 주제에 "우리는 바다 아이. 흰 물결치는 해안 솔숲에"라는 바닷가 아이들의 노래를 부르게 하는 것은 너무나도 부자연스러웠고, 어린 마음에도 창피해서 마음이 안정되지 않았다. 그리고 나는 그 소풍 때, 이상하게도 복장에 집착한 나머지, 챙이 넓은 밀짚모자에, 형님이 후지 산에 올랐을 때 사용한 신사(神社)의 낙인이 여러 개 멋지게 찍혀 있는 나무 지팡이까지 들었다. 선생님이 가능한 한 간단한 복장에 짚신, 이라고 말씀하셨는데도 불구하고 불필요한 하카마를 입고 긴 양말과 끈 엮는 부츠를 신고 나긋나긋 애교를 부리면서 집을 나섰다. 그렇지만 1리도 채못 가고 지쳐서 먼저 하카마와 구두를 벗고는 한쪽은 빨간 실끈, 다른 한쪽은 짚끈인 낡은 짝짝이 짚신을 신었고 이윽고 모자와 지팡이도

압수당했다. 결국은 환자용으로 학교에서 준비한 마차에 실려 집으로 돌아왔을 때의 모습은 나갈 때의 화려함은 흔적도 없고, 구두를 한 손에 들고 지팡이에 매달려서, 하고 신나게 이야기해서 모두를 웃기고 있을 때,

"어이!" 하고 부르는 소리. 형이었다.

"어이!" 하고 우리도 다 같이 입을 모아 불렀다. 아야는 마중하러 달려갔다. 이윽고 형은 피켈을 들고 나타났다. 가지고 온 맥주를 내가 모두 마셔버려서 무안했다. 형이 식사를 한 다음 모두 저수지 안쪽으로 걸어갔다. 푸드덕 하고 큰 소리가 나면서 물새가 언덕에서 날아올랐다. 나는 새신랑과 얼굴을 마주 보고 의미 없이 고개를 끄덕였다. 기러기인지 오리인지 말할 정도의 자신감은 피차 없었던 것 같았다. 어쨌든 야생 물새임에는 틀림없었다. 심산유곡의 정기가 문득 느껴졌다. 형은 등을 구부린 채 걷고 있다. 형과 이렇게 함께 밤을 걷는 것은 몇 년 만인지! 10년쯤 전, 도쿄 교외의 들길을, 형은 역시 지금처럼 허리를 구부리고 묵묵히 걸었고 몇 걸음 뒤처져서 나는 형의 뒷모습을 바라보면서 훌쩍훌쩍 울며 걸은 적이 있지만, 그 후로 처음인지도 모르겠다. 나는 형에게 그 사건*에 대해 아직 용서받았다고는 생각하지 않는다. 평생 불가능할지도 모른다. 금이 간 찻잔은 어떻게 할 수 없다. 어떻게 해도 본래대로는 되지 않는다. 쓰가루 사람들은 특히 마

---

* 다자이는 카페 여종업원과의 동반자살 미수 사건과 좌익 운동, 하쓰요와의 결혼 문제로 본가와는 의절 상태였다. 하지만 학비는 계속 지원을 받고 있었는데, 마침내 대학을 졸업할 수 없다는 사실이 밝혀진다. 그리하여 당시에 큰형이 거처하고 있던 간다의 여관으로 호출되어 크게 꾸짖음을 당한 일을 가리키는 것 같다.

음의 금을 잊지 않는 종족이다. 그 후로 이제 두 번 다시 형과 함께 밖을 걸을 기회는 없을지도 모른다고 생각했다. 물이 떨어지는 소리가 점차 크게 들려왔다. 저수지 끝에 가노코 폭포라는 이 지방 명소가 있다. 이윽고 50자 정도의 가는 폭포가 우리 발밑에 보였다. 다시 말하자면 우리는 소에몬 습지 언저리를 따라 폭 한 자 정도의 좁은 길을 걷고 있는데, 오른쪽은 곧바로 병풍을 세운 것 같은 산, 왼쪽은 발아래가 절벽이고 그 계곡 아래에 용소가 정말로 깊은 듯이 검푸르게 소용돌이치고 있었다.

"아무래도 현기증이 나는 것 같아." 형수는 농담처럼 말하고는 요코의 손을 잡고 무서운 듯이 걷고 있다.

오른쪽 산중턱에는 진달래가 아름답게 피어 있다. 형은 피켈을 어깨에 걸치고 진달래가 멋지게 핀 곳에서는 잠시 발걸음을 늦춘다. 등꽃도 슬슬 피기 시작하고 있다. 길은 점차 내리막길이 되어 우리는 폭포 입구에 도달했다. 한 간 정도의 폭이 좁은 작은 여울로, 한복판에 그루터기가 놓여 있어 그것을 발판으로 하여 폴짝폴짝 두 걸음으로 건너갈 수 있게끔 되어 있다. 한 사람 한 사람씩 건넜다. 형수가 혼자 남았다.

"못 해요"라고 웃기만 할 뿐 건너려고 하지 않는다. 다리가 얼어붙어 앞으로 걸을 수 없는 것 같았다. "업어줘라." 형이 아야에게 분부했다. 아야가 다가가도, 형수는 "안 돼, 안 돼" 하고 손을 저을 뿐이다. 이때, 아야는 괴력을 발휘하여 거대한 그루터기를 가지고 와서 첨벙하고 폭포 입구에 던졌다. 간신히 다리가 만들어졌다. 형수는 조금 건너다가 역시 앞으로 나아가지 못했다. 아야의 어깨에 손을 얹고 간신히 절반 정도 건너고는, 나머지는 강이 얕았기에 임시 다리에서 뛰어내려 철벅철벅 강물 속을 걸어서 건넜다. 월남치마 자락도 흰 버선도 짚신도 흠뻑 젖어버렸다.

"마치 다카 산에서 돌아오는 듯한 모습이에요." 내가 조금 전에 들려준 다카 산에 소풍을 갔다가 초라한 모습으로 돌아왔다는 이야기가 문득 생각났는지 웃으면서 형수가 그렇게 말하자, 요코도 새신랑도 "와" 하고 웃음을 터뜨려, 형은 돌아보면서,

"응? 뭐라고?" 하고 물었다. 모두 웃음을 그쳤다. 형이 이상하다는 표정을 짓고 있어서 설명할까 하고도 생각했지만, 너무 바보스러운 이야기여서 새삼스럽게 '다카 산에서의 귀가' 유래를 설명할 용기가 없었다. 형은 묵묵히 걷기 시작했다. 형은 언제나 고독했다.

5. 서해안

앞에서도 여러 번 적었지만, 나는 쓰가루에서 태어나 쓰가루에서 자라면서 오늘까지 쓰가루를 거의 모르고 있었다. 쓰가루의 일본해 쪽의 서해안에는 그야말로 초등학교 2,3학년경의 '다카 산행' 이외에는 한 번도 간 적이 없다. 다카 산이라는 것은 가나기에서 곧장 서쪽으로 3리 반 정도 가서 샤리키라는 인구 5천 정도의 꽤 큰 마을을 지나면 금방 도달할 수 있는 해변의 야산이다. 그곳의 '농사신(神)'은 유명하다지만, 어차피 어릴 때의 기억이므로 애써 차려입고 나섰다가 낭패를 본 일만이 분명하게 마음속에 남아 있을 정도이고 나머지는

종잡을 수 없이 희미해져 있다. 이 기회에 쓰가루의 서해안을 돌아보려는 계획이 이전부터 있었다. 가노코 강 저수지에 놀러 간 다음날, 가나기를 출발하여 고쇼가와라에 도착한 것은 오전 열한시경으로, 고쇼가와라 역에서 고노 선으로 갈아타고 10분도 채 되지 않아 기즈쿠리 역에 도착했다. 여기는 아직 쓰가루 평야 안이다. 나는 이 마을도 조금 돌아보고 싶었다. 내려서 보니 오래된 한적한 마을이었다. 인구는 4천여 명으로 가나기보다 적은 것 같지만 마을의 역사는 오래되었다. 정미소 기계 소리가 '쿵쿵' 하고 나른하게 들려온다. 어딘가의 처마 밑에서 비둘기가 울고 있다. 여기는 나의 아버지가 태어난 곳이다. 가나기의 우리 집은 대대로 여자뿐이어서 대개 서양자*를 맞이했다. 아버지는 이 마을의 M이라는 오래된 가문의 삼남이었는데 우리 집으로 와서 몇 대째인가의 호주가 되었다. 아버지는 내가 열네 살 때 돌아가셨기에, 나는 아버지라는 '인간'에 대해서는 거의 모른다고 하지 않을 수 없다. 또 예전에 발표한 「추억」 속의 한 부분을 인용하면,

아버지는 매우 바쁜 사람으로 집에 있을 때가 거의 없었다. 집에 있어도 아이들과 같이 있을 수 없었다. 나는 아버지를 두려워했다. 아버지의 만년필을 갖고 싶어 하면서도 말을 하지 못하고, 혼자서 여러 가지로 끙끙댄 끝에 어느 날 밤, 잠자리에서 눈을 감고서 잠꼬대처럼 "만년필, 만년필" 하고 옆방에서 손님과 대담 중인 아버지에게 조용히 호소한 적이 있었지만, 물론 그것은 아버지의 귀에도,

---

* 일본은 사위를 양자로 삼아 집안을 물려주는 서양자(婿養子) 제도가 발달했다.

마음에도 들어가지 않은 것 같았다. 내가 동생과 쌀가마니가 가득 쌓여 있는 넓은 쌀 창고에 들어가 재미있게 놀고 있으니, 아버지가 입구에 서서 "얘들아, 나와라, 나와" 하고 꾸짖었다. 빛을 등지고 있어서 아버지의 커다란 모습이 새까맣게 보였다. 나는 그때의 공포를 생각하면 지금도 싫은 느낌이 든다. (중략) 그다음 해 봄, 눈이 아직 깊게 쌓여 있을 때, 아버지는 도쿄의 병원에서 피를 토하고 죽었다. 근처 신문사는 아버지의 부고를 호외로 알렸다. 나는 아버지의 죽음보다 이러한 센세이션에 흥미를 느꼈다. 유족 이름에 섞여 내 이름도 신문에 실려 있었다. 아버지의 유해는 큰 관에 넣어져 썰매에 실려 고향으로 돌아왔다. 나는 많은 마을 사람들과 함께 옆마을 근처까지 마중 나갔다. 이윽고 숲 그늘에서 여러 대의 썰매가 차양에 달빛을 받으면서 줄지어 미끄러져 나오는 것을 바라보면서 아름답다고 생각했다. 다음날, 우리 집 사람들은 아버지의 관이 놓여 있는 방으로 모였다. 관 뚜껑이 열리자 모두 소리 내어 울었다. 아버지는 자고 있는 것 같았다. 높은 코가 새파래져 있었다. 나는 모두의 울음소리에 이끌려 눈물을 흘렸다.

아마도 이것만이 아버지에 관한 기억으로 아버지가 죽고 나서는 나는 현재의 큰형에게 아버지와 같은 무서움을 느꼈지만, 또 그 때문에 안심하고 다가갈 수도 있었고 아버지가 없어도 쓸쓸하다고 생각한 적은 한 번도 없었다. 그러나 점점 나이가 들어감에 따라 도대체 아버지는 어떤 성격의 남자였을까 하는 예의에 어긋나는 추측도 해보게 되었다. 도쿄의 초라한 집에서 잠깐 졸다가 꾼 꿈에도 아버지가 나타나서, 실은 죽은 것이 아니라 어떤 정치상의 이유로 모습을 감추고 계신 것이라는 것을 알게 되었고, 기억 속 아버지 모습보다 조금 늙고 지쳐 있어서 그 모습을 아주 그립게 생각하기도 했다. 꿈 이야기는 쓸모없는 것이지만 어쨌든 아버지에 대한 관심이 최근 아주 강해진 것도 사실이다. 아버지의 형제는 모두 폐가 나빴고 아버지도 결핵은 아니지만 역시 호흡기병으로 피를 토하고 죽은 것이다. 쉰세 살에 죽어서 어린 내 마음에는 그 나이가 아주 노령같이 느껴져 무엇보다 천수를 다 했다고 생각했지만, 지금은 쉰세 살의 죽음은 천수를 누리기는커녕 아주 일찍 죽은 것이라고 생각하게 되었다. 아버지가 조금 더 살아 계셨으면 쓰가루를 위해 더욱더 좋은 일을 많이 하셨을지도 모른다는 건방진 생각을 하고 있다. 그 아버지가 어떤 집에서 태어나 어떤 마을에서 자랐는지, 한번 보고 싶다고 생각하고 있었다. 기즈쿠리 마을은 외길의 양쪽에 집이 늘어서 있을 뿐이다. 그리고 집들 뒤로는 잘 갈아놓은 논이 펼쳐져 있다. 논 군데군데 포플러가 서 있다. 이번에 쓰가루에 와서, 나는 이곳에서 처음으로 포플러를 보았다. 다른 곳에서도 많이 보았겠지만 기즈쿠리의 포플러만큼 선명하게 기억에 남아 있지 않다. 연한 녹색 포플러 어린잎이 가련하게 미풍에 흔들리고 있었다. 여기에서 본 쓰가루 후지도 가나기에서 본 모습과 크게 다르지 않고 화사하고 아주 미인이다. 이와 같이 산이 아름답게 보이는 곳에서는 쌀과 미인이 난다는 전설이 있다던가. 이 지방은 쌀은 분명 풍부하지만 미인은 어떨까? 이것도 가나기 지방처럼 조금 불안하지 않을까! 이 건에 관해서만은 그 전설은 오히려 반대가 아닌가 하고 의심스럽다. 이와키 산이 아름답게 보이는 땅에서는, 아니 더 이상 말하지 않겠다. 이런 이야기는 자칫하면 문제가 많으므로, 단지 마을을 한 바퀴 돌았을 뿐인 구경꾼 여행자가 급하게 단정을 내릴 것이 아닌지도 모른다. 그날도 아주 좋은 날씨로 정류장에서 곧장 뻗어 있는 외길의 콘크리트 도로 위에는 옅은 봄 안개 같은 것이 뭉게뭉게 피어나고 있었다. 고무 밑창 구두를 신고 고양이처럼 발소리도 없이 터벅터벅 걷는 동안, 봄 온기 때문에 왠지 모르게 머리가 멍해져 기즈쿠리(木造) 경찰서의 간판을 '모쿠조(木造)' 경찰서라고 읽고는 '과연, 목조 건축물!'이라며 고개를 끄덕이다가 퍼뜩 정신이 들어 쓴웃음을 짓기도 했다.

　기즈쿠리는 또 고모히(차양)의 마을이다. 고모히라는 것은 옛날 긴자에서 오후에 햇살이 강해지면 모든 가게가 햇빛가리개로 친 천막으로, 독자 여러분도 그 아래를 서늘한 표정으로 걸으면서 마치 즉석에서 만든 긴 회랑 같다고 생각했을 것이다. 다시 말해 그 긴 회랑을 천막이 아닌 집집마다의 처마를 한 간 정도 연장시켜서 튼튼하게 영구적으로 만든 것이 북쪽 지방의 차양이라고 생각하면 틀림없다. 하지만 이것은 햇볕을 피하기 위해 만든 것은 아니다. 그런 멋있는 것이 아니다. 겨울에 눈이 깊이 쌓였을 때, 집과 집의 연락에 편리하도록 각각의 처마를 이어 긴 회랑을 만들어놓은 것이다. 눈보라가 쳐도 눈을 맞을 걱정 없이 편하게 장을 보러 갈 수 있어 애지중지되었고, 아이들의 놀이터로도 도쿄의 보도와 같은 위험이 없고, 비 오는 날에도 긴 회랑은 통행인에게 큰 도움이 된다. 가게에 앉아 있는 사람들이 빤히 쳐다보는 것에는 질렸지만 나처럼 봄 온기에 지친 여행자도 여기로 들어서면 서늘하고 어쨌든 고마운 회랑이다. 고모히라는 것은 小

店(고미세)의 사투리라고 일반적으로 알고 있지만, 나는 隱瀨(고노세), 또는 隱日(고모히)라는 한자를 쓰는 것이 더 쉽게 알 수 있지 않을까 하고 생각하면서 혼자 즐기고 있다. 고모히 밑을 걷다가 M약품 도매상 앞에 왔다. 아버지가 태어난 집이다. 들어가지 않고 그대로 지나쳐서 고모히를 곧바로 걸어가면서 '어떻게 할까!' 생각했다. 이 마을의 고모히는 정말로 길다. 쓰가루의 오래된 마을에는 대개 이런 고모히가 있지만 이 기즈쿠리 마을처럼 마을 전체가 고모히에 의해 관통된 곳은 없지 않을까? 정말로 기즈쿠리는 고모히의 마을이다. 한참 걸어서 마침내 고모히가 끝난 곳에서 나는 오른쪽으로 돌아서 한숨을 내쉬고는 되돌아왔다. 나는 이제까지 M씨 댁에 간 적이 한 번도 없었다. 기즈쿠리 마을에 온 적도 없었다. 어쩌면 어릴 때 누군가를 따라 놀러 온 적이 있을지는 모르지만, 지금 내 기억에는 아무것도 남아 있지 않다. M씨 댁의 호주는 나보다 네다섯 살 연상의 떠들썩한 사람으로 옛날부터 가끔씩 가나기에도 놀러 와서 얼굴은 알고 있다. 내가 지금 찾아가도 설마 싫은 얼굴은 하지 않겠지만 아무래도 나의 방문법이 당돌하다. 이런 더러운 복장을 하고 "M씨, 오래간만입니다"라고 아무런 볼일도 없는데 비굴한 웃음을 지으며 말을 걸면, M씨는 눈을 동그랗게 뜨고 '이 녀석, 마침내 도쿄 생활이 어려워져 돈이라도 빌리러 온 것이 아닐까?' 하고 생각하지는 않을까. 죽기 전에 아버지가 태어난 집을 한번 보고 싶어서, 라는 것도 매우 아니꼽다. 남자가 나잇값도 못 하고 그런 말을 할 수 있을까! 차라리 그대로 돌아갈까! 하고 고민하면서 걷는 동안에, 또다시 M약품 도매상 앞까지 왔다. 두 번 다시 올 기회는 없다. 창피를 당해도 괜찮다. 들어가자! 나는 순식간에 결정을 내리고 "실례합니다" 하고 가게 안에 말을 걸었다. M씨가 나와서 "야아! 응, 이게 누구야. 자, 자!" 하고 매우 활기차게 내게 말할 틈도 주지 않고 끌어당기듯이 방으로 안내하고 도코노마 앞에 억지로 앉혔다. "야아, 어서, 술" 하고 집사람들에게 분부해서 2,3분도 되지 않아 술이 나왔다. 정말로 빨랐다.

"오래간만이야. 오래간만이야!" 하고 M씨는 자신도 벌컥벌컥 마시고는 "기즈쿠리는 몇 년 만이야?"

"글쎄, 만약 어릴 때 온 적이 있다면 30년 만이 되겠지!"

"그렇겠지, 그렇겠지. 자, 마셔. 기즈쿠리에 와서 사양할 필요는 없어. 잘 왔어. 정말 잘 왔어."

이 집 구조는 가나기의 집 구조와 많이 비슷하다. 가나기의 지금 집은 아버지가 가나기에 양자로 온 지 얼마 되지 않아 직접 설계해서 크게 개축한 것이라는 이야기를 들었지만 대단한 일이 아니다. 아버지는 기즈쿠리의 생가와 같은 구조로 고쳤을 뿐이다. 나는 양자인 아버지의 심리를 어쩐지 이해할 수 있을 것 같아 웃음이 절로 났다. 그러고 보니 정원 목석의 배치도 어딘지 비슷하다. 이런 사소한 것을 발견한 것만으로도 돌아가신 아버지라는 '인간'과 접촉한 것 같은 느낌이 들어 M씨 집에 들른 의의가 있다고 생각했다. M씨는 어떻게든 나에게 대접을 하려고 했다.

"아니, 이제 됐어. 한시 기차로 후카우라에 가야 해."

"후카우라에! 무엇 하러?"

"별로, 특별한 이유는 없지만 한번 가보고 싶어서."

"글을 쓰나?"

"응, 그것도 있지만," 언제 죽을지 모르니까 하고, 상대방의 흥을 깰 것 같은 소리는 할 수 없었다.

"그러면 기즈쿠리에 대해서도 쓰나? 기즈쿠리에 대해 쓴다면" 하고 M씨는 조금도 주저 없이, "먼저 쌀의 공출량에 대해 적어줘. 관할 경찰서의 비교로는 이 기즈쿠리 경찰서 관할이 전국 제일이야. 어때? 일본 제일이야! 다 우리 노력의 결정체라고 할 수 있어. 이 근처의 논이 말랐을 때, 내가 이웃 마을에 물을 얻으러 간 것이 크게 성공해서 술꾼이 물의 수호신이 되었지. 우리도 지주라고 해서 놀고만 있을 수는 없어. 나는 허리가 나쁘지만 논매기를 했어. 어쨌든 이번에는 도쿄의 당신들에게도 맛있는 밥이 가득 배급될 거야." 든든하다. M씨는 어릴 때부터 활발한 성격이었다. 어린아이 같은 동글동글한 눈이 매력적이었고 이 지역 사람들이 모두 공경하고 있는 것 같았다. 나는 마음속으로 M씨의 행복을 빌고는 끝까지 붙잡는 것을 진땀을 흘리면서 어렵게 사양하고 오후 한시의 후카우라행 기차를 겨우 탈 수 있었다.

기즈쿠리에서 고노 선을 타고 약 30분 정도, 나루사와, 아지가사와를 지나면 그 근처에서 쓰가루 평야도 끝이 난다. 거기서부터 기차는 일본해를 따라 달리는데 오른쪽으로는 바다, 왼쪽으로는 데와 구릉지 북쪽 끝자락에 펼쳐진 산들을 보면서 한 시간 정도 가면, 오른쪽 창밖으로 오도세의 절경이 펼쳐진다. 이 근처의 암석은 화산암으로 해안 침식으로 인해 평탄해진 녹색 얼룩 암반이 에도 시대 말기에 귀신처럼 해상으로 솟아올랐는데, 수백 명이 참석하는 연회를 해안에서 열 수 있을 정도의 넓이라서 '센조시키'*라 불린다. 또 그 암반의 군데군데가 둥글게 파여 바닷물이 고여 있어서 마치 술을 가득 따른 술잔 같

154

은 형태라서 '술잔 늪'이라고 불리는데, 지름 1,2척 정도의 커다란 구멍을 모두 술잔으로 여긴 것을 보면 대단한 술꾼이 이름을 붙였음에 틀림없다. 이 근처 해안에는 기암괴석이 솟아 있고 거친 파도에 끊임없이 씻기고 있다, 라는 식으로 명소 안내서처럼 쓸 수 있겠지만, 소토가하마 북단처럼 이상스러운 끔찍함은 없다. 말하자면 전국 도처에 있는 평범한 '풍경'이어서 쓰가루 특유의 타 지방 사람이 이해하기 어려운 분위기는 없다. 다시 말해 평범한 것이다. 사람들의 눈길을 받아서 밝게 길들여진 것이다. 다케우치 운페이 씨는 『아오모리 현 통사』에서, 이 지역 남쪽은 옛날부터 쓰가루 영토였던 것이 아니라 아키타 영토였던 것을 1606년에 이웃 번의 사타케 씨와 담판을 지어 쓰가루 영토로 편입시켰다는 기록도 있다고 한다. 단지 떠돌이 여행자의 무책임한 직감만으로 이야기하면 역시 이 근처부터는 왠지 모르게 쓰가루가 아닌 것 같은 느낌이 든다. 쓰가루의 불행한 운명은 이곳에는 없다. 쓰가루 특유의 '요령 없음'은 이미 이 근처에는 없다. 산수(山水)만을 보아도 알 수 있을 것 같다. 모두 아주 총명하다. 이른바 문화적이다. 바보스러운 거만함을 갖고 있지 않다. 오토세에서 40분 정도면 후카우라에 도착하지만, 이 포구도 지바 해안의 어촌에서 흔히 볼 수 있는 절대로 나서려고 하지 않는 얌전하고 온화한 표정, 나쁘게 말하면 영리하고 약삭빠른 표정으로 여행자를 맞이한다. 다시 말해 여행자에게 전혀 무관심하다. 나는 후카우라의 이러한 분위기를 후카우라의 결점으로 소개하는 것은 결코 아니다. 그런 표정이라도 짓지 않으

---

* 다다미 천 장을 깔아놓은 곳.

면 사람들은 이 세상을 살아갈 수 없지 않을까 싶다. 이것은 성장한 어른의 표정일지도 모른다. 왠지 모르게 자신감이 바닥 깊이 가라앉아 있다. 쓰가루 북부 지방에서 받은 어린이 같은 발버둥은 없다. 쓰가루 북부는 설익은 야채 같지만 이곳은 이미 푹 삶겨 있다. 아아! 그렇다. 이렇게 비교해보면 잘 알 수 있다. 쓰가루 오지 사람들은 진짜로 역사에 자신감이 없다. 전혀 없다. 따라서 무턱대고 어깨에 힘을 주고 "천한 놈이다"라는 식으로 남의 험담만 하고 거만한 태도를 취할 수밖에 없는 것이다. 그것이 쓰가루의 반골 정신이 되고 완강함이 되고 난해함이 되어 슬프고 고독한 숙명을 빚어냈는지도 모른다. 쓰가루인들이여! 얼굴을 들고 웃어라. 르네상스 직전의 원기 왕성한 성장력을 이 지역에서도 느낀다고 단언하는 사람조차 있지 않은가! 장차 일본 문화가 조그맣게 형성되어버려 막다른 곳에 이르렀을 때, 쓰가루 지방의 커다란 잠재력이 일본에게 어느 정도로 희망을 줄 것인지를 밤새 곰곰이 생각해보라고 하면, 금방 '그래, 그렇지!' 하면서 부자연스럽게 으스댈 것이다. 남이 부추겨서 얻은 자신감 따위는 아무 도움이 되지 않는다. 아직 미개발이라 믿으며 조금 더 노력을 계속해나가자.

후카우라 마을은 현재 인구가 5천 정도이고 옛 쓰가루령 서해안 남단의 포구이다. 에도 시대에는 아오모리, 아지가사와, 주산 등과 함께 4대 포구의 행정관이 있던 곳으로 쓰가루 번의 가장 중요한 포구 가운데 하나이다. 언덕 사이에 조그만 만이 형성되어 있어 수심은 깊지만 파도는 잔잔하고, 아즈마 해안의 기암, 벤텐 섬, 유키아이 갑 등 해안 명소들이 모여 있다. 조용한 마을이다. 어부의 집 마당에는 크고 훌륭한 잠수복을 거꾸로 매달아 말리고 있다. 무언가 포기하고 밑바닥에 가라앉아 있는 느낌이 든다. 역으로부터 곧바로 나 있는 외길을 지나면 마을 변두리에 엔가쿠 사의 인왕문이 있다. 이 절의 약사당은 국보로 지정되어 있다고 한다. 나는 그곳을 참배하고는 후카우라를 떠나려고 생각했다. 완성되어 있는 마을은 여행자에게 쓸쓸한 느낌을 주는 것이다. 해안에 내려가 바위에 앉아 '어떻게 할까' 하고 많이 고민했다. 아직 해는 남아 있었다. 도쿄의 판잣집에 있는 아이가 문득 생각났다. 가능하면 생각하지 않으려고 했지만 마음의 공허함이라는 틈새로 아이의 모습이 파고든다. 일어나서 마을 우체국에 가서 엽서 한 장을 사서 도쿄의 집으로 짧은 편지를 보냈다. 아이는 백일해를 앓고 있었다. 그리고 그 아이의 엄마는 곧 둘째를 낳을 것이다. 참을 수가 없어서 눈에 띄는 아무 여관에나 들어가 더러운 방으로 안내를 받자마자 각반을 풀면서 "술을" 하고 말했다. 곧 밥상과 술이 나왔다. 의외로 빨랐다. 나는 그 빠름에 조금 구제받았다. 방은 더럽지만 밥상에는 도미와 전복으로 만든 여러 가지 요리가 풍성하게 차려져 있었다. 도미와 전복이 이 지역 특산물인 것 같았다. 술을 두 병 마셨지만 아직 자기에는 이르다. 쓰가루에 온 이래로 사람들에게 접대를 받기만 했는데 오늘은 혼자서 술을 실컷 마셔볼까 하는 쓸데없는 생각을 하고는, 조금 전에 밥상을 가져온 열두세 살 난 소녀를 복도에서 붙들고 "술 더 없나?" 하고 물으니 "없습니다"라고 한다. "어디 달리 마실 곳은 없나?" 하고 물으니 "있습니다" 하고 즉시 대답했다. 안심하고 "술집은 어디지?" 하고 물어서 가르쳐준 대로 가보니, 의외로 아담하고 깨끗한 요정이었다. 2층의 다다미 열 장 정도의 바다가 보이는 방에 안내되어, 쓰가루식 옻칠을 한 탁자에 책상다리를 하고 앉아 "술, 술" 하고 말했다. 술만 금방 가져왔다. 이것도 고마웠다. 대부분은 요리에 시간이 걸려서 손님을 우두커니 기다리게 하는데, 40대의 앞니가 없는 아주머니가 술병만 들고 금방 왔다. 나는 이 아주머니한테서 후카우라의 전설이나 들을까 하고 생각했다.

"후카우라의 명소는 어딘가요?"

"관음상은 참배를 하셨습니까?"

"관음상? 아! 엔가쿠 사의 관음상을 말하는가. 참배했지." 이 아주머니에게서 무언가 옛날이야기를 들을 수 있을지도 모른다고 생각했다. 그런데 그 자리에 뚱뚱하게 살찐 젊은 여자가 나타나서 묘하게 아니꼬운 농담 등을 던지는 게 너무 싫어서 남자답게 솔직히,

"당신, 부탁이니 밑으로 내려가주지 않을래" 하고 말했다. 독자에게 충고한다. '남자는 요정에 가서 솔직하게 말하면 안 된다.' 비참한 꼴을 당했다. 그 젊은 여종업원이 뾰로통해져서 일어나자 아주머니도 일어나서 두 사람이 같이 사라졌다. 한 사람이 방에서 쫓겨났는데 또 한 사람이 가만히 앉아 있는 것은 친구 간의 의리로 있을 수 없는 일 같았다. 나는 그 넓은 방에서 홀로 술을 마시며 후카우라 항구의 등대를 바라보며 더욱 여수를 느끼다가 여관으로 돌아왔다. 다음날 아침, 혼자서 쓸쓸한 기분으로 아침밥을 먹고 있는데, 주인이 술병과 작은 접시를 들고 와서,

"당신은 쓰시마 씨죠?" 하고 말했다.

"예." 나는 숙박부에 필명인 다자이로 적어두었다.

"그렇죠! 아무래도 닮았다고 생각했어요. 나는 당신의 형인 에이지

와 중학교 동기생인데, 다자이라고 숙박부에 적혀 있어 몰랐지만, 아무래도 너무 닮아서."

"하지만 그것은 가짜 이름은 아닙니다."

"예, 예. 그것도 알고 있어요. 이름을 바꾸어 소설을 쓰는 동생이 있다는 이야기를 들었습니다. 어제 저녁에는 실례했습니다. 자, 술을 드세요. 이 접시에 있는 것은 전복 내장 젓갈인데 술안주로는 아주 좋아요."

나는 밥을 먹은 후 젓갈을 안주로 술 한 병을 마셨다. 젓갈은 맛있었다. 정말로 좋은 것이었다. 이렇게 쓰가루 끝까지 와서도, 역시 형들 세력권의 영향을 받고 있다. 결국 나 혼자 힘으로는 아무것도 할 수 없다는 것을 자각하자 진미(珍味)도 한층 더 사무치는 것이었다. 말하자면 내가 쓰가루 땅 남쪽 끝 항구에서 얻은 것은 형들의 세력 범위를 알게 되었다는 것뿐인 채, 멍하니 다시 기차에 올랐다.

아지가사와. 나는 후카우라에서 돌아오는 길에 이 오래된 포구에 들렀다. 이 마을 부근이 쓰가루 서해안의 중심지로 에도 시대에는 상당히 번성한 포구였는데 쓰가루 쌀 대부분이 여기에서 반출되었다. 또 오사카행 무역선의 발착지이기도 했고 수산물도 풍부해서 이곳 해안에서 잡힌 생선은 성 앞마을은 물론이고 널리 쓰가루 평야 각지의 밥상을 풍성하게 했을 것이다. 그렇지만 지금은 인구도 4500 정도로 기즈쿠리, 후카우라보다 적고 왕년의 번성했던 위력을 잃어가고 있는 것 같았다. 아지가사와라고 해서 옛날 한때, 틀림없이 좋은 전갱이들이 많이 잡혔나 하는 생각도 들지만, 내가 어렸을 때도 이곳의 전갱이 이야기는 전혀 듣지 못했고 단지 도루묵만은 유명했다. 도루묵은 요즈음 도쿄에서도 가끔씩 배급되고 있어서 독자도 알고 있겠지만, 鰰 또는 鱩라는 한자를 쓰고 비늘이 없는 대여섯 치 정도의 생선으로 바다의 은어라고 생각하면 될 것이다. 서해안 특산물인데 아키타 지방이 오히려 본고장인 것 같다. 도쿄 사람들은 기름져서 싫다고 하는 것 같지만 우리는 아주 담백하게 느낀다. 쓰가루에서는 신선한 도루묵을 연한 간장으로 조려서 통째로 먹는데 20,30마리를 쉽게 해치우는 사람도 흔하다. 도루묵 모임이라는 것이 있어서 가장 많이 먹은 사람에게 상품을 준다는 이야기도 종종 들린다. 도쿄의 도루묵은 신선하지 않고 그 요리법도 모르니까 더욱 맛없게 느껴질 것이다. 하이쿠의 『세시기(歲時記)』* 등에도 도루묵이 실려 있는 것 같고 또 도루묵의 맛은 담백하다는 에도 시대 하이카이 시인의 작품을 읽은 기억도 있으니까, 아마도 에도 시대 마니아들에게는 진미였을지도 모르겠다. 어쨌든 도루묵을 먹는 것은 쓰가루의 겨울 화롯가에서 맛보는 즐거움 중 하나였다. 나는 도루묵을 통해 어린 시절부터 아지가사와라는 지명을 알고 있었지만 그 마을을 보는 것은 이번이 처음이었다. 산을 등지고 있고 다른 한쪽은 바로 바다인 매우 긴 마을이었다. "시내 거리는 물건의 냄새구나"라는 본초**의 구가 생각나는 시큼한 냄새가 나는 묘하게 침체된 마을이었다. 강물도 걸쭉하게 흐려져 있다. 어딘가 지쳐 있다. 기즈쿠리 마을처럼 이곳에도 긴 '고모히'가 있지만 조금씩 부서지고 있어서 기즈쿠리 마을의 고모히 같은 서늘함이 없다. 그날도 아주 좋은 날씨였는데 햇살을 피해 고모히 밑을 걷고 있어도 이상하게

---

* 사계절을 나타내는 단어를 설명하고 그 단어가 들어간 예문을 모아놓은 하이쿠 관련 책.
** 바쇼의 제자.

숨 막히는 느낌이 들었다. 음식점이 많았다. 옛날 이곳에는 이른바 술집이 상당히 많았던 것 같았다. 지금도 그 영향인지 메밀국숫집이 네댓 채 늘어서 있고 요즘 사회 분위기에 맞지 않게 "쉬고 가세요"라며 지나가는 사람에게 호객행위를 하고 있다. 마침 점심때라서 나는 그 가게 가운데 한 곳에 들어가 쉬었다. 메밀국수와 구운 생선 두 접시에 40전이었다. 메밀국수 국물도 나쁘지는 않았다. 어쨌든 이 거리는 길다. 해변을 따라 나 있는 외길로 끝없이 같은 모양의 집이 아무런 변화도 없이 쭉 이어져 있다. 나는 1리 정도 걸은 느낌이 들었다. 간신히 마을 끝까지 갔다가 다시 돌아왔다. 마을의 중심가가 없다. 대부분의 마을에는 중심가가 어느 한 곳에 뭉쳐 있어, 그 마을을 지나치는 여행자도 '아아, 이 근처가 중심지구나!' 하고 느낄 수 있지만 아지가사와에는 그것이 없다. 부채의 사북*이 망가져 제각각 흩어져 있는 느낌이다. '이래서는 마을의 세력 다툼이 끊이지 않을 것이다'라는 드가식 정치 참견이 가슴속에서 오갈 정도로 어딘가 불안한 마을이었다. 이렇게 쓰면서도 나는 빙긋이 웃고 있는데, 후카우라이든 아지가사와이든 만약 내가 좋아하는 친구가 있어서 "야아, 잘 왔다" 하고 기쁘게 맞이하여 여기저기 안내하고 설명해주었다면, 별 생각 없이 나의 직감을 버리고 후카우라, 아지가사와야말로 쓰가루의 정수다 하고 감격에 찬 필치로 적었을지도 모르기에, 실제로 여행 인상기라는 것은 믿을 수 없다. 그러니 후카우라, 아지가사와 사람들이 만약 이 책을 읽더라도 가볍게 웃어넘기기를 바란다. 나의 인상기는 결코 본질적

---

* 부채의 살을 철하기 위해 박는 작은 못.

으로 당신들의 고향을 욕되게 할 정도의 권위도 무엇도 갖고 있지 않으니까.

아지가사와 마을을 떠나 또다시 고노 선을 타고 고쇼가와라 마을로 되돌아온 것은 그날 오후 두시였다. 나는 역에서 곧장 나카하타 씨* 집을 방문했다. 나카하타 씨에 대해서는 최근에 「귀거래」 「고향」 등 일련의 작품에서 자주 언급했으므로 여기서는 굳이 반복하지 않겠지만, 나의 20대에 있었던 여러 가지 단정치 않은 행동의 뒤처리를 조금도 싫은 내색 없이 해준 은인이다. 오래간만에 본 나카하타 씨는 애처로울 정도로 아주 늙어 있었다. 작년에 병을 앓고 나서 이렇게 야위었다고 한다.

"시대가 변했군! 자네가 이런 모습으로 도쿄에서 찾아오다니 말일세!" 하며 그래도 기쁜 듯이 나의 거지 같은 모습을 찬찬히 바라보고 "앗! 양말에 구멍이 났네!" 하며 서랍장에서 좋은 양말을 하나 꺼내 주었다.

"지금부터 하이카라초에 가려고 하는데요."

"아, 그것 좋지. 갔다 와. 그러면 게이코, 안내를." 나카하타 씨는 눈에 띄게 야위었지만 성급한 성격은 여전히 옛날 그대로였다. 고쇼가와라의 하이카라초에는 이모님 가족이 살고 있다. 나의 유년 시절에는 그 마을이 하이카라초라는 이름이었지만 지금은 오마치인지 무엇인지, 다른 이름인 것 같다. 고쇼가와라 마을에 대해서는 서편(序編)에서 적었지만 이곳에는 어린 시절 추억이 많다. 네댓 해 전, 나는

---

* 포목상으로 다자이의 큰형 분지의 부탁을 받아 1930년, 동반자살 미수 사건의 뒤처리를 한 이후, 다자이를 감독하고 보살폈다.

고쇼가와라의 모 신문에 다음과 같은 수필*을 발표했다.

이모가 고쇼가와라에 계셔서 어릴 때부터 자주 놀러 갔습니다. 아사히 극장의 개장 공연도 보러 갔습니다. 초등학교 3, 4학년 무렵 이었다고 생각합니다. 아마도 토모에몬이었을 것입니다. 우메노요 시베에**는 울었습니다. 회전 무대라는 것을 그때, 처음 보고 엉겁결에 일어났을 정도로 놀랐습니다. 아사히 극장은 그 후 얼마 되지 않아 화재로 전소되었습니다. 그때 타오른 불꽃이 가나기에서도 분명하게 보였습니다. 영사실에서 발화했다고 합니다. 그리하여 영화를 보던 초등학생 10여 명이 불타 죽었습니다. 영사 기술자가 벌을 받았습니다. '과실상해치사'라는 죄명이었습니다. 어린 마음에도 왠지 모르게 그 기사의 죄명과 운명을 잊을 수가 없었습니다. 아사히 극장이라는 이름이 '불(火)'이라는 글자와 관계가 있어서 불이 났다고 하는 소문도 들었습니다. 20년이나 전의 일입니다.

일고여덟 살 때, 고쇼가와라의 번화가를 걸어가다가 시궁창에 빠졌습니다. 꽤 깊어서 물이 턱까지 왔습니다. 3척 정도 되었던 것 같습니다. 밤이었습니다. 위에서 남자가 손을 뻗어 그것을 잡았습니다. 끌어올려져 구경꾼이 보는 가운데 알몸이 되어서 정말로 난처했습니다. 마침 헌 옷 가게 앞이어서 그 집의 헌 옷을 급히 입었습니다. 여자아이 옷이었습니다. 허리띠도 녹색의 어린이용이었습니

---

* 「고쇼가와라」의 전문.
** 일본 전통극의 등장인물. 1689년에 처형된 오사카의 우메시부키치베에라는 살인범을 모델로 하여 의협가로 각색함.

다. 아주 부끄러웠습니다. 이모가 새파랗게 질려서 달려왔습니다. 나는 이모에게 귀여움을 받으며 자랐습니다. 남자다운 용모가 아니어서 여러모로 사람들에게 놀림을 당해 성격이 비뚤어져 있었는데, 이모만이 나를 멋진 남자라고 말해주었습니다. 다른 사람이 내 용모에 대해 험담을 하면 이모는 정말로 분노했습니다. 모두 먼 옛날의 추억이 되었습니다.

나카하타 씨의 외동딸 게이코와 함께 집을 나와서,

"이와키 강을 한번 보고 싶은데, 여기서 멀어?"

바로 근처라고 한다.

"그러면 데려다줘."

게이코의 안내로 마을을 반 정도 걸었을까 하고 생각하자 벌써 큰 강이다. 어릴 때, 이모를 따라 이 강가에 여러 번 온 기억이 있지만 조금 더 마을에서 멀었던 것으로 기억한다. 어린이의 발걸음으로는 이 정도 거리라도 아주 멀게 느껴졌을 것이다. 게다가 나는 집 안에만 있어서 밖으로 나가는 것이 두려웠고 외출할 때는 현기증이 날 정도로 긴장했으니까 더욱더 멀게 느껴졌을 것이다. 다리가 있다. 이것은 기억과 그리 다르지 않고 지금 봐도 역시 똑같이 긴 다리이다.

"이누이 다리라고 부르지?"

"네, 그래요."

"이누이는 어떤 글자였지? 방향을 뜻하는 이누이(乾)였나?"

"글쎄요, 그렇겠죠." 웃고 있다.

"자신 없음, 이니? 어떻든 상관없어. 건너보자."

나는 한 손으로 난간을 쓰다듬으며 천천히 다리를 건넜다. 멋진 풍경이다. 도쿄 근처의 강 중에서는 아라카와 방수로와 가장 비슷하다. 강변의 녹색 풀에서 아지랑이가 피어올라, 어쩐지 눈이 핑핑 도는 것 같다. 그리고 이와키 강이 희게 빛나면서 강변 양쪽의 녹색 풀을 핥으면서 흘러가고 있다.

"여름에는 이곳으로 모두가 저녁에 더위를 식히러 모여요. 달리 갈 곳도 없고."

고쇼가와라 사람들은 놀기 좋아하니 아마도 매우 흥청거렸을 것이라고 생각했다.

"저것이 이번에 만들어진 진혼당이에요." 게이코는 강 상류 쪽을 가리키며 "아버지의 자랑거리 진혼당"이라고 웃으면서 작은 목소리로 덧붙였다.

상당히 훌륭한 건물처럼 보였다. 나카하타 씨는 재향군인회 간부이다. 진혼당 개축공사 때는 여느 때처럼 의협심을 발휘하여 열심히 뛰어다녔음에 틀림없다. 다리를 다 건넜기에 우리는 다리 부근에 서서 잠시 이야기를 나누었다.

"사과는 이제 솎아베기 하지? 조금씩 베어내고, 베어낸 다음에 감자인지 무엇인지를 심는다는 이야기를 들었는데."

"토지에 따라서가 아닐까요. 이 부근에서는 아직 그런 이야기는."

큰 강의 제방 아래에 사과 과수원이 있고 흰 꽃이 만개해 있다. 나는 사과나무의 꽃을 보면 가루분 냄새가 느껴진다.

"게이코가 상당히 많은 사과를 부쳐주었지. 이번에 서양자를 맞이한다지?"

"예." 조금도 주눅이 들지 않고 진지하게 수긍했다.

"언제? 얼마 남지 않았어?"

"모레요."

"응?" 나는 놀랐다. 그렇지만 게이코는 마치 남의 일처럼 태연하다. "돌아가자. 바쁠 텐데."

"아니요, 전혀." 아주 침착하다. 외동딸이라서 양자를 얻어 대를 잇고자 하는 사람은 '나이는 비록 열아홉, 스물 언저리로 어리지만 역시 어딘가 다르구나' 하고 은근히 감탄했다.

"내일 고도마리에 가서," 뒤돌아서 또 긴 다리를 건너면서 다른 이야기를 했다. "다케를 만나려고 생각하고 있어."

"다케? 그 소설에 나온 다케 말이에요?"

"응. 그래."

"기뻐하겠죠!"

"어떨까? 만날 수 있으면 좋으련만."

이번에 내가 쓰가루에 와서 꼭 만나고 싶은 사람이 있다. 나는 그 사람을 나의 어머니라고 생각하고 있다. 30년 가까이 만나지 않았지만 그 사람의 얼굴을 잊을 수가 없다. 내 일생은 그 사람에 의해 결정되었다고 해도 좋을지 모르겠다. 다음은 소설 「추억」의 일부분이다.

일고여덟 살 때의 추억은 분명하게 기억하고 있다. 나는 다케라는 가정부에게 책 읽는 법을 배워서 둘이서 함께 여러 가지 책을 읽었다. 다케는 내 교육에 열중했다. 나는 병약한 몸이라 누워서 많은 책을 읽었다. 읽을 책이 없어지면 다케는 마을의 일요 학교 등에서 어린이 책을 연달아 빌려와서 읽게 했다. 나는 묵독하는 법을 알고 있어서 아무리 책을 읽어도 지치지 않았다. 다케는 또 나에게 도덕을 가르쳤다. 종종 절에 데려가서 지옥과 극락의 그림 액자를 보여주고 설명했다. 불을 낸 사람은 빨간 불이 활활 타고 있는 상자를 짊어지고 있었고 첩을 둔 사람은 머리가 둘인 뱀에게 몸이 칭칭 감긴 채 괴로워하고 있었다. 피의 연못이랑 바늘 산, 무간지옥이라고 하는 흰 연기가 가득 차 있어 바닥을 알 수 없는 깊은 구멍이랑, 여기저기서 창백하게 야윈 사람들이 입을 작게 열고는 울부짖고 있었다. 거짓말을 하면 지옥에 떨어져서 이와 같이 괴물에게 혀를 뽑히게 된다는 이야기를 들었을 때는 무서워서 울음을 터뜨렸다.

그 절의 뒤편은 조금 높은 공동묘지였는데 황매화나무인지 다른 나무로 된 울타리를 따라 많은 불탑*이 숲처럼 늘어서 있었다. 불탑에는 보름달만 한 자동차 바퀴 같은 고리가 달린 것이 있었다. 그 고리가 달각달각하고 돌다가 이윽고 멈춰서 움직이지 않으면 그것을 돌린 사람은 극락으로 가고, 일단 멈추려고 하다가 다시 덜컹 하고 반대로 돌면 지옥에 떨어진다고 다케는 말했다. 다케가 돌리면 좋은 소리를 내면서 한바탕 돌고는 반드시 조용히 멈추지만 내가 돌리면 역회전을 하는 경우가 가끔 있었다. 가을이라고 기억하는데, 혼자서 절에 가서 모든 쇠고리를 돌려봤지만 모두 입을 맞춘 것처럼 달각달각하고 역회전을 하는 날이 있었다. 나는 울화통이 터지는 것을 억누르면서 몇십 번을 집요하게 돌렸다. 날이 저물어 나

---

* 솔도파(率堵婆/窣堵婆). 부처의 사리를 모시거나 절을 장엄하게 하기 위하여 쌓은 탑.

는 절망하면서 그 묘지를 떠났다. (중략) 이윽고 나는 고향의 초등학교에 들어갔는데 추억도 그와 함께 완전히 바뀐다. 다케는 어느새인가 사라졌다. 어느 어촌으로 시집을 갔다는데, 내가 그 뒤를 쫓아갈 것이라는 걱정 때문에 나에게는 아무 말도 하지 않고 갑자기 사라졌다. 그다음 해인가 오봉* 때, 다케는 우리 집에 놀러 왔지만 왠지 모르게 서먹서먹했다. 내 학교 성적을 물었다. 대답하지 않았다. 대신 누군가가 알려준 것 같았다. 다케는 "방심은 금물이에요"라고만 하고는 특별히 칭찬도 하지 않았다.

우리 어머니는 병약해서 나는 어머니 젖은 한 방울도 못 먹고 태어나자마자 곧바로 유모에게 넘겨졌다. 세 살이 되어 비틀비틀 걷게 되었을 때, 유모와 헤어지고 그 대신에 보모로 고용된 것이 다케였다. 밤에는 이모에게 안겨 잤지만 그 외에는 늘 다케와 함께 지냈다. 세 살부터 여덟 살까지 나는 다케에게 교육을 받았다. 그러던 어느 날 아침, 문득 눈을 떠서 다케를 불렀지만 오지 않았다. '아!' 하고 생각했다. 무언가를 직감한 것이다. 나는 큰 소리로 울었다. "다케가 없어, 다케가 없어" 하고 애절하게 울고는, 그로부터 2,3일간 흐느껴 울었다. 지금도 그때의 괴로움을 잊지 않고 있다. 그로부터 1년 정도 지나서 우연히 다케를 만났지만 다케는 이상하게 서먹서먹하게 대해 아주 원망스러웠다. 그 후로는 다케를 만난 적이 없다. 네댓 해 전에 〈고향에 보내는 말〉이라는 라디오방송을 의뢰받아 그때, 저 「추억」 속의 다

---

* 양력 8월 15일로 우리나라의 추석에 해당하는 명절.

케에 관한 부분을 낭독했다. 고향이라고 하면 다케가 생각나는 것이다. 다케는 그때, 내 낭독을 듣지 못한 것 같았다. 아무런 연락도 없었다. 그대로 오늘에 이르렀지만 이번에 쓰가루 여행을 떠날 때부터 나는 다케를 한번 만나고 싶다고 간절하게 바라고 있었다. 좋은 일은 나중으로 미룬다며 자제하는 것을 은근히 즐기는 취미가 나에게 있다. 나는 다케가 있는 고도마리 항구에 가는 것을 이번 여행의 마지막 여정으로 남겨둔 것이다. 아니, 고도마리에 가기 전에 고쇼가와라에서 곧바로 히로사키로 가서 히로사키 거리를 거닌 다음, 오와니 온천에도 가서 일박을 하고 마지막으로 고도마리에 가려고 생각했다. 그렇지만 도쿄에서 조금밖에 가져오지 않은 여비도 슬슬 떨어져가는 데다 여행의 피로도 쌓여, 이제부터 또 여기저기를 돌아다니는 것도 힘들어서 오와니 온천은 포기했다. 히로사키에는 나중에 도쿄로 돌아가는 도중에 잠시 들르기로 계획을 바꾸어 오늘은 고쇼가와라의 이모 집에서 머물고 내일 곧바로 고도마리로 가기로 결심했다. 게이코와 함께 하이카라초의 이모 집에 가보니 이모는 안 계셨다. 손자가 병으로 히로사키의 병원에 입원해 있어서 간병을 하러 갔다고 한다.

"당신이 온다는 것을 어머니가 알고는 꼭 만나고 싶으니 히로사키로 와달라는 전화가 있었어요." 사촌 누이가 웃으면서 말했다. 이모는 의사인 사람을 누이의 신랑으로 맞이하여 양자로 삼아 가업을 잇게 했다.

"아! 히로사키에는 도쿄에 돌아갈 때, 잠시 들르려고 생각하고 있으니까 병원에도 꼭 가겠습니다."

"내일은 고도마리의 다케를 만나러 간다고 합니다." 게이코는 여러 가지 준비로 바쁠 텐데도 집에 돌아가지 않고 느긋하게 우리와 같이 놀고 있다.

"다케를!" 사촌 누이는 진지한 표정으로 "좋은 생각이에요. 다케도 얼마나 기뻐할지 모르겠네요." 사촌 누이는 내가 다케를 지금까지 얼마나 그리워했는지를 아는 것 같았다.

"하지만 만날 수 있을지 어떨지?" 그것이 걱정이었다. 물론 사전에 약속을 한 것도 아니다. 고도마리의 고시노 다케. 단지 그것만을 의지하여 찾아가는 것이다.

"고도마리행 버스는 하루에 한 번이라고 들었는데" 하고 게이코가 일어나서 부엌에 붙어 있는 시간표를 보고, "내일 첫 기차로 이곳을 출발하지 않으면 나카사토에서 버스를 탈 수 없어요. 중요한 날에 늦잠을 자지 않도록." 자신의 중요한 날은 완전히 잊어버린 것 같았다. 여덟시 첫차로 고쇼가와라를 출발해서 쓰가루 철도로 북상하여 가나기를 통과, 쓰가루 철도의 종점인 나카사토에 아홉시에 도착, 그로부터 고도마리행 버스를 타고 약 두 시간. 내일 점심때까지는 고도마리에 도착할 수 있다는 가망이 보였다. 날이 저물어 게이코가 겨우 집으로 돌아간 직후에 선생님(우리는 의사인 양자를 옛날부터 고유명사처럼 그렇게 부르고 있다)이 병원에서 돌아와 그때부터 술을 마시면서 그다지 쓸데없는 이야기로 밤을 새웠다.

다음날 아침, 사촌 누이가 깨워서 급히 밥을 먹고 정거장으로 달려가 간신히 첫차를 탔다. 오늘도 아주 좋은 날씨이다. 내 머리는 몽롱하다. 숙취 때문이다. 하이카라초의 집에는 무서운 사람이 없으므로 전날 밤, 조금 많이 마신 것 같다. 구슬땀이 흥건하게 이마에서 솟아

났다. 상쾌한 아침 햇살이 기차 안으로 비쳐 드는데 나 혼자만 혼탁하고 오염되어 썩어 있는 것 같아 도저히 견딜 수 없는 기분이다. 이러한 자기혐오를 과음한 다음에는 반드시, 어쩌면 수천 번 반복해서 경험하면서도 아직도 술을 끊으려는 기분이 들지 않는 것이다. 술꾼이라는 약점 때문에 나는 어쨌든 사람들에게 업신여김을 당하고 있다. '세상에 술이 없었다면 어쩌면 성인이 되지 않았을까!' 하고 바보스러운 생각을 정말로 진지하게 하면서 멍하니 창밖의 쓰가루 평야를 바라보았다. 이윽고 가나기를 지나 아시노 공원이라는 건널목 초소 정도의 작은 역에 도착했다. 가나기 촌장이 도쿄로부터 귀경하던 길에 우에노에서 아시노 공원까지 가는 차표를 사려다가 그런 역은 없다는 말을 듣고 화가 나서, "쓰가루 철도의 아시노 공원을 모르는가!" 하고는 역원에게 30분이나 조사시켜 마침내 아시노 공원 차표를 샀다는 옛날 일화가 떠올랐다. 생각난 김에 창에서 머리를 내밀어 그 작은 역을 보니, 지금 막 구루메가스리를 입은 젊은 아가씨가 큰 보자기 두 개를 양손에 들고 차표를 입에 문 채 개찰구로 달려와서 눈을 가볍게 감고 개찰구의 예쁜 소년 역원에게 얼굴을 가만히 내밀었다. 그러자 소년도 사정을 이해하고는 그 새하얀 이빨 사이에 끼여 있는 빨간 차표를 마치 숙련된 치과 의사가 앞니를 뽑는 것 같은 손놀림으로 요령 있게 '탁' 하고 가위로 잘랐다. 소녀도, 소년도 전혀 웃지 않는다. 당연한 것처럼 태연하다. 소녀가 기차를 타자마자 덜컹 하고 출발했다. 마치 기관사가 그 소녀가 타기를 기다리고 있었던 것 같았다. 이런 태평스러운 역은 전국에서도 예가 없을 것이다. 가나기 촌장은 이번에 또, 우에노 역에서 더욱 큰 목소리로 아시노 공원이라고 외쳐도 좋다고 생각했다. 기차는 낙엽수 숲 속을 달린다. 이 근처는 가나기 공원이다. 늪이 보인다. 갈대 호수라는 이름이다. 이 늪에 형은 옛날, 유람보트를 한 척 기증했다. 금방 나카사토에 도착했다. 인구 4천 정도의 작은 읍이다. 이 근처에서 쓰가루 평야는 폭이 좁아지고 그 북쪽의 우치가타, 아이우치, 와키모토 등의 마을에 이르면 논도 눈에 띄게 줄어드니, 여기가 쓰가루 평야의 북쪽 관문이라고 해도 좋을지 모른다. 나는 어린 시절에 이곳의 가나마루라는 친척의 옷가게에 놀러 온 적이 있는데 네 살 정도였을까, 마을 변두리의 폭포 이외에는 아무런 기억도 남아 있지 않다.

"슈!" 하고 불러서 뒤를 돌아보니 방금 이야기한 가나마루 댁 따님이 웃으면서 서 있다. 나보다 한두 살 연상일 터인데 그다지 늙지 않았다.

"오래간만이야. 어디로?"

"이야! 고도마리에." 나는 빨리 다케를 만나고 싶어서 다른 것은 건성이었다. "이 버스로 간다. 그러면 실례."

"그래! 돌아오는 길에 우리 집에도 들러줘. 이번에 저 산 위에 새로 집을 지었으니까."

가리킨 쪽을 보니 역에서 오른쪽 녹색 야산 위에 새집 한 채가 서 있다. 다케의 일만 없었다면 나는 소꿉동무와의 우연한 만남을 기뻐하며 신축한 집에도 틀림없이 들러서 천천히 나카사토에 관한 이야기를 들었겠지만, 여하튼 촌각을 다투는 것처럼 별 의미 없이 마음만 조급해서 "자, 다음에"라며 적당하게 이별하고 즉시 버스에 올랐다. 버스는 꽤 붐볐다. 나는 고도마리까지 두 시간을 서 있었다. 나카사토 북쪽은 내가 태어나서 처음 보는 땅이다. 쓰가루의 먼 조상이라는 안도 씨 일족이 이 근처에 살았으며 주산 항구의 번영에 대해서는 앞서 적었지만, 쓰가루 평야 역사의 중심은 이 나카사토와 고도마리 사이에 있었던 것 같다. 버스는 산길을 오르며 북으로 간다. 길이 나빠서 상당히 심하게 흔들린다. 나는 선반의 봉을 꽉 잡고 등을 구부려서 버스 창밖으로 바깥 풍경을 본다. 역시 북부 쓰가루이다. 후카우라 등의 풍경과 비교해도 아무래도 거칠다. 사람의 살 냄새가 전혀 없다. 산의 나무도 들장미도 조릿대도 인간과 관계없이 자라고 있다. 동해안의 닷피와 비교하면 훨씬 부드럽지만 이 주변의 초목 역시 '풍경' 일보 직전의 것으로 여행자와는 전혀 대화를 하지 않는다. 이윽고 주산 호수가 냉랭한 모습으로 하얗게 눈앞에 펼쳐진다. 연한 진주조개에 물을 채운 것 같은 기품은 있지만 허무한 느낌의 호수이다. 물결은 전혀 없다. 배도 떠 있지 않다. 조용하지만 상당히 넓다. 사람에게서 버림받은 고독한 물 덩어리다. 흘러가는 구름도, 날아가는 새 그림자도 이 수면에는 비치지 않는다는 느낌이다. 주산 호수를 지나니 곧이어 일본해가 나온다. 이 근처부터는 슬슬 국방상 중요한 곳이므로 앞에서처럼 이후로는 자세한 묘사는 하지 않겠다. 정오 조금 전에 나는 고도마리 항에 도착했다. 여기는 혼슈 서해안의 최북단에 있는 항구이다. 이 북쪽의 산을 넘으면 금방 동해안의 닷피이다. 서해안의 마을은 여기가 마지막이다. 말하자면, 나는 고쇼가와라 근처를 중심으로 시계추처럼 옛 쓰가루 영토의 서해안 남단의 후카우라 항에서 훌쩍 되돌아와서, 이번에는 단숨에 같은 해안의 북단인 고도마리 항까지 와버린 것이다. 여기는 인구 2500 정도의 보잘것없는 어촌이지만 중고시대*

부터 이미 다른 지역 선박의 출입이 있었고, 특히 홋카이도를 왕래하는 배가 강한 동풍을 피할 때에는 반드시 이 항구에 들어와 임시로 정박했다고 한다. 에도 시대에는 근처의 주산 항구와 함께, 쌀과 목재의 반출이 왕성하게 이루어졌다는 사실은 이미 여러 번 적었다. 지금도 이 마을의 선착장만큼은 마을에 어울리지 않게 아주 훌륭하다. 논은 마을 변두리에 정말 조금 있을 뿐이지만, 수산물은 상당히 풍부한 것 같으며 쥐노래미, 오징어, 정어리 등의 어류 외에 다시마, 미역 등의 해초도 많이 난다고 한다.

"고시노 다케라는 사람을 아십니까?" 버스에서 내려 그 부근을 걷던 사람을 붙들고 곧바로 물었다.

"고시노 다케입니까?" 국민복을 입은 '관공서 사람이 아닌가' 하고 생각되는 중년 남자가 고개를 갸우뚱거리며 "이 마을에는 고시노라는 성을 가진 집이 많아서."

"전에 가나기에 살았던 적이 있습니다. 그리고 지금은 쉰 정도의 사람입니다." 나는 필사적이었다.

"아아! 알겠습니다. 그 사람이라면 있습니다."

"있습니까! 어디에 있습니까? 집은 어느 부근입니까?"

나는 가르쳐준 대로 걸어가서 다케의 집을 찾았다. 세 간 정도의 아담한 철물점이다. 도쿄의 내 초가집보다 열 배는 훌륭하다. 가게에는 커튼이 쳐져 있다. '글렀다' 하고 생각하고 입구의 유리문으로 다가갔더니 예상대로 문은 작은 열쇠로 꼭 잠겨 있었다. 다른 유리문에도 손

---

* 헤이안 천도(794년)로부터 가마쿠라 막부 성립(1192년)까지의 약 400년간.

을 대어보았지만 모두 다 단단히 잠겨 있었다. 부재중이다. 나는 어찌할 바를 몰라 전전긍긍하며 땀을 닦았다. 이사하지는 않았겠지! 어딘가에 잠시 외출했을까? 아니 도쿄와 달라서 시골에서는 잠깐 외출하는 데 가게의 커튼을 치고 문을 잠그는 일은 없다. 2,3일 혹은 영원한 외출인가! '이제 끝이다.' 다케는 어느 다른 마을로 외출한 것이다. 있을 수 있는 일이다. 집만 알아내면 된다고 생각했던 내가 바보였다. 나는 유리문을 두드리며 "고시노 씨! 고시노 씨!" 하고 불러보았지만 애당초 대답이 있을 리 만무했다. 한숨을 쉬면서 그 집에서 물러나 대각선으로 조금 떨어져 있는 담배 가게에 들어가서 "고시노 씨 집에는 아무도 없는 것 같은데 행선지를 아세요?" 하고 물었다. 그 집의 몹시 마른 할머니는 "운동회에 갔겠죠" 하고 아무렇지 않게 대답했다. 나는 용기를 내어,

"그런데 운동회는 어디에서 하고 있나요? 이 근처입니까? 아니면."

바로 근처라고 한다. 이 길을 곧장 가면 논이 나오는데 그곳에 학교가 있고 운동회는 학교 뒤편에서 하고 있다고 한다.

"오늘 아침, 찬합을 들고 아이와 함께 갔습니다."

"그렇습니까? 고마워요."

가르쳐준 대로 가니 과연 논이 있고 논두렁을 따라가니 모래언덕이 나오고 그 모래언덕 위에 초등학교가 서 있다. 그 학교 뒤편으로 돌아가서는 나는 멍해졌다. 그야말로 꿈을 꾸는 것 같은 기분이었다. 혼슈 최북단 어촌에서 옛날과 변함없는 슬플 정도로 아름답고 떠들썩한 축제가 지금 눈앞에서 펼쳐지고 있는 것이다. 먼저 만국기. 화려하게 옷을 차려입은 아가씨들. 여기저기 눈에 띄는 대낮의 취객들. 그리고 운

동장 주위에는 백 개 가까운 천막이 빈틈없이 들어서 있고, 아니 운동장 주위만으로는 장소가 부족했던지 운동장이 내려다보이는 조금 높은 언덕 위에까지 거적으로 하나씩 둘러싸서 천막을 세워놓았다. 그리고 지금은 점심 휴식시간인 듯, 그 백 채의 작은 집에서는 각각의 가족들이 찬합을 펼쳐서 어른들은 술을 마시고 아이들과 여자는 밥을 먹으면서 명랑하게 웃으며 이야기하고 있었다. 일본은 고마운 나라라는 것을 절실히 느꼈다. 분명히 해가 뜨는 나라라고 생각했다. 국운을 건 큰 전쟁 중에도 혼슈 북단의 시골에서는 이처럼 밝고 신비한 대연회가 열리고 있다. 고대 신들의 호탕한 웃음과 활달한 무용을 이 혼슈 벽지에서 직접 보는 것 같은 기분이 들었다. 바다를 건너고 산을 넘어 어머니를 찾아 3천 리를 걸어서 도착한 나라 끝자락의 모래언덕 위에서 화려한 제천 행사가 벌어지고 있었다는, 옛날이야기의 주인공이 된 기분이었다. 그런데 나는 이 명랑한 제천 행사의 군중 속에서 나를 키워준 부모를 찾아내야 한다. 헤어진 지 벌써 30년 가까이 된다. 눈이 크고 볼이 붉은 사람이었다. 오른쪽인지, 왼쪽 눈꺼풀 위에 작고 빨간 사마귀가 있었다. 그것만 기억하고 있다. 만나면 알 수 있다는 자신은 있었지만 이 군중 속에서 찾아내는 일은 어려울 것이라고 운동장을 둘러보면서 울상을 지었다. 어떻게 손을 댈 수가 없다. 단지 운동장 둘레를 어슬렁어슬렁 걸을 수밖에 없었다.

"고시노 다케라는 사람, 어디에 있는지 아세요?" 용기를 내어 한 청년에게 물었다. "쉰 정도이고 철물점의 고시노입니다만." 그것이 내가 아는 고시노에 관한 지식의 전부였다.

"철물점의 고시노." 청년은 생각하다가 "아! 건너편 저쪽 천막에 있는 것 같았어요."

"그렇습니까? 저쪽입니까?"

"글쎄요, 확실하게는 모르겠어요. 아마도 본 것 같은 느낌이 들지만, 음, 찾아보세요."

그 찾는 것이 보통 일이 아니다. 30년 만이라는 둥, 청년의 비위를 거스르게 하는 속내를 도저히 털어놓을 수가 없다. 나는 청년에게 인사를 하고 청년이 막연하게 가리킨 방향으로 가서 우물쭈물해보았지만 그렇게 해서 찾을 리가 없었다. 결국 나는 단란하게 점심식사 중인 천막 속으로 불쑥 얼굴을 집어넣고는,

"죄송합니다. 저, 실례지만 고시노 다케, 저 철물점의 고시노 씨 안 계십니까?"

"아니에요." 뚱뚱한 아주머니가 불쾌한 듯이 눈썹을 찡그리며 말했다.

"그렇습니까? 실례했습니다. 어딘가 이 근처에서 보시지 않으셨나요?"

"글쎄요. 잘 모르겠어요. 이렇게 사람이 많으니까요."

나는 또 다른 천막을 들여다보며 물었다. 모른다. 또 다른 천막. 마치 무언가에 홀린 것처럼 "다케는 안 계십니까? 철물점 다케는 안 계세요?" 하고 묻고 다니며 운동장을 두 바퀴나 돌았지만 찾지 못했다. 숙취로 갈증이 나서 학교 우물로 가서 물을 마신 다음 또 운동장으로 돌아와, 모래 위에 앉아서 점퍼를 벗고는 땀을 닦고 남녀노소의 행복한 흥청거림을 멍하니 바라보았다. 이 속에 있다. 분명히 있다. 지금쯤, 내가 이렇게 고생하는 것도, 아무것도 모르고 찬합을 열어 아이들

에게 먹이고 있을 것이다. 차라리 학교 선생님에게 부탁해서 메가폰으로 "고시노 다케 씨, 면회"라고 방송을 할까도 생각했지만 그런 폭력적인 수단은 아무래도 싫었다. 그런 과장되고 지나친 장난 같은 짓까지 해서 무리하게 자신의 기쁨을 추구하는 것은 싫다. 인연이 없는 것이다. 신이 만나지 말라고 하는 것이다. 돌아가자. 나는 점퍼를 입고 일어섰다. 또 논둑을 따라 걸어서 마을로 나왔다. 운동회가 끝나는 것은 네시경일까? 앞으로 네 시간, 이 근처 여관에서 쉬면서 다케의 귀가를 기다리면 되지 않을까. 그렇게도 생각했지만 그 네 시간 동안 여관의 더러운 방에서 쓸쓸히 기다리는 동안에 '이제 다케 따위는 어찌 되든 상관없다'는 식으로 화가 나지는 않을까? 지금 이 감정 그대로 다케를 만나고 싶다. 그러나 아무래도 만날 수가 없다. 다시 말해 인연이 없는 것이다. 여기까지 먼 길을 찾아와서 요 부근에 지금 있다는 사실을 분명하게 알고 있으면서도 만나지 못하고 돌아간다는 것도, 이제까지 요령이 나빴던 내 인생과 어울리는 일인지도 모른다. 내가 기뻐서 어찌할 줄 모르면서 세운 계획은 언제나 이렇게 반드시 엉망진창이 되어버린다. 나에게는 그런 모양새가 좋지 않은 숙명이 있는 것이다. '돌아가자. 생각해보면, 아무리 키워준 부모라고 하지만 솔직히 말하면 고용인이다. 가정부가 아닌가! 너는 가정부의 자식인가? 남자가 나이가 들어서 옛날 가정부가 그리워져 한번 만나고 싶다고 하니까 너는 틀려먹은 거야. 형들이 너를 천박하고 기개 없는 놈이라며 한심해하는 것도 무리는 아니야. 너는 형제들 중에서도 어째서 혼자서만 달리 이렇게 칠칠맞지 못하고 추접하고 저속하니? 정신 차려라!' 나는 버스 정류장에 가서 출발 시간을 물었다. 한시 30분에 나카사토행이 출발한다. 그것뿐으로 다음은 없다고 한다. 한시 30분 버스로 돌아가기로 결심했다. 겨우 30분 정도의 시간이 있다. 배도 약간 고파왔다. 정류장 근처 어둑한 여관에 들어가 "서둘러 점심을 먹고 싶은데" 하고 말하며, 또 마음속으로는 역시 미련 같은 것이 남아 '만약 이 여관의 인상이 좋으면 여기서 네시경까지 쉬다가' 등과 같은 생각도 했지만 거절당했다. "오늘은 집안사람들이 모두 운동회에 가서 아무것도 안 됩니다." 환자 같은 할머니가 안에서 힐끗 얼굴을 내밀고는 차갑게 대답했다. 드디어 돌아가기로 결정하고 버스 정류장 벤치에 앉아 10분 정도 쉬고는 일어나서 어슬렁어슬렁 근처를 걷다가, '그러면 다시 한 번 다케의 집 앞까지 가서 남몰래 이승에서의 작별 인사라도 하고 오자'며 쓴웃음을 지으면서 철물집 앞에 가서 문득 보니 입구의 자물쇠가 열려 있었다. 그리고 문이 약간 열려 있다. '하늘이 도우셨다!' 하고 용기백배, '드르륵' 하는 질 나쁜 표현을 사용하지 않으면 안 될 정도로 세차게 유리문을 열고는,

"실례합니다! 실례합니다!"

"예!" 하고 안에서 대답하고는 열네댓 살 먹은 교복을 입은 여자아이가 얼굴을 내밀었다. 나는 그 여자아이의 얼굴을 보고 다케의 얼굴을 분명하게 떠올렸다. 더 이상 조심스러움도 없이 토방 안쪽의 그 여자아이 옆에까지 다가가서,

"가나기의 쓰시마입니다"라고 이름을 밝혔다.

소녀는 "아!" 하고는 웃었다. 쓰시마 집안의 아이를 길렀다는 것을 다케는 자신의 아이들에게 말했는지도 모른다. 이미 그것만으로도 나와 그 여자아이 사이에는 남 같은 서먹서먹함이 사라졌다. 고마운 일

이라고 생각했다. 나는 다케의 아이다. 가정부의 아이든 어떻든 상관없다. 큰 소리로 말할 수 있다. "나는 다케의 아이다!" 형들에게 경멸당해도 좋다. 이 소녀와 형제다.

"야아! 잘됐다." 무심결에 그렇게 말하고는 "다케는 아직 운동회?"

"응." 소녀도 나에게 일말의 경계심도, 부끄러움도 없이 침착하게 고개를 끄덕이고는 "배가 아파서 지금 약을 가지러 돌아왔어." 미안한 이야기지만 배탈이 잘 났다! 배탈에 감사! 이 아이를 만났으니 이제 안심. 괜찮아! 다케를 만날 수 있다. 이제 어떤 일이 있더라도 이 아이를 붙잡고 놓아주지 않으면 된다.

"운동장에서 꽤 찾아다녔지만 발견하지 못했어."

"그래?" 하고는 고개를 약간 갸우뚱하고는 배를 눌렀다.

"아직 아프니?"

"약간."

"약은 먹었니?"

말없이 고개만 끄덕인다.

"많이 아프니?"

웃으면서 머리를 흔들었다.

"그러면 부탁이야. 나를 이제부터 다케에게 데려다줘. 너도 배가 아프겠지만 나도 멀리서 왔어. 걸을 수 있겠어?"

"응!" 하고 크게 끄덕였다.

"훌륭해, 훌륭해. 자 한번 부탁해."

"응, 응" 하고 두 번 이어서 고개를 끄덕이고 곧바로 토방에서 나와서 나막신을 신고 배를 누르고는 몸을 굽히면서 집에서 나왔다.

"운동회에서 달렸니?"

"달렸어."

"상은 탔니?"

"못 탔어."

배를 누르면서 내 앞에 서서 빨리빨리 걷는다. 또 논둑을 지나 모래 언덕으로 가서 학교 뒤편으로 돌아서 운동장 한가운데를 가로지른 후, 소녀는 종종걸음으로 한군데의 천막으로 들어갔고 대신에 금방 다케가 나왔다. 다케는 멍한 눈으로 나를 보았다.

"슈지다!" 나는 웃으면서 모자를 벗었다.

"어머나!" 그것뿐이었다. 웃지도 않는다. 진지한 표정이다. 그렇지만 곧 경직된 자세를 풀고 아무렇지 않게 이상하게 체념한 듯한 약한 어조로, "자, 들어와서 운동회를"이라고 하고는 자신의 천막으로 데려가서 "이리로 앉아요!"라며 옆에 앉혔다. 하지만 다케는 더 이상 아무 말도 하지 않고 단정하게 앉아서 월남치마에 감싸인 둥근 무릎 위에 양손을 올리고는 아이들이 달리는 것을 열심히 보고 있다. 그렇지만 나는 아무런 불만이 없다. 이제는 완전히 안심할 수 있었다. 다리를 쭉 펴고 멍하니 운동회를 보면서 가슴속에는 아무런 생각도 없었다. 이제는 어떻게 되어도 좋다는 식의, 아무런 근심도 걱정도 없는 상태였다. 평화란 이런 마음 상태를 말하는 것일까? 만약 그렇다면 나는 이때, 태어나서 처음으로 마음의 평화를 체험했다고 해도 좋을 것이다. 몇 년 전에 돌아가신 나의 생모는 기품 있고 온화한 멋진 어머니였지만 이와 같은 신비한 안도감을 주지는 않았다. 세상의 어머니라는 존재는 모두 자식들에게 이와 같은 달콤한 방심 상태의 휴식을 주는 것일까? 그렇다면 만사를 제쳐두고 효도를 하고 싶어지는 것임에 틀림없다. 이런 고마운 어머니라는 존재가 있는데도 병이 나기도 하고 게으름을 피우는 놈들의 마음을 알 수가 없다. 효도는 자연의 섭리이다. 윤리가 아니다.

다케의 볼은 역시 빨갛고 오른쪽 눈꺼풀 위에는 조그마한 양귀비씨만 한 빨간 사마귀가 분명히 있었다. 머리에는 새치도 섞여 있지만 그래도 지금 내 옆에 단정하게 앉아 있는 다케는 내 어린 시절의 다케와 조금도 다르지 않았다. 나중에 들었지만 다케가 우리 집에 일하러 와서 나를 업은 것은 내가 세 살, 다케가 열네 살 때라고 한다. 그로부터 6년간, 다케가 나를 기르고 교육했지만 내 기억 속 다케는 절대로 그런 젊은 아가씨가 아니라 지금 눈앞에 있는 다케와 조금도 다르지 않은 노숙한 사람이었다. 이것도 나중에 다케한테 들은 이야기지만 그날 다케가 맨 붓꽃 무늬의 감색 허리띠는 우리 집에서 일했을 때 매던 것이고 연한 보라색 고름도 역시 같은 시기에 우리 집에서 받은 것이라고 한다. 그 때문이었는지는 모르겠지만 다케는 내 기억과 똑같은 분위기로 앉아 있었다. 다케를 두둔해서겠지만 그녀는 이 어촌의 다른 아줌마들과는 전혀 다른 기품을 지닌 것처럼 느껴졌다. 손으로 짠 목면으로 지은 줄무늬 기모노와 같은 천으로 지은 월남치마를 입었는데 그 무늬는 세련된 것은 아니었지만 선택을 잘한 것 같았다. 어색하지 않다. 전체적으로는 무언가 강한 분위기를 지니고 있다. 나도 계속해서 잠자코 있었더니 잠시 후, 다케는 똑바로 운동회를 바라보며 어깨를 들썩이며 깊은 한숨을 내쉬었다. '다케도 마음이 편하지 않은 것이구나!' 하고 그때 비로소 깨달았다. 하지만 여전히 침묵을 지키고 있었다.

다케는 문득 생각난 것처럼,

"뭘 먹지 않을래?" 하고 나에게 말했다.

"아니." 정말로 아무것도 먹고 싶지 않았다.

"떡이 있어." 다케는 천막 구석에 치워져 있는 찬합에 손을 댔다.

"괜찮아요. 먹고 싶지 않아요."

다케는 가볍게 끄덕이고는 더 이상 권하려고도 하지 않고,

"고픈 게 떡이 아니지"라고 작은 목소리로 말하고는 웃었다. 30년 가까이 서로의 소식을 몰라도 내가 술꾼이라는 것은 확실하게 파악하고 있는 것 같았다. 신기한 일이다. 내가 히죽히죽 웃자, 다케는 이마를 찡그리고,

"담배도 피우지. 조금 전부터 줄담배를 피우고 있네. 다케는 너에게 책 읽는 것은 가르쳤지만 술이나 담배는 가르치지 않았는데!"라고 말했다. 방심은 금물이다. 나는 웃음을 그쳤다.

내가 진지한 표정을 짓자, 이번에는 다케가 웃으며 일어나면서,

"용왕님의 벚꽃을 보러 갈까. 어때?" 하고 권했다.

"네, 갑시다."

나는 다케의 뒤를 따라 천막 뒤편의 모래 산에 올랐다. 모래 산에는 제비꽃이 피어 있었다. 키가 작은 등나무 덩굴도 뻗어가고 있었다. 다케는 아무 말 없이 올랐다. 나도 아무 말도 하지 않고 어슬렁어슬렁 따라갔다. 모래 산 정상까지 올라간 다음, 천천히 내려가면 용왕님의 숲이 있고 그 숲 오솔길 군데군데에 겹벚꽃이 피어 있다. 다케는 갑자기 한 손을 와락 뻗어서 겹벚나무의 잔가지를 꺾어 들고 걸으면서 그

가지의 꽃을 쥐어뜯어 땅에 버리고는 멈춰 서더니, 기운차게 내 쪽으로 돌아서서는 갑자기 둑이 터진 것같이 달변을 쏟아냈다.

"오래간만이구나. 처음에는 몰랐어. 가나기의 쓰시마, 하고 우리 애가 말했지만 설마 하고 생각했지. 설마 오리라고는 생각지도 못했어. 천막에서 나와서 네 얼굴을 보고도 몰랐어. '슈지다'라는 말을 듣고 '어머나!' 하는 생각이 들자마자, 그때부터 말이 나오지 않았어. 운동회도 아무것도 보이지 않았어. 30년 가까이, 다케는 너를 만나고 싶어서 만날 수 있을까, 만날 수 없을까, 그것만 생각하면서 지냈는데. 이렇게 훌륭한 성인이 되어 다케를 만나고 싶어서 고도마리까지 먼 길을 왔구나 하고 생각하니, 고마운지 기쁜지 슬픈 것인지, 그런 것은 상관없어, 정말로 잘 왔다. 너희 집에 일하러 갔을 때, 너는 뒤뚱뒤뚱 걷다가는 넘어지고 뒤뚱뒤뚱 걷다가는 넘어지고 아직 잘 걷지 못했고, 밥을 먹을 때는 밥공기를 들고 이리저리로 돌아다니다가 창고 돌계단 아래에서 먹는 것을 가장 좋아했지. 다케에게 옛날이야기를 시키고는 다케의 얼굴을 뚫어져라 보면서 한 숟가락씩 먹어서 귀찮았지만 사랑스러웠는데, 그 아이가 이렇게 어른이 되었다니 꿈만 같구나! 가나기에도 가끔씩 갔지만 가나기의 거리를 걸으면서 어쩌면 네가 부근에서 놀고 있지는 않을까 하고, 너와 비슷한 또래의 남자아이를 한 명씩 한 명씩 쳐다보며 걸었단다. 잘 왔다!"라고 한마디 한마디 말할 때마다 손에 든 벚나무 가지의 꽃을 무의식중에 뜯어서는 버리고 뜯어서는 버리고 있었다.

"아이는?" 결국은 그 가지도 꺾어서 버리고 양 팔꿈치를 벌려서 월남치마를 추어올리며 "아이는 몇이니?"

나는 오솔길가의 삼나무에 가볍게 기대면서 "한 명이야"라고 대답했다.

"남자? 여자?"

"여자야."

"몇 살?"

연이어 빨리빨리 질문을 해온다. 나는 이처럼 세차고 제멋대로인 다케의 애정 표현법을 접하고는 '아아! 나는 다케를 닮았다'고 생각했다. 형제 중에서, 나 홀로 거칠고 세련되지 못하고 차분하지 못한 점이 있는 것은 이 슬픈 키워준 부모의 영향이라는 것을 깨달았다. 나는 이때 비로소 내 성장 과정의 본질을 분명히 알게 되었다. 나는 결단코 고상하게 자란 남자는 아니다. 그 때문에 부잣집 아이답지 않은 면이 있다. 보라! 나의 잊을 수 없는 사람은 아오모리에서는 T군이고 고쇼가와라에서는 나카하타 씨이고 가나기에서는 아야이고 고도마리에서는 다케이다. 아야는 지금도 우리 집에서 일하고 있지만 다른 사람들도 그 옛날 한번은 우리 집에 있었던 사람들이다. 나는 이들과 친구이다.

그런데 옛 성인이 기린을 잡은 것을[*] 흉내 내는 것은 아니지만 전쟁 중의 신(新) 쓰가루 풍토기도 작가가 이런 친구들을 얻게 된 사연을 고백하고서 펜을 놓아도 큰 실수는 없으리라 생각한다. 아직 더 쓰고 싶은 것이 이것저것 있지만 쓰가루의 생생한 분위기는 이제 거의 다 이야기한 듯싶다. 나는 허식을 부리지 않았다. 독자를 속이지도 않

* 『춘추(春秋)』가 노나라 애공(哀公)이 기린을 잡은 이야기로 끝나는 데서, 모든 것의 끝, 절필, 임종의 뜻으로 사용됨.

왔다. 독자여 안녕! 살아 있으면 또 훗날. 힘차게 살아가자. 절망하지 마라. 그럼, 이만 실례.

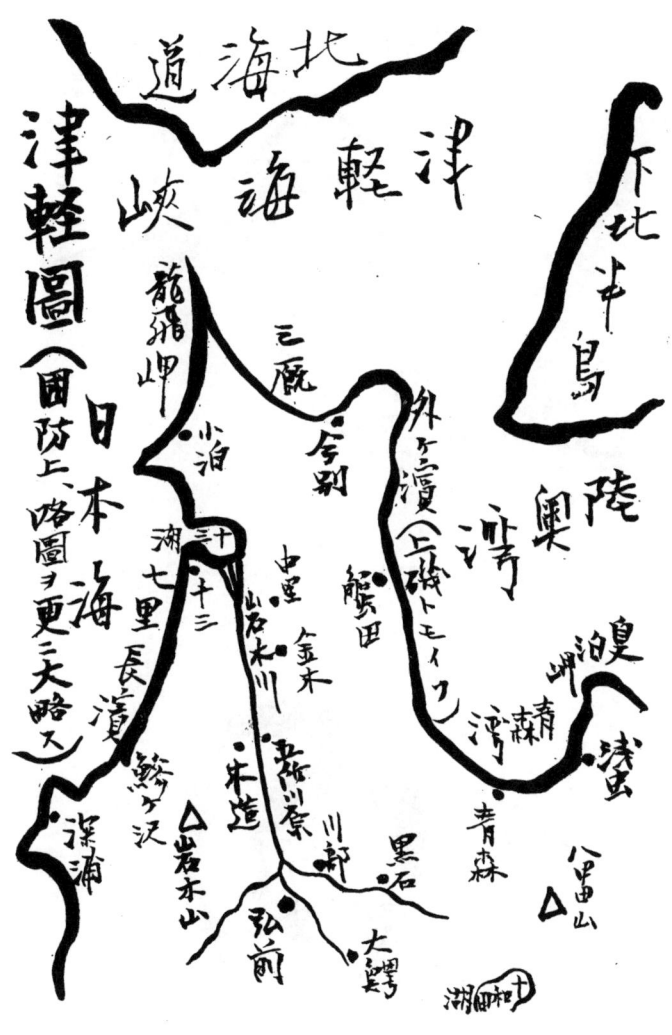

쓰가루 지도(국방상 이유로 약도를 더욱 간략하게 그렸음)*

人 金 木 カ ラ 見 タ
津 軽 富 士 ト
津 軽
平 野

가나기에서 본 쓰가루 후지(이와키 산)와 쓰가루 평야

小 泊
た け の
顔

고토마리 다케의 얼굴

측백나무 잔가지(쓰가루 지방에서는 히바 마타하, 히노키라고 부름)와 사과나무꽃

쓰가루의 아기구덕 엥쓰코 그림
(이마베쓰의 M씨 집에서 보았음. 짚으로 만듦)

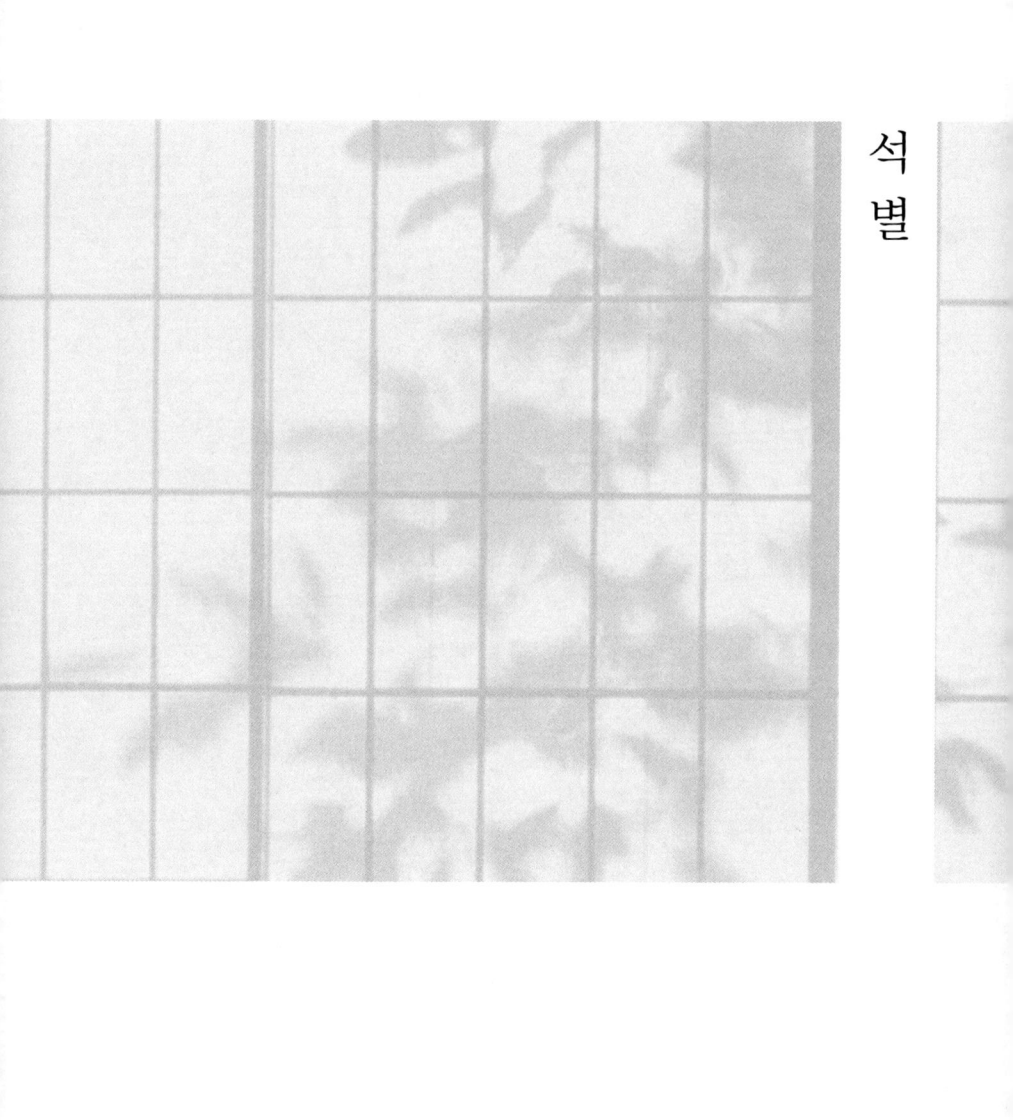

석
별

이것은 일본 도호쿠 지방 어느 마을에서 병원을 운영하는 한 늙은 의사의 수기이다.

며칠 전, 이 지방 신문사 기자라면서 얼굴색이 좋지 않은 다박수염의 남자가 찾아와 "당신은 지금의 도호쿠 제국대학교 의학부 전신인 센다이 의학전문학교를 졸업한 분이라고 들었는데, 틀림없죠?" 하고 물었다. "그렇다"고 나는 대답했다.

"1904년 입학이 아닌지요?"라며 기자는 가슴 주머니에서 작은 수첩을 꺼내며 조급하게 묻는다.

"아마도 그때쯤이라고 기억하고 있습니다." 나는 기자의 침착하지 않은 태도에 불안을 느꼈다. 솔직히 말해서 이 신문기자와의 대화가

시종일관 유쾌하지 않았다.

"그것 참 잘됐네." 기자는 검푸른 뺨에 미소를 띠며 "그렇다면 분명이 사람을 알고 있겠죠?"라며 질릴 정도로 강하게 단정하는 듯한 어조로 말하면서 수첩을 펼쳐 코앞으로 내밀었다. 펼쳐진 페이지에는 연필로 크게,

저우수런(周樹人)*

이라고 적혀 있었다.

"알고 있습니다."

"그렇겠죠!" 기자는 매우 흐뭇한 듯이 "아마도 당신과는 동창생이겠죠. 그리고 그 사람이 나중에 중국의 대문호 루쉰이 되어 나타난 것입니다"라고 말하고는, 자신이 조금 흥분한 듯한 어조인 것을 겸연쩍어하며 얼굴을 약간 붉혔다.

"그것도 알고 있습니다만, 하지만 저우 씨가 나중에 저렇게 유명하신 분이 되지 않았어도, 단지 우리와 함께 센다이에서 공부하던 시절의 저우 씨만으로도 나는 존경합니다."

"헤에!" 기자는 눈을 크게 뜨고 놀란 듯이 말했다. "젊은 시절부터 그렇게 훌륭했나요? 역시 천재적이라고 할 수 있는."

"아니요. 그게 아니라 평범한 말이지만 그야말로 솔직하고 정말 좋은 사람이었습니다."

---

* 루쉰의 본명.

"예를 들면 어떤 점이?" 기자는 한 걸음 다가서며 말했다. "사실은 말이죠, 「후지노 선생님」이라는 루쉰의 수필을 읽으면, 루쉰이 1904, 1905년의 러일전쟁 무렵, 센다이 의학전문학교를 다녔는데 후지노 겐쿠로라는 선생님에게 많은 신세를 졌다. 이를테면 이와 같은 이야기가 적혀 있어요. 그래서 나는 이 이야기를 우리 신문 신년호에 '일중(日中) 친선 미담'과 같은 기사로 발표할 생각인데, 혹시나 당신이 그 무렵 센다이 의학전문학교 학생이 아니었을까 하고 짐작하여 찾아온 것입니다. 대체 어땠어요, 그 무렵의 루쉰은? 역시 예의 창백하고 우울한 표정을 하고 있었겠죠?"

"아뇨, 특별히 그렇게." 내 쪽이 아주 우울해졌다. "별다른 점은 없었습니다. 무어라 말씀드리면 좋을지, 아주 총명하고 어른스러운……"

"아니, 그렇게 경계하지 않아도 돼요. 나는 결코 루쉰의 흠을 쓸 생각이 아니고 방금 말한 것처럼 동양 민족 전체의 친화를 위해, 이 이야기를 신년호 기사로 쓸 생각이니까요. 특히 이 이야기는 우리 도호쿠 지방과도 관계가 있으니까, 이를테면 지방 문화에 대한 하나의 자극이 되는 것입니다. 그러니 우리 도호쿠 문화를 위해서도 아주 자유롭고 활기차게 당시의 추억을 이야기해주세요. 당신에게 폐를 끼치는 일은 절대로 없을 테니."

"아니요, 경계 같은 것은 절대 하지 않지만." 그날은 왠지 모르게 마음이 무거웠다. "어차피 40년 전의 옛날 일이니까, 결코 일부러 숨길 생각은 없지만 나 같은 속인의 별 볼 일 없는 기억이 과연 도움이 될지 어떨지……"

"아니, 지금은 그렇게 쓸데없이 겸손해할 때가 아닙니다. 그러면 몇 가지만 질문하겠는데 기억하는 것만이라도 대답해주세요."

그러고는 기자는 한 시간 정도, 당시에 대해 여러 가지 질문을 하고는 내 횡설수설에 아주 실망한 표정으로 돌아갔지만, 그래도 올해 설날, 그 지방 신문에 '일중 친화의 선구'라는 제목으로 내 회고담 형식의 기사가 대엿새 동안 연재되었다. 역시 전문가! 내 요령 없는 답변을 교묘하게 짜 맞추어 꽤 재미있는 읽을거리로 만든 능력에는 감탄했지만, 거기에 실려 있는 저우 씨도 은사인 후지노 선생님도 나도 마치 다른 사람처럼 느껴졌다. 나에 관한 것은 어떻게 쓰여 있든 상관없지만 은사인 후지노 선생님이랑 저우 씨가 내 가슴속에 있는 모습과는 전혀 다르게 그려진 것을 읽고는 상당히 고통스러웠다. 모두가 내 답변이 졸렬했기 때문이겠지만 그런 식으로 거침없이 잇달아 질문을 하면 횡설수설할 수밖에 없다. 나같이 둔한 놈이 적절한 표현을 곧바로 떠올리지 못해 어찌할 바를 모르다가, 무심코 내뱉은 무의미한 형용사 하나가 묘하게도 상대방에게는 강렬하게 들려서 진의가 왜곡된 것도 적지 않았고 무엇보다 일문일답 형식이 낯설었다. 그래서 기자의 이번 방문이 매우 곤혹스러웠고 횡설수설한 내 답변에는 스스로도 화가 나서 기자가 돌아간 후 2,3일 동안 우울하게 지냈다. 마침내 설날이 되어 신문에 연재된 회고담을 읽고는 그저 후지노 선생님과 저우 씨에게 미안한 마음뿐이었다. 나도 이미 예순 고개를 넘어서 이제 슬슬 사회에서 은퇴할 시기가 되었으니 지금 내 가슴속에 있는 이미지를 제대로 적어 남겨두는 것도 무의미한 일은 아니라는 생각이 들었다. 그렇다고 해서 굳이 그 신문의 '친화의 선구'라는 기사에 트집

을 잡을 생각은 없다. 그와 같은 사회적인, 또 정치적인 의도의 기사
는 저런 식으로밖에 쓸 수 없을 것이다. 내 가슴속에 있는 이미지와
다른 것도 어쩔 수 없는 것이며, 말하자면 내 것은 시골의 늙은 의사
가 옛 은사와 친구를 연모하는 기분만으로 쓰는 것이니까, 사회적 정
치적 의도보다는 그 사람들과의 추억을 단지 정성을 다해 기록해두려
는 바람이 강할 수밖에 없는 것이다. 그렇지만 나는 이것은 이것대로
괜찮다고 생각한다. "큰 선행보다 작은 선행을 자주 하라"는 말이 있
다. 은사와 친구에 대한 추억을 바로잡는 것은 사소한 일 같지만 분명
히 인륜이라는 정도(正道)와 통하는 것일지도 모른다. 아마도 이제
노인인 내가 할 수 있는 최선의 일일 것이다. 요즈음 도호쿠 지방에도
종종 공습경보가 울려서 놀라기도 하지만, 매일 아주 좋은 날씨가 이
어지고 있어 남향인 서재는 화로가 없어도 봄처럼 따뜻하고 이 일도
적의 공습으로 방해받거나 위축되지 않고 순조롭게 진행될 것 같은
즐거운 예감이 든다.

그런데 내 가슴속 이미지라 해도 과연 절대적으로 정확한 것인지
어떤지는 보장할 수 없다. 나로서는 사실 그대로 쓸 생각이지만 보통
사람의 인상이라는 것은 장님 코끼리 만지기와 같아서 어딘가 중요한
부분이 빠졌을지도 모른다. 게다가 벌써 40년 전 일이라서 보통 사람
의 인상에다 애매함이 더해져서, 단지 은사와 친구의 인상을 바르게
하려는 의욕만으로 붓을 들긴 했지만 내심 불안한 점도 없지는 않다.
그래, 너무 크게 욕심 부리지 말고 최소한 진실의 일부라도 쓸 수 있으
면 대만족이라는 생각으로 적어가자. 아무래도 나이를 먹으면 푸념이

랑 변명을 할 때, 자꾸만 장황해져 좋지 않다. 어차피 명문장이나 좋은 문장을 쓸 수 없을 터이니, 구차하고 미련스러운 변명을 그만두고 단지 "뜻은 통한다"라는 것만 가슴에 새기고 한눈팔지 말고 써 나가면 되는 것이다. "네가 모르는 것은 남들도 그것을 지나칠 것이다."

　내가 도호쿠 지방 한 귀퉁이에 있는 조그만 읍의 중학교를 졸업하고 도호쿠 지방에서 가장 대도시인 센다이 시에 와서 센다이 의학전문학교 학생이 된 것은 1904년 초가을이었다. 그해 2월에는 러시아에 선전포고를 했고, 내가 센다이에 왔을 때는 랴오양이 간단히 함락되었고 마침내 뤼순 총공격이 개시되어서 성급한 사람들은 머지않아 뤼순이 함락될 것이다라고 외치며 그 축하연 준비를 의논하는 상황이었다. 특히 센다이 제2사단 제4연대는 쓰쓰지가오카 부대라고 해서 구로키 제1군에 소속되어 첫 전투인 압록강 도하 작전에서 승리하고, 이어서 랴오양 전투에 참가하여 큰 공을 세웠다. 센다이의 신문에는 '침착하고 용감한 도호쿠 병사'라는 특별기사가 연이어 연재되었고, 모리토쿠 극장에서는 〈랴오양 함락. 만만세!〉라는 급조된 촌극이 공연되기도 하며 시 전체가 매우 활기찼다. 우리도 의학전문학교의 새 교복과 교모 차림으로 무언가 세상의 여명을 기대하며 가슴 벅차오르는 것을 느끼면서, 학교 근처를 흘러가는 히로세 강 건너편에 있는 다테 가문*의 사당인 서봉전(瑞鳳殿) 등을 참배하며 전승을 기원하기도 했다. 대부분 상급생들의 바람은 군의관이 되어 당장 출전하는 것으로 당시 사람들의 마음은 정말로 단순했다고 할까, 생기발랄하여 학

---

* 다테 마사무네가 센다이의 초대 영주가 된 이후, 다테 씨 가문이 대대로 센다이 지역을 통치했다.

생들은 하숙집에서 밤새도록 신병기 발명에 대해 논의했는데 지금 생각하면 폭소가 터져나오는 것 따위였다. 예를 들면 옛 번 시절의 매조련사로 하여금 매를 훈련시켜 등에 폭탄을 달고 적의 화약고로 들어가게 한다든지, 또 고춧가루 폭탄을 적진 위에서 터뜨려 적의 눈을 못 뜨게 한다든지 하는, 도저히 문명개화기의 학생과는 어울리지 않는 원시적이며 진기한 발명에 열중했다. 그중에서 고춧가루 폭탄 건은 의학전문학교 학생 두세 명이 같이 서명하여 육군 본부에 보냈다는 이야기도 들었다. 더욱이 열혈 학생들은 발명 논의가 성에 차지 않는다고 하여 심야에 하숙집 지붕 위에 올라가 나팔을 불었는데, 이 군대 나팔 불기가 센다이 학생들 사이에 유행했다. 여론은 이에 대해 '시끄러우니 그만두라'고 꾸짖는가 하면, 한편으로는 '더욱더 해라' '나팔대를 조직해라' 하고 선동하기도 했다. 어쨌든 전투가 시작된 지 아직 6개월밖에 지나지 않았지만 국민의 기세는 이미 적을 압도하고 어딘지 명랑함과 우스꽝스러움조차 띠고 있어서, 그 당시 저우 씨는 "일본의 애국심은 너무 천진난만하다"며 웃으면서 말했다. 그런 말을 들어도 어쩔 수 없을 정도로 당시는 학생들뿐만 아니라 센다이 시민 전체가 아무 생각 없이 어린아이들처럼 소란을 피우고 다녔다.

그때까지 시골의 작은 읍밖에 몰랐던 나는 태어나서 처음으로 대도시를 본 것만으로도 이미 흥분해 있었는데, 이 도시 전체에 넘쳐흐르는 활기를 접하고는 공부가 전혀 손에 잡히지 않아 매일 안절부절못하며 센다이 시내를 돌아다니고만 있었다. 센다이를 대도시라고 하면 도쿄 사람들은 웃을지 모르지만 그 무렵 센다이는 이미 인구가 10만에 가까웠고 전등도 10년 전 청일전쟁 때 이미 설치되었다. 마쓰시마 극장, 모리토쿠 극장에서는 그 밝은 전등 조명 아래에서 유명 배우들의 가부키가 늘 공연되고 있었는데, 5전이나 8전의 대중적인 싼 가격으로 볼 수 있는 입석도 있어서 나처럼 가난한 학생은 대개 이것을 애용했다. 하지만 이것은 소극장이었고 대극장으로는 1400, 1500명을 수용할 수 있는 훌륭한 센다이 극장이 있었다. 설날이나 추석 때 열리는 초일류 인기 배우들의 대규모 연극 공연은 입장료도 비쌌지만, 그때 말고는 창극, 마술, 활동사진 등이 늘 상연되고 있었다. 그 밖에도 가이키관이라는 아담한 만담 극장이 히가시 1번가에 있어서, 늘 기다유나 만담 등이 공연되었는데 도쿄의 유명 예능인 대부분이 공연을 왔고, 나도 여기서 다케모토 로쇼의 기다유 공연을 보고 매우 만족했다. 센다이의 중심가인 그 무렵 바쇼 거리에는 상당히 세련된 서양풍 건물이 들어서 있었지만 번화함에서는 히가시 1번가를 따라갈 수 없었다. 히가시 1번가 밤의 화려함은 유별났고 마쓰시마 극장의 공연은 밤 열한시까지였다. 극장 앞에는 늘 공연 안내 깃발이 활기차게 나부꼈는데, 〈요쓰야 괴담〉,* 〈접시 저택〉**처럼 무심코 발을 멈추게 하는 조개 안료로 그린 독살스러운 입간판이 대여섯 장 걸려 있었고, 벤인가 하는 유명한 호객꾼의 손님 부르는 소리도 그리운 추억 가운데 하나이다. 이 거리에는 술집, 메밀국수집, 튀김집, 빙어요릿집, 장어구이, 단팥죽, 군고구마, 초밥, 멧돼지고기, 사슴고기, 소고기 전골, 우

---

* 일본 전통 연극인 가부키의 하나. 주인공이 출세를 위해 친구들과 모의해 마누라를 독살하려고 시도하여 화병으로 죽게 하지만, 결국은 그 망령에 의해 파멸당하는 이야기.
** 오키쿠라는 하녀가 귀한 접시를 깨뜨려 집에서 쫓겨나거나 죽임을 당한다. 그 후, 밤마다 그녀의 망령이 나타나 접시를 헤아린다는 괴담의 총칭.

유가게, 커피점 등이 있었다. 게다가 도쿄에 있지만 센다이에 없는 것은 노면 전차뿐이라고 할 정도로 큰 상가, 빵가게, 양과자점, 양품점, 악기점, 서점, 세탁소, 술·통조림가게, 양담배가게, '브라더'라는 양식당도 있었고, 전축을 틀어주는 가게, 사진관, 당구장, 꽃가게 등이 문을 열고, 처마 끝에 밝은 장식 전구를 달아놓아 불야성을 이루고 있었다. 어린이들은 금방 미아가 될 정도로 복잡하여 도쿄의 오가와 거리, 아사쿠사, 긴자를 본 적이 없는 시골내기인 나를 경탄시키기에는 충분했다. 원래 이 번의 시조인 마사무네 공(公)은 약간 세련된 인물로, 1613년에 이미 하세쿠라 로쿠에몬*을 단장으로 한 특사를 로마에 파견하여 다른 보수 번들을 깜짝 놀라게 했다. 그 여파가 메이지 유신 이후에도 이어졌는지 센다이 시내의 각처에 기독교 교회가 있고 센다이의 기풍을 이야기할 때, 기독교를 반드시 고려해야 한다는 생각이 들 정도였다. 또 기독교색이 강한 학교도 많고 메이지 문인 이와노 호메이**도 젊었을 때 도호쿠 학원에서 공부하면서 성서 교육을 받았다고 한다. 또 시마자키 도손***도 1896년, 이 도호쿠 학원에 작문과 영어 선생님으로 도쿄에서 부임했다는 이야기를 들었다. 도손의 센다이 시절의 시는 나도 학생 시절에 분수에 맞지 않게 애송했는데, 그 시풍

---

* 본명은 하세쿠라 쓰네나가. 영주 마사무네의 명을 받아 일본 최초의 유럽 사절단을 이끌고 태평양을 횡단한 뒤, 멕시코를 경유하여 스페인에 도착, 스페인 국왕과 교황을 차례로 알현했다.

** 자연주의 소설가. 『탐닉』『방랑』 등의 소설과 평론 「신비적 반(半) 야수주의」 등을 발표했다.

*** 시인이며 소설가. 1897년에 발표한 시집 『유채꽃 시집』으로 근대 신체시를 완성했다. 1905년에 소설 『파계』를 발표하여 소설가로 변신함과 동시에 일본 자연주의 문학의 새 장을 열었다.

에는 역시 기독교의 영향이 어느 정도 있었던 것으로 기억한다. 이와 같이 그 당시 센다이는 지리적으로는 일본의 중심에서 멀리 떨어져 있는 것처럼 보였지만 문명개화에서는 일찍부터 중앙의 발달과 민감하게 연결되어 있었다. 나는 센다이 시내의 번화함과 시내 곳곳에 학교, 병원, 교회 등 개화 시설이 엄청나게 많은 것에 놀랐다. 또 하나 센다이는 에도 시대의 재판소, 메이지 유신 이후에는 상등(上等) 재판소, 훗날의 고등 재판소 등 법원 도시로서의 전통 탓인지 변호사 간판이 엄청 많았는데, 이에 눈이 휘둥그레져서 매일 어슬렁어슬렁 헤매고 다니는 도시로 구경 나온 시골내기 같은 모습이었던 것도 무리가 아니었다고, 당시의 나를 위로하고 싶다.

나는 이와 같은 시내의 문명개화에 흥분하는 한편, 자랑스러운 표정으로 센다이 주변의 명승지와 유적지를 찾아다녔다. 서봉전을 참배하여 전승 기원을 한 김에 무카이 산에 올라 시가지 전체를 내려다보며 이유 모를 한숨을 내쉬었고, 또 오른편의 망망대해 태평양을 보고는 큰 소리로 무언가를 외치고 싶었다. 젊은 시절에는 보고 듣는 모든 것이 자신의 중대사로 생각되어 가슴 두근두근하는 것이지만, 그 유명한 아오바 성* 유적을 찾아가서는 지금까지도 옛날 그대로 근엄하게 남아 있는 성문을 보고는 멋대로 들락날락하면서 '내가 만약 마사무네 공 시절에 태어났다면' 하는 부질없는 공상에 빠지기도 했다. 또 〈센다이하기(先代萩)〉**의 마사오카*** 무덤이라고 전하는 미사와 하쓰코의 무덤, 하세쿠라 로쿠에몬의 무덤, 또 돈도 없지만 죽고 싶지도

---

* 센다이 성의 별칭.
** 가부키의 하나로 다테 가문의 상속 문제를 둘러싸고 일어난 소동이 소재.

않다고 한 하야시 시헤이****의 무덤을 찾아가서는 무언가 깊은 의미가 있는 듯이 참배를 하고, 그 외에 쓰쓰지가오카, 사쿠라가오카, 미타키 온천, 미야기노 들판, 다가 성 유적 등 점차로 멀리까지 찾아갔고, 마침내 이틀간의 연휴를 이용하여 일본 삼대 절경의 하나인 마쓰시마*****를 유람하기로 결심했다.

점심때를 조금 지나 센다이를 출발하여 4리 정도 어슬렁어슬렁 걸어서 시오가마에 도착했을 때는, 해도 이미 서편으로 기울고 가을바람이 갑자기 차갑게 불어와서 이상하게 불안해졌다. 마쓰시마 구경은 내일 하기로 하고 그날은 시오가마 신사만 참배한 후 시오가마의 낡은 여관에 묵고 다음날 일찍 일어나서 마쓰시마 유람선을 탔다. 그 배에는 대여섯 명의 승객이 있었는데 그중에는 나와 같은 센다이 의학전문학교 교복과 교모 차림의 학생이 있었다. 콧수염을 기르고 있어 나보다 약간 연상으로 보였지만 녹색 테두리의 사각 교모는 아직 새 것이었고 또 사각모의 휘장도 눈부실 정도로 빛나는 것이 이번 가을에 들어온 신입생임에 틀림없었다. 어쩌면 교실에서 한두 번 본 적이 있는 것 같기도 했다. 그렇지만 올해 신입생은 일본 전국에서 모여든 150명, 아니 더 많은 것 같은데, 도쿄 그룹, 오사카 그룹 등 출신 지역이 같은 신입생들끼리 무리를 지어 학교에서나 센다이 시내에서 같이

***〈센다이하기〉의 등장인물로 자식을 독살하면서까지 나이 어린 주군을 지키려고 한 유모. 마사무네의 측실이었던 미사와 하쓰코가 모델이라고 한다.
****에도 시대의 정치가. 해외 사정에 능통했고 북부 지방 평정을 주장한 책 때문에 막부로부터 칩거 명령을 받았다.
*****아마노하시다테, 미야지마와 더불어 일본의 삼대 절경. 260여 개의 섬으로 이루어진 미야기 현에 있는 경승지.

떠들고 다녔다. 이번에 의학전문학교에 입학한 나와 같은 중학교 출신은 없었고 본래 입이 무겁고 아시다시피 사투리가 심해서 이 신입생들과 어울려 농담을 할 용기도 없었다. 오히려 역으로 고립을 자처하여 하숙도 학교에서 멀리 떨어진 도청 뒤편으로 정하고, 동급생 아무와도 친하게 지내지 않은 것은 물론이고 하숙집 식구들과도 좀처럼 허물없이 이야기를 나누지 않았다. 센다이 사람들도 도호쿠 방언이 심했지만 내가 살던 시골은 훨씬 심해 무리해서 도쿄 표준어를 사용하려고 하면 사용할 수는 있었지만, 어차피 시골 출신이라는 것이 알려져 있는데 아니꼽게 표준어를 사용하는 것도 부끄러운 일이었다. 이것은 시골 출신만이 알 수 있는 심리로 시골 사투리를 그대로 써도 비웃음을 사고 또 애써 표준어를 사용하면 더 큰 비웃음을 사는 것 같은 느낌이 들어서, 결국은 무뚝뚝한 과묵거사가 될 수밖에 없었다. 내가 그 무렵 다른 신입생들과 소원했던 것은 이와 같은 언어 문제 때문이기도 했지만, 또 하나는 나도 의학전문학교 학생이라는 자존심 때문이었다. 까마귀도 한 마리 홀로 나목(裸木)에 앉아 있으면 그 모습이 그리 나쁘지 않고 새까만 날개가 멋지게 빛나 보이기도 하지만 수십 마리가 모여서 떠들면 쓰레기같이 보이는 것처럼, 의학전문학교 학생도 떼를 지어 큰 소리로 웃으면서 거리를 활보하면 사각모의 권위도 떨어지고 정말로 바보스럽고 불결하게 보였다. 어디까지나 고급 학생으로서 자부심을 유지하고 싶은 마음에 그들을 피해 다녔다고 하면 모양새가 좋겠지만, 한 가지 더 자백하면 나도 입학 당시에는 그저 흥분해서 무턱대고 센다이 시내를 돌아다녔고 실은 학교 수업도 종종 무단결석을 했다. 그랬기에 다른 신입생들과 소원해진 것은 당연한 일이고 마쓰시마 유람선에서 그 신입생과 마주쳤을 때, 가슴이 철렁했고 왠지 모르게 거북했다. 나는 승객 중에서 유일하게 고고한 학생으로서 크게 폼 잡으며 마쓰시마를 구경하고 싶었는데, 또 한 사람, 나와 같은 교복과 교모 차림의 학생이 있어서는 아무 일도 되지 않는다. 게다가 그 학생은 도시인처럼 세련되었고 아무래도 나보다 수재인 것 같아 풀이 죽을 수밖에 없었다. 매일 성실하게 등교해서 공부를 하는 학생임에 틀림없었다. 맑고 시원한 눈으로 내 쪽을 흘끗 보았기에 나는 비굴한 웃음으로 답했다. 아무래도 안 좋아. 까마귀 두 마리가 뱃전에 앉아 있는데 한 마리는 여위어 초라하고 날개 색도 좋지 않으니 전혀 돋보이지 않는다. 나는 참담한 마음으로 그 수재 학생에게서 멀리 떨어져 구석에 웅크리고 앉아 가능하면 그 학생 쪽을 보지 않으려고 노력했다. 틀림없이 도쿄 출신일 것이다. 빠른 도쿄 표준어로 유창하게 말을 걸어오면 견딜 수가 없다. 나는 얼굴을 완전히 돌려서 오로지 마쓰시마 풍경만을 즐기는 척했는데, 아무래도 수재 같은 그 학생이 마음에 걸려 바쇼가 "섬이 무수히 많은데 우뚝 솟은 것은 하늘을 찌르고 드러누운 것은 물결에 엎드린다. 어떤 것은 2중, 3중으로 겹치고 왼쪽으로 나뉘고 오른쪽으로 이어진다. 마치 손자를 사랑하듯이 등에 업은 것도 있고 껴안은 것도 있다. 소나무의 녹색은 아주 진하고 가지는 바닷바람에 휘어서 저절로 굽은 것 같다. 그 풍경은 그윽하여 미인의 얼굴을 닮았다. 아주 먼 신화시대, 태산을 만든 기술 같다. 대자연의 조화를 어떻게 사람이 붓으로 다 그릴 수 있으랴! 운운"이라고 한 절경도 차분하지 않은 상태로 바라보다가 배가 오시마에 닿자, 누구보다 빨리 백사장으로 뛰어내려서는 도망치듯이 급히 산 쪽으로

걸어가서 겨우 혼자가 되고는 안심했다. 간세이(1789∼1801) 시대에
『동서유기(東西遊記)』를 간행한 유명한 의사 다치바나 난케이의 마쓰
시마 여행기에 따르면, "마쓰시마로 놀러 가는 사람은 반드시 배로 가
야 한다. 또 도미 산에 올라가야 한다"고 되어 있어서, 그 무렵에는 이
미 마쓰시마로 가는 기차 편도 있었지만 일부러 시오가마까지 걸어가
서 유람선을 탄 것인데, 나와 똑같은 새 교복과 교모 차림인 데다 나
보다 훨씬 우수한 것 같은 학생이 타고 있어서 갑자기 흥이 깨지고,
중국의 동정호(洞庭湖)와 서호(西湖)에도 뒤지지 않는 멋진 풍경도
어쩐지 단지 바다와 섬과 소나무로 생각되어 매우 유감이었다. 어쨌
든 이제부터 도미 산에 올라가 혼자 실컷 마쓰시마의 전경(全景)을
바라보면서 뱃놀이의 실패를 보충하려 마음먹고 서둘러 산으로 향했
지만 도미 산이 어딘지 전혀 알 수가 없었다. 하여튼 높은 곳에 올라
가 마쓰시마 만(灣) 전체를 내려다볼 수 있으면 된다. 그렇게만 하면
면목이 선다는 식으로 풍류를 즐길 마음 따위는 잃어버리고 무식한
남자의 오기로 가을 풀을 헤치고 제멋대로 좁은 산길을 달리듯이 올
라갔다. 지치면 멈춰 서서 마쓰시마 만을 뒤돌아보고는 아직 멀었다
고 느꼈다. 이 정도의 경치를 저 다치바나 씨가 "808개의 섬이 이어져
있는 풍경을 그린 서호 그림과 아주 비슷하다. 저 멀리 눈을 돌리면
동양 최고, 아니 천하제일의 절경"이라고 칭찬할 리가 없다. 다치바나
씨는 조금 더 높은 곳에서 바라다본 것임에 틀림없어! 더 올라가자고
새롭게 마음을 먹고 산속 깊이 들어갔다. 하지만 그만 길을 잘못 들어
울창한 숲 속에서 길을 잃은 바람에 경치 구경은 일단 제쳐놓고 앞뒤
가리지 않고 황급히 숲 속을 빠져나와 보니 산 뒤쪽으로 나온 것 같았

는데 눈 아래 풍경은 평범한 밭이었다. 도호쿠 선 기차가 달려가는 것이 보였다. 산을 너무 올라온 것이다. 너무 어이가 없어 잔디 위에 앉자 공복감이 엄습해 하숙집에서 만들어준 주먹밥을 먹고는 녹초가 되어 그대로 누워 꾸벅꾸벅 졸았다.

희미하게 노랫소리가 들려온다. 귀를 기울이니 그 무렵의 초등학교 동요 〈구름〉이었다.

눈 깜짝할 한순간에 온 산을 뒤덮고
바라보고 있는 동안 바다를 건넌다
구름이라 하는 것은 신기로운 것이구나
구름아, 구름아
빗방울로, 안개로도 보는 동안 변화하고
이상하고 신기한 것
구름아, 구름아

나는 혼자서 웃음을 터뜨렸다. 박자가 맞지 않는다고 할까 무어라 할까, 정말로 엉망진창이다. 노래하고 있는 사람은 어린이가 아니다. 분명히 어른의 탁하고 굵은 목소리이다. 정말로 놀라운 노랫소리였다. 나도 초등학교 무렵부터 음악을 아주 싫어했고 그럭저럭 부를 수 있는 것은 〈기미가요〉* 한 곡 정도였는데, 그래도 저 사람보다는 조금 낫다는 생각이 들었다. 가만히 듣고 있으니 그 사람은 거리낌 없이 〈구름〉

---

* 일본 국가(國歌).

을 몇 번이나 반복하여 부르는 것이었다. 어쩌면 저 사람은 예전부터 노래를 잘 부르지 못해서 생각다 못해 이런 인적이 드문 산속에서 몰래 노래 연습을 하고 있는지도 모른다는 생각이 들어, 나처럼 노래 실력이 형편없는 그 사람이 정겹게 느껴져 그 모습을 한번 보고 싶다는 욕망이 솟아올랐다. 일어나서 그 형편없는 노랫소리를 의지해 산을 헤맸다. 때로는 아주 가까이서 들리고 때로는 갑자기 멀어지기도 했지만, 노래 연습은 쭉 계속되었고 갑자기 박치기를 할 정도로 가깝게 그 노래 주인 앞에 다다랐다. 어찌할 바를 몰랐는데 상대는 더욱 당황한 것 같았다. 그 수재 학생이다. 백설 같은 얼굴을 새빨갛게 붉히고는 "아하하" 웃으며,

"조금 전에는 실례" 하고 겸연쩍게 인사를 했다.

말에 사투리가 섞여 있다. '도쿄 출신이 아니다'라고 순간적으로 단정했다. 늘 고향 사투리 때문에 고민하고 있던 나는 그런 만큼 다른 사람의 말투에도 민감했다. '어쩌면 내 고향 부근에서 온 학생인지도 모른다'고 생각해 나는 이 노래의 대천재에게 친숙함을 느끼며,

"아니, 저야말로 실례했습니다" 하고 일부러 고향 사투리를 강하게 썼다.

그곳은 뒤편에 솔숲이 있는 둔덕으로 마쓰시마 만의 전망도 나쁘지 않았다.

'뭐야! 이 정도야?' 하고 그 학생과 나란히 서서 일본 제일의 경치를 바라보며 "나는 아무래도 경치에 둔감한지, 마쓰시마의 어디가 좋은지를 전혀 알 수가 없어서 조금 전부터 산속을 어슬렁거리고 있었어요."

"저도 모르겠어요." 그 학생도 정말로 어설픈 표준어로 "하지만 대략 알 것 같은 느낌이 듭니다. 이 조용함, 아니 고요함" 하고는 말이 막혀서 쓴웃음을 짓고 "Silentium(침묵)"이라고 독일어로 말하고, "너무나 고요해서 동요를 불러보았지만 소용없었습니다."

'아니, 그 노랫소리에 섬 전체가 흔들렸어요'라고 말하려다가 그만두었다.

"너무 조용합니다. 무언가 다른 것이 하나 더 필요해요." 그 학생은 진지하게 말했다. "봄은 어떨까요? 해변 저쪽에 벚나무가 있어서 꽃잎이 물결 위로 떨어진다든지, 또는 비."

"과연, 그렇다면 이해가 됩니다." '꽤 재미있게 말하는 사람이다'라고 마음속으로 감탄하면서 "아무래도 이 경치는 노인용이네요. 너무 운치가 없어요." 우쭐해져 그만 쓸데없는 말을 해버렸다.

그 학생은 애매한 미소를 띠면서 담배에 불을 붙이고,

"아뇨, 이것이 일본의 운치이겠죠. 무언가 한 가지 더 필요하다는 생각이 들게끔 하는 침묵. Sittsamkeit(정숙함), 진정으로 훌륭한 예술이라는 것은 이런 느낌인지도 모르겠네요. 그러나 나는 아직 모르겠어요. 나는 단지 이런 조용한 경치를 일본 삼대 절경 가운데 하나로 뽑은 옛날 일본인에게 감탄하고 있어요. 이 경치에는 인간의 냄새가 전혀 없어요. 우리나라 사람들은 이런 쓸쓸함을 도저히 견딜 수가 없을 겁니다."

"출신은 어디죠?" 아무 생각 없이 물었다.

상대는 묘한 웃음을 지으며 내 얼굴을 묵묵히 바라보고 있다. 약간 당황하여 다시 물었다.

"도호쿠 지방 출신이죠. 맞죠?"

상대는 갑자기 기분 나쁜 표정을 지으며,

"저는 중국 출신입니다. 모를 리가 없는데!"

"아아!"

순식간에 이해가 되었다. 올해 센다이 의학전문학교에 청나라 유학생이 한 명, 우리와 동시에 입학했다는 이야기를 들었는데, 그렇다면 이 사람이 바로 그 사람이다. 동요가 서투른 것도 무리가 아니다. 말이 이상하게 어눌하고 연설조인 것도 무리가 아니다. 그랬구나! 그랬구나!

"실례했습니다. 아니, 정말로 몰랐어요. 나는 도호쿠 지방의 시골에서 와서 친구도 없고 그러다 보니 학교생활이 재미가 없어서, 실은 신학기 수업에도 때때로 결석을 해서 학교 사정에 대해서는 아직 아무것도 몰라요. 나는 '아인잠(Einsam, 고독한)' 새입니다." 스스로도 의외일 정도로 생각하는 것을 쉽게 술술 말할 수 있었다.

나중에 생각한 것이지만 도쿄랑 오사카에서 온 학생들을 그렇게 두려워하고 하숙집 식구들과도 기탄없이 지내지 못하고, 사람을 회피하는 정도는 아니지만 낯가림을 한다는 점만큼은 남에게 뒤지지 않는 내가 도쿄, 오사카는커녕 바다 저편 먼 타국에서 온 유학생과 아무 거리낌 없이 교제를 시작할 수 있었던 것은 물론 저우 씨의 포용력 있는 인품 때문이었겠지만, 그 외에 또 하나, 저우 씨와 이야기할 때만은 자신이 시골 출신이라는 우울함에서 완전히 벗어날 수 있다는 비근한 이유도 있었던 것 같다. 사실 저우 씨와 이야기할 때만큼은 나의 시골 사투리가 조금도 고통스럽지 않고 스스로도 이상할 정도로 익살을 부리거나 농담을 할 수가 있었다. 내가 은근히 우쭐대며 제대로 돌아가지 않는 혀에 채찍질을 하며 에도 상인 말투를 흉내 내면, 일본인은 시골내기인 주제에 이상한 말투를 쓴다며 어이없어하든가 폭소를 터뜨리겠지만, 이 외국인 친구는 거기까지는 알아차리지 못하고 한 번도 내 말투를 비웃은 적이 없었다. 오히려 내 쪽에서 저우 씨에게 "내 말투, 어딘지 모르게 이상하지 않나요?" 하고 물어본 적도 있었지만, 그때 저우 씨는 어이없는 표정으로 "아니, 당신 말은 억양이 강해서 아주 알아듣기 쉬워"라고 대답할 정도였다. 말하자면 특별한 것이 아니었다. 자신보다 더 표준어 사용에 고생하는 사람을 발견하고는 아주 기분 좋아했던 것이 나와 저우 씨의 교제의 계기가 되었다고 해도 좋을 것 같다. 이상한 표현이지만 나는 이 중국 유학생보다 일본어를 잘한다는 자신이 있었기 때문이다. 그래서 나는 마쓰시마의 언덕 위에서 상대가 중국 사람이라는 것을 알고 나서는 크게 용기를 얻어 매우 편하게 이야기를 나누고 '그가 독일어를 사용하면 이쪽도'라는 마음가짐으로 '아인잠 새'와 같이 썰렁할 정도로 아니꼬운 말까지 한 것이다. 그런데 이 유학생은 '고독한'이라는 말이 상당히 마음에 든 듯,

"Einsam" 하고 천천히 중얼거리며 저 멀리를 보면서 무언가를 생각하다가, 갑자기 "그러나 나는 Wandervogel(철새)일 것입니다. 고향이 없어요."

철새. 과연, 멋있는 말을 하네. 아무래도 독일어는 나보다 훨씬 잘하는 것 같았다. '이제부터 독일어를 사용하지 말자'며 순간적으로 전술을 바꾸어,

"그렇지만 중국에 돌아가면 멋진 집이 있겠죠?" 하고 매우 저속한

질문을 했다.

상대는 그것에는 답하지 않고,

"이제부터 친하게 지내요. 중국인은 싫습니까?" 하고 조금 얼굴을 붉히며 웃으면서 말했다.

"아닙니다." 아아! 나는 그때 왜 그런 성의 없고 경박하기 짝이 없는 답변을 했을까. 나중에 생각해보니 그때 저우 씨는 고독한 처지를 견디지 못해서 고향 근처의 서호와 비슷하다는 마쓰시마의 경치를 연모하여 홀로 조용히 찾아왔지만, 그래도 우수를 달랠 길이 없어 자포자기 심정에 큰 소리로 서툰 노래를 부르다가, 갑자기 나타난 눈치 없는 일본인 학생에게 진심으로 교제를 신청한 것임에 틀림없었다. 그렇지만 나는 실은 예전부터 마음속으로 동경하고 있었던 도쿄 표준어를 신경 쓰지 않고 자유롭게 이야기할 수 있는 상대를 찾은 기쁨에 어찌할 바를 모른 나머지, 그런 상대의 마음을 알지도 못하고 단지 흥분하여 "전혀 괜찮습니다" 하고 건성으로 말하고, "나는 중국인을 아주 좋아합니다"라는 평소에 생각지도 않았던 것까지 말해버렸다.

"고마워요. 결례가 될지 모르겠지만 당신은 내 동생과 많이 닮았어요."

"영광입니다." 나는 거의 도시 토박이의 천박한 사교술로 "그러나 동생분은 당신을 닮아 머리가 좋겠죠? 그 점이 나와 다른 것 같은데요."

"어떨까요?" 하고 그는 환하게 웃으면서 말했다. "당신은 부자이고 동생은 가난하다는 점도 다릅니다."

"설마!" 자신만만하던 사교가도 이것에는 대응할 수 없었다.

"정말입니다. 아버지가 죽고 나서 가족은 뿔뿔이 흩어졌습니다. 고향이 있지만 없는 것과 같습니다. 괜찮은 집안에서 자란 아이가 갑자기 집이 사라졌을 때, 세상의 쓴맛을 보게 되는 것이죠. 나는 친척 집에 기거하면서 거지라고 불린 적도 있습니다. 그러나 나는 지지 않았습니다. 아니! 졌는지 모르겠습니다. der Bettler(거지)"라고 작은 소리로 말하고 담배를 버리고는 구두로 짓밟으면서, "중국에서는 거지를 '화쯔'라고 해요. 花子라고 씁니다. 거지이면서 Blume(꽃)을 anmassen(부당하게 요구)하려고 하는 것은 Humor(유머)가 되지 않습니다. 그것은 바보스러운 Eitelkeit(허영심)입니다. 그렇습니다. 내 몸에도 그런 허영심의 Blut(피)가 흐르는지도 몰라요. 아니! 현재 청나라의 모습이 ganz(전적으로) 그렇습니다. 지금 세상에서 불쌍한 허영심으로 살아가고 있는 것은 저 Dame(여성)*뿐입니다. 저 Gans(멍청한 여자)뿐입니다."

흥분하면 특히 독일어를 연발하기에 급조된 사교가도 입을 다물 수밖에 없었다. 나는 표준어보다 독일어가 더욱 서툴렀다. 곤란한 나머지,

"당신은 모국어보다 독일어를 훨씬 잘하는 것 같네요" 하고 반격을 가했다. 어떻게 해서라도 저 독일어를 막아야 한다.

"그렇지 않습니다." 상대는 내 야유를 알아차리지 못하고 진지하게 고개를 흔들고는 "내 일본어를 잘 알아듣지 못하는 게 아닌가 하고 생각해서."

"아뇨, 아뇨." 나는 '지금이다' 생각하고 "당신의 일본어는 아주 훌륭합니다. 부디 일본어만으로 이야기해주세요. 나는 아직 독일어가."

"그만둡시다." 상대도 갑자기 수줍어하며 평안한 어조로 돌아와서,

---

* 서태후를 지칭.

"나는 바보스러운 말만 했습니다. 그러나 이제부터 독일어를 더욱 열심히 공부할 생각입니다. 일본 의학의 선구자 스기타 겐파쿠*도 먼저 어학 공부부터 시작한 것 같아요. 후지노 교수님도 첫 시간에 스기타 겐파쿠가 네덜란드학(蘭學)**을 공부할 때, 고생한 것을 말씀해주셨습니다만, 당신은 그때……"라고 말을 꺼내다가 내 얼굴을 엿보고는 이상하게 웃었다.

"결석했습니다."

"그렇죠. 아무래도 그때, 당신의 얼굴은 보이지 않았는데. 실은 입학식 때부터 당신을 알게 되었어요. 당신은 입학식 때, 모자를 쓰고 오지 않았죠?"

"네. 왠지 모르게 사각모가 부끄러워서."

"틀림없이 그럴 거라고 생각했습니다. 그날, 모자를 쓰고 오지 않은 신입생은 두 명 있었습니다. 한 사람은 당신이고 또 한 사람은 나였습니다" 하고는 싱긋 웃었다.

"그랬나요?" 나도 웃었다. "그러면 당신도 역시……"

"그래요. 부끄러웠어요. 이 모자는 악대의 모자와 비슷하니까요. 그 후, 나는 학교에 나올 때마다 당신을 찾았습니다. 오늘 아침, 같은 배를 타게 되어 기뻤어요. 그러나 당신은 나를 피했습니다. 배에서 내렸더니 벌써 사라지고 없었습니다. 그렇지만 역시 이곳에서 만났습니다."

"바람이 차가워졌네요. 밑으로 내려갈까요?" 묘하게 겸연쩍어져서

---

* 에도 후기의 의사로 『해체신서(解體新書)』 등을 간행하여 서양 의학을 일본에 소개했다.
** 에도 시대에 네덜란드를 통해 들어온 서양의 지식, 문화, 기술을 연구한 학문.

화제를 바꾸었다.

"그러네요." 그는 상냥하게 고개를 끄덕였다.

나는 차분한 마음으로 저우 씨의 뒤를 따라 산을 내려왔다. 왠지 이 사람이 혈육 같은 느낌이 들었다. 뒤쪽의 솔숲에서 솔바람이 불어왔다.

"아아!" 저우 씨는 되돌아보고 "이것으로 완성되었습니다. 무언가 하나 더 필요하다고 생각했는데 소나무 가지 사이를 스치는 바람 소리로 마쓰시마는 완성되었습니다. 역시 마쓰시마는 일본 제일이네요."

"그러고 보니 그런 느낌도 듭니다만 아직도 나에게는 무언가 부족해요. 사이교*의 '되돌아온 소나무'라는 것이 이 부근 산에 있다고 들었습니다. 사이교는 이 산속에서 한 그루 소나무가 마음에 들어 되돌아와서 나무를 감상한 것이 아닙니다. 사이교도 마쓰시마에 와서 무언가 부족해서 침울한 마음으로 돌아가던 도중, 왠지 소중한 것을 보지 못한 것 같은 불안감에 그 소나무 근처에서 마쓰시마로 되돌아온 것이 아닌가 하는 생각조차 듭니다."

"그것은 당신이 이 국토를 지나치게 사랑하고 있어서 그런 불만을 느끼는 것입니다. 나는 저장 성(省) 사오싱에서 태어났는데, 그곳은 동양의 베네치아라 불리고 근처에는 유명한 서호도 있어 외국인이 아주 많이 와서 입을 모아 절찬하지만, 우리는 그 풍경에 삶의 흔적이 너무 많아 감동하지 않아요. 인간 역사의 장식물이라고 할까요. 서호

---

* 헤이안 후기의 대표 가인(歌人). 23세에 출가하여 전국을 떠돌면서 와카(和歌)를 지었다.

는 청나라 정부의 정원입니다. 서호십경(西湖十景)이니, 36명승지니, 72절경이라며 사람의 때를 더덕더덕 묻혀서 자랑하고 있습니다. 마쓰시마에는 그것이 없습니다. 인간의 역사와 단절되어 있습니다. 문인, 화가들도 이것을 범할 수가 없습니다. 천재인 바쇼도 이 마쓰시마를 시로 읊을 수 없었다고 하지 않습니까!*"

"그렇지만 바쇼는 이 마쓰시마를 서호에 비유했다고 하네요."

"그것은 바쇼가 서호의 경치를 본 적이 없기 때문입니다. 정말로 보았다면 그런 말을 할 리가 없습니다. 전혀 다릅니다. 오히려 저우산 열도**와 비슷할지 모르겠습니다. 그러나 저장 해(海)는 이렇게 조용하지 않습니다."

"그래요? 일본의 문인과 화가는 옛날부터 당신 나라의 서호를 상당히 동경하고 있어서, 마쓰시마가 서호를 닮았다고 멀리서도 구경하러 옵니다."

"나도 그렇게 들었습니다. 그렇게 들었기에 보러 온 것입니다. 그러나 전혀 닮지 않았습니다. 당신 나라의 문인들도 빨리 서호의 환상에서 깨어나야 해요."

"그러나 서호도 틀림없이 좋은 점이 있겠지요. 당신도 역시 고향을 너무 사랑해서 점수를 짜게 매기고 있는 것입니다."

"그럴지도 모르겠네요. 진정한 애국자는 오히려 나라의 험담을 하는 존재니까요. 그러나 나는 이른바 '서호십경'보다는 저장의 평범한

---

* 도호쿠 지방을 여행하던 바쇼가 마쓰시마에 들러 그 아름다움을 시로 표현할 수가 없어 "마쓰시마여. 아아! 마쓰시마여. 마쓰시마여"라고만 읊었다고 한다.
** 중국 저장 성 동북부의 동중국해에 있는 군도.

216

시골 운하 풍경을 훨씬 사랑합니다. 나에게는 우리나라 문인이나 화가가 떠드는 명소가 전혀 좋게 여겨지지 않아요. 첸탕 강의 한사리에는 정말이지 약간 감동했지만 나머지 것은 아니에요. 나는 그 사람들을 신용하지 않아요. 그 사람들은 당신 나라에서 말하는 도락가와 같습니다. 그들은 문장을 현실에서 유리시키고 타락시켰습니다."

산을 내려와서 해안으로 나왔다. 바다는 석양에 붉게 물들어 있었다.

"나쁘지 않네요!" 저우 씨는 미소 지으며 뒷짐을 지고 "달밤은 어떨까요? 오늘 저녁은 13일 밤인데 당신은 곧바로 돌아갑니까?"

"정하지 않았어요. 학교는 내일도 쉬는 날이니까."

"그렇습니까? 나는 달밤의 마쓰시마를 보고 싶어졌습니다. 같이 보지 않겠습니까?"

"좋습니다."

정말이지 아무 상관 없었다. 학교가 쉬는 날이 아니라도 이제까지 가끔씩 제멋대로 결석을 했으므로, 이틀간의 연휴를 이용한다는 것도 하숙집 사람들에 대한 체면상, 너무 게으른 학생으로 보이는 것도 좋지 않아 신경 써서 날을 잡았을 뿐이고 실제로는 이틀이든 사흘이든 문제없었다.

내가 너무 고분고분 따랐더니 저우 씨는 민감하게 알아차리고 소리 내어 웃으면서,

"그러면 모래부터는 학교에 나와서 나와 함께 강의를 필기합시다. 내 노트 필기는 매우 서툴지만 노트 필기는 우리 학생들의" 하고는 잠시 끊었다가 "Preiszettel(가격표)과 같은 것입니다"라고 또 내가 잘하지 못하는 독일어를 사용했다. "몇 원 몇십 전이라는 표찰입니다. 이

것이 없으면 사람들은 우리를 신용하지 않습니다. 학생들의 숙명입니다. 재미없어도 노트 필기를 하지 않으면 안 됩니다. 그러나 후지노 선생님의 강의는 재미있어요."

이렇게 우리가 처음 말을 나눈 날부터 저우 씨는 후지노 선생님의 성함을 종종 거론했다.

그날, 나는 저우 씨와 함께 마쓰시마 해안의 여관에 머물렀다. 지금 생각하면 당시 나의 무경계는 이상한 생각이 들지만 그러나 올바른 사람은 왠지 안심감을 주는 것 같았다. 나는 이미 그 청나라 유학생을 완전히 신뢰하고 있었다. 저우 씨가 숙소의 솜옷으로 갈아입자 마치 상점의 젊은 주인처럼 멋있었다. 말도 나보다 훨씬 도쿄 표준어에 능숙했지만, 단지 여관의 여종업원에게 사용하는 말투가 "그렇게 해주세요" "조금 추워요"와 같이 여성스러운 말투여서 점잖지 못한 느낌을 받았다. 참을 수가 없어서 "그것만은 그만둬요"라고 입을 삐죽이며 항의하자, 저우 씨는 의아한 표정으로 "일본에서는 어린이에게는 어린이 말투로 '손(おてて)'이라든가, '걸음~마'라든가, '그랬쯔요! 그랬쯔요!'라는 식으로 말하지요. 따라서 여성을 대할 때는 여성스러운 말투를 사용하는 것이 올바르지 않을까요?" 하고 대답했다. "그래도 그것은 비위에 거슬려 듣고 있을 수가 없어요" 하고 내가 말하니, 저우 씨는 '비위에 거슬리다'는 말에 아주 놀라 "일본의 미학은 정말로 엄격하네요. 비위에 거슬린다는 규율은 세상 어디에도 없을 거예요. 지금의 청나라 문명이 정말로 비위에 거슬립니다"라고 말했다. 그날 밤, 우리는 숙소에서 술을 조금 마시면서 밤늦게까지 이야기에 빠져 달밤의 마쓰시마 구경은 잊어버렸다. 저우 씨도 나중에 일본에 와서 밤새 그

렇게 수다를 떤 적은 없었다고 했다. 저우 씨는 그날 밤, 자기의 성장 과정이랑 희망이랑 청나라의 현황 등을 질릴 정도로 열정적으로 말했다. 동양의 당면 과제는 과학이라고 몇 번이나 강조했다. 일본의 비약도 한 무리의 네덜란드 의학 전문가들에 의해 시작되었다고 했다. 중국도 하루빨리 서양 과학을 소화하여 열강에 대항하지 않고 헛되이 옛 대국이랍시고 자만에 빠져 있으면, 점차 이웃 나라 인도의 운명을 따라가게 될 것이다. 예로부터 동양은 정신적인 면에서는 서양과 비교가 되지 않을 정도로 깊고 훌륭하게 완성되어 있어, 서양에서 가장 뛰어난 철학자들이 때때로 그것을 보고는 깜짝 놀란다는 이야기는 들었지만, 서양은 그런 정신세계의 빈곤을 과학으로 보충하려고 했다. 과학의 응용은 인간이 현실 생활에서 향락을 누리는 데 직접적인 도움이 되기 때문에, 이승의 삶에 집착이 강한 서양인들 사이에서는 대단한 진보를 이루었고 동양의 정신세계에까지 침투해왔다. 일본은 재빠르게 과학의 힘을 파악하여 적극적으로 이를 받아들이고 배워서 자국을 방어하고, 국풍을 혼란스럽게 하는 일도 없이 소화에 성공하여 동양에서 가장 총명한 독립국으로서의 면목을 발휘할 수 있었다. 과학은 반드시 인간 최고의 덕목은 아니지만, 한 손에는 심오한 학문의 구슬을 들고 다른 한 손에는 활발한 과학의 칼을 쥐고 있으면 틀림없이 열강들도 손끝 하나 대지 못하는 세상에서 으뜸가는 이상국가가 될 것이다. 청나라 정부는 과학의 맹위에 전혀 힘도 쓰지 못하고 열강의 침략을 받으면서도 큰 강은 개울에 오염되지 않는다고 자신 있는 체하며, 패배를 속이고 오로지 노(老)대국으로서 표면상의 체면 유지에 급급하여 서양 문물의 본질인 과학을 직시하고 규명할 용기가 없다. 학생에게는 여전히 팔고문(八股文)* 등의 이른바 번거로운 예절만을 장려하여 열강들로부터 겉만 번지르르한 우스꽝스러운 자존심만 내세우는 나라로 은근히 조소당하는 상태에 이르렀다. 나는 중국을 누구에게도 지지 않을 정도로 사랑한다. 사랑하기 때문에 불만도 많다. 지금의 청나라는 한마디로 말하면 게으르다. 이유를 알 수 없는 자만심에 빠져 있다. 오래된 문명의 역사는 특별히 중국만이 가지고 있는 것은 아니다. 인도는, 이집트는 어떠한가. 그리고 이들 나라의 현재는 어떠한가. 중국은 오싹해질 수밖에 없다. 지금 이대로가 좋다는 자만심은 중국을 반드시 자멸로 이끌 것이다. 지금의 중국에는 여유 따위가 있을 수 없다. 자만을 버리고 서양 과학의 폭력과 싸우지 않으면 안 된다. 이것과 싸우기 위해서는 그들 호랑이 굴 속으로 과감하게 뛰어들어 하루라도 빨리 그 정수를 배울 수밖에 없다. 일본 도쿠가와 막부의 쇄국 정책에 최초로 경종을 울린 것은 네덜란드학이라는 서양 과학이었다고 들었다. 나는 중국의 스기타 겐파쿠가 되고 싶다. 과학 중에서도 서양 의학에 가장 마음이 끌린다. 왜 서양 과학 중에서 의학에 주목하게 되었냐 하면, 그 원인 중 하나가 어린 시절의 슬픈 경험 때문이다. 우리 집은 옛날부터 땅도 약간 있었고 상당한 가문이라는 이야기를 듣고 있었다. 하지만 열세 살 때, 할아버지가 어떤 복잡한 사건에 연루되어 감옥에 들어가자 갑자기 친척과 이웃들로부터 박해를 받기 시작했다. 게다가 아버지가 중병으로 병석에 눕자 우리 집은 금방 생활이 궁핍해져 나와 남동생은 친척집에 맡겨졌다. 나는

---

* 여덟 개의 짝으로 이루어진 한시 문체. 명나라 때부터 과거의 답안을 작성하는 데 사용되었다.

그 집 사람들에게 거지라는 말을 듣고 화가 나서 집으로 돌아왔지만 그로부터 3년간 매일처럼 전당포와 약국을 드나들게 되었다. 아버지의 병은 전혀 차도가 없었다. 약국 카운터는 내 키와 같은 높이였고 전당포 카운터는 그 배 정도 높이였다. 나는 전당포의 높은 카운터 위에 옷과 목걸이를 올려놓고는, 점원에게 "뭐야! 잡동사니뿐이잖아"라는 조롱과 함께 약간의 돈을 받아들고 그 길로 약국으로 달려가는 것이다. 집에 돌아오면 또 다른 일로 바빴다. 아버지의 주치의는 이 지방에서는 명의로 알려져 있었지만 그 처방은 아주 이상한 것으로 갈대 뿌리, 3년간 서리를 맞은 사탕수수 따위를 필요로 했다. 나는 매일 아침, 강가로 갈대 뿌리를 캐러 갔고 3년간 서리를 맞은 사탕수수를 찾아다녀야 했다. 이 의사에게 2년간 치료를 받았지만 아버지의 병은 더욱 깊어만 갔다. 그리하여 의사를 바꾸어 더욱 훌륭한 의사에게 치료를 받았는데, 이번에는 갈대 뿌리나 3년간 서리를 맞은 사탕수수 대신에 귀뚜라미 한 쌍, 평지목(平地木) 열 그루, 찢어진 북 가죽 환약 등과 같은 이상한 것이 필요했다. 귀뚜라미 한 쌍에는 "원배(原配), 다시 말하면 평생 동거했던 것이어야만 된다"는 토가 달려 있었다. 곤충도 정절이 없으면 도움이 되지 않는다는 것 같았고 후처를 얻어 재혼한 녀석은 약이 될 자격조차 없다는 것이었다. 그렇지만 그것을 찾는 일은 별로 고생스럽지 않았다. 우리 집 뒷마당은 꽃밭으로 불릴 정도로 풀이 무성한 매우 광활한 정원으로 어린 시절의 낙원이었는데 거기에 가면 귀뚜라미 구멍을 여러 개 찾을 수 있었다. 같은 구멍 안에 두 마리가 살고 있는 귀뚜라미를 제멋대로 '원배'라 생각하고 두 마리를 같이 실로 묶어서 살아 있는 것을 그대로 약탕관에 던져 넣으면 되었다. 그러나 '평지목 열 그루'를 찾는 일은 아주 고생스러웠다. 평지목이 무엇인지 아무도 몰랐다. 약국에 물어도, 농민에게 물어도, 심마니에게 물어도, 노인에게 물어도, 지식인에게 물어도, 목수에게 물어도 모두 고개를 흔들었다. 마지막으로 할아버지의 남동생이 이전부터 분재를 좋아하는 노인이었다는 것을 떠올리고 가서 물어보니 예상대로 알고 있었다. 평지목은 산속의 나무 밑에서 자라는 일종의 가냘픈 나무로 산호초 같은 빨간 열매가 열리는, 모두가 '노불대(老弗大)'라 부르는 것이라고 가르쳐주었다. 이리하여 '평지목 열 그루'도 간신히 해결했지만 '찢어진 북 가죽 환약'이 골칫거리였다. 이 환약은 이 의사 특유의 처방으로 특히 아버지와 같이 수종(水腫)이 있는 환자에게는 특효약이라는 것이다. 이 신약(神藥)을 파는 가게는 이 지방에는 단 한 집뿐이었는데 우리 집에서 5리나 떨어져 있었다. 게다가 이 약은 오래된 북의 찢어진 가죽으로 만든 것이라고 한다. 수종은 일명 고창(鼓脹)이라고도 부르니 찢어진 북 가죽을 복용하면 금방 그 병을 극복할 수 있다는 논리인 듯했다. 어린 마음에도 찢어진 오래된 북 가죽 따위가 효험이 있을 것이라고는 믿기지 않았지만 환약을 사기 위해 5리를 왕복하는 것이 한층 더 고통스러웠다. 나의 이와 같은 노력은 역시 모두 헛수고였다. 아버지의 병은 나날이 심해지기만 했고 숨이 거의 넘어갈 때도, 그 명의는 태연하게 임종 직전의 아버지 베갯머리에서 "이것은 전세(前世)의 어떤 업보입니다. 의술로 병은 고쳐도 명을 고칠 수는 없다는 옛말도 있습니다. 그러나 방법은 단 하나 남아 있습니다. 그것은 저희 가문의 비법인데 일종의 영단(靈丹)을 환자의 혀 위에 올리는 것입니다. 혀는 마음의 밭이라는 옛말도 있습니다. 이 영단은 지금은 아주 구하기 어렵지만 원한다면 팔겠습니다. 가격도 아주 싸게 해드리겠습니다. 한 상자에 겨우 2원(元)입니다. 어떻습니까?" 하고 나에게 물었다. 내가 어찌할 바를 몰라 대답을 못 하고 있자 병상의 아버지가 내 얼굴을 보고 고개를 약간 흔들어 보였다. 아버지도 역시 이 의사의 처방에 절망한 것 같았다. 나는 어떻게 해야 좋을지 모르고 그저 아버지의 베갯머리에 앉아 아버지의 죽음을 기다릴 수밖에 없었다. 아버지의 용태가 이제 절망적이라고 생각된 아침, 근처의 간섭하기 좋아하는 아주머니가 와서 아버지의 모습을 보고 놀라서, "너 지금 왜 그렇게 멍하게 있니? 아버지의 영혼이 저세상으로 가려고 하지 않니. 빨리 불러오너라. 큰 소리로 아버지! 아버지! 하고 불러라. 부르지 않으면 아버지는 돌아가신다"고 정색을 하며 꾸짖는 것이었다. 나는 그런 주술 같은 것을 믿지 않았지만 지금은 물에 빠진 자가 지푸라기라도 잡는 심정으로 "아버지!" 하고 외쳤다. 아주머니는 "조금 더 큰 소리로 외치치 않으면 안 돼"라고 했다. 나는 더욱 큰 목소리로 "아버지! 아버지!" 하고 연이어 외쳤다. "더욱 더, 더욱더" 하고 아주머니는 옆에서 재촉했다. 나는 목에서 피가 나올 정도로 외쳤다. 그러나 아버지의 영혼을 붙잡을 수는 없었고 아버지는 나의 외침을 들으면서 차차 차가워져갔다. 아버지 37세, 내 나이 16세 때 초가을의 일이었다. 나는 지금도 그때의 내 목소리를 기억하고 있다. 잊을 수가 없다. 그때의 목소리를 떠올리면 참을 수 없는 분노를 느낀다. 소년 시절의 무지에 대한 분노이고 중국의 현실에 대한 커다란 울분이다. 3년간 서리를 맞은 사탕수수, 원배의 귀뚜라미, 찢어진 북 가죽 환약, 그런 것들이 다 무엇이냐! 악랄한 사기라 할 수 있을 것이다. 임종 직전의 환자 이름을 큰 소리로 부른다는 것도 부끄럽고 비참한 생각이다. 게다가 또 의술로 병은 고쳐도 명을 고칠 수는 없다는 것은 무슨 궤변이냐! 무서운 철면피의 변명이 아닌가. 혀는 마음의 밭이라는 말은 어느 성인군자의 말씀인지 모르지만 의미를 알수가 없다. 완전한 사어(死語)다. 보라! 중국의 군자의 말씀도 지금은 사기꾼의 회피 수단으로 이용되고 있지 않은가. 나는 어렸을 때부터 성현의 말씀만을 암송하면서 자랐지만, 이 동양의 자랑인 '옛사람의 말씀'은 이미 사교(邪敎)의 궤변으로 타락하여 증오스러운 위선과 어리석은 미신만을 만들어내며 발생 초기의 본래 모습은 완전히 상실했다. 아무리 위대한 사상이라도 응접실에서 환담거리가 되었을 때는 그 수명이 다한 것이다. 그것은 이미 사상이 아니다. 말장난이다. 서양의 그것과 비교가 되지 않을 정도로 탁월했던 동양의 정신세계도 오랫동안 태만한 자찬에 빠져서 본래의 풍성함이 고갈되어가고 있다. 이대로는 안 된다. 나는 아버지가 죽은 후, 주변의 생활에 회의와 반감을 느끼고 고민하고 애태운 끝에 마침내 고향을 버리고 난징으로 나왔다. 무엇이든 좋으니 새로운 학문을 배우고 싶었다. 어머니는 울면서 이별을 아쉬워하며 8원을 마련해주었다. 나는 그 8원을 가지고 길을 떠나 낯선 곳으로 가서 새로운 인생을 찾고자 했다. 난징에 와서 어느 학교에 들어가야 할까? 첫째 조건은 학비가 필요 없는 곳이어야 했다. 강남수사학당(江南水師學堂)은 이 조건에는 맞았다. 나는 먼저 그곳에 입학했다. 그곳은 해군 학교로 즉시 돛대에 오르는 연습 등을 했지만 새로운 학문은 그다지 가르쳐주지 않았다. 겨우 'It is a cat, Is it a rat?'과 같은 초보 영어 교육을 받았을 뿐이었다. 마침 그 무렵이었다. 캉유웨이*가 일본의 유신을 모방하여 구습을 타파하고 대대적으로 세계의 신지식을 받아들여 국력을 회복하려고 이른바 '변법자강(變法自彊)'을 황제에게 권하고 이것이 받아들여지자 국정의 대개혁에 착수했다. 그러나 서태후와 구세력이 일으킨 정변으로 인해 새 정부는 백 일 만에 무너지고 황제는 유폐되고 캉유웨이는 동지 량치차오와 함께 간신히 살아남아 일본으로 망명했다. 이 무술정변의 비극에 아랑곳하지 않으며 'It is a cat'을 큰 소리로 읽어도 마음은 안정되지 않았다. 나도 벌써 열여덟 살이다. 꾸물거리고 있을 수 없다. 빨리 신지식의 핵심을 알고 싶다. 전학을 결심했다. 다음으로 택한 곳은 난징의 광로학당(礦路學堂)이었다. 그곳도 학비가 필요 없었다. 광산 학교여서 지학, 금석학 외에 물리, 화학, 박물학 등 신선한 서양 학문 과목이 있었기 때문에 그럭저럭 안정이 되었다. 어학도 'It is a cat'이 아니고 'der Man, die Frau, das Kind(남성, 여성, 아이)'였다. 독일어가 영어보다 서양 학문의 핵심에 가깝다고 막연하게 느꼈기에 그것은 또 다른 기쁨이었다. 교장도 새 정당(政黨) 쪽으로 량치차오 주필의 잡지 『시무보(時務報)』 등의 애독자인 것 같았고 '변법자강'도 은근히 긍정하는 것 같았다. 한문 시험에도 다른 유학(儒學) 선생님들처럼 옛 성현의 말씀을 사용하지 않고 '워싱턴론(論)'과 같은 서양식 문제를 내기도 해서, 유학 선생님들이 그 문제를 보고 오히려 자기 생도들에게 "워싱턴이란 무엇이지?" 하고 조용히 물어보는 상황이었다. 학생들 사이에서도 새로운 책을 읽는 분위기가 유행했는데 그중 엄복**이 번

---

* 청말의 사상가, 정치가. 광서제의 신임을 받아 '변법자강'을 주장했는데, 서태후 등의 반격으로 실각하여 일본에 망명했다.

역한『천연론(天演論)』이 압도적인 인기를 얻고 있었다. 박물학자 토머스 헉슬리의『진화와 윤리 *Evolution and Ethics*』를 한문으로 번역한 것으로 나도 어느 일요일에 성남(城南)으로 사러 갔다. 두꺼운 한 권의 석판 인쇄본으로 가격은 500문이었다. 나는 이 책을 단숨에 읽었다. 지금까지도 서두 몇 페이지의 문장을 그대로 암기하고 있다. 여러 가지 번역이 계속 출판되고 있었다. 우리의 어학 실력이 아직 원서를 읽을 수준에 이르지 못했기에 당연히 한문 번역본에 의지하지 않을 수 없었다. 여러 책들이 나왔다. 소크라테스도 플라톤도 스토아학파도 알게 되었다. 우리는 닥치는 대로 아무거나 읽었다. 당시에 이와 같은 새로운 책을 보는 것은 영혼을 서양에 팔아넘기는 매우 파렴치한 행동으로 비쳐 사회로부터 심한 경멸과 배척을 받았지만 우리는 전혀 개의치 않고 그 악마의 동굴 탐색을 계속했다. 학교에는 생물 과목이 없었지만 목판본『전체신론(全體新論)』이랑『화학위생론』을 읽고, 중국의 의술은 의식적이든 무의식적이든 사기에 지나지 않는다는 것을 마침내 분명하게 깨달았다. 이처럼 내 마음속에 폭풍이 인 것과 마찬가지로 중국 지식인층에서도 유신 구국 사상이 태풍처럼 일어났다. 그 무렵, 이미 독일의 자오저우 만 조차를 시작으로, 러시아는 관둥저우, 영국은 그 건너편의 웨이하이웨이, 프랑스는 남쪽의 광저우 만을 각각 조차하여 차례차례로 이들 각국은 철도, 광산 등에서 많은 이익을 얻었다. 미국도 예전부터 동양으로 진출할 기회를 엿보고 있었는데, 마침내 그 무렵 하와이를 얻고 멀리 동양 침략을 진행하여 스

** 청말의 계몽사상가. 영국에 유학한 후, 서양 사상을 번역, 소개하여 청말의 지식인에게 큰 영향을 미쳤다.

페인과 싸워서 필리핀을 얻고 그곳을 발판으로 슬슬 중국에 대해서도 음흉한 간섭을 시작하고 있었다. 이미 중국의 독립도 풍전등화처럼 보였다. 구국의 외침이 국내에 충만한 것도 당연한 일로 여겨졌다. 그러나 중국으로서는 불행한 사건이 잇따라 일어났다. 무술정변이 그중 하나이고, 2년 후에 일어난 북청사변은 마침내 중국의 무능함을 전 세계에 폭로하는 치명적 사건이었다. 나는 다음해 12월에 광로학당을 졸업했지만 광산 기사로서 금은 광맥을 찾아낼 자신은 없었다. 내가 이 학교에 들어온 것은 광산 기사가 되고 싶어서가 아니었다. 지금의 중국을 조금이라도 더 좋게 만들고 싶어서 무언가 새로운 학문을 공부하고 싶었기 때문이다. 그리하여 지난 3년간, 나는 학교에서 광산 공부보다 서양 과학의 본질을 알려고 그쪽 공부만을 해왔다. 따라서 그때의 나에게 졸업이란 이름뿐이고 실제로 광산 기사 자격 따위는 전혀 안중에 없었다. 나도 이미 스물한 살이 되었다. 빨리 인생의 진로를 결정해야 한다. 의화단의 난에 의해 청나라의 무능이 열강뿐 아니라 중국의 민중에게도 간파당해 중국의 독립을 지키기 위해서는 타청흥한(打淸興漢)의 대혁명이야말로 급선무라는 생각이 팽배했다. 해외에 망명해 있던 쑨원(孫文)은 이미 정치 강령 '삼민주의'를 완성하여 이것을 중국 혁명의 슬로건으로 삼아 국내 동지들을 지도했다. 우리 서양 학문파 학생들도 대부분 '삼민주의'의 열렬한 신봉자가 되어 노쇠한 청나라 정부를 타도하고 한(漢) 민족의 새 국가를 건설함으로써 열강의 침략에 대항하여 중국의 독립을 지켜내야 한다고 외쳤으며, 학업을 포기하고 직접 혁명 운동에 몸을 던지는 학생들도 적지 않았다. 나도 그런 흐름에 자극을 받아 중국을 위기에서 구하기 위해서는 반드시 어떤 종류의 혁명이 단행되어야 한다고 생각하기에 이르렀다. 그러나 그러기 위해서는 열강 문명의 본질을 조금 더 깊이 연구하는 것이 무엇보다 시급한 일이라고 생각했다. 내 지식은 아직 유치하다. 아직 아무것도 모른다고 해도 좋을 것이다. 학업을 포기하고 당장 정치 운동에 몸을 던지는 사람들의 우국충정도 이해는 하지만, 궁극적인 목표는 같아도 지금 나의 정열은 실제로 정치 운동보다는 열강이 부강하게 된 원동력을 탐구하는 데 쏠렸다. 그것이 과학이라고 분명하게 단정할 수는 없었지만, 서양 문명의 정수는 독일에 가면 가장 확실하게 파악할 수 있는 것이 아닐까 하고 어렴풋하게 추측을 하고는, 내 삶의 방향은 독일 유학에 의해 결정될지 모른다고 생각하고 있었다. 그러나 나는 가난하다. 고향을 버리고 난징으로 나온 것이 고작이었던 내가, 나아가 만리장성을 넘어 독일로 유학하려면 어떻게 하면 될까 하고 고민하는 것은 마치 구름 위의 누각을 보는 것 같은 느낌이었다. 독일에 유학하는 것이 불가능하다면 남은 것은 다른 한 가지 길밖에 없었다. 일본으로 가는 것이다. 그 무렵, 정부가 비용을 대면서 매년 조금씩 유학생을 일본으로 보내기 시작했다. 2,3년 전에 장지동*이 지은 유명한 『권학편(勸學篇)』 등에서도 일본 유학의 필요성이 크게 역설되었다. 일본이 소국인데도 부흥한 것은 어찌 된 영문인가? 이토, 야마가타, 에노모토, 무쓰 등은 20년 전 서양에 유학했다. 조국이 서양의 위협을 받는 것에 분노하여 동지 백여 명을 이끌고 독일, 프랑스, 영국 등으로 가서 정치, 상업, 또는 수륙 병법을 배워

---

* 청말의 정치가. 군기 장관을 역임하고 군대의 근대화, 철도 부설 등, 양무(洋務) 운동을 추진했다.

학문을 이루고 돌아와서는 장관이 되어 정계를 쇄신한 동방의 영웅이다라는 논조로 일본을 칭찬했다. 그리하여 '유학할 나라로는 서양은 일본만 못하다'는 결론을 내렸는데 그 이유는,

— 거리가 가까워서 비용이 절약되니 많은 학생들을 보낼 수 있다.
— 일본 문장은 한문과 비슷해서 통달하기 쉽다.
— 서양 학문은 매우 복잡한데 꼭 필요하지 않은 것은 일본인이 이미 삭제하고 고쳤다.
— 일본과 중국은 서로 풍속이 닮아서 따르기 쉽다. 일은 반만 하고 공은 두 배로 거두는 것에 이보다 더 나은 것이 없다.

라는 식으로 결코 일본의 국풍을 연모해서가 아니었다. 배울 것은 역시 서양이지만 일본은 이미 서양 문물의 정수를 수정하여 사용하는 데 성공했으므로, 굳이 먼 서양까지 가지 않더라도 가까운 일본에서 배우는 쪽이 값싸게 서양 문물을 흡수할 수 있다는 일종의 편의주의에서 일본 유학을 장려했다고 해도 과언이 아니라고 생각한다. 당시 일본에 유학하는 학생은 매년 증가했지만 거의 대부분이 『권학편』에 나타나 있는 사상과 대동소이한, 이상하게 굴절된 의도를 가지고 일본 유학을 떠나는 상태였다. 나도 그중 한 사람이며 독일행이 불가능하다고 보여서 그 대신에 일본 유학을 지망하게 되었다는 사실을 고백하지 않을 수 없다. 나는 정부의 유학생 시험에 응모하여 합격했다. 일본은 어떤 곳인가. 이에 대한 예비지식이 전혀 없었다. 일전에 일본을 여행한 적이 있는 광로학당의 선배를 찾아가 일본 유학에 대비한

마음가짐에 대해 물었다. 그 선배가 말하기를 일본에 가면 가장 곤란한 것이 버선이라 했다. "일본 버선은 도저히 신을 수가 없으니 중국 버선을 과감하게 많이 가져가는 것이 좋아. 그리고 지폐는 사용하기 불편할 때가 있으니 일본 은화로 가져가는 것이 좋아. 대체로 이 정도면 돼"라고 하여서, 나는 즉시 중국 버선 열 켤레를 사고 나머지는 모두 1엔짜리 일본 은화로 바꾸어 아주 무거워진 지갑에 주의하며 상하이에서 배를 타고 요코하마로 향했다. 그러나 그 선배의 여행 경험은 너무 오래된 것이었다. 일본에서는 학생들은 교복을 입고 구두와 양말을 신지 않으면 안 되었다. 버선이 전혀 필요 없었다. 또 부끄러울 정도로 큰 1엔짜리 은화는 일본에서는 예전에 폐지되어 그것을 또 지폐로 바꾸기 위해 고생했다. 이것은 나중의 이야기이지만, 1902년, 스물두 살 되던 해 2월, 무사히 요코하마에 상륙해서 '일본이다! 이것이 일본이다! 나도 마침내 선진국에서 새로운 학문에 전념할 수 있다!'고 생각했을 때는, 이제까지 한 번도 맛본 적 없는 어렴풋한 기쁨이 가슴속에서 치밀어 올라 독일행의 꿈도 완전히 사라졌을 정도였다. 정말로 그 신비스러운 해방의 기쁨은 앞으로의 인생에서 중국 재건의 꿈이 성취된다면 몰라도, 그때 말고는 두 번 다시 경험하기 어려울 것이라는 생각이 들었다. 그러고 나서 나는 신바시행 기차를 탔는데, 창밖의 풍경을 잠깐 보고는 일본은 세계 어디에도 없는 독자적인 청결감을 가지고 있다는 느낌이 들었다. 논밭은 아마도 무의식적으로 그리한 것이겠지만 아름답고 단정하게 정리되어 있었다. 게다가 이어지는 공장 지대는 검은 연기가 뭉게뭉게 피어올라 하늘을 덮고 있지만 공장 하나하나 사이에 시원한 바람이 부는 느낌이었고, 그 신선한 질서와 긴장감은 중국에서는 전혀 볼 수 없는 것이었다. 그 후 도쿄 거리를 아침 일찍 산책할 때면 집집마다 여자들이 새 수건을 머리에 쓰고 어깨띠를 묶고는 바쁜 듯이 문의 먼지를 터는 모습을 보고, 그 아침 햇살을 받으며 가련하게 긴장한 모습이야말로 일본의 상징으로 생각되어 신국(神國)의 본질을 조금이나마 이해한 것 같은 기분이 들었다. 그와 비슷한 다기진 청결감을 요코하마와 신바시 사이에서 잠시 본 것만으로도 쉽게 간파할 수 있었다. 요컨대 과잉이 없다. 권태로운 모습이 어디에도 배어 있지 않았다. '일본에 잘 왔다!'고 가슴이 두근거리고 흥분 때문에 가만히 앉아 있을 수 없어 자리가 있었지만 요코하마에서 신바시까지 한 시간 내내 거의 서 있었다. 도쿄에 도착해서 선배 유학생의 도움으로 숙소를 정하고 나서는 우에노 공원, 아사쿠사 공원, 시바 공원, 스미다 제방, 아스카야마 공원, 제국박물관, 도쿄 교육박물관, 동물원, 제국대학 식물원, 제국도서관을 거의 무아지경으로 그야말로 당신이 조금 전에 말했듯이, 당신이 센다이를 처음 보았을 때 느낀 흥분과 같은, 아니 어쩌면 그 열 배 정도의 감격에 겨워 그저 무턱대고 도쿄 시내를 돌아다녔다. 그렇지만 이윽고 우시코메의 고분학원(弘文學院)에 입학해 공부하기에 이르러, 이 감미로운 도취로부터 차차 깨어나면서 걸핏하면 또다시 옛날의 회의와 우울증에 빠지는 일이 많아졌다. 내가 도쿄에 온 1902년 전후로 청나라 유학생이 급격히 증가하여 겨우 2, 3년 사이에 벌써 중국에서 유학생 2천 명 이상이 도쿄로 몰려왔다. 이들을 맞이하여 먼저 일본어를 가르치고 또 지리, 역사, 수학 등의 기본 지식을 가르치는 학교도 도쿄에 차차 생겨났는데 그중에는 이상한 속성 교육을 실시하여 돈을 벌려는 악질

학교조차 생겨났다. 그러나 그 많은 학교 중에서 우리가 입학한 고분 학원은 말하자면 유학생의 총본산과 같은 곳으로, 학교의 규모도 크고 설비도 제대로 갖추어져 있고 교사도 학생도 성실한 편이었지만, 그래도 나날이 침울해지는 것을 어떻게 할 수 없었다. 하나는 당신이 조금 전에 말한 것처럼 날개 색이 같은 까마귀가 수백 마리 모이면 혼잡스러워져 서로 비난을 하게 된다는 이상한 심리 때문이었는지 모르겠다. 나 또한 청나라 유학생, 말하자면 청나라에서 선발되어 파견된 수재라는 자부심을 유지하고 싶다고 노력을 해도, 그 뽑힌 수재가 너무 많이 도쿄 시내 곳곳을 배회하고 있어서 맥 빠진 기분이 들 수밖에 없었다. 봄이 되면 우에노 공원의 벚꽃이 만개하여 저녁 무렵에는 분명히 눈송이처럼 보였지만, 꽃나무 아래에는 어김없이 선발된 수재 한 무리가 엎드려 담소를 하고 있어서 벚꽃의 운치를 차분한 기분으로 감상할 수가 없었다. 수재들은 변발을 머리 꼭대기에 둘둘 말고 그 위에 모자를 쓰고 있어서 모자가 이상하게 솟아올라 후지 산 모양이라서 매우 우스꽝스럽다고 말할 수밖에 없었다. 그중에는 멋쟁이도 있어서 모자의 끝이 솟아오르지 않도록 변발을 뒤쪽으로 납작하게 묶어서 기름으로 들러붙게 하는 새 방법을 창안했기에 그 고민을 짐작할 수 있었다. 하지만 모자를 벗으면 남자인지 여자인지 알 수 없는 이상한 느낌이 들었고 뒷모습이 묘하게 섹시해서 무심결에 그만 소름이 끼칠 정도였다. 그런데 오히려 그쪽에서 나처럼 변발을 자른 사람을 경멸의 눈으로 보는 것은 참을 수 없다. 또 선발된 수재 한 무리가 우르르 시내 전철을 탈 때에는, 예의범절의 나라에서 왔다는 체통을 발휘할 기회는 이때라고 생각하는 것인지 서로 자리를 양보하며 소란을 피운다. 갑이 을에게 앉으라고 하면 을은 고사하며 병에게 앉으라고 말한다. 병은 또다시 정에게 권한다. 정은 다시 황송해하며 갑에게 앉으라고 말한다. 일본의 남녀노소 모든 승객은 어안이 벙벙하여 바라보고만 있는데, 큰 소리로 떠들며 서로 양보하며 읍을 하다가 덜컹하고 전차가 움직임과 동시에 그 무리는 뒤엉켜 넘어진다. 나는 구석에 숨듯이 해서 그 모습을 지켜보고는 부끄러워서 무어라 말할 수 없는 기분이 된다. 그러나 이것을 심하게 비난해서는 안 된다. 이와 같은 동포의 순수한 노력을 한심하게 생각하는 나의 거만함이 문제인지도 모른다. 우울증의 원인이 또 하나 있었다. 그것은 학생들이 공부를 하지 않는 것이었다. 중국 혁명 운동의 현 상황에 대해 아직 확실히 모르지만 삼합회(三合會), 가로회(哥老會), 흥중회(興中會) 등과 같은 혁명당 비밀 결사 조직은 쑨원을 맹주로 하여 벌써부터 대동단결하고 있는 것 같았다. 한편 먼저 일본으로 망명했던 캉유웨이 일파의 개선(改善)주의는 쑨원 일파의 민족 혁명 사상과 양립하지 못해서 캉유웨이는 조용히 일본을 벗어나 유럽으로 떠난 것 같고, 지금은 쑨원의 이른바 삼민오헌(三民五憲)설이 압도적으로 우세해져 확립된 요강(要綱)에 따라서 마침내 실제 행동에 돌입한 상태인 것 같았다. 쑨원 자신도 도쿄에 나타나서는 일본 동지들의 응원을 받으며 여러 가지 획책을 하기에 요즈음은 도쿄가 중국 혁명의 근거지가 된 것 같다. 일본에 있는 유학생들의 흥분도 대단하여 모이기만 하면 타청흥한의 기세를 올리며 학업이고 뭐고 모두 내팽개친 상태이다. 그러나 그렇게 우국충정을 발휘하는 것도 좋지만 그중에는 이런 혼란을 틈타 출세를 꾀하는 자도 나타났다. 악질의 경우, 예의 속성학교에서 비누 제조법 등을 겨우 한 달 만에 배워서 이상한 졸업증서를 받아 귀국한 뒤, 비누를 만들어 벼락부자가 되겠다며 매우 거만하게 떠들고 다니는 이상한 학생조차 있을 정도이다. 간다 스루가다이의 청나라 유학생 회관에 볼일이 있어 가보면, 그때마다 2층에서는 쿵쿵 하고 대난투를 벌이는 소리가 들리고 그 때문에 아래층 천장이 진동하여 아래층은 언제나 먼지가 자욱한 상태였다. 이 이상한 일이 계속되어 어느 날 사무실 직원에게 2층에서는 어떤 소동이 벌어지고 있는지를 물었더니, 사무실의 일본인 할아버지는 쓴웃음을 지으면서 학생들이 댄스 연습을 하고 있다고 대답했다. 더 이상 나는 이런 수재들과 같이 있을 수 없었다. 지금 중국은 새로운 학문이 절대적으로 필요한 시기이다. 열강의 맹위에 대항하기 위해서는 타청흥한의 정치 운동도 물론 급선무임에 틀림없지만 새로운 학문 연구를 통해 열강이 지닌 위력의 본질을 탐구하는 것도 우리 학생들이 해야 하는 일이 아닐까. 나도 원래 쑨원 선생님을 존경하고 삼민오헌설에 공감하는 데는 남에게 뒤지지 않지만 삼민주의의 민족, 민권, 민생 중에서 민생 부분이 가장 이해하기 쉬웠다. 늘 내 눈앞에 어른거리는 것은 소년 시절 3년간, 아버지의 병을 고치려고 전당포와 약국을 매일같이 오가며 명의라고 칭하는 사기단의 말을 믿고 평지목, 원배의 귀뚜라미 등을 이리저리 찾아 헤매던 자신의 비참한 모습이었다. 또 잠들지 못하는 밤에 내 귀에 들리는 소리는 어리석은 미신에 따라 아버지의 영혼을 붙잡으려고 임종 직전의 아버지의 베갯머리에서 목이 찢어질 정도로 아버지 이름을 부르던 한심스러운 자신의 고함이었다. 그것이 중국 민중의 모습이다. 지금도 전혀 바뀌지 않았다. 성현의 말씀은 생활의 허식으로 사용되고 헛되이 신선의 미신만이 유행하고 환자는 값비싼 찢어진 북 가죽 환약을 강매당하며 나날이 쇠약해질 뿐이다. 이 중국 민중의 현실을 어떻게 할 것인가! 비참한 현실에 대한 분노에서 나는 일시적으로 영혼을 서양인에게 맡기고 서양 학문을 추구한 것이다. 어머니를 등지고 고향을 버린 것이다. 내 염원은 하나밖에 없다. 말하자면 동포들의 신생(新生)이다. 민중의 교화 없이 무슨 혁명이고 유신이냐! 게다가 민중의 교화는 우리 학생이 아니면 누가 할 수 있는가! 공부해야 한다! 조금 더, 조금 더 공부해야 한다! 그때, 한문 번역본 『메이지 유신사(史)』를 읽었다. 그리하여 일본의 유신 사상이 한 무리의 네덜란드학 연구자들로부터 큰 자극을 받았다는 사실을 알게 되었다. '이것이다!'라고 생각했다. 때문에 일본의 유신도 저렇게 빛나는 성공을 거둘 수 있었다고 생각했다. 무엇보다 먼저 과학의 위력을 통해 민중을 각성시키고 그들의 생각을 계몽해 유신 사상으로까지 이끌어가지 않으면 어떠한 형태의 혁명도 지극히 어려울 수밖에 없을 것이다. '먼저 과학이다!'라고 나는 유신사를 읽고 비로소 삶의 방향을 찾았다는 생각이 들었다. 중국은 지금 과학의 힘으로 크게는 열강의 침략과 싸워 독립을 보존하고 작게는 민중 개개인의 일상생활을 윤택하게 하여 신생의 희망과 노력을 추구해야 한다. 이것은 나만의 분홍빛 꿈일까. 꿈이라도 좋다. 이 꿈의 실현을 위해 생애를 바치겠다. 이제부터의 삶은 어쩌면 전혀 화려하지 않은 아주 수수한 것이 될 것이다. 그러나 나는 민중 한 사람, 한 사람에게 신생의 활력을 주어 점차 혁명 의식으로 유도해가는 것이다. 애국충정의 발현은 다양해야 한다. 꼭 지금 당장 정치 운동에 몸 바칠 필요는 없다. 지금은 더 공부하지 않으면 안 된다. 먼저 과학 중에서 의학을 공부하자. 나에게 새로운 학문의 필요성을 가르쳐준 것은 소년 시절 경험한 의사의 기만이다. 그때의 분노가 나로 하여금 고향을 버리게 했다. 새로운 학문에 대한 내 열망은 처음부터 의학과 연결되어 있었다고 할 수 있다. 임종 직전, 아버지의 베갯머리에서 절규할 때 내뱉은 그 비참한 목소리가 언제나 내 귓전을 때리며 분발하도록 해온 것이 아닌가. 의사가 되자.『메이지 유신사』에 따르면 당시 네덜란드학 연구자 대부분도 의사였다. 아니 서양 의술을 배우기 위해 네덜란드어를 공부하기 시작한 사람도 많았다. 그 정도로 일본에서도 더욱 진보한 의술을 다른 어떤 학문보다 먼저 민중이 갈구하고 있었다. 의술은 민중의 일상생활과 가장 가깝게 연결되어 있다. 병을 고쳐주는 것은 민중 교화의 첫걸음이다. 먼저 일본에서 의학을 배우고 난 뒤, 귀국하여 내 아버지처럼 의사에게 속아서 단지 죽음만을 기다리는 환자를 차례차례로 완치시켜 과학의 위력을 알리고, 어리석은 미신에서 하루속히 깨어나도록 민중 교화에 전력을 다하겠다. 그리고 만약 중국이 외국과 전쟁을 벌일 때는 군의관으로 참전하여 새로운 중국 건설을 위해 온몸을 아끼지 않고 일하겠다. 이런 삶의 방향이 비로소 구체적으로 확정되었지만, 주위를 돌아보면 후지 산 모양으로 솟은 모자이고 시내 전철 속에서의 과도한 예의범절의 미덕이고 비누 제조이고 대난투와 같은 댄스 연습이다. 그런데 올해 2월, 일본은 북방의 강대국 러시아에 당당하게 선전포고를 했다. 일본 청년들은 용감하게 전쟁터로 나아갔고 의회는 만장일치로 막대한 전비를 가결했으며 국민은 모든 희생을 참으며 매일, 호외의 종소리에 열광하고 있다. 나는 물론 '이 전쟁은 일본이 이긴다'고 생각한다. 이와 같이 국내가 활기찬데 질 리가 없다. 동시에 이것은 내 직감이지만, 나는 이 전쟁이 일어난 후 매우 부끄러운 기분이 들었다. 사람에 따라 이 전쟁을 바라보는 여러 가지 시각이 있겠지만 나는 이번 전쟁도 중국의 무기력이 그 원인이라고 본다. 중국에 자국 통치 능력이 있었다면 이번 전쟁도 일어나지 않았을 텐데! 이것은 마치 중국의 독립을 지키기 위해 일본이 대리 전쟁을 하는 것처럼 보이고 생각에 따라서는 중국의 불명예스러운 전쟁이 아닐까. 일본의 청년들이 중국 땅에서 용감히 싸우면서 귀중한 피를 흘리고 있는데 마치 강 건너 불구경하듯이 방관만 하는 동포들의 마음을 나로서는 이해할 수가 없었다. 게다가 같은 연배의 중국 청년들이 분발하기는커녕, 여전히 중국 유학생 회관에서 댄스 연습에 빠져 있는 것을 보고는 마침내 결심했다. 잠시 이 유학생들과 떨어져서 지내자. 자기혐오라고나 할까. 우리 동포들의 무사태평한 얼굴을 보면 부끄럽고 부아가 치밀어 견딜 수가 없다. 아아! 중국 유학생이 한 명도 없는 곳으로 가고 싶다. 잠시 도쿄에서 멀리 떨어져 모든 일을 잊고 혼자서 의학 공부에 전념하고 싶다. 이제 주저하고 있을 때가 아니다. 나는 고지마치 구(區) 나가타초의 중국 공사관에 가서 지방 의학교에 입학하고 싶다는 의향을 밝히고, 이윽고 이 센다이 의학전문학교로 편입했다. 도쿄여, 안녕! 선발된 수재들이여 안녕! 드디어 이별의 순간이 다가오자 역시 쓸쓸했다. 기차로 우에노를 출발하여 닛포리(日暮里)*라는 역을 통과하는데 그 글자가 당시 내 마음의 우수를 건드려 자칫하면 눈물을 흘릴 뻔했

---

* 해가 지는 마을.

다. 얼마 후 미토라는 역을 통과했는데, 이곳은 메이지의 의신(義臣) 주순수* 선생이 객사하신 곳으로 Wandervogel(철새) 대선배의 비장한 마음을 연모하며 조금은 용기를 얻어 센다이에 도착했다. 센다이는 도호쿠 지방 최대의 도시라고 들었지만 와서 보니 도쿄의 10분의 1에 지나지 않은 소도시였다. 거리 사람들의 말도 떠든다고 할 정도는 아니지만 도쿄 사람들과 비교하면 이상하게 어조가 강하고 알아듣기 어려운 점이 많았다. 중심가는 역시 번화했고 도쿄의 가구라자카 정도의 운치가 있었지만 거리 전체는 어딘가 경망스러워서 일본 도호쿠 지방의 중진으로서의 묵직한 능력은 없는 듯했다. 오히려 더욱 북쪽의 모리오카, 아키타 지방에 도호쿠 지방의 실제 능력이 축적되어 있지만 센다이는 이른바 문명개화의 표면적인 위력으로 그들을 억누르고 두려워하면서 군림하고 있는 느낌이었다. 여기는 다테 마사무네라는 영주가 개척한 지역이지만 일본에서 der Stutzer, 거드름 피우는 사람을 '다테(거드름)꾼'이라 부르는 것은, 어쩌면 센다이의 이런 기풍을 놀리는 데서 시작된 것이 아닌가 싶을 정도로 무의미하게 도시 풍만을 자랑하는 시가지였다. 말하자면 자신(自信)도 아무것도 없는 주제에 도호쿠 지방 제일이라는 체면에 얽매여 새침 떨고 있는 '다테(허풍) 거리'처럼 느껴졌다. 그러나 당신이 방금 이야기한 것처럼 북쪽의 오지에서 갑자기 이 센다이로 나온 사람에게는, 이 지역의 문명개화도 호화찬란하게 보여 그것을 솔직하게 경탄하며 받아들이는 것은 자연스러운 일이다. 이것이야말로 센다이의 개조 마사무네 공이

---

* 명대의 유학자로 에도 초기에 일본으로 건너왔다.

도호쿠 지방 전체를 영웅시하는 정책을 펼치며 노린 바이다. 그것이 전통적인 기풍이 되어 유신 이후 37년이 경과한 지금까지도 그 내용이 공허한 것에 다소 흠칫하면서도 역시 시골 신사의 거드름을 버리지 못하고 있는 것이다. 그러나 이렇게 악담을 하지만 센다이에 대해 특별히 악의를 품고 있는 것은 결코 아니다. 산업이 별로 없는 지방 도시는 대개 이런 식의 거드름으로 살아가는 것이다. 이제부터 내 일생에서, 어쩌면 가장 중대한 시기를 센다이에 맡겨버려 얼떨결에 세세히 이 지역 풍토에 대해 생각하고 있던 것과 이것저것 불만을 털어놓고 싶었을 뿐이지만, 이런 기풍의 지역은 학문을 하는 데 오히려 적합할지도 모른다. 사실 이 지역으로 오고 난 후, 공부는 순조로웠다. 아마도 물건은 적어야 귀해지는 법이라, 나는 센다이 시로서는 최초, 또 유일한 청나라 유학생이라고 해서 아주 귀한 대접을 받고 있다. 이것이야말로 당신 말대로 별 볼 일 없는 까마귀라도 단 한 마리 나목에 앉아 있으면 그 모습이 그런대로 괜찮고 새까만 날개도 빛나 보이는 것인지, 학교 선생님들도 마치 귀중한 손님처럼 친절하게 대해주어 오히려 어찌할 바를 모를 정도이다. 나로서는 이렇게 모두로부터 따뜻하게 대우받는 것은 태어나서 처음이다. 고마워하면서도 이 사람들의 호의를 배신해서는 안 된다는 불안도 함께 느끼고 있다. 동급생들도 아마 신기함 때문이겠지만, 아침에 교실에서 만나면 대개는 저쪽에서 먼저 미소 지어주고 또 옆자리에 앉은 학생은 기꺼이 칼과 지우개를 빌려주었다. 그중에서 쓰다 겐지라는 도쿄 부립 1중학교* 졸업

---

* 도쿄 최고의 엘리트 학교.

생이라는 것을 약간 자랑하고 있는, 키가 큰 학생이 가장 열렬하게 관심을 가지고 여러모로 자세하게 지도를 해주는데 "깃이 더러워져 있으니 세탁소에 맡기세요"라든가, "비 올 때 신는 장화를 한 켤레 사세요"라든가, 복장까지 보살펴주더니 마침내 하숙집에까지 와서 "이곳은 안 돼. 빨리 짐을 싸서 우리 하숙집으로 옮기세요"라고 했다. 내 하숙집은 고메가부쿠로 가지야마에초의 미야기 감옥 앞이어서 학교에 가깝고 식사도 좋은 편이라 아주 흡족했다. 하지만 쓰다 씨의 이야기에 따르면 "이 하숙집은 감옥 죄수들의 사식집도 겸하고 있으므로 안돼"라는 것으로, "청나라 수재가 죄인과 한솥밥을 먹고 있다는 것은 너 한 사람의 체면 문제만이 아니라, 나아가서는 네 나라의 체면에도 먹칠을 하는 것이니 빨리 이사해야 한다"고 여러 번 충고를 했다. 웃으면서 "그런 것에는 전혀 신경 쓰지 않아"라고 말해도 고개를 흔들며, "아니야. 너는 겸손해서 거짓말을 하는 거야. 중국 사람은 무엇보다 체면을 중시한다던데, 죄인과 같은 밥을 먹어도 괜찮다는 것은 거짓말이겠지. 빨리 이 불길한 숙소를 나와 우리 하숙집으로 옮겨라"며 집요하게 권유했다. 아주 진지한 얼굴로 그런 말을 하고 있지만, 속으로는 나를 조롱하고 있는지 알 수 없으나 친구의 호의를 냉담하게 뿌리쳐서 화나게 하는 것도 좋지 않기에 어쩔 수 없이 아라초에 있는 쓰다 씨의 하숙으로 옮겼다. 이번에는 감옥에서는 멀어졌지만 식사가 이전만큼 좋다고는 할 수 없었다. 매일 아침 밥상에 생마를 간 끈적끈적한 것이 나왔지만 이것만은 도저히 먹을 수가 없어서 매우 곤혹스러워하고 있었다. 쓰다 씨가 어느 날 아침 내 방을 들여다보고는 "그것을 왜 안 먹지?" 하고 나무라고는, "그것은 아주 영양분이 많으므로 꼭 먹어야 해. 된장국에 넣어서 충분히 휘저어 섞으면 맛있는 마 된장국이 되니 밥 위에 부어서 먹으면 돼" 하고 가르쳐주어서, 그로부터 나는 매일 아침, 마 된장국을 밥 위에 부어서 먹어야 했다. 그 사람도 결코 나쁜 사람인 것 같지는 않지만 그 과도한 친절에는 질렸다. 그러나 지금은 쓰다 씨의 쓸데없는 참견이 약간 성가실 뿐이고 그 밖에는 전혀 불만스러운 것이 없다. 전부 순조롭다. 행복한 신세라고 해도 좋을지 모르겠다. 학교 강의는 모두 신선하고 내가 오랫동안 바라던 것이 이곳에 와서 마침내 이루어진 것 같은 느낌이 든다. 그중에서 해부학의 후지노 선생님 강의는 재미있다. 별로 색다른 강의는 아니지만 선생님의 인격이 반영되어 있어서인지, 나뿐만 아니라 다른 학생들도 즐거운 듯이 듣고 있다. 낙제해서 유급한 일당들의 이야기에 따르면, 후지노 선생님은 복장에는 신경 쓰지 않아서 넥타이를 매지 않고 학교에 올 때도 종종 있고 또 겨울에는 무릎을 덮을 수 없을 정도의 짧고 낡은 외투를 입고는 늘 추운 듯이 덜덜 떨고 있다고 한다. 언젠가는 기차를 탔을 때, 차장이 수상한 사람으로 생각해서 느닷없이 차내의 모든 승객을 향해 "요즈음 차 안에 소매치기가 출몰하니 모두 주의하십시오!" 하고 외쳤다든가, 그 외에도 재미있는 일화가 더 있는 것 같다. 마음도 고귀한 것 같고 강의도 열심이고 깊이가 있는데도 불구하고, 한편으로는 그런 세속을 초월한 품격 때문인지, 학교를 오래 다닌 학생들은 선생님과 허물이 없어져서 대하기 쉽기 때문인지, 강의 때에는 아무것도 아닌 일에도 '와' 하고 웃음을 터뜨리기에 교실이 아주 왁자지껄하다. 첫 시간, 약간 등이 굽은 선생님이 크고 작은 여러 가지 책을 양 옆구리에 끼고 교실로 들어와서 그 많은 책을 교탁에 놓이 쌓아 올리고 나서 아주 느린 어조로 "나는 후지노 겐쿠로인데"라고 말하자, 유급생들이 한꺼번에 웃음을 터뜨려서 왠지 모르게 선생님이 불쌍하다고 생각했을 정도였다. 그러나 첫 강의는 일본의 해부학 발달사였고 그때 가지고 온 크고 작은 여러 가지 책은 옛날부터 현대에 이르기까지 일본인이 저술한 해부학에 관한 책이었다. 스기타 겐파쿠의 『해체신서』랑 『네덜란드학 입문(蘭學事始)』 등도 그 속에 있었다. 그리하여 겐파쿠 그룹이 고즈캇파라 형장에서 죄인들의 시체를 해부할 때의 긴장감 등을 선생님은 특징 있는 느긋한 어조로 들려주셨는데, 첫 강의는 나의 앞날을 암시하고 격려해주는 것 같아서 정말로 깊은 감명을 받았다. 이제 내 진로를 한마디로 말할 수 있다. 중국의 스기타 겐파쿠가 되는 것이다. 그것뿐이다. 중국의 스기타 겐파쿠가 되어 중국 유신의 봉화를 올리는 것이다.

마쓰시마의 여관에서 당시 스물네 살의 유학생 저우 씨는 대체로 이와 같은 사실을 나에게 들려주었지만, 물론 그날 밤, 저우 씨 혼자서 이렇게 길고 긴 청나라의 현실과 자신의 성장 과정 등을 순서대로 들려준 것은 아니다. 술을 마시면서 나와 함께 밤새도록 이야기 나눈 것을 짜 맞추고 거기에 나중에 얻은 지식을 다소 보충하여 정리한 것이다. 어쨌든 그날 밤, 나는 저우 씨가 털어놓은 이야기를 듣고 많은 감동을 받았다. 나처럼 단지 부모님이 의사라서 맏아들인 자신도 또 의사, 라는 식의 무책임한 생각으로 의학전문학교에 입학한 것이 아니라, 저 멀리서 바다를 건너온 사람은 역시 그만한 깊은 사정과 훌륭한 결의를 품고 있구나 하고 크게 감탄했다. 그러고는 이 외국 수재에게 높은 존경심을 새로이 느끼고, 어떻게든 이 사람이 고매한 목적을 완수하도록 도와주고 싶어져서 아무런 도움도 줄 수 없는 주제에 의욕만 왕성하게 솟아났다. 저우 씨는 내가 자기 동생과 닮았다고 했고, 또 내 쪽에서는 저우 씨를 만나 이야기할 때만큼은 사투리에 대한 고민에서 해방된다는 비밀스러운 기쁨이 있어서 두 사람의 교제가 이루어졌다고 생각되지만 굳이 그런 이유를 들 필요는 없을 것이다. 다만 세상에서 말하는 '마음이 맞았다'라는 작은 기적은 국적이 다른 사람들 사이에서도 가끔씩 일어날 수 있는 현상일지도 모르겠다. 그렇지만 일본 삼대 절경 가운데 하나인 마쓰시마 해안에서 이상하게 인연을 맺은 고독한 사람끼리의 어떤 흥정이나 이해타산도 없는, 말하자면 굉장히 의젓한 교제에도 때때로 이상한 훼방꾼이 있었다. 순수하게 두 사람만의 느긋한 교제 따위는 이 세상에서 허락될 수 없는 것인지도 모른다. 반드시 제삼자의 견제랑 시기랑 조소 등이 개입하는 것 같다. 마쓰시마 숙소에서 서로 격의 없이 생각하는 것을 이야기하면서 웃기도 한 다음날, 기차로 센다이로 돌아와서 "그러면 또 학교에서, 여러 가지로 고마웠습니다.""아니, 저야말로"라며 뜻밖의 즐거웠던 짧은 여행에 서로 감사하며 헤어졌다. 그다음 날 아침, 새로운 친구를 또 만날 수 있다는 기대에 하숙집 사람들도 놀랄 정도로 일찍 일어나서 학교로 갔지만, 저우 씨의 얼굴은 교정에서도 교실에서도 찾아볼 수 없었다. 나는 그날 하루 종일, 매우 쓸쓸한 기분으로 여러 선생님의 강의를 들었다. 나는 저우 씨만큼 간절한 목적에서 이 학교에 입학한 것이 아니기에 여러 가지 강의도 별로 고맙게 여겨지지 않았고 그렇게 신선하게 느껴지지도 않았다. 후지노 선생님 강의에도 그날 처음으로 출석했지만 저우 씨가 그렇게 정열을 가지고 칭찬할 정도로 즐거운 수업은 아니었다. 마침 그 무렵, 후지노 선생님의 강의는 골격 총론이 끝나고 골격 각론으로 막 들어가고 있었다. 등신대(等身大)의 구간* 골(骨) 표본을 옆에 두고, 마치 그것이 자기 육친의 뼈인 것처럼 정말로 정답게 쓰다듬으면서, 수강생 모두가 전부 이해하지 않으면 끝내지 않겠다는 것 같은 자상하고 친절한 강의여서 양심적이라 할까, 너무 진지하다고 할까, 나처럼 성질이 급한 사람에게는 너무 복잡해서 참을 수 없었다. 해부학이라는 것이 원래 그런 복잡한 학문이라는 것을 나중에 알았지만 그렇다고 해도 후지노 선생님의 열정적인 반복 설명에는 질릴 수밖에 없었다. 풍모도 그때는 착실하게 넥타이를 맸고 초연한 신선 같은 인상은 전혀 없었다. 얼굴은 검고 광대뼈가 튀어나왔고 근실하고 정직한 느낌이며, 쇠테 안경 속의 눈은 방심하지 않고 사방을 노려보아서 정답기는커녕 내게는 그 어떤 선생님보다 버거운 분처럼 느껴졌다. 그래도 역시 저우 씨가 이야기한 대로 교실 뒤편의 유급생 일당은 아무것도 아닌데 와그르르 배꼽을 잡고 웃으면서 소란을 피웠다. 내가 관찰한 바로는, 그 낙제생들은 후지노 선생님의 이런 지나치게 꼼꼼하다고 할 정도의 진지한 강의에 압박당해 오히려 허세를 부리며, '신입생들이여, 우리 고참들에게 이런 강의는 우습기 짝이 없어. 그렇게 긴장하지 말라'는 정도의 시위를 하는 것처럼 여겨졌다. '어쩌면 저 일당은 후지노 선생님의 해부학에서 낙제점을 받아 그 분풀이로 저런 무의미한 소동을 피우는 것이 아닐까?' 하는 의심이 들 정도로, 어쨌든 후지노 선생님의 강의 자체는 결코 내가

---

* 포유동물의 머리와 사지를 제외한 몸통 부분.

예상했던 느긋한 것이 아니라 애처로울 정도로 진지하고 정색을 하게 하는 것이었다. 그렇지만 나 혼자만이 애처롭다는 느낌을 특히 강하게 느꼈는지 모르겠다는 것은 선생님이 강의를 하실 때 상당히 말투에 신경을 쓰는 것 같았기 때문이다. 나 또한 이전부터 시골 사투리로 고생하고 있어서 다른 사람의 그런 마음에는 민감하게 동정을 느꼈기 때문에 특히 애처롭다고 느꼈을지도 모른다. 선생님은 간사이 사투리가 심했다. 그것을 숨기려고 여간 노력하고 있지 않았지만 외국인인 저우 씨조차 특징이 있는 어조라고 간파했을 정도로, 역시 강의에는 간사이 사투리가 꽤 섞여 있었다. 그렇다면 나중에 후지노 선생님과 저우 씨와 내가 맺은 친밀 동맹도 별것 아닌 일본어에 부자유스러운 사람끼리 가까워진 결과에 지나지 않을까 하는 한심한 생각도 들지만, 그것은 지나친 농담에서 나온 추측일지도 모른다. 당시 내가 시골 사투리에 크게 신경 썼던 것은 사실이며, 그것이 저우 씨를 처음 만났을 때 공감을 불러일으킨 비근한 계기 가운데 하나였던 것은 틀림없고, 앞에서도 여러 번 집요할 정도로 다짐하듯 설명해온 그대로이다. 그것에 대해서는 결코 부정할 생각은 없지만, 그러나 그 후로도 우리가 그런 비속한 이유 하나만으로 연결되어 있던 것은 절대로 아니라고 조금 강하게 주장하고 싶은 마음이 지금도 남아 있다. 그렇다면 그밖의 고상하고 원대한 이유라는 것은 무엇인가? 그것은 사실, 나도 확실히 잘 모르겠다. 무엇일까? 한마디로 말할 수는 없지만, 어쨌든 '마음이 맞았다'라는 설명도 저우 씨와 나와 같은 젊은 사람이 갑자기 서로 마음을 털어놓는 것에 사용되어야 자연스러운 것이다. 두 사람의 교제에 다시 후지노 선생님이 추가되었을 때, '마음이 맞았다'와 같이 실례되는 말로 설명하려고 해도, 그것만으로는 부족하다는 생각이 들었다. 사실, 그 후 우리 세 사람의 동맹에는 일본어 부자유팀이라든가, '마음이 맞았다'는 관념을 뛰어넘은 무언가 큰 것을 지향하고자 하는 신뢰와 노력이 있었지만, 그것이 무엇인지는 나로서는 도저히 알 수 없었다. 상호 존경이라는 것일까? 이웃 사랑이라는 것일까? 혹은 정의라고 해야 할 것인가? 아니, 그런 기분을 모두 뭉뚱그린 무언가 어렴풋하고 조금 더 큰 것 같은 생각이 든다. 혹은 후지노 선생님이 자주 말씀하시는 '동양 본래의 길'이라는 것이 여기에 해당할지도 모르지만 아무래도 잘 모르겠다. 후지노 선생님의 간사이 사투리에서 시작하여 이상한 논의로 발전되었지만 말하자면 우리가 훗날 맺은 동맹은 일본어 부자유 팀의 단결 따위는 아니었다. 그것뿐인 것으로 보여서는 너무나 유감이라는 심정을 이야기하고 싶은 것이다. 우리 동맹의 본질은 무엇이었을까? 그 판정은 내 힘에는 부치는 것이고 아무래도 사상가들의 의견에 따르는 것 말고는 달리 방도가 없지만, 지금은 은사와 옛 친구의 추억을 단지 자세하게 기록해두는 것에 만족, 그 이상의 욕심은 포기하고 이 변변찮은 수기를 계속 써 나가기로 하자. 그런데 마쓰시마에서의 만남으로 느긋하게 맺어진 저우 씨와 나의 교제에도 때때로 훼방꾼이 끼어든 것은 앞에서도 언급했지만, 그 불쾌한 개입자가 정말이지 생각지도 않은 데서 나타난 것이다. 그날, 저우 씨를 만난다는 즐거움 때문에 평소와는 달리 일찍 일어나서 등교했지만, 저우 씨의 모습은 어디에도 보이지 않았고 또 기대했던 후지노 선생님의 강의도 너무 딱딱하다고 할 정도로 진지한 것이어서 약간 질려버렸다. 결국 그날은 아무 재미도 느끼지 못하고 저녁 무렵, 수업을

마치고 멍하니 교문을 나설 때,

"어이. 자네, 잠깐만!" 하고 불러서 뒤돌아보니 키가 크고 코도 크며 얼굴에 기름기가 흐르는 비위에 맞지 않는 학생이 히죽히죽 웃으면서 서 있었다. 저우 씨와 나의 교제에 끼어든 최초의 훼방꾼은 이 학생이었다. 이름은 쓰다 겐지.

"잠시 너와 이야기하고 싶은 것이 있는데." 건방진 말투이다. 그러나 사투리는 없었다. '도쿄 출신인지도 모른다'고 생각해 은근히 긴장했다. "1번가 근처에서 저녁을 같이 먹지 않을래?"

"응?" 도쿄 출신에게는 나는 특히 과묵하다.

"승낙해주겠지?" 앞서서 성큼성큼 걸으면서, "그럼, 어디가 좋을까? 도쿄 식당의 튀김 메밀국수는 기름져서 먹을 수 없고, 브라더 식당의 커틀릿은 딱딱해서 구두 뒤창 같고, 아무래도 센다이에는 맛있는 것이 없어서 곤란해. 가다가 아무 데나 들어가 일품(一品) 식당에서 닭탕을 먹는 것이 무난할지도 모르겠군. 그렇지 않으면 어딘가 달리 좋은 곳이라도 알고 있어?"

"아니, 별로." 나는 상대의 위세에 압도되어 횡설수설했다. '이 도쿄내기 같은 학생은 도대체 나에게 무슨 볼일이 있지?' 하고 몹시 불안했지만, 상대는 내 기분 따위에는 전혀 무관심한 것 같았고 제멋대로 지껄이면서, 마치 상관처럼 씩씩하게 앞서 걸어가기에 시골내기인 나는 어떻게 대응할 방법도 없고 단지 조용히 웃으면서 뒤따라갈 수밖에 없었다.

"그러면 어쨌든 1번가로 가서 한 군데 새로운 곳을 뚫어보자. 맛있는 장어구이를 먹을 수 있는 가게가 있으면 좋은데! 센다이의 장어에는 심이 있어." 열렬한 식도락가인 체한다. 장어 심이라는 것이 어떤 것인지, 그로부터 40년이 지난 지금도 알 수 없는 수수께끼로 내 가슴 속에 남아 있다. 그리고 나서 우리는 센다이의 아사쿠사라 불리는 히 가시 1번가로 가서 그가 말하던 '가다가 아무 데나'인 일품 식당에 들어가, 이 또한 그의 말에 따르면 '무난'한 닭탕을 먹게 되었는데, 그는 나와 테이블을 사이에 두고 앉더니 명함 한 장을 내밀었다. '센다이 의학전문학교 학생회 간사 쓰다 겐지'라고 적혀 있었다. 이 직함만으로는 그가 의학전문학교의 선생이면서 학생회 간사를 겸하고 있는지, 그렇지 않으면 학생인지, 혹은 또 몇 학년 학생회의 간사인지, 전혀 알 수 없었다. 이것이 그가 의도한 바인지도 모르겠다. 당시 전문학교 학생들은 지금과 달리 사회로부터 한 사람의 신사로 대우받았으므로 소속 학교의 명함을 가지고 다니는 학생도 많았지만, 이런 엉터리 직함이 인쇄된 명함은 정말로 드문 것이었다.

"아아! 그렇습니까." 웃음이 터져나오는 것을 참으며 "나는 명함을 가지고 있지 않은데, 다나카……"라고 이름을 말하려고 하자,

"됐어, 알고 있어. 다나카 다카시. H중학교 출신. 너는 학급의 요주의 인물이야. 학교에도 전혀 나오지 않고 있지."

나는 화가 치밀었다. 학교에 나오지 않는다고 해서 '요주의 인물'이라고 하는 것은 지나치다. 결례이다. 나는 입을 다물고 있었다.

"그것은 농담이지만," 상대는 웃으면서 말했다. "너에 관한 것은 어제 저우 씨에게 자세히 들었어. 자네들은 마쓰시마의 여관에서 밤새도록 왠지 모르지만 자지도 않고 이야기를 나누었다지. 덕분에 저우 씨는 감기 걸려서 앓아누웠어. 그 사람은 약간 Lunge(폐렴)기가 있으

248

니 그렇게 밤새해서는 안 돼."

그때, 문득 생각났다. 그날 저우 씨가 '어느 호기심 많은 학생의 과도한 친절에 질렸다'고 했는데, 그 학생 이름이 분명 쓰다라고 했던 것 같았다. 뭐야! 그러면 그 마 된장국의 지도자가 눈앞의 식도락가라는 거야!

"열이 있어요?"

"응. 대단한 것은 아닌 것 같지만 그다지 튼튼한 체질이 아니니까. 우선 2,3일 학교를 쉬게 할 생각이야. 아무래도 외국인은 돌보기가 힘들어. 그런데 닭은 탕이 좋겠지? 술도 마시지?"

"응, 마음대로."

"고기가 질기면 곤란한데. 차라리 고기를 다지도록 할까? 그러면 무난하지."

나는 무심결에 피식 웃어버렸다. 쓰다 씨의 위턱이 전부 싸구려 틀니인 것을 알아차렸기 때문이다. 브라더 식당의 커틀릿을 구두 뒤창 같다고 하고 또 장어에 심이 있다는 묘한 주장도 닭고기를 다지도록 하자는 것도 모두 틀니와 관련이 있을 것이라고 생각했다.

"알았어." 쓰다 씨는 내가 다른 일로 웃었다고 착각한 것 같았고 "싱겁기 짝이 없는 묽은 탕은 어처구니가 없으니까. 시골 요리는 고기를 다져야 해!"

그리하여 고기 다진 것과 술을 주문하고 쓰다 씨가 직접 자신만만하게 조리를 하여 술을 마시면서,

"자네! 외국인과의 교제는 여간 신경 쓰지 않으면 안 돼. 지금 일본은 전쟁 중이라는 것을 잊어서는 안 돼!" 하고 묘한 말을 하기 시작

했다.

나는 놀라서,

"뭐라고?" 하고 말했다.

"뭐라고라고 할 때가 아냐. 나는 도쿄 도립 1중학교 출신인데, 이 전쟁이 시작되고 나서 도쿄의 긴장감은 이런 시골에서는 상상조차 할 수 없을 정도야." 정말로 이상하게 뽐내고 있다. "청나라 유학생은 도쿄에는 몇천 명이 있어. 전혀 드문 것이 아냐." 마침내 도를 넘어 정말로 이상했다. "그렇지만 유학생 문제는 여간 신중히 생각하지 않으면 안 돼. 여하튼 일본은 지금 북방의 강대국과 전쟁 중이니까. 뤼순도 좀처럼 함락될 것 같지 않고 발트 함대도 마침내 동양을 향해 출발한다고 하니, 이제는 정말로 큰일이 일어날지도 몰라. 이런 때 청나라는 일본에 대해 호의적인 중립 입장을 취해주고 있지만 이 또한 앞으로 어떻게 바뀔지 몰라. 청나라 정부 자체가 지금 흔들리고 있으니까. 자네들은 모르겠지만 혁명 사상이 지금 중국 내에서 대단한 기세로 퍼져가는 것 같아. 고기 다짐이 익었는데 먹지 않을래? 너무 익으면 딱딱해져서 곤란해. 그런데 혁명 사상의 선봉이 유학생들이라고 하니 문제가 복잡해. 자네, 이런 이야기를 아무에게나 해서는 안 돼. 이것은 우리 둘만의 이야기니까. 내가 왜 중국 국내 사정에 대해 잘 아는가 하면, 쓰다 세이조, 모르니? 내 숙부인데. 쓰다, 그리고 청결한 창고라 써서 세이조(淸藏). 모를 리가 없는데, 역시 여기는 시골이네. 친척인 내 입으로 말하는 것은 이상하지만 일본 외교계의 젊은 사람 중에서 가장 열심히 일하는 사람이라고들 해. 모른다면 어쩔 수 없지. 어쨌든 이런 숙부가 있으니까 자연스레 나도 외국 전문가가 된 거야.

그런데 이 고기 다짐은 너무 심하지 않니? 고기 다짐은 계란을 듬뿍 넣고 고루고루 섞이도록 잘 개지 않으면 맛없어. 계란을 적게 넣은 게 틀림없군. 이상한 밀가루 냄새가 나는 것 같아. 제대로 되지 않았네. 역시 시골이야. 뭐 어쩔 수 없지. 먹자. 그런데 그 혁명 사상 말이지, 이것은 비밀인데, 우리 둘만의 이야기라 생각하며 들어줘. 지금 그 본부가 일본에 있어. 놀랐지? 조금 더 확실하게 가르쳐줄까? 도쿄에 와 있는 청나라 유학생들이 중심 세력이 되어 있어. 어때? 이야기가 점점 재미있지?"

그러나 전혀 재미없었다. 중국 혁명 운동에 관해서는, 그런 무책임한 '둘만의 이야기'보다 그 사정을 더욱 자세하게 저우 씨에게서 들었기에 전혀 놀랄 것이 없었다. 다만 적당하게 그 외국 비밀통의 비밀스러운 속삭임에 맞장구를 치면서 나는 오로지 닭탕만 먹고 있었다. 시골 출신인 나에게는 평이 나쁜 고기 다짐도 밀가루 냄새가 나지 않고 아주 맛있게 생각되었다.

"문제는 이거야. 잘 들어. 오늘 저녁, 천천히 생각해봐. 청나라 정부가 돈을 대서 유학생을 일본에 보내고 그 유학생들이 청나라 타도의 기세를 올리고 있으니 묘하지 않아? 마치 청나라 정부가 스스로를 파멸시키기 위한 연구비를 유학생에게 주고 있는 격이지. 일본 정부는 유학생들의 혁명 사상에 대해 현재로서는 모르는 척하고 있지만, 민간의 일본 의사(義士)들은 적극적으로 이 운동을 지원하고 있어. 이봐, 놀라지 마! 중국 혁명 운동의 거물인 쑨원이라는 영웅은 일찍부터 일본의 협객 미야자키 뭐라는 사람의 집에 숨어 있어. 쑨원. 이 이름을 기억해두는 것이 좋을 거야. 대단한 사람인 것 같아. 사자와 같은 풍채를 하고 있다고 하네. 유학생들도 이 사람이 말하는 것은 뭐든지 들어. 절대적 신뢰야. 그 무시무시한 영웅의 고문이 미야자키라는 사람을 비롯한 일본의 의사란 말이야. 이것이 아슬아슬한 것이야. 일본 정부는 모르는 척하고 있지만, 이 혁명 운동이 일본의 수도 도쿄에서 강력한 청나라 타도 운동으로 전개되면 청나라 정부가 일본에 대해 어떤 감정을 가지게 될까? 평상시라면 괜찮아. 중국이라는 뛰어난 문명의 전통을 가진 대국을 열강의 침략으로부터 구하기 위해 혁명 사상이 꼭 필요하다면 특별히 청나라 정부에 신경 쓸 필요는 없어. 나조차 그 쑨원이라는 영웅에게 달려가서 크게 격려해주겠어. 일본인이라면 모두 그 정도 의협심은 가지고 있어. 일본 정신의 본질은 의협심이니까. 그러나 자네, 일본은 지금 국가의 운명을 걸고 북방의 강대국과 전쟁 중이야. 만약 청나라 정부가 일본 정부에 나쁜 감정을 품고 지금의 호의적 중립 입장을 버리고 역으로 러시아 쪽으로 기울면 어떻게 될까? 어쩌면 이 전쟁도 일본으로서는 아주 어렵게 되지 않을까? 이 점이야. 잘 들어. 이 점이 외교의 오묘함이야. 한편으로는 전쟁. 한편으로는 외교. 무엇이 이상해? 진지하게 들어. 정말로 국가 중대사이니까. 자네는 조금 전부터 혼자서 술을 벌컥벌컥 많이 마시고 있는데 돈은 갖고 있겠지. 나는 그 정도 돈은 없어. 도대체 자네는 어느 정도 갖고 있어? 먼저 자국의 재정 상태를 예측해두지 않으면 전쟁은 불안한 거야. 빨리 조사해서 보고해."

나는 지갑을 꺼내서 금액을 조사하여 외무대신에게 보고했다.

"좋아, 그 정도 있으면 괜찮아. 나에게도 50,60전은 있어. 조금만 더 마시자. 고기 다짐은 됐어. 차라리 순두부로 하자. 시골 요리 중에서는 무난하지." 그러나 나는 그것도 그의 틀니와 관계가 있을 것이라고 생각했다.

냄비가 교체되고 또 술이 왔다.

"잘 먹고 잘 마시네." 내가 두부를 후후 불면서 먹고 또 다른 한 손으로 계속해서 술을 자작하는 것을 못마땅한 눈초리로 보면서 그는 어조를 바꿔 이렇게 말했다. "자네들은 마쓰시마에서도 많이 마셨다지? 사소한 것을 묻는 것 같지만 계산은 누가 했지? 중요한 일이야." 나는 젓가락을 놓고 대답했다.

"절반씩 계산했습니다. 내가 전부 지불하려고 했지만 저우 씨가 아무리 말해도 승낙하지 않았습니다."

"안 돼. 자네는, 그러니까 안 돼. 하나를 보면 열을 알 수 있어. 자네는 앞으로 저우 씨와 사귀는 것을 그만두는 게 좋아. 국가의 방침에 어긋났어. 저우 씨가 뭐라고 해도 자네가 전부 지불했어야 했어. 외국인과 교제할 때는 자신도 한 명의 외교관이 되었다는 생각을 가져야 해. 첫째로 일본인은 모두 친절하다는 인상을 그들에게 심어주어야 해. 내 숙부님도 그런 방면의 고심이 커. 여하튼 지금은 전쟁 중이니까. 중립국 사람들에게는 실제로 복잡 미묘한 술책을 써야만 해. 특히 청나라 유학생은 골칫거리야. 청나라에서 파견된 학생이면서도 청나라 정부 타도를 획책하고 있다고. 이 유학생들을 그저 함부로 제멋대로 굴도록 내버려두는 것도 일본 현 정부의 외교 방침에 어긋나는 일이 되지 않을까? 단순한 친절만은 안 돼. 한편으로는 친절, 한편으로는 지도하는 형의 입장으로 임하는 것이 지금의 외교관으로서의 묘책이 아닐까 하고 나는 짐작하고 있어. 이거야, 자네! 상대에게 약점을 보여서는 안 돼. 같이 놀 때 반드시 이쪽에서 전부 지불해야 해. 늘 한 발 앞서야 해. 나도 그 점에 상당히 고생하고 있어. 요전의 반 모임에 자네는 나오지 않았지만 이제부터는 나와야 해. 그 모임에서 후지노 선생님이 간사인 나에게 유학생과의 교제에는 주의하라고 말씀하셨어."

그것은 나로서는 듣고 흘려버릴 수 없는 얘기였다. 왠지 후지노 선생님한테 배신당한 느낌이 들었다.

"설마? 후지노 선생님이 그런 바보스러운 외교 술책 따위를?"

"바보스럽다는 것은 무슨 말이야? 무례한 말을 해서는 안 돼. 자네는 비(非)국민*이야. 전쟁 중에는, 제3국인은 모두 스파이가 될 가능성이 있는 거야. 특히 청나라 유학생은 한 사람도 남김없이 혁명파란 말이야. 혁명의 수행을 위해서는 러시아에게 도움을 청할지도 몰라. 감시가 필요해. 한편으로는 친절, 다른 한편으로는 감시야. 나는 그것을 위해 그 유학생을 내 하숙집으로 데려와서 돌봐줌과 동시에, 또 여러 가지로 일본의 외교 방침에 따르려는 노력도 하고 있어."

"무슨 뜻입니까? 여러 가지 노력이라고 하는 것은? 쩨쩨하지 않아요?" 나도 상당히 취해 있었다.

"야! 쩨쩨하다니. 함부로 말하네! 너야말로 틀림없는 비국민이다. 불량소년이다." 얼굴색조차 바뀌었다. "뻔뻔스러운 놈이다. 시골에도 이런 불량소년이 있다니까! 숙부님 이름도 모르다니. 저질이 아닌가. 조금 더 공부해! 너는 이번에 낙제할 거야. 이제 돌아가라. 네가 먹고

---

* 반동분자.

마신 것을 지불하고 빨리 돌아가라. 고기 다짐도 순두부도 너 혼자서 다 먹은 거니까."

나는 지갑 안의 돈을 전부 다다미 위에 내팽개치고 가만히 서 있었다.

"한판 붙을까!" 쓰다 씨는 손으로 무릎을 짚으면서 외쳤다.

나는 쓴웃음을 지었다.

"잘 있어"라고만 말하고 밖으로 나왔지만 정말이지 즐겁지 않았다. '좋아. 내일, 후지노 선생님을 직접 만나서 사실의 진위를 확인해보자'고 생각했다. 저우 씨가 스파이가 될 가능성이 있으며 내가 비국민 불량소년이라는 말을 듣고는 가만히 있을 수 없다는 느낌이 들었다. 도청 뒤에 있는 하숙집에 돌아와 우물가에서 얼굴을 씻고 손을 씻고 발도 씻었다. 조금 상쾌한 기분이 들어 그날 밤에는 푹 잤다. 다음날 아침, 단단히 마음을 먹고 등교하여 수업이 시작되기 전에 후지노 선생님 연구실로 가서 문을 두드렸다. "들어와" 하는 선생님의 목소리가 들렸다. 주저 없이 문을 여니 방에는 아침 햇살이 가득 비치고 있었고 선생님은 팔뼈랑 다리뼈, 두개골 등 아주 으스스한 사람 뼈 표본에 둘러싸여 태연하게 신문을 읽고 계셨다. 회전의자를 조금 이쪽으로 돌리고 신문을 책상 위에 놓고는,

"무슨 일이니?" 연구실에서의 선생님은 교실에서의 선생님보다 훨씬 상냥했다.

"저, 제3국인과 교제하면 안 됩니까?"

"응, 뭐라고?" 선생님은 간사이 사투리를 그대로 드러내며 되물었다.

"저우 씨에 관한 것입니다." 나는 선생님의 간사이 사투리를 듣고

는 얼떨결에 미소 지었다. 이번에는 침착하게 말할 수 있었다. "저우 군과 교제해서는 안 된다, 라고 어제 어떤 학생이 말했습니다만."

"누구입니까?"

"이름은 말씀드릴 수 없습니다. 저는 그 사람을 고자질하러 온 것이 아닙니다. 다만 선생님이 그렇게 말씀하셨다고 들었기에 정말인지 어떤지를 알고 싶어서 온 것입니다."

후지노 선생님에게는 저우 씨를 대할 때처럼 생각하는 것을 의외로 술술 말할 수 있었다. 그 이유 같은 것에 대해서는 앞에서도 몇 번이나 지겨울 정도로 적었지만 결국은 후지노 선생님이나 저우 씨의 인품 때문인지 모른다. 이 사람들을 대하고 있을 때는 왠지 안심이 된다.

"이상하군!" 선생님은 불만스러운 듯이 수염을 강하게 비비면서 말했다. "내가 그런 바보스러운 말을 할 리가 없지 않니?"

"그렇지만" 나는 뿌루퉁하게 "반 모임에서 선생님이" 하고 말하기 시작하자,

"아! 쓰다 군이구먼. 그 녀석은 덜렁이라" 하고는 웃기 시작했다.

"그러면 그것은 거짓말입니까?"

"아니, 말했어. 내가 말했어요" 하고 갑자기 강의 때처럼 진지한 어조가 되어, "이번에 우리 학교에 처음으로 청나라 유학생이 한 명 왔다. 이 사람과 함께 의학을 공부하는 것은 작게는 중국에 새로운 의학을 탄생시키기 위해서이고, 크게는 양자가 서로 도와서 서양 의학을 조금이라도 빨리 동양에 흡수함으로써 전 세계의 학술을 발전시키기 위한 좋은 자극을 만들기 위해서, 라는 정도의 의욕을 학생회 간부들은 가지길 바란다고 나는 그때, 쓰다 군에게 말했습니다. 그 외에는

아무 말도 하지 않았어요."

"그렇습니까!" 나는 맥 빠진 기분으로 "전쟁 중에는 제3국인이 스파이가 될 수 있다든가 뭔가……"

"무슨 말을 하고 있니. 이것을 봐!" 하고 선생님은 책상 위의 신문을 나에게 밀었다. 보니, 그 신문 상단에 크게,

천황 주최 국화 감상회
아카사카 별궁에서
국내외의 4092명

이라는 제목이 붙어 있었다. 본문을 읽어보지 않고도 알 수 있었다.

"나라의 빛이 저 멀리까지 비치고 있다는 확신이 들지 않니?" 선생님은 시선을 내리깔고 숙연하게 말했다. "국가의 훌륭한 덕(德)이라 할까. 전쟁 때에는 한층 더 깊이 그것을 느낍니다." 갑자기 어조를 바꾸어, "자네는 저우 군의 친구인가?"

"아닙니다, 절대로 친구는 아니지만, 그래도 이제부터 저우 씨와 친하게 지내려고 생각하고 있습니다. 저우 씨는 저보다 훨씬 높은 이상을 품고 이 센다이에 왔습니다. 저우 씨는 아버님 병 때문에 열세 살 때부터 3년간, 매일처럼 전당포와 약국 사이를 왔다 갔다 하며 살았습니다. 그리고 임종 때, 아버지를 목이 찢어질 정도로 계속 불렀지만 아버님은 돌아가셨습니다. 그때, 자신이 계속 외치던 소리가 지금도 귀에 남아서 떠나지 않는다고 했습니다. 그래서 저우 씨는 중국의 스기타 겐파쿠가 되어 중국의 불행한 환자들을 구하고 싶다고 말했습

니다. 그런데, 그런 저우 씨 등이 혁명 사상의 최선봉이므로 한편으로는 친절, 한편으로는 감시니, 복잡 미묘한 외교 수완이니, 하는 것은 지나치다고 생각합니다. 지나칩니다. 저우 씨는 정말로 청년다운 높은 이상을 품고 있습니다. 청년은 이상을 품고 있어야 한다고 생각합니다. 그리고, 따라서 청년은 이상을, 이상이라는 것만을……"이라고 말하다가 선 채로 울음을 터뜨려버렸다.

"혁명 사상!" 선생님은 혼잣말처럼 낮게 말하고 잠시 입을 다물고 계셨다. 이윽고 창 쪽을 보면서, "내가 아는 집 중에 형은 농부, 차남은 법관, 막내는 괴짜이자 배우인 그런 집이 있어요. 처음에는 아무래도 역시 형제끼리 싸움을 했지만 지금은 서로를 아주 존경하는 것 같아요. 억지가 아니에요. 뭐라고 말하면 좋을지? 각자가 제각각 꽃을 활짝 피우고 있지만 그 전체가 또 하나의 큰 꽃입니다. 집이라는 것은 불가사의한 것입니다. 그 집은 그 지방의 명문이라고 하면 과장이지만 예전부터 이어지고 있는 가문입니다. 그래서 지금도 그 지방 사람들에게 변함없이 신뢰받고 있는 것 같아요. 나는 동양 전체가 하나의 집이라고 생각하고 있어요. 각자가 꽃피어도 좋아요. 중국의 혁명 사상에 대해서는 나도 깊게는 모르지만, 삼민주의라는 것도 민족 자결, 아니 민족 자발이라는 것이 밑바닥에 있는 것이 아닌가 하고 생각해요. 민족 자결이라고 하면 서먹서먹하고 쌀쌀한 기분이 들지만, 자발은 집안의 흥성을 위해 가장 기뻐해야 할 현상입니다. 각 민족 역사의 개화라고 생각하고 싶어요. 굳이 우리의 세세한 참견 따위는 필요 없어요. 몇 해 전에 동아시아 동문회 발족식이 도쿄의 반세이 클럽에서 열렸는데, 이것은 나도 다른 사람한테 들은 이야기이지만, 그때 고노에 아쓰마로* 공이 좌장으로 추천되어 모임의 목적 강령에 대해 논의하게 되었을 때, 혁명파 지지자와 청나라 지지자 사이에 격렬한 논쟁이 붙었어요. 양쪽이 대립하여 서로 양보하지 않아, 한때는 이 때문에 모임이 결렬되는 것이 아닌가 싶었지만, 그때 좌장인 고노에 공이 유유히 일어나서 '중국의 혁명을 주장하는 의견도, 또 청나라를 지지하여 열강이 중국을 분할하는 것을 막아야 한다는 의견도, 결국은 다른 나라에 대한 내정간섭이고 이 회의의 목적으로는 전혀 맞지 않습니다. 그러나 양쪽이 목표로 하는 점은 모두 중국을 보존하는 것이므로, 본회는 **중국 보존**을 그 목적으로 하면 어떻겠습니까?' 하고 엄숙히 발언하여 모든 사람을 진정시켰지. 이 점에는 양쪽 모두 이의가 없어서 만장일치의 박수 속에 모임의 목적이 가결되고, **중국 보존**은 이후로 우리나라의 중국에 대한 국책이 되었어요. 우리는 이제 더 이상 이야기할 것이 없지 않을까요? 중국에도 위대한 사람들이 많아요. 우리가 생각하는 것 정도는 중국의 선각자들도 틀림없이 생각하고 있겠죠. 우선 민족 자발입니다. 나는 그것을 기대하고 있습니다. 중국의 정세는 일본과 또 다른 점도 있는 것입니다. 중국 혁명은 그 전통을 파괴하므로 좋지 않다고 하는 사람도 있는 것 같습니다만, 중국에도 좋은 전통이 남아 있기에 전통의 계승자로부터 혁명의 기개가 생겨났다고 생각할 수도 있습니다. 끊을 수 있는 것은 형식뿐입니다. 가풍 또는 국풍, 전통은 절대로 중단되는 것이 아닙니다. '동양 본래의 도의(道義)'라고 할 수 있는 근본적 흐름은 늘 어딘가에 살아 있을 것입니다.

---

* 정치가. 일청 동맹을 주창하여 동아시아 동문회, 국민 동맹을 조직. 또 반러시아 동지회를 결성하여 러시아에 대한 강경책을 주장했다.

그리하여 그 밑바닥에서 우리 동양인은 전부가 연결되어 있습니다. 공동 운명을 짊어지고 있다고 해도 좋겠죠. 조금 전에 이야기한 가족처럼 아무리 각자가 홀로 피어나고자 해도 결국은 하나의 커다란 꽃이 되므로, 그것을 믿고 저우 군과도 아주 활발하게 교제해야 합니다. 전혀 어렵게 생각할 필요는 없어요." 선생님은 웃으며 일어나면서 "한마디로 요약한다면 중국인을 바보 취급하지 않는 것. 그것뿐이야."

수업 시작 벨이 조금 전부터 울리고 있었다.

"교육칙어에 어떻게 되어 있어요? '벗을 서로 믿고'라고 되어 있죠? 교제를 한다는 것은 믿는 거예요. 그 외에는 아무것도 필요 없어요."

달려가서 선생님과 악수하고 싶은 충동이 일어났지만 참으며 정중하게 인사를 한 순간,

"자네 얼굴은 보지 못한 것 같은데, 내 강의에 나온 적이 있어요?"

"예?" 나는 울 수도 웃을 수도 없는 표정으로 "저, 이제부터."

"신입생이군. 그래, 모두 서로 격려하면서 해나가야지. 쓰다 군에게는 내가 잘 말해놓을 테니. 나도 아무래도 반 모임에서 불필요한 소리를 지껄였구나. 이제부터는 불언실행(不言實行)*을 합시다."

나는 복도로 달려 나와서 한숨을 돌리고 '과연 저 정도이시니 저우 씨가 칭찬하는구나. 선생님도 대단하지만 저우 씨도 안목이 높아!' 하고 선생님과 저우 씨를 똑같이 우러러보게 되었다. '나도 이제부터는

---

* 말없이 실행함.

저우 씨에게 뒤지지 않는 선생님의 숭배자가 되자. 선생님 강의 때에는 반드시 가장 앞자리에 앉아서 필기를 하자. 저우 씨는 오늘 학교에 나왔을까?' 조금이라도 빨리 저우 씨를 만나고 싶어서 서둘러 교실에 가보았지만, 그날도 저우 씨의 모습은 보이지 않고 그 대신에 쓰다 씨의 이상한 눈초리가 날카롭게 빛나고 있었다. 그렇지만 왠지 모르게 관대한 마음이 되었기에 조금 웃으면서 가볍게 인사를 했다. 쓰다 씨도 그렇게 나쁜 사람은 아닌 것 같다. 잠시 당황하더니 싱긋 웃으면서 답례를 했다. 그렇지만 그날 하루는 서로 피하면서 굳이 대화를 나누려고 하지 않았다. 방과 후, 저우 씨의 병이 어느 정도인지 병문안을 가고 싶었지만 저우 씨의 하숙집이 어디 있는지 몰랐다. 게다가 같은 하숙집에 있는 쓰다 씨에게 또 여러모로 설교를 듣는 것도 싫다는 생각이 들어 곧장 하숙집으로 돌아왔다. 저녁 식사를 마치고 훌쩍 숙소를 나와서 히가시 1번가로 가니 마쓰시마 극장에서 나카무라 자쿠사부로 팀이 〈센다이하기〉를 공연하고 있었다. 어떤 것인가 하는 흥미도 있고 해서 한번 보고 싶어 입석권을 사서 들어갔다. 〈센다이하기〉라는 것은 아시다시피 센다이 다테 번의 상속 소동을 소재로 한 연극으로 쓰쓰지가오카 근처에 마사오카 무덤이라는 것이 있을 정도이니, '이 연극은 옛날부터 센다이에서는 틀림없이 대성공을 거두었겠지' 하고 생각했다. 나중에 들은 바에 의하면, 그와는 반대로 이 연극은 옛날의 번 체제 때는 공연 금지였는데 유신 이후에는 금지가 저절로 풀려 자유롭게 공연할 수 있게는 되었다고 한다. 하지만 그래도 센다이 시내에서는 오랫동안 공연할 수가 없어서 때로는 제목을 바꿔서 공연하기도 했지만, 그때마다 옛 번의 무사라는 사람들이 단장 면회를 와서 "설령 마사오카라는 열녀가 실존했다고 해도, 이 연극 자체는 아무래도 다테 가문의 명예를 훼손하는 것이니 철회하라"고 엄중히 항의를 했다고 한다. 그래도 메이지 중기가 되니 그런 일도 없어지고, 동시에 센다이 시민도 이 연극이 자신들의 옛 번에 관한 사건을 다룬 연극이라고 해서 특별한 호기심을 가지고 보러 오는 일도 없어지고, 그로부터는 이미 어느 지방의 사건인지 전혀 무관심해져 흔한 비극의 하나로 조용히 감상하게 된 것 같다. 그렇지만 당시, 나는 그런 사정을 전혀 모른 채, 센다이 관객들은 이 연극을 보고 얼마나 흥분하는지 보고 싶다는 기대를 품고 극장으로 들어갔다. 하지만 관객은 의외로 냉정한 데다 50,60퍼센트 정도만 자리가 차서 '뜻밖이다'라고 생각하면서도, 한편으로는 역시 대센다이 시민이다, 자신들 지역에 관한 사건이 공연되고 있는데도 태연하게 보고 있다, 이것이 대도시의 아량인지도 모른다는 등, 깊은 산골에서 올라온 촌뜨기는 이상한 것에 감동하여 마사오카 역의 자쿠사부로가 "그렇지만 불쌍해!"라는 대사를 읊는 클라이맥스에서 울다가 문득 옆을 보니, 저우 씨가 서 있었다. 역시 눈물을 흘리고 있다. 그 모습을 보니 더욱더 울고 싶어져서 복도로 나가서 마음껏 울고, 눈물을 닦고는 자리로 돌아와 저우 씨의 어깨를 툭 쳤다.

"어어!" 저우 씨는 내 얼굴을 보고 웃으면서 손등으로 눈물을 훔치고는 "당신은 앞부분부터?"

"예, 이 막의 처음부터 보고 있었습니다. 당신은?"

"저도 그렇습니다. 이 연극은 정말이지, 아이가 등장하므로 그만 울게 되네요."

"나갈까요?"

"예."

저우 씨와 함께 마쓰시마 극장을 나왔다.

"감기라고 쓰다 씨에게 들었는데?"

"벌써 당신에게까지 선전했습니까? 쓰다 씨는 곤란해요. 내가 조금만 기침을 해도 억지로 누워 쉬게 하고는 Lunge라고 합니다. 내가 자기에게 말을 하지 않고 혼자서 마쓰시마에 가서 화가 났어요. 그 사람이야말로 Kranke(환자)입니다. Hysterie(히스테리)입니다."

"그렇다면 다행인데. 하지만 몸 상태가 조금은 나빠졌겠죠?"

"아니요. Gar nicht(전혀 문제없어요). 누워 있으라고 해서 어제랑 오늘 누워서 책을 읽고 있었지만, 심심해서 견딜 수가 없어 몰래 빠져나왔어요. 내일부터 학교에 나갑니다."

"그렇죠! 쓰다 씨가 말하는 대로 곧이곧대로 듣고 있으면 나중에 정말로 폐병에 걸려요. 차라리 하숙을 바꾸면 어때요?"

"예, 그것도 생각해보았지만, 그렇게 하면 그 사람이 슬퍼하겠죠. 조금 귀찮지만 정직한 면도 있으니까 그렇게 싫지는 않아요."

나는 얼굴을 붉혔다. 쓰다 씨보다 내가 더 질투를 느끼고 있는지 모른다고 생각했기 때문이다.

"춥지 않나요?" 하고 화제를 바꿨다. "메밀국수라도 먹을까요?"

어느새, 도쿄 식당 앞까지 와 있었다.

"미야기노 식당이 좋을까요? 쓰다 씨 주장에 따르면 도쿄 식당의 튀김 메밀국수는 기름져서 먹을 수 없다고 해요."

"아니, 미야기노 식당의 튀김도 기름져요. 기름지지 않은 튀김은

가짜입니다." 저우 씨도 나처럼 그다지 미식가는 아닌 것 같았다.

우리는 도쿄 식당에 들어갔다.

"그 기름진 튀김 메밀국수를 먹어봅시다." 저우 씨는 기름진 튀김에 상당히 홍미를 느끼는 것 같았다.

"예, 그렇게 합시다. 의외로 맛있을 것 같은 예감이 드네요."

튀김 메밀국수와 술을 주문했다.

"중국은 요리의 나라라고 하던데, 일본 음식이 변변찮아 힘들죠?"

"그렇지 않아요." 저우 씨는 진지한 표정을 지으며 고개를 흔들었다. "요리의 나라라는 것은 중국에 놀러 온 외국인 부자들이 말하기 시작한 것입니다. 그 사람들은 중국에 즐기러 온 것이겠죠. 그래서 자기 나라에 돌아가면 중국통이 됩니다. 일본에서도 중국통이라는 사람은 대체로 중국에 대해 자아도취적 편견을 퍼뜨리며 살아가고 있습니다. 달인이라고 하는 것은 결국 현실에서 유리된 비겁한 사람이에요. 중국에서 이른바 맛있는 중국 요리를 먹고 있는 것은 소수의 중국인 부자이거나 외국 여행객뿐입니다. 일반 민중은 형편없는 것을 먹고 있어요. 일본도 그렇죠? 일본 여관의 진수성찬을 일본의 일반 가정에서는 먹지 않잖아요. 그렇지만 외국 여행자는 여관의 진수성찬을 일본의 일상 요리라고 생각하면서 먹죠. 중국은 절대로 요리의 나라가 아닙니다. 도쿄에 와서 핫초보리의 가이라쿠엔이랑 간다의 가이호로 등에서 선배들로부터 이른바 중국 요리를 대접받은 적이 있는데, 태어나서 처음으로 그렇게 맛있는 것을 먹었습니다. 일본에 와서 음식이 맛없다고 생각한 적은 한 번도 없습니다."

"그렇지만 마 된장국은?"

"아니, 그것은 특별한 것입니다. 그러나 쓰다식 요리법을 습득하고 나서는 간신히 먹을 수 있게 되었어요. 맛있어요."

술이 나왔다.

"일본 연극은 어떻습니까? 재미있습니까?"

"나로서는 일본의 풍경보다 연극이 훨씬 이해하기 쉬워요. 실은, 요전의 마쓰시마의 아름다움도 나로서는 잘 이해할 수가 없었어요. 나는 아무래도 풍경에 대해서는 당신처럼" 하고 말하려다가 입을 다물었다.

"무감각증입니까?" 나는 아무렇지 않게 말했다.

"예, 아마도 그렇습니다." 부끄러운 듯이 눈을 깜박깜박하면서 "그림은 어릴 때부터 아주 좋아했지만 풍경은 그다지 좋아하지 않았어요. 또 하나, 서툰 것은 음악."

나는 웃음을 터뜨렸다. 마쓰시마에서 들은 예의 "구름아, 구름아" 하는 동요를 떠올렸기 때문이다.

"그렇지만 일본의 조루리* 등은?"

"예, 그것은 싫지 않습니다. 그것은 음악이라기보다는 Roman(이야기)입니다. 내가 속인인 탓인지, 너무 고상한 풍경이랑 시보다는 대중적이고 쉬운 이야기를 좋아합니다."

"마쓰시마보다는 마쓰시마 극장이네요." 나는 시골내기인 주제에 저우 씨 앞에서는 이런 농담도 무람없이 할 수 있게 되었다. "요즈음 센다이에서는 활동사진이 대단히 인기 있다는데 그것은 어때요?"

* 일본의 전통 재담의 하나로 샤미센 반주에 맞추어 우시와카마루와 조루리 처녀의 사랑담을 들려준다. 에도 초기에 인형극과 결부되면서 인형조루리가 탄생했다.

"도쿄에서도 가끔씩 보았지만 불안한 느낌이 들었습니다. 과학을 오락으로 응용하는 것은 위험합니다. 무엇보다 미국인의 과학에 대한 태도는 불건전합니다. 사도(邪道)입니다. 쾌락을 진보시켜서는 안 됩니다. 옛날 그리스에서는 현을 하나 더 늘린 신식 금(琴)을 발명한 음악가를 추방했다고 하지 않습니까. 중국의 『묵자(墨子)』라는 책에도 공유(公輸)라는 발명가가 대나무로 만든 까치를 묵자에게 보이며, '이 장난감을 하늘에 날리면 사흘 동안 날아다닙니다' 하고 자랑했더니, 묵자는 언짢은 표정을 짓고, '하지만 역시 목수가 수레바퀴를 만드는 것만은 못합니다'라면서 그 위험한 완구를 버리게 했다고 적혀 있습니다. 나는 에디슨이라는 발명가를 세계의 위험인물이라고 생각합니다. 쾌락은 원시적인 형태 그대로도 충분합니다. 술이 아편으로 진보했기 때문에 중국이 어떻게 되었나요! 에디슨의 여러 가지 오락의 발명도 그것과 비슷한 결과를 낳지 않을까 불안합니다. 지금으로부터 40, 50년이 지나면 에디슨의 후계자가 계속해서 나타날 것이고, 그리하여 세계는 쾌락이 한계에 다다른 끝에 상상을 초월하는 비참한 지옥도가 펼쳐지는 것이 아닐까 하는 생각조차 듭니다. 나만의 기우라면 좋겠습니다."

이런 이야기를 하면서 '기름진' 튀김 메밀국수를 맛있게 먹고 우리는 도쿄 식당을 나왔다. 계산은 누가 했는지, 쓰다 씨의 충고에 따랐는지는 기억에 남아 있지 않다. 나는 그날 밤, 저우 씨를 아라마치의 하숙집까지 바래다주었다.

달이 떠 있었다. 그것은 틀림없이 기억하고 있다. 풍경에 무감한 사람들도 달빛에는 무관심하지 않았던 것 같았다.

"나는 어릴 때부터 연극을 좋아해서," 저우 씨가 조용히 말했다. "지금도 분명하게 기억하고 있지만, 매년 여름이 되면 어머니의 고향에 놀러 갔는데, 외갓집에서 배로 10리 정도 간 곳에 마을 연극용 가설 천막이 쳐져 있고……"

해가 지고 나서 콩밭 사이의 강을 배를 타고 가는데, 어른들은 없고 어린이들만의 구경이라 배도 그중에서 비교적 큰 어린이들이 차례로 젓는다. 달빛이 강 안개에 녹아들어 몽롱하고 검푸른 산들이 뛰어오른 맹수의 등처럼 보이고, 저 멀리 고기잡이배의 불빛이 빛나고 있다고 생각했더니 어디선가 퉁소 소리가 애처롭게 들린다. 무대는 강가의 공터에 설치되어 있어 저우 씨들은 배를 강에 정박시킨 채로, 배 안에서 환상 같은 오색의 작은 무대를 구경하는 것이다. 무대에서는 긴 머리의 호걸이 네 개의 금색 깃발을 등에 꽂고 긴 창을 휘두르거나, 반나체의 남자 여러 명이 다 함께 동시에 공중제비 넘기를 하기도 하고, 젊은 남자 배우가 나와 높은 목소리로 노래를 부르기도 하고, 연한 빨강의 비단을 몸에 걸친 광대가 무대 기둥에 묶여 수염 노인에게 채찍으로 맞기도 하는 것이다. 이윽고 귀갓길에 올랐지만 달은 아직 지지 않고 강은 더욱 밝아서 뒤돌아보니, 무대는 아직도 붉은 등불 아래에서 성냥갑만 하게 보였는데 여전히 아주 떠들썩했다.

"밝은 달밤에는 가끔씩 그것을 떠올립니다. 그것이 나의 유일한 풍류 추억일 것입니다. 나 같은 속인도 달빛을 받으면 조금은 센티멘털해지는 것 같네요!"

나는 그다음 날부터 매일 빠짐없이 학교에 나가기로 했다. 저우 씨와 만나 여러 가지 이야기를 나누고 싶어서 그런 중요한 결심을 하게 되었다. 정말로 나와 같은 게으름뱅이가 쓰다 씨의 예언과는 달리 낙제도 하지 않고 가까스로 학교를 졸업할 수 있었던 것도 생각해보면 오로지 저우 씨 덕택이다. 아니, 저우 씨와 또 한 사람. 후지노 선생님에 대한 연모의 정이 나를 분발시켜 낙제생의 불명예로부터 나를 구제해주었다고 해도 좋을 것이다.

달빛이 밝던 그 저녁으로부터 네댓새가 지나 아마도 센다이에 첫눈이 내린 날로 기억하고 있다. 귀갓길에 저우 씨를 내 하숙집으로 데려와서 고타쓰*에 들어가 찐빵을 먹으면서 여러 가지 이야기를 나누었는데, 저우 씨는 묘한 웃음을 띠며 가방에서 노트 한 권을 꺼내 내밀었다. 보니 후지노 선생님의 해부학 노트였다.

"펼쳐봐." 저우 씨는 웃으면서 말했다.

나는 펼쳐보고는 눈이 휘둥그레졌다. 페이지마다 전체가 새빨갈 정도로 자세하게 빨간 펜으로 수정되어 있었다.

"심하게 고쳐져 있네. 누가 고쳤지?"

"후지노 선생님!"

깜짝 놀랐다. 그날, 후지노 선생님이 혼잣말처럼 얘기하신 '불언실행'의 의미를 알 수 있을 것 같았다.

"언제부터?"

"아주 오래전부터. 강의가 시작되고 나서 곧바로."

저우 씨는 더욱더 자세하게 설명을 했다. 후지노 선생님이 처음 해부학 발달에 대해 강의를 하시고서 일주일 정도 지난, 분명히 토요일

---

* 탁자 아래에 방열기구를 넣고 그 위에 이불을 덮은 일본의 전통 난방기구.

이었는데, 선생님의 조수가 저우 씨를 데리러 와서 연구실로 가보니 선생님은 여느 때처럼 사람 뼈에 묻혀 싱긋싱긋 웃으면서 물었다.

"자네는 내 강의를 필기할 수 있어요?"

"예, 간신히 할 수 있습니다."

"어느 정도이지? 노트를 가져와보세요."

저우 씨가 노트를 가져가니 선생님은 그것을 맡아서 2,3일 지나 되돌려주시면서,

"이제부터는 일주일마다 노트를 가져오세요" 하고 말씀했다.

저우 씨는 선생님에게 돌려받은 노트를 펼쳐보고는 깜짝 놀랐다. 노트는 처음부터 끝까지 전부 빨간 펜으로 수정되어 있고, 수많은 누락 부분이 빠짐없이 채워져 있을 뿐만 아니라 문법이 틀린 곳까지 하나하나 상세하게 수정되어 있는 것이 아닌가.

"그로부터 매주, 이 일이 계속되고 있는 것입니다."

저우 씨와 나는 잠시 얼굴을 마주 보며 침묵에 빠졌다. '공부하자. 후지노 선생님 강의는 무슨 일이 있어도 출석하자. 이와 같이 아무도 모르게 인생의 한구석에서 조용히 불언실행하고 계시는 선행이야말로 이 세상의 진정한 보배가 아닌가!' 하고 생각했다. 이 사소한 사건이 단순한 방관자에 지나지 않았던 나를 분발하게 하여, 지금까지의 나태한 까마귀도 그 후로 열심히 학교를 다니게 되었고 덕분에 무사히 의사 면허를 받아 가까스로 가업을 잇게 되었다고 해도 좋을 것이다.

노트의 수정은 그 후로도 끊이지 않았고 후지노 선생님 자신의 손으로 묵묵히 계속되고 있는 것 같았지만, 우리가 2학년이 된 가을, 이 노트 때문에 그다지 유쾌하지 않은 사건이 일어났다. 그러나 그것은

나중의 일로, 어쨌든 1904년 겨울부터 다음 해 봄까지는 나에게 여러 가지 의미로 가장 보람찬 시기였다. 마침내 뤼순 총공격이 개시되어 국내도 극도의 긴장 상태였고, 우리 학생들도 금 유출 방지를 위해 양모로 만든 교복을 없애고 면으로 된 교복으로 바꾸자든가, 금테 안경의 응징이라든가, 또는 적과 대치 상황이라 하여 일종의 극기 대회를 개최하기도 하고, 새벽의 눈 속 행군도 가끔씩 했다. 기세는 점점 더 왕성해져 이제는 단지 뤼순 함락만을 다 같이 학수고대하고 있었다.

마침내 1905년 설날, 뤼순은 함락되었다. 2일, 뤼순 함락 홍보 호외를 손에 든 센다이 시민은 열광했다. 이겼다! 이제 이겼다! 새해 축하인지, 전승 축하인지 모르겠지만, 단지 무턱대고 "축하합니다, 축하합니다!"라고 말하면서, 평소에 그다지 친하지 않던 사람의 집에까지 태연스럽게 찾아가서 술을 엄청나게 많이 마셨다. 4일 저녁에는 아오바 신사 경내에서 큰 화톳불을 피우고, 5일은 센다이 시의 전승축하일로, 아침 열시에 아타고 산에서 축포를 쏜 것을 신호로 하여 시내의 모든 공장에서 기적을 울리고 시내 경찰서의 경종과 신사, 절의 범종, 큰북 등 모든 것을 부서져라 울려댔다. 동시에 시민들은 집 밖으로 뛰쳐나와서 놋대야, 양철통, 북 등을 마음껏 두드리며 다 같이 만세를 외쳐 시내 전체가 진동하는 대장관을 연출했다. 게다가 그날 저녁에는 각 학교 연합 축등 행렬이 있어 우리는 등 하나와 초 세 개를 지급받아서 만세, 만세를 외치며 센다이 시내를 줄지어 행진했다. 외국인 저우 씨도 쓰다 씨에게 끌려나온 것 같지만 싱긋싱긋 웃으면서 그와 나란히 등불을 들고 걷고 있다. 나와 쓰다 씨는 사이가 나쁘지는 않았지만, 아무래도 그날 이후로 원만하지는 않고 교실에서 얼굴을 마주

처도 서로 가볍게 목례만 할 정도로 털어놓고 이야기를 한 적은 한 번도 없었다. 그것이 그날 저녁에는 아주 자연스럽게 이쪽에서 쓰다 씨에게,

"쓰다 씨! 축하해!" 하고 말을 걸었다.

"아아! 축하해!" 쓰다 씨도 기분이 좋은 상태였다.

"여러 가지로 실례가 많았습니다." 즉시 평소에 말을 걸지 않았던 것을 사과했다.

"아니, 저야말로." 외교관의 조카는 역시 활발했다. "그날 밤 취해서 제가 실수를 했습니다. 나중에 후지노 선생님에게 꾸중을 들었습니다."

"무슨 일입니까?" 저우 씨가 끼어들었다.

"아니, 쓰다 씨한테 닭고기 다진 요리와 술을 얻어 마셨어요." 나는 애매하게 얼버무렸다.

"그것뿐만이 아니야" 하고 쓰다 씨가 말하려다가, 갑자기 어조를 바꾸어 "아직 저우 씨에게 아무 이야기도 하지 않았나?"

"응." 조금 고개를 끄덕이고 '아무 말도 하지 마!' 하고 눈으로 쓰다 씨에게 조급하게 신호를 보냈다.

"그래!" 쓰다 씨는 큰 소리를 지르며, "너는 좋은 놈이야. 후지노 선생님에게 일러바친 것은 괘씸하지만, 그것은 내가 잘못했어. 자 마시자. 오늘 저녁은 세 명이 함께 닭고기 다진 요리를 먹자. 만세!" 쓰다 씨는 이미 약간 취한 것 같았다.

싸움은 어떻게든 이겨야 한다고 그날 밤 절실히 느꼈다. 이기면 돼. 쓰다 씨의 이른바 외교상의 깊은 배려도 모두 한 방에 날아가버리는

것이다. 쓰다 씨도 우국 청년임에는 틀림없다. 그가 그날 저녁, 저우 씨에게는 들리지 않을 정도의 작은 목소리로 나에게 자백한 것에 따르면, 그는 2개월 전에 발트 함대 출발 임박이라는 소식을 듣고 뤼순이 함락되지 않았는데 그 대함대가 일본으로 처들어오면 어떡하나 하는 걱정 때문에 사람들이 모두 수상하게 보였다고 한다. 저우 씨가 혼자서 몰래 마쓰시마로 간 것도, 어쩌면 러시아 스파이로 마쓰시마 만의 수심을 측량한 뒤, 러시아 함대를 유도하여 센다이 시를 전멸시키려는 것이 아닌가 하고, 모든 것이 뤼순이 함락되지 않은 짜증과 초조의 화풀이로 그날 밤 나에게 설교를 했다고 한다. 나는 그 이야기를 듣고 속으로는 기가 막혔지만 그러나 이젠 됐다. 이겼으니 됐다. 이러니까 전쟁은 절대로 이겨야 한다. 전황이 갑자기 불리해지면 친구 사이에 서로 믿는 것조차 힘들어진다. 민중의 심리는 원래 믿을 수 없는 것이다. 작게는 국민의 일상 윤리의 동요를 막고 크게는 후지노 선생님의 이른바 '동양 본래의 도의(道義)' 선양을 위해서도, 싸움에서는 어떤 희생을 치르더라도 반드시 이겨야 한다고 그날 밤 절실하게 느꼈다.

뤼순 요새가 함락되자 일본 국내는 불경스러운 예이지만, 하늘 문이 열린 것처럼 한층 더 눈부실 정도로 밝아져 그해 설날 궁중의 와카 모임에서 천황은 이런 노래를 지었다.

후지 산정의 빛나는 아침 해에 안개 끼도록
새해 아침 하늘도 태평성대구나!

정말로 일본은 이때 확실하게 러시아를 물리쳤다고 해도 좋다. 이 해 정월 말부터 제정 러시아는 내란이 일어나서 패색이 더욱더 짙어졌다. 일본군은 파죽지세로 3월 10일, 5월 27일, 일본 국민으로서는 잊을 수 없는 육해군이 결정적 대승리를 거두고 국위가 사방으로 빛나고 국민의 기세 또한 하늘을 찌를 것 같았는데, 이 일본의 대승리는 외국인인 저우 씨에게 우리의 상상 이상으로 강한 충격을 주었다. 저우 씨는 일본에 와서 요코하마-신바시 사이의 차창 밖 풍경을 보고 전 세계 어디에도 없는 독자적인 청결한 질서를 가지고 있는 것을 직감했다. 도쿄 여성들이 빨간 어깨띠를 두르고 흰 새 수건을 머리에 쓰고 아침 햇살이 비치는 장지문을 먼지떨이로 떠는 가련하고 바지런한 모습이야말로 일본의 상징이라고 생각했다. 일본은 이번 전쟁에서 반드시 이긴다, 이렇게 국내가 활기찬데 질 리가 없다고 마쓰시마의 여관에서 예언했지만, 그 승리가 어쩌면 저우 씨가 이전부터 생각하던 것보다 수십 배나 멋지게 눈앞에서 전개되는 것을 보고 새삼스럽게 일본의 신비한 힘에 깜짝 놀란 것처럼 느껴졌다. 저우 씨는 뤼순 함락을 계기로 또 한 번 일본 연구를 수정하게 된 것 같았다. 저우 씨의 이야기에 따르면, 그 무렵 중국 청년이 일본에 공부하러 오는 것은 결코 일본 고유의 국풍이나 문명을 우러러봐서가 아니라, 근처에서 싸고 손쉽게 서양 문물을 배울 수 있다는 임시방편으로 일본을 선택하는 것에 지나지 않았다. 저우 씨도 역시 그런 생각으로 일본에 와서 곧바로 이 나라에서 뜻밖의 긴장감을 발견하고 여기에는 독자적인 무언가가 있다고 예감은 했지만, 그런데 이와 같이 당당하게 당시의 세계 일등국인 러시아를 굴복시키는 것을 목격하고는 무언가가 있다는 정도로는 지나칠 수 없게 된 것이다. 그래서 이번에는 한문 번역본『메이지 유신사』뿐 아니라 일본어로 된 역사서를 여러 권 사와서 탐독하고는 이제까지의 일본관에 중대한 수정을 하기에 이르렀다.

"일본에는 국력의 실체라는 것이 있다!" 저우 씨는 한숨을 쉬면서 말했다.

이것은 매우 평범한 발견인 것 같지만 그러나 이 별 볼 일 없는 수기 속에서 가장 힘주어 대서특필하고 싶은 기분이다. 러일전쟁에서 일본이 거둔 대승리에 자극받아 얻은 저우 씨의 이 발견은 그 사람의 의학 구국 사상에 큰 차질을 가져와, 이윽고 그 삶의 방향을 변경하는 발단이 된 것이 아닐까 싶다. 그는 "메이지 유신은 절대로 네덜란드학 연구자들에 의해 추진된 것이 아니다"라고 말하기 시작했다. 유신 사상의 원류는 역시 국학(國學)*이다. 네덜란드학은 그 길가에 핀 진귀한 꽃에 지나지 않는다. 도쿠가와 막부 200년간의 평화기에 여러 가지 문예가 탄생했지만 그 발달과 함께 옛 조상들의 문예 사상에 접할 기회가 많아지면서 그에 대한 진지한 연구도 시작되었다. 그와 동시에 도쿠가와 막부도 마침내 정치적 곤란기로 접어들었고, 안으로는 백성의 궁핍을 구제하지 못하고 밖으로는 외국의 위협에 대항하지 못하고 일본국이 정말로 붕괴 위기에 빠지기 일보 직전에 옛 조상들의 사상 연구자들이 일제히 일어나서 구국의 길을 제시했다. 이른바 국가 정체성의 자각, 천황 친정(親政) 체제이다. 개국 성조**를 비롯해,

---

* 에도 시대 중기에 일어난 학문. 이제까지의 사서오경과 같은 유교 경전이나 불교 경전 연구를 중심으로 하는 학문 경향을 비판하고, 일본의 독자적인 문화, 사상, 정신세계를 일본의 고전이나 고대사 속에서 찾으려고 했다.

신화시대를 거쳐 진무 천황으로 이어지는 만세일계(万世一系)***의 왕실이 거룩하게 일본을 통치한다는 신국으로서의 참된 자각이야말 로 메이지 유신의 원동력이 된 것이다. 이 천지의 정도(正道)가 아니 고서는 구국의 방법은 없다고 본 쇼군 요시노부는 스스로가 먼저 순종할 뜻을 표했고, 도쿠가와 막부 200여 년 동안 영화를 누려온 봉건 영주들도 앞다투어 영토를 천황에게 헌납했다. 이것이 일본의 강함이 다. 아무리 혼란스러워도 일단 국가가 위기를 맞이하면 새끼가 어미 새 주위로 모여들듯이 모든 것을 버리고 돌아와서 황실을 받든다. 정 말로 국가 정체성의 진수이다. 백성의 신성한 본능이다. 이것이 출현 하면 네덜란드학이든 무엇이든 폭풍우를 만난 나뭇잎처럼 맥없이 날 아가버린다. 정말로 일본국 정체성의 힘은 무서운 것이다라는 저우 씨의 이야기를 듣고 나는 가슴이 고동치고 왠지 모르게 눈물이 한심 스러울 정도로 쏟아져서 자세를 가다듬고 저우 씨에게 물었다.

"그러면 당신은 일본에는 서양 과학 이상의 것이 있다고 말하는 것 입니까?"

"물론입니다. 일본인인 당신이 그런 말을 하다니 어이가 없네요. 일본이 러시아를 이겼잖습니까? 러시아는 과학의 선진국입니다. 과 학 지식을 최대한으로 응용한 무기를 틀림없이 많이 가지고 있었겠 죠. 뤼순 요새도 서양 과학의 Essenz(진수)로 만든 것이겠죠. 그것을 일본군은 거의 맨손으로 공격하여 함락하지 않았습니까? 외국인에게 는 이 불가사의한 사실이 이해되지 않을지도 몰라요. 중국인도 알 수

** 일본의 선조신 아마테라스 오미카미.
*** 적통으로 이어짐.

가 없어요. 어쨌든 더욱더 일본을 연구해보고 싶어요. 흥미진진한 것이 있어요" 하고 상쾌한 미소를 지으면서 말했다.

그 무렵, 저우 씨도 거리낌 없이 현청 뒤의 내 하숙집으로 가끔씩 놀러 와서는, 내가 변함없이 말수도 적고 아직 하숙집 식구들과도 허물없이 지내지 못하는데도 저우 씨가 먼저 가족들과 친해졌다. 그 하숙집은 보통집이라고 할까, 중년의 목수와 부인과 열 살 정도의 딸로 이루어진 3인 가족으로 하숙생은 나 한 명이었다. 목수는 술꾼으로 때때로 부부싸움도 하지만 그래도 저우 씨의 아라마치 하숙처럼 여러 명의 하숙인이 있는 전문 하숙집에 비하면 조금은 가족적이었다. 그래서 당시 일본 연구에 온 힘을 쏟던 저우 씨에게는 이 가난한 가정 또한 상당한 호기심의 대상인 것 같았고 가족들과 적극적으로 교제를 하려 했다. 특히 열 살 정도의 못생긴 새까만 여자아이와 친해져 중국의 옛날이야기 등을 들려주기도 하고 그 여자아이한테 동요를 배우기도 했다. 어떤 때는 여자아이가 전쟁터의 큰아버지에게 보내는 위문편지를 써서 저우 씨에게 고쳐달라고 부탁을 하기도 해서, 저우 씨는 천진난만한 의뢰에 기분이 아주 좋은 듯, 나에게 그 위문편지를 보이며,

"잘 썼어요! 한 군데도 고칠 데가 없어요"라고 말하면서 한층 더 자세하게 그 아이의 문장을 음미하는 것이다. 그렇지만 그것은 다음과 같은 별 볼 일 없는 문장이었다.

"작년에는 자주 소식 전하지 못했습니다. 그런데 큰아버님은 달도 얼어붙는 시베리아 들판에서 몸 건강하게 잘 계시죠? 러시아놈을 포로로 잡는 명예스러운 결사대에 들어가셨다고 하던데 전부터 그런 성

격이셨겠지! 하고 남몰래 자랑스러워하고 있습니다. 새삼스레 말씀드릴 것도 없이 앞으로도 몸조심하셔서 천황 폐하를 위해, 대일본 제국을 위해 최선을 다해주실 것을 빌고 있겠습니다. 안녕히 계십시오."

달도 얼어붙는 시베리아, 이 부분이 저우 씨의 마음에 들었던 것 같았다. 저우 씨는 풍경에는 그다지 마음이 끌리지 않는다고 말하면서도 달님만은 아주 싫지는 않은 것 같았다. 그러나 그것보다 저우 씨를 크게 감탄하게끔 한 것은 이 짧은 문장 속에 선명하게 흐르는 거짓 없는 충성심이었다.

"분명합니다." 저우 씨는 마치 자신이 큰 공적이라도 세운 것처럼 자신만만하게 이야기하는 것이다. "전혀 주저하지 않고 줄줄 말하고 있어요. 천황 폐하를 위해 최선을 다하라고 시원스럽게 단언하고 있네요. 아주 natürlich(자연스러운)입니다. 일본인의 사상은 전부 충(忠)이라는 관념에 einen(통일되어) 있어요. 나는 지금까지 일본인에게는 철학이 없는 것이 아닌가 하고 생각했지만, 충이라고 하는 Einheit(통일)의 철학이 먼 옛날부터 Fleischwerden(육화)되어 있는 것이 일본인이라고 말할 수 있지 않을까요. 그 철학이 너무 Puri-fizieren(순화)되어 있어서 오히려 알지 못했던 것이죠"라고 여느 때처럼 흥분했을 때의 버릇으로 자꾸만 독일어를 연발하면서 감탄했다.

"하지만 충효 사상은 당신 나라에서 일본으로 전한 것이 아닙니까?" 나는 일부러 딴죽을 걸어보았다.

"아니요, 그렇지 않아요." 저우 씨는 즉각 부정했다. "아시다시피 중국의 천자는 적통이 아니고, 요순에서 시작하여 하(夏)나라는 400년 17대, 걸왕에 이르러 탕왕 때문에 남쪽으로 추방당했는데, 이것이 중국에서의 무력 혁명의 시초라고 할까, 이후로 종종 왕위 쟁탈이 반복되었습니다. 모두가 어쩔 수 없는 Operation(쿠데타)이었다고 하면서도 새로이 즉위한 사람은 역시 어딘가 꺼림칙해하는 것 같았고, 대개는 무언가 자기변명 같은 것을 만들어내서 충이라는 관념을 묘하게 복잡하고 애매한 것으로 만들었습니다. 그 대신이라면 이상하지만 효를 강하게 주장하여, 이것을 치국의 근본으로 삼고 백성의 윤리도 효 일색으로 덮으려는 경향이 생겼습니다. 따라서 중국에서는 충효라 해도 충은 효의 접두어 정도 역할을 할 뿐이고 중심은 효에 있다고 해도 좋을 것입니다. 그러나 이 효도 처음부터 그런 정책적 의도에서 장려된 도덕이므로, 윗사람은 이것을 최대한 이용하여 반대자는 모두 불효라는 오명을 씌워 죽이고 권모술수의 온상지와 같은 것으로 만들어버렸습니다. 아랫사람은 또 언제 불효라는 명목으로 죽을지 모르므로, 밤낮으로 두려워하며 이것 좀 보아라는 것처럼 과장되게 부모님을 소중히 모셔서 마침내 24효행이라는 바보스러운 전설조차 민간에 유포된 것입니다."

"하지만 그것은 조금 지나치네요. 24효행은 일본에서는 효도의 본보기입니다. 바보스러운 것은 아닙니다."

"그러면 당신은 24효행이 무엇 무엇인지 전부 알고 있습니까?"

"전부는 모르지만 맹종(孟宗)의 죽순 이야기, 왕상(王祥)의 겨울 잉어 이야기는 어릴 때부터 들어서, 우리는 그 효자들을 정말로 존경하고 있습니다."

"뭐, 그런 이야기는 무난하지만, 당신은 노래자(老萊子)의 이야기는 모르죠? 노래자가 일흔이 되어서도 아흔 살인지, 백 살인지 하는

278

부모에게 응석을 부렸다는 이야기입니다. 모르죠? 그 응석을 부리는 방법이 매우 정성스러운 것이었습니다. 늘 아기 꼬까옷을 입고 북 장난감을 흔들면서 아흔 살인지, 백 살인지 하는 부모 주위를 기어 다니며, 응애응애 울면서 부모의 마음을 즐겁게 했다고 합니다. 어떻습니까? 나는 어린 시절에 이것을 그림책에서 배웠지만 그 그림은 아주 괴이했습니다. 일흔 살 된 노인이 아기 꼬까를 입고 북 장난감을 흔드는 그림은 오히려 추악해서 제대로 쳐다볼 수가 없었습니다. 부모가 그 모습을 보고 과연 귀엽다고 생각했을까요? 내가 어린 시절에 본 그림책에서는 그 백 살인지, 아흔 살인지 하는 부모는 재미없는 것 같은 표정을 하고 있었습니다. 난처하다는 표정으로 일흔 살 바보 자식의 추태를 바라보고 있었습니다. 그렇습니다. Wahnwitz(미친 행동)입니다. 제정신이 아닙니다. 또 이러한 것도 있습니다. 곽거(郭巨)라는 남자는 예전부터 가난해서 노모에게 밥도 제대로 드리지 못하는 것을 괴로워하고 있었다. 그에게는 처자식도 있다. 아이는 세 살이다. 노모라고 해도 그 아이의 할머니이죠. 어느 날, 할머니가 세 살 손자에게 자신의 음식을 조금 나누어주는 것을 보고, 곽거는 죄송해서 '그렇지 않아도 노모의 밥이 부족한데, 지금 세 살짜리 자식이 그것을 빼앗아! 까짓것, 이 녀석을 묻어버리자'라고 하는 잔인한 일이 벌어집니다. 한데 그 그림책에는 생매장당할 운명에 처한 세 살짜리 아이가 곽거의 부인에게 안겨서 생긋생긋 웃고 있고, 곽거는 그 옆에서 땀을 흘리면서 큰 구덩이를 파는 그림이 있었는데, 나는 그 그림을 본 다음부터는 할머니를 몰래 멀리하기로 마음먹었습니다. 그런데 그 무렵, 우리 집은 조금씩 가난해졌고 만약 할머니가 나에게 어떤 과자라도 준다면 아버지는 죄송해서 '까짓것, 이 녀석을 파묻겠다'고 한다면 큰일이다 하고 생각했기 때문입니다. 갑자기 가정이라는 것이 무서워졌습니다. 이래서는 유학자 선생님들의 모처럼의 교훈도 아무런 쓸모가 없습니다. 역효과가 생길 뿐입니다. 일본인은 총명하니까, 이런 24효행을 설마 진짜 효행의 본보기로 생각하고 있지는 않겠죠? 당신은 겉치레 말을 하고 있는 것입니다. 나는 요전에 가이키칸에서 24효행이라는 만담을 들었어요. 어머니에게 효도를 하기 위해 '죽순을 드시고 싶지 않습니까?' 하고 여쭙자, 어머니는 '나는 이가 나빠서 죽순은 질색이야' 하고 거절하는 이야기. 일본인은 머리가 좋다고 생각했어요. 어리석은 설교에 넘어가지 않았습니다. 문명이라는 것은 생활양식을 하이칼라로 하는 것이 아닙니다. 늘 깨어 있는 것이 문명의 본질입니다. 위선을 감으로 간파하는 것입니다. 이 간파하는 능력을 지닌 사람을 교양인이라 부르지 않나요? 일본인은 좋은 교양을 선조로부터 물려받았죠. 중국 사상의 건전한 면만을 본능적으로 선택하여 섭취하니까요. 일본은 중국을 유교의 나라라고 생각하는 것 같지만 중국은 도교(道敎)의 나라입니다. 민중의 신앙 대상은 공맹(孔孟)이 아니라 신선입니다. 불로장수의 미신입니다. 그렇지만 일본에서는 그런 불로장수의 신선설은 전혀 거들떠보지도 않아요. 좋은 웃음거리죠. 신선이라는 말을 백치나 미치광이의 대명사 정도로 생각하고 있어요. 일본 사상은 충으로 통일되어 있으니, 신선도 24효행도 필요 없어요. 충 그자체가 효입니다. 요전에 같이 본 연극에 나오는 마사오카도 자신의 아이에게 충만을 권유하고 있어요. 자기에게 효도하라고는 가르치지 않았죠. 그러나 충이 곧 효이므로 그래도 괜찮아요. 그러므로 일본인은 그것을 보고 모두 웁니다. 신선이랑 24효행은 만담의 소재로 웃음거리가 되어 있습니다."

"아니, 하지만," 나는 속으로는 기쁜 마음을 금치 못하면서도, "일본인은 입이 걸어서. 특별히 당신 나라의 그런 가르침을 경멸하는 것은 아니지만, 아무래도 신랄하게 조소하는 버릇이 있어서 안 좋아요."

"아니요, 일본인의 험담은, 기세는 등등하지만 차라리 담백합니다. 신랄하다는 것은 맞지 않아요. 중국에는 염병할(他媽的)이라는 욕이 있는데 이것이 진짜로 신랄하다고 할 수 있어요. 심한 말이에요. 너무나 비열하여 의미를 말하고 싶지 않지만, 어쩌면 이 세상에서 이렇게 비열한 욕을 발명한 민족은 없을 것입니다. 이것만은 세계 최고입니다."

"그 말이 어떤 의미인지는 모르겠지만, 그것 말고도 중국에는 무언가 세계 제일인 것이 분명히 있을 것 같은 느낌이 듭니다. 이것은 내 느낌으로만 말하는 것이지만, 당신 나라에는 우리의 상상을 초월하는 위대한 전통이 흐르는 것 같아요. 당신은 꽤 자신의 나라에 대해 나쁘게 말하고 있지만 후지노 선생님도 말씀하셨습니다. '중국에는 좋은 전통이 남아 있으므로 그 전통 계승자 속에서 반항하는 사람도 나오는 것이다'라고. 당신이 중국을 비판하는 것을 들으면서 오히려 언제나 중국의 여유 같은 것을 느낍니다. 중국은 결코 멸망하지 않아요. 당신 같은 사람이 열 명 있으면 중국은 명실공히 세계 일등국이 됩니다."

"띄우지 마세요." 저우 씨는 쓴웃음을 지으면서, "중국도 이대로라면 안 돼요. 절대 안 됩니다. 여유 따위의 엉터리 자부심을 가지고 있는 동안은 안 돼요. 일본인은 모두 소매를 걷어붙였고 열성적이고 진지합니다. 중국은 일본의 태도를 배워야 합니다."

그 무렵, 모든 일에서 이런 식으로 저우 씨와 중일 비교 논쟁이라고 할 수 있는 것을 거침없이 했다. 저우 씨는 이번 학년이 끝나고 여름 방학이 되면 도쿄로 가서 동포 유학생들에게 자신이 발견한 신국(神國)의 청결·솔직 일원(一元) 철학을 가르쳐 계몽하겠다고 별렀다. 이윽고 여름 방학이 되어 저우 씨는 도쿄로, 나는 산속의 고향으로 가서 두 달 정도 헤어져서 지내다가, 9월 신학기 시작과 함께 또다시 저우 씨의 그리운 얼굴을 센다이에서 보았을 때, 나는 '어!' 하고 생각했다. 어딘지 잘 모르지만 어쩐지 이전의 저우 씨와는 달랐다. 서먹서먹한 정도는 아니지만 눈동자가 작고 날카로워진 것 같고 웃어도 볼에 섬뜩한 그림자가 보였다.

"도쿄는 어땠습니까?" 하고 물어도 묘하게 괴로운 듯이 웃으며,

"도쿄는 모두 바빴고 전차의 선로가 하루가 다르게 사방으로 뻗어나가고, 글쎄요, 그것이 지금의 도쿄의 상징이겠죠. 덜컹덜컹 매우 시끄러운 데다 전쟁 강화조약이 마음에 들지 않는다며 도쿄 시민들은 살기를 발하며 여기저기서 울분의 강연회를 열고, 아주 불온한 형세로 지금이라도 수도에 계엄령이 시행된다는 등의 소문조차 있습니다. 정말이지 도쿄 시민들의 애국심은 너무 순진해요."

"당신 나라의 학생들에게 충 일원론은 어땠습니까? 무언가 반응이 있었습니까?"

저우 씨는 갑자기 분통이 치밀어 오르는 것처럼 볼을 찡그리고,

"그것도 바빠서, 어느 것이 어느 것인지 나도 알 수 없게 되었습니다. 일본인의 애국심은 불온하든 어떻든, 본질이 순진하고 밝지만 우

리 쪽의 애국심은 복잡하고 어두워서, 아니 그렇지도 않은가? 어쨌든 알 수 없는 것이 너무 많아요. 어려워요. 전혀 알 수가 없어요" 하고 차갑게 미소 지으며, "그러나 일본 청년들은 지금 열심히 세계 문학을 연구하고 있어요. 책방에 가보고는 놀랐습니다. 각국의 문학 서적이 잔뜩 들어와 있어서 일본의 젊은이들은 열심히 이것저것 골라서 사고 있습니다. 무어라 할까, 생명의 충실 같은 것을 위해 노력하고 있다고 할까요. 나도 흉내를 내어 조금 사왔습니다. 뒤떨어지지 않고 이제부터 연구해볼 생각입니다. 내 경쟁 상대는 도쿄의 젊은이들입니다. 그 사람들은 무언가 새로운 세계에 erwachen(눈을 뜸)하고 있는 것 같습니다. 우선 도쿄에 대한 보고는 이 정도입니다."

그리고 수업이 끝나자 재빠르게 자기 하숙집으로 돌아가고 이전처럼 내 하숙집으로 놀러 오는 일도 거의 없어졌다. 찬바람이 강하게 불던 저녁, 드물게 쓰다 씨가 이상한 표정으로 하숙집에 와서,

"어이, 이상한 사건이 일어났어!"라고 말하면서 주머니에서 편지를 한 통 꺼내 나에게 보였다. 수신인은 '저우수런 귀하'라고 되어 있었다. 보낸 이는 '직언가'로 되어 있다. '조잡한 익명이구나!' 하고 어이가 없어서 얼굴을 찡그리며 편지 내용을 읽어보았다. 내용은 더욱 엉망이었다. 매우 위압적이며 야비한 서체였고 너무나도 역한 냄새가 날 정도의 추접한 편지였다. 먼저,

너! 참회하라!

라고 크게 적혀 있었다. 나는 소름이 끼쳤다. 나는 이런 예언 같은 아

니꼬운 말을 옛날이나 지금이나 아주 싫어한다. 이어서 기묘한 이른 바 '직언'이 적혀 있었다. 뭔가 장황한 '직언'으로 매우 알기 어려웠지만, 말하자면 '너는 비겁하다. 후지노 선생님이 사전에 너에게 해부학 시험 문제를 알려주고 있다. 그 증거로 너의 해부학 노트에 후지노 선생님이 빨간 잉크로 어떤 표시를 해주고 있다. 너는 시험에 합격할 자격이 없다. 참회하라!'라는 것이었다.

"뭐야! 이것은." 내가 그 편지를 찢으려 하자, 쓰다 씨는 당황해서 "아! 잠깐 기다려"라고 말하며, 재빨리 내 손에서 편지를 빼앗고는 "큰 사건이라고, 이것은. 너와 지금부터 여러 가지로 상담을 하고 싶어. 정말로 불쾌한 사건이야. 술이라도 마시지 않고는 견딜 수 없는 기분이야. 이 집에 술이 조금 없을까?"

나는 쓴웃음을 짓고 하숙집 사람에게 "술, 없습니까?" 하고 물었다. "정종은 오늘 저녁에 남편이 마셨지만 맥주라면 있어요." 부인이 대답했다.

"맥주라도 괜찮아?" 쓰다 씨에게 묻자, 그는 조금 비통한 표정을 지으며,

"맥주라니! 찬바람 소리를 들으면서 맥주를 마시는 것은 촌스럽기 짝이 없지만. 그래, 좋아. 괜찮아. 가져와."

쓰다 씨는 혼자서 맥주를 벌컥벌컥 마시고,

"아아! 춥다. 가을 맥주는 안 좋아" 하고 외치고는 덜덜 떨면서, 더듬더듬 이번 사건의 중대성에 대해 설명하기 시작했는데, 입술이 보라색이고 워낙 전신을 부들부들 떨며 하는 설명이어서, 정말이지 조금은 평범한 일이 아닌 것 같은 삼엄한 느낌도 들었다.

"이것은 국제 문제야"라고 평소처럼 과장해서 이야기하는 것이다. "저우 씨는 혼자이지만 혼자가 아니야. 지금, 청나라 유학생은 일본 전국에 흩어져 있고, 그 수는 이미 만 명에 육박하고 있다고. 다시 말하면 저우 씨의 배후에는 만 명의 청나라 유학생이 대기하고 있단 말이야. 저우 씨가 한 번 화를 내면 만 명의 유학생이 저우 씨를 도우러 일어날 거야. 그때는 센다이 의학전문학교가 불명예스러운 것은 물론이고 교육부, 외무부도 청나라 정부에 사과해야 할지도 몰라. 정말로 중일 친선 외교에 일대 오점을 남기게 된단 말이야. 자네는 이것에 대해 어떻게 생각하나"라고 했지만, 늘 하는 소리여서 평소처럼 적당히 흘려들으며,

"저우 씨는 그 편지를 봤나요?"

"봤어. 오늘 학교에서 같이 돌아왔더니, 이 편지가 하숙집에 배달되어 있었어. 저우 씨는 그것을 접수구에서 받아서는 아무렇지 않게 주머니에 넣고 계단을 올라갔지만, 이때 나에게는 일종의 영감이 왔어. '잠깐!' 하고 불러 세웠어. '그 편지를 여기서 뜯어봐' 하고 말했지. 저우 씨는 복도에 멈춰 서서 아무 말 없이 편지 봉투를 뜯었어. 그러고는 내용을 조금 읽고는 찢으려고 했어."

"그럴 테지. 이런 불결한 편지, 누구라도 찢고 싶어지지."

"그런 식으로 말하지 말고. 순간, 나는 그 편지를 뺏어서 읽어보고는 '녀석 정말로 사고 쳤구나!' 하고."

"무슨 소리야! 당신은 이 편지를 보낸 이를 아는 것 같은데?"

"무엇을 감추랴! 알고 있어. 야지마. 그 녀석, 그 Landdandy(시골 신사) 말이다."

그 말을 듣고 문득, 며칠 전의 사소한 사건이 생각났다. 후지노 선생님 시간이었다. 선생님이 교실에 들어오신 것과 동시에, 반 모임의 간사인 야지마가 벌떡 일어나서 칠판에 내일 반 모임 개최 이야기를 적으며 전원 빠짐없이 참석하라고 덧붙이고는, '빠짐(漏)'이라는 글자에 두 겹으로 동그라미를 쳤다. 대여섯 명의 학생이 "와" 하고 웃었다. 나는 언제나 반 모임에는 사람이 모이지 않으니까 특별히 '빠짐없이'라는 것을 강조하는구나 하고 가볍게 생각했다. 그러나 그것은 야지마의 비열한 빈정거림이었다. 거기에는 후지노 선생님도 저우 씨도 있었으므로 시험 문제의 '누설'을 암암리에 야유하기 위해 야지마가 비굴한 잔머리를 굴린 것이다. 그것을 알아차렸다면 발끈하여,

'때렸을 것이다.' 단지 치사한 짓이라고 묵살하는 정도로는 끝나지 않는다고 생각했다. 60년간의 평범한 삶에서 사람을 진짜로 때리려고 생각한 것은 이때, 한 번뿐이었다고 해도 좋다. 오늘밤, 이제부터 그의 집에 가서 실컷 때리고 오려고 생각했다. 나는 이 야지마라는 멋진 수염을 기른 학생을 이전부터 아주 싫어했다. 그는 센다이의 도호쿠 학원인지 어딘지의 기독교 학교 출신으로, 설마 그 때문은 아니겠지만, 저우 씨의 말을 빌리면 다테 번의 der Stutzer(거드름 피우는 사람), 또 쓰다 씨의 표현을 빌리면 시골 신사, 그런 느낌의 아주 잘난 체하는 남자였다. 처음에는 교실에서도 얌전하게 있었지만, 아버지가 아마 센다이의 큰 부자인 것 같고 그 아버지의 후광이 점차로 위력을 발휘했는지, 어느샌가 학급의 보스가 되어버려서 이번의 새 학년 반 모임 간사 선거에서 쓰다 씨를 누르고 새 간사로 등장했다. 나는 도쿄, 오사카에서 온 학생이 도호쿠 지방을 시골 취급하며 경멸하는 태

도에도 찬성할 수 없었지만, 그것에 대해 도호쿠 출신 학생들이 음흉하게 계획을 짜서 비굴한 복수를 하려는 것에도 승복할 수 없었다. 특히 나 자신이 도호쿠 사람 나부랭이니까, 시골내기의 조잡한 복수심을 보았을 때는 자기혐오 같은 것이 생겨나서 도쿄, 오사카 출신 학생들보다 이 고장 출신 학생을 증오하고 싶다는 생각이 들었다.

"때려서는 안 돼. 그것은 개인적인 싸움이야" 하며 쓰다 씨는 내가 흥분하기 시작하자, 갑자기 침착한 태도로 "상대는 야지마 한 사람이 아니야. 시골 촌놈인 추종자들이 많다고. 나는 이 기회에 그 녀석들의 배타적인 생각을 응징할 생각이야. 서로 신사가 아닌가! 사상싸움으로 가자!"

"하지만 쓰다 씨. 나도 시골 촌놈이에요." 어떤 의미로 사용했든 시골 촌놈이라는 말은 귀에 거슬렸다. 이 지방 출신 야지마도 전혀 마음에 들지 않는 인물이지만 이런 말을 사용하는 도쿄인인 쓰다 씨의 심리도 그다지 고귀하다고는 말할 수 없고 '둘 다 똑같다'는 생각이 들었다.

"아니, 자네는 예외야. 자네는 결코 시골내기가 아니야. 자네는 뭐라고 할까" 하고 곤란한 표정을 짓고는, "어떤 의미에서는 도시인이라고 말하고 싶지만" 하고 점점 더 곤혹스러워하더니 "그렇다, 자네는 중국인이다. 그래!"

나는 어이가 없었다.

"자네는 그래서 같은 도호쿠인인 야지마들한테도 따돌림을 당하는 거야." 쓰다 씨는 너무나도 그럴듯한 어조로 "다시 말하면 자네의 현재 위치는 저우 씨와 같아. 나는 절대로 그렇게 생각하지 않지만 반에서는 다들 자네 얼굴이 중국인과 비슷하다고 정평이 나 있어. 아무래도 자네가 저우 씨하고만 사귀는 건 좋지 않아. 자네 이름인 다나카 다카시(田中卓)를 같은 반 학생들이 뒤에서 '덴추타쿠'라고 부르는 것은 모르지? 어때? 너는 '덴(田)'*이라는 이름이다. 기분 나쁘지?"

나는 그런 것에는 별로 신경 쓰이지 않았다. 그러나 쓰다 씨가 이 문제를 왜 나에게 가지고 와서 이러쿵저러쿵 지리멸렬한 화풀이를 하면서 소란을 피우는지는 미련스러운 나도 알 수 있었다. 쓰다 씨는 역시 야지마에게 반 모임 간사라는 명예직을 뺏긴 게 분한 것이다. 그래서 이 소심한 정치가는 이번에 야지마의 편지를 문제화해서 야지마에게 간사직 사퇴를 강요하고, 그 대신에 자신이 또다시 원래대로 당당하게 직위를 새긴 명함을 자랑하고 싶다는 가련한 의도에서 나에게 온 것이 틀림없었다. 먼저 저우 씨와 가장 사이가 좋은 나를 선동하면 내가 격분해서 또 예전처럼 후지노 선생님께 말씀드리고, 그리하여 후지노 선생님은 깜짝 놀라 야지마를 불러 크게 꾸짖고는 간사의 명예를 박탈한다, 라는 식으로 일이 순조롭게 진행될 것을 꿈꾸면서 소란을 피우는 것이 아닐까 하는 의심이 들자, 나는 마침내 흥이 깨져,

"당신은 전부터 그런 여러 가지를 알고 있으면서, 어째서 야지마 군들에게 저우 씨의 결백을 증명해주지 않은 거죠?" 하고 입을 빼물고 말했다.

"내가 말해도 소용없어. 그 녀석들은 나도 저우 씨와 한패라고 생각한다고. 나와 자네와 저우 씨와 후지노 선생님, 이 네 명이 지금은 똑같이 피고인이란 말이야. 절대로 용서할 수 없지 않은가! 저 후지노

---

* 시골. 다나카 다카시(田中卓)의 한자는 덴추타쿠로도 읽을 수 있다.

선생님의 인격조차 의심한다는 것은 정말로 심하다고. 아무래도 우리
도 단결하여 대책을 세워야 해. 자네는 어쨌든 내일, 후지노 선생님께
호소하러 가라. 나는 뒤에서 다른 동지들을 규합할 테니."

과연, 내가 의심한 그대로였다. 싫어졌다. 이제는 야지마를 때리고
싶다는 생각도 다른 것도 사라지고 빨리 이 바보스러운 다툼에서 벗
어나고 싶어졌다.

"한 가지 약속을 받고 싶은데요." 나는 냉정하고 완고한 기분이 되
어 "내일 후지노 선생님 연구실에 갈 테니, 선생님한테서 어떤 지시
가 있을 때까지 이 편지에 대해서는 아무에게도 말하지 않을 수 있겠
습니까?"

"왜?" 쓰다 씨는 입을 굳게 다물고 나를 노려보았다.

"아무튼." 나는 애써 미소 지으며 "어쨌든 그 동지 규합을 2,3일 기
다려주지 않겠습니까. 그러지 않으면 나도 당신의 적이 될 겁니다."

지금은 단지 저우 씨가 불쌍했다. 또 저우 씨의 공부에 온 힘을 쏟
고 계시는 후지노 선생님도 안됐다. 내 관심사는 이미 그것뿐이고 나
머지는 어떻게 되든 상관없었다.

"그래?" 쓰다 씨는 못마땅한 듯이 외면하면서 "너는 아무래도 나를
신뢰하지 않는 것 같네."

나는 개의치 않고,

"당신이 약속해주지 않으면 당신의 적이 되어, 후지노 선생님에게
당신의 험담을 아주 많이 할 겁니다."

"그러나 그것은 터무니없지 않은가?"

"터무니없어도 괜찮아요. 적이니까. 어떻습니까. 약속합니까?" 하

고 내 생각대로 되어 우쭐대며 재차 확인했다.

쓰다 씨는 마지못해 동의하고,

"도호쿠 사람은 상대하기가 벅차"라고 작은 목소리로 말했다.

다음날, 나는 후지노 선생님 연구실로 가서 사정을 요약해서 보고하고,

"쓰다 씨도 아주 분개해서 선생님의 지시를 기다려 뭔가 도움이 되고 싶다고 말하고 있습니다" 하고 쓰다 씨의 마음을 아름답게 전하고, 물론 야지마의 이름 등은 전혀 언급하지 않고 단지 이 오해를 저우 씨를 위해 풀어주시기를 부탁했다.

"풀어주니 뭐니 할 것도 없어." 선생님은 의외로 태평스럽게 웃으면서 "저우 군의 해부학은 낙제점이야. 다른 과목의 점수가 좋아서 그 정도 성적을 거둔 거예요. 저우 군은 몇 등이었지?"

"아마도 60등 정도일까요?" 우리가 1학년에서 2학년으로 올라갈 때에는 낙제생이 매우 많았다. 동급생의 3분의 1, 약 50명이 낙제했고 나도 쓰다 씨도 같이 80,90등으로 간신히 진급했는데, 외국인인 저우 씨가 60등이라는 것은 저우 씨가 수재인 데다 공부벌레라는 것을 아는 우리에게는 당연한 성적으로 생각되었지만, 저우 씨를 잘 모르는 사람들에게는 60등이라는 것이 아마도 의심스럽게 느껴졌을지도 모른다. 특히 낙제생들은 자기가 공부하지 않은 것은 제쳐놓고 진급생들에게 어떻게든 트집을 잡고 싶었을 것이고, 진급생 전체를 대표하여 희생양이 된 것이 청나라 유학생 저우 씨였다고 말할 수 있는 상황이었다.

"60등인가?" 선생님은 60등도 마음에 들지 않는 것 같았다. "그다

지 좋은 성적이 아니네. 조금 더 공부하지 않으면 안 돼. 전반적으로 작년 너희의 해부학 실력은 신통찮았어. 해부학은 의학의 기초이니 더욱 철저하게 해두지 않으면 나중에 후회할 때가 있을 거야. 모두 태만하니까 이번과 같은 바보스러운 문제가 일어나는 거야. 서로 격려하며 열심히 공부했으면 오해도, 질투도 일어나지 않았을 것을. 화목〔和〕이라는 것은 결코 소극적인 것이 아니야. '희로애락의 감정을 나타내면서도 적당하게 절도를 지키는 것을 화목이라고 한다'고 『중용(中庸)』에 나와 있지. 천지약동(天地躍動)의 모습이에요. 꽉 당겨서" 하고 선생님은 활을 보름달처럼 한껏 당기는 모션을 해 보이며, "획 하고 쏜 활이 빗나가지 않고 과녁 한복판에 맞아 명쾌한 소리가 나는 그 느낌. 그것이 화목이지. 희로애락의 감정을 나타내면서도 적당하게 절도를 지킨다. 이 '나타내면서도'라는 것을 잊어서는 안 돼. 공부해야 해. 화목을 가장 소중히 여긴다는 말이 있지만 화목이라는 것은 단지 동료들과 사이좋게 논다는 의미가 아니야. 서로 격려하면서 공부하는 것, 이것을 화목이라고 하네. 자네는 저우 군의 친구인 것 같은데, 그 사람은 중국에 새로운 학문을 퍼뜨리려고 일부러 일본에 공부하러 온 것이니, 많이 격려하여 더욱 좋은 성적을 거둘 수 있도록 충고해줘야 해. 나도 여러 가지로 애를 쓰고는 있지만 아무래도 60등은 한심해. 1등이나 2등을 해야 해! 일본도 옛날에는 당(唐), 송(宋)으로 학생들이 공부하러 가서 그 나라로부터 여러 가지 도움을 받았어요. 이번에는 그 보답으로 저쪽 사람들에게 우리가 아는 것을 가르쳐주어야 하는데, 주위의 일본인 학생들이 놀고만 있고 전혀 공부를 하지 않으니까 저우 군처럼 모처럼 원대한 꿈을 품고 일본에 왔어도 결국은 같이 휩쓸려 게으름을 피우게 되는 거야. 자네가 정말로 저우 군의 친구라면 이번에 자네들 두 사람에게 연구 테마를 줄 수도 있어. 전족의 Gestalt der Knochen(뼈의 형태)과 같은 것은 어때? 가능하면 저우 군이 흥미를 느낄 수 있는 테마가 좋다고 생각해. 하지만 이 것은 현재 내 수중에 Modell(모델)이 없기 때문에 어려울까? 어쨌든 저우 군에게 조금 더 의학에 대한 Pathos(열정)를 가지도록 해야 해. 저우 군은 요즈음, 힘이 없는 것 같지 않나? 해부 실습 등을 싫어하지는 않는지? 중국인은 Leichnam(시체)에 대해 독자적인 신앙을 가지고 있어서 화장을 하지 않고 대부분이 토장(土葬)인 것 같아. 『중용』에도 '귀신의 덕은 성(盛)하다'고 적혀 있는 것처럼 사후의 귀신이라는 것을 아주 두려워하고 있어. 어쩌면 저우 군이 최근 침울한 건 우리가 Leichnam을 너무 아무렇게나 다루니까, 그래서 의학에도 약간 싫증을 느끼게 된 것에 그 원인이 있지 않을까? 만약 그렇다면, 자네는 저우 군에게 이렇게 말해주는 것이 좋아. 일본의 Kranke(환자)는 사후에 의학 발전에 기여하는 것을 아주 기뻐하고 있다. 특히 머지않아 중국의 국가 발전에 도움이 되는 것을 알면 오히려 영광으로 생각할 것이다라고 용기를 주어야 해. 해부 실습 정도로 창백해져서는 앞으로 작은 Operation(수술) 하나도 제대로 할 수 없을 테니까" 하고 저우 씨 이야기만 했다.

"저, 그러면 편지 건은 어떻게 하면 좋을까요?"

"전혀 신경 쓸 필요 없네. 단지 이런 일로 저우 군이 학교를 싫어하게 되면 곤란하니까, 그 점은 자네가 저우 군을 위로하고 격려해줘야 해. 편지 건은 묵살해도 좋지만, 또 쓰다 군 등이 나서서 소동을 확대

시켜도 곤란하니까, 우선 내가 간사에게 그 편지를 쓴 사람을 찾아내도록 말해두지. 누가 썼는지는 나에게 보고할 필요는 없지만, 그 사람이 저우 군의 하숙집에 가서 노트를 잘 살펴보고, 자신의 잘못을 깨달으면 순순히 저우 군과 화해를 하는 정도로 마무리하면 좋지 않을까? 이번 간사는 야지마 군이지?"

그 간사가 편지의 주인이므로 난처했다. 그러나 야지마에게 선생님이 범인 조사를 의뢰하는 것도 짓궂지만 재미있는 결과가 나올지도 모른다고 생각해서,

"예, 그렇습니다. 그러면 야지마 군에게" 하고는 우향우를 하자, 뒤에서,

"저우 군만이 아니라 자네들 모두 더욱 열심히 공부해야 해. 각자 자발적으로. 이것이 화목이야!"라며 야단치셨다.

이번 사건이 저우 씨의 마음에 어떤 충격을 주었는지는 모른다. 그 무렵, 저우 씨의 태도에는 무언가 다가가기 어려운 것이 느껴져서 학교에서 얼굴을 마주쳐도 서로 가볍게 웃기만 하고,

"잘 지내?"

"응."

등과 같이 아주 비겁하게 무난한 인사만 할 뿐이고, 후지노 선생님에게 지시받은 위안이나 격려 따위의 화제는 꺼낼 수 없었다. 또 섣불리 그런 말을 꺼내 민감한 저우 씨를 오히려 거북하게 만드는 것도 어리석다고 생각되어, 이번 노트 사건도 일절 모르는 체했다.

그런데 일주일 정도 지난, 폭설이 내린 밤이었다. 저우 씨가 머리 위로 외투를 뒤집어쓰고 온몸이 눈으로 하얗게 되어 내 하숙집으로

왔다.

"어서 들어와!" 나는 오래간만에 저우 씨의 방문을 받고 가슴이 설레어 현관으로 뛰어나가 맞이했지만, 저우 씨는 이상하게 망설이면서,

"괜찮니? 공부 중인데 방해가 되지 않니?" 등 얼떨결에 이제까지 보인 적이 없는 조심하는 태도를 보여서, 내가 거의 끌어당기다시피 하여 방으로 들어와서는,

"방금, 메서디스트(감리교) 교회에 갔다 오는 길인데 쓸쓸해서 견딜 수 없어 잠시 들렀어. 방해가 되지는 않았어?"

"아니, 나는 늘 놀고 있으니까. 그런데 교회는 왜?"

저우 씨는 나처럼 기독교의 박애 정신에는 큰 경의를 표하고, 십자가에 못 박힐 수밖에 없었던 의인의 숙명을 연모하는 것에서도 남에게 뒤지지 않을 정도였다. 그러나 교회 목사들의 위선적인 비통한 표정이랑, 또 교회에 다니는 젊은 남녀의 아니꼽고 얌전한 척하는 태도에 질려서 센다이 시내에 상당히 많은 교회당을 한결같이 멀리했다. 특히 저우 씨는 목사들이 예수인 척하는 것은 참된 것이 아니라고 단정하고, 중국의 유학자들이 공맹(孔孟)의 정신을 왜곡한 것처럼 기독교의 가르침도 외국의 목사들이 타락시킨 것이라고조차 말한 적이 있었다. 그랬는데 지금 메서디스트 교회에 갔다 왔다고 한다.

저우 씨는 부끄러워하며,

"사실, 나는 요즈음 크랑케(환자)예요. 그래서 모두에게 연락도 하지 않고 이제 완전히 아인잠 새가 되어버렸어요. 그래도 그때는 즐거웠습니다. 마쓰시마에서 같이 밤을 새우면서 유치한 기염을 토하기도

했고" 하고 말하다가, 눈을 감고 고타쓰에 들어가 입을 다물고 있다가 갑자기 얼굴을 들고 "실은 어제 야지마 씨가 하숙집으로 사과하러 왔어요. 그 편지는 야지마 씨가 썼다고 하네요."

그 경위에 대해서는 나도 쓰다 씨한테 들어서 알고 있었다. 야지마 군은 후지노 선생님에게 범인 조사 의뢰와 저우 씨를 위로해주라는 말을 듣고, 그에게도 역시 도호쿠 사람 특유의 도덕적인 결벽성이라는 것이 있어서인지, 또는 그가 믿는 기독교를 통해 반성의 미덕을 체득해서인지, 그 자리에서 울음을 터뜨리며 "그 편지를 쓴 사람은 저입니다!" 하고 자백했다. 그리고 이번의 어리석은 오해를 깊이 사과하고 자진해서 간사를 사직하고 후임으로 쓰다 씨를 추천했지만, 쓰다 씨도 이렇게 되자 받아들일 수가 없어서 결국 간사는 야지마, 쓰다 두 명이 되면서 모든 것이 원만하게 수습되자, 쓰다 씨는 나의 등을 '군사(軍師), 군사'라면서 두드렸다. 군사라기보다는 나의 무(無) 술책이 뜻밖에 성공했을 뿐이다.

"내 노트를 후지노 선생님이 늘 고쳐주셨기에 이런 오해가 일어난 것도 무리가 아니죠. 나는 오히려 그 사람이 불쌍했어요. 전에는 그 사람을 그다지 좋아하지 않았지만 여러 가지 이야기를 하는 동안에 상당히 정직한 사람이라는 것을 알았습니다. 나는 약간 비아냥거릴 생각으로 '당신은 기독교 신자죠!' 하고 말했더니, 그 사람은 솔직하게 인정하며 '그렇습니다. 기독교 신자라고 해서 죄를 범하지 않는 것은 아닙니다. 오히려 나와 같이 많은 결함을 지니고 있어서, 죄만 짓는 악덕한 사람이야말로 기독교 신자가 되는 것이죠. 교회는 나와 같이 죄를 범하기 쉬운 사람들의 병원입니다. Krankenhaus(병원)입니다. 그렇기에 복음은 우리 Herz(마음)의 환자들의 Krankenbett(침상)입니다'라고 하는 거예요. 야지마 씨의 말이 이상하게 내 마음 깊이 사무쳐서 나도 갑자기 그 크랑켄하우스의 문을 두드려보고 싶어졌습니다. 나는 지금 분명히 크랑케입니다. 그래서 오늘, 무심코 교회에 가보았지만 도저히 서양식의 과장된 의식에는 이해되지 않는 것이 있어서 실망했습니다. 그러나 설교가 마침 구약성서의 「출애굽기」로 모세가 동포들을 노예의 삶에서 구원하기 위해 얼마나 고생했는지, 그것을 듣고 소름이 끼쳤습니다. 이집트의 도시 빈민굴에서 싸움과 나태함의 나날을 보내던 백만의 동포를 향해, 모세는 이집트 탈출의 큰 꿈을 '입이 무겁고 혀도 둔해' 심한 눌변이면서도 열심히 설명하고 다녔어요. 모두가 귀찮아해도, 꾸짖기도 하고 달래기도 하고 화도 내면서 간신히 모두를 데리고 가까스로 이집트 탈출에는 성공했지요. 하지만 그로부터 40년이라는 긴 세월 동안 광야를 헤매니, 탈출해서 모세를 따라온 백만 동포들은 모세에게 감사하기는커녕, 한 사람도 빠짐없이 불만을 토로하면서 모세를 저주했지요. 저 녀석이 필요 없는 참견을 해서 이런 초라한 꼴이 되었다. 탈출해도 조금도 좋은 것이 없지 않은가! 돌이켜보면 이집트에 있을 때가 좋았다. 노예든 어떻든 상관없지 않은가. 빵을 배불리 먹을 수 있었고 솥에는 오리와 양파가 뽀글뽀글 익고 있었다. '우리는 이집트 땅에서 고깃국 솥 옆에 앉아 실컷 빵을 먹다가 여호와의 손에 죽었으면 좋았을 것을. 너는 우리를 광야로 끌어내서 모두를 굶겨 죽이려고 한다'는 등 마음껏 더러운 욕설을 퍼부으니, 모국에 있는 현재의 민중과 비교되어 괴로운 나머지 설교를 끝까지 들을 수가 없어 도중에 도망쳐 나왔는데, 왠지 너무 슬퍼져서 당신에게로 피난 온 것입니다. 절망, 아니 절망이라는 것도 불쾌하고 헛된 기대를 가지게 하는 단어이다. 어떻게 말하면 좋을까? 민중이라는 것은 대개 그런 것이니까요."

"그렇지만, 나는 성서에 대해서는 전혀 모르지만 모세는 끝내 성공했지요. 비스가 언덕 정상에서 요르단 강의 아름다운 유역을 가리키며 '고향이 보인다, 고향이 보인다'고 절규하지 않았습니까?"

"예, 그러나 그러기까지 불평하는 동포들에게 40년 동안 마시지 않고 먹지 않는 고통을 겪게 해야 했지요. 가능한 것일까요? 5년이나 10년이 아닙니다. 40년입니다. 나는 더 이상 알 수 없게 되었습니다. 올여름을 도쿄에서 보내면서 내가 얻은 것은 역시 이런 민중을 구제하는 것에 대한 회의였습니다. 오늘, 또 하나의 넋두리를 들어주세요. 마쓰시마에서 토한 기염은 즐거웠지만 오늘 저녁의 고백은 암담한 것입니다" 하고 말하며 씩 웃고는, "나는 지금 웃었습니다! 왜 웃었을까요? 이집트의 노예들도 이런 식으로 자신도 모르는 웃음을 가끔씩 흘렸음에 틀림없어요. 노예라도 웃습니다. 아니, 노예이니까 웃을지도 모릅니다. 나는 센다이 시내를 산책하는 포로의 표정에 주목하고 있는데 그 사람들은 그다지 웃지 않아요. 무언가 희망을 품고 있는 증거입니다. 빨리 귀국하고 싶다고 초조해하는 것만으로도 노예보다 낫습니다. 나는 가끔씩 그 사람들에게 파피로스를 주는데 그 사람들은 당연하다는 표정으로 그것을 받습니다. 그 사람들은 아직 노예가 되지 않았어요." 그 무렵 센다이에는 러시아 포로가 많을 때는 2천 명이나와서, 아라마치 등의 절, 그리고 미야기노 들판의 임시 거처 등에 각각 수용되어 있었다. 그해 가을부터는 자유롭게 시내를 산책할 수 있게 되어 정확한 러시아어로 어떻게 발음하는지 모르지만, 자꾸만 파피로스를 원하는데 그것은 아마도 담배라는 의미인 것 같았다. 센다이의 어린이들조차 어느새 그 단어를 외워서 포로들에게 "파피로스 필요해?" 하고 말을 걸고는 포로들이 고개를 끄덕이면 기뻐하며 담배가게로 뛰어가서 사주고는 우쭐해했다. "나는 그 사람들에게 파피로스를 주었는데, 그 사람들이 너무 태연해서 왠지 내가 부끄러웠습니다. 굴욕조차 느꼈습니다. 어쩌면 이 포로는 내가 중국인이라는 것을 꿰뚫고 있지 않을까? 그리하여 중국의 현 상황이 슬슬 열강의 노예가 되어가는 것을 알고 그들은 나에게만은 특히 우월감을 품은 것이 아닐까? 아니, 분명 이것은 나의 곡해입니다. 그렇습니다. 내가 이번에 도쿄에서 느끼고 온 것은 이 곡해입니다. 나는 불안합니다. 모국의 민중 구제에 대해 몹시 불안을 느끼게 되었습니다. 지금 생각하면 마쓰시마에서 토한 기염은 아주 유치한 것이었습니다. 그 무렵 나는 얼마나 단순하고 유치했는지! 그것이 그리우면서도 부끄럽습니다. 회상하면서도 혼자서 얼굴을 붉힙니다. 얼마나 유치한 이론에 빠져 있었는지! 나는 그때, 중국의 현실을 제대로 알고 있다고 생각했지만 그것은 모두 소년의 낙관적인 지레짐작이었습니다. 나는 아무것도 몰랐던 것입니다. 그리고 지금은 더욱더 알 수 없게 되어버렸어요. 중국의 현실은커녕, 나 자신이 어떤 남자인지조차 모르게 되었습니다. 도쿄에 있는 동포 유학생들에게 일본에 물들었다는 말을 들었습니다. 한(漢)민족의 배신자라는 말도 들었습니다. 내가 도쿄에서 일본 부인과 함께 산책하는 것을 보았다는 바보스러운 이야기를 퍼뜨리고 다니는 놈도 있었습니다. 왜 그처럼 내가 모두의 마음에 들지 않는 것일까요?

중국의 험담을 하고 일본의 충의(忠義) 철학을 칭찬하기 때문일까요? 또는 그 사람들과 함께 혁명 운동에 직접 가담하지 않기 때문일까요? 그 사람들의 혁명에 대한 열의에는 나도 크게 공감하고 있습니다. 지금은 황싱* 일파와 쑨원 일파의 단합이 마침내 실현되어 중국 혁명 동맹회가 성립되었습니다. 유학생 대부분은 이 동맹회 당원인데, 그 사람들 이야기에 따르면 중국 혁명이 당장이라도 달성될 것 같은 상황이지만 나는 어째서 이럴죠? 그 사람들의 기세가 높아지면 질수록 내 기분은 점차로 식어갈 뿐입니다. 당신은 어떻습니까? 나는 어릴 때부터 다른 사람들이 열광해서 박수를 칠 때, 같이 박수를 치는 것은 겸연쩍은 느낌이 들었습니다. 멋진 연설을 듣고 속으로는 아주 감격해도 다른 사람이 큰 박수를 치며 흥분하는 것을 보면, 도저히 그 연설에 박수를 칠 수 없게 되어버려요. 속으로 감동이 크면 클수록 박수를 치는 것은 연설자에 대한 속 보이는 허례같이 여겨져, 오히려 결례가 아닌지, 가만히 있는 것이 진정한 존경심의 표현인 것 같은 느낌이 들어 박수의 떠들썩함을 증오하고 싶어지는 것입니다. 학교 운동회의 응원에서도 같은 기분을 맛보았습니다. 또 기독교에 대해서도 '너 자신을 사랑하는 것처럼 네 이웃을 사랑하라'는 사상에 대단한 존경심을 느끼고서 하마터면 기독교에 매달리려 한 적도 있지만, 교회의 과장된 몸짓은 내 신앙을 막습니다. 당신이 언젠가 말한 적이 있지만 나는 중국인 주제에 공맹의 말은 언급하지 않습니다. 당신들에게는 그것이 이상하게 생각되겠지만 일부러 거론하지 않는 것입니다. 나는

---

* 중국의 혁명가. 1903년 화흥회를 결성하여 1905년 중국 동맹회 결성에 참가했다.

마치 익살처럼 공맹의 말을 연발하는 사람을 싫어합니다. 후지노 선생님처럼 좋은 분도 옛 성현의 이야기를 하실 때만은 조바심이 납니다. 그만두셨으면 하고 생각합니다. 우리는 어릴 때부터 중국의 유학자들에 의해 싫증이 날 정도로 옛 성현의 말씀을 암기해야 했습니다. 그리하여 우리는 유교를 몹시 싫어하게 되었습니다. 나는 결코 공맹의 사상을 경시하지는 않습니다. 그 사상의 근본을 누구는 인(仁)이라 하고 혹은 중용, 혹은 관용이라 하는 등 여러 가지 설이 있지만 나는 예(禮)라고 생각합니다. 예 사상은 미묘합니다. 철학적으로 표현하면 사랑의 발상법입니다. 인간 생활의 괴로움은 사랑 표현의 곤란함에 있다고 해도 좋을 것입니다. 이 표현의 서투름이 인간 불행의 원천이 아닐까요? 이것만 해결된다면 그야말로 임금은 임금답고 신하는 신하답고 아비는 아비답고 자식은 자식다운 질서가 당연한 것으로 노래되면서 저절로 만들어져 인간은 모든 굴욕, 속박의 고통으로부터 구원받을 것입니다. 그것을 저 유학자들이 단편적인 예의범절처럼 가르쳐서 오히려 임금은 신하를 모욕하고 아버지는 아들을 속박하는 위선의 수단으로 타락시켜버렸습니다. 이 경향은 일찍부터 나타나서 위(魏)나라 시절의 죽림칠현 등도 이런 예 사상의 타락을 참지 못해 대숲으로 도망쳐서 홧술을 마셨던 거예요. 그들은 매우 행실이 나빴다. 알몸으로 엄청나게 술을 마셨다. 당시의 이른바 '도덕가'들은 그들을 무뢰한이며 패륜아라고 저주하고, 아니 지금도 품위 있는 체하는 군자들은 그들의 행위를 비난하고 있어요. 그러나 죽림칠현도 자신들의 생활을 결코 멋진 것으로 생각하지 않았습니다. 어쩔 수가 없었습니다. 대숲밖에 살 곳이 없게 되어버렸습니다. 세상에서는 한결같이 예를 명분으로 삼아 자기에게 반대하는 자들에게는 제멋대로 불효라는 오명을 씌워 넘어뜨리고 오로지 자신의 지위와 부의 안전만을 도모하고 있다. 너무 정직하게 예 본래의 모습을 신봉하는 자는 이 위선자들이 예를 악용하는 것을 보고 아주 불만스러웠습니다. 그러나 무력했기에 어찌할 방법이 없어서 '좋다! 그렇다면 이제 앞으로는 예의의 예자도 입에 담지 않겠다'는 우직한 외고집이 생긴 나머지, 자포자기에 빠져 역으로 예에 대한 험담을 시작하고 알몸으로 술을 마시는 것 같은 난폭한 행동을 하게 된 것이 아닌가 싶어요. 그러나 마음속에서 예를 보물처럼 중시했던 것은 당시에는 이 사람들뿐이었습니다. 당시에 이런 '패륜아'와 같은 태도를 취하지 않고는 예 사상을 유지할 수가 없었습니다. 이 시대의 '도덕가'들은 겉으로는 매우 그럴듯하게 품위 있는 것 같은 태도를 보였지만, 실은 오히려 예 사상을 파괴하고 예를 전혀 믿지 않았습니다. 그리하여 믿는 자는 '패륜아'가 되어 대숲으로 도망쳐서 무뢰한처럼 만취하도록 술을 마셨던 것입니다. 나는 지금 대숲으로 들어가서 알몸으로 만취할 생각은 전혀 없습니다만 기분은 역시 대숲 속을 헤매고 있습니다. 나는 유학자들의 속 보이는 위선의 몸짓에 정나미가 떨어졌습니다. 이것에 대해서는 그때, 마쓰시마의 여관에서 당신에게 잔뜩 고백했습니다만 사상이 응접실에서 겉치레로 이용되면 끝입니다. 나는 이 불결한 사상의 시체로부터 도망치고 싶었고 새로운 학문을 동경해서 고향을 버리고 난징으로 간 것입니다. 그 후의 일에 대해서는 그때 마쓰시마에서 모두 이야기했다고 생각합니다. 그러나 올여름 도쿄에 가서 더욱더 괴롭고 깊은 대숲 속으로 들어가게 되었습니다. 나는 그것이 무엇인지 모릅니다. 아니 알고 있어도 그것을 분명하게 말하는 것이 두려워요. 만약, 내 의심이 불행히도 적중한다면 나는 자살할 수밖에 없을지도 모르니까요. 이 의심이 나만의 망상이었으면 좋겠어요. 분명히 말하죠! 나는 요즈음 동포 유학생들의 혁명 사상에 대해서조차 그 불길한 과장된 몸짓의 기미를 가끔 느낍니다. 열광적인 몸짓에 장단을 맞출 수 없는 것이 나의 불행한 숙명인지도 모릅니다. 나는 그 사람들의 운동은 절대적으로 옳다고 생각해요. 나는 쑨원을 존경합니다. 삼민주의를 신봉하고 있어요. 그것을 보물처럼 소중히 여기고 있어요. 이것이 내 마지막 생명줄입니다. 이 사상조차 포기한다면 나는 부평초입니다. 노예입니다. 그런데 나는 지금, 저 죽림 명사의 운명을 따라가고 있어요. 나도 상당히 노력했어. 유학생들의 정열은 결코 잘못된 것이 아니다. 함께 외치면 어떨까? 부끄럽다고 하는 것은 너의 허영심이다. 너에게는 조금 불건전한 허무주의자의 냄새가 난다. 너의 얼굴에는 저 노예의 미소가 나타나고 있어. 조심해라. 네 마음에서 암흑을 몰아내고 부자연스러워도 좋으니 밝은 빛을 비춰봐, 하고 스스로를 채찍질하고 자신의 항로를 정하고 싶어 키를 고정하려는 마음에서 큰맘 먹고 혁명 당원이 되자고도 생각했지만, 그러나" 하고 말하다가, 갑자기 안절부절못하면서 "몇 시입니까? 너무 늦지 않았나요?"

나는 시간을 알려주었다.

"그렇습니까! 조금 더 있어도 될까요?" 하고 보기 흉한 비굴한 미소를 보이면서, "나는 요즈음 사람들의 마음을 이해할 수 없게 되었습니다. 중국인끼리도 모르는 것이 많은데, 하물며 국적이 다른 사람들 사이에서는 이해할 수 없는 것이 당연하겠지만, 지금까지 당신에게 너무 응석을 부렸던 것 같아요. 당신뿐만 아니라 후지노 선생님을, 또 이 하숙집 식구들을 나 홀로 너무 좋아했던 것 같습니다. 나는 야지마 씨의 그 편지가 오히려 솔직해서 좋다고 생각해요. 중국인은 열등해서 좋은 성적을 받을 수가 없다고 하는 분명한 태도를 보여준다. 그렇게 하면 이쪽의 마음도 정해져서 편안합니다. 온정은 아무래도 괴롭습니다. 앞으로는 당신도 생각한 것을 그대로 나에게 이야기해주세요. 이 하숙에서는 이렇게 밤늦게까지 나와 같은 사람이 이야기에 빠져 있으면 싫어하지 않습니까? 괜찮습니까?"

나는 입을 다물고 있었다. 이렇게 불쾌할 정도로 조심하는 손님이라면 어쩌면 하숙집 사람들도 혐오할지 모른다는 생각이 들었다.

"화가 난 것 같네요! 하지만 역시 당신만은 안심할 수 있을 것 같아요. 마쓰시마 이후, 당신에게는 시시한 푸념만을 꽤 많이 늘어놓았습니다. 의학 구국이라든가" 하고 말하다가 피식 웃고는, "유치한 삼단 논법으로 날조한 것이죠. 그런 것을 억지라 하는 것입니다. 과학. 어째서 나는 그렇게도 과학을 숭배하게 되었을까요? 어린이가 성냥을 좋아하는 것과 같을까요? 애처로워요. 그러나 어린이가 멋대로 과학무기를 사용한다면 어떻게 될까요? 오히려 비참해질지도 모릅니다. 어린이는 노는 것에만 정신이 팔려 있으니까요. 병을 고쳐주어도 곧바로 강에 물놀이하러 가서 병이 도지게 해서 돌아오니까요. 과학의 위력으로 민중을 각성시키고 신생의 희망과 노력을 촉구하여 이윽고 이것을 유신 신앙으로 이끈다는 것은 삼단 논법조차 아니에요. 부끄러운 궁리만 하고 있었어요. 억지입니다. 이제 과학 구국론을 말살합니다. 나는 이제부터 마음을 조금 더 안정시킨 다음 생각을 다시 해야 합니다. 모세조차 40년이나 걸렸으니까요. 어떻게 해야 좋을지 모를 때는 어째서인지 일본의 메이지 유신을 반드시 떠올립니다. 일본의 유신은 과학의 힘으로 이루어진 것이 아닙니다. 그것은 분명해요. 유신은 도쿠가와 미쓰쿠니 공의『대일본사』편찬을 비롯해, 게이추, 아즈마마로, 마부치, 노리나가, 아쓰다네, 또는『일본외사(日本外史)』의 산요* 등의 저술가의 정신적 계몽에 의해 시작된 것입니다. Materiell(물질적인) 위안을 교화의 수단으로 사용하지는 않았습니다. 거기에 메이지 유신의 기적의 원천이 있습니다. 자국민의 구제에 과학적 쾌락을 이용하는 것은 아주 위험한 일입니다. 그것은 서양인이 침략을 위해 다른 나라의 민중을 길들이기 위해 사용하는 수단이었습니다. 자국민의 교화에는 먼저 민중 정신의 계발이 첫번째입니다. 육체의 병을 고쳐주고 신생의 희망을 가지게 한 다음 정신 교화라는 식의 우회술은 전혀 필요 없습니다. 남의 일이 아닙니다. 나 자신이 지금이라도 일본의 충의 일원론과 같은 명확하고 직설적인 철학을 체득할 수 있으면 구제받는 것이니까요. 아이스크림을 먹거나 캐러멜을 빨거나 활동사진을 보아도 한순간의 위안일 뿐입니다. 나는 일본의 일원 철학은 허식이 없고 언제나 묵묵히 실행되는 것을 보았기에 안심할 수 있어요. 자신이 깊이 믿는 것에 대해서는 너무 열광적으로 떠들지 않는 것이 좋지 않을까요? 도쿄의 친구들은 입만 열면 삼민주

---

* 게이추는 에도 시대 전기의 국학자·가인, 가다노 아즈마마로는 에도 시대 중기의 국학자·가인, 가모노 마부치는 에도 시대 중기의 국학자, 모토오리 노리나가는 에도 시대 중기의 국학자, 히라타 아쓰다네는 에도 시대 후기의 국학자, 라이 산요는 에도 시대 후기의 유학자·역사가·한시(漢詩)인.

의, 삼민주의를 연발하는데, 그것이 마치 인간과 비인간을 구별하는 구호처럼 되어버려 진정한 삼민주의 신봉자는 당장이라도 대숲 속으로 들어가버릴 것만 같아요. 아니, 이것은 나의 삐뚤어진 망상에 지나지 않는다고 생각하지만 나는 이제 삼민주의가 어떤 것인지조차 알 수 없게 되어버렸습니다. 그러나 그 사람들의 정열만큼은 믿어야 합니다. 아니 존경해야 합니다. 그 사람들은 위기로부터 자국의 독립을 지키기 위해 목숨을 걸고 외치고 있어요. 내가 살 길도 그 사람들과 보조를 맞춰 달려가는 것밖에 없겠죠. 나는 혁명 당원은 아니지만 비겁한 남자도 아닙니다. 언제라도 그 사람들과 함께 죽을 각오가 되어 있습니다. 내 배의 키는, 내가 원하든 원하지 않든, 이미 일정한 방향을 향해 고정되어버렸다는 느낌이 듭니다. 나는 이제 그 사람들을 도와주어야 합니다. 그러기 위해서는 먼저 어떻게 해야 좋을지 생각하니, 당장 눈앞에 우울한 대숲 속이 떠오릅니다. 그들은 나를 민족의 배반자라고 부릅니다. 일본에 물들었다고도 합니다. 그러나 나는 그 사람들이야말로 민족을 배신하지 않으면 다행이라고 생각합니다. 다시 말하면 나는 정치를 모릅니다. 나에게는 당원의 증감(增減), 간부의 구성보다 한 사람의 마음의 빈틈이 걱정됩니다. 분명하게 말하면 나는 지금 정치보다 교육에 관심을 가지고 있습니다. 그것도 고급 교육이 아닙니다. 민중의 초보 교육입니다. 나에게는 독자적인 철학도 종교도 없습니다. 나의 사상은 빈약합니다. 단지 내가 한결같이 믿고 있는 쑨원의 삼민주의를 알기 쉽게 민중에게 가르쳐서 민중의 자각을 촉구하고 싶어요. 곰곰이 생각해보면, 내가 그 사람들의 동료로서 조금이나마 도움을 줄 수 있는 것은 이런 아주 낮고 천한 일이라는 생각이 듭니다. 그러나 이런 일도 나와 같은 무능력자에게는 결코 쉬운 일이 아닙니다. 나는 평범한 의사라면 모두에게 도움을 받아 어떻게든될 수 있을지도 모르지만 교육자는 어떨까요? 민중 교육에는, 일본유신의 예를 보면, 저술을 이용하는 게 가장 효과적인 것 같지만 내문장력은 전혀 도움이 되지 않아요. 중국의 스기타 겐파쿠보다 중국의 라이 산요가 되는 것이 백배나 어렵다는 생각이 듭니다. 결국정치가도 의사도 교육자도 모두가 불가능한 것 같아, 오늘 교회에Krankenbett(침상)를 찾으러 가서는 불길한 노예 이야기를 듣고는,깜짝 놀라 당신에게로 달려와서 이렇게 바보스러운 이야기를 장황하게 늘어놓는 내가 마치 어릿광대인 것 같네요. 실례했습니다. 따분했죠? 이제 광대는 퇴장합니다. 하숙집 사람들은 아직 잠자리에 들지않은 것 같네요. 어쩌면 내 이야기에 귀를 기울이고 있지는 않았을까요? '저 중국인, 무슨 이야기를 저렇게 떠들고 있지? 기분 나빠. 빨리돌아가지 않으면 문을 잠글 수도 없는데. 배려심이 없어서 곤란해!'하며. 내가 이상한가요? 당신만은 이해해주리라고 생각하지만 어떻습니까? 나는 요즈음 아무도 믿지 않기로 했습니다. 그럼, 안녕."

"부탁이 있어요. 현관 밖에서 일 분만 기다려주세요."

저우 씨는 이상한 표정을 지었지만 살짝 고개를 끄덕이고는 밖으로나갔다.

나는 하숙집 거실을 향해 큰 소리로,

"아주머니! 저우 씨는 돌아갔어요."

"어머, 우산을 가지고 갔으면 좋았을걸!" 그뿐이었다. 단순했다. 내뜻대로 된 것이다.

현관 밖에 서서 우리의 대화를 듣고 있을 저우 씨에게 갔더니, 저우 씨는 없고 암흑 속으로 단지 눈만 하염없이 내리고 있었다.

어차피 40년 전의 이야기이다. 내 기억에도 틀린 곳이 없다고는 할 수 없다. 그러나 한 나라의 유신은 서양의 실리 과학 등에 의하지 않고, 민중의 초보 교육에 최선을 다해 그 정신을 먼저 개선하지 않으면 성취하기 어려운 것이 아닌가? 하는 의문을, 저우 씨에게 처음 들은 것은 분명히 큰 눈 내리던 저녁이었다고 기억한다. 저우 씨가 품은 이러한 의문이 이윽고 저우 씨로 하여금 문장에 관심을 갖게 해서 나중에 문호 루쉰 탄생의 원인이 되었다고 생각할 수도 있지만, 요즈음 모두가 말하는 것처럼, 이른바 '환등기 사건'에 의해 그 의문이 갑자기 저우 씨의 가슴속에서 생겨났다고 하는 설은 조금 잘못된 것이 아닌가 싶다. 사람들의 이야기에 따르면, 루쉰 자신도 나중에 센다이 시절의 추억을 글로 썼는데, 거기에서 '환등기 사건' 때문에 의학에서 문학으로 전환했다고 분명히 밝혔다고 하지만, 그것은 그에게 어떤 사정이 있어 자신의 과거를 사사오입하여 간단하게 정리하려고 쓴 것이 아닐까? 인간의 역사라는 것은 종종 그와 같이 요령 있게 재구성해서 전달해야 하는 경우가 있다. 어떤 이유에서 루쉰이 자신의 과거를 그런 상태로, 말하자면 '극적'으로 꾸밀 수밖에 없었는지는 나로서도 알 수 없다. 다만 그가 자신의 과거를 설명할 때의 국내 정세나 중일 관계, 또는 중국의 대표 작가로서의 그의 위치 같은 것에서부터 주위 깊게 더듬어간다면, 혹시나 무언가 수긍할 수 있는 것에 도달할 수 있지 않을까 싶지만, 둔재인 나에게는 그런 세세한 작업은 불가능하다. 미녀가 한 바퀴 돌면 마녀가 된다는 것은 연극에서는 흔히 있는 일이지만, 인간의 삶에서 그런 분명한 전환은 있을 수 없는 것이 아닐까? 사람이 마음을 바꾸게 되는 계기는 다른 사람은 물론 알 수 없으며, 당사자 또한 확실히 모르는 것이 아닐까? 대부분의 경우, 사람들은 자신도 모르게 자신의 체내에 다른 피가 흐르고 있다는 것을 알아차리고는 깜짝 놀라는 것이 아닐까? '환등기 사건'이라는 것도 그다음 해 봄에 분명히 있었다. 그러나 그 사건은 인생의 전기(轉機)가 아니라, 오히려 그가 그 사건을 통해 자신의 체내에서 자신도 모르는 사이에 혈액이 변화하고 있다는 것을 깨닫는 작은 계기에 지나지 않았던 것처럼 판단된다. 그가 환등기 사진을 보고 갑자기 문학을 지향하게 된 것은 결코 아니고, 한마디로 말하면 그는 이전부터 문학을 '좋아했던' 것이다. 이것은 속인의 아주 평범한 판단으로 나 자신조차 흥이 깨질 지경이지만 나로서는 도저히 그렇게밖에 생각되지 않는다. 그 길은 좋아하지 않으면 갈 수 없는 것이라는 느낌이 든다. 그리하여 이전부터 문학을 좋아하던 그의 마음에 불을 붙인 장난꾼으로 한 장의 슬라이드 필름 운운하는 것보다, 오히려 당시 일본 청년들 사이에서 일어난 문학 열풍을 드는 것이 지름길인지도 모른다. 당시의 문학 열풍은 대단한 것으로 문학을 논하지 않으면 사람이 아니다라고 할 정도로 맹렬해, 센다이에서도 여학생들이 정말 읽고 있는지 어떤지는 모르지만 시집이랑 소설책 등을 자랑스럽게 들고 다녔는데, 성근파(星菫派)*의 작품이었을 것이다. 대개 안경을 쓰고 매우 신경질적으로 얼굴을 찡그리는 야만스러운 모습의 우리를 표적으로 한 문인극(文人

---

* 하늘의 별과 땅 위의 제비꽃을 통해 사랑을 읊은 1900년경의 낭만파 시인들.

劇)도 센다이의 극장에서 종종 공연되었다. 마침내 속물인 나도 그 격류에 저항할 수가 없어 도손의 신체시 등을 몰래 보기도 했을 정도였다. 도호쿠 지방의 센다이조차 이렇게 왕성했으니 수도 도쿄는 어떠했을까! 우리의 상상을 초월할 정도가 아니었을까? 저우 씨가 여름방학 때, 도쿄에 가서 먼저 느낀 것은 맹렬한 기세의 문학 쓰나미가 아니었을까? 서점의 문학 서적의 홍수가 아니었을까? 그리고 그 홍수 속을 비정상적인 진지한 표정으로 헤엄쳐 다니는 청춘 남녀의 무리가 아니었을까? 이 사람들은 도대체 무엇을 추구하는가? 하고 그도 함께 서점가를 배회했음에 틀림없을 것이다. 그리고 그는 실제로 여러 가지 문학 서적을 사서 센다이로 가지고 왔다. 그 사람들이 경쟁 상대다라고 말하고 있었다. 그의 문학열이 이렇게 하여 서서히 타오름과 동시에, 또 늘 그의 가슴속에 자리 잡고는 잠시도 떠나지 않은 것이 자국 청년들의 혁명에 대한 부르짖음이었다. 의학과 문학과 혁명과, 바꾸어 말하면 과학과 예술과 정치의 세 가지 혼돈의 소용돌이 속에 그가 빠져 있었던 것이 아닐까? 나는 훗날 그가 이룩한 방대한 저술에 대해서는 거의 모른다. 그렇기 때문에 이른바 위대한 루쉰의 문학 업적이 어떤 것인지는 전혀 모른다. 그러나 단 하나 확실하게 아는 것은 그가 중국 최초의 문명병 환자였다는 사실이다. 내가 아는 센다이 시절의 저우 씨는 근대 문명에 병들어 괴로워한 끝에 병원을 찾아 교회 문조차 두드렸다. 그러나 거기에도 구원은 없었다. 목사들의 과장된 몸짓에 질려버린 것이다. 고뇌 끝에 기품 높고 정직한 청년이 노예의 미소조차 띠게 된 것이다. 혼돈의 특산물인 자기혐오. 이 문명적 감정에서, 그는 분명 중국의 가엾은 선구자 가운데 한 사람이라고 말할 수 있을 것이다. 그리하여 이 괴로운 내적 반성의 지옥에서 마침내 인간 백감(百感)의 그림이라 할 수 있는 문학으로 접근하게 된 것이 아닐까? 원래부터 '좋아하던 길'이다. 고달픈 그는 이 병상에 올라가 잠시나마 안도감을 느낀 것은 아닐까? 처음부터 이것은 나의 속된 독단이다. 사람의 심리 설명은 당사자조차 잘할 수 없는 것인데, 하물며 나처럼 둔재인 데다 무식한 사람이 남의 마음을 알 수 있을 리 만무하지만, 항간에 떠도는 루쉰의 인생의 전기는 나로서는 도저히 납득되지 않는 점이 있어서 자신 없는 논리를 엄청나게 고생하며 억지로 적어본 것이다.

그 폭설이 내린 밤으로부터 한 달 정도 지난, 아마도 1906년 설날 무렵이었을 것이다. 그 무렵, 저우 씨가 일주일 정도 학교에 나오지 않아서, 쓰다 씨에게 물어보니 배탈이 나서 누워 있다고 했다. 그래서 나는 하굣길에 저우 씨의 하숙집에 병문안하러 들렀다. 저우 씨는 약간 환자 같은 창백한 얼굴을 하고 있었지만, 내가 가니 금방 일어나서 나의 제지도 듣지 않고 재빠르게 이불을 개고,

"아니, 이제 괜찮아요. 쓰다 박사의 진단으로는 페스트로 의심되며 절망적이라고 선언했지만 엄청난 오진이었습니다. 설날에 청어알 조림*을 과식했기 때문입니다. 일본은 설날에 일부러 청어알 조림이나 콩과 같은 변변치 않은 음식만으로 축하하는 통쾌한 나라입니다."

책상 주변에 흩어져 있는 많은 책이 보였다. 거의 전부가 문학 서적

---

* 자식이 많이 태어나라는 의미로, 일본에서 설날에 먹는 전통 요리 중 하나.

이다. 독일 레클람 출판사*의 책이 가장 많았지만 또 일본의 모리 오가이,** 우에다 빈,*** 후타바테이 시메이**** 등의 책도 섞여 있었다. "문학은 어느 나라 것이 좋습니까?" 나는 저우 씨와 마주 보고 고타쓰에 들어가 여느 때처럼 우문을 던졌다.

"음," 저우 씨는 그날은 아주 쾌활하게, "문학은 그 나라의 반사경과 같은 것으로, 나라가 정말로 괴로워하며 노력하고 있을 때는 그 나라로부터 역시 좋은 문학이 나옵니다. 문학은 연약한 남녀의 장난감이어서 국가의 존폐와는 아무런 관계가 없는 것처럼 보이지만, 그러나 그것이 정확하게 국가의 힘을 나타내고 있어요. 쓸데없는 것 같으면서도 필요한 것이라고나 할까요, 무시할 수 없는 것입니다. 이집트나 인도의 문학이 어떤 것인지 알고 싶어서 여기저기 도쿄의 책방을 꽤 찾아다녔지만 한 권도 찾을 수 없었습니다. 인도는 중국보다 더욱 오래된 문명국가이므로, 지금쯤 누군가 한 사람이 민족의 자긍심에 눈떠서 타민족의 압박에 저항하는 문학을 시도하고 있을 것 같은 느낌이 들어요. 나는 아무래도 논리만 내세우는 것 같고 시나 소설의 재능이 부족하게 느껴져서, 우선 그런 압박받는 민족의 저항 작품을 찾아내어 중국어로 번역해서 우리 동포에게 읽히고 싶어요. 그러나 번

---

* 1828년 레클람이 라이프니츠에 설립. 1867년부터 레클람 세계문고를 간행해 일본 문고판의 본보기가 되었다.
** 소설가, 평론가, 군의감. 육군 군의로 독일에 유학했고, 귀국 후에 창작, 번역 등의 다양한 문학 활동을 전개했다.
*** 영문학자, 시인, 서양 문학, 특히 프랑스 상징시를 일본에 소개한 번역 시집 『해조음(海潮音)』이 유명하다.
**** 소설가, 번역가. 소설 『뜬구름』은 일본 최초의 근대소설이다.

역이라도 문장이 서투르면 어찌할 수가 없으니까요. 중국에 있는 내 동생 쮜런*은, 결례가 되겠지만, 웃는 얼굴이 당신과 닮았는데, 어릴 때부터 나보다 훨씬 문장이 뛰어났어요. 또 이제부터 남동생에게 배워서 형제 합작이라는 형태로 조금씩 문학을 번역해보고 싶어요. 그래서 요즈음 연습 삼아 여러 가지 문장을 써보고 있지만" 하고 책상 서랍에서 책 한 권을 꺼내 홀홀 넘기면서, "이런 것은 어떨까요? 아니, 봐도 중국어는 모르죠? 한 부분만 일본어로 고쳐볼까요?"

그는 편지지에 아무런 어려움 없이 줄줄 몇 줄을 쓰고는 갑자기 얼굴을 붉히고 주저하면서 그것을 나에게 넘겨주었다. 나는 한 번 읽어보고는 명문장이라고 느꼈다. 나는 그날 억지로 그 종이를 받아내서 돌아왔다. 왜냐하면 기념이라는 느낌이 들었기 때문이다. 저우 씨와 곧 헤어지지 않으면 안 된다는 예감이 그때, 확실하게 든 것은 아니지만 좋지 않은 예감이라고 할까, 왠지 모르게 그 종잇조각에 기묘한 집착을 느꼈다. 나는 그 후 오랫동안 그 종잇조각을 노트에 끼워놓고는 교실에서 강의가 재미없을 때, 몰래 꺼내 그 명문장을 암송하면서 멀리 떨어져 있는 저우 씨를 그리워했지만, 졸업 직전에 어떤 학우에게 뺏겨버린 것은 지금 돌이켜보면 정말로 애석하다. 그것은 나중의 이야기이지만, 그때의 문장은 당시 내가 반복해서 암송했기에 지금도 대체로 기억하고 있다. 아마 '문장의 본질'이라는 제목으로,

문장의 본질은 개인이나 나라의 존립과 관계있는 것이 아니고,

---

* 루쉰의 동생. 번역자, 학자로 형과 함께 신문학 운동을 이끌었다.

실리도 아니고 또한 궁리도 아니다. 따라서 그 효력은 지혜를 늘리는 것은『사기(史記)』보다 못하고, 사람을 훈계하는 것은 격언보다 못하고, 부를 얻는 것은 공업과 상업보다 못하고, 공명을 얻는 것은 졸업장보다 못하다. 단지 이 세상에 문장이 있어서 사람들은 만족할 수 있다. 혹한이 계속되어 봄기운이 느껴지지 않고, 신체는 살아 있어도 정신은 죽은 것과 같다면, 설령 살아 있다 하더라도 사람으로서 사는 길을 잃어버린 것이다. 문장이 쓸데없는 것 같지만 필요한 것은 이 때문이다.

기억력이 나쁜 탓에 두세 군데 틀린 곳이 있을지도 모르는데, 어조가 약한 부분이 그렇다고 생각하고 원문은 열 배나 훌륭한 명문장이었다고 상상해주길 바란다.

이 짧은 문장의 요지는, 그 사람이 예전부터 주장하던 '동포의 정치 운동을 도와주기 위한' 문학과는 방향이 조금 다른 것 같지만, 그러나 '쓸데없는 것 같지만 필요한 것'이라는 말에서 상당한 함축성이 느껴진다. 결국은 필요한 것이다. 단 실제 정치 운동처럼 민중에 대해 강력한 지도성을 가지지 않고 서서히 사람들의 마음속으로 침투하여, 이것을 충족시켜 목적을 달성하는 것이다라는 의미가 아닐까 한다. 문학에 대한 이와 같은 해석이 틀에 박힌 것이라는 느낌은 전혀 들지 않는다. 오히려 아주 건전한 것으로 생각된다. 이런 식이라면, 우리 같은 문학에 대한 문외한에게도 그 큰 힘이 희미하게나마 느껴지는 것이다. 그날이었는지 아니면 다른 날이었는지, 저우 씨는 이런 즉흥적인 우화로 나를 깨우쳐준 적이 있었다.

"난파하여 몸이 거센 파도에 휩쓸려 해안에 내팽개쳐져 필사적으로 붙잡은 곳이 등대의 창문. 와아! 기쁘다! 하고 구조 요청을 외치려고 하면서 창 안을 들여다보니, 등대지기 부부와 어린 딸아이가 검소하게 행복한 저녁식사 중이었습니다. 아아! 안 돼! 하고 남자는 순간적으로 주저했습니다. 망설였습니다. 금방 철썩 하고 큰 파도가 밀려와서 그 내성적인 조난자의 몸을 단숨에 삼켜서 먼 바다로 끌고 갔다는 이야기가 있다고 합시다. 조난자는 이제 살아날 수 없습니다. 거센 파도에 밀려, 어쩌면 진눈깨비 내리는 밤이었는지도 모르지만 혼자서 아무도 모르게 죽은 것입니다. 물론 등대지기는 아무것도 모르고 가족끼리 단란하게 식사를 계속했을 것이고, 만약 진눈깨비 내리는 밤이었다면 달도 별도 그것을 지켜보지 않았을 것이지요. 결국 아무도 모릅니다. 사실은 소설보다 진기하다고 말하는 사람도 있지만, 아무도 모르는 사실도 이 세상에는 존재합니다. 게다가 그와 같이 아무도 목격하지 못한 채, 인생의 한구석에서 행해지고 있는 사실이야말로 고귀한 보석처럼 빛나는 경우가 많아요. 그것을 천부적인 특이한 촉각으로 찾아내는 것이 문학입니다. 따라서 문학의 창조는 이 세상에 공표되는 사실보다 더욱 진실에 가까운 것입니다. 문학이 없으면 이 세상은 빈틈투성이입니다. 문학은 물이 낮은 곳으로 흐르는 것처럼 그런 불공평한 빈틈을 자연스럽게 채워가는 것입니다."

이런 이야기를 들으면, 나와 같이 세상 물정에 어두운 야생 원숭이도 과연 그런가! 역시 이 세상에 문학이라는 것이 없으면, 윤활유가 부족한 바퀴처럼 처음에 아무리 기운차게 돌아가다가도 곧 삐걱거리다가 파멸해버릴지도 모른다고 수긍을 했다. 하지만 또 한편으로는 저렇게 열심히 저우 씨의 의학 공부를 지도해주고 계시는 후지노 선생님을 생각하면 슬퍼서 깊은 한숨을 쉰 적도 있었다. 그 무렵에도, 후지노 선생님은 아무것도 모른 채 여전히 저우 씨의 노트를 일주일에 한 번씩 정성을 다해 고쳐주고 있었다. 그렇지만 역시 가르치는 사람은 제자에게 민감하여 저우 씨가 요즈음 의학 연구에 대해 점차로 무기력해진 것을 감으로 알아차려서 저우 씨를 종종 연구실로 불러 아마도 잔소리도 하는 것 같았고, 나도 그 후 두세 번 연구실로 출두 명령을 받아,

"저우 군은 요즈음 기운이 없는 것 같은데, 무언가 짐작 가는 것이 없는가?"

"반에서 저우 군에게 짓궂은 짓을 하는 사람은 없는가?"

"연구 테마에 대해 저우 군과 의논했는가?"

"해부 연습을 아직도 마음속으로 싫어하지는 않는가? 일본의 환자들은 의학 발전에 도움이 된다면, 죽은 다음의 Leichnam(시체) 해부는 오히려 스스로 희망할 정도라는 것을 말해주었는가?"

등, 귀찮을 정도로 질문 공세를 받아야 했다. 그러나 나는 그것을 언제나 적당히 받아넘기고 있었다. 저우 씨의 의학 구국 신념이 흔들림과 함께, 일본의 유신도 자세하게 조사해보니 한 무리의 사상가들의 저술에 의해 시작되었다는 사실을 알게 되었다. 하지만 지금의 저우 씨로서는 어려운 사상의 저술은 불가능해서, 먼저 민중에 대한 초보 교육으로서 문학에 착안하여 현재 세계 각국의 문학을 연구하고 있다는, 선생님으로서는 정말로 아닌 밤중에 홍두깨와 같은 실상을 털어놓으면 얼마나 놀라시고 또 쓸쓸해하실까? 그것을 생각하면 우직한

나도 말끝을 흐릴 수밖에 없었다. 그렇지만 나는 딱 한 번 저우 씨에게 선생님의 걱정을 슬며시 전해준 적이 있다.

"이번에 후지노 선생님에게 연구 테마를 받아서 같이 해보지 않을래? 전족의 뼈 모양이라는 것, 재미있지 않을까?"

저우 씨는 살짝 웃고는 고개를 저었다. 이미 모든 것을 알고 있었던 것 같았다. 그 무렵 저우 씨는 지난 여름 방학 직후의 섬뜩할 정도의 매우 기분 나쁜 표정은 사라졌지만, 왠지 우리와는 단절된 세계에 사는 사람처럼 대개는 그저 애매한 미소를 짓고 있어서 걱정쟁이 쓰다 씨는 또 애를 태우며,

"저 녀석, 어떻게 된 것이 아닐까? 하숙집에서도 쓸데없는 소설책만 읽고 있고 학교 공부는 전혀 하지 않아. 저 녀석도 마침내 혁명 당원이 되었나? 아냐. 어쩌면 실연인가? 어쨌든 저런 상태로는 안 돼. 이번에는 낙제할지도 몰라. 저 녀석은 청나라 정부가 선발해서 일본으로 파견한 수재란 말이야. 일본은 저 녀석에게 훌륭한 학문을 가르쳐서 귀국시키지 않으면 청나라 정부에 면목이 서지 않아. 그러니 친구인 우리의 책임도 중대하다고. 저 녀석은 아무래도 요즈음 나를 바보 취급하고 있어서, 내가 여러 가지로 충고를 해도 입을 다물고 히죽히죽 웃고만 있다고. 섬뜩해. 네 말이라면 들을지도 몰라. 언제 한번 크게 혼내주면 어떠니? 눈을 떠! 하고 주먹을 한 방 먹이면 마음을 고쳐먹고 공부를 할지도 몰라."

나는 이 수기의 두세 군데에 쓰다 씨를 조소하는 것 같은 표현을 사용한 것에 대해 지금은 후회하고 있다. 곰곰이 생각해보면 저우 씨를 가장 사랑했던 것은 쓰다 씨가 아니었을까 하는 느낌조차 든다. 마침

내 저우 씨와 헤어지게 되어 조촐하게 지인들끼리 송별회를 내 하숙집에서 열었는데, 참가자는 술꾼 목수와 그 딸, 간사인 쓰다와 야지마, 나, 그리고 주빈인 저우 씨. 모두 일어나서 지금 생각하면 웃음이 터져나올 정도의 성악 대천재들의 합창으로,

우러러보면 존귀한 스승님의 은혜
교정에서 보낸 지도 벌써 몇 해인가
생각하면 아쉽구나. 지나간 시간들
이제야 헤어질 때, 막상 닥치니
서로 간에 다정했던 지난날의 은혜
헤어진 다음이라도 잊지는 마라

라고 노래하는 동안에, 가장 먼저 휙 하고 뒤돌아서 울기 시작한 것은 쓰다 씨였다. 입으로는 씩씩하게 이야기하고 있었지만 역시 저우 씨와 헤어지는 것이 누구보다 슬펐을 것이다. 나는 쓰다 씨와 사귀면서 이런 좋은 면을 보게 되어 이전처럼 도시인이 두렵지도 또 싫지도 않았다. 또 시골 신사라고 오해를 받던 야지마 군도 그 후 사귀어보니 그저 아주 성실한 사람으로, 언젠가는 저우 씨가 센다이 사람에 대해 비평한 것처럼 "도호쿠 지방의 중심이라는 책임을 느껴서 굳어" 있을 뿐이었다. '센다이의 체면'과 같은 것에 지나치게 구애받은 나머지 첫 대면 인사가 딱딱하고 거만하게조차 보이지만, 이쪽에서 거리낌 없이 다가가면 갑자기 수줍어하며 상당히 친절한 기분파인 면을 보여준다. 마음이 약한 것을 숨기려고 그렇게 거만하게 인사를 하는 것이 아닐

까 싶다. 저우 씨에게 그런 이상한 편지를 보낸 것도 결코 중국인이 열등하다는 모욕적인 의미가 아니라, 오히려 중국의 수재에 대해 존경하는 마음조차 포함되어 있었던 것이 아닐까 한다. 경애하는 마음이 어색하고 기묘하게 전도되어, 오히려 센다이를 업신여기지 말라는 식으로 '경쟁하려는' 마음이 생겨나서, 그런 어설픈 편지를 쓴 것이 아닐까? 성실한 사람이 이상하게 외곬으로 생각한 끝에 쓰면, 글씨도 마치 쇠못을 늘어놓은 것 같은 어색한 것이 되기 쉽고 또 문장도 너무나 서툰 것이 된다. 말하자면 착실한 사람이다. 그 무렵, 저우 씨가 학교 공부에 대한 열의를 잃어가는 것을 알아차리고, 어쩌면 자신이 그런 바보스러운 편지를 보낸 것이 저우 씨가 공부에 태만해진 원인 가운데 하나가 아닌가 하고 아주 걱정하는 것 같았다. 저우 씨에게 독일어 대사전을 선물하기도 하고 숙제를 해주기도 하고 또 학교에서 강의를 들을 때는 늘 저우 씨 옆에 앉아 이것저것 보살펴주곤 했다. 그렇지만 저우 씨는 후지노 선생님을 비롯한, 그와 같은 모두의 필사적인 노력에도 불구하고 역시 얼마 지나지 않아 우리 곁을 떠나갔다.

그것은 아마도 2학년 말에 일어난 사건이었다고 생각한다. 눈도 녹고 쓰쓰지가오카의 실벚나무도 꽃피기 시작하고 교정의 산벚나무도 진득진득한 갈색의 어린잎과 함께 중후한 꽃이 피었다. 우리가 슬슬 학년 말 시험 준비에 착수했을 때, 이른바 '환등기 사건'이 일어나서 저우 씨의 정다운 모습이 갑자기 우리 주위에서 사라졌다. 앞에서도 이야기했듯이, 저우 씨는 환등기 사진을 보고 갑자기 의학에서 문학으로 전환한 것이 아니다. 방침의 전환이 꽤 오래전부터 서서히 이루어지고 있던 것은 사실이지만, '환등기 사건'이 적어도 그 총결산 역할

318

을 했다는 것을 인정할 수밖에 없다. 말하자면 저우 씨의 센다이 철수의 계기가 된 것이다. 2학년이 되면, 세균학이라는 과목이 추가되어 세균의 형상을 가르치기 위해 교실에서 강사가 환등기로 여러 가지 형상의 특징 등을 설명해주는데, 수업이 마무리되고도 시간이 남으면 풍경이나 시사적인 사진을 보여주어 우리를 즐겁게 해주었다. 화엄폭포,[*] 요시노 산[**] 등은 특히 색채가 뛰어나서 지금도 선명하게 기억에 남아 있는데, 시사적인 것은 역시 뤼순 항 봉쇄, 수사영(水師營) 회견,[***] 펑톈 입성 등 러일전쟁 사진이 압도적으로 많았다. 그리하여 우리 학생은 이와 같이 용맹스러운 화면이 나오면 크게 기뻐하면서 박수갈채를 보냈다. 학년 말의 어느 날, 세균학 시간에 관례에 따라 203고지의 격전이라든가 미카사 전함 등의 사진이 나와서 우리가 큰 소란을 피우며 박수를 치는데, 달칵하면서 화면이 바뀌어 중국인 한 명이 러시아군 스파이 노릇을 했다는 죄목으로 처형당하는 모습이 비쳤다. 강사의 설명을 듣고 우리는 또 한 번 우렁찬 박수를 보냈다. 그때, 어두운 교실의 옆문을 조용히 열고 복도로 몰래 나가는 학생의 모습이 보였다. 깜짝 놀랐다. 저우 씨였다. 나는 왠지 저우 씨의 기분을 이해할 수 있었다. 그냥 둘 수 없어서 나도 뒤따라 가만히 교실을 나왔다. 저우 씨의 모습은 이미 복도에는 없었다. 수업 중이라 건물 전체가 잠잠했다. 나는 복도의 창문에서 교정 쪽을 바라보다가 저우 씨의 모습을 찾아냈다. 저우 씨는 교정의 산벚나무 아래에 누워 있었다.

---

[*] 도치기 현 닛코 시에 있는 유명한 폭포. 높이 97미터, 폭 7미터.
[**] 나라 현 중부에 있는 산. 벚꽃의 명소로 세계 유산이다.
[***] 뤼순 전투의 정전 회견.

교정으로 나가서 저우 씨 곁으로 다가가보니, 저우 씨는 눈을 감고 뜻밖에도 살짝 웃고 있었다.

"저우 씨!" 작은 소리로 부르자, 저우 씨는 벌떡 상반신을 일으키고,

"틀림없이 당신이 따라 나오리라고 생각했습니다. 걱정하지 마세요. 그 환등기 덕분에 나도 마침내 결심이 섰습니다. 오래간만에 내 동포를 보고는 생각을 고쳤습니다. 나는 곧 귀국합니다. 그것을 본 이상, 가만히 있을 수 없어졌습니다. 우리나라 민중은 변함없이 저런 칠칠맞지 못한 상태네요. 우방인 일본이 중국에서 거국적으로 과감하게 싸우고 있는데, 적국의 스파이가 된 놈도 이해할 수 없지만, 아마도 돈에 매수되었겠죠. 그 배신자보다 그 주위에 모여 멍하니 그 광경을 구경하는 민중의 어리석은 얼굴이 더욱 견딜 수가 없었어요. 그것이 현재 중국 민중의 표정입니다. 역시 정신 문제네요. 지금의 중국에 중요한 것은 신체의 강건함이 아닙니다. 그 구경꾼들은 모두 몸이 튼튼했죠! 의학은 지금 그들에게 결코 급선무가 아니라는 확신을 굳혔어요. 정신의 혁신입니다. 국민성의 개선입니다. 지금 이대로라면 중국은 영원히 진정한 독립국가로서의 명예를 확립할 수가 없어요. 타청홍한이든, 입헌이든, 단지 정치의 간판만을 바꾸어 달고 물건의 재료가 그대로여서는 어쩔 수 없지 않습니까? 나는 잠시 그 멍한 표정의 민중으로부터 떠나 있어서 내 마음의 초점이 정해지지 않은 탓에 이리저리 헤매고 있었죠. 오늘, 덕분에 초점이 정해졌습니다. 그것을 보아서 다행입니다. 나는 당장 의학을 그만두고 귀국합니다."

나도 더 이상 제지해서는 안 된다고 생각했다. 그러나,

"후지노 선생님이"라고 얼떨결에 한마디 해버렸다.

"아아!" 저우 씨는 고개를 숙이고, "그러네요! 선생님의 친절을 배반하는 것이 괴로운 나머지 오늘까지 이 학교에서 우물쭈물하고 있었어요. 그러나!" 하고 얼굴을 들고는, "이제 더 이상 어찌할 수 없어요. 저 동포의 표정을 본 이상은 우왕좌왕하고 있을 수 없습니다. 일본의 충의 일원론도 이런 것이 아닐까요? 그래요. 나는 이제야 그 철학을 터득했습니다. 귀국하여, 나는 먼저 민중의 정신 개혁을 위해 문학 운동을 시작할 겁니다. 내 생애는 그것을 위해 바칩니다. 어쨌든 일단 귀국하여 고향의 동생과 상의하여 같이 문학 잡지를 발간하고, 그래! 그 잡지의 이름도 오늘, 지금 분명하게 정했습니다!"

"어떤 이름입니까?"

"신생(新生)"

이라고 한마디로 대답하고는 미소를 지었다. 그 미소에서는 저우 씨 스스로가 이름 붙인 저 '노예의 미소'와 같은 비굴한 흔적은 전혀 찾아볼 수 없었다.

늙은 의사의 수기는 여기서 끝났지만, 나(다자이)는 다음의 몇 줄을 조금 더 추가하니 이 수기를 읽는 독자는 참고했으면 한다.

전 세계에 자랑할 만한 동양의 문호 루쉰 선생이 서거한 것은 1936년 가을이지만, 그에 앞서 약 10년 전, 선생이 마흔여섯 살 때인 1926년에 「후지노 선생님」이라는 단문을 발표했다. 그 일부를 발췌하면,

(마쓰에다 시게오 씨의 번역에서 인용)

(전략) 2학년 말이 되어, 나는 후지노 선생님을 찾아가서 이제

의학 공부를 그만둘 생각을 하고 있다는 것, 그리고 센다이를 떠날 작정이라는 것을 말씀드렸다. 선생님의 얼굴에는 깊은 비애의 기색이 나타나며 무언가 말씀하시고 싶은 모습이셨지만 끝내 말씀하시지 않았다.

"저는 생물학을 배우려고 생각합니다. 선생님이 저에게 가르쳐주신 학문은 그것에도 역시 도움이 되리라고 생각합니다." 하지만 사실은 생물학을 배우려고 결심한 것은 아니었다. 선생님이 너무 깊은 수심에 빠진 모습을 보고는 선생님을 위로해드리기 위해 마음에도 없는 거짓말을 한 것이다. "의학을 위해 가르쳐준 해부학 등은 아마도 생물학에도 크게 도움이 될 것이다"라고 선생님은 탄식하면서 말씀하셨다.

떠나기 네댓새 전에 선생님은 나를 댁으로 불러 사진을 한 장 주셨다. 그 사진 뒷면에는 '석별(惜別)'이라는 두 글자가 적혀 있었다. 그리고 내 사진을 달라는 부탁을 받았다. 그렇지만 나는 그때, 공교롭게도 사진을 가지고 있지 않았다. 선생님은 나중에 찍어서 보내고 가끔씩 편지로 그 후 상황을 알려달라고 부탁하셨다.

나는 센다이를 떠난 뒤, 몇 년 동안이나 사진을 찍지 않았다. 게다가 그 후 내 상황은 별로 좋지 않아서 알려드리면 선생님을 실망시킬 것으로 생각되어 편지조차 쓰지 못했다. 세월이 부질없이 흘러감에 따라 마침내 무엇부터 말씀드리면 좋을지 망설여지고 가끔씩 편지를 쓰려고 붓을 들어도 한 자도 쓸 수 없었다. 그리하여 그후 오늘까지 결국은 한 장의 편지도, 사진도 보내지 못했다. 선생님으로서는 내가 떠난 뒤, 소식이 묘연했을 것이다.

그러나 왠지 모르지만 20년이 지난 지금도 때때로 선생님을 떠올린다. 내가 스승으로 존경하는 사람들 중에서 선생님이야말로 나를 가장 감격시키고 고무하고 격려해주신 분이었다. 때때로 나는 이렇게 생각한다. 선생님의 나에 대한 열정적인 희망과 지치지 않는 가르침과 훈계는 작게는 중국을 위해서이고, 다시 말하면 중국에 새로운 의학이 발생하는 것을 희망하고 계셨기 때문이고, 크게는 학문을 위해, 즉 새로운 의학을 중국에 전하려고 하신 것이다. 선생님의 인격은 눈으로 본 바로도, 또 마음속으로 느낀 바로도 위대하다. 선생님의 존함을 아는 사람은 극히 적을 테지만.

선생님이 수정해주신 노트는 세 권의 두꺼운 책으로 제본하여 영구히 기념할 생각에 소중하게 넣어두었다. 불행히도 7년 전, 이사하는 도중에 책 상자 하나가 부서져 절반을 분실했는데, 그 노트도 그때 같이 분실했다. 운송점에 찾아달라고 항의했지만 끝내 답변이 없었다. 다만 선생님의 사진만은 지금도 베이징 집의 동쪽 벽에 책상을 향해 걸려 있다. 밤중에 많이 지쳐서 권태로운 마음이 들 때는 머리를 들어 등불 아래서 선생님의 검고 야윈 얼굴을 보면, 당장이라도 억양의 변화가 심한 말투로 말을 걸려고 하시는 것같이 느껴진다. 그러면 그것이 금방 내 양심을 자극하여 용기를 배가해준다. 그러면 나는 담배 한 개비에 불을 붙여 물고는, 또다시 이른바 '성인군자'들을 심하게 증오하는 문장을 써내려가는 것이다.

나중에 일본에서도 루쉰 선생의 선집을 출판하게 되어, 일본의 선자(選者)가 선생님께 어떤 작품을 넣으면 좋을지를 물었지만, 선생은 "그것은 여러분의 판단에 따라 자유롭게 택해도 좋다. 그러나 「후지노 선생님」만은 꼭 그 선집에 넣어주기 바란다"고 말씀하셨다 한다.

후기

「석별」은 내각 정보국과 문학보국회*의 의뢰로 쓴 소설임에는 틀림없지만, 양자로부터 의뢰가 없었어도 언젠가는 써보고 싶다고 생각해서 자료를 모으고 오랫동안 구상한 소설이다. 자료를 모으는 데 여러 가지로 친절하게 상담에 응해주신 분은 선배 소설가 오다 다케오** 씨이다. 오다 씨와 중국 문학의 관계에 대해서는 모르는 사람이 없을 것이다. 오다 씨의 찬성과 원조가 없었다면 게으른 나는 도저히 이와 같이 힘든 소설을 쓰려고 결심하지 않았을 것이라는 생각조차 든다. 오다 씨에게도 「루쉰전(傳)」이라는 봄날의 꽃 같은 감미로운 명저가 있지만, 마침내 내가 이 소설을 쓰기 시작한 무렵이거나 그 직전에,

---

* 1942년에 내각 정보국의 지도하에 문학자들이 국책 홍보를 위해 만든 조직.
** 소설가. 외무성 서기로 중국에 부임. 1936년, 「성밖」으로 제3회 아쿠타가와상 수상.

뜻하지 않게 다케우치 요시미* 씨가 막 출판한, 이 또한 가을 서리처럼 냉엄한 명저 『루쉰』을 보내왔다. 나는 다케우치 씨와는 한 번도 만난 적이 없다. 그러나 다케우치 씨가 가끔씩 잡지에 발표하는 중국 문학에 대한 논문을 읽고는 '훌륭해!' 하며 건방지게도 다케우치 씨의 장래성을 조용히 예측하고 있었다. 오다 씨에게 부탁하여 언젠가는 다케우치 씨를 소개받을 궁리까지 하고 있었는데 다케우치 씨가 입대했다던가? 그래서 다케우치 씨가 고심 끝에 내놓은 이 명저도 그가 없는 동안에 출판되었는데, 다케우치 씨가 입대할 때 '책이 나오면 다자이에게도 한 권 보내줘'라는 말을 남기고 갔는지, 출판사에서 "저자의 말씀에 따라 귀하에게 한 부를 증정함"이라는 내용의 편지를 첨부했다. 이것만으로도 불가사의한 은총이지만, 그 책의 발문에, 이 중국 문학의 귀재가 예전부터 나의 서툰 소설을 읽고 있었다는 뜻밖의 사실이 적혀 있어 당황해서 얼굴이 붉어지고, 한편으로 이 기이한 인연에 감동받아 소년처럼 크게 용기를 얻어 이 일을 시작하게 된 것이다.

그러나 결과는 오다 씨의 온갖 조력과 다케우치 씨가 멀리서 보내준 지지에도 불구하고 과연 보답이 되었는지 어떤지는 매우 염려스럽다.

또 이 일을 시작함에 있어, 센다이 의학전문학교의 역사 조사를 위해 도쿄 제국대학의 오노 박사, 도호쿠 제국대학의 히로하마, 가토 박사로부터 각각 소개장을 받았다. 또 센다이 가호쿠신보사(河北新報社)의 호의로 센다이 시 역사를 알기 위해 신문사가 소장하고 있던 자료를 모조리 읽을 수 있었던 것이 이 일에 얼마나 도움이 되었는지 이

----

* 중국문학자, 평론가. 루쉰 연구와 번역에 주력하는 한편, 독자적인 관점에서 근대 일본 문화를 비판했다.

루 말할 수 없다. 나 같은 거의 무명에 가까운 작가가 이러한 도움을 받을 수 있었던 것은 물론 내각 정보국과 문학보국회의 힘이라고 생각하지만, 또 보기에도 초라한 일개 가난한 서생(書生)에게 기꺼이 소개장을 써주고 또 문외불출(門外不出)의 소중한 자료를 자유롭게 열람할 수 있게 해주신 모든 분의 호의를 잊을 수가 없다.

그리고 마지막으로 꼭 덧붙이고 싶은 것은 이 일은 어디까지나 다자이라는 일본의 한 작가가 책임을 지고 쓴 것으로, 정보국도 보국회도 나의 집필을 구속하는 것 같은 까다로운 주의 등은 한마디도 하지 않았다는 사실이다. 게다가 내가 이것을 완성하여 담당자에게 제출하자 한 자의 정정도 없이 통과했다. 세상이 한마음이라고 할까! 이것은 나만의 행복은 아닐 것이다.

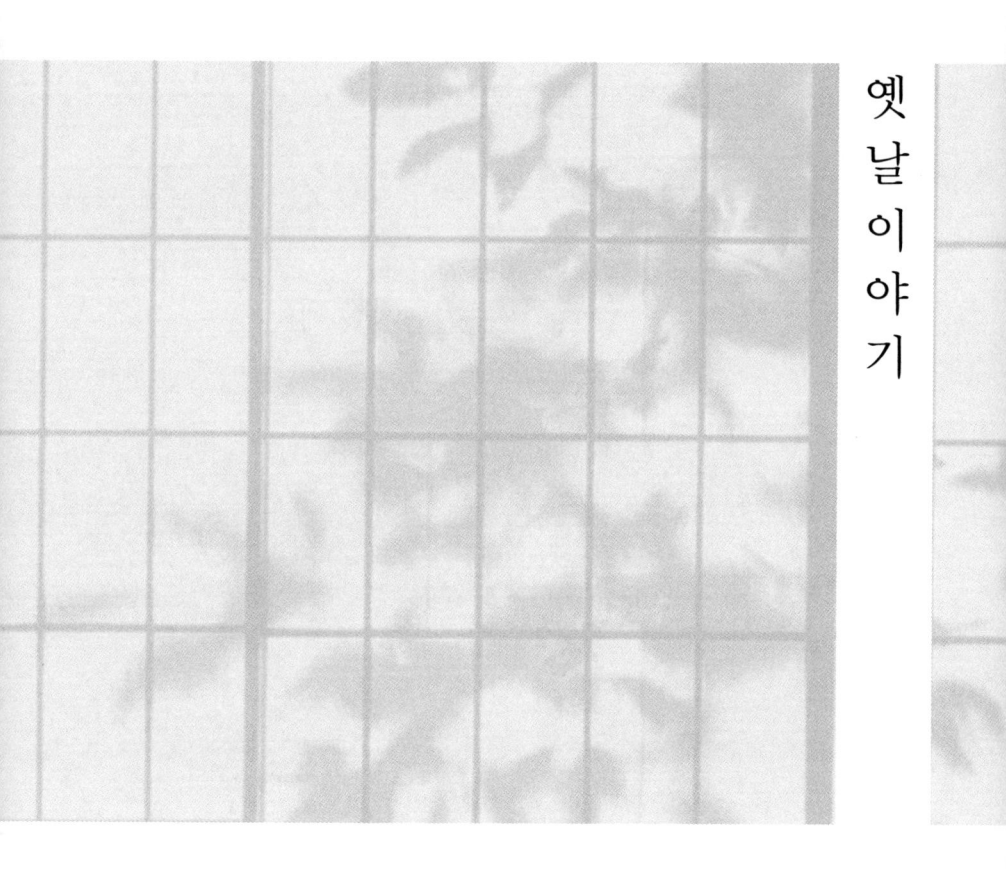

옛
날
이
야
기

머리말

"앗! 사격이 시작되었다."

고 말하며, 아버지는 펜을 놓고 일어선다. 공습경보 정도로는 일어나지 않지만 고사포가 발사되기 시작하면 일을 그만두고, 다섯 살짜리 여자아이에게 방공 두건을 씌워서 끌어안고 방공호로 들어간다. 이미 어머니는 두 살 된 남자아이를 업고 방공호 안쪽에 웅크리고 있었다.

"근처인 것 같아."

"예. 아무래도 이 방공호는 비좁고 갑갑해서."

"그래?" 아버지는 불만스러운 듯이 "그러나 이 정도가 딱 좋아. 너무 깊으면 생매장당할 위험이 있어."

"그렇지만 조금 더 넓혀도 좋잖아요."

"음, 그렇지만 지금은 땅이 얼어 딱딱해서 파기 어려워. 나중에"라며 애매하게 얼버무려 어머니를 조용히 시키고 라디오에서 흘러나오는 방공 정보에 귀를 기울였다.

어머니의 불평이 일단락되자 이번에는 다섯 살짜리 여자아이가 "이제 방공호에서 나가요" 하고 떼를 쓰기 시작한다. 이 아이를 달래는 유일한 수단은 그림책이다. 모모타로,* 부싯돌 산, 혀 잘린 참새, 혹부리 영감, 우라시마 등을 아버지는 아이에게 읽어준다.

이 아버지의 복장은 초라하고 용모도 어수룩하지만 원래 보통내기가 아니다. 이야기를 지어내는 정말로 기이한 기술을 지닌 남자이다.

옛날, 옛날 이야기야

라고 하며, 멍청이 같은 묘한 목소리로 그림책을 읽어주면서도 그 마음속에서는 저절로 또 다른 이야기가 샘솟는 것이다.

---

* 강에서 떠내려온 복숭아 속에서 태어난 남자아이 모모타로를 노부부가 기른다. 성장한 모모타로가 개, 원숭이, 꿩을 데리고 도깨비 섬으로 가서, 사람들을 괴롭히던 도깨비를 퇴치하고 금은보화를 가지고 돌아온다는 이야기.

혹부리 영감

옛날, 옛날 이야기야
오른쪽 볼에 거추장스러운
혹이 달린 할아버지

이 할아버지는 시코쿠의 아와* 쓰루기 산기슭에 살고 있었다, 라는 것은 추측뿐으로 특별히 근거가 있는 것은 아니다. 원래 혹부리 영감 이야기는 『우지슈이모노가타리(宇治拾遺物語)』**에서 나온 것 같지만, 방공호 안에서 이것저것 원전을 찾아서 밝히는 것은 불가능하다.

---

* 도쿠시마 현의 북동부에 위치한 시.
** 가마쿠라 시대 초기의 설화집. 15권. 귀족, 불교, 민간 설화 197가지가 수록되어 있으며 전반적으로 불교색이 강하다.

혹부리 영감 이야기뿐 아니라, 요 바로 다음에 들려주려고 하는 우라시마 이야기도 먼저 『일본서기(日本書紀)』에 분명하게 실려 있고, 『만요슈』에도 우라시마를 읊은 장가(長歌)*가 있다. 그 외에도 『단고** 풍토기』랑 『일본 신선전(本朝神仙伝)』 등에도 비슷한 이야기가 전하는 것 같고, 또 최근에는 오가이의 희곡***이 있고, 쇼요****도 이 이야기를 무용으로 각색한 적이 있지 않았던가? 어쨌든 노가쿠,***** 가부키, 게이샤의 춤에 이르기까지, 우라시마는 엄청나게 등장한다. 내게는 읽은 책을 바로 남에게 주기도 하고 또 팔기도 하는 버릇이 있어서, 장서라는 것을 옛날부터 가진 적이 없다. 그래서 이럴 때는 희미한 기억을 더듬어 옛날에 읽은 책을 찾아다녀야 하지만 지금은 그것도 어려운 것이다. 나는 지금 방공호 안에 웅크리고 있다. 지금 내 무릎 위에는 한 권의 그림책이 펼쳐져 있을 뿐이다. 나는 이제 이야기의 고증은 포기하고 단지 나만의 공상을 펼치기로 한다. 아니, 오히려 그쪽이 생생하고 재미있는 이야기를 만들어낼 수 있을지도 모른다 따위의 억지 비슷한 자문자답을 한 다음, 아이들의 아비 되는 그 이상한 인물은,

옛날, 옛날 이야기야

---

* 5, 7조가 계속 이어지다가 마지막 부분이 5, 7, 7로 끝나는 와카 형식.
** 교토 부의 북쪽.
*** 「보석상자와 우라시마」.
**** 쓰보우치 쇼요. 평론가, 소설가, 극작가. 1704년, 우라시마 전설을 소재로 하여, 일본 전통 음악에 서양 음악까지 도입한 신무용극 〈신곡우라시마〉를 발표.
***** 일본의 전통 가면극.

라며 방공호 한구석에서 그림책을 읽으면서, 그 그림책 이야기와는 전혀 다른 새로운 이야기를 마음속에서 그려낸다.

이 할아버지는 술을 아주 좋아한다. 술꾼이라는 것은 대개 그 가정에서 고독한 사람이다. 고독해서 술을 마시는지, 술을 마시니까 집안 사람들이 싫어해서 자연스럽게 고독해지는 것인지, 그것은 아마도 박수를 치고는 어느 쪽 손바닥이 울렸는지를 결정하려고 하는 것 같은 어이없는 사실 캐기로 끝날 수밖에 없을 것이다. 어쨌든 할아버지는 가정에서는 늘 시무룩한 얼굴을 하고 있다고 해도 가족들 사이가 나쁜 편은 아니다. 할머니는 건재하다. 이미 일흔 살 가까이 되었지만 허리도 굽지 않고 눈매도 시원스럽다. 옛날에는 상당한 미인이었다고 한다. 젊었을 때부터 말이 없고 오로지 성실하게 가사를 부지런히 돌보고 있다.

"벌써 봄이네! 벚꽃이 피었어." 할아버지가 신이 나서 떠들어도,

"그래요." 흥미 없다는 듯이 대답하고 "저기, 비키세요. 이곳을 청소해야 하니까"라고 한다.

할아버지는 시무룩한 얼굴이 된다.

그리고 할아버지에게는 자식이 한 명 있는데 이미 마흔 가까이 되었다. 이 아들이 또 세상에서도 유별나게 품행이 방정하며 술도 마시지 않고 담배도 피우지 않을 뿐 아니라 웃지도 화내지도 기뻐하지도 않고, 그저 묵묵히 농사일만 해서 부근 사람들에게 존경을 받게 되어 아와 성인(聖人)이라고 명성이 자자하다. 하지만 결혼도 하지 않고 수염도 자르지 않아 어쩌면 목석이 아닐까 하는 의심이 들 정도이니, 결국 할아버지의 가정은 정말로 훌륭한 가정이라고 하지 않을 수 없다.

그렇지만 할아버지는 왠지 침울한 기분이다. 그리하여 가족들에게 경원시되면서도 반드시 술을 마시고 싶어지는 것이다. 그러나 집에서 마시면 더욱 침울해질 뿐이다. 할머니도 아와 성인도, 할아버지가 술을 마셔도 별로 나무라지 않는다. 할아버지가 홀짝홀짝 반주를 하고 있는 곁에서 말없이 밥을 먹고 있다. "그런데 말이지" 하고 할아버지는 조금 취기가 오르면 말상대가 그리워진 나머지 시시한 이야기를 꺼낸다. "드디어 봄이 되었네. 제비도 왔어."

말하지 않아도 아는 것이다.

할머니도 자식도 묵묵부답이다.

"봄밤 한 시각 값이 천금이다*인가?"라고 또 말하지 않아도 될 것을 중얼거린다.

"잘 먹었습니다." 아와 성인은 식사를 마치고 밥상에 대고 공손히 절을 하고 일어선다.

"슬슬, 나도 밥을 먹을까?" 할아버지는 쓸쓸하게 술잔을 놓는다.

집에서 술을 마시면 대개 이런 식이다.

어느 날 아침부터 좋은 날씨
산에 갑니다, 땔감을 하러

---

* 소식(蘇軾)의 시 「춘야(春夜)」의 일부분. "春宵一刻値千金(봄밤 한 시각이 천금이라) 花有淸香月有陰(꽃은 맑은 향기를 풍기고 달은 가리워졌다) 歌管樓臺聲細細(정자에서 들려오던 노래와 피리 소리도 조용해지고) 鞦韆院落夜沈沈(후원의 그네는 드리워져 있고 밤은 깊어만 간다)."

할아버지의 즐거움은 날씨가 좋은 날, 허리에 조롱박을 차고 쓰루기 산에 올라 땔나무를 주워 모으는 일이다. 적당하게 땔나무를 줍다가 지치면 바위 위에 책상다리를 하고 앉아 "에헴!" 하고 거드름 피우며 기침을 한 번 하고,

"멋진 경치구나!"

라고 한 다음, 천천히 허리에 찬 조롱박에 든 술을 마신다. 정말로 즐거운 표정이다. 집에 있을 때와는 전혀 다른 사람인 것 같다. 단지 변하지 않은 것은 오른쪽 볼에 달린 커다란 혹 정도이다. 이 혹은 지금으로부터 20년쯤 전, 할아버지가 쉰 고개를 넘은 해 가을, 오른쪽 볼이 이상하게 따뜻해지며 가렵더니 볼이 점차로 부풀어 올라서 어루만지자 점점 더 커져서 생긴 것으로, 할아버지는 쓸쓸히 웃으면서,

"야아! 손자가 생겼구나" 하고 말했지만 자식인 성인은 아주 진지하게,

"볼에서 아이가 태어나지는 않습니다" 하고 흥을 깨는 소리를 하고, 할머니도,

"목숨에 지장은 없을까요?" 하고 웃지도 않고 한마디 물었을 뿐이다. 더 이상 혹에 아무런 관심도 보이지 않는다. 오히려 이웃 사람들이 동정하여 "어째서 그런 혹이 생겼어요?" "아프지 않아요?" "아마도 거추장스럽겠죠?"라고 위로의 말을 한다. 그러나 할아버지는 웃으면서 고개를 흔든다. 거추장스럽기는커녕, 할아버지는 지금 이 혹을 정말로 귀여운 손자처럼 생각하고 자신의 고독을 위로해주는 유일한 상대로 여긴다. 아침에 일어나서 얼굴을 씻을 때도 각별히 정성스럽게 맑은 물로 혹을 깨끗이 씻는 것이다. 오늘처럼 산에서 혼자 술을 마셔

서 기분이 좋을 때는 특히 없어서는 안 될 좋은 이야기 상대이다. 바위 위에 책상다리를 하고 앉아 조롱박에 담긴 술을 마시면서 볼의 혹을 쓰다듬으며,

"그까짓, 무서운 일은 없어. 염려할 필요 없어. 인간은 반드시 취하는 것이지. 성실함에도 정도가 있어. 아와 성인이시라니 황송합니다. 알아보지 못했습니다. 훌륭하시다죠!" 등과 같이 누군가의 험담을 혹에다 속삭이고는 "에헴!" 하고 큰기침을 하는 것이다.

갑자기 어두워졌습니다.
바람이 쌩쌩 불고
비도 주르륵주르륵 내렸습니다.

봄날 소나기는 드문 일이다. 그러나 쓰루기 산 정도의 높은 산에서는 이러한 날씨의 변화는 종종 있다고 생각해야 한다. 산은 비 때문에 뿌옇게 흐려지고 꿩이랑 산비둘기가 여기저기에서 퍼덕퍼덕 날아올라 비를 피하려고 화살처럼 빠르게 숲 속으로 도망친다. 할아버지는 당황하지도 않고 싱글싱글 웃으며,

"혹이 비를 맞아 서늘해지는 것도 기분 나쁘지 않네."
라고 말했다. 조금 더 계속해서 바위 위에 책상다리를 한 채 비 내리는 경치를 바라보고 있었지만 빗줄기는 더욱더 세차지고 전혀 그칠 것처럼 보이지 않았다.

"이건 아무래도. 너무 서늘해서 추워졌구나"라고 말하며 일어서서 크게 재채기를 한 번 하고는, 주워 모은 땔감을 지고 살금살금 숲 속

으로 들어간다. 숲 속은 비를 피하려는 동물들로 아주 혼잡했다.

"저, 미안해. 조금만 실례."

라고 할아버지는 원숭이와 토끼, 산비둘기에게 일일이 즐겁게 인사하며 숲 속으로 들어가서, 큰 산벚나무 뿌리의 움푹 파인 구멍으로 들어가,

"와, 여기는 훌륭한 자리로군! 어때요? 여러분도" 하고 토끼들에게 말을 걸며 "이 자리에는 훌륭한 할머니도, 성인도 없으니, 자 신경 쓰지 말고 어서"라며 아주 신나게 떠들다가, 얼마 지나지 않아 쿨쿨 코를 골면서 잠들어버렸다. 술꾼은 취해서 시시한 이야기도 하지만 대개는 이와 같이 죄 없는 사람이다.

소나기 그치기를 기다리다가
피로가 몰려와서 할아버지는
어느새인가 깊은 잠에 빠졌습니다.
산은 개어 구름도 없고
밝은 달밤이 되었습니다.

달은 봄의 하현달이다. 연한 녹색이라고 할까, 물 같은 하늘에 달이 떠서 숲 속에도 달그림자가 솔잎처럼 가득 쏟아진다. 그러나 할아버지는 아직 쿨쿨 자고 있다. 박쥐가 퍼드덕퍼드덕 나무 구멍에서 날아나왔다. 할아버지는 문득 눈을 뜨고는 벌써 밤이 된 것에 놀라서는,

"큰일 났구나!"

하고 말하면서 곧장 눈앞에 떠올린 것은 그 진지한 할머니의 얼굴과

근엄한 성인의 얼굴. '아아! 이것은 뜻밖의 상황이다. 그 사람들이 여태 나를 꾸짖은 적은 없지만 아무래도 이렇게 늦게 돌아가면 어색해질 것 같아. 에이, 술은 이제 없을까?' 하고 조롱박을 흔들어보니 바닥에서 약간 찰랑찰랑하는 소리가 난다.

"남아 있어!" 갑자기 힘이 나서, 한 방울도 남기지 않고 다 마시고 얼근하게 취해서 "야, 달이 떴구나! 봄밤 한 시각……" 따위의 시시한 말을 중얼거리며 나무 구멍에서 기어 나오니,

어! 저게 뭐지. 떠드는 소리
쳐다보니 이상해. 꿈일까?

와 같은 상황이 된 것이다.

보라! 숲 속 초원에 이 세상의 것이라고는 생각할 수 없는 신기한 풍경이 펼쳐져 있다. 도깨비(鬼)라는 것이 어떤 것인지 나는 모른다. 본 적이 없기 때문이다. 어렸을 때부터 그림책에서는 질릴 정도로 봐왔지만 실물을 보는 영광은 아직 누리지 못했다. 도깨비에도 여러 종류가 있다고 한다. 살인귀, 흡혈귀 등의 증오스러운 것을 귀신이라고 부르는 것을 보면 어쨌든 추악한 성격을 지닌 생명체 같다는 생각이 드는데, 한편으로는 '문단의 귀재 모 선생님의 걸작' 등의 문구가 신문의 신간서적 안내란에 나와 있기도 하니까 어찌할 바를 모르겠다. 설마, 그 모 선생님이 귀신 같은 추악한 재능을 갖고 있다는 사실을 폭로하여 세상 사람들에게 경고를 주기 위해 안내란에 귀재라는 믿기 어려운 기묘한 말을 사용한 것은 아닐 것이다. 심하게는 '문학의 귀

신' 등과 같이 무례하고 심한 말을 모 선생님에게 바치기도 하는데, 아무래도 이 일에는 그 모 선생님도 화를 낼 것이라고 생각했는데 그렇지도 않은 것 같다. 모 선생님은 그런 실례 천만의 추악한 별명이 붙어도 그다지 싫어하지 않는 것 같고 스스로 은근히 기이한 호칭을 허용하고 있는 것 같다는 소문도 들려와, 바보스러운 나는 도무지 갈피를 잡을 수 없다. 저 호랑이 가죽 옷을 입고 볼품없는 쇠방망이 같은 것을 든 빨간 얼굴의 도깨비가 여러 예술의 신이라는 것은 나로서는 도저히 상상할 수 없는 일이다. 귀재이니, 문학의 귀신이니 하는 난해한 말은 가능하면 사용하지 않는 편이 좋지 않을까 하고 예전부터 미련스럽게 생각해왔지만, 그것은 내 견문이 좁기 때문이고 도깨비에도 여러 가지가 있는지도 모르겠다. 이쯤에서 백과사전이라도 잠깐 들여다보면, 나도 금방 남녀노소의 존경 대상인 박사로 변신하여 (세상의 만물박사라는 것은 대개 이런 족속이다) 분별력 있는 것처럼 도깨비에 대해 자세하게 구구절절 설명할 수도 있겠지만, 공교롭게도 나는 방공호 안에 웅크리고 있으며 무릎 위에는 어린이 그림책이 한 권 펼쳐져 있을 뿐이다. 나는 단지 이 그림책만으로 판단할 수밖에 없다.

보라! 숲 속 조금 넓은 초원에 이상한 것이 10여 명이라 해야 할지, 10여 마리라고 해야 할지, 어쨌든 틀림없이 호랑이 가죽 옷을 입은 빨갛고 거대한 생명체가 둥글게 둘러앉아 달밤에 한창 잔치를 벌이고 있다.

할아버지는 처음에는 섬뜩했다. 그러나 술꾼은 술을 마시고 있지 않을 때는 패기가 없어 전혀 쓸모가 없지만 취해 있을 때는 오히려 무리 내에서 가장 용감하다. 할아버지는 지금 약간 취해 있다. 엄숙한 할머니도, 품행방정한 성인도 전혀 두렵지 않을 정도로 용감한 사람이 되어 있다. 눈앞의 이상한 풍경을 보고서 기겁하는 것 같은 추태는 보이지 않았다. 구멍에서 기어 나와 엎드린 자세로 앞쪽의 기이한 술잔치를 주시하고,

"기분 좋게 취해 있네"라고 중얼거리고 나자 왠지 모르게 가슴속 저 아래에서 묘한 기쁨이 솟아났다. 술꾼은 다른 사람들이 취한 모습을 보고도 일종의 기쁨을 느끼는 것 같다. 이른바 이기주의자는 아닌 것이다. 다시 말하면 이웃집의 행복에 대해 건배를 드는 것 같은 박애심과 비슷한 것을 지니고 있는지도 모른다. 자신도 취하고 싶지만 이웃 사람도 같이 즐겁게 취해주면 그 기쁨이 배가 되는 것이다. 할아버지도 알고 있다. 눈앞의 저 사람인지 동물인지도 구별이 안 되는 빨갛고 거대한 생명체가 도깨비라는 무서운 종족이라는 것을 직감했다. 호랑이 가죽 옷 하나만 보아도 그것은 틀림없었다. 그러나 도깨비들은 지금 기분 좋게 취해 있다. 할아버지도 취해 있다. 따라서 반드시 친근감이 생길 수밖에 없다. 할아버지는 엎드린 자세로 여전히 달빛 아래서 펼쳐지는 이상한 술잔치를 자세히 바라보고 있다. 도깨비라고 해도 눈앞의 도깨비들은 살인귀, 흡혈귀 등과 같은 고약한 성질을 가진 종족이 아니라, 얼굴은 붉고 무섭지만 아주 명랑하고 순진한 도깨비인 것 같다는 것을 할아버지는 알아차렸다. 할아버지의 판단은 거의 적중했다. 다시 말하면 이 도깨비들은 쓰루기 산의 은둔자라고 불러야 할 정도로 온화한 성격의 도깨비인 것이다. 지옥의 도깨비들과는 전혀 다른 종족이다. 제일 먼저 쇠방망이 같은 위험한 것을 갖고 있지

않다. 이것은 다시 말하면 상해를 입힐 생각을 갖고 있지 않다는 증거라고 해도 좋을 것이다. 그러나 은둔자라고 해도 저 죽림칠현처럼 남아도는 지식을 주체하지 못해 대숲으로 도망친 것이 아니다. 이 쓰루기 산의 은둔자의 마음은 아주 어리석다. 선(仙)이라는 글자는 산(山)의 사람(人)이라고 적으니 무엇이든지 산속에 사는 사람을 선인(仙人)이라고 불러도 좋다는 아주 간단명료한 학설을 들은 적이 있다. 만약 이 학설에 따른다면 쓰루기 산의 은둔자들에게도 그 마음이 아무리 우둔하다고 해도 선이라는 존칭을 당연히 붙여야 할지도 모른다. 어쨌든 달밤의 잔치에 빠져 있는 이 한 무리의 빨갛고 거대한 생명체는 도깨비라고 부르기보다는 은둔자나 선인이라고 부르는 것이 타당할 것이다. 그 마음이 아둔한 것은 이미 말했지만 술잔치를 벌이는 모습을 보니, 단지 의미도 없이 괴성을 지르고 무릎을 두드리며 크게 웃거나 일어나서 무턱대고 여기저기 뛰면서 돌아다닌다. 또는 거대한 몸을 둥글게 말고 원진(圓陣)의 끝에서 끝까지 데굴데굴 굴러간다. 그것을 춤이라고 생각하는 것 같으니 지능 수준을 충분히 짐작할 수 있고 재주라고는 전혀 없는 것이다. 이 한 가지만 보아도 귀재라든가, 문학의 귀신이라는 말은 전혀 무의미한 소리라는 것이 증명되었다고 생각한다. 이런 어리석고 재주도 없는 무리가 각종 예술의 신이라는 것은 나로서는 도저히 상상조차 할 수 없는 일이다. 할아버지도 이런 저능한 춤에는 기가 막혔다. 혼자서 킬킬거리고 웃으며,

"어쩌면 저렇게 춤을 못 추지! 어디 한번 내 춤 솜씨를 보여줄까!"
하고 중얼거린다.

춤추기 좋아하는 할아버지
곧바로 뛰어나가 춤추니
혹이 덜렁덜렁 흔들려서
아주 이상하고 재미있다

　할아버지는 거나하게 취해 용기가 생겼다. 게다가 도깨비들에게 친근감을 품고 있어서 아무런 두려움도 없이 원진 한가운데로 뛰어들어, 할아버지의 자랑거리인 아와 춤을 추면서,

　　딸은 쪽머리이고 노인은 가발이구나
　　빨간 어깨끈 때문에 혼동하는 것도 무리는 아냐
　　신부도 삿갓 쓰고 가지 않니. 와라 와

라고 하는 아와의 속요를 좋은 목소리로 부른다. 도깨비들도 기뻐서인지 어떤지 낄낄 깔깔 하고 기묘한 소리를 내고 침인지 눈물인지를 흘리면서 자지러지게 웃으면서 넘어간다. 할아버지는 우쭐해져서,

　　큰 계곡을 지나가니 돌멩이뿐
　　조릿대 산 지나가니 조릿대뿐

하고 더욱더 목소리를 높여 노래를 부르면서 마침내 경쾌하게 춤을 춘다.

도깨비들은 크게 기뻐하며
달밤에는 반드시 와서
춤을 추어줘
그 약속의 징표로
소중한 것을 맡아두겠다

라는 말을 하고, 도깨비들은 서로 소곤소곤 작은 목소리로 논의를 하는데, "아무래도 저 볼에 달린 혹이 번질번질 빛나는 것이 여간한 보물이 아닌 것같이 보이지 않니. 저것을 맡아두면 틀림없이 또 올 거야"라고 어리석은 추측을 하고 즉석에서 혹을 떼어냈다. 무식하지만 역시 오랫동안 산속에서 살아서 무언가 도술 비슷한 것을 익혔는지 모른다. 특별한 조작도 하지 않고 간단히 혹을 깨끗하게 떼어냈다.

할아버지는 놀라서,

"앗! 그것은 안 돼! 내 손자야"라고 말하니, 도깨비들은 의기양양하게 "와!" 하고 함성을 지른다.

아침입니다. 이슬이 반짝이는 길
혹을 빼앗긴 할아버지
어이없다는 듯이 볼을 어루만지며
산을 내려갔습니다.

혹은 고독한 할아버지에게는 유일한 말상대였는데, 그 혹을 빼앗겨서 할아버지는 조금 쓸쓸하다. 그러나 한편 가벼워진 볼에 아침 바람을 맞는 것도 기분 나쁘지는 않다. 결국 득도 실도 없고 일장일단이 있으니 하기보다는 오래간만에 마음껏 노래 부르며 춤춘 것은 이익이 아닐까! 하는 태평스러운 생각을 하면서 산을 내려오다가, 도중에 들로 나가는 아들 성인과 딱 마주쳤다.

"안녕히 주무셨습니까?" 성인은 수건을 벗고 정중하게 아침 인사를 한다.

"아아!" 할아버지는 그저 어찌할 바를 모른다. 그러고는 좌우로 헤어진다. 할아버지의 혹이 하룻밤 사이에 사라진 것을 보고는 제아무리 성인이라 해도 내심 약간 놀랐지만, 부모님의 용모에 관해 이러쿵저러쿵 말하는 것은 성인의 길에 벗어난다고 생각하여 모른 척하고 말없이 헤어진 것이다.

집에 돌아오자 할머니는,

"다녀오셨어요?" 하고 차분히 말하고, '어젯밤은 어떻게 된 것입니까?' 하고 전혀 묻지도 않고 "된장국이 차가워져서" 하고 낮게 중얼거리면서 할아버지의 아침 준비를 한다.

"아니, 차가워도 괜찮아. 데울 필요 없어" 하고 할아버지는 약간 황공해하면서 매우 조심스럽게 아침 밥상을 대한다. 할머니의 시중을 받으며 밥을 먹으면서 할아버지는 어제 저녁에 일어난 신기한 사건을 알려주고 싶어 안달이다. 그러나 할머니의 엄숙한 태도에 압도당해 말이 목구멍에 걸려 한마디도 할 수가 없다. 고개를 숙이고 쓸쓸하게 밥을 먹고 있다.

"혹이 쭈그러들었네요." 할머니는 불쑥 말했다.

"응." 더 이상 말하고 싶지 않았다.

"찢어져서 물이 나왔겠죠?"라고 할머니는 아무렇지 않게 말하고 새침하게 있다.

"응."

"또 물이 차서 부풀어 오르겠죠."

"그렇겠지."

결국 할아버지 일가에게 혹은 전혀 문제가 되지 않았다. 그런데 할아버지네 근처에 또 한 사람 왼쪽 볼에 거추장스러운 혹이 달린 할아버지가 있었다. 그리고 이 할아버지야말로 왼쪽 볼의 혹을 정말로 거추장스러운 것으로 여겨 미워하고, 아무튼 이 혹이 내 출세의 장애, 이 혹 때문에 내가 얼마나 사람들에게 비웃음을 사고 조롱을 당했는가 하고, 하루에도 몇 번씩 거울을 들여다보며 한숨을 쉬었다. 할아버지는 수염을 길게 길러서 혹을 가리려고 했지만 슬프게도 혹 끝부분이 흰 수염 사이로 태평스럽게 새해 첫 일출처럼 선명하게 드러나는 바람에 오히려 천하의 구경거리가 되었다. 원래 이 할아버지의 인품과 성격은 저속하지 않다. 체구는 당당하고 코도 크고 눈빛도 날카롭다. 말과 행동은 위엄 있고 사리 분별도 분명해 보인다. 복장도 어쨌든 상당히 훌륭한 데다 무엇보다 학식도 있는 것 같고 재산도 그 술꾼 할아버지와는 비교가 되지 않을 정도로 많다는 이야기이다. 근처 사람들도 모두 이 할아버지에게는 경의를 표하며 '어르신' 또는 '선생님'이라는 존칭을 사용하는 등, 상당히 훌륭한 분이었지만 왼쪽 볼의 거추장스러운 혹 때문에 어르신은 밤낮으로 우울하고 즐겁지 않다. 이 할아버지의 부인은 아주 젊다. 서른여섯 살이다. 그렇게 미인은 아니지만 살갗이 희고 포동포동하고 약간 경박스러울 정도로 언제나 밝게 웃고 떠든다. 열두세 살 먹은 딸이 한 명 있는데, 이 아이도 상당한 미인이지만 성질은 약간 건방진 데가 있다. 그렇지만 어머니와 딸은 마음이 맞아 늘 웃고 떠드는데 그 때문에 이 가정은 어르신의 벌레 씹은 것 같은 표정에도 불구하고 사람들에게 늘 밝은 인상을 준다.

"어머니, 아버지의 혹은 어째서 저렇게 빨갛죠? 문어 머리 같아요" 건방진 딸은 서슴없이 솔직하게 느낌을 이야기한다. 어머니는 꾸짖지도 않고 "호호호" 웃으면서,

"그러네. 하지만 목어(木魚)를 볼에 단 것처럼도 보이네."

"시끄러!" 어르신은 성내며 처자식을 쏘아보고는 벌떡 일어서서 안쪽의 어두컴컴한 골방으로 들어가 가만히 거울을 들여다보며 기가 죽어,

"이래서는 안 돼!" 하고 중얼거린다.

'차라리 단도로 잘라버릴까! 죽어도 좋아!'라고까지 외곬으로 생각했을 때, 근처에 사는 술꾼 할아버지의 혹이 최근에 갑자기 없어졌다는 소문을 언뜻 들었다. 밤에 어르신은 은밀히 술꾼 할아버지네 초가집으로 찾아가서 그 달밤에 열린 신기한 잔치 이야기를 들었다.

듣고는 아주 기뻐하며
"좋아, 좋아. 나도 이 혹을
반드시 떼어버리자."

라고 용기를 얻었다. 다행히 그날 밤도 달이 떠 있었다. 어르신은 출전하는 무사처럼 눈빛이 반짝반짝, 입을 꽉 다물고 '무슨 일이 있어도

오늘 저녁은 천하제일의 춤을 춰서 그 도깨비들을 감동시켜서, 만에 하나 감동하지 않는다면 이 쇠부채로 모두 죽이겠다. 기껏해야 술고래인 어리석은 도깨비들, 무슨 일이 있으려고!' 하고 도깨비들에게 춤을 보여주러 가는 것인지, 도깨비를 물리치러 가는 것인지, 어쨌든 대단한 기세로 쇠부채를 오른손에 들고 어깨에 힘을 주고 쓰루기 산속 깊이 들어갔다. 이와 같이 이른바 '걸작(傑作) 의식'에 빠진 사람이 행하는 예능은 좌우지간 서투르기 마련이다. 이 할아버지의 춤도 정말로 너무 힘이 들어가서 마침내 완전한 실패로 끝났다. 할아버지는 도깨비들의 술잔치 한복판으로 공손하고 엄숙하게 걸어가서,

"미숙하지만" 하고 인사를 하고 쇠부채를 짝 펴고 엄숙히 달을 쳐다보며 큰 나무처럼 꿈쩍도 하지 않는다. 조금 있다가 "쿵" 하고 가볍게 발을 구르고는 서서히 노래를 부르는데,

"저는 아와의 나루토에서 여름 참선을 하는 스님입니다. 그런데 이 해변은 다이라 일족이 멸망한 곳이라 가엾게 생각하여, 매일 밤 이 해안에 나와 독경을 올렸습니다. '해변가 바위 솔(松) 그늘에 앉아서 기다릴 때에. 독경 때를 기다려, 잠깐이지만. 누가 젓는 밤밴가 모르겠지만 노 젓는 소리만이 나루토 해안. 오늘밤은 흰 물결 조용하구나 흰 물결도 조용한 밤이로구나.' 어제 지났고 오늘 저물고 내일도 이와 같이 변함없겠지."[*] 천천히 조금 움직이고는 또 엄숙히 달을 쳐다보고는 응시한다.

---

[*] 노인이 부른 노래는 일본의 전통 가면극인 노 〈미치모리(通盛)〉의 서두로 인생무상을 일깨워주는 내용이다. 노의 춤동작은 움직임이 거의 없고 가사도 너무 어렵고 또 노만의 특이한 창법 때문에 일반인은 알아듣기 어렵다.

도깨비들은 난처해서
　　차례로 일어나 도망친다
　　산속으로

"기다려!" 어르신은 비통한 목소리를 지르며 도깨비의 뒤를 쫓아가
면서 "지금 도망치게 할 수는 없어."
　　"도망쳐라, 도망쳐. 종규(鍾馗)*인지도 모른다."
　　"아니요, 종규는 아닙니다." 어르신도 필사적으로 매달리면서 "부
탁이 있습니다. 이 혹을 부디 부디 떼어주세요."
　　"뭐라고, 혹!" 도깨비는 당황하여 잘못 듣고는, "아아! 그래. 그것
은 지난번 할아버지에게 받아서 보관하고 있는 소중한 것이지만, 네
가 그렇게 갖고 싶어 한다면 주겠다. 어쨌든 그 춤만은 그만둬. 모처
럼의 취기가 사라진다. 부탁이야. 놓아줘. 지금부터 또 다른 곳에 가
서 다시 마시지 않으면 안 되겠다. 부탁이야. 부탁이니 놓아줘. 어이,
누가 이 이상한 사람에게 요전의 혹을 돌려줘. 갖고 싶다고 한다."

　　도깨비는 요전에 맡아 보관하고 있던
　　혹을 붙인다. 오른쪽 볼에
　　이런! 이런! 마침내 혹이 두 개
　　흔들흔들 무겁네
　　부끄러운 듯이 할아버지

---

* 귀신을 쫓아내는 신.

마을로 돌아갔습니다.

  정말로 딱한 결과가 되었다. 옛날이야기에서는 대체로 나쁜 짓을 한 사람이 큰 벌을 받는다는 결말이지만 이 할아버지는 별로 나쁜 짓을 하지 않았다. 너무 긴장한 나머지 춤이 괴상해졌을 뿐이 아닌가. 그렇다고 해서 이 할아버지의 가정에 이렇다 할 악인이 있는 것도 아니다. 또 저 술꾼 할아버지도 그 가정도 쓰루기 산에 사는 도깨비들도 전혀 나쁜 짓을 하지 않았다. 다시 말하면 이 이야기에는 이른바 '부정'한 사건은 하나도 없는데도 불구하고 불행한 사람이 생겼다. 그 때문에 혹부리 영감 이야기에서 일상적인 윤리, 교훈을 도출하려면 매우 복잡해진다. 그렇다면 도대체 '무슨 생각으로 너는 이 이야기를 만들었니?' 하고 성격이 급한 독자가 만약 나에게 질문한다면 이렇게 대답할 수밖에 없다.

  성격의 희비극이라는 것입니다. 인간 삶의 밑바닥에는 늘 이런 문제가 흐르고 있습니다.

우라시마

우라시마 다로라는 사람은 단고 미즈노에라는 곳에 실제로 살았던 것 같다. 단고라고 하면 지금의 교토 부 북부이다. 그 북쪽 해안 어느 마을에는 지금까지도 다로를 모시는 신사가 있다는 이야기를 들은 적이 있다. 나는 그 근처에 간 적은 없지만 사람들의 이야기에 따르면 왠지 모르게 아주 황량한 해안인 것 같다. 그곳에 우라시마 다로가 살고 있었다. 물론 혼자 살고 있었던 것은 아니다. 아버지도 어머니도 있었다. 남동생도 여동생도 있었다. 또 많은 하인도 있었다. 다시 말하면 이 해안에서는 유명한 옛 명문대가의 장남이다. 옛 명문대가의 장남이라는 것은 옛날이나 지금이나 일관된 어떤 특징이 있는 것 같다. 취미, 다시 말하면 이것이다. 좋게 말하면 풍류. 나쁘게 말하면 도락. 그러나 도락이라고 해도 여자에 미치거나 술독에 빠진, 이른바 방

탕이라는 것과는 전혀 느낌이 다르다. 상스럽게 벌컥벌컥 술을 퍼마
시다가 출신 내력이 수상한 여자에게 걸려 부모 형제의 얼굴에 먹칠
을 하는 것 같은 심한 방탕아는 차남이나 삼남에게서 많이 볼 수 있는
것 같다. 장남에게는 그런 야만성이 없다. 선조로부터 전해오는 이른
바 유산이 있기 때문에 저절로 바른 마음도 생겨서 상당히 예의바르
다. 다시 말하면 장남의 도락은 차남, 삼남의 주사(酒邪) 등과 같이
정신없이 빠져드는 것이 아니라 그저 잠깐의 유흥이다. 그래서 그 유
흥을 통해 옛 명문대가의 장남에게 어울리는 기품을 사람들에게 인정
받고, 스스로도 일상생활에서 품위를 유지할 수 있으면 그것으로 족
하다.

"오빠는 모험심이 없어서 안 돼!" 올해 열여섯 살 난 말괄량이 여동
생이 말한다. "구두쇠야."

"아니, 그렇지 않아." 열여덟 살 먹은 망나니 남동생이 반대하며
"남자로서의 체면을 너무 생각해."

이 남동생은 피부가 검고 못생겼다.

우라시마 다로는 동생들의 이러한 버릇없는 비판을 듣고도 별로 화
내지도 않고 단지 쓴웃음을 지으며,

"호기심을 폭발시키는 것도 모험, 호기심을 억제하는 것도 역시 모
험. 어느 쪽이든 위험해. 사람에게는 숙명이라는 것이 있어"라며 모든
일의 이치를 깨달은 것 같은 말투로 이야기하고, 뒷짐을 지고 혼자 집
을 나와 여기저기 해안을 산책하다가,

수확한 해초

넘쳐나

보이는구나

해녀들의 조각배[*]

와 같이, 여느 때처럼 풍류 넘치는 시구를 읊조리고,

"사람들은 왜 서로 비판하지 않고는 살아갈 수 없는 것일까?"라는
소박한 의문에 대해 고개를 저으며 대범하게 생각하고는, "모래사장
의 싸리꽃도, 기어다니는 게도, 물가에서 쉬는 기러기도 나를 전혀 비
판하지 않는다. 인간도 마땅히 이렇게 살아야 한다. 사람들은 각자 살
아가는 방식을 가지고 있다. 그 방식을 서로 존경하며 살아갈 수 없는
가? 남에게 폐를 끼치지 않도록 노력하며 품위 있게 살아가는데도 사
람들은 무언가 참견을 한다. 성가셔!"라고 살짝 한숨을 내쉰다.

"여보세요, 우라시마 씨!" 하고 그때, 발아래서 작은 목소리.

이것이 그 문제의 거북이다. 특별히 박식한 것은 아니지만 거북에
도 여러 종류가 있다. 민물에 사는 것과 바닷물에 사는 것은 자연히
형태가 다른 것 같다. 벤텐^{**}의 연못 등에서 축 늘어져 등딱지를 말리
고 있는 것은 남생이겠지? 그림책에는 가끔씩 우라시마가 그 남생이
등에 올라 손을 이마에 대고 저 멀리 용궁을 바라보는 그림이 있었지
만, 이 거북은 바다에 들어가는 순간, 염수에 숨이 막혀 죽을 것이다.

---

* 『만요슈』 3권, 「잡가」 "게이(飼飯) 바다는 좋은 어장 같구나 수확한 해초 넘쳐나 보이
는구나 해녀들의 조각배"에서 나온 노래.

** 변재천. 변천. 말재주, 음악, 재복(財福), 지혜를 주관하는 인도의 여신. 비파를 타는
아름다운 천녀의 모습으로 표현된다. 일본에서는 일곱 복신(福神) 중 하나로 재복의 신.

그러나 잔치 등의 장식물에는 봉래산, 할아버지와 할머니*의 근처에 학과 함께 모시는데, 학은 천년, 거북은 만년이라며 경사스러워하는 것은 아무래도 남생이 같고, 자라나 대모거북 등이 있는 장식물은 그다지 본 적이 없다. 그 때문에 그림책을 그리는 화가가(봉래산도, 용궁도 같은 장소이므로) 우라시마의 안내역이 남생이임에 틀림없다고 생각하는 것도 무리는 아니다. 그러나 아무래도 물갈퀴가 있는 못생긴 발로 물을 저어 바닷속 깊숙이 잠수하는 것은 부자연스럽다고 생각된다. 이것은 아무래도 대모거북처럼 지느러미 모양의 발로 유유히 물을 저어야 할 것이다. 그러나 결코 박식함을 자랑하는 것은 아니지만 또 하나 곤란한 문제가 있다. 대모거북의 산지는 우리나라에서는 오가사와라, 류큐, 타이완 등의 남쪽 지방이라는 이야기를 들었다. 단고 북쪽 해안, 다시 말하면 일본해에는 대모거북은 유감스럽게도 출몰하지 않는다. 그렇다면 차라리 우라시마를 오가사와라나 류큐 사람으로 할까도 생각했지만 우라시마는 옛날부터 단고 미즈노에 사람으로 정해져 있는 것 같다. 게다가 단고 북쪽 해안에는 우라시마 신사가 현존해 있는 것 같으니, 아무리 옛날이야기가 사실이 아니라고 해도 일본의 역사를 존중한다는 이유에서도 그렇게까지 경솔한 거짓말은 할 수 없다. 따라서 오가사와라나 류큐의 대모거북을 일본해까지 오게 해야 한다. 그러나 또 '그것은 곤란하다'고 생물학자 쪽에서 항의를 하면서 '문학가라는 자는 과학 정신이 결여되어 있다'며 경멸당하는 것도 원하는 바가 아니다. 그래서 나는 생각했다. 대모거북 외에 발이

---

* 노(能) 복장을 한 노부부가 갈퀴와 빗자루로 솔잎을 모으고 있는 모습. 인형, 그림, 조각 등으로 만들어져 결혼식 등의 축하 장식으로 사용된다.

지느러미 형태를 한 것은 없는지? 붉은바다거북이라는 것이 있지 않은지? 10년 정도 전에 (나도 이제 나이를 먹었구나) 누마즈 해안가 여관에서 여름 한철을 보낸 적이 있는데, 그때 그 해안에 등딱지 지름이 5척이나 되는 바다거북이 해안으로 올라왔다고 어부들이 소란을 피워서, 나도 분명히 이 눈으로 보았다. 붉은바다거북이라는 이름이었다고 기억한다. 이것이다. 이것으로 하자. 누마즈 해안으로 올라왔다면, 어떻게든 일본해 쪽으로 빙 돌아서 단고 해안에 나타났다고 해도 생물학계에 큰 소동이 일어나지는 않을 것이다. 그래도 조류가 이렇고 저렇고 하며 떠든다면 더 이상 모르겠다. 그 나타날 수 없는 곳에 나타난 것이 신기하며 단순한 바다거북이 아닐 것이다, 라는 식으로 마무리 짓자. 과학 정신이라는 것도 그다지 믿을 수 없는 것이다. 정리(定理), 공리(公理)도 가설이 아닌가? 으스대면 안 된다. 그런데 그 붉은바다거북은 (붉은바다거북이라는 이름은 길고 혀도 꼬이니 앞으로는 단순하게 거북이라고 부르자) 목을 늘여서 우라시마를 쳐다보고는,

"여보세요" 하고 부르고는 "무리도 아니지. 이해할 수 있어" 하고 말했다. 우라시마는 깜짝 놀라서,

"아니! 너는 요전에 살려준 거북이 아니냐? 아직 이 근처에서 어슬렁대고 있었어?"

이것이 요전에 어린이들이 못살게 구는 것을 보고 우라시마가 "불쌍하게도!" 하며 사서 바다에 놓아주었다는 그 거북이다.

"어슬렁대고 있었어?라는 것은 몰인정하네요. 앙심을 품을 거야, 나리! 나는 이래 봬도 당신에게 은혜를 갚고 싶어서, 그때부터 매일

밤, 이 해안에 와서 나리가 오시기만을 기다리고 있었어요."

"그것을 얕은 생각이라고 하는 거야. 또는 무모하다고 할 수 있을지도 모르겠군. 또 어린아이들에게 들키면 어떻게 할래? 이번에는 살아서 돌아갈 수 없을걸!"

"거드름 피우시네. 또 잡히면 나리께서 또 사서 구해줘야죠! 생각이 얕아서 미안합니다. 나는 어떻게 해서라도 나리를 한번 만나고 싶어서 참을 수가 없었어요. 참을 수가 없다는 것은 홀렸기 때문이겠죠. 기개를 가상히 여겨주세요."

우라시마는 쓴웃음을 짓고,

"제멋대로구나" 하고 중얼거린다. 거북은 귀에 거슬려서,

"뭐라고요, 나리! 자가당착에 빠졌네요. 조금 전까지 스스로 비판은 싫다고 말씀하셔놓고는, 나에 대해서는 생각이 얕다, 무모하다, 이번에는 염치없다며 맹렬히 비판하고 있지 않습니까? 나리야말로 제멋대로예요. 나에게는 내 나름의 살아가는 방식이 있으니까요. 조금은 인정해주세요" 하고 멋지게 역습했다.

우라시마는 부끄러워서 얼굴을 붉히고,

"내가 한 말은 비판이 아니라 훈계라는 것이다. 빗대어 말하기라고도 할 수 있을 것이다. 빗대어 말하기는 귀에는 거슬리지만 행동에는 도움이 된다는 것이지"라며 그럴싸하게 얼버무렸다.

"거드름 피우지 않으면 좋은 사람인데." 거북은 조그만 목소리로 말하고 "아니, 이제 아무 말도 하지 않겠어요. 내 등딱지에 올라타세요."

우라시마는 어이가 없어,

"정말로 무슨 말을 하는 거야? 그런 야만스러운 짓은 싫어한다. 거

북의 등딱지에 앉는다니, 미친 짓이 아니냐? 결코 풍아스러운 행동이
못 된다."

"어찌 됐든 상관없지 않나요, 그런 것은. 나는 지난번 일에 대한 답
례로 이제부터 용궁으로 안내하려고 할 뿐이에요. 자, 빨리 내 등에
올라타세요."

"뭐라고! 용궁?" 하고는 웃음을 터뜨리고는, "장난치지 마. 술 마셔
서 취한 것 아니니? 있을 수 없는 이야기를 하네. 용궁이라는 것은 옛
날부터 시가에서 읊거나 신선 이야기로 전하고 있지만, 그것은 이 세
상에는 없는 것, 알겠어? 그것은 옛날부터 우리 풍류인들의 아름다운
꿈, 동경이라 할 수 있지!" 너무 품위를 내세운 나머지 약간 아니꼬운
말투로 바뀌었다.

이번에는 거북이 웃음을 터뜨리며,

"참을 수가 없네. 풍류에 대한 강의는 나중에 천천히 듣기로 하고,
우선 내 말을 믿고 등에 올라타세요. 당신은 아무래도 모험의 묘미를
모르니까 안 되는 거예요."

"아니! 너도 내 여동생처럼 실례되는 말을 하는구나. 정말이지 나
는 모험이라는 것을 좋아하지 않아. 예를 들면 모험은 곡예와 같은 거
야. 화려한 것 같지만 역시 천박하다. 사도(邪道)라고 해도 좋을지 모
르겠군. 숙명에 대한 체관(諦觀)이 없어. 전통에 대한 교양이 없어.
'장님, 뱀을 무서워하지 않는다'는 것과 마찬가지야. 정통 풍류인들한
테는 크게 빈축을 사는 것이야. 경멸한다고 해도 좋을지 모르겠군. 나
는 선인들의 평온한 길을 똑바로 걸어가고 싶다."

"하하하!" 거북은 또 웃음을 터뜨리고, "그 선인들의 길이야말로

모험의 길 아닙니까? 아니, 모험이라는 어설픈 말을 사용하니까, 뭔가 피비린내 나고 더럽고 무뢰한 같은 느낌이 들지만, 믿는 힘이라고 말을 바꾸면 어떨까요? 계곡 저 건너편에 아름다운 꽃이 분명히 피어 있다고 믿을 수 있는 사람만이 아무런 주저 없이 등나무 줄기에 매달려 건너편으로 건너갑니다. 그것을 사람들은 곡예라고 생각하고, 일부는 박수를 보내고 일부는 주목받으려는 짓이라며 빈정대기도 합니다. 그러나 그것은 절대로 곡예사의 줄타기와는 다른 것입니다. 등나무 줄기에 매달려 계곡을 건너는 사람은 단지 건너편의 꽃을 보고 싶을 뿐입니다. 자신이 지금 모험을 하고 있다는 것과 같은 허식 따위는 갖고 있지 않습니다. 왜 모험이 자랑거리가 되나요? 바보스러워라. 믿는 것입니다. 꽃이 있다는 사실을 확고하게 믿는 것입니다. 그런 모습을, 이를테면 임시로 모험이라고 부르고 있을 뿐입니다. 당신에게 모험심이 없다는 것은 당신에게 믿는 능력이 없다는 것입니다. 믿는 것은 천박한 것입니까? 믿는 것은 사도입니까? 아무래도 당신들 신사는 믿지 않는 것을 자랑으로 여기고 살아가고 있으므로 다루기가 어려워요. 그것은 머리가 좋다는 것이 아닙니다. 더욱 저속한 것입니다. 인색하다는 것입니다. 손해보고 싶지 않다는 것만 생각하는 증거입니다. 안심하십시오. 아무도 당신에게 물건을 구걸하지 않습니다. 사람의 친절조차 당신들은 순수하게 받아들이지 못하니까요. 나중에 갚는 것이 큰일이라고 하면서. 아니, 아무래도 풍류인은 인색해요."

"너무 심한 말을 하는구나. 여동생과 남동생에게 심한 말을 듣고 해변으로 나오니, 이번에는 목숨을 구해준 거북에게까지 같은 비난을 당하다니. 아무래도 자신과 자신의 몸에 대해 전통적인 긍지를 자각하고 있지 않은 놈은 제멋대로 말하는군. 일종의 자포자기라 할 수 있을 테지. 나는 모든 것을 알고 있다. 내 입으로 말할 것은 아니지만 너희의 숙명과 나의 숙명에는 커다란 계급 차가 있다. 태어났을 때부터 벌써 다른 것이다. 내 탓은 아니야. 그것은 하늘에서 부여한 것이다. 그러나 너희는 그것이 여간 억울하지 않은 것 같아. 이러쿵저러쿵하면서 나의 숙명을 너희의 숙명으로까지 끌어내리려고 하지만, 하늘의 이치는 인간의 힘으로는 어떻게 할 수가 없어. 너는 나를 용궁으로 데려가겠다는 거짓말로 나와 대등한 교류를 하려고 생각하는 것 같지만 아무래도 좋아. 나는 모든 것을 잘 알고 있으니까! 너무 심한 장난을 치지 말고 즉시 바닷속 네 집으로 돌아가라. 원 참, 애써 목숨을 구해주었는데, 또 어린이들에게 붙잡히면 아무것도 안 된다. 너야말로 남의 친절을 순수하게 받아들이는 방법을 몰라."

"헤에!" 거북은 대담하게 웃고는, "애써 목숨을 구해준 것은 황송합니다. 신사는 이래서 싫다니까. 자신이 남에게 베푼 친절은 대단한 미덕이기에 마음속으로는 은근슬쩍 보은 등을 기대하면서도, 남의 친절에 대해서는 아주 심하게 경계하며 '저 녀석과 대등하게 교류하게 되는 것은 참을 수 없다'고 생각하니까 맥이 빠져요. 그렇다면 나도 한마디 하겠는데, 당신이 나를 구해준 것은 내가 거북이고 또 괴롭히는 상대가 아이들이었기 때문이겠죠. 거북과 아이들이라면 그 중간에 들어가서 중재를 해도 뒤탈이 없기 때문이죠. 게다가 아이들에게는 5푼이라도 대단히 큰돈이니까요. 그래서 5푼으로 깎았죠. 나는 조금 더 줄 것으로 생각했다고요. 당신의 인색함에는 질렸어요. 내 몸값이 겨우 5푼인가 하고 생각하니 한심했어요. 그래도 그때는 상대가 거북과 아이였기 때문에 당신은 5푼이라도 내어서 중재를 했죠. 아마도 변덕 때문이었겠죠. 그러나 그때의 상대가 거북과 어린이가 아니고, 예를 들어 난폭한 어부가 병든 거지를 괴롭히고 있었다면 당신은 5푼은커녕, 한 푼도 내지 않고, 아니 단지 얼굴을 찡그리고 틀림없이 서둘러 지나쳤을 거예요. 당신들은 인생의 절실한 모습을 보는 것을 아주 싫어하니까. 그것이야말로 자신의 고급 숙명에 분노를 뒤집어쓰는 것으로 느끼는 것 같아. 당신들의 친절은 장난이에요. 향락이에요. 거북이니까 도와준 거죠. 아이들이니까 돈을 준 거죠. 우락부락한 어부와 병든 거지의 경우는 딱 질색일 테죠. 실생활의 비릿한 바람을 맞는 것을 아주, 아주 싫어하죠. 손을 더럽히는 것을 싫어하죠. 이런 것을 잘난 체한다고 하죠, 우라시마 씨. 당신은 화내지 않겠죠! 왜냐하면 나는 당신을 좋아하니까요. 아니, 화를 낼까? 당신처럼 상류층의 숙명을 가진 분들은 우리 비천한 것들에게 사랑받는 것조차 불명예스럽게 생각하니까 다루기가 어려워요. 특히 나는 거북이니까. 거북이 자신을 좋아한다는 것은 기분이 나쁘겠지만 참아주세요. 좋아하고 싫어하는 것은 논리가 아니니까요. 당신에게 구제받았기에 좋아하는 것도 아니에요. 당신이 풍류가라서 좋아하는 것도 아니에요. 단지 갑자기 좋아진 거예요. 좋아하니까 당신의 험담을 하며 당신을 놀리고 싶어진 거라고요. 이것이 우리 파충류의 애정 표현법이에요. 파충류는 뱀과는 친척이니까 신뢰받지 못하는 것은 어쩔 수 없어요. 그러나 나는 에덴동산의 뱀이 아니라 외람되지만 일본의 거북이에요. 당신에게 용궁행을 부추겨서 타락시키려고 일을 꾸미는 것은 아니에요. 내 마음을 받아줘요. 나는 단지 당신과 함께 놀고 싶어요. 용궁에 가서 놀고 싶은 거예요. 그 나라에는 귀찮은 비판 따위는 없어요. 모두 느긋하게 지내고 있죠. 그러니 놀기에는 아주 좋은 곳이에요. 나는 이렇게 육지에도 오를 수 있고 또 바다 깊숙이로도 잠수할 수 있으니까 양쪽의 생활을 비교할 수 있는데, 아무래도 육상 생활이 소란스러워요. 상호간의 비판이 너무 많아요. 육상 생활의 대화는 전부가 남에 대한 험담이거나 아니면 자신을 선전하는 것뿐이에요. 진절머리가 나요. 나도 가끔씩 이렇게 육상으로 나온 덕분에 육상 생활에 조금은 익숙해져, 그야말로 잘난 체하는 비판 따위를 하게 되었죠. 그렇지만 당치도 않은 나쁜 영향을 받았다고 생각하면서도, 비판하는 버릇을 끊을 수 없어서 비판이 없는 용궁 생활에 약간 무료함을 느끼게 돼버리고 말았어요. 아무래도 나쁜 버릇이 생긴 것 같아요. 문명병의 일종일까요? 이제는 나 자신이 바다의 물고기인지 육지의 곤충인지 알 수 없게 되었어요. 예를 들면 저 새인지 짐승인지 알 수 없는 박쥐와 같은 존재입니다. 슬픈 천성입니다. 이를테면 바닷속의 이단자라고 할까요. 점점 고향인 용궁에도 있기가 힘들어졌어요. 그러나 그곳은 놀기에는 좋은 곳이라는 점만은 보증합니다. 믿어주세요. 춤과 노래와 진미와 술의 나라예요. 당신들 풍류인들에게는 더할 나위 없는 곳입니다. 당신은 조금 전에 비판은 싫다며 정말로 개탄하고 있지 않았습니까? 용궁에는 비판은 없어요!"

우라시마는 거북의 놀랄 정도의 수다에 질렸지만 마지막 한마디에 갑자기 마음이 끌렸다.

"정말로 그런 나라가 있다면!"

"아니, 아직 의심하고 있네! 거짓말하는 게 아니에요. 왜 나를 믿지

362

않는 거죠? 화내겠어요. 실행은 하지 않고 단지 동경만 하면서 한숨만 내쉬는 것이 풍류가입니까? 불쾌합니다!"

성품이 온화한 우라시마도 이 정도로 매도당하고는 그대로 물러설 수 없게 되었다.

"그렇다면 어쩔 수 없네!" 하고 쓴웃음을 지으면서 "분부대로 네 등에 올라타볼까?"

"말하는 게 전부 다 마음에 들지 않아." 거북은 정말로 뾰로통해져서, "올라타볼까, 라는 것은 무슨 말입니까? 올라타는 것도, 올라타보는 것도 결과적으로는 같은 것이 아닙니까? 의심하면서 시험 삼아 오른쪽으로 도는 것이나, 믿고 단호하게 오른쪽으로 도는 것이나 그 운명은 같은 것입니다. 어느 쪽이든 돌이킬 수 없어요. 시험하는 순간, 당신의 운명은 분명하게 결정되는 것입니다. 인생에 시험 따위는 존재하지 않아요! 해보는 것도 한 것과 같아요. 실제로 당신들은 깨끗이 체념하지를 못해요. 돌이킬 수 있다고 생각한다고요."

"알았다, 알았어. 그러면 믿고 올라탄다!"

"좋아, 잘했어."

거북의 등딱지에 우라시마가 앉자마자 순식간에 거북의 등은 넓어져서 다다미 두 장 정도 크기가 되고 흔들 하고 움직이더니 바다에 들어간다. 물가에서 백 미터 정도 헤엄을 치고는 거북은,

"잠시 눈을 감아라" 하고 근엄한 말투로 명령을 하기에 우라시마가 순순히 눈을 감으니 소나기 소리 같은 것이 들리며 몸 주위가 약간 따뜻해지고 봄바람과 비슷하면서도 봄바람보다 조금 무거운 바람이 귓가를 스친다.

"수심 천 길*" 하고 거북이 말한다.

우라시마는 뱃멀미와 비슷한 가슴 답답함을 느꼈다.

"토해도 되나?" 눈을 감은 채 거북에게 물었다.

"뭐라고요, 토악질하고 싶다고요?" 거북은 이전의 우스꽝스러운 말투로 돌아가서, "지저분한 승객이네. 아니! 너무 고지식하게 아직도 눈을 감고 있네. 이러니까 다로 씨가 좋아. 이제 눈을 떠도 괜찮아요. 눈을 뜨고 주위 경치를 구경하면 울렁거림 따위는 금방 사라져요."

눈을 뜨니 드넓고 애매하고 연한 녹색으로 기묘하게 밝지만 아무데도 그늘이 없고 그저 드넓기만 하다.

"용궁이야?" 우라시마는 잠에서 덜 깬 듯이 흐리멍덩한 말투로 물었다.

"무슨 소리! 아직 겨우 수심 천 길이라고요. 용궁은 해저 만 길 아래 있다고요."

"헤에!" 우라시마는 이상한 소리를 냈다. "바다라는 것은 넓은 곳이구나!"

"바닷가에서 자란 주제에 산골 원숭이 같은 이야기하지 마요. 당신 집 연못보다 조금 넓다고요."

전후좌우를 보아도 단지 더없이 넓고 발밑을 내려다보아도 역시 끝없이 연한 녹색의 밝기가 계속될 뿐이고, 위를 올려다보아도 이것 또한 창공이 아닌 드넓은 동굴, 두 사람의 이야기 소리 이외에는 아무 소리도 없고 봄바람을 닮았지만 약간 끈적한 바람이 우라시마의 귓가

---

* 1길은 약 2.4∼3미터.

를 스칠 뿐이었다.

우라시마는 이윽고 저 멀리 오른쪽에 희미한 재를 한 줌 뿌린 것 같은 점을 발견하고,

"저것은 무엇이야? 구름인가?" 하고 거북에게 물었다.

"농담하지 마요! 바닷속에 구름 따위가 떠다니진 않아요."

"그러면 뭐야? 먹물을 한 방울 떨어뜨린 것 같은 느낌이네. 단순한 먼지나 쓰레기인가?"

"멍청해, 당신은. 보면 알 수 있는 것을. 저것은 커다란 도미 무리 잖아요?"

"뭐라고? 작은 무리인데. 한 2,3백 마리 정도일까?"

"바보!" 거북은 코웃음 치며 "제정신으로 말하는 거예요?"

"그러면 2,3천 마리?"

"정신 차려요. 대충 5,6백만."

"5,6백만? 놀리면 안 돼."

거북은 싱글벙글 웃으며,

"저것은 도미가 아니에요. 바닷속의 화재라고요. 심한 연기네. 저 정도 연기라면 일본의 스무 배 정도가 되는 장소가 불타는 거예요."

"거짓말하지 마. 바닷속에서 불이 번질 수 있니?"

"얕은 생각, 얕은 생각. 물속에도 산소가 있잖아요. 불이 붙지 않을 리가 없죠."

"속이지 마. 그것은 무지한 궤변이다. 농담은 그만두고 도대체 저 쓰레기 같은 것은 뭐야? 역시 도미니? 설마 화재는 아니겠지?"

"아니, 화재예요. 도대체 당신은 육지 세계의 무수한 하천이 밤낮

구분 없이 바다로 흘러드는데도 바닷물이 늘지도 줄지도 않고 늘 같은 양을 유지할 수 있는 것은 어째서인지 생각해본 적이 없어요? 바다로서도 곤란하다고요! 저렇게 쉴 새 없이 물이 흘러들면 처치 곤란이라고요. 그래서 때때로 이런 식으로 불필요한 물을 태워버리는 거예요. 와아, 탄다, 타, 큰 화재다!"

"아니야, 연기가 전혀 퍼지지 않아. 도대체 저것은 뭐야? 조금 전부터 전혀 움직이지 않는 것을 보면 커다란 물고기 무리도 아닌 것 같아. 심술궂은 농담은 그만두고 가르쳐줘."

"그렇다면 알려줄게요. 저것은 달그림자예요."

"또 속이는 거지?"

"아니요. 바다 밑바닥에는 육지의 그림자는 아무것도 비치지 않지만, 천체의 그림자는 역시 바로 위에서 내려오니까 비치는 것입니다. 달그림자뿐 아니라 별 그림자도 모두 비칩니다. 따라서 용궁에서는 그 그림자에 근거하여 달력을 만들고 계절을 정합니다. 저 달그림자는 보름달보다 조금 덜 찼으니까, 오늘은 13일인가?"

진지한 말투로 그렇게 말하므로 우라시마도 어쩌면 그럴지도 모르겠지만 어딘지 이상하다고 생각했다. 그렇지만 저 멀리까지 단지 연한 녹색의 더 넓은 커다란 동굴 한쪽 구석에 희미한 검은 점 하나가 남아 있는 것이, 설령 그것이 거짓말이라고 해도 달그림자라는 말을 들으니 커다란 도미 무리나 화재라고 생각하며 바라보는 것보다는 풍류가인 우라시마로서는 훨씬 운치가 있고 향수를 자아내기에 충분했다.

그러는 가운데 주위는 이상하게 어두워지고 "웅" 하는 굉음과 함께 돌풍 같은 것이 밀려와서 우라시마는 자칫 거북의 등에서 떨어질 뻔했다.

"잠깐 다시 눈을 감아" 하고 거북이 근엄한 말투로 말하고, "이곳은 바로 용궁의 입구예요. 인간이 바다 밑을 탐색해도 대개는 여기가 해저 가장 밑바닥이라고 생각하고 돌아갑니다. 이곳을 넘어가는 것은 인간으로서는 당신이 최초이자 최후일지도 몰라요."

빙그르르 하고 거북이 몸을 뒤집는 것이라고 우라시마는 느꼈다. 다시 말해 배를 위로 한 채 헤엄치고 있다. 따라서 우라시마는 거북의 등에 붙어 공중제비를 반만 돈 상태로, 그런데도 떨어지지 않고 거꾸로 매달려 거북과 함께 쓱 하고 위쪽으로 나아가는 것 같은, 정말로 묘한 착각에 빠졌다.

"눈을 떠보세요" 하고 거북이 말했을 때는, 그런 거꾸로라는 느낌은 사라지고 당연히 거북의 등 위에 앉아 있었고 거북은 밑으로 밑으로 헤엄치고 있었다.

주위는 새벽처럼 어스름했고 발아래로 희미하고 흰 것이 보였다. 아무래도 무슨 산 같았다. 탑이 줄지어 서 있는 것처럼 보였지만 탑치고는 너무 크다.

"저것은 무어야? 산인가?"

"그렇습니다."

"용궁의 산인가!" 흥분 때문에 목이 잠겼다.

"그렇습니다." 거북은 부지런히 헤엄쳤다.

"새하얗지 않니! 눈이라도 내렸을까?"

"역시 고급스러운 숙명을 지닌 사람은 생각하는 것도 다르네요. 훌룡해요! 바다 밑에도 눈이 내린다고 생각하니까."

"그러나 바다 밑에도 화재가 일어난다고 하니까" 하고 우라시마는 조금 전의 복수를 할 요량으로 "눈도 내리겠지. 어차피 산소가 있으니까!"

"눈과 산소는 관련이 없어요. 관련이 있어도 아마 바람과 바가지 장수 정도의 관계겠죠. 어처구니가 없네. 그런 것으로 나를 누르려고 해도 헛수고예요. 아무래도 품위 있는 분들은 농담이 서투르다니까. 눈은 좋아하지만 귓갓길은 두렵다, 는 어때요? 그다지 재미없네. 그래도 산소보다는 괜찮죠? 산소열(熱)이라 할까. 치석 같아. 산소는 아무래도 어울리지 않네." 역시 말로는 거북을 당해낼 수 없다.

우라시마는 쓴웃음을 지으면서,

"그런데 저 산은" 하고 말하기 시작하자, 거북은 또 비웃으면서,

"그런데, 라니 대담하게 나오네. 그런데 저 산은 눈이 내린 것이 아닙니다. 저것은 진주의 산입니다."

"진주?" 하며 우라시마는 놀라서, "아니, 거짓말이겠지. 설령 진주를 10만 개, 20만 개 쌓아올려도 저 정도 높은 산은 되지 않아."

"10만, 20만이라는 것은 쩨쩨한 계산법이에요. 용궁에서는 진주 한 알, 두 알과 같은 좀스러운 계산법은 쓰지 않아요. 산 한 개, 두 개로 하지요. 산 하나가 약 300억 개라고 하는데 아무도 그것을 일일이 세어본 적이 없어요. 그리고 약 산 백만 개를 쌓아올리면 우선 대충 저 정도 봉우리가 돼요. 진주를 버릴 곳이 없어 어려움을 겪고 있지요. 원래 물고기 똥이니까."

이렇게 해서 용궁 정문에 도착했다. 의외로 작다. 진주산 기슭에 영

롱한 빛을 발하며 오도카니 서 있다. 우라시마는 거북의 등에서 내려 거북의 안내를 받아 허리를 굽혀서 그 문을 통과한다. 부근은 어스름하다. 그리고 한산하다.

"조용하네. 무서울 정도야. 지옥은 아니겠지?"

"정신 차리세요, 나리!" 거북은 지느러미로 우라시마의 등을 두드리며, "용궁이라는 것은 이처럼 조용한 곳이에요. 단고 해안의 풍어축제와 같이 일 년 내내 야단법석을 떠는 곳이 용궁이라는 고리타분한 공상을 한 게 아니에요? 딱하군요. 간소하고 고요한 것이 당신들 풍류의 극치가 아닌가요? 지옥이라니 한심스럽네요. 익숙해지면 이 어둑한 것이 무어라 말할 수 없이 부드럽게 마음을 편안히 해줍니다. 발아래를 조심해요. 미끄러져 넘어지면 꼴불견이니까. 아니, 아직도 짚신을 신고 있네요. 벗으세요, 실례니까."

우라시마는 얼굴을 붉히며 짚신을 벗었다. 맨발로 걸으니 발바닥이 묘하게 미끈거린다.

"무어지, 이 길은? 기분이 나빠."

"길이 아니라 이곳은 회랑입니다. 당신은 이미 용궁으로 들어왔습니다."

"그래!" 놀라서 주위를 둘러보았지만 벽도 기둥도 아무것도 없다. 옅은 어둠만이 단지 일렁이면서 몸 주위에서 움직이고 있다.

"용궁에는 비도 내리지 않을뿐더러 눈도 내리지 않습니다." 거북은 이상하게 자비로운 말투로 가르쳐준다. "따라서 물 위의 집처럼 그런 답답한 지붕이랑 벽을 만들 필요가 없는 것입니다."

"그렇지만 정문에는 지붕이 있지 않았니?"

"그것은 표시입니다. 정문뿐만 아니고 용녀(龍女)님의 방에도 지붕과 벽은 있습니다. 그러나 그것도 용녀님의 존엄을 유지하기 위해 만든 것으로 비와 이슬을 막기 위한 것은 아닙니다."

"그래?" 우라시마는 아직도 의아한 표정으로, "그 용녀님의 방이라는 것은 어디에 있어? 눈에 보이는 거라고는, 황천도 이렇지는 않겠지, 쓸쓸하고 조용한 풍경. 나무 한 그루, 풀 한 포기 없지 않나?"

"아무래도 시골내기는 어쩔 수 없다니까! 커다란 건물이랑 수많은 장식에는 입을 다물지 못하고 혼비백산하지만 이런 유현(幽玄)한 미에는 전혀 감동하지 않는다니까. 우라시마 씨, 당신의 품위도 믿을 수가 없어요. 하긴 단고의 거친 바닷가 풍류가한테는 무리겠지. 전통적인 교양이니 뭐니 하는 것을 들으면 식은땀이 나요. 정통적인 풍류가라고 잘도 떠들었군요. 이렇게 실제로 접해보면 시골내기는 당장 본색이 드러나니 어처구니가 없다니까. 남을 따라하는 풍류 흉내는 이제부터는 그만두세요."

거북의 독설은 용궁에 도착하고 나서는 어쩐지 한층 더 심해졌다.

우라시마는 한없이 불안해져서,

"그런데 아무것도 보이지 않지 않니?" 하고 거의 우는 소리로 물었다.

"그러니까 발밑을 조심하라고 했잖아요. 이 회랑은 단순한 회랑이 아니에요. 물고기로 된 다리입니다. 잘 보세요. 몇억 마리의 물고기가 빈틈없이 모여서 회랑의 바닥을 이루고 있어요."

우라시마는 섬뜩해서 발뒤꿈치를 들었다. 그래서 조금 전부터 발바닥이 미끈미끈했구나 생각했다. 내려다보니 정말로 무수한 크고 작은 물고기가 빈틈없이 늘어서서 꼼짝도 않고 가만히 있었다.

"이것은 심하군!" 우라시마는 갑자기 흠칫흠칫하는 걸음걸이로, "나쁜 취미네. 이것이 유현한 미인가. 물고기 등을 밟고 걷는 것은 야만의 극치가 아닌가? 먼저 이 물고기들이 불쌍하군. 이런 기묘한 풍류는 나 같은 시골내기는 이해할 수가 없어" 하고 방금 시골내기라고 한 것에 대한 울분을 풀고 나니 속이 약간 후련했다.

"아니에요" 하고 그때, 발밑에서 작은 소리가 나고, "우리는 이곳에 매일같이 모여 용녀님의 거문고 연주를 넋을 잃고 듣고 있어요. 물고기로 된 다리는 풍류 때문에 만든 것이 아니에요. 신경 쓰지 말고 지나가세요."

"그래요?" 우라시마는 조용히 쓴웃음을 지으며 "나는 또 이것도 용궁의 장식 중 하나인가 하고 생각해서."

"그뿐만이 아닐 테죠." 거북은 즉시 끼어들며 "어쩌면 이 다리도 우라시마 나리를 환영하기 위해 용녀님이 특별히 물고기들에게 명하여."

"아! 그것은," 우라시마는 당황해서 얼굴을 붉히며, "설마, 그 정도로 나는 잘난 체하지는 않아. 그렇지만 네가 이것을 회랑의 바닥 대신이라는 식으로 엉터리로 말하니까, 나도 무심코 물고기들이 밟혀 아프지 않을까 싶어서."

"물고기 세계에서는 바다 따위는 필요 없어요. 음, 그것이 육지의 집에 비유하면 회랑의 바닥에 해당하는 게 아닌가 해서 그렇게 설명해주었을 뿐이고 절대로 엉터리는 아니에요. 왜 물고기들이 아프다고 생각합니까? 바다 밑에서 당신의 몸은 종이 한 장 정도의 무게에 지나지 않아요. 어쩐지 몸이 둥실둥실 떠 있는 느낌이 들죠?"

그 말을 들으니 둥실 떠 있는 느낌이 드는 것 같다. 우라시마는 거듭거듭 거북에게 필요 없는 조롱을 당하는 느낌이 들어 화가 나서 참을 수 없다.

"나는 이제 아무것도 믿을 수 없어. 이래서 나는 모험이라는 것을 싫어해. 속아도 그것을 간파할 방법이 없으니까. 이제는 단지 길 안내자가 말하는 대로 따를 수밖에 없다. 이것은 이런 것이다 하고 설명하면 그뿐이니까. 실제로 모험은 사람을 속인다. 거문고 소리 따위, 전혀 들리지 않지 않는가?" 마침내 닥치는 대로 화풀이하는 논법으로 바꾸었다.

거북은 침착하게,

"당신은 아무래도 육지의 평면에서만 생활하고 있어서, 목표가 동서남북의 어딘가에만 있다고 생각하네요. 그러나 바다에는 또 다른 두 개의 방향이 있어요. 즉 위아래입니다. 당신은 조금 전부터 용녀님의 처소를 앞쪽에서만 찾고 있어요. 여기에 당신이 범한 중대한 오류가 있어요. 왜 당신은 머리 위를 보지 않죠? 또 발밑을 보지 않죠? 바다 세계는 떠다니는 것입니다. 조금 전의 정문도 진주의 산도 모두 떠서 조금씩 움직이고 있어요. 당신 자신도 상하좌우로 흔들리고 있어서 다른 동물들이 움직이는 것을 알 수 없을 뿐이죠. 당신은 조금 전부터 상당히 앞으로 나아갔다고 생각하고 있을지 모르겠지만 같은 위치예요. 오히려 후퇴하고 있을지도 몰라요. 지금은 조류 때문에 거침없이 뒤로 떠내려가고 있어요. 그리고 조금 전과 비교하면 백 길 정도 모두 같이 위로 떠올랐습니다. 어쨌든 물고기 다리를 조금 더 건너가봅시다. 보세요, 물고기의 등이 점점 뜸해졌죠. 발을 헛디디지 않도록 조심하세요. 아니 헛디뎌도 쿵 하고 낙하할 위험은 없지만, 어차피 당신도 종이 한 장 정도 무게니까요. 다시 말하면 이 다리는 끊어진 다리입니다. 이 회랑을 건너도 앞에는 아무것도 없어요. 그러나 발밑을 보세요. '어이, 물고기들아, 조금 비켜라. 나리께서 용녀님을 만나러 간다.' 이 녀석들은 이렇게 용궁 본체의 천장을 형성하고 있어요. 해파리로 이루어진 떠다니는 천장이라고 하면 당신들 풍류인은 기뻐하나요?"

물고기들이 조용히 말없이 좌우로 흩어진다. 희미하게 거문고 소리가 발밑에서 들린다. 일본의 거문고 소리와 많이 비슷하지만 그다지 강하지 않고 좀 더 부드럽고 덧없고 이상하게 나긋나긋한 여운이 있다. 〈국화의 이슬〉 〈얇은 옷〉 〈저녁 하늘〉 〈다듬이〉 〈선잠〉 〈꿩〉 어느 것도 아니다. 풍류가인 우라시마조차 전혀 감을 잡을 수 없는 가련하고 불안한 소리다. 그렇지만 육지에서 들을 수 없는 고상한 쓸쓸함이 그 밑바닥에 흐르고 있다.

"신기한 곡이네. 곡명이 무엇이지?"

거북은 잠시 귀를 기울여 듣더니,

"성제(聖諦)"*라고 한마디로 답했다.

"성제?"

"신성의 성(聖)에, 포기할 제(諦)."

"아아, 그래, 성제!"라고 중얼거린 우라시마는 비로소 바다 밑 용궁 생활에서 자신의 취미와는 격이 다른 숭고한 것을 터득했다. 정말이

---

* 진실하고 헛되지 않으며 성스러운 진리. 또는 그런 가르침. 성체(聖諦)

지 자신의 고상함은 믿을 것이 못 된다. 전통적인 교양이라든가 정통적인 풍류라는 등, 자신이 말하는 것을 거북이 듣고 조마조마해하는 것도 무리는 아니다. 자신의 풍류는 남의 흉내이다. 시골 촌놈임에 틀림없다.

"이제부터 네가 말하는 것은 모두 믿겠다. 성제라. 과연!" 우라시마는 멍하니 선 채로 계속해서 그 신기한 〈성제〉라는 곡을 들었다.

"자, 여기에서 뛰어내립니다. 위험하지 않아요. 이렇게 양팔을 벌리고 한 발을 앞으로 내디디면 하늘하늘 기분 좋게 낙하합니다. 이 물고기 다리가 끝나는 곳에서 똑바로 뛰어내리면 정확히 용궁의 정전(正殿) 계단 앞에 이릅니다. 자, 왜 그리 멍하게 있어요? 뛰어내립니다, 준비됐나요?"

거북은 하늘하늘 가라앉는다. 우라시마도 마음을 가다듬고 양팔을 벌리고 물고기 다리 밖으로 한 걸음, 발을 내디디니 쑥 하고 밑으로 기분 좋게 빨려들며 볼에 미풍이 부는 것처럼 서늘하다. 이윽고 주위가 녹색의 나무 그늘 같은 색이 되고 거문고 소리도 점점 가깝게 들려온다고 생각하는 동안에, 어느새 거북과 함께 정전의 계단 앞에 서 있었다. 계단이라고 해도, 계단이 하나씩 분명하게 되어 있는 것이 아니라 회색의 희미한 작은 구슬을 깔아놓은 완만한 경사의 언덕과 같은 것이었다.

"이것도 진주니?" 우라시마는 작은 목소리로 물었다.

거북은 불쌍하다는 눈빛으로 우라시마의 얼굴을 보고,

"구슬을 보면 모두 진주라니, 진주는 버려져서 저렇게 높은 산처럼 쌓여 있지 않습니까? 자, 한번 그 구슬을 손으로 떠보세요."

우라시마는 시키는 대로 양손으로 구슬을 뜨려고 하자 매우 찼다.

"앗, 싸라기눈이다!"

"웃기지 마세요. 내친김에 그것을 입에 넣어보세요."

우라시마는 순순히 그 얼음같이 차가운 구슬 대여섯 개를 입에 넣었다.

"맛있다!"

"그렇죠? 이것은 바다의 앵두입니다. 이것을 먹으면 300년간 늙지 않습니다."

"그래! 몇 개를 먹어도 같니?" 풍류가 우라시마도 마침내 위신도 잊어버리고 더욱더 떠먹으려는 모습을 보였다. "나는 정말로 늙어 추해지는 것이 싫어. 죽는 것은 그렇게 무섭지 않지만 정말이지 늙어 추해지는 것은 내 취향과는 맞지 않아. 좀 더 먹어볼까!"

"웃고 있어요! 위를 보세요. 용녀님이 마중 나와 계십니다. 야아, 오늘은 한층 더 아름다우시네!"

앵두 언덕이 끝난 곳에 푸르고 얇은 천을 몸에 두른 자그마한 여성이 살짝 웃으면서 서 있다. 얇은 천 아래로 새하얀 피부가 비친다. 우라시마는 급히 시선을 돌리고,

"용녀님이니?" 하고 거북에게 속삭인다. 우라시마의 얼굴이 새빨갛다.

"당연하지 않습니까! 왜 그렇게 쩔쩔매고 있어요. 빨리 인사하세요."

우라시마는 더욱더 당황하여,

"그런데 무어라고 말하면 좋지? 나 같은 놈이 이름을 말씀드려도

별수 없을 것이고 애당초 우리의 방문은 당돌했어! 무의미해. 돌아가
자" 하고 상류 계급의 숙명을 타고난 우라시마도 용녀님 앞에서는 완
전히 비굴해져서 도망칠 준비를 시작했다.

"용녀님은 당신에 관해서 벌써 알고 계십니다. 임금이 백성의 사정
을 소상히 알고 있다고 하지 않습니까. 체념하시고 단지 정중하게 예
를 올리면 됩니다. 또 설령 용녀님이 당신에 관해서 전혀 모르신다고
해도, 용녀님은 경계와 같은 쩨쩨한 것은 전혀 모르는 분이시니까, 지
레짐작하지 마세요. '놀러 왔습니다'라고 하면 됩니다."

"설마! 그런 실례를. 아아! 웃고 계신다. 어쨌든 예를 올리자."

우라시마는 양손이 발에 닿을 정도로 정중하게 인사를 했다.

거북은 조마조마해하면서,

"지나치게 정중해요. 불쾌해요. 당신은 나의 은인이 아닙니까? 좀
더 위엄 있는 태도를 보여주세요. 맥없이 최고 예를 하다니, 위신이니
뭐니 하는 것은 눈곱만치도 없네요. 자, 용녀님이 부르시네요. 갑시다.
자, 단정하게 가슴을 펴고 나는 일본 제일의 멋진 남자이며 최고의 풍
류가다라는 식으로 으스대며 걷는 것입니다. 당신은 우리에 대해서는
아주 거만한 자세를 취하지만 여자에게는 전혀 패기가 없네요."

"아니, 고귀한 분에게는 그에 상응하는 예를 다해야" 하고 긴장한
나머지 목소리가 잠기고, 발이 꼬여 비틀거리며 갈지자로 계단을 올
라가서 바라보니 그곳은 아주 넓은 자리였다. 아니, 자리라기보다는
정원이라고 하는 편이 적절할지도 모르겠다. 어디에서 비치는지 나무
그늘 같은 녹색 빛을 받아 모호하고 흐릿하게 보이는 드넓은 광장에
는, 역시 싸라기눈과 같은 작은 구슬이 깔려 있고 군데군데 검은 바위

가 무질서하게 놓여 있을 뿐이다. 지붕은 물론, 기둥 하나 없고 눈에 보이는 것은 폐허라고 해도 좋을 정도로 황량한 대광장이다. 주의해서 보니, 그래도 작은 구슬 사이로 이따금 작은 보랏빛 꽃이 얼굴을 내민 것이 보였다. 그것이 또 오히려 쓸쓸함을 더해서 이것이 유현미의 극치일지도 모르겠지만, '정말로 이런 불안한 곳에서 잘도 생활하고 있네!'라는 감탄 섞인 한숨이 나와, 생각을 새롭게 하여 용녀의 얼굴을 몰래 쳐다봤다.

용녀는 말없이 빙그르르 뒤로 돌아서 천천히 걷기 시작했다. 그때 처음으로 깨달았지만, 용녀의 등에는 송사리보다 더욱 작은 금색 물고기가 무수히 모여서 팔랑팔랑 헤엄치며 용녀가 걸으면 따라서 이동하는데, 그 모습은 금색의 비가 늘 용녀 주위로 내리는 것처럼 보여 역시 이 세상의 것이 아닌 고귀한 기품이 느껴졌다.

용녀는 몸에 감고 있는 얇은 천을 나부끼며 맨발로 걷고 있지만, 자세히 보면, 그 새파란 작은 발은 밑에 있는 작은 구슬을 밟고 있지 않다. 발바닥과 구슬 사이에는 아주 작은 틈새가 있다. 그 발바닥은 지금까지 한 번도 사물을 밟아본 적이 없을지도 모르겠다. 방금 태어난 아기의 발바닥처럼 부드럽고 아름다울 것이라고 생각하니, 이렇다 할 눈에 띄는 장식 하나 없는 용녀의 몸이 더욱더 진정한 기품을 지닌 것처럼 그윽하고 고상하게 느껴졌다. 용궁에 잘 왔다며 점차로 이번 모험에 감사하고 싶은 기분이 들어 멍하니 용녀의 뒤를 따라 걷노라니,

"어때요, 나쁘지 않죠?" 하고 거북은 낮은 목소리로 우라시마의 귓전에 속삭이며 지느러미로 우라시마의 옆구리를 살짝살짝 간질였다.

"아아, 뭐라고?" 우라시마는 당황하여 "이 꽃은, 이 보랏빛 꽃은 아

름답네!" 하고 엉뚱한 말을 했다.

"이것 말입니까?" 거북은 시시하다는 듯이, "이것은 바다의 앵두꽃입니다. 제비꽃과 약간 닮았어요. 이 꽃잎을 먹으면 기분 좋게 취합니다. 용궁의 술입니다. 그리고 저 바위 같은 것, 저것은 해초입니다. 몇만 년이나 되어서 바위처럼 굳어 있지만 양갱보다 부드럽습니다. 저것은 육지의 어떤 진수성찬보다 맛있어요. 바위에 따라서 각각 맛이 다릅니다. 용궁에서는 이 해초를 먹고 꽃잎으로 취하고 목이 마르면 앵두를 먹고 용녀님의 거문고 연주에 취해 살아 움직이는 꽃비와 같은 작은 물고기들의 춤을 감상하면서 지내고 있어요. 어떻습니까? 용궁은 노래와 춤, 미식(美食)과 술의 나라라고 용궁행을 권했을 때, 당신에게 말씀드렸는데 어떻습니까? 상상했던 것과는 다릅니까?"

우라시마는 대답하지 않고 심각하게 쓴웃음을 지었다.

"다 알아요. 당신의 상상이라고 해봤자 술 마시고 노래하며 야단법석을 떨고, 커다란 접시에 도미랑 참치 회가 놓여 있고 빨간 옷을 입은 소녀들이 손춤*을 추고, 엄청나게 많은 금은, 산호초, 비단 따위가……"

"설마!" 우라시마도 약간 불쾌한 듯한 표정을 짓고, "나는 그 정도로 저속한 남자는 아니야. 그러나 나 자신을 고독한 남자라고 생각한 적은 있지만, 여기에 와서 정말로 고독한 분을 뵙고는 지금까지 거드름을 피우던 내 생활이 부끄러워서 견딜 수가 없어."

"저분 때문입니까?" 거북은 작은 목소리로 말하고 버릇없이 용녀

---

* 앉아서 손으로만 추는 춤 또는 샤미센에 맞추어 추는 춤.

쪽을 턱으로 가리키며, "저분은 전혀 고독하지 않아요. 태평스러워요. 야심이 있으니까 고독을 부담스러워하게 되는 것으로, 다른 세계의 일을 전혀 문제 삼지 않으면 백 년, 천 년을 혼자 있어도 편안한 거예요. 그야말로 앞서 말한 비판을 문제 삼지 않는 사람에게는 말입니다. 그런데 당신은 어디로 가려고 하시나요?"

"글쎄, 딱히." 우라시마는 뜻밖의 물음에 놀라면서 "하지만 너는 저분이……"

"용녀님은 당신을 특별히 어딘가로 안내하시려고 하는 것은 아닙니다. 저분은 이미 당신에 대해서는 잊으셨어요. 저분은 지금부터 자신의 방으로 돌아가실 거예요. 정신 차리세요. 여기가 용궁입니다. 특별히 어딘가로 안내하고 싶은 곳도 더는 없습니다. 여기서는 각자 자기 멋대로 놀고 있어요. 이것만으로는 부족합니까?"

"놀리지 말아줘. 나는 도대체 어떻게 하면 되지?" 우라시마는 울상이 되어, "단지 저분이 마중을 나와주셨기 때문에, 특별히 자만하는 것은 아니지만 저분의 뒤를 따라가는 것이 예의라고 생각했어. 딱히 부족하다고는 생각하지 않아. 그럼에도 불구하고 내가 무언가 다른 이상한 흑심이라도 품은 것처럼 이상하게 말을 하는군. 너는 정말로 심술궂구나. 심하지 않아? 나는 지금까지 이렇게 창피를 당한 적이 없어. 정말로 심하군."

"너무 마음에 두지 마세요. 용녀님은 천하태평이십니다. 음, 저 멀리 뭍에서 방문한 귀한 손님인 데다 당신은 나의 은인이니까 마중 나오시는 것은 당연해요. 게다가 당신은 성격이 담백하고 용모도 남자답다고 하니, 아니 이것은 농담입니다, 이상한 자만에 빠지지 마세요.

어쨌든 용녀님은 자신의 집으로 찾아온 귀한 손님을 계단까지 마중 나오셔서 안심하고는, 나머지는 당신 마음 내키는 대로 며칠 동안 여기에서 지내시도록 모르는 체하시면서 저렇게 방으로 돌아가시는 것이 아닐까요. 실은 우리도 용녀님의 생각에 대해서는 잘 몰라요. 워낙 천하태평이시니까요."

"아니, 그 말을 들으니 나도 조금은 알 것 같은 느낌이 드는군. 네 추측도 대부분 맞는 것 같다. 다시 말하면 이런 것이 진정한 귀인들의 접대법인지도 모르지. 손님을 맞이해서는 손님을 잊어버린다. 게다가 손님 주변에는 좋은 술과 산해진미가 아무렇게나 널려 있다. 음악 연주도 각별히 손님 접대를 하려는 노골적인 의도로 행해지는 것도 아니다. 용녀님은 누구에게 들려주려는 의도도 없이 거문고를 연주하신다. 물고기들도 남에게 보여주며 뽐내기 위해서가 아니라 자유롭게 춤추며 논다. 손님의 칭찬을 기대하지는 않는다. 손님도 특별히 유념하면서 감동하는 것 같은 표정을 지을 필요도 없다. 뒹굴면서 모르는 체해도 상관없다. 주인은 이미 손님에 대해서는 잊고 있다. 게다가 자유롭게 행동해도 좋다는 허락을 했다. 먹고 싶으면 먹고 먹기 싫으면 먹지 않아도 된다. 술에 취해 비몽사몽간에 거문고 연주를 들어도 전혀 결례가 되지 않는다. 아아! 손님을 접대하려면 마땅히 이렇게 해야 한다. 이것저것 별것도 아닌 요리를 귀찮게 권하면서 쓸데없는 헛말을 나누고 우습지도 않은데도 '하하하' 하고 마구 웃고 그다지 대단한 이야기도 아닌데 야단스레 놀란 척해 보이기도 한다. 하나에서 열까지 엉터리 교제를 하면서도 훌륭하게 상류층식으로 손님 접대를 하고 있다고 생각하는, 인색하고 약삭빠른 바보들에게 용궁의 느긋한 접대

모습을 보여주고 싶군. 그 녀석들은 단지 자신의 품위가 떨어지지는 않을까? 그것에만 신경이 쓰여 가슴이 두근두근거리고 이상하게 손님을 경계하고 혼자 헛돌아 진심이라고는 손톱의 때만치도 없어. 도대체 무슨 꼴이냐! '술 한번, 실컷 마시게 했네!' '잘 마셨습니다'라는 식으로 증서를 주고받는 것은 참을 수 없어."

"좋아요, 지금 이 상태" 하고 거북은 매우 기뻐하며, "그러나 너무 흥분한 나머지 심장마비를 일으키면 곤란해요. 자, 해초 바위에 앉아 앵두술이라도 마시세요. 앵두 꽃잎만으로는 처음 마시는 사람에게는 냄새가 너무 강할지도 모르니까, 앵두 대여섯 알을 함께 혀 위에 얹으면 금방 녹아서 적당하게 청량한 술이 됩니다. 섞는 방법에 따라 여러 가지 맛으로 바뀌니까 스스로 궁리해서 마음에 드는 술을 만들어 마시세요."

우라시마는 지금은 강한 술을 마시고 싶었다. 꽃잎 세 장에 앵두 두 알을 더해 혀끝에 놓으니 금방 입안 가득 맛있는 술, 머금고 있기만 해도 황홀해진다. 경쾌하게 목을 자극하며 통과해서 몸 안에 번쩍하고 불이 붙은 것 같은 즐거운 기분이 된다.

"이것은 괜찮네! 정말로 근심을 털어내는 빗자루야!"

"근심?" 거북은 즉시 따져 묻고는 "무슨 우울한 일이라도 있습니까?"

"아니, 특별히 그런 것은 아니지만, 하하하!" 하고 겸연쩍은 것을 숨기려고 무리하게 웃고는 "휴" 하고 가만히 한숨을 쉬며 힐끗 용녀의 뒷모습을 바라보았다.

용녀는 홀로 묵묵히 걷고 있다. 연한 녹색 광선을 받아서 투명하고 아리따운 해초처럼 보이고 한들한들대며 혼자서 걷고 있다.

"어디로 가는 거지?" 무심결에 중얼거렸다.

"방일 거예요." 거북은 당연하다는 듯한 표정으로 간단히 답했다.

"조금 전부터 너는 방, 방이라고 말하는데, 그 방이 도대체 어디에 있지? 아무 데도 보이지 않는데?"

저 멀리까지 평탄한 광야라고 해도 좋을 정도로 희미하게 빛나는 넓은 홀로 궁전 같은 것은 아무 데도 없다.

"저 멀리, 용녀님이 걸어가는 방향의, 저 멀리에 무언가 보이지 않나요?" 하는 거북의 말을 듣고, 우라시마는 눈살을 찌푸리고 그 방향을 보고는,

"응, 그 말을 들으니 무언가 있는 것 같네!"

거의 1리 정도 앞이라고 생각되는 저 멀리, 깊은 연못의 바닥을 들여다보았을 때와 같은, 무언가 몽롱하고 흐릿하게 흔들리는 곳 근처에 작은 순백색의 꽃 같은 것이 보인다.

"저것이야? 작은 것 같은데?"

"용녀님이 혼자 주무시는데 큰 궁전 따위는 필요 없지 않습니까?"

"듣고 보니 그렇지만." 우라시마는 또다시 앵두술을 만들어 마시고는 "저분은 늘 저렇게 말이 없으시니?"

"예, 그래요. 말이라는 것은 살아 있다는 불안에서 생겨난 것이 아닐까요? 썩은 땅에서 빨간 독버섯이 자라나듯이 생명의 불안이 언어를 발효시키는 것이 아닐까요? 기쁨에 관한 말도 있기는 하지만 그것조차 추잡하게 궁리되어 있지는 않습니까? 인간은 기쁨 속에서조차 불안을 느끼고 있을 테죠? 인간의 말은 모두 궁리입니다. 점잔을 빼고 있습니다. 불안이 없는 곳에는 그런 추잡한 궁리는 아무 필요 없습

니다. 나는 용녀님이 말씀하시는 것을 들은 적이 없어요. 그러나 또 말이 없는 사람에게 흔히 있는 '피리양추(皮裏陽秋)'*라고 할까요. 가슴속에서 은근히 신랄하게 관찰하는 것도 용녀님은 절대로 하시지 않아요. 아무 생각도 하지 않아요. 오로지 저렇게 웃으면서 거문고를 연주하고 또 이 넓은 홀을 어정어정 거닐면서 앵두 꽃잎을 입에 넣으면서 놀고 있습니다. 정말로 느긋하십니다."

"그래. 저분도 역시 앵두술을 마시는구나. 이 술은 정말로 맛있으니까! 이것만 있으면 다른 것은 필요 없어. 좀 더 마셔도 되겠니?"

"네, 그러세요. 여기서 사양한다는 것은 바보스러운 짓이니까요. 당신은 무제한으로 모든 것이 허용되어 있어요. 말이 나온 김에 무언가 드시면 어떠세요? 눈에 보이는 바위가 모두 진미입니다. 기름기가 있는 것이 좋습니까? 약간 신 것이 좋습니까? 어떤 맛이나 모두 있습니다."

"아아! 거문고 소리가 들린다. 누워서 들어도 되겠지." 무제한으로 모든 것이 허용된다는 사상은 사실 태어나서 처음이었다. 우라시마는 풍류가의 몸가짐도 모두 잊어버리고 위를 보고 길게 드러누워서 "아아! 취해서 누워 뒹구는 것은 기분이 좋아. 내친김에 뭘 먹어볼까! 꿩불고기 맛의 해초가 있나?"

"있습니다."

"그리고 오디 같은 맛의 해초는?"

---

* 말로는 표현하지 않고 마음속으로만 시시비비와 선악에 대해 엄격하게 판단하는 것. '皮裏'는 피부의 안쪽, 즉 마음속. '陽秋'는 시시비비와 선악의 판단. 출전은 『진서(晉書)』「저부전(褚褒傳)」.

"있을 겁니다. 그러나 당신도 이상하게 야만적인 것을 먹네요."

"본성 폭로야. 나는 시골내기이니까"라며 말투조차 약간 바뀌어서 "이것이 풍류의 극치야!"

눈을 들어보니 저 멀리 물고기 천장이 태평스럽게 떠다니는 것이 파랗게 흐려 보인다. 금방 그 천장에서 한 무리가 떼 지어 갈라져 나와서 저마다 은비늘을 빛내며 하늘 가득 눈이 흩날리듯 춤추며 논다.

용궁에는 밤낮도 없다. 늘 5월의 아침처럼 상쾌하고 나무 그늘 같은 녹색 광선이 가득해서 우라시마는 며칠을 여기서 보냈는지 짐작이 가지 않는다. 그사이, 우라시마에게는 정말로 무제한으로 모든 것이 허용되었다. 우라시마는 용녀의 방에도 들어갔다. 용녀는 전혀 싫은 기색을 보이지 않았다. 단지 조용히 웃었다.

그리하여 우라시마는 마침내 싫증이 났다. 허용된다는 것에 싫증이 났는지도 모른다. 땅 위의 가난한 생활이 그리워졌다. 서로 남의 비판에 신경 쓰고 울기도 화내기도 하고 검소하게 조용히 지내는 뭍의 사람들이 못 견디게 가련하고 왠지 모르게 아름답게조차 여겨졌다.

우라시마는 용녀를 향해 "안녕히 계세요!" 하고 말했다. 이 갑작스러운 이별도 또 무언의 미소로 허용되었다. 다시 말하면 모든 것이 허용되었다. 처음부터 끝까지 모두 허용되었다. 용녀는 용궁의 계단까지 배웅을 나와 묵묵히 조그만 조개를 내밀었다. 눈부시게 오색 찬연한 빛을 띤 쌍각류*이다. 이것이 이른바 용궁의 선물인 보물 상자였다.

---

* 조개류 중 껍데기가 두 장으로 된 것으로 두 장의 껍데기가 마치 거울에 비춘 것처럼 똑같다.

'나가기는 쉽지만 돌아오기는 어렵다.'* 또 거북의 등을 타고 우라시마는 멍하니 용궁을 떠났다. 이상한 우수가 우라시마의 가슴속에서 솟아 나온다. '아차! 감사 인사를 하는 것을 잊었구나! 저렇게 좋은 곳은 없어. 아아! 언제까지나 저곳에 있는 쪽이 좋았을걸. 하지만 나는 육지 인간이야. 아무리 안락한 생활을 해도 내 집이, 고향이 머릿속 한구석에 달라붙어 떠나지 않아. 맛있는 술에 취해 잠들어도 꿈은 고향에 대한 것이니까! 실망이야. 내게는 저런 좋은 곳에서 지낼 자격이 없어.'

"아! 도저히 참을 수 없어. 쓸쓸해." 우라시마는 자포자기한 것처럼 큰 소리로 외쳤다. "왜 그런지는 모르겠지만 아무래도 안 되겠어. 이봐, 거북. 어떻게든 기세 좋게 험담을 해봐. 너는 조금 전부터 한마디도 하지 않잖아!"

거북은 조금 전부터 단지 지느러미만을 움직이고 있을 뿐이다.

"화났니? 내가 용궁에서 실컷 대접만 받고 떠나는 것 같아서 화가 났니?"

"곡해하지 마세요. 땅 위 사람들은 이래서 싫어! 돌아가고 싶어지면 돌아가는 거예요. 어떻게 하든 마음 내키는 대로 하라고 처음부터 말했잖아요."

"그렇지만 왠지 네가 힘이 없어 보이네."

"그렇게 말하는 당신이야말로 묘하게 풀이 죽어 있어요. 나는 아무래도 마중 나가는 것은 잘하지만 배웅하는 것은 서툴러요."

---

* 에도 시대의 구전동요 〈통과시켜줘〉의 가사.

"나가기는 쉽지만, 이니?"

"농담할 때가 아니에요. 아무래도 배웅하는 것은 신이 나지 않아요. 한숨만 나오고 무슨 말을 해도 속이 들여다보이니 차라리 여기서 헤어져요."

"너도 역시 슬프구나." 우라시마는 눈시울이 뜨거워져서 "이번에 정말로 너에게 신세를 졌구나. 고마워."

거북은 대답도 하지 않고 '무슨 소리야?'라는 것처럼 약간 등딱지를 흔들고는 오로지 열심히 헤엄친다.

"저분은 역시 저곳에서 오로지 홀로 놀고 계시겠지." 우라시마는 정말로 쓸쓸하게 한숨을 내쉬고 "나에게 이런 아름다운 조개를 주셨지만 설마 먹는 것은 아니겠지?"

거북은 킥킥 웃으면서,

"잠시 용궁에 있는 동안에 당신도 몹시 식탐이 생겼네요. 그것은 먹는 게 아닌 것 같아요. 나도 잘은 모르지만 그 조개 속에 무언가 들어 있지 않을까요?" 거북은 이때, 저 에덴동산의 뱀처럼 무언가 사람의 호기심을 자극하는 것 같은 묘한 말을 갑자기 했다. 역시 이것도 파충류의 공통된 운명일까. 아니, 그렇게 생각하면 이 선량한 거북이 가엾다. 거북 자신도 이전에 우라시마에 대해 "그러나 나는 에덴동산의 뱀이 아니라 외람되지만 일본의 거북이에요"라고 호언을 했다. 믿어주지 않으면 불쌍하다. 게다가 이 거북은 이제까지 우라시마를 대하는 태도로 판단해도 결코 에덴동산의 뱀처럼 사악하여 무서운 파멸의 유혹을 속삭이는 것 같지는 않다. 오히려 활달하고 사랑스러운 다변가가 아닌가 싶다. 다시 말하면 아무런 악의가 없다. 나는 그렇게 이해하고 싶다. 거북은 또 말을 계속하면서, "그렇지만 그 조개는 열어보지 않는 것이 좋을지 모르겠어요. 그 속에는 틀림없이 용궁의 정기 같은 것이 담겨 있을 테니까요. 그것을 땅 위에서 열면 이상한 신기루가 피어올라 당신을 미치게 하거나 어떻게 할지 몰라요. 어쩌면 바닷물이 분출하여 대홍수를 일으킬 수도 있고, 어쨌든 바다 밑의 산소를 땅 위로 방출시켜서 좋을 게 없을 것 같은 느낌이 들어요" 하고 진지하게 말한다.

우라시마는 거북의 친절을 믿었다.

"그럴지도 모르겠네. 그토록 고귀한 용궁의 기운이 만약 이 조개 속에 담겨 있다면 땅 위의 저속한 공기와 접촉했을 때 혼란을 가져와서 대폭발을 일으킬 수도 있겠네. 이것을 언제까지나 가보로 보존하겠다."

이미 바다 위로 올라왔다. 태양빛이 눈부시다. 고향의 해변이 보인다. 우라시마는 지금은 한시라도 빨리 집으로 뛰어들어 부모, 형제, 많은 일꾼을 모아놓고 상세하게 용궁의 모습을 이야기하고 '모험이란 믿는 힘이다. 이 세상의 풍류 따위는 보잘것없는 흉내다. 전통이라는 것은 통속과 같은 말이다. 알아듣겠어? 진정한 기품이라는 것은 성제의 경지로 단순한 체념이 아니다. 알겠어? 비판처럼 시끄러운 것은 없어. 무제한으로 모든 것이 허용되고 미소만이 있을 뿐이야. 알겠어? 손님을 잊고 있다고. 이해할 수 없겠지?' 등과 같은 그야말로 지금 방금 듣고 온 신지식을 뒤죽박죽 남용하고는, '현실주의자인 남동생 녀석이 조금이라도 의심스러운 표정을 지으면 당장 이 용궁의 아름다운 선물을 녀석의 코앞에 들이대고 찍소리 못하게 해야지' 하고

의욕에 넘쳐, 거북에게 인사하는 것도 잊어버리고 물가로 뛰어내려 허둥지둥 집을 향해 걸음을 서둘렀는데,

어떻게 된 일이지. 원래의 고향
어떻게 된 일이지. 원래의 집
눈에 보이는 것은 황무지
사람의 흔적도, 길도 없고
솔바람 소리뿐.

과 같이 전개되는 것이다. 우라시마는 몹시 고민한 끝에, 결국은 용궁의 선물인 조개껍데기를 열어보지만, 이것에 대해서는 거북이 책임을 질 필요가 없다고 여겨진다. "열어서는 안 된다"는 말을 들으면 더욱 열어보고 싶은 유혹을 느끼는 사람의 약점은 우라시마의 이야기만이 아니고, 그리스 신화의 판도라 상자 이야기도 이것과 같은 심리를 다룬 것 같다. 그러나 판도라 상자의 경우는 처음부터 신들의 복수가 계획되어 있었던 것이다. "열어서는 안 된다"는 한마디가 판도라의 호기심을 자극하여, 훗날 반드시 판도라가 그 상자를 열어볼 것이라는 심술궂은 예상을 근거로 하여 "열지 말라!"는 금제(禁制)를 선고한 것이다. 그에 비해 우리의 선량한 거북은 진정한 친절에서 우라시마에게 그렇게 말한 것이다. 그때, 거북의 말투에는 다른 뜻이 없는 듯했기에 그것을 믿어도 좋다고 생각한다. 거북은 정직했다. 거북에게는 책임이 없다. 그것은 내가 확신을 가지고 증언할 수 있지만 그런데 또 하나, 여기서 납득이 가지 않는 묘한 문제가 남아 있다. 우라시마가 용

궁의 선물을 열어보니 안에서 흰 연기가 피어올라 금방 300살 먹은 할아버지가 되었으니까, 열지 않았으면 좋았을 텐데 어리석은 짓을 했다, 불쌍하다, 라는 식으로 끝나는 것이 일반적으로 전하는 우라시마 이야기이지만, 나는 그에 대해 깊은 의심을 품고 있다. 그러면 용궁의 선물도 저 인간의 여러 가지 재앙의 씨로 충만한 판도라의 상자와 같이 용녀의 심각한 복수 또는 징계의 뜻이 담긴 선물일까? 그처럼 아무 말도 하지 않고 단지 미소로 모든 것을 무제한으로 허용하는 것 같은 태도를 보였지만, 그 이면으로는 은근하게 혹독한 다른 생각을 지니고 있어서, 우라시마의 방자함을 전혀 용서하지 않고 징벌하는 의미로 저 조개를 준 것일까? 아니 그 정도로 극단적인 비관론을 내세우지 않더라도, 아마도 귀인이라는 것은 종종 잔인한 조롱을 태연하게 하기 때문에 용녀도 정말로 순진한 장난기로 이렇게 나쁜 농담을 한 것일까? 어떻든 정말로 기품 있는 용녀가 이런 처치 곤란한 선물을 준 것은 너무나 불가사의하다. 판도라의 상자 속에는 질병, 공포, 원한, 애수, 의혹, 질투, 분노, 증오, 저주, 초조, 후회, 비굴, 허위, 태만, 폭행 등의 모든 불길한 악마가 들어 있어서, 판도라가 가만히 여는 것과 동시에 큰 날개미 무리처럼 일제히 뛰쳐나와 이 세상 구석구석까지 널리 퍼졌다고 하지만, 어안이 벙벙해진 판도라가 힘없이 고개를 떨어뜨리고 텅 빈 상자 바닥을 바라보았을 때, 바닥의 어둠 속에서 한 점의 별처럼 빛나는 작은 보석을 발견했다고 하지 않는가! 그리고 그 보석에는 놀랍게도 '희망'이라는 글씨가 적혀 있었다고 한다. 그것을 보고 판도라의 창백한 볼에도 약간 혈색이 돌아왔다. 그 이래로 인간은 어떤 고통의 악마에게 습격을 당해도 '희망'을 통해 용기를 얻고 고난을 견뎌낼 수 있게 되었다고 한다. 이것과 비교하면 용궁의 선물은 애교도 아무것도 없다. 단지 연기이다. 그리고 눈 깜빡할 사이에 300살 먹은 할아버지가 되는 것이다. 설령 그 '희망'의 별이 조개껍데기에 남아 있다고 해도 우라시마는 이미 300살이다. 300살 할아버지에게 '희망'을 준다는 것은 좋지 못한 장난과 같다. 도저히 무리이다. 그렇다면 여기서 한 가지, 그 '성제'를 주면 어떨까? 그러나 상대는 300살이다. 새삼스럽게, 그런 거만스럽고 아니꼬운 것을 주지 않아도 인간은 300살이 되면 저절로 체념하게 되는 것이다. 결국 모든 것이 허사이다. 구제의 손을 내밀 수가 없다. 아무래도 이것은 참혹한 선물을 받아온 것이다. 그러나 여기서 포기한다면, 어쩌면 일본의 옛날이야기는 그리스 신화보다 잔인하다고 외국인들은 말할지도 모른다. 그것은 너무나도 분하다. 또 저 그리운 용궁의 명예를 걸고서도, 어떻게 해서라도 이 불가사의한 선물에 고귀한 의미를 부여하고 싶다. 아무리 용궁의 며칠이 땅 위의 수백 년에 해당한다고 해도, 굳이 그 세월을 복잡한 선물로 해서 우라시마에게 주지 않아도 되지 않을까! 우라시마가 용궁에서 바다 위로 떠올랐을 때, 백발의 300살 노인으로 바뀌었다면 이해가 간다. 또 용녀의 배려로 우라시마를 영원히 청년으로 남겨둘 생각이었다면 그런 위험한 '열어서는 안 되는' 물건을 굳이 우라시마에게 줄 필요는 없다. 용궁 구석 어딘가에 버려두면 되지 않는가. 그렇지 않으면 네 배설물은 네가 가져가라는 의미일까? 그렇다면 정말이지 아주 수준 낮은 '비꼬기'이다. 설마 저 성제인 용녀가 그런 연립주택에서 일어나는 부부 싸움 같은 일을 꾸미리라고는 생각조차 할 수 없다. 도저히 모르겠다. 나는 이것에 대해 오랫동안

생각했다. 그리하여 최근에 이르러 마침내 조금씩 알 것 같은 느낌이
든다.

다시 말하면 우리는 우라시마의 300살이 우라시마에게는 불행이었
다는 선입관 때문에 잘못 생각해온 것이다. 그림책에도 우라시마가
300살이 되고 나서 "정말로 비참한 처지가 되었다, 불쌍하다" 등의 얘
기는 적혀 있지 않다.

곧바로 백발의 할아버지

이것으로 끝이다. 불쌍하다, 바보다, 등과 같은 것은 우리 속물들이
제멋대로 내린 어리석은 판단에 지나지 않는다. 300살이 된 것은 우
라시마에게는 결코 불행이 아닌 것이다.

조개껍데기 바닥에 '희망' 별이 있어서 구제받았다는 것은 생각해
보면 조금 소녀 취향이고 날조한 것 같지만, 우라시마는 피어오르는
연기, 그 자체로 구제받은 것이다. 조개껍데기 바닥에는 아무것도 남
아 있지 않아도 좋다. 그런 것은 문제가 아니다. 말하자면,

세월은 인간의 구원이다.
망각은 인간의 구원이다.

용궁의 고귀한 대접도 이 훌륭한 선물에 의해 정말로 최고조에 달
했다는 인상이다. 추억은 오래될수록 아름답다고 하지 않는가. 게다
가 지나간 300년의 시간을 불러오는 것도 우라시마 자신의 기분에 맡

겠다. 이렇게 되면 우라시마는 용녀로부터 무제한의 허용을 받은 것이다. 쓸쓸하지 않다면 우라시마는 조개껍데기를 열어보지 않을 것이다. 어쩔 수 없어서 이 조개에서 구원을 찾으려고 할 때에는 열지도 모른다. 열면 곧바로 300년의 세월과 망각이다. 이 이상의 설명은 그만두겠다. 일본의 옛날이야기에는 이처럼 깊은 자비심이 있다.

우라시마는 그 후 10년 동안, 행복한 노인으로 살았다고 한다.

부싯돌 산

부싯돌 산 이야기에서 토끼는 소녀, 그리고 비참한 패배를 당하는 너구리는 토끼 소녀를 사랑하는 못생긴 남자. 이것은 더 이상 의심할 여지가 없는 엄연한 사실처럼 생각된다. 이것은 고슈 후지 산의 다섯 개 호수 가운데 하나인 가와구치 호수, 지금의 후나쓰 뒷산 부근에서 일어난 사건이라고 한다. 고슈의 인정은 거칠다. 그 탓인지 이 이야기도 다른 옛날이야기에 비해 다소 거칠다. 먼저 무엇보다 이야기의 발단부터 잔혹하다. 할머니로 만든 탕이라는 것이 잔인하다. 익살이라고도 농담이라고도 할 수 없다. 너구리도 하찮은 장난을 친 것이다. 마루 밑에 할머니의 뼈가 널려 있다는 대목에서는 정말로 비참함이 극도에 이르러, 이른바 아동도서로는 유감이지만 발매 금지되어야 할 것이다. 현재 발행되는 부싯돌 산 그림책은 그 때문에 너구리가 할머니에게 상처를 입히고는 도망친다는 식으로 현명하게 얼버무리고 있다. 그것은 발매 금지를 피할 수 있어 아주 좋지만 단지 그 정도 장난에 벌을 주는 토끼의 처사는 아무래도 너무 집요하다. 일격에 쓰러뜨린다는 경쾌한 복수극이 아니다. 초주검을 만들 때도 괴롭히고 괴롭힌 다음, 마지막에는 진흙 배에 태워 가라앉히는 것이다. 이 수단은 하나에서 열까지 속임수이다. 이것은 일본 무사도의 예절이 아니다. 그러나 너구리가 할머니 탕이라는 악랄한 사기극을 벌인 데 대한 보복으로 이 정도로 집요한 학대를 받는 것은 당연한 일이라고 납득이 된다. 그렇지만 동심에 주는 영향 및 발매 금지의 위험을 고려해서, 너구리가 단순히 할머니에게 상처를 입히고 도망친 벌로 토끼에게 그와 같은 갖가지 굴욕과 고통과 이윽고 꼴사납기 짝이 없는 익사를 당한다는 것은 약간 부당하게 여겨진다. 원래 너구리는 아무런 죄도 없고 산에서 느긋하게 놀다가 할아버지에게 붙잡혀 너구리 탕이 된다는 절망적인 운명을 맞이하여, 어떻게든 살 길을 찾고자 발버둥을 치며 괴로워하다가 궁여지책으로 할머니를 속여서 구사일생으로 살아난 것이다. 할머니 탕을 획책한 것은 아주 나쁘지만 요즈음의 그림책처럼 도망치다가 할머니를 할퀴어 상처를 입혔다는 정도는, 너구리도 그때는 필사의 노력으로, 이른바 정당방위를 위해 무아몽중에 발버둥치다가 무심결에 할머니에게 상처를 입혔는지도 모르니 그렇게 미워해야 할 죄도 아닌 듯싶다. 우리 집 다섯 살짜리 딸은 외모는 아버지를 닮아 매우 볼품없지만 두뇌 또한 아버지를 닮아서 이상한 데가 있는 것 같다. 내가 방공호 속에서 이 부싯돌 산 그림책을 읽어주었더니,

"너구리가 불쌍해!"

하고 의외의 말을 했다. 원래 이 애의 '불쌍해'라는 것은 최근에 겨우 하나 배운 말로, 아무거나 보고 '불쌍해'를 연발함으로써 아이를 아주 귀여워하는 어머니에게 칭찬을 받으려는 속셈이 노골적으로 드러나 있으니 그리 놀랄 필요는 없다. 또는 아버지를 따라 근처의 이노카시라 동물원에 갔을 때, 우리 속을 끊임없이 종종걸음으로 돌아다니는 너구리 무리를 보고는 귀여운 동물이라는 생각이 들어, 그 때문에 부싯돌 산 이야기에서도 이유 여하를 불문하고 너구리 편을 들었는지도 모른다. 어쨌든 우리 집의 어린 동정자의 말은 그다지 믿을 수가 없다. 생각의 근거가 빈약하다. 동정의 이유가 확실하지 않다. 문제 삼을 가치가 전혀 없다. 그러나 나는 딸아이의 아주 무책임한 발언을 듣고 어떤 암시를 받았다. 이 아이는 아무것도 모르고 단지 요즈음 배운 단어를 아무렇게나 이야기한 것이지만, 그 말을 듣고 '과연, 이것은 조금 토끼의 행위가 지나치구나. 이렇게 작은 아이들이라면 어떻게든 속일 수 있겠지만, 무사도라든지 정정당당이라는 개념을 이미 교육받은 조금 큰 아이들은, 토끼의 징벌은 이른바 방법이 비겁하다고 생각하지는 않을까? 이것은 문제다' 하고 어리석은 아버지는 눈살을 찌푸린 것이다.

요즈음의 그림책처럼 너구리가 할머니에게 간단한 생채기를 냈다는 정도로, 이와 같이 토끼에게 고약한 농락을 당하고 등에 화상을 입고 그 상처에는 고춧가루가 발리고 끝내 진흙 배에 태워져 죽임을 당하는 비참한 운명에 이른다는 줄거리는 초등학교에 다닐 정도의 어린이라면 금방 이상하게 생각할 것이다. 설령 너구리가 쾌씸하게도 할머니 탕을 만들었다고 해도 왜 정정당당하게 이름을 밝히고 너구리를 응징하기 위해 단칼에 내려치지 않았을까? 토끼는 힘이 없으니까 등은 이 경우에는 핑계가 되지 않는다. 복수는 반드시 정정당당하게 해야 한다. 신은 정의의 편이다. 이길 수 없어도 '천벌!'이라고 한마디 외치고 정면에서 달려들어야 할 것이다. 너무나 실력 차이가 난다면 그때는 와신상담, 구라마 산*에라도 들어가서 오로지 검도 수행만 해야 한다. 예로부터 일본의 위대한 사람들은 대개 이렇게 했다. 어떤 일이 있어도 간계를 쓴다든지, 게다가 괴롭혀 죽이는 복수 이야기는 일본에는 아직 없는 것 같다. 그런데 이 부싯돌 산만은 아무래도 복수 방법이 좋지 못하다. 애당초 남자답지 못하다고 어린이나 어른이나, 적어도 정의를 동경하는 사람이라면 누구라도 이 수법에 대해서는 약간 불쾌감을 느끼지 않을까?

안심해라. 나도 이 수법에 대해 생각해보았다. 그리하여 토끼의 수법이 남자답지 않은 것은 당연한 일이라는 것을 깨달았다. 이 토끼는 수컷이 아니다. 그것은 분명하다. 토끼는 열여섯 살 처녀다. 아직 전혀 색기는 없지만 미인이다. 그리고 인간 중에서도 가장 잔인한 것은 흔히 이런 여성이다. 그리스 신화에는 아름다운 여신이 많이 나오지만 그중에서도 비너스를 제외하고는 아르테미스라는 처녀신이 가장 매력 있는 여신이라고 한다. 아시는 바와 같이 아르테미스는 달의 여신으로 이마에는 새파란 초승달이 빛나며 지기 싫어하는, 한마디로 말하면 아폴론을 그대로 여성으로 만든 신이다. 그리하여 인간 세계

---

* 교토 시에 있는 산.

의 무서운 맹수들은 전부 이 여신의 부하이다. 그렇지만 그 모습은 결코 거칠거나 바위같이 큰 여자가 아니다. 오히려 작고 호리호리하고 손발이 가냘프고 귀여우며 소름이 끼칠 정도로 신비하게 아름다운 얼굴을 하고 있지만, 비너스 같은 '여성스러움'은 없고 가슴도 작다. 마음에 들지 않는 자에게는 태연하게 잔인한 짓을 한다. 자신이 목욕하는 모습을 훔쳐본 남자에게 휙 하고 물을 뿌려서 사슴으로 만든 적도 있다. 목욕하는 모습을 흘끗 본 것만으로도 이렇게 화를 내는 것이다. 손이라도 잡았다면 어떤 심한 처사를 당할지 모른다. 이런 여자에게 반하면 남자는 참담하게 큰 치욕을 당하게 될 것이다. 그렇지만 남자는, 그것도 우둔한 남자일수록 이런 위험한 여자에게 빠지기 쉬운 것이다. 그리고 그 결과는 거의 정해져 있다.

의심스러우면 이 불쌍한 너구리를 보는 게 좋다. 너구리는 그런 아르테미스형의 토끼 소녀에게 이전부터 은밀히 사모하는 마음을 품고 있었다. 토끼를 아르테미스형의 소녀라고 규정한다면, 저 너구리가 할머니 탕이나 생채기이거나 어떤 죄를 지어도 그 벌이 이상하게 짓궂고 '남자답지' 않은 것을 당연하다는 탄식과 함께 수긍하게 될 것이다. 게다가 너구리는 아르테미스형의 소녀에게 반한 남자의 경우처럼, 너구리들 중에서도 풍채가 없고 단지 둥글둥글하고 우둔하고 대식가로 촌스럽고 멋이 없다는 점에서 그 비참한 결말을 충분히 예측할 수 있다.

너구리는 할아버지에게 잡혀서 자칫하면 너구리 탕이 되기 일보 직전이었지만, 토끼 소녀를 한 번 더 만나고 싶어 크게 발버둥 친 끝에 간신히 산으로 도망쳐서는 투덜대면서 어슬렁어슬렁 토끼를 찾아다

니다가 간신히 만나서,

"기뻐해줘! 나 죽다 살아났어. 할아버지가 없는 틈을 타서 저 할머니를 얏 하고 해치우고 도망쳐 왔어. 나는 운이 좋은 남자야'라고 득의만만하게 이번에 당한 큰 재난을 극복한 자초지종을 침을 튀기면서 이야기했다.

토끼는 깡충 뛰어 물러나면서 침을 피하고는 '흥' 하는 표정으로 이야기를 듣고,

"내가 기뻐할 이유가 전혀 없지 않나요. 더러워, 그렇게 침을 튀기니. 게다가 그 할아버지의 할머니는 내 친구야. 몰랐어?"

"그래?" 너구리는 깜짝 놀라면서 "몰랐어. 용서해줘. 그런 줄 알았다면 너구리 탕이든 뭐든 되었을 것을" 하고 풀이 죽었다.

"이제 와서 그런 말을 해도 늦었어. 그 집 정원에 가끔씩 놀러 가서 맛있고 부드러운 콩 따위를 얻어먹은 것을 너도 알고 있지 않니. 그런데 몰랐다고 거짓말을 하다니 말도 안 돼. 너는 내 적이야" 하고 매정하게 선언한다. 토끼에게는 이때, 이미 너구리에게 어떤 복수를 하려는 마음이 꿈틀거리고 있었다. 처녀의 한은 신랄하다. 특히 추악하고 우둔한 것에 대해서는 인정사정없다.

"용서해줘. 정말로 몰랐어. 거짓말이 아냐. 믿어줘." 매우 끈덕진 어투로 탄원을 하고 목을 길게 빼서 힘없이 고개를 떨어뜨려 보이다가, 곁에 나무 열매가 하나 떨어져 있는 것을 발견하고는 얼른 주워 먹고는 더 없는가 하고 주위를 두리번거리면서 "정말로 네가 그렇게 화를 내니 이제 죽고 싶어!"

"무슨 말을 하는 거야! 먹는 것만 생각하는 주제에." 토끼는 경멸스

럽기 그지없다는 듯이 퉁명하게 딴 곳을 보면서 "호색가 주제에 식탐도 있지 않니."

"눈감아줘. 나는 배가 고파" 하면서, 여전히 주변을 어슬렁어슬렁 기웃거리면서 "정말이지 지금 내 가슴이 얼마나 답답한지 네가 알아주면 좋으련만."

"가까이 오면 안 된다고 했지. 구린내가 나. 조금 더 저쪽으로 떨어져. 너는 도마뱀을 먹었다지. 다 들었어. 그리고 아아, 우스워! 똥도 먹었다지."

"설마?" 너구리는 힘없이 쓴웃음을 지었다. 그렇지만 어째서인지 강하게 부정하지는 않는 모습인 데다 힘없이 "설마, 그럴리가!" 하고 입을 비쭉거리며 말했을 뿐이었다.

"품위 있는 척해도 안 돼. 너한테 나는 냄새는 단순한 구린내가 아니니까." 토끼는 태연하게 가차 없이 최후통첩을 하고 나서 갑자기 무언가 다른 기막힌 것이 생각났는지 급히 눈을 반짝이며 웃음을 참는 것 같은 표정으로 너구리 쪽을 보면서, "그러면 이번 한 번만 용서해줄게. 아니, 다가오지 말라고 했잖아. 잠시도 방심할 수가 없다니까. 침 좀 닦지. 아래턱이 번질번질하잖아! 침착하게 잘 들어. 이번 한 번만 특별히 용서해주지만 조건이 하나 있어. 할아버지는 지금쯤 틀림없이 낙담해서 산에 나무를 하러 갈 힘도 없을 테니, 우리가 대신 땔감을 해드리자."

"같이? 너도 같이 가는 거야?" 너구리의 작고 흐린 눈은 기쁨으로 타올랐다.

"싫어?"

"싫기는. 지금 당장 가자." 너무 기뻐서 목이 잠겼다.

"내일 가자. 응, 내일 아침 일찍. 오늘은 당신도 피곤할 테고 배도 고플 테니까" 하고 이상하게 상냥하다.

"고마워! 나는 내일 도시락을 잔뜩 만들어 와서, 일심불란하게 일하여 열 관의 땔감을 해서 할아버지 집에 갖다드리겠어. 그렇게 하면 나를 틀림없이 용서해주겠지. 사이좋게 지내겠지?"

"끈질기네. 그때의 성적에 따라서야. 어쩌면 사이좋게 될지도 모르지만."

"헤!" 너구리는 갑자기 징그럽게 웃으면서 "그 입이 얄밉다. 고생시키네, 이 녀석. 나는 정말로" 하고 말하다가, 기어오는 큰 거미를 재빨리 날름 먹어치우고는 "정말로 얼마나 기쁜지, 차라리 대성통곡을 하고 싶을 정도야"라며 코를 훌쩍이며 우는 척했다.

여름 아침은 상쾌하다. 가와구치 호수의 수면은 안개로 뒤덮여 발 아래에 뿌옇게 흐려져 보인다. 산정에서는 너구리와 토끼가 아침 이슬을 맞으면서 열심히 나무를 베고 있다.

너구리의 움직임을 보면 일심불란이라고 할까, 거의 반은 광란에 가까운 딱한 모습이다. "응, 응" 하고 과장된 신음을 내면서 낫을 마구 휘두르다가, 가끔씩 "아야야!" 하고 들으라는 듯이 비명을 지르며 자신이 이렇게 고생하는 것을 오로지 토끼에게 보이고 싶다는 일념으로 종횡무진 미쳐 날뛰었다. 한바탕 이처럼 굉장하게 날뛰더니 더 이상 못 하겠다는 것처럼 아주 지친 표정을 지으며 낫을 내던지고는,

"이것 봐. 손에 이렇게 물집이 생겼어. 아아, 손이 따끔따끔해. 목이

마르고 배도 고파. 어쨌든 많이 일했으니까 조금 쉬자. 도시락을 먹지
않을래? 히히히!" 하고 겸연쩍은 듯이 이상하게 웃으면서 큰 도시락
을 열었다. 와락 하고 석유통만 한 커다란 도시락에 코를 처박고는 우
거적우거적, 쩝쩝, 아작아작 하면서 시끄럽게 소리를 내며 그야말로
일심불란하게 먹고 있다. 토끼는 어안이 벙벙한 표정으로 땔감 하던
손을 멈추고 잠깐 도시락 안을 들여다보고는 "아!" 하고 작게 비명을
지르고는 양손으로 얼굴을 감쌌다. 무엇인지는 모르지만 도시락 안에
는 굉장한 게 들어 있는 것 같았다. 그렇지만 오늘의 토끼는 무언가
은밀한 의도라도 있는지 평소처럼 너구리에게 굴욕적인 말도 하지 않
고 조금 전부터 말없이 단지 기교적인 미소를 입가에 머금고 열심히
땔감을 하고 있을 뿐, 우쭐해 있는 너구리의 여러 가지 광태(狂態)도
모르는 척 눈감아주고 있다. 너구리의 커다란 도시락 안을 들여다보
고는 오싹했지만 역시나 아무 말도 않고 어깨를 쑥 움츠리고는 다시
나무를 한다. 너구리는 토끼가 오늘은 매우 관대하므로 아주 싱글벙
글하면서 '마침내 쟤도 내가 열심히 나무를 하는 모습에 반한 것일
까? 나의 이 남자다움에 반하지 않는 여자가 없어! 아아, 먹었더니 졸
리는구나. 한숨 자야지' 하고 완전히 방심하여 제멋대로 행동하며 쿨
쿨 코를 골면서 잠들어버렸다. 자면서도 뭔가 이상한 꿈을 꾸는지 "사
랑의 묘약이라는 것은 엉터리야. 듣지 않아" 등의 알 수 없는 잠꼬대
를 하고 눈을 뜬 것은 점심 무렵.

"푹 잤니?" 토끼는 역시 상냥하게 "이제 나도 한 다발 만들었으니,
이제부터 등에 지고 할아버지네 집 뜰까지 갖다 드리자."

"응, 그렇게 하자." 너구리는 크게 하품을 하면서 팔을 북북 긁고

"이상하게 배가 고프네. 이렇게 배가 고프면 도저히 잘 수가 없어. 나는 민감해" 하고 점잖은 표정으로 말하고, "어디, 그러면 자른 땔감을 급히 모아서 산을 내려가자. 도시락도 벌써 비었고 이 일을 빨리 처리한 다음에 먹을 것을 찾아야 해."

두 사람은 각자가 한 땔감을 등에 지고 귀갓길에 올랐다.

"당신이 앞서 가요. 이 부근에는 뱀이 있어 나는 무서우니까."

"뱀? 뱀 따위가 무섭니. 발견하는 대로 내가 잡아서" 먹겠다고 말하려다가 입을 다물고 "잡아서 죽이겠다. 자, 내 뒤를 따라와."

"역시 남자는 이럴 때 믿음직해."

"치켜세우지 마" 하고 의기양양해서, "오늘은 네가 이상하게 얌전하네. 기분이 나쁠 정도야. 설마 나를 지금부터 할아버지 집으로 데려가서 너구리 탕으로 만들려는 것은 아니지. 아하하. 그것만은 안 돼."

"어머! 그렇게 의심스러우면 그만 됐어. 나 혼자 가겠어."

"아니, 그게 아냐. 같이 가. 나는 뱀이든 무엇이든 이 세상에서 무서운 게 없지만, 아무래도 할아버지는 상대하기 어려워. 너구리 탕을 만든다고 하니 싫어. 정말로 천박하잖아. 적어도 좋은 취미는 아니라고 생각해. 나는 할아버지 집 뜰 앞 오동나무까지 이 장작을 지고 갈 테니, 그다음은 네가 운반해줘. 나는 거기서 실례하려고 생각해. 아무래도 할아버지 얼굴을 보면 뭐라고 말할 수 없이 불쾌해져. 아니, 뭐지? 이것은. 이상한 소리가 나네! 무엇일까? 네게는 들리지 않아? 뭐지? 딱딱 하는 소리가 나는데?"

"당연하지. 이곳은 부싯돌 산이니까!"

"부싯돌 산! 이곳이?"

"헤에, 몰랐니?"

"응. 몰랐어. 이 산에 그런 이름이 있다는 것을 오늘까지 몰랐어. 그러나 이상한 이름이네. 거짓말은 아니겠지?"

"어머머, 이봐요! 산에는 모두 이름이 있잖아요. 저것이 후지 산이고 저것이 나가오 산, 저것이 오무로 산으로 모두 이름이 있지 않아요? 그러니까 이 산의 이름은 부싯돌 산이에요. 자, 딱딱 하는 소리가 들리죠?"

"응, 들려. 그러나 이상하네. 이제까지 나는 한 번도 이 산에서 이런 소리를 들은 적이 없어. 이 산에서 태어나 30여 년이 지났지만, 이런! ⋯⋯."

"아니, 당신은 벌써 그 나이야? 요전에 나한테 열일곱 살이라고 가르쳐준 주제에 심하네요. 얼굴이 주름투성이이고 허리도 조금 굽었는데 열일곱 살이라니 이상하다 싶었지만, 그렇다고 해도 스무 살이나 나이를 속인다고는 생각하지 않았어요. 그렇다면 당신은 벌써 마흔에 가깝잖아요. 정말로 너무 심하네."

"아니, 열일곱 살이야, 열일곱. 열일곱이야. 내가 이렇게 허리를 굽히고 걷는 것은 결코 나이 탓이 아니야. 배가 고파서 자연히 이런 모습이 된 거라고. 30여 년이라고 하는 것은, 그것은, 그것은 형의 이야기야. 형이 언제나 입버릇처럼 그렇게 말해서 나도 그만 무심결에 그렇게 말해버렸어. 다시 말하면 약간 전염되었어. 그런 까닭에, 자네!" 당황한 나머지 '자네'라는 단어를 사용했다.

"그래요?" 토끼는 냉정하게 "하지만 당신에게 형님이 계신다는 얘기는 처음 들었어요. 당신은 언젠가 나에게 '나는 쓸쓸하다. 고독하다. 부모도 형제도 없다. 이 고독과 쓸쓸함을 너는 모르겠지' 하고 말했잖아요. 그것은 어떻게 된 거죠?"

"맞아, 맞아." 너구리는 자신도 무슨 말을 하는지 모르게 되어 "정말이지 세상은 이렇게 상당히 복잡해서 말이지, 그렇게 일률적으로 되지 않지. 형이 있기도 하고 없기도 하고."

"전혀 의미가 통하지 않아요." 토끼도 정말로 기가 막혀서 "엉망진창이야."

"응, 실은 형이 한 명 있어. 말하기 괴롭지만 주정뱅이 불량배라, 정말로 창피하고 부끄러워. 태어나서 30년 넘게, 아니 형 이야기야. 형이 태어나서 30년 넘게, 나에게 폐만 끼치고 있어."

"그것도 이상하네. 열일곱 살인 사람이 30년 넘게 괴롭힘을 당했다니?"

너구리는 이제 들리지 않는 것처럼,

"세상에는 한마디로 설명할 수 없는 것이 많아. 이제는 더 이상 내쪽에서 형이 없는 것으로 생각하고 의절하여, 아니 이상하네. 타는 냄새가 나는데 너는 아무렇지 않니?"

"아니."

"그래." 너구리는 늘 구린내가 나는 것을 먹고 있어서 코에는 자신이 없다. 의아한 표정으로 고개를 갸우뚱하면서 "기분 탓일까. 맙소사! 무언가 불에 타는 것 같은 활활, 훨훨 하는 소리가 나지 않니?"

"그럴 테죠. 이곳은 활활, 훨훨 산이니까."

"거짓말 마! 너는 조금 전에 이곳은 부싯돌 산이라고 했잖아."

"그래요, 같은 산이라도 장소에 따라 이름이 다르니까. 후지 산 중턱에는 소후지 산이라는 산이 있고 오무로 산이나 나가오 산도 모두 후지 산과 이어져 있는 산이잖아. 몰랐어요?"

"응, 몰랐어. 그래? 여기가 활활, 훨훨 산이라고는 내가 30년 넘게, 아니 형이 그렇다고. 이곳은 단지 뒷산이었는데, 아니, 정말로 따뜻해졌다. 지진이라도 일어나지 않을까. 왠지 오늘은 기분 나쁜 날이야. 야아, 너무 더워. 캬아! 뜨거, 앗, 뜨거! 도와줘, 땔감이 타고 있어. 앗, 뜨거."

그다음 날, 너구리는 자기 굴속에 틀어박혀 신음하면서,

"아아, 괴로워. 마침내 나도 죽게 될지 몰라. 생각해보면 나만큼 불행한 남자도 없어. 어중간하게 남자답게 잘생긴 용모로 태어난 탓에 여자들이 외려 부담스러워해서 다가오지 않는다고. 아무래도 진짜로 기품 있어 보이는 남자는 손해야. 내가 여자를 싫어한다고 생각할지도 모르겠어. 아니, 나도 결코 성인(聖人)이 아니야. 여자를 좋아해. 그렇지만 여자들은 나를 오만한 이상주의자라고 생각하는 것 같아서 좀처럼 유혹해오지 않는다고. 이럴 바에는 차라리 큰 소리로 외치면서 달리고 싶어. 나는 여자를 좋아한다! 아, 아야, 아야야. 정말이지 화상은 처치 곤란이야. 욱신욱신 아파. 간신히 너구리 탕 신세에서 벗어났구나 생각했더니, 이번에는 영문도 모르고 활활 산에 들어간 것이 잘못이었어. 그 산은 어이없는 산이야. 땔감이 활활 타오르니까 참혹해. 30년 넘게" 하고 말하다가 주위를 흘끔 둘러보고는, "무엇을 숨기랴! 내 나이 서른일곱이야. 헤헤, 어때서! 이제 3년 있으면 마흔이다. 알 만하지 않니, 당연하지 않니, 보면 알 수 있는 것을. 아야야, 그

런데 내가 태어나서 37년간, 그 뒷산에서 놀면서 자랐지만 한 번도 그런 이상한 일을 당한 적이 없어. 부싯돌 산이라든가, 활활 산이라든가 이름부터가 이상해. 글쎄, 이상해" 하고 스스로 제 머리를 때리면서 고민하고 있었다.

그때, 밖에서 보부상의 목소리가 들려왔다.

"센킨 고약 있어요. 화상, 베인 상처, 검은 피부로 고민하고 있지는 않습니까?"

너구리는 화상, 베인 상처보다는 검은 피부라는 말을 듣고 정신이 번쩍 들었다.

"어이, 센킨 고약."

"예, 누구십니까?"

"여기야, 굴 안이야. 검은 피부에도 효과가 있어?"

"그것은 그저 하루 만에."

"그래!" 하고 기뻐하며 구멍에서 기어 나와 "앗! 너는 토끼."

"예, 토끼임에는 틀림없지만 저는 남자 약장수입니다. 에, 벌써 30년 넘게 이 근처에서 이렇게 약을 팔러 다니고 있습니다."

"음." 너구리는 한숨을 쉬고, 고개를 갸웃하며 "그러나 닮은 토끼가 있네. 30년 넘게, 그래, 네가 말이지. 아니 세월 이야기는 그만두자. 전혀 재미없어. 끈덕지구나. 뭐, 그렇다는 이야기야" 하고 횡설수설하면서 넘기고는, "그런데 그 약을 팔지 않을래? 실은 약간 고민거리가 있어서."

"아니! 심한 화상이네요. 이건 정말 큰일이야. 내버려두면 죽어요!"

"아니, 나는 차라리 죽고 싶어. 이런 화상 따위는 어떻든 상관없어.

그것보다 나는 지금 용모가……"

"무슨 말을 하십니까? 생사의 경계선이 아닙니까? 야아, 등이 가장 심하네요. 도대체 어찌 된 일입니까?"

"그것이," 너구리는 입을 일그러뜨리며 "활활 산인지 훨훨 산인지 하는 이상한 산에 들어갔을 뿐인데, 아니 정말로 엄청난 일이 일어나서 깜짝 놀랐어!"

토끼는 무심코 "킥킥" 웃고 말았다. 너구리는 토끼가 왜 웃는지 알 수 없었지만 어쨌든 자신도 함께 "와하하" 웃으면서,

"정말이야. 바보스러워. 네게도 충고하겠는데 그 산만은 가서는 안 돼. 처음에 부싯돌 산이라는 것이 있고 그다음에 활활, 훨훨 산이었는데 그것이 실수였어. 엄청난 사건이 일어났어. 정말이지, 적당하게 부싯돌 산 근처에서 되돌아와야 해. 섣불리 활활 산에 발을 들여놓은 것이 실수야. 결국 이렇게 되었어. 아야야. 잘 들어, 충고하겠는데 너는 아직 젊으니까 나 같은 노인네의 말은, 아니 노인네는 아니지만, 어쨌든 무시하지 말고 이 친구의 말만은 존중해줘. 무엇보다 경험자의 말이니까. 아야야야야."

"고맙습니다. 주의하죠. 그런데 어떻게 할까요, 이 약은? 친절하게 충고해주신 데 대한 답례로 약값은 받지 않겠습니다. 어쨌든 등의 화상에 발라드리죠. 때마침 내가 가지고 와서 다행이지 그렇지 않았다면 당신은 죽었을지도 모릅니다. 이것도 누군가의 인도겠죠. 인연입니다."

"인연인지도 모르겠네." 너구리는 나지막하게 신음하듯 말하고 "공짜라면 발라볼까? 나도 요즈음은 가난해서, 정말이지 여자에게 빠지

면 돈이 들어서 말이지. 내친김에 그 고약을 한 방울 내 손등에 떨어뜨려주지 않겠니?"

"무얼 하시려고요?" 토끼는 불안한 표정을 지었다.

"아니, 아무것도 아냐. 단지 잠깐 보고 싶어. 어떤 색인지."

"색은 특별히 다른 고약과 다르지 않습니다. 이런 것인데" 하고 정말로 소량을 너구리가 내민 손등에 발라주었다.

너구리가 재빨리 그것을 얼굴에 바르려고 하자 토끼는 깜짝 놀라, 그렇게 하면 이 약의 정체가 폭로될지도 모를 것 같아서 너구리의 손을 잡고,

"아, 그렇게 하면 안 됩니다. 얼굴에 바르기에는 이 약은 조금 강합니다. 당치도 않아요."

"아니, 내버려둬." 너구리는 지금은 자포자기 상태로, "부탁이니까 손을 놔! 너는 내 마음을 몰라. 내가 이 검은 피부 때문에 태어나서 30년 넘게 얼마나 따분하게 지냈는지 모를 거야. 놓아라. 손을 놓아라. 부탁이니 바르게 해줘."

마침내 너구리는 발로 토끼를 차버리고 눈 깜짝할 사이에 약을 바르고는,

"적어도 내 얼굴의 이목구비는 결코 나쁘지 않다고 생각해. 단지 검은 피부 때문에 기가 죽어. 이젠 됐어. 우아! 이것은 대단해. 정말로 화끈거리네. 강한 약이야. 그러나 이 정도로 강한 약이 아니면 내 검은 피부는 낫지 않을 것 같은 생각이 들어. 와아, 대단하네. 그러나 참아야지. 괘씸한 놈. 이번에 그 녀석이 나를 만나면 내 얼굴에 빠져 넋을 잃고, 와하하, 이제 녀석이 상사병을 앓게 돼도 몰라. 내 책임이 아

니니까. 아아, 따끔따끔거린다. 이 약은 분명히 듣는구나. 자, 이렇게 된 바에야, 등이든 어디든 몸 전체에 발라줘. 나는 죽어도 좋아. 피부만 하얘진다면 죽어도 좋아. 자 발라줘. 염려하지 말고 씩씩하게 듬뿍 듬뿍 발라줘." 정말로 비장한 광경이 벌어졌다.

그렇지만 아름답게 고양된 처녀의 잔인함에는 끝이 없다. 거의 악마와 비슷하다. 태연하게 일어나서 너구리의 화상에 그 고춧가루 반죽한 것을 잔뜩 바른다. 너구리는 당장 일곱 번 구르고 여덟 번 거꾸러지며,

"으윽, 아무렇지 않아. 이 약은 확실하게 듣는구나. 와아아, 굉장해. 물을 줘. 여기는 어디야? 지옥인가! 용서해줘. 지옥에 떨어질 만한 짓을 한 적이 없어. 너구리 탕이 되는 것이 싫어서 할머니를 해치웠다. 나에게 잘못은 없어. 태어나서 30년 넘게 피부가 검어서 여자들에게 전혀 인기가 없었어. 그리고 나는 식탐이, 아아, 그 때문에 얼마나 수치를 당했는지. 아무도 모를 거야. 나는 고독해. 나는 착한 사람이야. 이목구비는 나쁘지 않다고 생각해" 하고 괴로운 나머지 불쌍한 헛소리를 하고는, 이윽고 축 늘어져 실신했다.

그러나 너구리의 불행은 아직 끝나지 않았다. 지은이인 나조차 쓰면서 한숨이 나올 정도다. 어쩌면 일본 역사상, 이 정도로 불운한 반평생을 보낸 자는 아마도 예가 없다고 생각된다. 너구리 탕이 될 운명에서 도망쳐서 '야, 다행이다!'라고 생각할 틈도 없이 활활 산에서 원인 모를 큰 화상을 입고도 구사일생으로 살아나서, 기다시피 하여 간신히 보금자리로 돌아와 입을 일그러뜨리며 신음하고 있었더니, 이번

에는 그 화상에 고춧가루가 듬뿍듬뿍 발려 고통 때문에 실신하고 마침내 진흙 배에 태워져 가와구치 호수 바닥에 가라앉는 것이다. 정말로 좋은 일이 하나도 없다. 이 또한 일종의 여자의 앙갚음임에 틀림없지만 그렇다고 해도 너무나 촌스러운 여자의 앙갚음이다. 멋이라곤 하나도 없다. 너구리가 굴속에서 사흘간 숨이 다 끊어져 죽었는지 살았는지 그야말로 이승과 저승의 경계를 헤매다가, 나흘째 맹렬한 공복감에 사로잡혀 지팡이를 짚고 굴에서 기어 나와서 무언가를 중얼거리며 여기저기 먹이를 찾아다니는 모습은 불쌍하기 짝이 없었다. 그러나 원래 뼈가 튼튼하고 바위 같은 몸이어서 열흘이 채 지나지 않아 완쾌했고 식욕도 예전처럼 왕성해지고 색욕도 조금 생겨서, 그만두었으면 좋았을 것을 또다시 토끼 굴로 태연하게 찾아갔다.

"놀러 왔어. 하하하!" 하고 겸연쩍은 나머지 징그럽게 웃는다.

"어머!" 토끼는 아주 노골적으로 싫은 표정을 했다. '뭐야, 당신이야?' 하는 느낌, 아니 그보다 더 심하다. '왜 또 왔어, 뻔뻔스럽게'라는 느낌, 아니 그보다 더 심하다. '아아, 참을 수 없어. 액신(厄神)이 왔다!'라는 느낌, 아니 그보다 더욱 심하다. '더러워! 구린내 나! 죽어버려!'라는 극단적인 혐오감이 당시 토끼 얼굴에 역력히 드러났지만, 그러나 어쨌든 초대받지 않은 손님이라는 것은 집주인의 이러한 혐오감을 알아차리지 못하는 법이다. 그것은 정말로 신기한 심리이다. 독자 여러분도 조심하는 것이 좋다. '저 집에 가는 것은 아무래도 귀찮다. 거북하다'고 생각하면서 마지못해 갈 때는, 뜻밖에 그 집에서 당신의 방문을 진심으로 기뻐해준다. 그에 비해 '아아! 저 집은 정말로 기분이 좋아. 거의 우리 집 같아. 아니 우리 집 이상으로 마음이 편해. 내

유일한 휴식처야. 정말이지 저 집에 가는 것은 즐거워' 등과 같이 기분 좋게 찾아가는 집에서는, 먼저 여러분을 대개 곤혹스러워하고 좋아하지 않고 두려워하고 문 뒤에서 빗자루를 거꾸로 세우는* 것이다. 남의 집에 휴식처를 기대하는 것이 원래 바보라는 증거일지도 모르지만 어쨌든 방문이라는 것에 대해 우리는 놀랄 정도로 착각을 하고 있다. 특별한 볼일도 없으면 아무리 친한 친척 집이라도 무턱대고 방문해서는 안 되는지도 모른다. 지은이의 이 충고를 의심하는 사람은 너구리를 보라. 너구리는 지금 분명하게 이 무서운 착각을 범하고 있는 것이다. 토끼가 "어머!" 하고 말하며 싫은 표정을 지어도 너구리는 전혀 알아차리지 못한다. 너구리는 그 "어머!" 하는 외침도 너구리의 갑작스러운 방문에 놀라고 또 기뻐서 저절로 나온 처녀의 순진한 소리처럼 여긴 나머지 소름 끼칠 정도로 기뻐하며, 또 토끼의 찌푸린 표정도, 이것은 자신이 활활 산에서 당한 재난에 마음 아파하고 있음에 틀림없다고 이해하고,

"야, 고마워" 하고 위로도, 아무 말도 하지 않았는데도 불구하고, 먼저 답례를 하면서, "걱정하지 마. 이젠 괜찮아. 나한테는 수호신이 늘 함께하니까. 운이 좋아. 그따위 활활 산은 물귀신의 방귀, 그러니까 대수롭지 않은 거야. 물귀신 고기는 맛있다고 하니 어떻게 해서라도 먹어보려고 생각하고 있어. 이건 농담이지만 그때는 정말 놀랐어. 워낙 큰 화재였으니까. 너는 어땠어? 별로 상처도 입지 않은 것 같은데, 잘도 그 불 속에서 무사히 빠져나왔네."

---

* 빗자루를 거꾸로 세우면 손님이 빨리 돌아간다는 주술적 의미.

"무사하지 않았어요!" 토끼는 약간 토라진 척하고, "당신이야말로 심해요. 그런 큰 불구덩이에 나 혼자 두고 잘도 도망쳤잖아요. 연기에 숨 막혀 죽기 일보 직전이었어요. 당신을 원망했어요. 역시 그럴 때, 얼떨결에 본심이 드러나는 것 같아. 나는 이제 당신의 본심을 이번에 분명하게 알았어요."

"미안해. 용서해줘. 실은 나도 심한 화상을 입었고 나에게는 어쩌면 수호신도 아무것도 없을지 몰라. 아주 지독한 꼴을 당했다고. 네가 어떻게 되었는지 걱정되었지만 무엇보다 금방 내 등이 뜨거워진 바람에 너를 도우러 갈 틈이 없었어. 이해해주지 않을래. 나는 결코 불성실한 남자는 아니야. 화상도 결코 무시할 수 없는 거야. 게다가 센킨 고약인지, 산증(疝症)* 고약인지 하는 것이 나빴어. 이야, 정말로 나쁜 약이었어! 검은 피부에도 전혀 듣지 않았단 말이야."

"검은 피부?"

"아니, 걸쭉한 검은 약인데, 아주 강한 약이야. 너를 아주 닮은 작고 이상한 놈이 약값은 필요 없다고 해서, 한번 써볼까 하는 생각에 발랐는데. 이야! 정말로 공짜약이라는 것은 너도 조심하는 것이 좋아. 방심이고 뭐고 해서는 안 돼. 머리끝에서 세차게 소용돌이가 일어난 것 같은 느낌이 들더니 그만 쓰러지고 말았어."

"흥" 토끼는 가볍게 경멸하고는 "자업자득 아닌가요. 구두쇠여서 벌을 받은 거잖아. 공짜 약이니까 써봤다니, 잘도 그런 천박한 소리를 부끄러워하지도 않고 말하네."

---

* 생식기와 고환이 붓고 아픈 병. 아랫배가 땅기며 통증이 있고 소변과 대변이 막히기도 한다.

"심한 말을 하네"라고 너구리는 나지막하게 말했지만 별다른 것을 느끼지도 못하는 것 같고, 단지 좋아하는 사람 곁에 있다는 행복감에 마음이 따뜻해진 것 같고, 듬직하게 앉아서 죽은 생선 같은 흐릿한 눈으로 주위를 둘러보고 작은 곤충을 주워 먹으면서, "그러나 나는 운 좋은 남자야. 어떤 일을 당해도 죽지는 않아. 수호신이 지켜주고 있는지도 몰라. 너도 무사해서 다행이지만, 나도 아무 일 없이 화상이 낫고 이렇게 둘이서 느긋하게 이야기할 수 있으니. 마치 꿈같아."

토끼는 벌써부터 빨리 돌아갔으면 하는 마음에 참을 수가 없었다. 싫어서, 너무 싫어서 죽을 것 같은 기분. 어떻게든 자기 집 부근에서 사라지게 하고 싶어서 또다시 악마 같은 계획을 생각해낸다.

"저기, 당신은 가와구치 호수에 맛있는 붕어가 우글거리는 것을 아시나요?"

"몰랐는데. 정말이야?" 너구리는 금방 눈을 반짝이며, "내가 세 살 때, 어머니가 붕어를 한 마리 잡아와서 먹은 적이 있었는데 참 맛있었어. 나는 정말이지 손재주가 없는 편은 아니지만, 결코 그렇지는 않지만, 붕어같이 물속에 있는 것을 잡을 수가 없어서 맛있다는 것은 알지만, 그 후로 30년 넘게, 아니, 하하하! 얼떨결에 형의 말버릇을 흉내냈어. 형도 붕어를 좋아해."

"그래요." 토끼는 건성으로 맞장구를 치고 "나는 그다지 붕어를 먹고 싶지는 않지만, 당신이 그렇게 좋아한다면 지금부터 같이 잡으러 가드릴 수도 있어요."

"그래!" 너구리는 싱글벙글하며 "하지만 붕어란 놈은 아주 빨라서 그 녀석을 잡으려다가 까닥 익사할 뻔한 적이 있는데" 하고 무심코 과

거의 실패를 고백하고 "너한테 무슨 좋은 방법이라도 있니?"

"그물로 잡으면 손쉬워요. 저 우가시마 해안에 요즈음 아주 큰 붕어들이 모여 있어요. 네, 가요. 당신, 배 저을 수 있어요?"

"음!" 살짝 한숨을 쉬고는 "젓지 못하는 것은 아니야. 마음만 먹으면 그다지" 하고 괴로운 허풍을 쳤다.

"저을 수 있다고?" 토끼는 허풍이라는 것을 알면서도 일부러 믿는 척하고, "자, 마침 잘됐네. 내게 작은 배가 한 척 있지만 너무 작아서 우리 두 사람이 탈 수는 없어요. 게다가 워낙 얇은 판자로 적당하게 만든 배라서 물이 스며들면 위험해요. 하지만 나는 어떻게 되든, 만약 당신에게 무슨 일이 있어서는 안 되니까, 당신 배를 둘이서 힘을 합쳐 지금부터 만들어요. 판자로 된 배는 위험하니까 조금 더 튼튼하게 진흙을 이겨서 만들어요."

"미안해. 정말로 눈물이 날 것 같아. 울게 해줘. 어째서 이렇게 눈물이 많지?" 거짓으로 울면서 "내친김에 너 혼자서 튼튼하고 좋은 배를 만들어주지 않을래. 응, 부탁해" 하고 잽싸게 뻔뻔스러운 부탁을 하고 "은혜에 감사해. 네가 튼튼한 내 배를 만드는 동안, 나는 금방 도시락을 만들게. 틀림없이 훌륭한 취사담당자가 될 수 있을 거야."

"그래요!" 토끼는 너구리의 제멋대로인 의견도 믿는 척하며 순순히 동의한다. 그리하여 너구리는 '아아! 세상살이 쉽네' 하고 혼자서 빙긋이 웃는다. 이 순간에 너구리의 비운은 결정되었다. 자신의 거짓말을 모두 다 믿어주는 자의 가슴속에는 종종 무언가 무서운 암계가 숨어 있다는 것을 우둔한 너구리는 몰랐다. '잘되고 있네' 하고 싱글벙글 웃고 있다.

두 사람은 같이 호숫가로 나간다. 흰 가와구치 호수에는 물결 하나 없다. 토끼는 즉시 진흙을 이겨서 이른바 튼튼하고 좋은 배를 만드는 데 착수하고, 너구리는 "미안, 미안해" 하고 여기저기 뛰어다니면서 오로지 도시락을 무엇으로 채울까 궁리하느라 여념이 없다. 마침내 저녁 바람이 살짝 불어와 수면 전체에 작은 물결이 일기 시작했을 때, 점토로 만든 작은 배가 반질반질 강철 색으로 빛나며 진수되었다.

"음, 나쁘지 않네." 너구리는 신나서 석유통만 한 도시락을 먼저 배에 싣고, "정말이지 너는 상당히 손재주가 있는 아가씨야. 눈 깜짝할 사이에 이렇게 아름다운 배 한 척을 만들다니. 신기(神技)야!" 하고 역겹게 속 들여다보이는 칭찬을 했다. '이렇게 손재주 있고 부지런한 사람을 마누라로 삼는다면, 어쩌면 나는 마누라가 일하는 덕분에 놀면서 사치를 부릴 수 있을지도 모른다'고 색욕 이외에 다른 욕심이 뭉게뭉게 피어났다. '어떻게 해서라도 이 여자에게 붙어서 평생 떨어지지 말아야지' 하고 은밀하게 단단히 결심을 하고 영차 하고 진흙 배에 올라, "너는 틀림없이 배도 잘 젓겠지. 나도 노 젓는 방법을 모르는, 설마, 모르는 건 결코 아니지만 오늘은 어디 마누라 솜씨를 한번 볼까?" 이상하게 말투가 뻔뻔스러워졌다. "나도 옛날에는 노 젓기의 명인이라든가 달인이라는 말을 들었지만 오늘은 누워서 구경만 하겠다. 상관없으니 내 배 앞머리를 너의 배 뒷머리에 묶어라. 배도 사이좋게 딱 붙어서 죽더라도 같이, 버리지 말아줘" 등의 불쾌하고 아니꼬운 얘기를 하고는 진흙 배 바닥에 척 드러누웠다.

토끼는 배를 묶으라는 말을 듣고 '그런데 이 바보가 뭔가를 알아차렸나?' 하고 오싹해서 너구리의 표정을 훔쳐보았지만, 아무 일 없이 너구리는 여자에게 빠져 벙글벙글 웃으면서 벌써 꿈나라에 가 있다. "붕어가 잡히면 깨워줘. 그놈은 맛있으니까. 나는 서른일곱이다" 등의 바보스러운 잠꼬대를 하고 있다. 토끼는 "흥" 하고 웃고는 너구리의 진흙 배를 자기 배에 묶고는 노로 수면을 철썩 때린다. 스르르 두 척의 배가 물가를 떠난다.

우가시마의 솔숲이 석양에 물들어 불이 난 것 같다. 여기서 잠시 지은이가 박식한 척하면, 이 섬의 솔숲을 사생하여 도안한 것이 '시키시마' 담뱃갑에 그려진 풍경이라는 이야기다. 믿을 수 있는 사람에게 들은 것이므로 독자도 믿어서 손해는 없을 것이다. 그런데 지금은 '시키시마'라는 담배가 없어졌으므로 젊은 독자에게는 아무런 흥미도 없는 이야기이다. 쓸데없는 지식을 자랑한 것이다. 아무튼 아는 체하는 것은 이와 같이 바보스러운 결과로 끝난다. 어쨌든 태어난 지 30년이 넘는 독자만은 '아아, 그 소나무인가!' 하고 화류계의 추억과 함께 희미하게 생각이 나서 시시하다는 표정을 짓는 것이 고작이겠지.

그런데 토끼는 우가시마의 저녁 풍경을 넋을 잃고 바라보다가,

"아아! 아름다운 풍경" 하고 중얼거린다. 이것은 정말이지 이상하다. 아무리 지독한 악당이라도 지금부터 잔악한 범죄를 저지르기 직전에 자연의 아름다움을 넋을 잃고 바라볼 여유는 없을 것일진대, 열여섯 살 난 아름다운 처녀는 흐뭇해하면서 섬의 저녁 풍경을 감상하고 있다. 정말로 천진난만함과 악마는 종이 한 장 차이다. 고생을 모르는 방자한 처녀의 구역질이 날 것 같은 아니꼬운 모습을 보고 '아아! 청춘은 순진하다'고 하면서 침을 흘리는 남자들은 조심하는 것이 좋다. 그 사람들이 말하는 이른바 '청춘의 순진'이라는 것은 종종 이

토끼의 예처럼, 가슴속에는 살의와 도취가 공존해도 아무렇지 않은, 뭐가 뭔지 알 수 없는 관능이 뒤섞여 난무하는 것이다. 위험하기 짝이 없는 맥주의 거품이다. 피부 감각이 윤리를 감싸고 있는 상태, 이것을 저능, 또는 악마라고 한다. 한때, 전 세계에 유행한 미국 영화, 거기에는 이와 같은 이른바 '순진'한 남녀가 많이 나와서 피부 감촉을 주체하지 못해 사람의 마음을 자극하려고 경망스럽게 스프링처럼 움직이고 있었다. 특별히 억지를 부리는 것은 아니지만 이른바 '청춘의 순진'이라는 것의 원조는 어쩌면 미국이 아닐까 싶을 정도였다. 스키를 신나게, 하는 식이다. 그리하여 그 이면에서는 아주 어리석은 범죄를 태연하게 행한다. 저능이 아니면 악마이다. 아니, 악마라는 것은 원래 저능한 것일지도 모른다. 작은 체구에 가냘프고 손발이 가느다란 달의 여신 아르테미스와 비교될 열여섯 살 처녀 토끼도 이제는 단숨에 흥미가 뚝 떨어지는 시시한 존재가 되고 말았다. 저능인가! 그렇다면 어쩔 수가 없네.

"아이고!" 발밑에서 이상한 소리가 났다. 나의 친애하는, 게다가 전혀 순진하지 않은 서른일곱 살 남성, 너구리 군의 비명이다. "물이다, 물. 큰일났다."

"시끄러워요. 진흙 배니까 어차피 가라앉아요. 몰랐어요?"

"몰랐어. 이해가 되지 않아. 조리가 맞지 않아. 억지다. 설마 나를, 아니 설마! 그런 귀신같은, 아니 전혀 모르겠다. 너는 내 마누라가 아닌가? 어이쿠, 가라앉는다. 적어도 가라앉고 있다는 것만은 눈앞의 현실이다. 농담이라 해도 너무 악질이다. 이것은 거의 폭력이다. 야아! 가라앉는다. 어이, 어떻게 할 작정이야? 도시락이 쓸모없게 되잖아! 이 도시락에는 족제비 똥을 바른 도마뱀 마카로니가 들어 있어. 아깝지 않니! 어푸. 아, 마침내 물을 먹고 말았어. 어이, 부탁이야. 나쁜 농담은 이제 슬슬 그만해. 이봐, 그 줄을 끊으면 안 돼! 죽으려면 함께, 부부의 인연은 내세까지 이어지는 끊으려야 끊을 수 없는 밧줄. 아, 글렀다. 끊었다. 살려줘! 나는 헤엄을 못 쳐. 자백할게. 옛날에는 조금 쳤지만 너구리도 서른일곱 살이 되면 여기저기 근육이 굳어 도저히 헤엄칠 수가 없어. 자백할게. 나는 서른일곱 살이다. 너와는 나이 차가 너무 난다. 노인을 존중해야지. 경로심을 잊지 마라. 어푸! 아아, 너는 착한 아이다. 그렇지, 착한 아이니까 네가 갖고 있는 노를 이쪽으로 내밀어줘, 나는 그것을 잡고, 아야! 무슨 짓이야, 아프잖아! 노로 내 머리를 때리다니. 아! 그렇구나. 알았다! 너는 나를 죽일 생각이구나. 이제야 알았다." 너구리도 죽기 직전에야 비로소 토끼의 간계를 알아차렸지만 이미 늦었다.

딱, 딱 하고 무자비하게 노가 머리를 내려친다. 너구리는 석양을 받아 반짝반짝 빛나는 수면으로 떠올랐다가는 가라앉으며,

"아야야, 아야야. 심하지 않니! 내가 너에게 무슨 나쁜 짓을 했니? 반한 게 나쁜 거니?" 하고 푹 가라앉고는 그뿐.

토끼는 얼굴을 닦고는,

"아아! 구슬땀이 나네" 하고 말했다.

그런데 이 이야기는 호색에 대한 훈계일까? 열여섯 살 난 아름다운 처녀에게 접근하지 말라는 친절한 충고를 주는 희극일까. 또는 마음에 든다고 해서 너무 집요하게 찾아가면, 결국은 극도의 혐오감을 주

어서 살해당할 정도의 참혹한 꼴을 당하니 절도를 지키라는 예의범절에 관한 교과서일까?

혹은 도덕의 선악보다 좋고 싫은 감정에 의해 세상 사람들은 일상생활에서도 서로를 욕하고 벌주고 상을 주고, 또는 복종하고 있다는 것을 암시하는 우스갯소리일까?

아니, 아니, 그와 같은 평론가적인 결론을 내리려고 서두르지 말고 너구리가 죽기 직전에 한 말에만 유의하면 좋지 않을까?

말하자면, 여자에게 반한 것이 나쁘냐!

예로부터 전 세계의 슬픈 이야기의 주제는 오로지 이것뿐이라고 해도 과언이 아니다. 여성에게는 모두 무자비한 토끼가 한 마리 살고 있고 남성에게는 저 선량한 너구리가 늘 익사 직전 상태로 발버둥 치고 있다. 지은이의, 그야말로 지난 30년 넘게 굉장히 부진했던 경험에 비춰봐도 그것은 명명백백하다. 어쩌면 여러분에게도. 후략.

혀 잘린 참새

나는 이 「옛날이야기」라는 작품을 일본의 국난 타계를 위해 분투하는 사람들이 잠시 숨을 돌릴 때 사소하나마 위로가 될 장난감으로 만들기 위해, 요즈음 미열이 있어 온전치 않은 상태이지만, 명령대로 근로 봉사를 하기도 하고 재해로 부서진 집 수리 등을 하면서 어쨌든 시간이 날 때마다 조금씩 써왔다. 혹부리 영감, 우라시마, 부싯돌 산, 그다음으로 모모타로와 혀 잘린 참새를 모아 일단 「옛날이야기」를 완결하려고 생각하고 있지만, 모모타로 이야기는 최대한으로 단순화되면서 일본 남자의 상징처럼 되어버려 이야기라기보다는 시나 노래 같은 느낌조차 든다. 물론 나도 처음에는 모모타로도 내 나름대로 고칠 생각이었다. 다시 말해 그 도깨비 섬의 도깨비에게 일종의 증오스러운 성격을 부여할까 하고 생각했다. 무슨 일이 있어도 도깨비를 정벌하지 않으면 안 되는 극악무도하고 추한 인간으로 묘사할 생각이었다. 그리하여 모모타로의 도깨비 정벌도 독자 여러분의 공감을 불러일으키고 그 전투도 읽는 사람이 손에 땀을 쥘 정도로 일촉즉발의 위기로 만들려고 했다. (아직 쓰지 않은 작품 구상을 이야기하는 경우, 작가는 대개 이처럼 천진난만한 거짓말을 하는 것이다. 그렇게 순조롭게 풀리지는 않지만.) 어쨌든 들어봐라. 어차피 호언장담이니까. 어쨌든 놀리지 말고 들어줘. 그리스 신화에서 가장 극악무도한 마귀는 역시 저 만 개의 뱀 머리카락을 한 메두사일 것이다. 양미간에는 남을 의심하는 깊은 주름이 패어 있고 작은 회색 눈에는 비열한 살의가 타오르고 새파란 볼은 무시무시한 분노로 떨리고 거무스름한 얇은 입술은 혐오와 모멸로 인해 쥐가 나는지 일그러져 있다. 그리고 긴 머리칼 하나하나가 모두 배가 빨간 독사이다. 이 무수한 독사는 적에 대해 재빨리 다 같이 대가리를 들고 쉭쉭 하는 기분 나쁜 소리를 내며 맞선다. 메두사의 모습을 한 번 본 자는 알 수 없는 이상한 기분이 들고 그리하여 심장이 멎고 몸 전체가 차가운 돌이 되어버린다고 한다. 공포라기보다는 불쾌감이다. 인간의 육체보다는 마음에 해를 끼친다. 이와 같은 괴물은 가장 증오스러운 것이니 재빨리 퇴치해야 한다. 이에 비하면 일본의 괴물은 단순하고 애교가 있다. 오래된 절의 오뉴도*랑 외다리 우산 괴물 등은 대개 술꾼인 호걸을 위해 순진한 춤을 보여줌으로써 호걸들의 한밤중의 무료함을 위로해주는 것이다. 또 그림책에 나오는 도깨비 섬의 도깨비들도 덩치만 크고 원숭이에게 코를 할퀴어

---

* 까까머리를 한 남자 괴물.

"아!" 하고 넘어지고는 항복하는 것이다. 전혀 무섭지도 아무렇지도 않다. 선량한 성격인 것처럼 여겨진다. 그렇다면 모처럼 쓰려고 하는 도깨비 퇴치도 아주 김빠진 이야기가 될 것이다. 여기서는 어떻게든 메두사 머리 이상의 굉장한, 불쾌하기 짝이 없는 마귀를 등장시켜야 한다. 그렇지 않으면 독자의 손에 땀을 쥐게 할 수 없다. 또 정복자인 모모타로가 너무 강하면 독자는 오히려 도깨비들을 가엾다고 생각하기에 이 이야기에서 일촉즉발의 묘미를 느낄 수 없다. 불사신인 지크프리트 같은 용맹한 영웅도 어깨 한 곳에 약점을 갖고 있지 않은가! 벤케이도 약점이 있다고 하니 어쨌든 완벽한 절대 강자는 옛날이야기에는 어울리지 않는다. 게다가 나는 자신이 무력한 탓인지 약자의 심리에 대해서는 약간 안다고 생각하지만 아무래도 강자의 심리는 그다지 자세하게는 모른다. 특히 누구에게도 지지 않는 완벽한 강자 따위는 지금까지 한 번도 만난 적이 없고 소문조차 들은 적이 없다. 나는 조금이라도 실제로 경험한 적이 없으면 한 행, 한 자도 쓰지 못하는 아주 상상력이 빈약한 작가이다. 따라서 모모타로 이야기를 쓰는 데도 그런 본 적이 없는 절대 불패의 호걸을 등장시키는 것은 도저히 불가능하다. 역시 나의 모모타로는 어릴 때부터 울보에다 몸이 약하고 부끄럼쟁이에 아무짝에도 쓸모없는 남자였지만, 사람의 마음을 파괴하고 영원한 절망과 전율과 원망과 한탄의 지옥으로 처넣는 극악무도하고 악랄한 요괴들을 접하고는, 비록 힘이 없지만 지금 이대로 묵과하고 있을 수 없어 과감히 일어나서 수수경단을 허리에 차고 요괴들의 소굴을 향해 출발한다는 얘기가 될 것 같다. 또 저 개, 원숭이, 꿩의 세 마리 부하도 결코 모범적인 조력자가 아니라 각자 나쁜 버릇이 있어서 가끔씩은 싸움도 하는 아마도 『서유기』의 손오공, 저팔계, 사오정처럼 그리게 될지도 모른다. 그러나 부싯돌 산에 이어서 마침내 '나의 모모타로'에 착수하려고 하다가 갑자기 심한 우울증에 사로잡혔다. 적어도 모모타로 이야기만은 지금처럼 단순한 형태로 남겨두고 싶다. 이것은 이미 옛날이야기가 아니다. 예로부터 일본인 전부에게 읊어져 내려온 일본 서사시이다. 이야기의 줄거리에 어떤 모순이 있어도 괜찮다. 이 서사시의 평이하고 활발한 분위기를 새삼스럽게 조작하는 것은 일본에 대해서도 미안한 일이다. 적어도 모모타로는 일본 제일이라 불리는 남자이다. 일본 제일은 말할 것도 없고 일본 제이, 제삼이라는 경험도 한 적이 없는 지은이가 일본 제일의 멋진 남자를 묘사할 수 있을 리가 없다. 나는 모모타로의 그 '일본 제일'이라는 깃발을 떠올리고는 미련 없이 '나의 모모타로 이야기' 계획을 포기했다.

그리하여 곧바로 다음으로 넘어가, 혀 잘린 참새 이야기를 쓰고 그것으로 일단 「옛날이야기」를 완결 지으려고 생각을 고쳐먹었다. 혀 잘린 참새이든, 또 그전의 혹부리 영감, 우라시마, 부싯돌 산, 어느 것이나 '일본 제일'은 등장하지 않으므로 내 책임도 가볍고 자유롭게 쓸 수 있었는데, 아무래도 일본 제일이라고 하면, 적어도 이 고귀한 나라에서 제일이라면 아무리 옛날이야기라 할지라도 아무렇게나 쓸 수는 없다. 외국인이 보고 '뭐야, 이것이 일본 제일이야!'라고 한다면 분하지 않을까? 따라서 나는 여기서 귀찮을 정도로 다짐해두고 싶다. 혹부리 영감 두 사람도, 우라시마도, 또 부싯돌 산의 너구리도 결코 일본 제일은 아니지만 모모타로만은 일본 제일이라서 모모타로를 쓰지 않은 것이라고. 정말로 일본 제일이 만약 당신 눈앞에 나타난다면 당신의 두 눈은 눈부심 때문에 손상될지도 모른다. 어때, 알아들었어? 나의 「옛날이야기」에 나오는 사람은 일본 제일도, 제이도, 제삼도 아니고 또 이른바 '대표적 인물'도 아니다. 이것은 단지 다자이라는 지은이가 어리석은 경험과 빈약한 상상력으로 창조해낸 아주 평범한 인물들일 뿐이다. 이 인물들을 가지고 곧바로 일본인의 경중을 가리려고 하는 것은 그야말로 각주구검(刻舟求劍)과 같다. 나는 일본을 소중히 여기고 있다. 굳이 말할 필요도 없지만 그 때문에 일본 제일의 모모타로를 묘사하려는 것을 포기하고 또 다른 여러 인물들이 결코 일본 제일이 아니라는 이유를 장황하게 늘어놓았다. 독자 또한 나의 이런 이상한 집착에 대해 틀림없이 크게 찬사를 표할 것이라고 생각한다. 도요토미 히데요시조차 이야기하지 않았는가! "일본 제일은 내가 아니다"라고.

그런데 혀 잘린 참새의 주인공은 일본 제일은커녕, 반대로 일본에서 가장 쓸모없는 남자라고 해도 좋을지 모른다. 우선 몸이 약하다. 몸이 약한 남자라는 것은 다리가 약한 말보다 더욱 세간에서 평하는 가치가 낮은 것 같다. 늘 힘없이 기침을 하고 얼굴색도 나쁘고 아침에 일어나서 방문의 먼지를 털고 비질을 하면 벌써 힘이 빠져서 하루 종일 책상 옆에서 누웠다가 일어났다가 하며 소란을 피우다가, 저녁을 먹고는 곧바로 스스로 이불을 펴고는 자버린다. 이 남자는 이미 10여 년을 이렇게 한심한 생활을 하고 있다. 아직 마흔도 되지 않았지만 상당히 이전부터 스스로를 옹(翁)이라 칭하고 또 자기 집 사람들에게도 '할아버지'라 부르라고 명령했다. 아마 은둔자라 불러야 할 것이다.

그러나 세상을 등진다는 것도 돈이 조금이라도 있어야만 가능하지, 돈 한 푼 없는 하루살이 신세라면 세상을 등지려고 해도 세상이 쫓아와서 도저히 등질 수가 없다. 이 '할아버지'도 지금은 이렇게 자그마한 초가집에서 지내지만 원래는 큰 부잣집 삼남으로 부모의 기대를 저버리고 이렇다 할 직업도 없이 청경우독(晴耕雨讀) 생활을 하는 동안 병에 걸려서, 부모를 비롯한 친척들이 병약하고 바보스러운 골칫거리라며 포기하고 매달 생활에 어려움이 없을 정도로 약간의 돈을 보내주고 있는 상황이다. 그렇기에 이런 은둔자 같은 생활도 가능한 것이다. 아무리 초가집에 산다 해도 팔자가 늘어졌다고 하지 않을 수 없다. 그런데 이런 팔자가 늘어진 사람이야말로 별로 쓸모가 없는 것이다. 몸이 약한 것은 사실이지만 누워 있을 정도의 환자도 아니므로 무언가 한 가지 일을 적극적으로 할 수도 있을 터이다. 그렇지만 이 할아버지는 아무것도 하지 않는다. 책만은 상당히 많이 읽는 것 같지만 읽는 대로 잊어버리는지 자신이 읽은 것을 남에게 알리려고도 하지 않는다. 단지 멍하니 있다. 이것만으로도 세간에서 평하는 가치는 제로에 가까운데, 게다가 할아버지에게는 자식이 없다. 결혼한 지 벌써 10년이 넘었는데 아직 후사가 없다. 이래서는 정말로 세상 사람으로서의 의무를 어느 것 하나 다하지 못한 것이 된다. 이런 의욕이 없는 남편과 잘도 열 몇 해나 살아온 부인이 어떤 여자인지 약간 흥미가 당긴다. 그러나 초가집 담 너머로 살짝 들여다본 사람은 '에이!' 하고 실망할 것이다. 정말로 아주 별 볼 일 없는 여자이다. 피부가 검고 눈매는 날카로우며 손은 크고 주름투성이인데, 손을 앞에 축 늘어뜨리고 허리를 약간 굽혀서 바쁜 듯이 정원을 걷는 모습을 보면 '할아버지'보다 연상이 아닐까 하는 생각이 들 정도이다. 그러나 올해 서른세 살로 액년(厄年)이라고 한다. 이 사람은 원래 '할아버지'네 집 하인이었는데 병약한 할아버지의 시중을 들다가 어느새인가 평생을 떠맡게 된 것이다. 일자무식이다.

"자아, 속옷을 모두 벗어 여기에 담아주세요. 세탁을 하겠어요" 하고 강하게 명령하듯이 말한다.

"이다음에." 할아버지는 책상에 턱을 괴고 낮게 대답한다. 할아버지는 늘 낮은 목소리로 말한다. 게다가 말 끝머리는 입속에서 우물거려서 '아아'라든가 '우우'라는 식으로밖에 들리지 않는다. 함께 산 지 10여 년이 되는 할머니조차 할아버지가 하는 말을 잘 알아들을 수 없다. 하물며 다른 사람은! 어차피 은둔자 같은 사람이므로 자신의 말을 다른 사람이 알아듣든 말든 상관없을지도 모르겠지만 일도 하지 않고 독서는 하지만 딱히 그 지식을 가지고 저술을 하려는 기미도 보이지 않는다. 결혼 후 10여 년이 지났지만 아이도 낳지 않고 게다가 일상 회화에서조차 확실하게 말하는 수고도 생략하고 말 끝머리를 입 안에서 우물거리며 말한다는 것은, 게으름이라고 할지 무어라 해야 할지, 어쨌든 그 소극성은 말로는 다 표현할 수 없는 듯하다.

"빨리 벗어주세요. 보세요, 옷깃이 번들거리지 않습니까?"

"이다음에." 역시 반은 입속에서 우물거린다.

"예? 뭐라고요? 알아듣도록 말해주세요."

"이다음에." 턱을 괸 채, 벙긋도 하지 않고 할머니 얼굴을 말끄러미 바라보면서 이번에는 약간 명료하게 말했다. "오늘은 추워."

"벌써 겨울이에요. 오늘만 아니라 내일도 모레도 추울 거예요"라고 아이를 꾸짖는 말투로 말하고, "그런 상태로 집 안에서 가만히 화롯가에 앉아 있는 사람과 우물가에 나가 빨래를 하는 사람과 누가 더 추울지 아시겠어요?"

"몰라" 하고 희미하게 웃으면서 대답한다. "네가 우물가에서 일하는 건 습관이 되었을 테니."

"농담하지 마세요." 할머니는 얼굴을 찡그리고 "나도 빨래를 하기 위해 이 세상에 태어난 것은 아니에요!"

"그래?" 하며 은근히 넘어가려 한다.

"자아, 빨리 벗어주세요. 갈아입을 속옷은 모두 저 서랍 안에 들어 있어요."

"감기 걸린다."

"그러면 됐어요." 부아가 치민다는 듯이 말을 끊고 할머니는 물러간다.

여기는 도호쿠 지방 센다이 교외, 아타고 산 기슭 히로세 강 급류변의 큰 대숲 안이다. 센다이 지방에는 예로부터 참새가 많았는지 '센다이 조릿대'라는 가문(家紋)에는 참새가 두 마리 그려져 있고, 또 연극 〈센다이하기〉에서는 참새가 최고 인기 배우 이상의 중요한 배역으로 등장하는 것은 누구나 알고 있으리라 생각한다. 또 작년에 내가 센다이 지방을 여행했을 때도 이 지방에 사는 한 친구에게 다음과 같은 센다이 지방의 오래된 동요를 소개받았다.

대바구니 대바구니
바구니 안의 참새

언제 언제 나오니

이 노래는 센다이 지방만이 아니라 전국에 퍼져 있는 어린이 구전 동요인 것 같은데,

바구니 안의 참새

라고 하며 특별히 바구니 안의 새가 참새라고 한정되어 있고, 또 나오다(デハル)라는 도호쿠 방언이 아무런 부자연스러운 느낌도 없이 삽입되어 있는 점 등, 역시 이것을 센다이 지방의 동요라고 해도 큰 잘못은 아닐 것이다.

할아버지네 초가집 주변의 큰 대숲에도 무수한 참새가 살고 있어서 아침저녁으로 귀가 먹먹할 정도로 소란을 피운다. 그해 늦가을, 큰 대숲에도 싸라기눈이 상쾌한 소리를 내며 지나가던 아침이었다. 다리가 접질려 뜰에 누워서 버둥대던 어린 참새를 할아버지가 발견하고 묵묵히 주워와 방의 화롯가에 두고는 먹이를 주었고 참새는 다리의 상처가 낫고도 할아버지 방에서 놀았다. 가끔씩 뜰로 날아가는 일은 있지만 곧바로 툇마루로 돌아와서 할아버지가 던져준 먹이를 쪼아 먹고 똥을 누면 할머니는,

"에이, 더러워" 하고는 쫓아내지만 할아버지는 말없이 휴지로 툇마루의 똥을 깨끗이 닦아낸다. 시간이 지남에 따라 참새도 응석을 부려도 좋은 사람과 그렇지 않은 사람을 구분할 수 있게 되었다. 집에 할머니 홀로 있을 때는 뜰이나 처마 밑으로 피난했다가 할아버지가 나

타나면 금방 날아와서 할아버지 머리 위에 잠시 앉기도 했다. 또 할아버지 책상 위를 날아다니고 벼루의 물을 살짝 소리를 내면서 마시기도 하고 붓통 속에 숨기도 하며 여러 가지로 장난을 치면서 할아버지의 공부를 방해한다. 그렇지만 할아버지는 대부분 모른 척하고 있다. 세상의 어느 동물 애호가처럼 자신의 애완동물에게 이상하기 짝이 없는 아니꼬운 이름을 붙이고는,

"루미야, 너도 쓸쓸하니?"라고 말하지는 않는다. 참새가 어디서 무슨 짓을 하든 전혀 무관심한 모습을 보인다. 그리고는 때때로 말없이 부엌에서 먹이를 한 주먹 쥐고 와서 툇마루에 뿌려준다.

그 참새가 방금 할머니가 물러간 다음에 퍼덕퍼덕 하고 처마 밑에서 날아와 할아버지가 턱을 괴고 있는 책상 모퉁이에 잠시 머문다. 할아버지는 표정을 전혀 바꾸지 않고 말없이 참새를 보고 있다. 이쯤에서 슬슬 어린 참새의 신상에 비극이 시작된다.

할아버지는 조금 있다가 "역시" 하고 한마디 했다. 그러고는 깊은 한숨을 쉬고 책상 위에 책을 펼쳤다. 그 책을 두세 장 넘기고는 또 턱을 괴고 멍하니 앞쪽을 보면서 "빨래를 하기 위해 태어난 것이 아니라고 지껄였어! 저래도 아직 욕망이 있어 보여" 하고 중얼거리면서 약간 쓴웃음을 짓는다.

이때, 갑자기 책상 위의 작은 참새가 말을 했다.

"당신은 어떤데요?"

할아버지는 별로 놀라지도 않고,

"나? 나는, 그러니까 진실을 이야기하기 위해 태어났다."

"그렇지만 당신은 아무 말도 하지 않잖아요?"

"세상 사람들이 모두 거짓말쟁이라서 이야기를 주고받는 것이 싫어졌어. 모두 거짓말만 하고 있어. 그리고 더욱 무서운 것은 자신의 거짓말에 대해 스스로도 눈치채지 못하고 있어."

"그것은 게으름뱅이의 변명이에요. 조금만 학문을 하게 되면 누구나 그런 식으로 뻔뻔스럽게 거드름을 피우고 싶어지나 보죠. 당신은 아무 일도 하지 않잖아요? '누워서 자는 사람을 깨우지 말라'*는 속담이 있어요. 남의 이야기를 할 처지가 아니잖아요."

"그것은 그렇지만," 할아버지는 당황하지도 않고, "그러나 나 같은 남자가 있어도 괜찮아. 나는 아무것도 하지 않는 것같이 보이지만 꼭 그런 것만은 아니야. 내가 아니면 안 되는 일도 있어. 내가 살아 있는 동안 내 진가를 발휘할 수 있는 때가 올지 어떨지는 모르지만, 그때가 오면 나도 열심히 일할 거야. 그때까지는 음, 침묵하면서 독서다."

"글쎄?" 참새는 고개를 갸우뚱하면서 "패기도 없는 구들목 장군만이 잘도 그런 억지를 부리며 기염을 토하는 거예요. 은퇴한 패잔병이라고나 할까? 당신같이 비실비실한 늙은이는 돌이킬 수 없는 옛 추억을 미래의 희망과 바꾸어 자신을 위로하는 거라고요. 가엾게도! 그런 것은 기염이라고도 할 수 없어. 변태의 우치(愚癡)예요. 그러니까 당신은 좋은 일이라곤 하는 게 없어요!"

"그렇게 말하면 그럴지도 모르지만," 노인은 점점 차분하게, "그러나 지금 훌륭하게 실행하고 있는 일이 하나 있어. 그것이 무엇이냐 하면 욕심이 없다는 거야. 말하기는 쉽지만 실천은 어려운 거야. 우리

---

* 누워서 자는 사람을 깨울 것이 아니라 자신이 먼저 일어나서 일을 시작하라는 뜻.

할망구는 나 같은 놈과 열 몇 해를 같이 살아와서 이만하면 세상 욕심을 버렸을 것이라고 생각했는데 아무래도 그렇지 않은 것 같아. 저래도 아직 욕망이 있는 것 같아. 그것이 우스워서 얼떨결에 혼자서 웃어 버렸지."

그때, 할머니가 불쑥 얼굴을 내민다.

"욕망 따위는 없어요! 아니, 당신은 누구하고 이야기하고 있었어요? 누군가 젊은 아가씨 목소리가 들렸는데. 그 손님은 어디에 계십니까?"

"손님?" 할아버지는 여느 때처럼 말을 얼버무린다.

"아니요. 당신은 지금 분명히 누구하고 이야기를 하고 있었어요. 그것도 내 험담을. 자, 어떻게 된 거죠? 나한테 말할 때는 늘 얼버무려서 알아들을 수 없도록 귀찮은 듯이 말을 하는 주제에, 그 아가씨에게는 완전히 딴사람인 것처럼 아주 젊고 생기발랄하게 말을 하고, 아주 기분이 좋은 듯이 이야기를 하고 계셨잖아요. 당신이야말로 아직 욕망이 있어요. 넘쳐서 끈적끈적해요."

"그래?" 할아버지는 멍하니 대답을 하고 "그러나 아무도 없어."

"놀리지 마세요." 할머니는 정말로 화가 난 모습으로 툇마루 끝에 털썩 주저앉아.

"당신은 도대체 나를 어떻게 생각하고 계십니까? 나는 지금까지 참고 또 참아왔습니다. 당신은 이미 나를 완전히 바보 취급하고 있어요. 물론 나는 가정환경도 좋지 않고 일자무식이라 당신의 이야기 상대가 될 수 없을지는 모르겠지만, 하지만 너무해요. 젊었을 때부터 당신 집에 일하러 가서 당신의 시중을 들다가 이렇게 되었는데, 당신 부모님도 나라면 상당히 착실해서 자식과 함께 살게 해도……"

"거짓말뿐이야."

"아니, 어디가 거짓말이에요? 내가 무슨 거짓말을 했습니까? 그렇지 않습니까? 그 무렵, 당신의 마음을 가장 잘 헤아렸던 것은 내가 아니었습니까? 내가 아니면 안 되었어요. 그래서 내가 평생 당신을 돌보게 된 것이 아닙니까? 어디가, 어떤 식으로 거짓말입니까? 그것을 말해주세요" 하고 얼굴색을 바꾸고 달려든다.

"모두 거짓말이야. 그 무렵의 너는 욕망이 없었어. 그뿐이야."

"그것은 도대체 무슨 의미입니까? 나는 모르겠어요. 바보 취급하지 마세요. 나는 당신을 위해서라고 생각하고 당신과 같이 살기로 한 거예요. 욕망도 아무것도 없어요. 당신도 꽤 품위 없는 소리를 하네요. 내가 당신 같은 사람과 같이 살게 되어 아침저녁으로 얼마나 쓸쓸한지 전혀 모르실 거예요. 가끔은 상냥한 말 한마디라도 해주면 좋으련만. 다른 부부를 보세요. 아무리 가난해도 저녁 식사 때는 즐겁게 세상 이야기를 하며 웃지 않습니까! 나는 결코 욕심쟁이 여자가 아니에요. 당신을 위해서라면 어떤 것도 참을 수 있어요. 단지 가끔씩 당신이 상냥한 말 한마디만 해주신다면 그것으로 만족합니다."

"같잖은 소리 하고 있네. 속 들여다보이는 소리 하고 있어. 이제는 거의 포기하고 있다고 생각했는데 아직도 뻔한 푸념을 늘어놓아 국면 전환을 하려고 하고 있어. 소용없어. 네가 하는 말은 모두 속임수야. 그때그때, 기분에 따라 달라. 나를 이렇게 말없는 남자로 만든 것은 너야. 저녁 식사 때 나누는 세상 이야기라는 것은 대개 이웃 사람들의 흠이잖아. 험담이잖아. 게다가 그 안이한 생각으로 함부로 남의 욕을 한다고. 나는 이제까지 네가 남을 칭찬하는 것을 본 적이 없어. 나도 약한 마음을 가지고 있어. 너에게 말려들어 얼떨결에 남의 험담을 하고 싶어져. 나는 그것이 두려워. 그러니 더 이상 누구하고도 말을 하지 않겠다고 생각한 거야. 너희는 남의 나쁜 점만 눈에 들어오고 자신의 나쁜 점은 전혀 알아차리지 못하니까. 나는 사람들이 두려워."

"알겠어요. 당신은 나에게 싫증이 난 거죠? 이런 할망구가 지겨워진 거죠? 나도 알고 있어요. 조금 전의 손님은 어떻게 하셨죠? 어디에 숨어 있는 거예요? 분명히 젊은 여자 목소리였어요. 저런 젊은 여자가 생겼으니 나 같은 할망구와 이야기하는 게 싫어지는 것이 당연하지 뭐! 욕심이 없고 어쩌고 하면서 득도한 얼굴을 하고 있다가도, 상대가 젊은 여자면 금방 가슴이 두근거려서 목소리까지 변하면서 재잘재잘 수다를 떨기 시작하다니, 정나미가 떨어져요."

"그렇게 생각한다면 그것으로 좋아."

"좋지 않아요. 그 손님은 어디에 있어요? 나도 인사를 드리지 않으면 손님에게 실례니까요. 이래 봬도 나는 이 집 안주인이니까 인사를 시켜주세요. 나를 너무 업신여기지 마세요."

"이거야." 할아버지는 책상 위에서 놀고 있는 참새를 턱으로 가리켰다.

"예? 농담이죠? 참새가 말을 합니까?"

"해. 게다가 상당히 재치 있는 말을 하지."

"끝까지 이런 식으로 심술궂게 농락하네요. 그러면 좋습니다." 당장 팔을 뻗어 책상 위의 작은 참새를 덥석 잡아서는, "그런 재치 있는 말을 하지 못하도록 혀를 뽑아버리겠어요. 당신은 평소부터 정말이지

이 참새를 지나치게 귀여워했어요. 나는 그것이 싫어서 참을 수가 없었어요. 마침 잘됐군요. 당신이 그 젊은 여자 손님을 도망치게 했으니 그 대신에 이 참새의 혀를 뽑겠습니다. 기분이 좋네요." 손 안에 있는 참새의 부리를 비집어 열고는 작은 유채꽃잎만 한 혀를 단숨에 뽑았다.

참새는 푸드득 하늘 높이 날아갔다.

할아버지는 말없이 참새가 날아간 곳을 바라보고 있다.

그리고 다음날부터 할아버지는 큰 대숲을 탐색하기 시작했다.

혀 잘린 참새야
사는 집은 어디니?
혀 잘린 참새야
사는 집은 어디니?

매일매일 눈이 계속 내린다. 그런데도 할아버지는 무언가에 홀린 것처럼 대숲 깊숙이까지 찾아다닌다. 숲속에는 참새가 수천, 수만 마리가 있다. 그중에서 혀가 뽑힌 작은 참새를 찾아내는 것은 너무나 어렵다고 여겨지지만 할아버지는 예사롭지 않은 정열을 가지고 매일매일 탐색했다.

혀 잘린 참새야
사는 집은 어디니?
혀 잘린 참새야

사는 집은 어디니?

할아버지가 이렇게 저돌적인 정열을 가지고 행동하는 것은 그 생애에서 한 번도 없었던 것 같았다. 할아버지 가슴속에 잠자던 무언가가 이때 처음 머리를 든 것처럼 보였지만 그것이 무엇인지는 지은이(다자이)도 알 수 없다. 자기 집에 있으면서도 남의 집에 있는 것 같은 시무룩한 기분이던 사람이 갑자기 자신에게 가장 편한 성격을 만나서 그것을 찾아다니는 것. '사랑'이라고 하면 그뿐이지만, 일반적으로 쉽게 말하는 마음, '사랑'이라는 단어로 표현되는 심리보다 할아버지의 기분은 훨씬 울적한 것인지도 모른다. 할아버지는 정신없이 찾았다. 난생처음인 집요한 적극성이다.

혀 잘린 참새야
사는 집은 어디니?
혀 잘린 참새야
사는 집은 어디니?

설마 이것을 소리 내어 노래하면서 찾으러 다닌 것은 아니다. 그러나 바람이 자신의 귓가에 그렇게 소곤소곤 속삭이고, 그리하여 어느새 자신의 가슴속에서도 이 이상한 노래인지 염불인지 알 수 없는 문구가 한 발 한 발 대숲의 눈을 밟아 헤치고 나아감과 동시에 솟아나서 귓가를 스치는 바람의 속삭임과 어우러진 상태였다.
어느 날 밤, 센다이 지방에서도 드물게 폭설이 내리고 다음날은 활짝 개어 눈부실 정도의 은세계가 출현하자 할아버지는 아침 일찍 짚신을 신고 변함없이 대숲을 헤매고 다니면서,

혀 잘린 참새야
사는 집은 어디니?
혀 잘린 참새야
사는 집은 어디니?

대나무에 쌓였던 커다란 눈 덩어리가 갑자기 털썩 하고 할아버지 머리 위로 떨어져서 맞은 곳이 좋지 않았는지 할아버지는 실신하여 눈 위에 쓰러진다. 몽롱한 와중에 여러 목소리가 속삭이는 게 들려온다.

"가엾게도 마침내 죽어버린 게 아닐까?"

"뭐라고? 죽지는 않았어. 정신을 잃은 것뿐이야."

"하지만 저렇게 계속해서 눈 위에 쓰러져 있으면 동사해."

"그건 그래. 어떻게 해야 할 텐데. 곤란하게 되었네. 이렇게 되기 전에 그 아이가 빨리 나갔으면 좋았을걸. 도대체 그 아이는 어떻게 되었어?"

"오테루?"

"그래. 누군가의 장난 때문에 입에 상처를 입었다고 하던데. 그 후로 이 근처에 전혀 모습을 보이지 않네."

"누워 있어. 혀가 뽑혀서 말도 전혀 못하고 단지 눈물만 뚝뚝 흘리며 울고 있어."

"그래? 혀가 뽑혀버렸다니! 아주 못된 장난을 한 놈이 있구나!"

"저, 그것이 이 사람 부인이야. 악처는 아니지만 그날은 저기압이 어서 갑자기 오테루의 혀를 잡아 뽑아버렸어."

"너, 보았니?"

"응, 무서웠어. 인간은 저런 식으로 갑자기 잔인한 짓을 하기도 해."

"질투겠지. 나도 이 집 사정을 잘 아는데, 아무래도 이 사람이 부인을 너무 바보 취급했어. 부인을 너무 귀여워하는 것도 눈꼴사납지만 저렇게 무뚝뚝한 것도 좋지 않아. 또 오테루가 그것을 핑계 삼아 심하게 남편과 노닥거렸으니. 어쨌든 모두가 다 나빠. 내버려둬."

"어머, 당신이야말로 질투하는 거 아냐? 당신, 오테루를 좋아하지? 숨겨도 소용없어. 이 큰 대숲에서 가장 아름다운 목소리는 오테루라고, 언젠가 한숨을 쉬면서 말하지 않았어?"

"질투 따위의 비천한 짓을 할 내가 아니야. 그렇지만 적어도 너보다는 오테루가 목소리도 좋고 게다가 미인이지."

"심하잖아!"

"싸움은 그만두자. 쓸데없는 짓이니까. 그보다 이 사람을 도대체 어떻게 하지? 내버려두면 죽어. 가엾게도. 어떻게든 오테루를 만나고 싶어서 매일매일 대숲을 헤매고 다니다가 마침내 이렇게 되어버렸으니 불쌍하지 않니! 이 사람은 분명 진실한 사람이야."

"뭐라고? 바보라니까. 나잇살이나 먹어서 새끼 참새 뒤나 쫓아다니다니. 어이없는 바보야!"

"그런 말 하지 말고 만나게 해주자. 오테루도 이 사람을 만나고 싶어 한다고 해. 하지만 이미 혀가 뽑혀 말을 할 수가 없으니까, 이 사람이 오테루를 찾아다닌다는 것을 말해줘도, 숲 저 안쪽에서 누운 채로 눈물만 똑똑 흘리고 있어. 이 사람도 불쌍하지만 오테루도 참으로 불쌍해. 응, 우리 힘으로 어떻게 해주자."

"나는 싫어. 나는 아무래도 사랑싸움은 동정하지 않는 성격이라서."

"사랑이 아니야. 당신은 몰라. 응, 모두 어떻게든 만나게 해주자. 이런 일은 논리로 하는 게 아니니까."

"당연하지, 당연해. 내가 맡겠어. 뭐? 이유는 없어. 신에게 부탁하는 거야. 논리를 따지지 않고, 어떻게든 남을 위해 최선을 다하려고 생각했을 때는 신에게 비는 게 최고야. 우리 아버지가 언젠가 그렇게 가르쳐주었어. 그럴 때, 신은 무슨 일이든 들어주신다고 해. 자, 모두 여기서 잠깐 기다려줘. 당장 성황당에 빌고 올 테니."

할아버지가 문득 눈을 뜬 곳은 대나무 기둥의 작고 깨끗한 방이었다. 일어나 주위를 둘러보노라니, 장지문이 스르르 열리고 신장 2척 정도의 인형이 나와서,

"어머, 눈을 뜨셨네!"

"야아." 할아버지가 의젓하게 웃고는 "여기는 어디지?"

"참새의 집." 인형 같은 작은 여자아이가 할아버지 앞에 예의 바르게 앉아 동그란 눈을 크게 깜빡이며 대답한다.

"그래." 할아버지는 차분히 고개를 끄덕이며 "그렇다면 너는 혀가 뽑힌 참새?"

"아니에요. 오테루는 안방에 누워 있어요. 나는 오스즈. 오테루와는 단짝 친구."

"그래! 그렇다면 그 혀가 뽑힌 새끼 참새의 이름이 오테루니?"

"예, 아주 상냥하고 좋은 아이예요. 빨리 만나주세요. 가엾게도 말

438

을 할 수가 없어서 매일 똑똑 눈물을 흘리며 울고 있어요."

"만나야지!" 할아버지는 일어나서 "어디에 누워 있니?"

"안내해드릴게요." 오스즈는 가볍게 긴 소매를 털고 일어나서 툇마루로 나간다.

할아버지는 좁은 청죽 마루에서 미끄러지지 않도록 조심하면서 살그머니 건넌다.

"여기예요, 들어오세요."

오스즈를 따라 안쪽의 골방으로 들어간다. 밝은 방이다. 정원에는 작은 조릿대가 사방에 무성하게 자라나 있고 그 조릿대 사이를 얕고 맑은 물이 빠르게 흐르고 있다.

오테루는 자그마한 빨간 비단 이불을 덮고 누워 있었다. 오스즈보다 더욱 기품이 있고 아름다운 인형으로 안색이 조금 파랬다. 큰 눈으로 할아버지 얼굴을 가만히 응시하고는 똑똑 눈물을 흘렸다.

할아버지는 머리맡에 책상다리를 하고 앉아서는 아무 말도 하지 않고 정원을 흘러가는 맑은 물을 보고 있다. 오스즈는 슬그머니 자리를 떴다.

아무 말도 하지 않아도 괜찮았다. 할아버지는 가냘프게 한숨을 내쉬었다. 우울한 한숨은 아니었다. 할아버지는 태어나서 처음으로 마음의 평온을 경험한 것이다. 그 기쁨이 가냘픈 한숨으로 나타난 것이다.

오스즈는 조용히 술과 안주를 가지고 와서,

"천천히" 하고는 물러간다.

할아버지는 술을 한 잔 자작해서 마시고 또 정원의 맑은 물을 바라본다. 할아버지는 이른바 술꾼은 아니다. 한 잔만으로도 거나하게 취한다. 젓가락을 들고 밥상의 죽순을 한 개 집어 먹는다. 아주 맛있다. 그러나 할아버지는 대식가가 아니다. 그 정도로 젓가락을 놓는다.

장지문이 열리고 오스즈가 "술을 더 가져올까요?" 하고 다른 안주를 가져왔다. 할아버지 앞에 앉아서,

"어떻습니까?" 하고 술을 권한다.

"아니, 이제 됐어. 그러나 이것은 좋은 술이군." 빈말이 아니다. 무심코 그 말이 입에서 나온 것이다.

"마음에 드셨어요? 조릿대의 이슬입니다."

"너무 좋다니까!"

"예?"

"너무 좋아!"

할아버지와 오스즈의 대화를 누워서 들으면서 오테루는 미소 지었다.

"어머! 오테루가 웃고 있어. 무언가 말하고 싶겠지만."

오테루는 고개를 흔들었다.

"말할 수 없어도 괜찮아. 그렇지?" 할아버지는 비로소 오테루 쪽을 보고 말을 걸었다.

오테루는 눈을 깜빡깜빡거리며 기쁜 듯이 두세 번 고개를 끄덕인다.

"자, 그러면 이만 실례하지. 또 올게."

오스즈는 너무 담백한 방문객에게 기가 막혀,

"아니, 벌써 돌아가십니까? 동사할 정도로 대숲을 찾아다니다가 오늘에야 겨우 만났는데, 상냥한 위로의 말 한마디 하지 않고……"

"상냥한 말만은 싫어." 할아버지는 쓴웃음을 지으며 벌써 일어난다.

"오테루! 괜찮아? 보내드려도." 오스즈는 당황하여 오테루에게 묻는다.

오테루는 웃으면서 고개를 끄덕인다.

"둘 다 똑같아!" 오스즈도 웃으면서 "그러면 또 놀러 오세요!"

"또 오지요!" 하고 진지하게 대답하고 방에서 나오려고 하다가 문득 멈추더니 "여기는 어디지?"

"대숲 안입니다."

"그래? 대숲 안에 이런 신기한 집이 있었나?"

"있습니다." 오스즈는 오테루와 얼굴을 마주 보고 미소 지으며 "하지만 보통 사람에게는 보이지 않아요. 대숲의 그 입구에서 오늘처럼 눈 위에 엎드려 계시면 저희가 언제든지 여기로 안내해드리겠습니다."

"그거 고맙군" 하고 무심결에 진심을 말하고 청죽 툇마루로 나온다.

그리하여 또 오스즈를 따라 조금 전에 있던 방으로 돌아오니 거기에는 크고 작은 궤짝이 여러 개 놓여 있었다.

"모처럼 오셨는데 아무런 대접도 하지 못해 부끄러울 따름입니다." 오스즈는 예의를 갖추어 말하고 "하다못해 참새 마을의 기념품으로 귀찮으시겠지만 이 궤짝 중에서 마음에 드는 것을 가지고 가주세요."

"필요 없어, 이런 것은." 할아버지는 불쾌한 듯이 투덜거리며 그 많은 궤짝에는 눈길도 주지 않고,

"내 신발은 어디에 있지?"

"안 됩니다! 아무것이나 하나 가지고 가주세요." 오스즈는 울상이

되어 "나중에 제가 오테루에게 야단맞아요."

"야단치지 않아. 그 아이는 결코 화내지 않아. 나는 알고 있어. 그런데 신발은 어디에 있지? 더러운 신발을 신고 왔을 텐데!"

"버렸습니다. 맨발로 돌아가셔야 해요."

"그건 심하네."

"그럼 뭐든 하나를 선물로 가지고 돌아가세요. 제발 부탁이에요" 하고 작은 손을 합장한다.

할아버지는 쓴웃음을 짓고 방에 진열된 궤짝을 흘깃 보고는,

"모두 커! 너무 커. 나는 짐을 지고 걷는 것이 싫어. 품안에 들어갈 정도의 작은 선물은 없나?"

"그런 무리한 말씀을 하셔도……"

"그러면 돌아간다. 맨발이라도 상관없어. 짐은 싫어"라고 말하고 할아버지는 정말로 맨발인 채 툇마루 밖으로 나가려는 기색을 보였다.

"잠깐 기다리세요. 네, 잠깐만! 오테루에게 물어보고 올게요."

푸드득 하고 오스즈는 안방으로 날아가서 금방 벼이삭을 입에 물고 돌아왔다.

"자, 이것은 오테루의 비녀. 오테루를 잊지 말아주세요. 또 오세요."

갑자기 정신이 들었다. 할아버지는 대숲 입구에 엎드려 있었다. '뭐야! 꿈이었어?' 그러나 오른손에는 벼이삭이 쥐어 있었다. 한겨울의 벼이삭은 희귀한 것이다. 그리고 장미꽃처럼 아주 좋은 향기가 난다. 할아버지는 그것을 소중하게 집으로 가지고 와서 책상 위 붓통에 꽂았다.

"아니! 그것은 무엇입니까?" 할머니는 집에서 바느질을 하고 있다

가 재빠르게 그것을 발견하고는 캐물었다.

"벼이삭" 하고 여느 때처럼 우물거리는 말투로 답했다.

"벼이삭! 요즘에는 희귀하지 않아요? 어디에서 주워왔어요?"

"주워온 것이 아니야" 하고 나지막이 말하고 할아버지는 책을 펴서 묵독을 시작한다.

"이상하잖아요. 요즈음, 매일 대숲 속을 어슬렁거리다 멍하니 돌아오는데, 오늘은 왠지 매우 기쁜 듯한 표정으로 그런 것을 가지고 와서 소중히 붓통에 꽂기도 하는 등, 당신은 무언가 나에게 숨기고 있어요. 주운 것이 아니면 어찌 된 노릇인가요? 제대로 설명해줘도 좋잖아요."

"참새 마을에서 받아왔어." 할아버지는 귀찮은 듯이 불쑥 한마디 했다.

그렇지만 그 정도로 현실주의자인 할머니를 납득시키는 것은 도저히 불가능하다. 할머니는 더욱 집요하게 연달아 질문을 한다. 거짓말을 하지 못하는 할아버지는 어쩔 수 없이 자신이 겪은 신기한 경험에 대해 있는 그대로 대답해주었다.

"어머! 그런 이야기를 제정신으로 하는 거예요?" 할머니는 마침내 어이가 없어 웃음을 터뜨렸다.

할아버지는 더 이상 응답하지 않는다. 턱을 괴고는 멍하니 책에 눈길을 주고 있다.

"그런 엉터리를, 내가 믿을 거라고 생각하세요? 거짓말 아닙니까? 알고 있어요. 요전부터, 그래. 요전의 그 젊은 아가씨 손님이 왔을 때부터 당신은 완전히 다른 사람이 되어버렸어요. 이상하게 안절부절못하고 한숨만 쉬고, 마치 그야말로 사랑에 빠진 사람 같았어요. 꼴불견이야. 나잇살이나 먹어 가지고. 숨겨도 소용없어요. 나는 알고 있으니까! 도대체 그 아가씨는 어디에 살고 있어요? 설마 숲속은 아니겠죠? 속지 않아요. 숲속에 작은 집이 있고 거기에 인형 같은 귀여운 아가씨가 있다니. 흥! 그런 뻔한 속임수로 속이려고 해도 소용없어요. 만약 그것이 정말이라면 이번에 올 때는 그 선물 궤짝이라는 것을 하나 가지고 와 보여주세요. 불가능하겠죠? 어차피 지어낸 이야기니까. 그런 신기한 집에서 큰 궤짝이라도 지고 오시면 그것이 증거이니 나도 믿을 수 있겠지만, 이런 벼이삭 따위를 가지고 와서 인형의 비녀라니, 잘도 그런 바보스러운 엉터리 얘기를 지어내네요. 남자답게 솔직하게 고백하세요. 나도 사리를 모르는 여자는 아니에요. 그까짓 첩 한둘쯤이야."

"나는 짐은 싫어."

"어머! 그렇습니까? 그러면 내가 대신 갈까요? 어떻습니까? 대숲 입구에 엎드려 있으면 되는 거죠? 내가 가겠습니다. 그래도 괜찮겠어요? 곤란해지지 않겠어요?"

"가도 좋아."

"정말 뻔뻔스러워라. 거짓말인 게 뻔한데도 가도 좋다니. 그러면 정말로 가볼까요. 괜찮겠어요?"라고 말하고 할머니는 심술궂게 미소 짓는다.

"아무래도 궤짝이 탐나는 것 같네."

"예. 그래요, 그렇고말고요. 나는 어차피 욕심쟁이니까요. 그 선물을 갖고 싶어요. 그러면 지금 당장 가서 선물 궤짝 중에서 가장 무거운 것을 받아오겠어요. 호호호! 바보 같지만 갔다 오지요. 나는 당신의 그 천연덕스럽게 시치미 떼는 표정이 미워서 견딜 수가 없어요. 이제 곧 성자인 척하는 그 낯가죽을 벗겨드리겠습니다. 눈 위에 엎드려 있으면 참새 집으로 갈 수 있다니. 하하하. 바보 같은 짓이지만 그러면 어디 한번 말씀하신 대로 잠깐 다녀올까요? 나중에 거짓말이었다고 해도 안 돼요."

할머니는 이왕 시작한 일, 바느질 도구를 정리하고 뜰로 내려가서 쌓인 눈을 밟아 헤치고 대숲 속으로 들어갔다.

그 후, 어떻게 되었는지는 지은이도 모른다.

저녁 무렵, 무겁고 큰 궤짝을 지고 눈 위에 엎드린 채, 할머니는 싸늘하게 식어 있었다. 궤짝이 무거워서 일어나지 못하고 그대로 동사한 듯하다. 그리고 궤짝 안에는 빛나는 금화가 가득 차 있었다고 한다.

그 금화 덕택인지 어떤지, 할아버지는 곧바로 관직에 오르고 얼마 안 있어 한 나라의 재상에까지 올랐다고 한다. 세상 사람들은 할아버지를 참새 대신이라고 부르고 그 출세도 왕년의 참새에 대한 그의 애정의 결실이라는 식으로 수군거렸지만, 할아버지는 그와 같은 겉치레 인사를 들을 때마다 조용히 쓴웃음을 지으며 "아니, 마누라 덕택이야. 그 사람을 고생시켰지"라고 말했다고 한다.

해설 ■

현실과 허구의 경계선 허물기

인간실격인가, 자의식 과잉인가?

당대 최고의 인기 작가 다자이 오사무의 탄생은 일본의 태평양 전쟁 패배와 함께 시작되었다. 이른바 '패자의 문학'이라고 불리는 그의 작품 속 등장인물들이 보여주는 인간적 연약함은 폐허와 가치관의 혼란이라는 시대상과 그 속에서 고민하고 방황하던 당시 사람들의 실상을 잘 포착하고 있다.

1930년 11월, 긴자 카페 여종업원과의 동반자살 실패 이후, 시즈오카에서 요양 생활을 하고 있던 다자이는 본격적인 창작 활동을 시작, 1933년부터 작품을 발표하기 시작한다. '유서'로 생각하고 출판했다는 첫 창작집 『만년』(1936)에는 민담적인 「어복기」, 네 살부터 중학생 때까지 15년간의 삶을 그린 「추억」, 자살 미수 사건의 전말을 그린 「광대의 꽃」, 전위적 수법의 「원숭이 얼굴의 젊은이」, 주인공 세 사람의 우스꽝스러운 삶을 그린 「로마네스크」 등 다자이의 다양한 문학적 능력을 보여주는 초기 문학의 대표작들이 수록되어 있다. 하지만 오늘날의 높은 평가와 달리 당시에는 신인 작가에 지나지 않아서 초판은 500부 정도만 인쇄했다고 한다.

1935년 10월에 발표한 「다스 게마이네」는 동인지 발간을 위해 모인 청년들이 말다툼 끝에 모임을 해산하고 주인공은 자살한다는 내용으로 삶의 목표와 이상을 잃어버린 청년상을 그린 작품이다. 한편, 맹장염과 복막염 치료 과정에서 생긴 마약성 진통제 중독은 잇따른 아쿠타가와상 탈락과 더불어 점점 심해져, 마침내 1936년 10월 스승인 이부세 마스지와 주위 사람들의 설득으로 병원에 입원한다. 11월에는 완치되어 퇴원하지만 입원 중에 부인과 친구가 부적절한 관계를 맺은 것이 밝혀지면서 부인과의 동반자살 시도와 실패, 이혼, 그리고 방탕 생활로 이어지면서 삶의 깊은 나락에 빠져들었다.

그러다가 1939년 미치코와의 결혼, 도쿄 이주를 전후하여 심신의 안정을 되찾아 왕성한 창작 활동을 재개, 이른바 중기의 '미타카 시대'를 맞이한다. 특히 여학생의 하루를 심리 변화에 따라 여성 독백체로 그린 「여학생」이 기타무라 도코쿠 상을 수상하면서 이 무렵부터 원고 청탁이 이어진다. 이 시기에 발표한 「여자의 결투」 「직소」 「달려라 메로스」 같은 단편은 사랑과 믿음, 명예가 주제이지만 그 이면에 존재하는 에고이즘과 증오의 문제를 함께 다루고 있다. 「달려라 메로스」는 주인공 메로스가 폭군을 살해하려다 체포된 뒤, 여동생의 결혼식을 치르기 위해 3일간의 사형 집행 유예를 받아서 귀향, 식이 끝난 다음 홍수, 산적의 습격과 같은 곤란을 극복하면서 쉬지 않고 달려서 자기를 대신해

처형되기 직전의 친구를 구하고 왕의 인간 불신을 해소시킨다는 내용이다.

또한 이 무렵부터 전쟁기에 걸쳐서 「신햄릿」, 아주 성실하고 정확하게 일을 처리하지만 한편으로는 천박함도 지니고 있는 사네토모의 모습을 그를 모시고 있던 '나'의 회상 형식으로 그린 「우의정 사네토모」, 이하라 사이카쿠의 작품을 소재로 한 「신해석 각국 이야기」와 같이 동서양의 고전 명작을 패러디한 작품을 발표한다. 전쟁기의 다자이는 시국을 찬양하는 작품을 쓰는 대신 「쓰가루」 「석별」 「옛날이야기」 등과 같은 작품을 쓰며 당시 시류에 편승하지 않는 작품 활동을 이어갔다.

다자이는 패전 후 미국 타도에서 하루아침에 '민주 국가 미국 만세'로 돌변한 저널리즘과 학자, 문단에 심한 반발심을 느낀다. 1946년 오자키 가즈오에게 보낸 편지에서 "요즈음 문단은 새로운 시대 편승이라는 둥, 몹시 불쾌한 일이 수없이 많고, 이런 나쁜 경향들과 크게 싸우고 싶다고 생각하고 있습니다"라고 적고 있다. 스승인 이부세에게도 "아마도 이렇게 될 것이라고 생각은 했지만, 정도가 너무 심해서 홧술을 마시고 싶어졌습니다. 나는 무뢰파이므로 이런 기풍에 반항하고, 보수당에 가입하여 가장 먼저 단두대에서 처형당할까 생각하고 있습니다"라고 적어 보냈다. 이야말로 '무뢰파 작가' 다자이의 탄생 선언인 것이다. 다자이는 패전 직후에 발표된 「판도라의 상자」, 희곡 「겨울 불꽃놀이」, 「고뇌의 연감」을 통해서도 전후 사회의 변모 양상에 대해 통렬한 비판을 가했다.

또한 1947년에 발표한 「비용의 아내」는 천성적으로 상처받기 쉬운 기질 때문에 원인 모를 불안에 휩싸여 거리를 방황하는 주정뱅이 시인과 그런 남편의 뒤치다꺼리를 위해 술집에서 일하다가 집에까지 따라온 손님에게 성폭행까지 당하지만, 결코 절망하지 않고 묵묵히 살아가는 아내의 삶을 그렸다. 이 작품은 금전적으로, 도덕적으로 사회의 가장 밑바닥을 살아가는 서민의 비참함과 그런 삶 속에 배어 있는 명랑함, 그리고 신(구원)의 문제 등, 다자이 후기 작품의 모티프가 제시되고 있다는 점에서 주목받고 있다.

같은 해 7월부터 연재되기 시작한 「사양」은 다자이를 일약 시대의 총아로 만들었고 단행본으로 간행되자마자 다자이는 당대 최고의 인기 작가가 되었다. 전후의 농지개혁 등으로 인해 몰락해가는 집안을 보면서 이를 작품화하려고 생각하던 다자이에게 오타 시즈코의 일기는 기폭제 역할을 했다. "인간은 사랑과 혁명을 위해 태어난 거야"라는 문구로 유명한 「사양」은 아름답고 고귀한 "일본 최후의 귀부인"인 엄마, 사람들과 싸우지 않으면 살아갈 수 없는 전후 사회에 절망하고 자살하는 아들, 기성도덕을 극복하기 위해 사생아를 낳아 기름으로써 "도덕 혁명의 완성"을 추구하려는 딸을 중심으로, 몰락해가는 귀족 일가의 모습을 통해 전후 사회의 허망함을 그린 작품이다.

이후 다자이는 극심한 심신 쇠약 상태에서도 보통 사람의 몇 배에 이르는 영양제를 맞으면서 말년의 대표작을 집필해나간다. 1948년에는 시가 나오야를 비롯한 노대가와 외국 문학자 등의 문화인을 비판한 「이와 같이 나는 들었다」와 소심하고 무능하지만 처자식 때문에 술을 위안 삼아 살아가면서 자살만을 생각하는 소설가의 모습을 그린 「앵두」를 발표한다.

1948년 6월부터 연재가 시작된 「인간실격」은 다자이 문학의 총결산으로, 어느 소설가가 입수한 스물일곱 살짜리 모르핀 중독자의 자전적 수기 형식으로 되어 있다. 제1수기에는 타인과의 교제를 위해 '최후의 구애 방법'으로 익살을 부리던 유년 시절의 기억이 적혀 있었다. 제2수기에는 그 익살이 친구에 의해 들통 나면서 불안과 공포에 떨게 되고 마침내 여자와 술에 빠져들기까지의 중학생 시절이 그려져 있다. 제3수기는 가마쿠라 해변에서의 자살 미수로부터 시작하여 아이가 딸려 있는 여성 편집자, 술집 마담의 기둥서방 노릇을 이어간다. 그러다가 아주 순진한 아가씨를 만나 결혼하게 되지만 그녀가 성폭행당하는 장면을 목격하고는 수면제를 먹고 자살을 시도한다. 혼수상태에서 깨어난 이후로 마약중독에 빠지게 되고 마침내 강제로 정신병원에 입원하게 된다. 그리하여 스스로를 '인간실격'이라고 판정을 내린다.

주인공 요조의 소외감과 고독은 전후 일본 사회에 대한 다자이의 절망감의 표상이라고 할 수 있을 것이다. 그 결과 1948년 6월 13일 심야, 다자이는 "소설을 쓰는 것이 싫어져서 죽는 것입니다"라는 유서를 남기고, 비서이자 간호사였으며 연인이기도 한 야마자키 도미에와 함께 다마가와 조스이(玉川上水)에 투신하여 삶을 마감한다. 우리에게 널리 알려진 작가 쓰시마 유코는 다자이의 둘째 딸이다.

단순한 패러디인가, 텍스트의 재창조인가?

「쓰가루」「석별」「옛날이야기」, 이 세 편의 작품은 제2차 세계대전이 말기로 접어들면서 일본의 패색이 나날이 짙어가던 1944년, 1945

년에 집필되었다. 대부분 작가들의 경우 이 시기가 공백기로 남아 있지만, 다자이의 경우 이 작품들을 통해 전전 문학 세계에서 전후 문학 세계로 넘어가는 과정을 엿볼 수 있다. 각각의 작품 소재는 다자이의 고향인 쓰가루, 중국의 대표 작가 루쉰의 일본 유학 생활, 그리고 일본의 유명한 옛날이야기다. 이와 같은 유명하고도 진부한 이야기를 소재로 택해 원전을 재구성하고 작품화해나가는 과정에 다자이 특유의 '현실과 허구의 경계선 허물기' 전략이 공통적으로 작용하고 있음은 두말할 필요도 없다. 가상 세계의 꾸며낸 이야기를 현실 사회의 실제 이야기로 아주 자연스럽게 독자에게 각인하는 것, 이것이야말로 다자이 문학의 정수이며 그 기법이 이 작품들에 유감없이 발휘되어 있다.

「쓰가루」: 자기 형성의 원천, 고향 쓰가루로의 회귀

다자이는 1944년 5월, 오야마 서점으로부터 '신풍토기'의 집필 의뢰를 받아서 약 3주간의 취재 여행과 한 달 반의 집필을 거쳐 11월에 소설 「쓰가루」를 발표한다.

주인공 '나'는 어느 해 봄, 난생처음으로 고향인 쓰가루 반도를 일주, 쓰가루의 자연과 풍습, 지인들을 접하면서 쓰가루 출신으로서 자신의 뿌리를 재발견하게 된다. 예전에 생가에서 닭장을 돌보았고 지금은 아오모리의 병원에 근무하는 동갑내기 T군, 도쿄에서 같이 학창 시절을 보낸 N군, 손님에게 온갖 정성을 다해 대접하려는 쓰가루인의 본성을 그대로 보여준 S씨 등과 교류하면서 쓰가루 반도의 끝인 닷피 마을까지 갔다가, 가나기의 본가로 돌아와 형님들과 어색한 재회를 한다. 그리고 본가 사람들과 같이 부근의 명소 구경을 하고 기즈쿠리에 있는 아버지의 생가도 방문한다. 그러고는 고쇼가와라로 가서 젊은 시절에 일으킨 여러 사고의 뒤처리를 해준 나카하타 씨를 만나고, 이모의 집에 하룻밤 머물지만 이모는 손자의 병간호 때문에 부재중이었다. 그리고 다음날, 이번 여행의 종착지이며 언젠가는 꼭 한번 만나고 싶어 하던 다케가 살고 있는 고도마리로 간다. 다케는 어린 시절의 보모였지만 그녀야말로 자신의 친엄마일지도 모른다고 예전부터 생각하고 있었기 때문이다. 학교 운동회에서 간신히 다케를 만나 난생처음으로 마음의 평화를 느끼고 거침없이 쏟아지는 그녀의 '애정 표현'을 접하면서 자신의 '성장 과정의 본질'을 깨닫는다. 다케와 '나'의 침묵의 재회, 그리고 벗나무 아래서 봇물같이 터져나오는 다케의 회상은 이 소설의 클라이맥스를 이룬다.

이 작품에는 이전에 발표된 작품이 많이 인용되어 있고, 또 마지막 부분에서 허식을 부리지 않았고 독자를 속이지도 않았다는 말을 곁들이면서 사실성을 부각하고 있다. 하지만 보모 다케상(像)에 실제 이모 기에의 이미지가 가미된 것과 운동회에서의 재회 장면 등 허구 세계 안에서 현실을 재구축해가는 다자이 특유의 창작 기법이 유감없이 발휘되어 있다. 따라서 이 작품은 다자이의 전기와 후기 문학 세계를 이어주는, 그리고 다자이 문학 세계의 비밀을 푸는 열쇠라 할 수 있다.

「석별」: 수기 형식으로 쓴 루쉰의 유학 체험

일본이 제2차 세계대전에서 패망한 지 한 달 뒤, 1945년 9월에 간행된 이 작품이 실제로 완성된 것은 그해 2월 말이었다.

중국의 대문호 루쉰의 센다이 의학전문학교 동기생이었던 노의사 '나(다나카)'가 '일중 친선 미담' 기사를 위해 신문기자의 취재를 받은 것을 계기로 후지노 선생님과 친구였던 루쉰(작품에서는 저우 씨)에 대한 추억을 적은 수기(手記) 형식을 취하고 있다.

의사 아들인 나는 가업을 잇기 위해 1904년 가을, 센다이 의학전문학교에 입학하지만 의학 공부에는 별 흥미를 느끼지 못하고, 자주 결석을 하고는 센다이 시내와 근처의 명승지, 유적지 구경을 다닌다. 그러던 어느 날, 마쓰시마 유람을 갔다가 우연히 유학생 저우 씨를 알게 된다. 도호쿠 지방 시골 출신으로 사투리가 매우 심한 나는, 저우 씨와 이야기할 때는 말투에 신경 쓰지 않아도 되는 편안함을 느끼면서 점차 그와 친해진다. 저우 씨는 아버지의 죽음을 통해 중국 민중의 무지를 깨닫고 서양 과학, 특히 의학을 배워 그들을 교화하기 위해 일본으로 유학을 온 것이다. 한편, 간사이 지방 사투리가 심한 해부학 담당 교수 후지노 선생님이 이전부터 저우 씨의 해부학 노트를 첨삭해 주고 계셨다는 사실을 알게 된 나는 선생님을 더욱 존경하게 되고 공부에도 열중한다.

하지만 여름방학을 도쿄에서 보내고 온 저우 씨는 어딘지 모르게 예전과는 달라져 있었다. 2학년 말, 중국인이 러시아의 스파이 노릇을 했다고 해서 처형당하는 사진을 수업 시간 중에 보게 되는, 이른바

'환등기 사건'이 일어난다. 이를 계기로 저우 씨는 민중 교화를 위해서는 신체의 강인함보다는 정신 개혁이 선행되어야 하고, 이를 위해 문학의 힘이 필요하다는 사실을 여름방학 동안의 도쿄 생활을 통해 깨달았다고 털어놓는다. 그러고는 모국에서 문예 운동을 시작하기 위해 의학 공부를 포기하고 귀국한다.

이 작품은 내각 정보국과 문학보국회의 의뢰가 직접적인 집필 계기라는 점, 작품에 그려진 중국 인식의 안이함, 자의적인 루쉰상 등으로 인한 부정적인 평가와 루쉰의 중국 민중에 대한 사랑과 고독한 루쉰상을 부각했다는 점, 전시 체제하에서 적대국인 중국 문제를 다루었다는 점, 또 전후 사회를 맞이하려는 다자이의 필사적 노력이 엿보인다는 점에서 긍정적인 평가로 양분되어 있는 문제작이다. 한편 『인간 실격』에서와 같은 수기 형식이 사용된 점에도 주목할 필요가 있다.

「옛날이야기」: 유명 옛날이야기의 패러디

패러디는 원작이 아주 유명하여 독자가 그 내용을 이미 알고 있을 때 성립하는 창작 기법으로, 원작의 변형을 통해 풍자와 해학을 생성하게 된다. 그 과정에서 작가의 독창적인 문학 능력이 발휘되는데, 자칫하면 단순한 번안에 그칠 수 있는 위험성이 따르지만 다자이가 가장 자신 있어 하는 분야이다. 또한 내레이터가 스스로를 '소설가'라 칭하면서 작중 내용에 해설이랑 주석을 가하는 경우를 다자이의 작품 속에서 종종 볼 수 있는데, 이 두 가지 요소가 절묘한 조화를 이룬 것이 「여자의 결투」 「달려라 메로스」 「신햄릿」이다. 한편으로 1942년 10월호 『문예』에 발표한 「불꽃놀이」가 검열에 걸려 삭제 처분을 받자, 다자이는 작품의 소재를 일본의 고전 세계로 바꾸고 1943년에 발표한 「우의정 사네토모」를 시작으로 일본 고전문학을 패러디한 「신해석 각국 이야기」, 「옛날이야기」를 잇달아 발표한다.

「옛날이야기」의 원전인 혹부리 영감, 우라시마, 부싯돌 산, 혀 잘린 참새, 모모타로는 너무나도 유명한 일본의 옛날이야기이다. 그런 옛날이야기를 공습을 피해 들어간 방공호 속에서 작가(다자이) 나름대로 재해석, 재구성하여 딸에게 들려주는 형식을 취하고 있다. 그뿐 아니라 작가 자신이 수시로 이야기에 등장하여, 방공호 속에서의 모습(머리말), 당시의 문단을 풍자한 '문학의 귀재·귀신'에 대한 야유와 걸작 의식이 낳은 비극(혹부리 영감), 문학가와 과학 정신 이야기 및 지상 세계의 비판 문제(우라시마), 이노카시라 동물원 이야기와 중년 남자의 비애(부싯돌 산), 모모타로를 생략한 이유(혀 잘린 참새)에 대해 독자에게 직접 설명하기도 한다.

공습의 일상화, 심각한 물자 부족, 작품 발표 기회의 급감과 같은 어려운 상황 속에서 발표된 이 작품들은 다자이의 밝고 따뜻한 중기 작품 세계의 총결산이라 할 수 있다.

서재곤

1909년	6월 19일 아오모리 현 기타쓰가루 군 가나기 마을에서 아버지 쓰시마 겐우에몬과 어머니 다네 사이에 6남으로 태어남. 본명은 쓰시마 슈지(津島修治). 본가는 쓰가루 유수의 대지주.
1910년	이모 기에가 본격적으로 다자이의 육아를 담당함.
1912년	다케가 보모로 들어옴. 아버지가 중의원에 당선되면서 부모는 도쿄에서 지내는 일이 많아짐.
1916년	4월 가나기 초등학교 입학.
1923년	3월 아버지가 도쿄에서 사망. 4월 아오모리 현립 중학교 입학.
1925년	3월 아오모리 중학교 교지에 「도요토미 히데요시의 최후(最後の太閤)」를 발표. 이 무렵에 장차 작가가 되기로 결심하고 창작 활동에 열중. 8월 동인지 『성좌』, 11월 동인지 『신기루』를 창간하고 작품을 발표.
1927년	4월 히로사키 고등학교 입학. 기다유를 배우면서 화류계에 출입하고 베니코(본명 오야마 하쓰요)를 알게 됨.
1928년	5월 동인지 『세포 문예』를 창간, 주인공의 성에 대한 자각과 아버지의 방탕하고 위선적인 삶을 그린 「무간나락(無間奈落)」을 발표.
1929년	5월 〈히로 고교 신문〉에 「가을 모기(哀蚊)」 발표. 12월 학기 말 시험 전날에 다량의 수면제를 복용하고 혼수상태에 빠짐. 겨울방학이 끝날 때까지 어머니와 함께 오와니 온천에

서 요양.

1930년   1월 『좌표』에 가문의 내력을 소재로 한 「지주일대기」 발표. 4월 도쿄 대학교 불문과 입학. 선배의 권유로 좌익 운동에 관여. 5월 이부세 마스지를 처음 만난 후 사사함. 7월부터 『좌표』에 「학생들(学生群)」을 연재. 9월 하쓰요와의 결혼 문제가 표면화됨. 11월 호적에서 분가를 하지만 재산을 상속받지 않는 대신, 대학교 졸업 때까지 생활비를 받는 조건으로 결혼을 인정받음. 28일, 만난 지 3일 된 긴자 카페의 여종업원 다나베 아쓰미와 동반자살을 시도, 다나베만 사망. 자살 방조죄로 경찰의 조사를 받지만 남편에게 합의금을 주고 해결(「광대의 꽃(道化の華)」은 이 사건을 소재로 한 작품).

1931년   1월 하쓰요와 간이 결혼식을 올리고 큰형 분지와 각서를 교환함(1933년 4월까지 매달 생활비로 120엔을 송금받기로 함. 단 대학에서의 처분, 자퇴, 형사상 기소, 좌익 운동에 관여했을 경우에는 감액을 하거나 송금을 정지). 9월 좌익 운동에 관여했다고 해서 스기나미 경찰서에 구치됨. 니시간다 경찰서로부터 출두 명령을 받음.

1932년   6월 특별 고등 경찰의 조사가 쓰가루 본가에까지 이르게 되고, 구치 사실을 안 큰형은 즉시 송금을 중지. 이 무렵부터 이사를 반복하며 행방을 감추었지만, 큰형은 좌익 운동에서의 이탈을 조건으로 송금 재개를 약속. 7월 큰형과 함께 아오모리 경찰서에 출두, 좌익 운동에서 이탈할 것을 서약하고 보석됨. 「추억(思ひ出)」 집필 시작. 12월 아오모리 검사사무국에 출두하여 좌익 운동과 절연을 맹세.

1933년   1월 3일 이부세에게 세배를 갔는데 이것이 관례가 됨. 이날 '다자이 오사무(太宰治)'라는 필명과 제1단편집의 제목이

『만년(晚年)』으로 결정됨. 2월 이부세 집 근처로 이사. 이 무렵부터 작품집『만년』에 수록될 작품이 완성될 때마다 가지고 가서 지도를 받음. 2월 〈일요 도오〉에 「열차」를 발표. 3월 동인지『해표』 창간호에 「어복기(魚服記)」를 발표. 4월호부터 「추억」을 연재. 연말에 대학교 졸업 가능성이 없다는 것이 판명되어 큰형에게 심하게 질책을 당하고 송금을 1년 연장받음.

1934년   4월『쇠물닭(鷭)』 창간호에 「잎(葉)」, 『문화공론』에 「절벽과 착각(斷崖の錯覚)」을 발표. 7월『쇠물닭』 제2집에 「원숭이 얼굴의 젊은이(猿面冠者)」, 10월『세기』에 「그는 옛날의 그가 아니다(彼は昔の彼ならず)」를 발표. 12월 동인지『푸른 꽃』을 간행, 「로마네스크(ロマネスク)」를 발표.

1935년   2월『문예』에 「역행(逆行)」이라는 제목으로 「나비들(蝶蝶)」 「결투」「흑인(くろんぼ)」을 발표. 3월 도쿄 대학교를 낙제, 〈미야코 신문〉 입사 시험에도 실패. 가마쿠라 산속에서 벌인 자살 시도도 실패. 그 후, 급성 맹장염으로 입원, 복막염이 동시에 발발하여 한때 위독해지기도 함. 입원 중 진통제 파비날에 중독. 5월『일본 낭만파』에 「광대의 꽃」이 게재됨. 6월 말 퇴원하여 후나바시로 이사. 7월『작품』에 「완구」, 「참새 새끼(雀こ)」를 발표. 8월부터『일본 낭만파』에 「생각하는 갈대(もの思う芦)」를 연재. 「역행」이 제1회 아쿠타가와상 후보에 오르지만 낙선. 사토 하루오를 방문, 이후 사사함. 9월『문학계』에 「원숭이섬(猿ヶ島)」을 발표. 수업료 미납으로 도쿄 대학교 제적. 10월『문예춘추』에 「다스 게마이네(ダス・ゲマイネ)」, 『문예통신』에 「가와바타 야스나리에게(川端康成へ)」를 발표하여 가와바타의 아쿠타가와상 심사평에 대해 항의. 7일 〈제국 대학 신문〉에 「도둑(盗賊)」을

발표. 11월에는 가와바타가 다자이에 관한 기사를 게재하여 문단에 큰 반향을 일으킴.

1936년 1월 『신초』에 「장님이야기(めくら草子)」를 발표. 2월 사토 하루오의 소개로 파비날 중독을 치료하기 위해 입원하지만 10일 만에 퇴원. 4월 『문예잡지』 다자이 특집호에 「도깨비불(陰火)」을 발표. 5월 『어린 풀』에 「암컷에 대하여(雌に就いて)」를 발표. 6월 첫 창작집 『만년』 간행. 7월 『문학계』에 「허구의 봄(虛構の春)」을 발표. 10월 『신초』에 「창세기(創世記)」, 『어린 풀』에 「갈채」, 『동양』에 「교겐의 신(狂言の神)」을 발표. 파비날 중독이 심해져 도쿄 무사시노 병원에 입원. 11월 중독이 완치되어 퇴원.

1937년 1월 『개조』에 「20세기 기수(二十世紀の旗手)」, 20일 〈와세다 대학 신문〉에 「소리에 대하여(音について)」를 발표. 3월 『어린 풀』에 「비참한 것(あさましきもの)」을 발표. 지난해 다자이가 입원해 있는 동안 부인과 친구가 부적절한 관계를 맺었다는 이야기를 듣고 부인과 음독 자살을 시도, 미수에 그치고 이별. 4월 『신초』에 「휴먼 로스트」를 발표. 6월 『허구의 방황, 다스 게마이네(虛構の彷徨、ダス·ゲマイネ)』를 간행. 10월 『어린 풀』에 「석등(灯籠)」을 발표.

1938년 6월 하쓰요와 이혼이 결정되자 다시 방탕한 생활을 시작함. 이를 염려한 이부세의 중매로 이시하라 미치코와의 결혼 이야기가 진행됨. 7월 금융 공황의 영향으로 증조할아버지가 세운 가나기 은행이 제59은행(아오모리 은행)에 매수됨. 이때를 전후해서 쓰가루 본가와의 관계 회복 및 결혼에 대해 긍정적으로 생각하고 창작 활동에 몰두하여 새로운 경향의 작품을 발표. 9월 『문필』에 「소원 성취(滿願)」, 10월 『신초』에 「고려장(姥捨)」을 발표. 11월 미완의 장편소설

「불사조(火の鳥)」 집필에 착수. 9월부터 두 달 동안, 이미 7월 말부터 이부세가 체재하던 야마나시 현 미사카 언덕의 덴카 찻집에서 지냄. 미치코와 선을 보고 다자이를 존경하던 미치코는 혼인을 승낙. 10월에는 다자이가 이부세에게 두 번 다시 파혼을 하지 않겠다는 서약서를 보냄.

1939년   1월 미치코와 결혼식을 올림. 2월 『어린 풀』에 「아이 캔 스픽I can speak」, 『문체』에 「후지백경(富嶽百景)」을 발표. 3월 〈국민신문〉에 「황금 풍경(黄金風景)」을 발표, 〈국민신문〉의 단편소설 콩쿠르에 당선. 4월 『문학계』에 「여학생(女生徒)」을 발표. 5월 신작 단편집 『사랑과 미에 대해서』를 간행. 6월 『어린 풀』에 「잎 돋는 벚나무와 마법의 피리(葉桜と魔笛)」를 발표. 7월 단편집 『여학생』을 간행. 8월 『신초』에 「88일 밤」을 발표. 9월 도쿄 미타카로 이사. 10월 『월간 문장』에 「미소녀」, 『문학가』에 「개 이야기(畜犬談)」, 『어린 풀』에 「아! 가을(あ、秋)」, 『문예 세기(世紀)』에 「데카당스 항의(デカダン抗議)」, 11월 『문학계』에 「피부와 마음(皮膚と心)」, 『부인 화보』에 「멋쟁이 아이(おしゃれ童子)」를 발표.

1940년   1월 『신초』에 「타락한 천사(俗天使)」, 『지성』에 「갈매기」, 『부인 화보』에 「아름다운 형님들(美しい兄たち)」, 『문예 일본』에 「봄날의 도둑(春の盗賊)」, 『작품 클럽』에 「단편집」을 발표. 『월간 문장』에 「여자의 결투(女の決鬪)」를 연재. 2월 『중앙공론』에 「직소(駆込み訴へ)」, 3월 『부인 화보』에 「아루토 하이델베르히(老ハイデルベルヒ)」, 4월 『문예』에 「젠조를 생각한다(善蔵を思ふ)」, 『어린 풀』에 「아무도 모른다(誰も知らぬ)」를 발표. 이부세 등과 함께 군마 시만 온천을 여행. 5월 『신초』에 「달려라 메로스(走れメロス)」, 6월 『지성』에 「고전풍(古典風)」, 『새바람』 창간호에 「맹인 혼자 웃음

(盲人独笑)」을 발표. 『추억』과 『여자의 결투』 간행. 『여학생』이 제4회 기타무라 도코쿠 기념 문학상을 수상. 7월부터 『어린 풀』에 「거지 학생(乞食学生)」을 연재. 이즈 후쿠다야 여관에 체재하면서 「도쿄 8경(東京八景)」을 집필. 10월 도쿄 상과대학에서 강연. 『문예 세기』에 「외등(一灯)」을 발표. 사토 하루오, 이부세 등과 고슈 여행. 『신초』에 「귀뚜라미(きりぎりす)」를 발표. 12월부터 『부인 화보』에 「로맨스 석등(ろまん灯籠)」을 연재.

1941년   1월 『문학계』에 「도쿄 8경」, 『신초』에 「청빈담」, 『지성』에 「수리부엉이 통신(みみづく通信)」, 『공론』에 「사도(佐渡)」를 발표. 2월 『문예춘추』에 「복장에 대하여(服裝について)」를 발표. 장편소설 「신햄릿(新ハムレット)」을 집필하기 시작하여 5월 말에 완성. 5월 『도쿄 8경』 간행. 6월 『개조』에 「치요 여인(千代女)」, 『신여성동산』에 「영애 아유(令嬢ア그)」를 발표. 장녀 소노코 탄생. 7월에 『신햄릿』을 간행. 8월 어머니 다네의 병이 악화되어 10년 만에 귀향하지만 생가와 의절 상태여서 이모 기에 집에 머묾. 9월 오타 시즈코가 문학 친구들과 함께 방문. 11월 『문학계』에 「바람이 전하는 소식(風の便り)」, 『문예』에 「가을」을 발표. 문학가 징병령에 따라 신체검사를 받지만 폐 질환으로 징집 면제를 받음. 12월 『지성』에 「누구(誰)」, 『신초』에 「여행지로부터의 편지(旅信)」를 발표. 태평양전쟁이 시작됨.

1942년   1월 『부인 화보』에 「수치(恥)」, 『신초』에 「신랑」과 「어떤 충고(或る忠告)」를, 2월 『부인 공론』에 「12월 8일」을, 『어린 풀』에 「리쓰코와 사다코(律子と貞子)」를 발표. 메이지 온천에 체재하면서 『정의와 미소(正義と微笑)』를 집필. 5월 『개조』에 「수선화(水仙)」를 발표. 6월 『정의와 미소』, 『여성』

간행. 7월 『신초』에 「작은 앨범(小さいアルバム)」을 발표. 10월 『문예』에 「불꽃놀이(花火)」를 발표했지만 시국에 맞지 않는다는 이유로 전문 삭제 명령을 받음. 11월 『문집 바보새(文藻集新天翁)』를 쇼난우 서점에서 간행. 12월 어머니가 위독하다는 전보를 받고 귀향, 모친 사망.

1943년 1월 『신초』에 「고향」, 『문학계』에 「오손 선생님 언행록(黄村先生言行録)」, 『현대문학』에 「금주 결심(禁酒の心)」을 발표. 중순 어머니의 법요로 가족 모두 귀향. 4월 『문학계』에 「철면피」, 5월 『신초』에 「진심(赤心)」, 6월 『여덟 겹 구름』에 「귀거래」를 발표. 이 무렵 「꽃비(花吹雪)」를 『개조』에 보냈지만 되돌아옴. 7월 교토의 독자 기무라 쇼노스케(「판도라의 상자(パンドラの匣)」의 모델)가 사망, 일기를 입수함. 9월 신작 『우의정 사네토모(右大臣実朝)』 간행. 10월 『문예세기』에 「수상한 암자(不審庵)」, 『문고』에 「작가 수첩 (作家の手帖)」을 발표. 10월 기무라의 일기를 바탕으로 「종달새 소리(雲雀の声)」를 완성했지만 검열에 걸려 출판이 보류됨.

1944년 1월 오타 시즈코를 방문. 『개조』에 「길일(佳日)」, 『신초』에 「신해석 각국 이야기(新釈諸国噺)」를 발표. 내각 정보국과 문학보국회에서 의뢰받은 「석별」을 집필하기 위해 루쉰 연구를 시작. 5월 『소녀의 친구』에 「눈 내리는 밤의 이야기(雪の夜の話)」를 발표. 오야마 서점의 '신풍토기(新風土記) 총서' 「쓰가루(津軽)」 집필을 의뢰받아 고향 쓰가루 지방을 여행하면서 보모였던 고시노 다케를 비롯 옛 지인들을 만남. 7월 「쓰가루」 완성. 8월 장남 마사키 탄생. 『문학 보국』에 「도쿄 소식(東京だより)」을 발표. 『길일』 간행. 9월 「길일」이 〈네 가지 결혼(四つの結婚)〉이라는 제목으로 영화화. 11월 『쓰가루』가 '신풍토기 총서' 제7권으로 오야마 서점에서 간

행. 21일 「석별」 집필을 위해 센다이로 취재 여행을 감.

1945년 1월 『신해석 각국 이야기』가 간행됨. 2월 「석별」 탈고. 계속
되는 공습 속에서 「옛날이야기(お伽草紙)」를 쓰기 시작하여
6월 말에 완성. 4월 『문예』에 「청죽(竹青)」을 발표. 8월 15
일 패전. 9월 『석별』이 간행됨. 작년, 간행 직전에 원고가
소실된 「종달새 소리」를 개작한 「판도라의 상자」를 10월 22
일부터 〈가호쿠 신보〉, 〈도오 일보〉에 연재. 『옛날이야기』
간행.

1946년 1월 『신소설』에 「정원(庭)」을, 『새바람』 창간호에 「부모라
는 두 글자(親といふ二字)」를 발표. 이 무렵, 전후 민주주의
풍조에 편승하는 문단 저널리즘에 분노를 느껴서 무뢰파의
입장에서 보수당 가입을 지인들에게 선언. 2월 『신초』에
「거짓말(嘘)」을, 『부인 아사히』에 「화폐」를 발표. 3월 『월간
요미우리』에 「이젠 끝장이구나(やんぬる哉)」를 발표. 『88일
밤』, 『우의정 사네토모』 등 예전의 책들이 계속 출판됨. 4월
『문화 전망』 창간호에 「15년간」을, 5월 『신초』에 「돌아오지
않은 친구에게(未帰還の友に)」를 발표. 6월 『전망』에 희곡
「겨울 불꽃놀이」를, 『신문예』에 「고뇌의 연감(苦悩の年鑑)」
을 발표. 『판도라의 상자』 간행. 7월 『예술』에 「기회(チャン
ス)」를, 9월 『인간』에 「봄 낙엽(春の枯葉)」을, 10월에 『시
초』에 「참새(雀)」를, 11월 『도호쿠 문학』에 「찾는 사람(たづ
ねびと)」을 발표. 1년 반에 걸친 소개 생활을 마치고 미타카
의 자택으로 돌아옴. 『여명(黎明)』 간행. 12월 『신초』에 「친
구들 모여 즐김(親友交歡)」, 『개조』에 「남녀동등(男女同
權)」을 발표.

1947년 1월 『군상』에 「쇠망치 소리(トカトントン)」, 『중앙공론』에
「메리 크리스마스」를 발표. 2월 오다 시즈코의 별장을 방문

하여 닷새 동안 체재. 이즈의 야스다야 여관에 머물면서 시즈코에게서 빌려온 일기를 바탕으로 3월 상순까지 「사양」의 1, 2장을 집필. 3월 『전망』에 「비용의 아내(ヴィヨンの妻)」, 『신초』에 「어머니」를 발표. 야마자키 도미에를 알게 됨. 차녀 사토코 탄생. 4월 『인간』에 「아버지」를, 5월 『일본소설』 창간호에 「여신(女神)」을 발표. 하순 「봄 낙엽」이 이마 하루베의 각색, 연출로 NHK 라디오에서 방송됨. 영화화와 드라마화의 신청, 취재 요청 등으로 아주 분주한 생활 속에서 「사양」의 집필을 계속함. 한편, 피해망상증과 대인기피증이 심해져 작업실을 여기저기로 옮김. 시즈코의 임신을 알게 되었고 야마자키와의 관계도 계속됨. 7월 『일본소설』 6, 7월호에 「파스퍼레슨스Phosphorescence」를, 제14차 『신시초』 창간호에 「아침」을 발표. 『신초』에 10월까지 「사양」을 연재. 『겨울 불꽃놀이』 간행. 「판도라의 상자」가 〈간호사 일기〉라는 제목으로 영화화. 8월 『비용의 아내』 간행. 10월 『개조』에 「오산(おさん)」을 발표. 11월 시즈코가 하루코를 출산, 이를 인지함. 12월 『사양』이 출간되자마자 전후 최초의 베스트셀러가 됨.

1948년   1월 『중앙공론』에 「범인」, 『빛』에 「헌신적인 부인(饗応夫人)」, 『지상』에 「술의 추억(酒の追憶)」을 발표. 결핵 악화로 객혈, 과로로 인한 심신 쇠약 상태에서 야마자키의 간호를 받으며 집필을 계속함. 3월 『일본소설』에 「미남과 담배(美男子と煙草)」를, 『소설 신초』에 「비잔(眉山)」을 발표. 『신초』에 「이와 같이 나는 들었다(如是我聞)」를 7월까지 구술 집필로 연재. 3월 7일부터 지쿠마 서점 창업자인 후루타 아키라의 배려로 야마자키와 함께 아타미 온천의 기운각(起雲閣) 별관에 머물면서 『인간실격』의 「제1수기」, 「제2수기」

집필. 4월 『군상』에 「철새(渡り鳥)」, 『여덟 겹 구름』에 「여성(女類)」을 발표. 미타카의 작업실에서 『인간실격』의 「제3수기」의 전반부를 쓰고 오미야에 체재하면서 후반부를 완성. 5월 『세계』에 「앵두(桜桃)」를 발표. 『인간실격』 탈고 후, 유작인 〈아사히 신문〉 연재소설 「굿 바이(グッド・バイ)」를 10회분까지 썼지만 피로가 극에 달해 종종 객혈을 함. 6월 『인간실격』의 「제2수기」까지를 『전망』에 발표(8월까지 연재). 13일 심야에서 14일 새벽 사이에 야마자키와 함께 다마가와조스이에 투신. 야마자키의 방에서 「굿 바이」 10회분까지의 교정쇄, 11회부터 13회까지의 초고, 미치코 부인에게 쓴 유서, 아이들의 장난감이 발견됨. 19일 시체가 발견되어 21일 장례식이 거행됨. 7월 『인간실격』과 『앵두』 간행. 8월 『중앙공론』에 「가정의 행복」이 게재됨.

문학동네 세계문학전집 발간에 부쳐

세계문학은 국민문학 혹은 지역문학을 떠나 존재하는 문학이 아니지만 그것들의 총합도 아니다. 세계문학이라는 용어에는 그 나름의 언어와 전통을 갖고 있는 국민문학이나 지역문학의 존재를 인정하면서 그것을 넘어서는 문학의 보편적 질서에 대한 관념이 새겨져 있다. 그 용어를 처음 고안한 19세기 유럽인들은 유럽문학을 중심으로 그 질서를 구축했지만 풍부한 국민문학의 전통을 가지고 있는 현대의 문학 강국들은 나름의 방식으로 세계문학을 이해하면서 정전(正典)의 목록을 작성하고 또 수정한다.

한국에서도 세계문학 관념은 우리 사회와 문화의 변화 속에서 거듭 수정돼왔다. 어느 시기에는 제국 일본의 교양주의를 반영한 세계문학 관념이, 어느 시기에는 제3세계 민족주의에 동조한 세계문학 관념이 출현했고, 그러한 관념을 실천한 전집물이 출판됐다. 21세기 한국에 새로운 세계문학전집이 필요하다는 것은 명백하다. 우리의 지성과 감성의 기준에 부합하는 세계문학을 다시 구상할 때가 되었다.

문학동네 세계문학전집은 범세계적으로 통용되는 고전에 대한 상식을 존중하면서도 지난 반세기 동안 해외 주요 언어권에서 창작과 연구의 진전에 따라 일어난 정전의 변동을 고려하여 편성되었다. 그래서 불멸의 명작은 물론 동시대 세계의 중요한 정치·문화적 실천에 영감을 준 새로운 작품들을 두루 포함시켰다.

창립 이후 지금까지 한국문학 및 번역문학 출판에서 가장 전문적이고 생산적인 그룹을 대표해온 문학동네가 그간 축적한 문학 출판 경험을 바탕으로 새로운 세계문학전집을 펴낸다. 인류가 무지와 몽매의 어둠 속을 방황하면서도 끝내 길을 잃지 않은 것은 세계문학사의 하늘에 떠 있는 빛나는 별들이 길잡이가 되어주었기 때문이다. 우리가 자부심과 사명감 속에서 그리게 될 이 새로운 별자리가 독자들의 관심과 애정에 힘입어 우리 모두의 뿌듯한 자산이 되기를 소망한다.

문학동네 세계문학전집 편집위원
민은경, 박유하, 변현태, 송병선, 이재룡, 홍길표, 남진우, 황종연

지은이 **다자이 오사무**

본명은 쓰시마 슈지이다. 1909년 기타쓰가루에서 태어났다. 1935년 「역행」으로 제1회 아쿠타가
와상 차석을 차지했고, 몰락해가는 귀족 일가의 모습을 통해 전후 사회의 허무함을 그린 『사양』
으로 젊은이들의 열렬한 지지를 얻으며 '무뢰파 작가', '데카당스 문학의 대표 작가'로 불렸다.
1948년 『인간실격』을 탈고 후 「굿바이」를 집필하던 중 유서를 남기고 연인과 강에 투신하여 39세
의 나이로 비극적 삶을 마감했다.

옮긴이 **서재곤**

계명대학교 일어일문학과를 졸업하고 동경대학교 대학원에서 일본 근대시를 전공했고, 일어일
문학 석사와 박사 학위를 받았다. 현재 한국외국어대학교 일본어통번역학과 교수로 재직 중이
다. 지은 책으로 『일본 근현대문학 입문』 『'일본시인'과 대정시— 구어 공동체의 탄생』(공저, 일본
신와사)이 있고, 「하기와라 사쿠타로의 근대성 연구」 「일본 문학에 나타난 태평양 전쟁」 「하기와
라 사쿠타로와 도시」 등 다수의 논문을 발표했으며, 옮긴 책으로 『우울한 고양이』가 있다.

세계문학전집 075
쓰가루 · 석별 · 옛날이야기

1판 1쇄 2011년 7월 1일
1판 6쇄 2021년 6월 15일

지은이 다자이 오사무 | 옮긴이 서재곤
책임편집 우민정 | **편집** 이미영 오동규 | **독자모니터** 강명규
디자인 송윤형 이주영 | **저작권** 김지영 이영은
마케팅 정민호 정진아 김혜연 정유선
홍보 김희숙 김상만 함유지 김현지 이소정 이미희 박지원
제작 강신은 김동욱 임현식 | **제작처** 영신사

펴낸곳 (주)문학동네 | **펴낸이** 염현숙
출판등록 1993년 10월 22일 제406-2003-000045호
주소 10881 경기도 파주시 회동길 210
전자우편 editor@munhak.com | 대표전화 031) 955-8888 | 팩스 031) 955-8855
문의전화 031) 955-8869(마케팅), 031) 955-2691(편집)
문학동네카페 http://cafe.naver.com/mhdn
문학동네트위터 http://twitter.com/munhakdongne
북클럽문학동네 http://bookclubmunhak.com

ISBN 978-89-546-1479-5 04830
       978-89-546-0901-2 (세트)

www.munhak.com

● 문학동네 세계문학전집은 계속 출간됩니다